LEON VAN NIEROP

BALLADE VIR 'N ENKELING

Tafelberg

Tafelberg
is 'n druknaam van NB-Uitgewers,
'n afdeling van Media24 Boeke (Edms.) Beperk,
Heerengracht 40, Kaapstad
© Leon van Nierop 2014
Alle regte voorbehou

Omslagfoto: Gallo Images
Omslagontwerp en tipografiese versorging: Susan Bloemhof

Geset in 11 op 14pt Jaeger Daily News
Gedruk in Suid-Afrika

ISBN 978-0-624-07381-9 (Tweede sagteband uitgawe 2015)
ISBN 978-0-624-07030-6 (Eerste sagteband uitgawe 2014)
ISBN 978-0-624-07031-3 (ePub)
ISBN 978-0-624-07032-0 (Mobi)

Vir Jan du Plessis

1

Newtown. Kaal bome. Vetterige papiere warrel oor die straat. Dis herfs. 'n Trompie iewers. Die gezoem van 'n tatoeëermasjien. 'n Kortaf treinfluit. 'n Ruit wat breek. Die val van blare op die sement klink soos verdwaalde note op 'n klavier op soek na 'n melodie. Sommige swaar, ander skaars hoorbaar met die meeste blare verfrommel, roesbruin soos ou tabak, vol oumensspikkels.

Naby 'n hond wat sy been teen 'n graffiti-besmeerde muur lig. Gebruikte kondome. Verrinneweerde plastieksakkies met die spoor van kokaïen nog daarin.

'n Metrotrein dreun verby op pad Park-stasie toe. Vanuit sy woonstel in Newtown sien Fineas Guliwe hoe 'n seun op een van die waens se dak skaats, dan koes vir die elektriese drade en skielik soos 'n akrobaat afswaai tot hy langs die trein hang, sy mond oopgesper in ekstase. "I will live forever!" gil hy.

In die woonstel langs Fineas s'n is dit stil. Nie die tikmasjien se gewone tik-tik-tik nie. Dit herinner hom aan koeëls uit 'n masjiengeweer. Wel 'n geskuifel. En iets wat klink na 'n getik, maar dis sag en beslis nie 'n tikmasjien nie.

Die tatoeëermasjien zoem nou weer hard, dan weer in kort sarsies – stippels en dan lyne, helder en duidelik – die prentjie kry nou vorm.

Fineas skakel dit af.

Hy hoor sirenes. Twee polisiemotors jaag op die M1 verby. Iewers, veraf, 'n ambulanssirene. 'n Bloulig-brigade. 'n Swart ampsmotor met donkergetinte vensters word begelei deur se-

kuriteitsmotors. Die Metropolisie vleg aggressief deur die ver-
keer wat gedweë vir hulle pad maak. Vragmotors met kalfies
vol stene swaai uit, so ook afleweringswaens.

Motorfietse met blou ligte skiet met die spoed van opslag-
koeëls tussen hulle deur, voetgangers peul oor brûe om die
skouspel beter te besigtig, alles sigbaar hier vanuit Fineas se
woonstel. Nog 'n skatryk minister wat op sy selfoon besig is,
snel na 'n nuttelose vergadering. En Fineas skakel weer sy
masjien aan en kleur in tussen die buitelyne van 'n padda op
'n kliënt se enkel.

Sy ateljeewoonstel is groot met 'n hoë plafon, elke muur 'n
ander kleur geverf. Pype slang oor die plafon asof die gebou
tevore 'n fabriek was, en 'n geiser steun wankelrig op 'n stella-
sie, die oppervlak blink. Teen die oorkantste muur is verfspat-
sels langs die rits tatoeëervorme en -spreuke, sommige geraam:
I love ya, Mom! Hot Stuff craves a line! Eternally randy! I am infinite!
I only look illegal! En kriptiese prentjies van 'n pyl deur 'n hart; of
twee reëls uit 'n gedig; 'n naam; 'n hamer-en-sekel; 'n datum; 'n
vlaggie; 'n kopbeen met 'n grynslag daarop; 'n kraanvoël.

Zoem-zoem. Nog net een of twee strepe, dan is die padda
voltooi. Hoekom die vent 'n tatoe van 'n padda wil hê, gaan sy
verstand te bowe, maar Fineas het al gewoond geraak aan rare
versoeke. Hierdie padda se tong skiet uit om die man se enkel
asof dit na 'n vlieg soek.

Of 'n liddoring.

Zoem. Zoem. Elke sweetgaatjie, elke haartjie bokant die en-
kel nou pertinent sigbaar.

Straatkinders wat buite 'n liedjie sing. En die akrobaat met
die witgekleurde gesig wat by 'n verkeerslig sy stokke rond-
swaai vir aalmoese, skel op 'n motoris.

Uiteindelik is Fineas klaar.

"Angeke ngigeze amalanga amabili!" 'n Opdrag aan die kliënt
om vir twee dae nie die tatoe te was nie. Die man knik, besigtig
die tatoeëermerk in 'n spieël. Bring sy enkel nader aan sy gesig
en beskou dit krities.

"Yowza! Cool, bru!"

"Ciao!" Geld op die tafel. Hy vra altyd kontant. Oomblikke later verlaat die kliënt die ateljee.

Fineas belowe elke week sy vrou om haar na die muurskilderye toe te neem, net hier anderkant waar Fordsburg sy vervalle huisies teen Newtown aanstoot in die pad waar hy so dikwels rondgehang het toe hy nog werkloos was – 'n grys-en-bruin straat vol omgevalle asblikke en waentjies met wit sakke waarop die aasvoëls hul ware pak. Dit het 'n skrootwerf van Newtown geword, tot iemand begin muurskilderye maak het. Toe verander die straat in 'n kwilt van Afrikakleure.

Reënboognasie! Fineas grinnik. Hier is die reënboog net grys en swart. Tot die muurskilderye skielik gekom het. Tekeninge van byderwetse mans met koel haarstyle; winkels waar jy lugtyd kan koop. En 'n uitbeelding van tablette van verskillende kleure wat uit 'n hand stort om aandag na die apteek te trek.

'n Kunstenaar het 'n Afrika-krabbel naby die silo's gemaak. Die lomp sout- en peperpotte spog nou met gekleurde wooneenhede wat soos speelblokkies bo-op dit balanseer. En langsaan, *Maruwani's Traditional Medicine.* Die kunstenaar het in swierige letters daaronder geskryf: *Treating all diseases. Penis enlargement. Power for the prostate. Relationship problems. Medicine against the tokoloshe. Cleaning the soul. Come in!*

Hy het altyd gewonder wie die kunstenaar is, maar het nooit vrae gevra nie. Was maar net te bly dat Newtown 'n nuwe kombers oor sy skouers getrek het – en dit so naby die nuwe boetiekhotel waaraan nog gebou word naby die Markteater, en die turbinesaal wat opgetert word.

En dan natuurlik die splinternuwe mall. 'n Monstrositeit, wat hom betref. Want nou het Sandton Newtown toe gekom. En die twee meng nie.

Naby sy woonstel hier digby Carrstraat is 'n Nigeriese restaurant waarvan elke letter op die bordjie 'n ander kleur het: *Nigerian Food ready to eat.* En op 'n ander plek teen 'n muur: *Change must happen every day or you die.* En langsaan 'n maer straatbrak, ribbebene bloedrooi ingekleur, aan 'n ketting vasgemaak.

Dit is waar Fineas inspirasie vir sy tatoeëerkuns kry – in die strate van Newtown waar die M1 op psigedeliese stutte rus. Hierdie betonblokke het die palet van graffiti-kunstenaars geword wat die stad met guerrillakuns terugneem. Godsdienstige motiewe, wapens op mure wat eis dat die inwoners die strate van misdadigers moet terugvat, en koeie met vuurspuwende kake is maar enkele van die tekeninge wat so helder is, dit bons terug teen sy oë.

En nou weer stilte, hier, terug in sy ateljeewoonstel in Newtown.

Fineas luister weer, sy oor teen die muur. Jacques Rynhard het die woonstel vinnig verlaat nadat Fineas hom oudergewoonte negeuur vanoggend gegroet het. Dit het nie gelyk of hy veel geslaap het nie. Sy oë was dik en opgeswel asof hy baklei het.

En daar was 'n bloedstreep teen sy ken.

Hy het eers drie uur later teruggekom. Fineas het hom hoor inkom.

Fineas Guliwe ken die woonstel hier langsaan goed, veral die stokou lessenaar voor die venster, vol krappe nadat dit beskadig is toe dit van 'n solder afgekarwei is. En die ringe van koppies se bodems en inkvlekke wat diep in die hout ingetrek het.

'n Vergeelde datum is iewers aangebring. 1916? Of is dit 1926?

Hy dink aan die tikmasjien: altyd gereed vir die volgende woordaanval, die letters kordaat regop soos bliksoldaatjies wat wag op 'n bevel.

Toe Fineas vanoggend sy buurman se deur oopgemaak het, het Jacques Rynhard se kop op die tikmasjien gerus. Dit het gelyk asof hy slaap, sy hande daarom gevou asof hy 'n meisie vertroetel. Jacques het net 'n slaapbroekie gedra en hy was nie so vriendelik soos gewoonlik nie.

Fineas het nadergestap. Langs Jacques was papiere vol let-

10

ters en simbole, aantekeninge, name, vraagtekens, inligting in 'n onnet handskrif, koerantberigte, penne, tikmasjienlinte en 'n miniatuur-stoomlokomotief. Dan weer stapels papiere, netjies getik, presies in formasie gerangskik – sekuur, georden, in 'n ry op die groot lessenaar met die lokomotief as papiergewig. En Jacques se resiesfiets langs die deur, die saal al blink gery.

Op 'n tafel 'n lamp soos kinders destyds langs hul beddens gehad het, met 'n trein wat om en om ry soos wat die wiel aan die binnekant gedraai word. Maar die wiel was nou stil. En die lamp afgeskakel.

Eenkant op die lessenaar was die rekenaar wat Jacques feitlik nooit gebruik nie, behalwe om te google of om die internet te besoek. Of soms e-posse te stuur.

Op die kennisgewingbord 'n pikswart stoomlokomotief wat pluime rook soos 'n wit vlegsel agternasleep. En kennisgewings, e-posadresse, sperdatums, afsprake en 'n gim se lidmaatskaps-kaartjie. 'n Poskaart van New York, 'n foto van die Punda Maria ruskamp, ook van Jacques se beste vriend, Jan-Paul, wat hand om die nek saam met Jacques kamera toe kyk.

Langsaan 'n foto van Lena Aucamp wat haar kaal skouer uit-stal en haar borste net-net bedek, haar uitdrukking uitlokkend, onhebbelik.

"Haai!" het Jacques om negeuur vanoggend met 'n dik stem gesê. Was hy dalk dronk? Maar Jacques drink nie eintlik nie. Hy jaag wel vinniger op sy resiesfiets deur Newtown se strate as wat enige ministeriële konvooi kan beweeg, maar het tot dusver geen ernstige ongeluk gehad nie.

Ander tye sou hy vir Fineas tee aangebied het. Dan praat hulle ure lank oor alles en niks – dit wat die lewe lekker maak en anders maak as die sleurbestaan in die moderne voorstede. Hulle praat dan sommer oor Jacques se fiets, wat hy Chase noem, en sy lewe en Newtown wat nou te kommersieel raak. Dit het Jacques begin vervreem.

"Newtown is nie meer 'n slet nie," het hy gesê. "Hy buig nou voor die kapitaliste. Word 'n toeristetert. 'n Hoer wat die hale

11

oor haar rug toeverf met blink geboue en malls. Die ou kaias word nou lêplekke vir al wat koel is. Die donnerse spoke van die ou myners sal hulle nog daaruit kataza."

En dan begin Jacques oor sy stories praat. Avonture, wense, drome, vroue en stories. Stories. Altyd stories.

Jacques sluit nooit sy deur wanneer hy stories skryf nie. En wanneer hy die woonstel verlaat, plaas hy die sleutel onder die gangvensterbank in 'n gleufie waarvan net sy vriende en Fineas weet. Vriende is altyd welkom in sy woonstel as hy uit is om soos 'n meteoor deur Fordsburg se strate te skiet. Asof hy alles wat hy in sy lewe verloor het op sy weerligfiets probeer inhaal.

"Eendag sal ek jou lyk in 'n sloot moet gaan uitken met stukkies fiets in jou hare," het Lena eendag gesê toe hy weer so gejaag het.

Maar vanoggend was anders. Jacques met sy kop op die tikmasjien soos iemand uit wie die inspirasie getap is soos 'n oorwerkte kraan in 'n township. Fineas wou vra of hy gehuil het, maar iets in sy vriend se oë het hom verhinder. En vir die eerste keer wat hy Jacques ken, was hy onversorg en sliertig: "Sorry, Fien. Sorry, bra. Kan nie vanoggend . . ."

Fineas het nie langer vertoef nie, want Jacques het sy verslete jeans en 'n T-hemp begin aantrek en teruggestap na sy lessenaar toe. Hy het aan sy tikmasjien gevat soos hý, Fineas, aan meisies gevat het voor sy troue. Toets-toets, proe-proe, onseker, saggies, sensueel, asof sy vingerpunte vir die eerste keer kennis maak met die holgetikte letters – glad en verweer van verslag doen oor die lewe. Jacques se soort lewe. Jacques se soort stories.

Toe het Fineas uitgestap na sy eie ateljeewoonstel toe, want sy eerste kliënt vir die dag het hard aan sy deur geklop.

Hy het Jacques nie intussen weer gesien nie.

Nou is dit vieruur.

Met sy werk voltooi, stap Fineas na die venster om dit toe te maak. Hy leun uit. Onder langsaan se venster bondel straatkinders saam, bedremmeld onder komberse, oë dik van gom snuif en bloutrein ry en Cat en take-away-seks met ou mans in wit motors. Slym drup uit neuse, 'n hoes skeur uit 'n bors, moontlik van te veel zolle rooi-oog laat gloei, dalk longontsteking, miskien vigs. En altyd die skeefgetrapte skoene wat te groot is vir die voetjies. Stukke afgesnyde motorbande wat met lappe of toue aan voete vasgebind is.

'n Verweerde skoen sonder veters lê eenkant, nes die papiere wat Jacques altyd in sy oorvol snippermandjie gooi.

Eergister weer: "Ek kry swaar, Fien. Ek's soos 'n ou paraffienblik waarin jy nog net die paraffien kan ruik maar wat niks meer sal kan aansteek nie. Elke dag is uitgebrand. Hoe leef 'n mens as elke dag jou verwurg?" Kortaf, asof dit Fineas se skuld was.

Iets wat vroeër 'n draadkar was, staan nou windskeef hier onder in die straat, die een wiel geknak, die kar verlate. Langsaan 'n waspoeierkarton in gebleikte groen. 'n Stukkende motorband, dalk deel van 'n necklacing – in dieselfde stegie waar Jacques en Lena destyds gedans het.

Iemand ontlas op die sypaadjie hier onder hom.

Fineas pak die tatoeëermasjien weg.

Een van die straatkinders hoor die bewegings hier bo, tel 'n klippie op en gooi dit teen Fineas se ruit. "Ukudla!" roep die kind om kos.

Nog een kom nader en sit 'n gekla op soos 'n kat wat 'n maat roep. Ander skop hom.

"Suka wena!" roep Fineas. Die kinders storm nou na die balkon by Jacques se woonstel.

"Ukudla Djak!" roep hulle. Die kinders kon nog nooit sy naam ordentlik uitspreek nie. Maar hy, Fineas, wat vir Jacques isiZulu leer praat het, het uit dankbaarheid geoefen om die moeilike naam reg te sê. "Zhjaaaak."

'n Stoel skuif langsaan. Stemme. Fineas luister, maar dis gedemp. Hy kan nie uitmaak wie pas by Jacques ingestap het nie. 'n Taxi hou onder voor Fineas se venster stil. Klipharde kletsrym-musiek peul uit die luidsprekers soos maalvleis uit 'n meul. Hard, oorverdowend.

Fineas sluit die laai met die tatoeëermasjien in toe.

Nog blare fladder voor die venster af. 'n Geel siviele taxi jaag onder verby met die drywer se hand wat byna op die teer sleep.

Nog musiek, hierdie slag kwaito uit 'n lamlendige transistorradio waarmee iemand verbyloop. Dit veroorsaak nog 'n groter lawaai.

Fineas kyk af. 'n Skewe stuk karton is verfrommel in die straat: *From Zim. No wêhk, 3 kids, no prêsidênt* waai oor die sypaadjie. Die taxibestuurder roep na iemand, sy stem bulderend bo die kakofonie. Fineas wil vir hom skreeu om die musiek sagter te sit, maar dis futiel. Verder af merk hy 'n skewe supermarkwaentjie waaronder 'n lywige vrou 'n gasstofie aansteek. Sy haal bloederige wors uit 'n plastieksak en begin dit braai. Die verflenterdes kyk optimisties in haar rigting.

Twee mans met rooi berets en EFF-T-hemde koop by haar.

Sisssss! Draadtange teen 'n omgedraaide trollie as rooster. Sisssss! Sy sny brode in dik snye op – smiley-faces wat wag op 'n grynslag.

Die kinders begin sing. Hulle dreunsing altyd vir die worsverkoper, hulle stemme pleitend, want hulle sing vir hul pense: "Ngicela ukudla sengilambile!" Maar die worsbraaier is gewoond aan die vals hallelujas vir kos.

Hy wag dat Jacques die lawaai stilmaak, maar niks gebeur nie.

Fineas verbeel hom hy hoor harde stemme langsaan, maar die taxi raas te veel.

'n Ruk later bondel passasiers in die taxi in en die deur skuif toe. Dit hoes-gorrel terwyl dit wegtrek. Doef-doef-kakwaa-kedoef tot dit in Breëstraat af verdwyn.

Fineas stap na die deur toe.

Nou net die geluid van die straatkinders wat hul klaagliedjie voltooi, 'n trein wat verbyry en nog 'n gorrelende taxi.

14

Die worsbraaier gooi oorskietbrood na die kinders toe. Hulle storm oor die pad, gryp, eet gulsig, sluk, snuit, poep, kou, blaas slym uit. "Gggg! Spoeg! Tjoef!" En dan die bakleiery om die oorblywende korsies – die stemmetjies hard en skel. Hulle hou op met sing en hol nou na die oop parkeerterrein waar taxi's gewas word.

Dit is skielik stil langsaan. Die hyskrane hier oorkant wat aan die nuwe Newtown-winkelsentrum bou waarvan Jacques so min hou, kom tot ruste. Die voorstad trek voorlopig sy retro-aktiewe baadjie uit. 'n Kerkhorlosie slaan vieruur. Nog 'n elektriese trein dreun verby.

Fineas maak die venster toe wanneer sy selfoon lui. Hy antwoord. Dis sy vrou wat vra wat hy nog dié tyd van 'n Saterdag by die werk maak. Hulle het mense vanaand. Waar is hy?

Die kinders hier onder hardloop nou agter die worsbraaier aan wat koerante gaan weggooi.

Sy vrou, erg ongeduldig oor die selfoon: "Woza ekhaya manje!"

Hoe verduidelik hy tog dat hy lankal tuis sou gewees het, was dit nie vir die onverwagse kliënt nie?

Sy vrou raas weer: "Sekhathele ukulinda!"

Ja, hy is net so moeg.

Jacques se voordeur word hard toegemaak hier langsaan.

Dit neem Fineas 'n ruk om sy vrou te oortuig dat hulle die geld nodig het, daarom die laat werkery vanmiddag tot vieruur. Sy moet vrede maak daarmee!

Hy gaan nou 'n taxi terug huis toe haal.

Hul gesprek hou te lank aan na sy sin, want hy wil na Jacques se woonstel toe loop en gaan kyk hoekom dit nou so stil is. Wie daar was.

Fineas skakel uiteindelik sy selfoon af, verlaat sy ateljee en sluit die deur toe.

Hy stap na die woonstel langsaan, klop eers sag, dan harder. Geen antwoord. Hy voel aan die deurknop. Dit draai. Die deur is nie gesluit nie.

Hy stap in. "Hallo, bru?"

Geen antwoord.

Alles lyk soos tevore.

Hy loop oor die rottangmatte met Afrika-motiewe, gevleg uit gras en Pick n Pay-sakke met woorde: *Peace. Mandela*. Helder, bont lappe vol kremetartbome oor 'n tafel gegooi. Gefrommelde papiere in 'n asblik. Helder krale teen 'n muur. Die lokomotief op die kennisgewingbord.

Hy tel 'n papier uit die mandjie op. Vier of vyf sinne uit 'n roman. Die laaste letters harder getik as die ander, sodat dit gesmeer het.

Sy fiets is nog daar. En Jacques en sy fiets is onafskeidbaar.

Nou uit op die balkon. Wolke pak saam. Netnou reën dit hier in.

Fineas kyk weer rond. Niks is anders as gewoonlik nie.

Hy merk Jacques se selfoon op die lessenaar met talle onbeantwoorde oproepe daarop. Fineas kyk na die SMS'e. Almal wens Jacques geluk met die prys wat hy vanaand kry. Maar nie een is beantwoord of gelees nie.

En onder "Sent Items" is daar: *Vriende vir altyd*.

Daar hang 'n pak klere, heeltemal ongewoon vir Jacques. Fineas merk nou 'n stoel wat plat lê, asof hier 'n worsteling plaasgevind het.

Iemand in die gang? Hy kyk terug, sien vlugtig iemand verbyloop. Miskien 'n besoeker van een van die ander woonstelle.

Fineas kyk terug na Jacques Rynhard se woonstel. Sy rugsak wat altyd langs sy stoel lê, is nie daar nie. Daar is 'n leë plek waar die tikmasjien gewoonlik staan. Selfs die rekenaar is nie daar nie.

En daar is 'n bloedstreep teen die muur.

2

Ek is nou so bedruk, ek begin sommer 'n affair op Facebook.
Carina Human se vinger soek oor die strokiesprent. Sy betrap
haar dat sy altyd eerste hierheen blaai noudat die Agata-strokie
ook in die dagblad verskyn. Agata is 'n Afrikaanse strokies-
heldin met miljuisende aanhangers – om haar beste vriendin,
Mysi, se uitdrukking te gebruik. Dit skyn 'n teenreaksie te wees
op die stroperige *Love is*-kreatuurtjies wat koerante vir soveel
jare ontsier het. Nou, hiér, verstaan Carina die woeste Agata
met 'n nugterheid wat haar vir 'n oomblik hartseer maak.
Die meisietjie met haar breë heupe en boerbroodboude is
Carina se gunsteling naas Calvin & Hobbes. Sy hou opnuut van
die skeermesbek-karikatuurtjie met die roekelose boskasie en
eier-in-die-pan-oë wat vele wyshede kwytraak. Haar hare, wat
langs haar kop met twee haarnaalde vasgesteek is, laat Carina
aan Saartjie Baumann dink – die tienerboeke wat sy as kind so
verslind het. En nou lig Agata haar uit haar bedruktheid.
*Liefde is as jy 'n vuurhoutjie naby sy asem trek en jy slaan nie aan
die brand nie*, basuin 'n ander Agata-strokie teen haar kennis-
gewingbord dit uit, een wat Mysi Moolman per e-pos aan die
hele kantoor gestuur het.
En 'n ander een: *Jy weet hy is jou sielsgenoot as jy op sy mat mag
naar word*. En hier sit Carina in haar leë slaapkamer, maar sy wil
nie op haar mat naar word nie. Nie nou al nie. En sy besluit on-
omwonde: Daar is niks so eensaam soos 'n kas wat 'n vrou met
haar geliefde gedeel het wat skielik leeg is nie – die openinge
waar eers klere gehang het so prominent soos gate wat 'n mot
in 'n weeskind se trui gevreet het.
Kelvin het alles gevat, maar het darem die hangers gelos

asook twee paar deurgetrapte skoene wat hy altyd in die tuin gebruik het. Sy verstaan hoe daardie sloffies moet voel: voos gebruik.

Die CD-rak lyk of dit geplunder is. En sy misdaadromans, waarvan sy hom die helfte present gegee het omdat hy te arm was om dit self aan te skaf, is weg. Hy het selfs van die yskasmagnete gevat wat hulle saam gekoop het.

En tog, asof moedswillig, het Kelvin McDonald enkeles agtergelaat wat haar altyd aan hom sal herinner, nes die broodkrummeltjies wat Hansie en Grietjie in die bos gelaat het. 'n Foto van hulle saam op Times Square in New York wat as yskasmagneet verewig is. Kelvin in 'n hasie-kostuum op 'n partytjie. Hulle twee in Kroasië langs 'n ruïne.

Ja-nee. Daar staan sy met 'n glimlag en verliefde oë vol verwagting terwyl Kelvin met sy arms oor haar leun, kompleet met sy halfmasglimlaggie maar koue oë wat nie saamlag nie asof hy 'n ander agenda het. Een waarvan hy bewus was, maar nie toe met haar wou deel nie.

Jy is my tussenin-meisie tot ek die regte een gekry het. Haar eie woorde in die laaste kaartjie wat sy vir hom gegee het. Dalk moet sy dit vir die skepper van Agata stuur, as sy net geweet het wie dit was. Daar verskyn nooit 'n naam by die strokie nie.

Ware liefde beteken jy vind selfs sy opgefrommelde onderbroeke sexy.

Snaaks dat sy nou aan die Agata-karaktertjie dink terwyl sy haar wonde lek. Agt jaar van haar lewe moerland toe, om haar ma se uitdrukking te gebruik. Agt wonderlike, fantastiese jare waarin sy 'n man vanuit haar siel liefgekry het ten spyte van sy tekortkominge, ten spyte van vriende se waarskuwings, ten spyte van die feit dat hy meer aandag aan hul swembad gegee het as aan haar.

Ook ten spyte van die feit dat hy onlangs naweke saam met "vriende" deurgebring het "van wie jy in elk geval nie sou hou nie, Carina".

En nou is hy weg.

Carina stap uit op die patio met die blou-en-groen stoele wat hulle al giggelend ses maande gelede by die Outdoor Warehouse gekoop het. Sy sien die blare op die swembad dryf. Noudat hy dit nie meer elke dag skoonmaak nie, gaan die Kreepy Krauly binnekort verstop, want dit is herfs. Die bome wat hulle met soveel entoesiasme geplant het toe hulle hier ingetrek het, strooi hul nikotienkleurige blare asof hulle saam met Carina in rou is.

"Your electricity usage is too high. Please switch off all non-essential appliances that you do not need. The geyser, pool pump and all non-essential appliances." Hoe het sy en Kelvin nie die dreigende stem op die DStv-aankondiging nageboots nie, dink sy terwyl sy die Kreepy Krauly afskakel. Dan lag hulle en sy koester Kelvin se bossiekop teen haar bors en hy prewel die een of ander aanhaling wat hy daardie dag gehoor het, want hulle was aanhaling-verslaafdes. Die hele huis was vol daarvan.

In a completely sane word, madness is the only freedom! In groot, swart letters op die kennisgewingbord in hul studeerkamer – daar waar vriende sommer lawwe sêgoed of aanhalings neergepen het. En Kelvin kort-kort vir haar 'n boodskappie of 'n Agata-strokie gelos het.

Kelvin McDonald het haar nie verlaat na 'n vulkaniese uitbarsting of 'n traumatiese stroom verwyte nie. Hy het haar in die pad gesteek met 'n aanhaling: *Life is not a problem to be solved, but a mystery to be lived.*

Die bliksem. Kon hy nie ten minste 'n dankiesê-afskeid-treurmare geskryf het en sy naam onderaan geteken het nie!

Gaan vlieg, Kelvin.

Asof dit nie erg genoeg was nie, het hy die poging tot 'n briefie onder een van die oorblywende magnete op die yskas vasgeklamp. Háár yskas waaraan sy tot twee jaar gelede nog afbetaal het!

Ja, Kelvin, dink sy, ek is maar net die hand wat al jou deure vir jou oopgemaak het. En nou voertsek jy my.

Nou fladder Kelvin-die-selfsugtige bloot van die een veilige nessie na die volgende. Na 'n joernalissie toe wat hy op 'n partytjie ontmoet het. Dit is waar alles begin het – die kluitklap op die kis, toe Carina hom aan Erna Pretorius voorgestel het. Die fietse Erna wat deurgaans vir Kelvin vertel het hoe aantreklik hy is, hoe hy sy tyd mors as lektor by die universiteit, hoe lekker hulle twee saam sou kerjakker, hoe hulle 'n saketransaksie moes aangaan, hoe verkeerd sy, Carina, vir hom is.

En hier sit sy. Vier en dertig jaar oud met net die groot huis waarin Kelvin steeds in elke vertrek teenwoordig is, dit maak nie saak hoe hard sy probeer om sy tekens uit te wis nie.

Skielik is sy terug in die kamer. Elmien Malan se kamer, die swemmer wat vier maande gelede deur haar kêrel vermoor is. 'n Maand voor die moord het Carina die laaste artikel oor Elmien geskryf. Sy is toe amper beroof nadat sy by haar hek stilgehou het. Sy is aangerand en telkens met 'n wapen deur haar gesig geslaan en Carina moes daaroor verslag doen.

Sy het twee jaar lank harde misdaadstories gedoen. Hierdie keer het Frans Oberholzer, haar voormalige redakteur by *Blitsnuus*, gevoel sý moet die storie doen omdat sy al vantevore onderhoude met Elmien gevoer het. Drieuur die oggend kry sy toe die oproep van die koerant se kontakpersoon in die polisie.

"Carina. Ons het twee uur gelede op Elmien Malan se lyk afgekom in haar huis in Bryanston. Sy is deur haar kêrel vermoor. Ons het hom pas in Fourways in hegtenis geneem. Hy het alles erken."

Elmien se kêrel, die sliertige Edwin van wie niemand gehou het nie en met wie Carina eens ook 'n onderhoud moes voer – nou het hý Suid-Afrika se mees belowende swemmer vermoor.

Toe Carina weer voor Elmien se huis stilhou, het sy reeds geweet dit gaan haar laaste storie wees. Na twee jaar kon sy nie meer met 'n uitdrukkinglose gesig verslag doen oor die misdaad en geweld wat die land daagliks besmet nie. Nog minder kon sy die galgehumor-grappies verwerk wanneer sy daar aankom, soos: "Kon die perd nie na ontbyt selfdood gepleeg het nie? Wie doen dit nou as ons almal nog in die bed is?"

Sy het met die gang afgestap na waar die polisiefotograaf pas uit die kamer gekom het. Sy onthou die gedempte stemme, die geskokte reaksies om haar, die pad wat die beamptes vir haar gemaak het waar sy mag geloop het.

Elmien het op haar rug gelê. Bebloed, verrinneweer, asof sy deur mensehande oopgeskeur is. Die bloed en derms oopgesprei vir almal om te sien.

Toe hardloop Carina uit, word naar in die gang – die eerste keer dat dit gebeur – klim in haar motor en jaag terug na *Blitsnuus* se kantoor toe.

Haar kollegas het haar vreemd aangekyk toe sy met die gang af loop na Frans Oberholzer se kantoor toe. Hy was besig om twee joernaliste te roskam wat nie ordentlik navorsing gedoen het voordat hulle 'n storie geskryf het nie. Maar een blik na Carina Human en hulle het woordeloos Frans se deur toegemaak. Sy kon sien hy weet: Sy het die einde van 'n pad bereik.

Sy het haar linkerskoen uitgetrek en dit op sy tafel geplaas. "Ek gaan hierdie skoen aan die misdaadmuseum skenk."

Frans, wat intussen nog twee SMS'e gelees het, het onbegrypend na haar gekyk.

"Weet jy deur hoeveel bloed en derms dit al geloop het? As die polisie dit ooit in die hande kry en ondersoek, sal hulle dink ek is 'n reeksmoordenaar." Frans wou nog iets sê, maar sy het haar hand opgehou. "Ek is klaar met harde misdaadstories, baas. Ek bedank."

Frans het haar probeer oorreed om weer daaroor na te dink, maar sy was ferm. "Ek gaan van nou af sagter stories by 'n veilige tydskrif doen."

Soos gewoonlik was Frans se siniese reaksie: "Jy bedoel opgedoende dollies wat verstaan hoekom Miley Cyrus famous is en wat steeds dink Justin Bieber is 'n alien in drag?"

"Enigiets, net om weg te kom hiervan."

Sy het haar skoen van Frans se lessenaar af opgetel. Daar

was 'n kolletjie taai bloed waar sy dit neergesit het. Nog woorde, nog komplimente van Frans, maar sy het nie verder geluister nie.

"Carina. As jy ooit sou besluit om terug te kom . . ."

Toe sy die deur toemaak, kon sy sien hoe Frans na sy lessenaar staar. Die lessenaar waar soveel storiebloed reeds gevloei het. Maar dié slag was dit die ware Jakob.

Dit was die einde van haar loopbaan as misdaadverslaggewer. Sy het aansoek gedoen om werk by die glanstydskrif *Montage*, en na 'n kort onderhoud met die redakteur, Gavin Greeff, is sy aangestel.

En nou doen sy artikels oor wat sepiesterre van mans met borshare dink, of skryf sy tranerige stories oor verlore ma's wat bid vir hul kinders wat nou by Liewe Jesus is.

"Liefde is as hy sy Wi-Fi hotspot-sitplek aan jou afstaan," sê Carina hardop. Dít moet sy aan Agata stuur! Sy giggel. Darem 'n onverwagse skeutjie humor in haar lewe. Dus is sy emosioneel darem nog nie op die put se bodem nie.

Al is dit laat Saterdagmiddag, lig Carina die hoorbuis van die huistelefoon en skakel 'n huisagent. Sy gaan die huis in die mark sit sonder 'n idee waarheen sy gaan of wat sy met al haar meubels gaan maak. Alles hier is iets van Kelvin, ís Kelvin, herinner haar aan Kelvin. En sy besef nou sy het haarself na vier weke jammer genoeg gekry. Sy moet hier uitkom! Daarom dat sy besluit het om *Montage* se fotograaf, Mysi, wel na vanaand se prysoorhandiging te vergesel, al wil sy elke snesie wat sy stukkend gehuil het raam.

Die een of ander skrywer kry 'n prys, en die ongure Gavin het gevra dat hulle foto's moet neem van bekendes wat daar saamkoek, en 'n paragraaf of twee moet skryf oor die geleentheid. "Onthou, dis nie die bliksem se boek wat reklame moet kry nie, maar wie daar was!" in sy gewone hiëna-stemtoon. "En kyk sommer wie slaap by wie en wie kruip gat by wie."

Montage staan bladsye af aan foto's van glimlaggende geesdriftiges by premières en boekbekendstellings. En indien Gavin dit goedkeur, word die boek of film se naam darem genoem by die geleentheid waar die foto's geneem is. Indirekte reklame.

Carina tap 'n bad vol water en week daarin tot dit skemer begin raak. Hulle het gedurig saam gebad. Nou is dit ook daarmee heen.

Die koudheid van die water laat haar na 'n halfuur uit haar gedagtes opskrik. Sy moet nog besluit wat sy gaan aantrek, maar sy het skaars die energie om uit die bad orent te kom.

Sy droog af en trek soos 'n zombie haar swart nommertjie aan.

Haar voordeurklokkie lui. Sy dink momenteel dat dit Kelvin kan wees wat besef het hy het 'n fout gemaak. Kelvin, wat na vier weke sy laaste CD's kom haal het. Kelvin wat tog wil praat. Kelvin wat altyd net Calvin Kleins gedra het omdat dit soos sy naam klink. (Verdomde egoïs!) Hoeveel het daardie duur onderbroeke haar nie gekos nie. Kon sy ma nie vir hom 'n goedkoper naam gegee het nie?

Maar nee, dit sal nie hy wees by die voordeur nie. Daarvoor is hy te lafhartig. Hy sal haar nie wil sien of met haar wil praat nie, want hy vermy konfrontasies omdat dit hom buite sy gemaksone neem. En hy is boonop te trots.

Weer die voordeurklokkie. Sy besef nou dis Mysi Moolman wat haar kom oplaai het.

Carina drentel na die deur toe. En selfs voordat sy dit oopmaak, weet sy dat Mysi haar immer teenwoordige kamera om haar nek gaan hê.

"Hierdie rok verdien my, dink jy nie ook so nie?" Mysi draai in die rondte en Carina vrees dat die noupassende rok enige oomblik by haar heupe gaan oopskeur.

"As jy 'n smartvraat wil wees, ek's nie op daai memo ge-cc nie. Hierso."

Mysi haal 'n boek uit haar handsak en oorhandig dit aan Carina. *Die versamelde strokies van Agata.* "Pas verskyn, Exclusive Books Hyde Park. Dis beter as daggakoekies op 'n eerstejaarspaartie."

Carina neem die boek. *Liefde is as jy sy broodkorsies vir hom afsny!* staan in die borrel bokant Agata se kop op die voorblad. Dit laat Carina aan die huil raak. Lank en innig soos 'n wolf wat vir die maan tjank.

"Skoon whiskey of Prozac?" vra Mysi terwyl sy by haar verbyloop.

"Ek hét altyd sy flippen korsies afgesny!" sê Carina.

"Kom ek haal jou boeie af, girlfriend," sê Mysi. "Gee jou oor. Toe. My naam is Mysi, nie Misery nie. En dis net misery that loves company."

Dit is al aanmoediging wat Carina nodig het na een van die aakligste dae in haar lewe. Sy gaan sit op die vloer en huil weer. En sy gee nie om dat haar grimering smeer nie. Sy huil met oorgawe, sommer vir al die trane wat sy dalk nog in die toekoms gaan stort.

Om die situasie te ontlont, sê Mysi: "Luister, pel. Ek weet e-tol is 'n disaster. Maar jy hoef nie jou grimering daarvoor te konfoes nie."

Sy moet noodgedwonge lag. "Nou moet ek 'n nuwe gesig gaan opsit!"

"Ek hoef nie eers 'n nuwe een op te sit nie, niemand sal die verskil agterkom nie!" lag Mysi.

Hulle loop saam na Carina se slaapkamer toe terwyl Mysi babbel oor Liam Hemsworth se jongste fliek en die nuwe joernalis met die stewige boude wat by *Montage* begin het en die wisselkoers wat verhoed dat sy 'n ryk Amerikaner kan gaan soek.

Terwyl Carina haar grimering opknap, kreun sy: "Ja. Inderdaad. Kyk net na hierdie gesig! Ek is ver verby my sell-by date."

"Dan microwave ons jou vinnig, want vanaand is een van daardie la-di-da do's waar al die eye candy oopketel voor my kamera is! Iewers gaan 'n prinsie uitpop! Of dalk iets wat aan die prinsie behoort!"

"Ek het nie vanaand lus vir daai venyniges nie."

"Mooi titel vir 'n boek. *Die venyniges!*" giggel Mysi.

"Of wat van: *Die rugstekers*. Dit sal die bedryf goed opsom!"
Hulle stap voordeur toe.

"Wat het Daniël vir die leeus gesê toe hy in die leeukuil inge-
wals het?" vra Mysi terwyl sy die voordeur oopmaak.

"Ek weet nie, Mysi. Wat hét Daniël vir die leeus gesê toe hy
in die leeukuil ingewals het?"

"'Kom hier, kietsie-katte. Ek hou my vriende naby, maar my
vyande nader!' En ons hét so baie vyande. Kom ons gaan drink
van hulle gif! Dit het ten minste skop in!"

3

Baniere. Plakkate. Opskrifte. Musiek. En boeke.

Carina soek tevergeefs tussen die menigtes na Mysi. Hulle het skaars in die Saxonwold-gebou aangekom, of haar vriendin se fotograafneus lei haar na plekke waar 'n heuningnes bekendes om Jacques Rynhard se boeke saamkoek.

Sy raak verdwaal tussen handtekeningjagters, sosiale vlinders en akademici. Rondom Carina is plakkate wat feitlik elke muur van die voorportaal van die ouditorium beset.

Die genie-in-haar-eie-etensuur met die haredos langs haar slape af wat soos boerevarings lyk, loop oë neergeslaan na die belangrikste mense in die saal sodat sy tog net nie op pad soontoe met enige plebs hoef te praat nie. Sy knik met dowwe oë wat niemand probeer raaksien nie.

Die flambojante lid van die einste leserpaneel as sy, draai haar in-die-kollig-glimlag aan toe 'n skrywer per ongeluk in haar vasloop. "Hallo! Hoe gaan dit met jou-ou?!" grynslag sy vir die meisie wie se werk sy so pas met venyn afgekeur het. "Ag lekker, man!" antwoord die einste blinkoog-vrou sonder om na die antwoord te luister.

Sy sweef verby na die hoof van 'n buitelandse TV-kanaal.

Carina ril. Haar probleem is dat sy soveel van die binnegevegte af weet wat in hierdie eng sirkel afspeel, dat sy dit eintlik humoristies vind, maar dit voel of sy vir slagoffers lag wat galgtoue om hul nekke kry. Was dit Anne Frank wat gesê het dat sy, ten spyte van alles, nog steeds glo aan die innerlike goedheid van die mens? Op hierdie slagveld sou selfs sý swarigheid gesien het.

Carina besef ook dat hierdie groep geparfumeerde valke

haar gaan laat verstik. "Bad vibes, slegte karma!" sou Mysi gesê het. G'n wonder Jacques Rynhard woon selde hierdie sirkusse by nie. Maar sy druk deur.

Hy staar van orals af na haar toe. Jacques Rynhard. Dié Jacques Rynhard met die filmstervoorkoms en die sagte oë en die halfmasglimlag.

Die man wat romantiese avontuurverhale skryf wat dikwels vuurwarm is. Die liefling van honderdduisende lesers wat elke boek van hom verslind en vra vir nog. Die skrywer wat in die volk se oë niks verkeerd kan doen nie.

Die skrywer van wie sy aanhangers amper niks weet nie, want anders as die meeste skrywers is hy nie op Facebook nie, kommunikeer hy nie op Twitter nie en sit hy nie gemaklik uitgestrek op geselsprogramme se geel rusbanke en praat oor homself nie. Al wat sy van hom weet, is dat hy gewilde boeke skryf en bekend is vir spoed. Hy was al 'n keer of wat in die moeilikheid omdat hy teen duiselingwekkende vaart (*Blitsnuus* se woorde) op sy resiesfiets genaamd Chase rondjaag. Maar wat in sy negentien-watsenaam-motor doodluiters stadig ry.

Sit hom egter op 'n fiets . . .

Jacques staan geen personderhoude toe nie, selfs toe hy as jong skrywer begin naam maak het. Carina weet ook uit ervaring feitlik alle skrywers pak maar te graag teenoor joernaliste uit, want dis gratis reklame vir hul jongste boeke.

Nie Jacques Rynhard nie.

"As iemand nog een keer vir my vra 'Waar het alles begin?', dan . . .!" is Jacques eendag aangehaal.

Elke nuwe roman van hom was 'n gebeurtenis. Hy publiseer een keer per jaar, soms elke tweede jaar. Die uitgewery waar hy tot onlangs gepubliseer het, behoort aan die Franckes – die mees prominente van al die Johannesburgse uitgewerye, spesifiek omdat Alicia Francke, sosiale vlinder, gedurig by glansgeleenthede breër glimlag as die grootpad Noorde toe. Daar is selfs gerugte dat sy haar eie tydskrif wil begin saam met haar pa, John Francke.

Jacques Rynhard is Alicia se sterskrywer. Iemand wat sy ses maande gelede nog in 'n blog soos volg beskryf het: "'n Geniale storieverteller, 'n lieflike mens wat baie sag op die oog val, sexier in die werklike lewe as enigiets wat hy kan uitdraai. En daai skewe glimlag! 'n Man so na my hart! Ek kan my nie die Francke-Uitgewery voorstel sonder Jacques nie."

En toe, skielik, droog haar blogs, Facebook-inskrywings en twiets oor Jacques op. En toe begin die skinderstories lepellê met die waarheid. Alicia was verlief op Jacques, maar hy nie op haar nie. Of Alicia wil eintlik Jacques se stories skryf en wou selfs al spesiale erkenning gekry het vir haar aandeel aan sy stories. Hy het hom vervies en die bondgenootskap verbreek. Sy stories is sý stories, nie hare nie.

En dan, vanuit die uitgewersbedryf, meer prontuit: Jacques wou nie by Alicia slaap nie. En: Jacques sou Lena Aucamp nooit met daardie flerrie verkul wie se grimering swaarder weeg as haar ywerige dye nie.

Carina het Jacques Rynhard se eerste roman, *Baanbreker*, destyds gelees. En soms sy latere romans in die CNA of in boekwinkels deurgeblaai en gespring-lees. "Om groot te word is opsioneel!" was een van die wyshede wat hy kwytgeraak het en wat haar bygebly het.

Sy kyk nou na sy lys romans in die voorportaal. *Baanbreker* (2008), opgedra aan Lena; *Met 'n uitsig op die stad* (2009), vir Alicia met dank – dit is vier keer herdruk; *Brandwag* (2011), opgedra aan "my buurman Fineas Guliwe", beleef tans sy derde druk, terwyl *Nagreisiger* (2012) opgedra is aan sy beste vriend, Jan-Paul Otto.

En nou *Die enkeling*, wat vanaand die Basson-prys vir Letterkunde kry.

Volgelaaide bordjies wat wil-wil kantel met vleisrolletjies, hoenderboudjies en dik kaaspasteitjies kom soos die *Titanic* tussen die mense na haar aangeseil. Sy besef nou sy staan te naby die kostafel en vlug sodat sy haar iPad kan aanskakel en Jacques Rynhard kan google.

Die bestuurder van 'n rolprentmaatskappy staan, soos gebruiklik, met 'n glas in die hand en lag vir haar bende talentlose bruinneus-werknemers vir wie sy altoos beskerm.

"Lekker storie oor Miriam en die skoothondjie in *Montage!*" roep iemand na Carina toe.

"Jis, Cariens!" 'n Joernalis saam met wie sy joernalistiek by Tukkies geswot het. "Jy lyk stunning, doll. Wat gebruik jy?"

"Die lewe!" lag Carina.

"Jammer oor jou en Kelvin. Ons het altyd gesê hy gebruik jou net!"

Sy soek nou na nog inligting oor Jacques Rynhard op die internet. Gelukkig is hier Wi-Fi. Terwyl sy op haar tablet op sy skakel druk, merk sy dat daar wel baie foto's van hom is, skynbaar deur Alicia Francke geneem, maar die inligting is skraps en saaklik. Sy lees:

Jacques Rynhard, gebore 18 Februarie 1980 in Kleinbegin, Mpumalanga. Pa: Klaus Rynhard, treindrywer, kondukteur en later stasiemeester. Ma: Elizabeth (Liebet) Rynhard. Hy gaan skool op Kleinbegin in sowel die laer- as hoërskool waar hy uitblink as redenaar, rugbyspeler, atleet en later opstelskrywer.

Na matriek in 1998 swerf hy tot 2001 deur Europa en die VSA, en maak in New York kennis met die bekende Amerikaanse skryfghoeroe Cynthia Olive. Hy skryf in vir 'n kursus aan haar skryfskool in 2000. Hy publiseer egter geen werk tussen 2001 en 2002 nie en voer as redes aan dat die kortverhale wat hy in daardie jare op sy tikmasjien geskryf het te persoonlik is en hy dit iewers wegsteek waar niemand dit kan kry nie.

Daardie kortverhale was vingeroefeninge of private verhale wat hy nie wil publiseer nie. Sommige is half geskryf, ander is sonder inleidingsparagrawe of eindes.

In 2003 keer hy terug na Suid-Afrika en toer 'n jaar lank deur die land. Vanaf 2004 begin hy boeke wat beskryf word as warm, erotiese romans, onder 'n skuilnaam skryf.

Hy skryf ook vir 'n kort rukkie TV-sepies, maar vind dat hy nie saam met ander skrywers kan werk of ander mense se werk kan skryf nie. En erken prontuit dat die sepievervaardigers net sy naam wil gebruik en verder sy werk na willekeur wil verander om "by hul strak agendas te pas. Soveel tam talentloses, soveel kontakte op die regte plekke".

Jacques Rynhard was nie daarvoor te vinde nie.

Hy publiseer hierna tussen 2004 en 2007 verskeie kortverhale en doen vryskutwerk as reklamekopieskrywer by Botha en Lategan onder die bestuurder Sylvia Nieuwoudt.

In 2008 publiseer hy sy eerste roman, Baanbreker, wat lesers gaande het en opgedra is aan die meisie by wie hy in daardie stadium al vir meer as drie jaar in Newtown gebly het, Lena Aucamp, wat ook al die voorblaaie vir sy romans ontwerp het, gebaseer op haar skilderye. Sy is 'n skoolliefde.

Dit word gevolg deur Met 'n uitsig op die stad (2009), asook Brandwag (2011) en Nagreisiger (2012). Meneer Rynhard praat glad nie oor sy kortverhale, gepubliseer of ongepubliseer, of die inspirasie daaragter nie.

Hy is ongetroud. Hy is ook bekend vir sy liefdadigheidswerk onder straatkinders in Newtown, hoewel hy ook weier om daaroor te praat. Sy vriende is hoofsaaklik mense in Newtown en omtrekke.

Dit is waar die inligting eindig. Geen flambojante tydskrifartikels waarin Jacques sy gunsteling-pastagereg met 'n Pepsodent-glimlag aanmekaarslaan nie, geen radio-onderhoude gevul met die regte geluide nie, geen verskynings op TV-kletsprogramme nie en geen Facebook-inskrywings nie.

Carina onthou vaagweg, toe 'n joernalis hom eendag by die bekendstelling van 'n boek vra hoekom hy nie onderhoude toestaan nie, dat hy geantwoord het: "Waar die storie aan jou vat of nie vat nie, is al wat tel. Dit maak nie saak wat ék daarna sê nie – dis te laat. Die skrywer is nie die ster nie, net sy stories." En toe die joernalissie met sterre in haar oë volhou met vrae: "Ek het my tande stukkend gekou op die lewe. Ek herkou vir die oomblik."

Daar was egter baie meer inligting op die internet oor Alicia Francke, met foto's van haar en Jacques by boekbekendstellings en teaterpremières. Hulle het gereeld saam verskyn. Sy wonder wat Lena oor hierdie vriendskap te sê gehad het.

Iemand stamp teen Carina en mors rooiwyn op haar rok. "Oe, sor-rie, koeks!" Die joernalis met die bloederige rooi tuitbekkie trippel giggelend weg. Carina staar vies na haar rok. Nes haar skoene, dra haar rokke net soveel bewyse van haar lewe en stories as haar notaboeke.

"Jammer, vriendin, maar dit is half simbolies, dink jy nie?" giggel Mysi nou weer langs haar. "Die wynmorsery van die vampier met die uitstaan-tieties. Sy toets eers die kleur voor sy jou nekare afbyt."

"Ek wil huis toe gaan."

"Kom ek verbind gou die kolletjies vir jou." Mysi beduie na die mense. "Almal pleeg soet leuentjies en loer of die nuwe aankomeling dalk hul loopbane kan bevorder. En dis die ergste. Niemand hou van niemand hier nie, net van hulleself. So. Sit jou klipgesig op, grynslag soos Jack Nicholson en kry 'n nuwe angle op die storie."

Carina kyk rond. "Dink jy iemand hier kon Agata geskep het?"

Mysi lag. "Nie een lyk interessant genoeg nie. Ek bedoel, watter ego wat hier rondhang kan skryf *Liefde is 'n man wat jou granate sal ontpit?*"

"Beslis nie my eks, Kelvin, nie."

Mysi beduie na 'n plomperige vrou met dik hare wat soos halfmasvlae langs haar ore hang: "Dalk sý. As sy verby haar selfopgelegde genialiteit kan beweeg."

Carina kyk na waar 'n plakkaat van Jacques Rynhard byna 'n halwe verdieping hoog teen die muur pryk. Daar is iets in sy oë. 'n Selfversekerde kyk wat vanuit 'n niemandsland waarneem en teleurgesteld is met wat hy sien.

Sy glimlag verklap niks. Dit is nie 'n aangeplakte kameraglimlag nie. En hy neem meer van jou in met een blik as nadat hy jou CV onder oë gehad het.

Jacques Rynhard dra 'n ligte stoppelbaard op die plakkaat,

asof hy vir twee dae nie geskeer het nie. Dit laat hom nog aantrekliker lyk. Sy hare en sy vel is bruingebrand.

"Daai bek sal jou bewusteloos soen," fluister Mysi.

Op ander foto's, waar hy vollyf gewys word, is dit duidelik dat hy 'n swemmerslyf het. Geen oordadige gimgeboude spiere wat bult onder te stywe T-hemde nie. Net 'n doodgewone liggaam in proporsie.

Die reuk van die eiers, parfuum, asook die kameraflitse en die gille van bekendes wat mekaar omhels, raak nou vir Carina soos 'n oorversierde koek.

"Ek gaan huis toe."

Mysi keer. "Jy kan nie, want jy vaar saam met hierdie bootjie deur Hurricane Katrina en jy gáán na sy toespraak luister!"

Carina wonder hoe Jacques Rynhard oor hierdie kannibalistiese sirkus voel. Wie van hierdie mense ken hy werklik? Wie is hier omdat hulle regtig hier wil wees om hom vir sy prys te vereer? En wie is teenwoordig bloot om raakgesien te word en hul eie loopbane te bevorder?

Hy is daarvoor bekend dat hy nooit na sulke glansgeleenthede kom nie. En nou moet hy vanaand opdaag omdat hy 'n prys kry. Kan nie vir hom maklik wees nie.

In haar poging om weg te kom, steek Carina haar hand uit na die tafel agter haar. Sy vat 'n boek raak en druk daarop. Twee boeke tuimel af en Mysi keer. Mense begin in hulle rigting te draai.

Sy kyk vinnig na die boek in haar hand in 'n flou poging om voor te gee dat niks skort nie. Dit is *Die enkeling* waarvoor Jacques vanaand die prys kry. Op die voorblad is 'n stoomtrein wat deur 'n landskap beur. Langs die trein staan 'n seuntjie wat vir die trein waai, seker nie ouer as agt nie.

Carina maak die boek oop. *Uitgegee deur Meyer de Necker* staan voorin. En wanneer sy omblaai: *Opgedra aan die meisie wat nie weet waar sy heen gaan nie.*

Carina blaai terug na die blad met uitgewersinligting. *Voorblad: 'n skildery deur Lena Aucamp*, staan daar.

"Presies wie is Lena Aucamp?" vra Carina.

"Maar net een van die coolste skilders in die dorp."

"Picasso was ook. So?"

"Haar ateljee is in Braamfontein."

"En jy weet dit omdat . . .?"

"Ek 'n foto-artikel oor haar moes doen toe ek nog voorskote by *Die Huisvrou* gevou het. Het jy dit nie gelees nie?"

Carina onthou dit vaagweg en kyk na *Die enkeling* se voorblad.

"En as jy in die kwart-oor-rigting kyk, sal jy haar sien aan die hand van ooglekkergoed."

Carina kyk oor Mysi se skouer.

Hulle kom tussen die mense deurgestap – 'n pragtige, ongekunstelde meisie en 'n lang, formele man langs haar.

Lena Aucamp en haar vriend loop langs hulle verby. Vir 'n oomblik kan Carina nie reageer nie. Sy weet nie hoekom nie, maar sy voel hartseer. Onthou skielik weer die verstarde uitdrukking op die swemmer Elmien Malan se gesig waar sy in haar eie bloed gelê het.

Mysi begin foto's neem. "Ekskuus tog! Gee julle om?" vra sy en neem nog 'n rits terwyl Lena en haar vriend asosiaal na die kamera staar. "Hoe lyk dit met so 'n klein-klein kiertsie van 'n glimlaggie?" vra Mysi.

"Wat is daar om oor te glimlag?" vra die man.

Ook Lena bly uitdrukkingloos. Om die waarheid te sê, daar is 'n soort verwilderde uitdrukking in haar oë, en dit is duidelik dat sy gehuil het. Sy kyk vinnig en senuweeagtig rond, asof sy Jacques tussen die mense soek.

Sy is 'n pragtige meisie. Carina se ma sou na Lena verwys het as 'n "rabbedoe". Daardie wonderlike woord wat in onbruik geraak het. G'n wonder Jacques Rynhard het vir Lena Aucamp geval nie.

Sy lyk na die soort meisie wat swart koffie sal bestel en dan ys daarin sal gooi om dit af te koel omdat sy nie kan wag om dit te drink nie. Ongekunsteld, doodnatuurlik en apart van die massa. Wat 'n vloerlap om haar smal heupe en mooi borsies sal draai en steeds minnesange sal inspireer. Wat 'n man met haar sproetjies sal laat kook. Wat net so gemaklik sou gewees het indien sy kaalvoet deur die veld sou hardloop as in vanaand se meer formele uitrusting.

En wat net rooiwyn sal drink en oudhede soos antieke skaaltjies in romantiese winkels sal aanskaf.

Carina bekyk Lena se mooi bene. Bene wat gereeld fietsry. Dalk saam met Jacques. Sy wonder of Lena by die jaagduiwel kan byhou.

Moontlik verkies sy fietse in plaas van motors, loop sy eerder deur die reën op nat teerstrate as oor die strand. Haat sy sonsondergange oor die see, maar is verlief op die son wat deur die Hillbrow-toring middeldeur gesny word. Wat liefde met Jacques sal maak, 'n klokkie sal hoor en die deur kaal vir Mr Delivery sal oopmaak.

En dan die man langs haar, wat gereeld na sy selfoon kyk asof hy wag vir 'n boodskap. Lank, formeel, soos 'n model wat perkoleerders adverteer. Gesofistikeerd, selfversekerd, kiertsregop en met 'n kollietjie teen sy wang waar hy homself seker raakgeskeer het.

Sy oë kyk stip na Carina asof hy haar wil waarsku om hom nie met vrae te verveel nie. ("Waar het alles begin?") Daar is 'n ongelukkige trek om sy mond. Maar die man is George Clooney-aantreklik – sy hare gejel. Hy moes ure daaraan spandeer het. Hy sal 'n meisie probeer verlei met oesters wat hy in haar keel laat afglip, en lang teue van sy whiskey neem. Sal noupassende hemde met smal dassies dra. En sal die blinkheid in sy oë soos Kersboomliggies aanskakel.

Maar dit is die manier waarop hy ongereeld asemhaal soos iemand wat te vinnig trappe geklim het, wat haar interesseer. Hy is ook gespanne. Kyk vinnig tussen die mense deur.

Sonder dat sy haar kan beheer, stap Carina nader.

"Ek is Carina Human van *Montage*."

Hulle oë rus op haar asof hulle presies weet wat sy gaan vra.

"Ek is Lena Aucamp en hy is Jan-Paul Otto." Mooi stem. Donker klank. Jonk, maar volwasse.

"Gee julle om as ek 'n paar vrae vra?" Haar redakteur raas altyd met haar as sy onbekende mense "jy" of "julle". Maar sy kan die twee nie met die beste wil ter wêreld "u" nie. "Die vrae sal nie lank duur nie, Lena. Jan-Paul."

"Ons het nie eintlik iets te sê nie," antwoord Lena.

"Is ek reg as ek sê dat jy die kunstenaar Lena Aucamp is wat al Jacques Rynhard se boekomslae ontwerp het?"

Lena kyk rond asof sy na die ware Lena Aucamp soek. Die Lena wat stories in Jacques Rynhard se oor fluister en stil kritiek op sy manuskripte gee. Toe knik sy. En in die manier waarop Lena na haar kyk, herken Carina skielik dieselfde verlatenheid as wat sy die afgelope paar dae in haarself ontdek het. Sy voel soos 'n boom kaalgestroop deur die winter. En hoekom sou Jacques nie saam met Lena opdaag nie? Of wil hy 'n dramatiese enkelverskyning maak?

Mysi tree tussenbeide: "Julle ken natuurlik vir Jacques Rynhard?" Sy lag verskonend in Lena se rigting. "Baie goed, verstaan ek."

Lena kyk na Mysi asof sy pas gesê het daar groei rape op Venus. Sy antwoord nie.

Maar Jan-Paul knik. "Ja. Ons was saam op skool."

"Op skool?" Carina kyk vinnig na Jan-Paul. "Daar is baie min inligting oor hom op die internet en hy is nie op Facebook nie."

"Vra jou vrae vir Jacques self." Jan-Paul probeer Lena tussen die mense deurstuur, maar Carina kry nog 'n laaste woord in.

"Lena. Ek lees op die internet dat jy en Jacques al sedert skooldae . . ."

Lena maak 'n beweging met haar hand. Carina herken weer daardie hartseer. Die isolasie wat oor haar gesig kruip. Lena se oë beweeg tussen die mense deur asof sy die antwoorde daar gaan kry.

"Asseblief." Moedeloos, asof sy pleit dat die vrae moet ophou. "Hy was maar soos enige ander doodgewone seun. Die nerf van 'n rugbybal afgeskop, wurms in onderwysers se laaie gesit, die stof uit die vlaktes gehardloop, baie pakgekry, fietsgery asof hy 'n weerligstraal is, lokomotiewe met kole gestook, smiley-faces in die sand geteken, kaal geswem. En later begin skryf." Sy bly stil en Carina kan sien dat 'n gedagte in Lena se kop nesgeskop het. 'n Gedagte wat haar net vir 'n oomblik laat versag. "Hy het altyd . . . geskryf, soos 'n masjien, soms twee, drie stories tegelyk."

Is dit 'n verwyt of 'n stelling?

"Maar ek verstaan julle is in 'n lang verhouding. As iemand iets van hom weet, is dit tog seker jy, Lena?"

Lena draai skielik weg: "Niemand weet iets van enigiemand nie."

"Kan ek ten minste jou kaartjie kry, of kontakbesonderhede?"

Lena kyk hulpeloos na Jan-Paul, maar op daardie oomblik kom 'n man nader gestap.

"My magtag. Die stad se voorste argitek! Geweet jy gaan by jou beste pel se boelsaai-prys wees. Hoezit, bru?" Die man gee Jan-Paul 'n boetvaardige druk.

"Hallo, Fred. Dankie, man," maar daar is geen emosie in Jan-Paul se oë nie toe hulle vuisstamp.

"Ek is jammer. Maar hét jy dalk 'n kaartjie?" hou Carina koppig vol.

"Maar hoekom het jy 'n kaartjie nodig, poplap?" lag die man wat Jan-Paul as Fred aangespreek het. "Sy kantore se logo is groter as Zuma se glimlag. Dis in die Mullan-gebou in Sandton! Die kantore, nie die glimlag nie."

Fred en Jan-Paul draai weg om te praat, maar Lena staar strak voor haar. Sy oorhandig haar ateljee se kaartjie tog aan Carina.

"Dankie." Carina kyk na Lena se kaartjie. "Ek hou van jou werk. So 'n artikel kan baie vir jou skilderye beteken." Asof sy die aandag wat sy aan Lena spandeer om nuus oor Jacques te kry, moet verduidelik.

Lena pluk aan Jan-Paul se arm.

"So. Julle is ook vanaand hier," sê Fred.

"Ons het hom belowe ons sal hier wees," antwoord Jan-Paul kortaf.

"Het die nonne vir die priester in die stoombad gesê. Sien jou, pella!" sê Fred en loop laggend weg.

Hulle verdwyn vinnig tussen die mense, en anders as die ander sosiale vlinders neem hulle nie glasies wyn nie. Hulle stap na die ouditorium toe. Lena kyk een keer na Carina asof iets aan haar vir Lena interesseer.

Mysi rol haar oë. "Hoe kon jy daai twee laat wegkom?"

"Lena sal in elk geval net orgasmies reageer op hoe wonderlik Jacques is en hoe talentvol hy is. Ek ken dit al uit my kop. Vra vir enige bekende hoe dit was om saam met 'n regisseur of 'n skrywer te werk, en hulle swymel vir vyf minute, waarvan ek nie een woord kan gebruik nie! Dan kraai die haan drie keer op die agtergrond."

Jan-Paul en Lena verdwyn in die ouditorium. "En óf hulle is onheilig arrogant, óf hulle haat hierdie perdebyneste net soveel soos jy! Elke angel dra 'n kort swart nommertjie sodat die gif net-net nie uitdrup nie."

Carina draai terug na die boekuitstalling. Sy tel nog 'n roman van Jacques op. *Met 'n uitsig op die stad.* Die omslag wys drie kinders wat in 'n poel water swem. Sy maak die boek oop.

Uitgewer: Die Francke-Uitgewery. Voorbladontwerp: Lena Aucamp.

Toe Carina na die agterblad kyk, sien sy 'n foto van 'n jonger Jacques wat voor 'n tikmasjien sit. Dit lyk nie of hy daarvan bewus is dat hy afgeneem word nie. *Foto: Alicia Francke,* staan daaronder geskryf.

"Tikmasjien? Wie tik nog op tikmasjiene?" vra Carina hardop.

"Jacques en Woody Allen. Het jy nog nie gehoor dat Woody steeds sy draaiboeke op dieselfde tikmasjien skryf wat sy ouers vir hom gegee het nie?" lag Mysi.

"Maar Jacques seker tog nie!"

"O ja, suster. Dis die een ding wat ek van hom weet. Pas seker by sy image as ernstige skrywer. Hy het darem nie 'n pyp of 'n glas brandewyn in die hand nie. Stel jy nou in hom belang?"

"'n Tikmasjien!" Asof sy dit steeds nie kan glo nie.

Carina loop tussen die mense deur en kyk met hernieude belangstelling of sy Jacques iewers sien. Maar daar is geen teken van hom nie.

"As jy Jacques Rynhard gewaar, gil soos 'n diva wat 'n hoë noot benader!" beduie Mysi.

Dan is Carina buite op die balkon.

Onder haar is 'n welige tuin. En agter die bome die verligte Sandton-geboue. Iemand leun met haar rug na haar toe oor die balkon. 'n Boom gooi 'n skaduwee oor die persoon sodat sy nie kan uitmaak wie dit is nie.

Die vrou suig aan 'n sigaret en blaas die rook tydsaam uit soos 'n karakter in 'n film noir-rolprent. Wanneer Carina langs haar oor die balkonmuurtjie leun, herken sy haar van die foto's. Dit is Alicia Francke, Jacques Rynhard se vorige uitgewer.

"Ek is Carina Human van *Montage*. Aangename kennis."

"*Montage?*" Alicia stel skielik in haar belang. Carina is al gewoond daaraan. Die naam maak baie deure oop, pienk tapyt en al.

"Dan's dit jý wat daai storie geskryf het oor die aktrise wie se ma haar weggegooi het en toe weer by Skouspel raakgeloop het?"

Carina was ongelukkig oor die storie. Nog een van die vele wat haar redakteur haar gevra het om te skryf. Dis eers nadat die storie gepubliseer is dat sy gemerk het hoe hy die gegewe gesensasionaliseer het. Melodramatiese beskrywings waarin die aktrise "huilend ineengestort het" en haar ma wat haar "snikkend om die hals geval het" was bykomende inligting wat Gavin, sonder haar medewete, bygevoeg het om die storie beter te laat verkoop.

Al wat nodig was, was 'n sepie-kenwysie.

En Gavin het sy naam onder die hoofkoppe gesit en hare aan die einde geplaas onder *Addisionele beriggewing*.

"Ja. Maar ek wil eintlik vrae vra oor Jacques Rynhard."

Alicia Francke vat 'n laaste trek aan haar sigaret, trap dit dood en druk haar hare agter haar oor in. Carina besluit op haar gunstelingvraag, waarop mense gewoonlik dadelik reageer: "Som Jacques in 'n paragraaf op."

Alicia kyk op en toe haar oë Carina s'n ontmoet, lyk dit of Alicia deur haar kyk. Sy draai haar rug dramaties op Carina en staar oor Sandton uit. "'n Verwaande vark."

Sy dink aan die man met die sagte oë op die plakkate. "O."

"Ons eie Dorian Gray, and you can quote me on that. Mooi van buite, maar die dorp se grootste cock-teaser."

Dit tref Carina ontkant. "Wel, ek . . ."

"En hy is verskriklik temperamenteel." 'n Oordrewe handgebaar. "Meedoënloos oor wie hy gebruik en hy gee nie om hoe nie. Belowe altyd met daai mooi oë van hom, maar hy gee net iets as dit sy loopbaan kan bevorder." En amper as 'n nagedagte: "En vol eiewaan."

Die deeltjie oor die mooi oë sê meer as al haar ander uitlatings saam. Carina het haar iPad ongemerk aangeskakel en neem die gesprek op.

"Maar wat die res betref. Jacques is," en Alicia handhaaf 'n kort, dramatiese stilte, "'n wese sonder siel wat van uitgewer na uitgewer spring en by die hoogste bieder aanmeld." Sy druk weer 'n lastige krul agter haar ore in. "Ek het sy eerste boeke gepubliseer. Ek het hom gemaak, gehelp, raad gegee, sy bas gered, toe smyt hy my uitgewery weg nadat ek gewaag het om hom te kritiseer. Dis een ding van Jacques. Hy kan glad nie kritiek hanteer nie."

Alicia klink na iemand wat 'n resep op die radio aframmel en alles probeer inpas voor die stippe van die tydsein. Carina wil reageer, maar Alicia is nou onstuitbaar: "Hy verbeel hom hy kan alles doen. Is die beste skrywer op sy patetiese klein mishoop. Luister nie as 'n mens wil help nie en hou homself so hoflik. So blerrie vriendelik, mens kan kots daarvan!" En selfs harder: "Ek hoop sy skildklier gaan op 'n staking, dan rus Lena Aucamp 'n bietjie. Ek sou nie so baie van myself gedink het as ek hy was nie!"

"Hoe het julle ontmoet?" gryp Carina die kans toe Alicia asem skep.

"Hoe het ons ontmoet?" Aan die manier waarop Alicia dit herhaal, kan Carina hoor dat sy eintlik net op daardie vraag gewag het.

"Ek het een van sy kortverhale in *Die Huisvriend* gelees. Wanneer was dit tog, 2004, of was dit 2005?" Sy kyk na Sandton City hier na aan hulle. "Gedink daar is talent wat ernstig bestuur moes word. Wat teen homself beskerm moes word. Gehou van wat ek sien . . . lees." 'n Huiwering, asof sy haarself korrigeer.

"Hoe het julle ontmoet?"

"By 'n restaurant wat ek gelukkig gekies het. Hy wou in die een of ander boheemse vlooines aan die verkeerde kant van 'n hoerhuis ontmoet. Ek het besluit op 'n Taiwannese restaurant in Mandela Square." Sy lag. "Ek het hom uit sy gemaksone geneem. En ek wou sien of hy soos ander skrywers lyk: sigaret in die een hand, drankglas in die ander soos in flieks, gewoonlik in 'n saal afgeneem net groot genoeg vir sy ego. Met . . ." en sy soek na woorde, "rooi tekkies en vuil klere met gate op die regte plekke in sy jeans." Sy beduie dramaties met haar hand. "Dalk met 'n vetterige poniestert. Vuil naels."

"Was sy naels vuil?" waag Carina dit.

'n Effense sagter klank. "Nee." Carina kan sien Alicia dink deeglik na. Sy kyk voor haar uit soos iemand wat op 'n kosbare vaas bie en besluit hoe hoog sy die volgende bod moet insit. "Jacques was toe nog ongekunsteld. Fietsrybene waarmee hy die hel uit Chase gery het . . ." Sy raak 'n oomblik weg en ruk haar dan reg. "Hy was toe nog onbekend. Net 'n doodgewone boerseun wat langs 'n treinspoor grootgeword het en nog nie die krag van sy eie talent besef het nie." Sy staar oor die stad uit. "Maar dit was destyds. Nou het die meneer mos uit sy boksie gepop en gedink sy onderarmhare ruik na rose! Luister nie!"

Luister nie na háár nie, dink Carina. Doen nie wat Alicia verwag nie.

'n Stem kondig aan dat die verrigtinge gaan begin.

"Kan ons later verder gesels?" vra Carina en oorhandig haar kaartjie.

"Wat help dit tog? Hy kry vanaand 'n prys. Nou sal sy kop seker nog groter swel as sy ander talente."

"Ander talente?" Carina herhaal nou alles wat Alicia sê soos 'n jong joernalis wat haar eerste onderhoud doen. Maar dit het die gewenste uitwerking.

"Talente," haar oë dwaal asof sy iets onthou, "wat hy net vir sekere mense hou." Sy maak haar pakkie sigarette toe. "Praat liewer self met die ego nadat dit geland het. Enige uitgewer se nagmerrie. Ek moes al sy reklame doen terwyl hy en daai verfkwassie lê en vry het. Skurk."

Die ligte word nou aan en af gedompel en die laaste oorblywende mense stroom die ouditorium binne.

Alicia loop haastig verby Carina. Sy sluit by 'n gryskopman aan wat Carina herken as John Francke, Alicia se pa en die bestuurder van die Francke-Uitgewery.

Dit neem Carina 'n rukkie om Mysi op te spoor waar sy saam met 'n klomp ander fotograwe by die deur saamdrom. "Ons weet nie van watter kant af hy gaan kom nie!" babbel sy. "Daar is drie ingange en hy is nog nie by een van hulle gewaar nie!"

Die laaste mense wat by die deur saamgedrom het, neem nou hul sitplekke in.

Lena Aucamp en Jan-Paul Otto sit reeds in die middel van die ouditorium. Lena leun agtertoe en knik hoflik wanneer iemand haar 'n kompliment gee. Jan-Paul groet iemand, maar sy gesig bly strak. Hy en Lena kyk weer albei na die verhoog, maar dit is duidelik dat hul gedagtes elders is.

Lena pik selfs 'n traan weg. Of sy raak dalk net aan haar wang.

Toe stap John en Alicia Francke in. Die gehoor bedaar. Almal kyk na hulle en Carina, wat nog by die deur staan, wonder opnuut hoekom Gavin Greeff nie ook vanaand hier is nie. Hy gaan na vele glansgeleenthede, gewoonlik alleen – sy vrou vergesel hom selde. Daar is gerugte dat Gavin se huwelik besig is om te wankel, en dit kan dalk iets met sy afwesigheid te doen hê.

Die Franckes stap verby Meyer de Necker, Jacques se huidige uitgewer, en gaan sit. Alicia en John knik wanneer mense hulle groet en Alicia glimlag, maar dit is 'n gedwonge glimlag – soos die meeste mense hier vanaand. Venynige lippe wat weggetrek word om slagtande te openbaar.

Carina en Mysi gaan sit.

Jacques se ma, Liebet Rynhard, moet tog vanaand hier iewers wees. Sý sal seker meer oor haar seun te sê hê as die ander.

Agter Carina praat mense gedemp en sy hoor een stem uitstyg: "Arrogante vleeskoek sal seker sy eie kollig op die verhoog wil hê!"

'n Ander stem val in: "Wat verwag jy van 'n seuntjie wat langs 'n treinspoor grootgeword het? Ek was by sy eerste boekbekendstelling. Jy kan die seuntjie uit die agterbuurtes haal, maar nie die agterbuurtes uit hom nie!"

"Ek hoor hy't sy pad in die bedryf ingeslaap!"

"Skynbaar begin by daai vrou in New York wat hom alles geleer het."

Carina draai om na die stemme agter haar, maar op daardie oomblik verdof die ligte sodat sy nie die pratendes behoorlik kan identifiseer nie.

'n Kollig val op die verhoog en Carina rek om beter te kan sien. Mysi kom halfpad orent om die eerste foto van Jacques Rynhard te neem, maar 'n gryskopman verskyn. Die gehoor gee beleefd applous.

"O Oklahoma! Natuurlik sal hý die prys oorhandig! Watch die lang druk wat hy Rynhard gaan gee! Donnerse ou queen." Weer die stemme van agter af.

Die gryskopman gaan staan agter 'n kateder. Agter hom verskyn 'n reuse-skyfie van Jacques Rynhard met dieselfde rustige kyk in sy oë. Uit die foto kan Carina sien hy is gemaklik met homself. Geen pretensie, geen aansit nie. Net Jacques Rynhard.

Die professor stel homself bekend en verwelkom die aanwesiges. Hy vertel enkele anekdotes wat die gehoor hoflik laat lag. Sommige aanwesiges bly egter stug, asof hulle die spreker wil ontsenu, en kyk vinnig rond na wie nog in die gehoor sit.

Nou bepaal Carina haar by wat die professor kwytraak: "Jacques Rynhard staan nie onderhoude toe nie – dit is 'n welbekende feit." Weer 'n hoflike gelag, behalwe van die uitgewers se kant. "Ons weet ook almal dat hy gereeld die pad Punda Maria toe of Prins Albert toe vat om op sy eie te gaan skryf." En dan met 'n glimlag en geligde wenkbroue: "En altyd op 'n tikmasjien."

Mense knik of kyk betekenisvol na mekaar.

"Ons weet ook dat hy 'n alleenloper is. Hy skryf graag oor mense, maar hy stel hom nie maklik aan hulle bloot nie, vandaar miskien die vele gerugte wat oor hom in omloop is."

Skielik is die venynige skinderbekke agter Carina stil en sy verbeel haar dat die spreker in hulle rigting kyk.

"Wel. Laat ek eerlik wees, oor sy enkelingskap." Hy beklemtoon nou elke woord: "Enkellopend op een uitsondering na." Die professor skerm sy oë teen die skerp ligte. "Lena, waar is jy?"

Mense kyk rond. Lena lig 'n onwillige hand.

"Behalwe die skilderes Lena Aucamp: Die liefde van sy lewe." 'n Ligte applous gaan deur die mense om haar. "Dis 'n welbekende feit dat Jacques en Lena al sedert skooldae 'n verhouding het. Ek weet nou nie of ek uit my beurt praat nie, maar ek het iewers 'n voëltjie hoor fluit dat daar binnekort huweliksklokkies gaan lui!"

43

Lena maak 'n hulpelose beweging met haar hande en 'n paar kameras flits in haar rigting. Sy klou skielik aan Jan-Paul se elmboog asof sy hom wil vra om haar teen al die aandag te beskerm.

Die professor vervolg: "Nadat Jacques uit New York teruggekeer het, het hy elke jaar of twee 'n roman geskryf. Daardie resensies was gemeng. En intussen was daar verskeie tydskrifverhale, selfs 'n verhoogproduksie, maar hy het geen geheim daarvan gemaak dat hy romans verkies nie."

Laatkommers skarrel vir oop sitplekke en Carina kyk of sy Jacques dalk tussen hulle kan sien. Die professor knik na iemand in die gehoor.

"Sy roman *Baanbreker* was inderdaad baanbrekerswerk. 'n Avontuurverhaal van hoë gehalte wat Jacques ook in 'n verhoogstuk verwerk het. Kunstefeeste en kunstekabinette het die teks aanvanklik afgekeur as te kommersieel, maar toe dit uiteindelik in die Staatsteater opgevoer is en rekords gebreek het, was dieselfde kritici se monde gesnoer."

Akteurs wat in die produksie opgetree het, maak geesdriftige geluide en verskeie mense fluister onthuts vir mekaar.

"Feit bly staan, of Jacques Rynhard avontuurverhale of rillers geskryf het, waarin hy aanvanklik gespesialiseer het, of romans van 'n meer ernstige aard soos *Brandwag* en *Nagreisiger*, hy het met elkeen grense verskuif en het vreesloos geskryf. Kommersieel, ja, maar sy werk was steeds van literêre gehalte." 'n Dramatiese stilte. "Maar hy het ook baie vyande gehad."

Die skuldiges is nou doodstil.

Die professor blaai tussen sy notas rond soos iemand wie se toespraak opgedroog het en wat nou na 'n ander onderwerp wil spring. Dan beweeg sy oë na Alicia en John Francke. "Vele het hom nie werk gegee nie omdat hy hulle geïntimideer het – hul verskoning was dat hy reeds te veel hooi op sy vurk het. Of dat hy met te veel bagasie gekom het." Carina verbeel haar dat hy in die rigting van 'n vrou links van haar kyk wat strak voor haar uitstaar. "Jacques sou later jare ook ernstige meningsverskille met uitgewers hê wat hom ongewild sou maak. Hy het altoos gesê dat hy nie kan skryf soos ander mense wil hê hy moet skryf nie, al was dit sogenaamd vir sy eie beswil."

Dit is nou doodstil in die ouditorium. Alicia skuif rond en vir 'n oomblik dink Carina dat sy gaan uitstap, maar haar pa keer haar.

"Maar toe verskyn *Die enkeling*. In 'n private gesprek wat ek destyds met Jacques oor 'n glasie ystee gevoer het, want Jacques drink mos nie eintlik nie," en daar is 'n gegiggel uit die gehoor, "het ek genoem dat die roman dalk 'n prys kan wen. Maar hy het net gelag en gesê dat sy bekendheid as skrywer sy eie grootste vyand geword het, omdat die kritici en die publiek sekere stories van hom verwag het wat hy nie meer wou skryf nie. En dat hy nie die soort skrywer is wat met pryse vereer word nie."

Die professor kyk op en dit voel vir Carina of hy reguit na haar kyk. "Toe die komitee dus onlangs 'n wenner vir vanjaar se Basson-prys vir Letterkunde moes toeken, en dit het uit nuwe en jonger keurders bestaan as die gewone groep . . ." Een of twee mense gee flou applous en hy gaan voort: ". . . is hierdie veelbesproke en kontroversiële roman gekies."

"Dink jy daar's nog wyn in hierdie plek?" vra 'n stem sag agter Carina. "Dit raak nou erg boring." 'n Resensent twee stoele van haar af maak vulgêre masturbasiebewegings oor sy kruis terwyl hy na die professor kyk.

"Daarom is dit vanaand my voorreg om die Basson-prys vir Letterkunde . . . aan Jacques Rynhard te oorhandig!"

Wanneer die kollig na agter op die verhoog skuif, draai die professor om en wys na die ruimte agter hom. "Dames en here." Hy skep asem. "Applous vir die skrywer van die jaar!" Weer 'n dramatiese pouse soos daar altyd in advertensies is. "Jacques Rynhard!"

Lede van die gehoor kom op hulle voete. Sommige mense bly egter sit, arms dramaties gevou, maar diegene voor Carina staan op en klap met hul hande bokant hulle koppe. Mense rek

45

hul nekke om Jacques te sien. Fotograwe loop na die verhoog toe. Hier en daar gaan 'n "bravo!" op. Selfs "Jacques!" van 'n paar mense.

Die professor herhaal: "Jacques Rynhard!" Hy beduie. "Komaan, Jacques, moenie skaam wees nie! Ons wag vir jou!"

Die applous word volgehou en mense begin sy naam in 'n koor sê: "Jacques! Jacques! Jacques!" Daar is fluite en selfs voete wat gestamp word.

Carina kyk na Lena wat ook nou staan, haar gesig uitdrukkingloos. Mense begin ongemaklik met mekaar praat. Die kollig skuif oor die verhoog en soek na Jacques Rynhard terwyl sy naam uitgeroep word.

"Jacques Rynhard? Wo bist du?"

Mense kyk oor hul skouers na die deure agter in die ouditorium. Ander soek hom in die gehoor. Daar is 'n beroering tussen die mense, asof Jacques tussen hulle is en probeer om sy pad vorentoe te baan.

Maar Jacques Rynhard verskyn nie.

Die professor kug selfbewus terwyl die gehoor mompel en rondkyk.

Mysi hou haar kamera bokant die mense se koppe om 'n foto van Jacques te neem as hy sou verskyn.

Geen Jacques Rynhard.

Die applous bedaar. Mense begin hardop praat. Die professor tik-tik verleë teen die mikrofoon soos iemand wat 'n klanktoets doen – sy toespraak klaar gelewer met geen woorde of verskonings meer op die papier voor hom nie. Die tikklanke klink hard deur die ouditorium.

"Jacques? Waar is jy?"

Maar Jacques Rynhard is nie daar nie.

Alicia Francke kyk om, reguit in Carina se oë. Sy gee 'n effense glimlaggie en loop dan tussen die verbaasde mense deur. Sy leun oor en oorhandig 'n nota aan Carina. Haar pa volg haar.

Hier is 'n storie. Ontmoet my môreoggend tienuur by Corner Café, Craighall. Moenie laat wees nie. A.

46

Carina kyk na die warboel om haar.

En sy dink dat sy die Corner Café sal moet google, want sy het nie 'n idee waar dit is nie.

4

Carina draai links by die verkeerslig in Craighall vanaf Jan Smutslaan en ry tussen die woonhuise deur. Sy was nog nooit hier nie en wonder of dit dalk Alicia Francke se gunsteling-restaurant is. Hoekom juis hier ontmoet? Sy het 'n restaurant in Sandton of Morningside of Hyde Park verwag. Maar hiér? Sou dit luuks genoeg vir Alicia wees?

Sy het uit haar maag gelag vir Agata se strokie in vanoggend se Sondagkoerant, wat slegs 'n klein laatberiggie oor Jacques Rynhard se verdwyning gehad het. *Liefde is as hy vir jou 'n lief-desbriefie skryf sonder 'n enkele cliché in.* Nie so snedig soos Agata gewoonlik is nie, dus moes die skepper daarvan dalk 'n onge-wone emosionele oomblik ervaar het. Waar is die dae toe Agata bitterbek gesnater het *Geluk is as jy weet hy dra nie Crocs nie?*

Die Corner Café sit nou aan haar regterkant langs 'n paar klein winkeltjies. Sy herken Alicia dadelik waar sy by 'n tafel buite die restaurant sit.

Alicia dra 'n korterige broekie wat haar mooi bene beklem-toon en 'n rooi toppie span styf om haar borste. Sy het hoë-hakskoene aan en is besig om op haar iPhone te werk.

"Hallo. Carina Human. Ons het 'n . . ."

Alicia hou haar wysvinger in die lug. Carina is nie seker of sy toestemming het om te gaan sit nie. Alicia tik haastig op haar slimfoon se venstertjie en druk *Send.* Sy kyk op en haal haar sonbril af.

"'n Uitgewer se werk is nooit klaar nie. Jong upstart wat sy eerste roman by my publiseer het probleme met my kritiek. Sy selfoon is af, want hy kan glo nie kommunikeer wanneer hy skryf nie. Nou moet ek per SMS kommunikeer. Hy sal sy heiland gou leer ken." Sy beduie na 'n stoel. "Ekskuus. Ons is nie hier om oor my probleme te praat nie. Môre. Sit."

Dit is 'n opdrag, nie 'n vriendelike versoek nie.

Carina bestel tee terwyl Alicia vir 'n pot groentee vra.

"Daar's net een klein beriggie in vanoggend se koerante oor Jacques. Sy verdwyning het seker op saktyd gebeur, anders was die storie groter, wat sy ego nog verder sou laat swel."

"Wat het gebeur?" Carina beduie na haar iPad. "Mag ek die gesprek opneem?'

"Ek word nie opgeneem nie." Sy swaai haar vinger heen en weer. "En ek praat nie op rekord nie. Ons het net 'n doodgewone gesprek."

Carina sit haar iPad terug in haar handsak.

Alicia sit terug en steek 'n sigaret aan. Haar vingers bewe en sy lyk gespanne.

"Kom jy gereeld hierheen?" vra Carina, net om die gesprek aan die gang te kry.

"My en Jacques se gunsteling-restaurant."

"Hoekom het hy verdwyn en weet jy waar hy is?"

"As ek geweet het waar hy is, sou ek die polisie reeds gesê het. Ek kom nou net van die ondersoekbeamptes af. En hoekom hy verdwyn het?" Sy trek aan haar sigaret. Dan draai sy na Carina en maak gereed om te praat. Uit jare se ervaring sien Carina dat Alicia iets belangriks wil sê. Sy maak haar mond oop om te praat, maar dan lui haar slimfoon. Sy gryp dit en haar hand bewe. Maar dan sug sy en skakel dit af. "Verbrande skrywers wat mens nie eers jou eie Sondag toelaat nie!"

"Wat kan jy my oor Jacques vertel?" vra Carina.

"Ek wil jou net bietjie agtergrond gee, to set the record straight, want ons kon nie gisteraand behoorlik praat nie." Alicia leun weer vorentoe soos iemand wat 'n intieme belydenis gaan maak, maar dié slag lyk sy meer behoedsaam, asof sy vooraf uitgedink het wat sy gaan sê. "Want noudat die meneer soos die Skarlaken Pimpernel verdamp het, gaan die stories begin rondvlieg, veral oor my en hom, en ek wil net sekere feite regstel sodat ék nie die vark in die verhaal is vir sy reklamefoefie nie." Sy druk haar sigaret dood. "Ek was dalk die vark in die verhaal, maar moontlik besef hy nou eers wat hy aan my gehad het."

Haar oë huiwer net te lank op die sigaret, asof sy iets herleef. "Goeie dinge gebeur met hulle wat lank wag."

"Wat bedoel jy?"

Alicia skud haar kop. "Net dat Jacques seker, tussen al sy ander sondes, besef het hy is by die verkeerde uitgewer. Meyer de Necker mag nou op die kruin ry. Maar hy verstaan Jacques nie."

"Maar Jacques het 'n prys gewen!"

"En tog is *Die enkeling* nie sy beste werk nie. Ek is die enigste wat hom kan motiveer en inspireer om sy beste te lewer nou- dat hy in die diepste put van ellende is. En ek dink nou sal hy na my luister."

"Wat bedoel jy?"

"Net dat mens nooit weet wat jy gehad het voor jy dit ver- loor het nie. En dit is op Jacques en my van toepassing. In daardie volgorde."

Carina stoot die asbakkie verder van haar af weg. "Dink jy dis 'n reklamefoefie?"

Alicia kyk weer na haar slimfoon. Dan druk sy dit in haar handsak. "Hierdie storie moet jy ongesteur hoor. En ek gaan dit vir jou vertel soos dit gebeur het. Maak daarvan wat jy wil."

"Hoekom vertel jy dit juis vir my?" waag Carina.

"Omdat dit tyd is dat Jacques Rynhard ontmasker word. Ek is gatvol vir sy hoflike-boerseun-van-die-volk-beeld."

Maar iets val Carina ook op. Nou, met al die reklame wat Jacques kry, gaan dit natuurlik die verkope van sy vorige romans by die Francke-Uitgewery bevoordeel, wat moontlik nuwe op- lae kan beteken. Alicia gaan dus tog voordeel hieruit trek.

Dalk is Alicia se belydenisse nie so eerlik of pynlik soos sy wil voorgee nie. Maar om te besluit, moet Carina eers haar weergawe hoor, en dit dan vergelyk met ander mense se sie- nings daarvan.

'n Saak het altyd meer as een kant.

Toe Alicia begin, praat sy soos 'n masjiengeweer, aanhoudend en intens. Maar Carina hoor alles vanuit Alicia Francke se oogpunt. Die meisie wat hom nooit gehad het nie.

18 NOVEMBER 2003, 12:30

Alicia het toe uiteindelik ingestem om Jacques by Daleahs Restaurant in Braamfontein te ontmoet, en nie in een van haar glansrestaurante waar almal haar ken en hand en voet bedien nie. Die besluit was uiteindelik hare: Dalk moet sy hom aanvanklik op sy eie terrein sien voordat sy hom na haar hand begin grootmaak. Sy hoop net dat mense haar nie hier sal opmerk nie, want dit is nie haar soort restaurant nie.

Jacques Rynhard se kortverhale toon belofte. Meer as belofte. Dit is opwindend en anders as wat sy nog ooit tevore gelees het. Vars, byderwets, met 'n nuwe invalshoek en sonder die selfvertroeteling en selfbewustheid wat nuwe kortverhaalskrywers soms kenmerk. Of die doelbewuste nabootsing van die Afrikaanse kortverhaalmeesters.

Rynhard se werk is bedrewe sonder om vertonerig te wees, met 'n tikkie sinisme en donker humor waarvan sy hou. Hy het 'n sin vir galgehumor wat haar hardop laat lag en soms haar hand voor haar mond laat plaas omdat dit so vars is. Waar sou hy aan soveel oorspronklikheid kom? En hy kan boonop romanties skryf sonder om in clichés te verval. Sy verhale is ver bo die standaard van die res in dieselfde tydskrifte.

Maar waarvan sy die meeste gehou het, is die "immigrasie na die self"-motief, soos 'n vriendin dit so raak gestel het. Asof Rynhard met elke nuwe kortverhaal toenemend bewus raak van die gebreke aan die eie ek, sodat hy hom tot immigrasie en soms selfs emigrasie moet wend om 'n storie te vertel wat buite vertroeteling val. Want een ding is seker: hy ken en verstaan mense asof hy van meet af aan verby vertonerigheid en valsheid kyk. En in sy werk merk sy iemand wat al ten volle gelewe het. En dalk baie meer ervaar het as wat sy stories tans verklap. Hy het maar nog net aan die oppervlak van sy talent geskraap.

Met elke verhaal haak Rynhard donker temas oor vrees en selfbetwyfeling soos 'n trein se waens aanmekaar. Die een lei tot die ander, het die ander se krag nodig, en kan nie sonder die ander bestaan nie. En om die stories en temas almal teen die berg uit te sleep, is 'n kort novelle nodig wat al die temas sal saambind – nie 'n 1500-woord kortverhaal nie.

Tog sien Alicia ook, op haar eie selfsugtige manier, die moontlikhede vir finansiële gewin raak. Herdrukke, voorgeskrewe werke vir skole. Merk sy 'n ongedwonge skryfstyl wat sy maklik meer kommersieel kan rig en wat dan kan aanleiding gee tot populêre vermaak, maar tog met 'n literêre inslag.

Dit is wat haar eintlik na Jacques Rynhard se werk aantrek. Sy kan lekker geld maak uit hom.

Sy kyk deur die venster, merk die skeefgetrapte Braamfonteinse sypaadjies, smouse wat verstikkende enerse ware uitstal – soms vyf langs mekaar met dieselfde groteske figure uit klip en hout. Afrika-kitsch, vertroebelings van voorvaderstories en gesigte. Almal se pryse is dieselfde, almal se voorkoms is dieselfde. Hoe verwag die mense om iets te verkoop as alles eners lyk?

Dit is wat die Francke-Uitgewery tussen die ander laat uitstaan. Haar moed om kanse te waag en nuwe onderwerpe aan te vat waaraan ander uitgewers nie wil raak nie, maar dan met helder boekomslae waar die inhoud en die literêre styl mekaar komplementeer. Sy het ook romans gepubliseer wat die grootste gemene deler trek – die leser wat na gehalte soek, maar wat tog ook vermaak en iets meer diepsinnig verlang, anders as "boy meets girl, boy loses girl, boy wins girl back".

So het sy al dikwels nuwe, belowende skrywers opgespoor en opgelei. En daarom het sy navorsing oor Jacques Rynhard probeer doen nadat sy sy kortverhale gelees het. Maar selfs op die internet is daar min oor hom, sonder foto's, wat raar is, en hy is glad nie op Facebook nie. Dit is net sy ses kortverhale wat op 'n vreemde manier met haar praat.

En daar is 'n sensuele ondertoon wat haar warm laat voel.

Terwyl Alicia vir haar tee wag, dwaal haar oë vinnig oor die tekste wat sy tans ontwikkel: 'n aksieroman deur Friedel Bredenkamp, 'n donker romanse deur Fanny Krynauw. (Alicia het haar gevra om haar naam te verander want dit kry altyd vulgêre kommentaar, maar die skryfster het geweier.) Ook 'n intellektuele digbundel deur Maria Ysel, en 'n opvolg op Pieter Crous se blitsverkoper-riller *Vaderland*. Maar sy het nuwe talent nodig. En dringend.

Skielik, buite die restaurant, 'n geraas. Sy kyk deur die venster en verwag karwassers of parkeerwagte wat slaags raak.

'n Jong man op 'n resiesfiets met 'n helm op kom teen 'n geweldige vaart aangery en stop vlak voor die deur, sodat die lui duiwe gesteurd opvlieg. Hy groet iemand oorkant die straat deur sy vuis in die lug te druk. Die man wys vir hom 'n vredesteken.

"Hey, your dudeness!" roep die swart man oorkant die straat.

Selfs die smouse groet hom, almal op 'n ry soos 'n stel domino's wat effens wankel maar met genade nie omval nie.

Die fietsryer haal sy veiligheidshelm af, maar hou sy rug op die venster gekeer. Hy sluit sy fiets, druk sy vingers teen sy mond en plaas dit dan op die fiets asof hy dit soen. Net dit laat Alicia haarself oplig om hom beter te kan sien. Sy merk die vry, los bewegings, die gemaklike toesluit van die fiets, die oorbuk om 'n wiel te toets, die stewige boude onder die geskeurde jeans. Sy merk 'n rooi onderbroek wat wys en 'n rek wat sê: *Urban*.

Op daardie oomblik lui haar selfoon en word haar aandag vir 'n oomblik afgetrek. Dit is 'n bel-my-asseblief-boodskap en sy skakel haar selfoon af.

Dan kom die fietsryer ingestap.

Mense kyk om, want hy wil van geweet wees. Dit is asof die restaurant tot stilstand kom as hy instap en alle aandag op hom vestig sonder dat hy iets doen behalwe glimlag. Twee meisies lig hul wenkbroue vir mekaar en 'n ouer vrou lig haarself om effens beter te sien. Maar as hy bewus is van die aandag wat hy trek, wys hy dit hoegenaamd nie.

Magtag, maar die man is aantreklik.

Hy is mooi op 'n boertige maar gesofistikeerde manier. Daar is iets anders aan hom, iets selfversekerds en vriendeliks, maar terselfdertyd is hy terughoudend asof hy waarsku: jy kan kyk, ek sal vir jou glimlag, maar moenie vat nie.

Sy jeans sit goed aan hom, beklemtoon sy smal heupe, en die T-hemp wys dat sy maag plat is. En die broek bult op presies die regte plek.

Sy het nog altyd gehou van die gemaklike manier waarop 'n man loop. Maar hierdie man loop asof hy elke duim ruimte waardeer en dit met 'n moeitelose, los stappie syne maak.

'n Kelnerin stap nader en hy druk haar teen hom vas met albei arms. Hy is duidelik 'n gereelde en gewaardeerde kliënt. Hy praat in 'n swart taal met haar en sy antwoord opgewonde.

Hy vuisstamp die eienaar, wat hom op die skouer klop.

Tussen die gebabbel ontsyfer Alicia die naam Jacques. Hy gesels 'n rukkie met die meisie en gee dan 'n lag wat sy hele gesig laat ophelder. Nie die aangeplakte glimlagte van nuwe skrywers wat haar probeer beïndruk nie. 'n Lag wat woorde op sy gesig skryf.

Alicia neem haar selfoon, kies haar beste vriendin se naam en SMS na haar: *Ek ontmoet 'n nuwe skrywer met die mooiste boude nog. Word vervolg.*

Sy druk *Send.*

Jacques druk die kelnerin weer vinnig en soek dan tussen die etende kliënte na Alicia. Hy moet seker weet hoe sy lyk, want sy is immers bekend. Alle skrywers weet hoe sy lyk. Maar hy bly soek.

Uiteindelik lig Alicia haar hand gedwonge. Jacques knik, maar sien weer iemand wat hy ken. Hulle gee die Afrika-groet – 'n uitvoerige klap van hande en sleep van vingers terwyl Jacques weer lag en iets in 'n swart taal sê.

Ongekunsteld. Hoe graag het sy nie rooi kringe om daardie woord in Fanny Krynauw se tekste getrek nie. "Ek het later opgehou tel aan die uitroeptekens!" het Fanny gelag. Maar dit is al manier om Jacques te beskryf. Die skrywers met wie sy werk is tog so bewus van hulle kunstenaarskap en trek dienooreenkomstig aan (of nie aan nie). Maar Jacques lyk doodgewoon en gemaklik – nie opgetert vir die ontmoeting met 'n weerligstraal-kuifie nie. Om die waarheid te sê, sy hare is deurmekaar. Die manier waarop hy nou nader stap, verraai weer 'n gemaklike manlikheid.

Jacques dra sandale en 'n rugsak oor sy skouer. (Sy sal vir hom 'n meer gesofistikeerde skouersak moet kry, dink sy skielik.) Sy merk weer die smal heupe soos 'n swemmer, en breë skouers – die outydse soort waaroor prulskrywers so soetklinkend kon raak.

Hy gaan staan langs haar tafel.

Ordentlik. Vriendelik. Sjarmant. Drie woorde wat sy ook met rooi uitroeptekens in tekste veroordeel, maar wat nou soos lastige klonte in deeg deur haar gedagtes flits.

"Juffrou Francke?" Sy stem is soos fluweel.

"Jacques?"

"Dis reg, ja." Hy steek sy hand uit. "Hallo."

"Hallo."

Sy handdruk is stewig, vriendelik. Hy het digte wenkbroue wat sy gelaatstrekke beklemtoon, en 'n mooi neus. Alicia het nog altyd van mans met mooi neuse gehou. Maar dit is sy oë wat haar aantrek. Vriendelike oë wat sonder inspanning na haar kyk, nie oorweldig deur haar status of haar mag nie.

Hy gaan sit nie en wag eers op toestemming. Goed grootgemaak, dink sy en hou al hoe meer van hom. Hy sal netjies aan haar sy lyk.

"Meneer die kortverhaalskrywer. Sit."

'n Skewe glimlag. "Dankie."

Hy leun terug, sy hande agter sy kop. Sy T-hemp lig effens en sy sien fyn haartjies om sy naeltjie wat onder die jeans se lyfband verdwyn. Sy kyk vinnig weg en probeer haar stem neutraal hou. "Kom ek val met die deur in die huis, Jacques." Sy haal ses tydskrifte uit met sy werk daarin. "Jou kortverhale."

Gewoonlik ontsenu sy nuwe skrywers op hierdie manier, want hulle begin dadelik verskoning maak vir twyfelagtige skryfwerk, maar nie Jacques nie. Hy vee oor sy maag en kyk oor sy skouer asof hy na iemand soek wat hy ken.

"Jou stories het potensiaal."

"Sommige illustreerders moet gekielhaal word." Sy is verbaas oor sy kennis van dié woord. "En party van die tantes wat daardie verhale illustreer het, moet liewer koeke versier."

"Ek stem. Maar ek hou steeds van die inhoud ten spyte van die illustrasies."

"Dankie. Maar die stories is net vingeroefeninge."

Sy gryp die kans. "Ek weet. Bietjie mooiskrywery oor romanse, sinne soms te kortaf, selfs deklamerend, en jy soek nog na 'n styl. 'n Identiteit. 'n Weet uit wie se perspektief jy skryf, wie jou ankers is. Maar," sy kies haar woorde versigtig, "publiseerbaar."

Hy vryf met sy hande deur sy hare en sit nou eers sy fietsryhelm op die vloer neer en knik sonder om haar te bedank. Sy laat 'n ruimte oop vir hom om homself aan haar te verkoop, maar hy roep net oor sy skouer: "Yo, bro! Love the hair!"

Die boheemse man gee 'n duim-op-teken en suig aan iets wat net 'n daggasigaret kan wees.

"So. Hoe skryf jy, Jacques?"

Hy kyk onbegrypend na haar. "Met my vingers op sleutels. Een na die ander."

Hy is 'n taaier neut as wat sy verwag het.

"Enige opleiding, bedoel ek."

Sy kan sien dat hy iets onthou, iets aangenaams. 'n Emosie gaan lê in sy oë. "Ek skryf maar op instink. Ken nie eintlik die reëls nie." Geen dankbare glimlag of onderdanige knik van die kop nie. Dit gooi haar nog meer van balans af.

"Maar tog – daar is 'n struktuur. 'n Kennis van die basiese reëls."

"Iemand het my mooi touwys gemaak." Net die manier waarop hy die woord 'mooi' inkleur, verraai dat daar seks betrokke was.

"Maar om 'die reëls' te breek moet jy eers 'die reëls' ken, Jacques." En toe, sonder dat sy dit eintlik beplan, glip dit uit: "Mooi naam. Jacques."

Sy wag dat hy moet reageer, maar hy kyk deur die venster na sy fiets. 'n Pouse, soos in 'n verhoogdrama.

"By wie gee jy uit?"

"Ek is nie by 'n uitgewer nie."

"Wil jy graag uitgee?" vra Alicia uiteindelik.

Hy kyk op. "Ek geniet wat ek nou doen. Arbei soggens by 'n reklame-agentskap. Skryf flitse vir radio, soms televisie. Halsoorkop-lekker as dit werk en die regisseurs verstaan hoe om jou konsep op die skerm te laat ruk. En smiddae en saans . . ." Hy glimlag nou vir die eerste keer. " 'n Storie of twee, soos daardie in jou hand. Ek stuur nie almal in nie."

Sy leun vorentoe. "So. Jy het nie die ambisie om 'n roman uit te gee nie."

"Nog nie eintlik daaraan gedink nie."

"Jy speel!" wil sy vir hom sê, "almal wil die een of ander tyd 'n roman uitgee!" Maar sy kies dan 'n ander strategie. Enersyds wil sy hom inasem en aan sy hande raak – hom nader trek, persoonlike vrae vra, maar sy doen niks.

"Wel." Weer 'n netjiese pouse. "As jy nie belangstel nie."

Maar hy neem nie die aas nie.

Die kelnerin plaas 'n glas water voor Jacques neer en gee 'n effense kniebuiging. Dan plaas sy 'n pot met tee en 'n koppie voor Alicia.

"Siyabonga, mama," sê Jacques en sy glimlag weer voordat sy loop. En Alicia sien hoe die vrou met ander kelnerinne oor Jacques praat wanneer sy gaan staan. Almal kyk na hom, maar hy is skynbaar gewoond daaraan.

Hy proe aan die water, maar weerlê nie haar stelling nie en neem steeds nie die lokaas nie.

"Vertel my bietjie van jouself, Jacques," probeer sy weer en dink dat sy nou nes die radio-omroepers klink wat altyd onderhoude met haar voer.

Hy gee 'n skewe glimlaggie met net die regterkant van sy mond. "Wat wil jy weet?"

Hemel. Hoekom ontsenu hy haar skielik? Sy is nie daaraan gewoond dat skrywers so sonder respek optree nie! Maar juis dit maak haar opgewonde. Jacques Rynhard moet getem word. "Getroud, verloof, gehuud? Ambisie? Ek bedoel: jy wil tog seker eendag iets sinvols doen behalwe net waspoeierflitse skryf!"

Dit lyk of hy werklik nog nooit daaraan gedink het nie. "Ek wil doen wat ek nou doen en gelukkig wees. En waspoeierflitse betaal dêm goed."

"En wat maak jou gelukkig, Jacques?"

"Die lewe."

"Die vraag is net, kan jy 'die lewe' op papier verewig sodat ander mense gaan betaal om daarin te deel?"

"Ek probeer – maar ek dink nie so tegnies daaraan nie. Ek dink nie eers tegnies as ek flitse skryf nie. Die waspoeier word my beste pel. Ek slaap met haar, eet haar, drink haar, ry saam met haar op my fiets en pleeg dan iets."

Sjoe. Sy hou net meer en meer van hom. "Want jou stories is," weer die doelbewuste verhoogpouse, "gangbaar."

Hy knik effens asof hy met haar saamstem.

"Maar wat van iemand wat jou verby 'gangbaar' neem, Jacques? Wat na jou werk kyk en professionele leiding gee. Jou help." Sy neem 'n slukkie tee en wink die kelnerin nader. "Could I have hot tea, please? This is cold."

Die kelnerin knik afgetrokke.

Jacques proe aan sy water. 'n Waterdruppel loop teen sy ken af. Dit is skielik vir haar eroties.

"Dit hang af of die persoon wat my wil help meer van stories weet as ek."

Die gesprek raak nou 'n boksgeveg en sy geniet elke hou wat sy kry. "Het jy al 'n kritikus gekry wat jy vertrou?"

"My meisie."

Aha. Uiteindelik. Hy is betrokke by iemand.

"So. Jy is nog nie gereed om 'n roman te skryf nie?"

"Net wanneer die regte storie kom klop."

Nou goed. As hy hardekoejawel wil wees. Sy tel haar selfoon op as 'n aanduiding dat die gesprek verby is. "Ek het 'n paar oproepe om te maak. Dankie dat jy kom kennis maak het."

Hy ledig sy glas, staan op en steek sy hand uit. "Dankie. Lekker om jou te ontmoet."

Hy kyk na die glas en steek sy hand in sy broeksak.

Sy skud haar kop sonder om na hom te kyk. "Dis op my. Lekker dag, Jacques."

"Ek dink ook jy moet nog iets weet," sê Jacques asof hy nou eers daaraan dink.

A! Hier kom dit. Uiteindelik 'n swakheid. 'n Ruimte wat sy kan annekseer. Iets wat sy kan gebruik.

"Ek tik al my stories."

"Wel, solank jy dit net deur 'n spell-checker sit . . ."

"Ek bedoel ek tik op 'n tikmasjien."

"Jy's nie ernstig nie."

Hy boots 'n tikmasjien na. "Soos 'n hartaanval."

"Regtig?" Sy vergeet nou van haar foon. "Waarom?!"

"Want dis al waar ek met 'n storie kan baklei. Op 'n tik-masjien. Jy val daai sleutels aan. Hulle praat terug met jou, maak soms beswaar. Jy moet ekstra hard werk om van een reël na 'n ander te beweeg. Jy moet die papier uithaal, die wa skuif, wag vir die klokkie. Jy durf nie foute maak nie, want dan staan hy daar ingegrafeer, al Tipp-Ex jy hom uit. Die letters staar na jou toe terug en die hardheid waarmee jy die sleutels slaan, wys in jou teks soos harde en sagte note in 'n stuk musiek. Ek dag net jy moet weet. Ek tik. Ek gebruik nie rekenaars nie."

Hy knik asof hy die saak as afgehandel beskou.

"Ek neem aan dit is 'n nuwerwetse tikmasjien. Ek bedoel, soos in die tagtigerjare toe elektriese tikmasjiene mode was. Die voorloper van die rekenaar."

Hy skud sy kop. "Lena het dit vir my gegee. Dis my gelukkige tikmasjien. En ek kan net daarop skryf. Mens maak nie liefde met twee verskillende meisies nie. Tot siens, juffrou Francke."

Sy kyk verbaas hoe Jacques wegstap sonder om op reaksie te wag. Gemaklik. Seker van homself. En hoegenaamd nie afhanklik van haar goedkeuring nie.

Alicia staar hom agterna tot hy uit die restaurant is. Toe tik sy weer 'n SMS vir dieselfde vriendin: *En ek gaan hom mooi grootmaak.*

Sy plaas 'n twintigrandnoot op die tafel. Die kelnerin stap nader met 'n vars pot groentee en sien die geld, maar Alicia het reeds opgestaan.

Jacques staan by sy fiets en gesels met twee rastas asof hy hulle jare reeds ken. Al drie bulder van die lag. Gelukkig staan haar motor naby die restaurant. Sy klim in en kyk hoe Jacques sy fietsryhelm op sy kop plaas. Dan trek hy teen 'n verbysterende spoed weg.

Alicia volg hom tot op die Mandelabrug, waar hy draai. Hy steek al die motors verby, beduie dankie met sy duim as iemand hom 'n kans gee, lê plat as hy nog vinniger ry, maar moet noodgedwonge by besige verkeersligte gaan staan. Dan haal sy hom in.

Alicia volg hom met Carrweg af en draai dan links tot by 'n blok woonstelle. Twee keer verloor sy hom byna, maar gelukkig is die verkeer nie druk nie.

Naby die ou Park-stasie haal sy hom weer in in Gerard Sekotostraat, net betyds om hom deur 'n hek te sien ry wat hy met 'n afstandbeheerder oopmaak. Alicia glip agter hom in, maar hy is nie bewus van haar nie.

Hy tel sy fiets gemaklik op en stap teen die trappe uit.

Sy parkeer en spring uit – volg hom.

Alicia loop met die gang af, net betyds om hom die fiets deur 'n woonsteldeur te sien maneuver. Hy maak nie die deur toe soos sy verwag het nie.

Sy loop met die gebou se gang af. Dit raak nou stil.

Die oop deur trek haar aan. Alicia kyk versigtig by die woon-stel in waarin hy verdwyn het.

Wat haar eerste opval, is die skilderye teen die muur – almal van stoomtreine. En die twee fietse wat teen die muur staan.

Die volgende oomblik kom 'n meisie uit die stort gestap, 'n handdoek om haar kop. Alicia tree terug sodat hulle haar nie kan sien nie.

Die meisie sit haar arms om Jacques. Hy tel haar op en soen haar, maar maak steeds nie die deur toe nie.

Daarna verdwyn sy weer in die badkamer en Alicia hoor 'n haardroër aangaan. Sy merk 'n tikmasjien, maar ook 'n rekenaar wat aangeskakel is met 'n skermstut vol deurmekaar woorde.

Jacques loop teen die trappe op na die boonste verdieping. Alicia gebruik die kans en stap haastig na die rekenaar toe.

Elke boodskap op die skermstut is in 'n ander font geskryf en in verskillende groottes letters. Dus moes Jacques die boodskap-pe op verskillende tye na die meisie gestuur het, toe het sy uit-eindelik die boodskappe saamgroepeer as 'n skermstut. Alicia kyk in die rigting van die slaapkamer bo, en toe die badkamer. Sy fokus op die skermstut.

Lena. Hoekom ek van jou hou, staan boaan. En dan: *Want ek voel by jou. Weet ek leef nog.*

Omdat jy alles van my weet en steeds van my hou.

Jy hou van warm soene wat nooit ophou nie.

Want elke storie is net vir jou.

Omdat al my dae anders eindig as wat hulle begin het, want jy is daarin.

Want jou melkkos is lekkerder as Daleahs s'n.

En elke golf wat ons snags saam ry breek net beter en groter.

Die toilet spoel bo en die haardroër word terselfdertyd afge-skakel. Alicia haas haar uit die woonstel.

"Wat's vir lunch?" hoor sy Jacques van bo vra terwyl 'n kraan oopgedraai word.

"Marshmallows. Ons braai saam met Fineas!"

Alicia loop haastig met die trappe af en verlaat die gebou.

Sy wag 'n rukkie in haar motor. Toe sien sy vir Jacques met sy fiets, en die meisie, seker Lena, ook met 'n fiets uitgestap kom. Hulle klim op en Jacques trek weer vinnig weg, maar Lena is natuurlik al gewoond daaraan en hou by. Alicia volg hulle.

Jacques en Lena ry deur die hekke en Alicia glip net betyds agterna deur. Af met Carrweg tot waar die M1 sy dubbelverdieping maak. Daar plaas Jacques sy fiets teen 'n pilaar. Vir 'n oomblik druk hy Lena teen die pilaar vas en soen haar.

Alicia parkeer agter 'n taxi.

Jacques en Lena stap nou 'n swart man tegemoet wat sy hande warm maak by 'n vuur in 'n konka. Lena het 'n pak malvalekkers van haar fiets afgehaal, wat die man aan houtstokke druk. Hulle praat maar Alicia kan nie hoor wat hulle sê nie, en Jacques druk kort-kort sy elmboog om die man se nek as hy met hom praat.

Hulle gaan sit op stompe, Lena tussen Jacques se bene, en braai malvalekkers. Lena leun met haar kop teen Jacques se kruis en maak haar tuis daarteen terwyl hy in haar hare krap. Hulle is volkome gemaklik met mekaar, asof hulle in mekaar inpas soos legkaartstukkies. Alicia probeer weer hoor waaroor hulle praat, maar sy is te ver. Jacques draai 'n malvalekker om en skuur dit teen Lena s'n asof hy nie genoeg van haar kan kry nie. Hy soen haar lank in haar hare en druk sy kruis weer teen haar.

'n Rukkie later voer hy sy malvalekker vir haar, en sy hare vir hom. Hulle eet terwyl hulle sonder ophou praat. Alicia dink aan die mans met wie sy kortstondige verhoudings gehad het. Wanneer daar nie seks was nie, het hulle eintlik niks gehad om oor te praat of om die tyd mee te vul nie.

Sy sien die manier waarop Jacques gedurig in Lena se nek vroetel, merk hoe sy later opstaan en agter hom gaan staan. Sy vroetel met haar vingers deur sy hare en knibbel aan sy oor.

Nou stap Lena weg van Jacques af na die fiets toe en haal iets uit haar groot sak. Dit is 'n sketsboek. Alicia neem selfoonfoto's van hulle.

Lena gaan sit op 'n klomp stene en begin Jacques te skets. Hy sit-lê gemaklik teen sy fiets, sy een knie effens opgetrek. Alicia dink aan haar eie lewe. Die vele jong skrywers wat gedurig aan haar sy by boekbekendstellings opdaag, almal maar net te gretig om saam met haar gesien te word voordat hulle later met allerlei verskonings vorendag kom om haar nie meer te vergesel nie. Een na die ander.

Sy is bewus van die stories wat in die bedryf rondlê. "As jy by die Franckes wil publiseer, publiseer Alicia jou eers. En as jy deur haar hande is, boeta, is jy geskool vir die skryverswêreld. Hoe mooier jy is, hoe beter jou kans om te publiseer."

Die een kortstondige verhouding na die ander, selde langer as 'n maand, dalk twee as sy gelukkig is. En as die flirtasies skielik eindig, haar pa John wat sy kop skud. "Waarna soek jy, ounooi?"

Sy kan hom dan nie antwoord nie, want sy weet eintlik self nie.

"Ek en jou oorlede ma was baie gelukkig. Dalk streef jy ook onbewustelik daarna."

"Die regte man, Pa."

"Maar hy moet ook mooi wees."

"Vanselfsprekend."

"Dan moet jy met 'n plakkaat trou en dit bokant jou bed hang. Op dié manier bly hy vir ewig jonk en mooi. Skoonheid vergaan, ounooi. Dis die mens hier binne, dit waaroor hulle net in hul intiemste oomblikke skryf, wat bly. Nie hoeveel vel hulle wys om in jou goeie boekies te kom nie."

Haar pa is die enigste mens wat sy ken wat dit waag om so eerlik met haar te wees. En sy waardeer dit. By hom is sy ounooi. Nie die uitgewer nie.

Sy dink aan haar luukse kantoor in Morningside met sy uitsig oor die stad. Die vele vriende wat sy het, na wie mense as haar onderdane verwys. En dan die een sekretaris na die ander. Sy verkies manlike sekretarisse. Hulle is meer betroubaar en mooier om na te kyk.

En nou Jacques met hierdie mooi, jong plaasmeisie aan sy sy, met die skerp oë en die sterk persoonlikheid. Hulle is duidelik versot op mekaar en Alicia besef sy het nie 'n kans nie.

Nog nie.

Sy ry huis toe, en nadat sy deur al die sekuriteitshekke is, stap sy na haar rekenaar toe. Sy soek Lena Aucamp op die internet op en word gelei na die webwerf van die Umzombi-galery, De Beerstraat, Braamfontein. Dit moet net oorkant Daleahs Restaurant wees. Hoe kon sy dit misgekyk het?

Sy staan op, maak tee en probeer dan om tekste te lees wat op haar lessenaar lê, maar kan nie konsentreer nie. Sy sien net die man met die ligbruin hare en die skewe glimlag en die sagte oë voor haar.

Daardie aand staan sy alleen op haar luukse dupleks se balkon wat oor Saxonwold uitkyk. Sy is dol oor hierdie uitsig op die stad.

Sy beantwoord haar slimfoon geduldig, handel sake af, skakel een of twee skrywers, maar kry Jacques Rynhard steeds nie uit haar kop nie. En besluit wanneer sy in die bed klim: Jacques gaan deel word van die Francke-Uitgewery. Op háár voorwaardes. Sy sal hom tem.

Sy wil daardie hoflikheid uit hom soen, sy goedheid uit hom skok, hom hard en ongenaakbaar maak – iemand wat gaan skryf soos sý wil, wat oor húlle gaan skryf. Gedigte, kortverhale, romans, liefdesbriefies op flenters papier, vinnige foonoproepe, romantiese SMS'e. Iemand wat saam met haar na romantiese plekke sal gaan en op bootreise sal vertrek en soggens saam met haar wakker word en saam met haar gim toe gaan en die soort motor koop waarvan sy hou.

Sy trek die laken oor haar kop en probeer slaap. Maar Jacques Rynhard wil haar nie los nie.

Later gaan staan sy weer op haar balkon. Dis warm. Sy voel nat en sweterig. Kyk na die neonrivier van motorliggies op pad Hyde Park toe. Dink aan Jacques.

Sy slaap feitlik die hele Sondag om en beantwoord nie haar

selfoon nie. Sy lees Jacques se kortverhale oor en oor en gaan soek op die internet na nog. Probeer 'n foto van hom kry. Maar daar is niks.

Maandagoggend staan Alicia twee skrywers in haar kantoor te woord en handel 'n reklamevergadering in 'n japtrap af. Sy beantwoord e-posse en soek na sy naam tussen die ander, maar daar is niks. Sy oorweeg dit 'n oomblik lank om 'n e-pos na hom te stuur, maar dan bedwing sy haarself. Sy stuur nóóit uit haar eie e-posse na mense wat van haar afhanklik is nie. Sy wag dat hulle reageer. Want op dié manier hou sy beheer oor hulle. Wys sy hulle wie's baas.

Maar dalk gaan dit anders wees met Jacques. Want sy het skielik die begeerte om met hom te kommunikeer. Iets soos: Hoe was jou aand? Of het jy al oor my aanbod gedink?

Maar sy sal dit nooit doen nie. Sy is te trots.

'n Halfuur later kom Alicia Francke aan by Lena Aucamp se ateljee in Braamfontein, skaars 'n klipgooi van Daleahs Restaurant af, maar die ingang is in 'n systraat. Lena is besig om op haar selfoon te praat toe Alicia instap.

"Daar's 'n partytjie by Cafe Hu en, wag hiervoor! Hulle't drie van my skilderye gekoop." Sy luister. "Dis 'n date. Dis mos jazzaand." Sy kyk op haar horlosie. "Lief jou." Sy skakel die selfoon af en kyk dan op. "Hallo. Kan ek help?"

"Mooi skilderye," beduie Alicia. "Gee jy om as ek rondkyk?"

"Gerus."

"Ek is Alicia Francke."

"Lena Aucamp."

Nou kan sy Lena behoorlik beskou. Die meisie wat aan Jacques behoort. En Jacques aan haar.

Sy is mooi, maar op 'n natuurlike manier. Sy sal nie werk as model vir 'n voorblad nie, maar het 'n onbetwisbare hartlikheid. Die soort meisie wat mans graag aan hul ouers voorstel.

Lena Aucamp dra feitlik nie grimering nie. Sy het dit nie nodig met daardie sterk gelaatstrekke nie. Sy is ongekunsteld, met fyn sproete. Of dan ligte suggesties van sproete. En sy dra gemaklike klere, loop kaalvoet, haar sandale eenkant.

Die olieverfskilderye het 'n effens naïewe aanslag, byna kinderlik. En dis kleurvol. Getuig van liefde vir die lewe. Lena hou van natuurtonele, grasvelde, klein dorpies, maar daar is ook skilderye van Newtown wat die voorstad baie mooier laat lyk as wat dit in werklikheid is. Hoe iets geïnterpreteer word, hang af van deur wie se oë dit gesien word.

Toe gewaar Alicia die skets op die tafel. Jacques wat teen sy fiets leun. Sy moet haarself keer – loop eers kamtig daarby verby, toe draai sy terug en tel dit op.

"Interessant." Sy probeer haar stem normaal hou.

"Dankie."

"Hoeveel kos dit?"

"Dis nie te koop nie."

Alicia sit dit teleurgesteld neer en kyk verder rond. Sy hou inderdaad van Lena se skilderye. Onbewustelik het Lena Aucamp 'n styl wat goed op 'n boek se omslag sal lyk. Die kleure is helder, die kwasstrepe duidelik, soms dik, en die onderwerpe mooi. Veral die treine.

"Ek sien jy hou van treine?"

"O. Dis eintlik Jacques se invloed. Hy," sy glimlag, "is 'n vriend van my."

Alicia kyk weer na die skets. Dit is duidelik met liefde en baie emosie geteken.

"Net 'n vriend?" spot sy.

"Ons is saam."

Lena bloos.

"Ek hou regtig baie van jou werk, Lena."

Lena neem die skets van Jacques en sit dit onder ander sketse asof sy bang is Alicia loop daarmee weg.

Alicia bestudeer elke skildery noukeurig. Sy sal hiermee kan werk.

Toe oorhandig sy vir Lena haar kaartjie. "Ek is 'n uitgewer. Ons is altyd op soek na nuwe illustreerders vir boekomslae. Sou jy omgee om 'n proeflopie te doen?"

" 'n Proeflopie?"

Alicia knik kamtig onbetrokke. "Ek stuur 'n hoofstuk of wat van 'n ongepubliseerde roman en ons kyk waarmee jy te voorskyn kom?"

Lena lyk gretig en verbaas. "O, ja. Dankie. Ek sal graag wil."

Dit was makliker om haar oor te haal as vir Jacques.

"Ek neem aan jy het 'n e-posadres?"

"Op my kaartjie wat jy het."

"O ja, natuurlik."

Alicia is nou nog 'n treetjie nader aan Jacques. En toe, kamtig weer neutraal: "Die vriend van jou. Hy lyk na die romantiese tipe."

Lena glimlag. "En hoe."

Die manier waarop Lena hom geskets het, getuig van liefde. Van 'n romantiese siening. Natuurlik is Jacques mooi. Maar soos sy hom op daardie skets geteken het, lyk hy eerder na 'n held in 'n romantiese storie. Geïdealiseer. Te goed en te mooi om waar te wees.

"Hoe het julle ontmoet?" vra Alicia terloops.

"Op skool."

"O. 'n Skoolkys?"

Lena knik.

"Hy lyk na die vriendelike tipe."

"Jacques is net Jacques. So gemaak en so wonderlik gelaat staan."

Interessant.

"Wel. Ek hoop ons werk dalk eendag saam." Sy voeg haastig by: "Ek en jy."

"Dankie. Mens weet nooit."

Terug in haar kantoor stuur Alicia vir Lena die eerste drie hoofstukke van 'n nuwe roman elektronies aan met die opdrag: *Kyk of jy die gevoel kry en of dit met jou praat. Hoe dink jy moet die omslag lyk? As jy wil, stuur iets? Ek plaas jou onder geen verpligting nie. Ek is maar net ontvanklik vir nuwe style.*

Die volgende oggend ontvang sy twee voorstelle vir omslae

van Lena. Sy kan dit self eintlik nie glo nie, maar sy hou van albei. Sy skakel haar.

"Kan jy illustrasie twee bietjie aanpas? Maak die kleure helderder. Die boom moet duideliker en groter wees, tipies Afrika, jy weet? Nie so maer nie, maar oorheersend met 'n knoetserige stam. En die son meer pertinent, nie verskuil agter die takke nie. Neem die frons van die karakter se gesig weg. Dit laat haar oud lyk. Onvergenoeg. Sy is eintlik die heldin, nie 'n treurkoekie nie."

"Graag," antwoord Lena.

Dit was maklik.

Alicia ontvang die nuwe illustrasie die volgende dag. Sy wag ook onbewustelik dat Jacques haar moet skakel en sê dat hy haar graag wil sien. Dat hy besluit het om wel te publiseer. Maar niks gebeur nie.

Toe Alicia Lena se aangepaste illustrasie aan haar pa voorlê, knik hy. "Mooi aanslag, dink jy nie, ounooi? Natuurlik. Bietjie naïef, maar kleurvol. Aandagtrekker. Sal uitstaan tussen ander omslae."

'n Week later gee sy Lena opdrag om nog 'n boek se buiteblad te ontwerp. Ook dit word aanvaar, wat Alicia uiteindelik die verskoning gee waarna sy gesoek het.

"Ek eet graag saam met my illustreerders. Hou daarvan om bietjie nader kennis te maak. Wat doen jy Donderdagaand?"

"Niks."

"Kom eet by my. Dis in Saxonwold. Nommer 13, Alistair Road."

"Kan ek my vriend saambring?"

Moet net nie te entoesiasties klink nie. Alicia haal 'n slag asem en probeer ongeërg klink. "Natuurlik."

En so sal sy Jacques Rynhard weer "toevallig" ontmoet.

Woensdagaand slaap sy byna glad nie en Donderdag gaan Alicia vroeg huis toe.

Sy kook vir die eerste keer in weke, maak haar gunstelingresepte, sorg dat die tafel keurig gedek is en haal die eksklusiewe eetstel uit wat haar pa vir haar uit Turkye saamgebring het. Berei 'n keurige slaai met vars bestanddele. Bestee ekstra aandag aan die plek waar sy Jacques gaan laat sit, haal haar duurste kristalglase uit Venesië uit en plaas die servette wat sy in Rusland gekoop het op die kleinbordjies. Sy streel effens daaroor, asof sy aan Jacques raak.

Stiptelik seweuur lui die deurklokkie. Alicia verstel effens aan haar toppie, wat laag oor haar borste sit. Toe stap sy deur toe en maak dit oop.

Lena staan voor, eenvoudig en informeel aangetrek, maar haar hare nou in haar nek vasgebind.

En agter haar, Jacques Rynhard.

Alicia veins verbasing. "Lena en vriend!" Sy glimlag en steek haar hand uit om die bottel wyn by Jacques te neem. Sy raak aan sy hand en vee toevallig vinnig met haar wysvinger oor sy vel. Sy hand is warm.

"Genade. Dis nou toeval."

Jacques glimlag, en as hy bewus is van haar slenters om hom op haar drumpel te kry, verraai hy niks.

"Juffrou Francke."

"Ek hoor julle ken mekaar?" sê Lena.

Alicia glimlag. "Ek sien baie skrywers. Hy is maar een van vele wat ek ge-headhunt het. Ons het vinnig in Daleahs ontmoet. Welkom. Kom in. En noem my Alicia."

Lena kyk rond, duidelik beïndruk deur haar skilderye, die duur meubels en die groot vensters wat afkyk op Saxonwold. Maar dit is asof Jacques deur alles sien – hoegenaamd nie oorweldig deur al die rykdom nie.

Sy wag ook vir die gewone stopsin: "Lekker plekkie wat jy hier het," maar Jacques kyk net na die uitsig. En sê nie een van die gesprekvuller-sinne wat sy so goed ken nie.

Later gaan sit Jacques op die rusbank, sy bene gemaklik voor hom uitgestrek, met Lena langs hom. Dié slag het sy jeans nie gate in nie, dink sy geamuseerd. Alicia merk hoe Lena haar hand op Jacques se bobeen plaas asof sy hom besit, en Alicia dit wil laat verstaan.

Hy dra 'n oopnekhemp.

Wanneer Jacques of Lena praat, is dit asof hulle eers met mekaar praat en dan met haar. Jacques openbaar 'n besitlikheid teenoor Lena wat Alicia laat besef dié man sal nie sommer in haar kraaltjie beland nie. Hy is 'n uitdaging.

En Lena is duidelik versot op hom.

Hulle praat oor ditjies en datjies, maar Alicia sorg dat sy die gesprek in die rigting van skryfwerk stuur.

"Ek het weer 'n hele klomp nuwe manuskripte ontvang, onder meer van 'n televisieskrywer. Maar hulle kan mos nie eintlik romans skryf nie. Dis net dialoog, dialoog, dialoog en geen substansie nie. Kan nie in die karakters se koppe kom nie. Dis so oppervlakkig, want daar is nou skielik nie 'n kamera wat die emosies wys nie."

Lena kyk na Jacques. "Hoekom stuur jy nie vir Alicia die eerste vier hoofstukke van daai storie waaraan jy nou skryf nie?"

Jacques skud sy kop. As sy hom net kan beetkry en skud om sin in sy kop te dwing.

"Wel, soos tevore: as Jacques nie wil nie . . ."

"Maar jy wil. Nie waar nie, Jacques?"

Vir die eerste keer lyk hy ongemaklik. Hy lig sy skouers en Alicia besef nóú is haar kans. Lena is die enigste vrou wat volle toegang tot hom het. Sy moet haar gebruik en haar kaarte mooi speel.

"Ek het al baie nuwe skrywers gehelp om hul eerstelinge te publiseer. Want dan neem ek 'n opsie, mits ek daarvan hou, en begin saam met die skrywer aan sy manuskrip werk. Die kopiereg bly Jacques s'n. Maar as hy dit nie wil doen nie . . ." Alicia staan op. "Ek maak nog 'n bottel wyn oop. 2001-merlot. Is julle . . .?" Sy laat die sin in die lug hang en sien duidelik dat Lena alleen met Jacques wil praat. Dit is natuurlik die idee.

Lena knik. "Dankie, Alicia."

"Ek sal," bied Jacques aan.

"Nee, toemaar. So hulpeloos is ek darem nie."

Terwyl sy die bottel wyn in die kombuis oopmaak en kans

gee om asem te haal, hoor sy Jacques en Lena praat. Hy klink ongeduldig, maar sy praat paaiend met hom. Gerusstellend. Alicia gee hulle kans om die gesprek te voltooi wat sy hoop in haar guns sal swaai.

Sy stap terug en Jacques staan op. Hy neem die bottel uit haar hand om te skink.

"Dankie, Jacques."

Sy staan naby hom terwyl hy dit doen, asem hom in, ruik die skoon geur aan hom: asof hy onlangs uit die stort geklim het, maar sonder die verstikkende sterk reuk van naskeermiddel wat so baie mans het.

Hy oorhandig haar glas aan haar en sy sorg dat sy aan sy hand raak, maar hy maak of hy niks merk nie. Hy gee Lena se glas aan haar, soen haar liggies en draai dan om.

Alicia lig haar glas. "Op 'n nuwe begin."

Iets in Jacques roer. Sy sien dit. Hy kyk stip na haar. "Op 'n nuwe begin."

Lena staan ook nou op, nestel haar teen Jacques aan. "Op 'n nuwe begin." Sy kyk na Jacques asof die sin 'n spesiale betekenis vir hulle het.

Alicia speel nou haar troefkaart. "Na alles, Jacques, wat beteken 'n storie as dit nie met ander mense gedeel word nie?"

Hy dink na, glimlag effens, proe aan sy wyn. "Party stories skryf mens net vir jouself."

"Hy steek dit van ander mense weg," lag Lena.

"Selfs van jou?" Daar is 'n effense spot in Alicia se stem.

"Selfs van my." Sy soen Jacques op sy wang.

Alicia wil aan hom raak. Wil daardie ligte nattigheid van sy lippe afsoen.

"Jy onthou dat ek net op 'n tikmasjien werk," sê Jacques.

Sy is moedswillig. "Op Lena se tikmasjien."

"Jy het haar vertel?" lag Lena verbaas.

"Jip."

"My personeel sal dit op 'n rekenaar oortik mits ek daarvan hou. Maar is jy nie bang dat die enkele kopie kan wegraak nie?"

"Ek maak altyd kopieë van sy werk soos hy dit tik," verduidelik Lena. En terwyl Alicia na haar kyk, besef sy: Lena is self 'n sterk vrou. Sy lyk maar soos 'n plaasmeisie. Om Jacques te behou, moet sy sterk wees, seker van haarself en van hom. Sy laat haar ook nie intimideer nie. Sy lyk net so breekbaar en fyn. Agter daardie fynheid skuil 'n sterk vrou wat weet dat sy die vangs van die dekade by haar het. Sy sal hom nie sommer laat gaan nie.

Dit is hoe *Baanbreker* by Alicia beland het. Sy het dit na twee interne keurders gestuur, berug vir hul venynige en bitsige kommentaar. Maar albei het met lof na haar toe teruggekom, melding gemaak van sy sensuele, warm styl, sy goed gekonstrueerde sinne (soms bietjie kortaf), sy raak beskrywings, die gebrek aan clichés en mooiskrywery. En sy natuurlike dialoog.

Sy ontbied Jacques na haar kantoor, presies ses maande nadat sy hom in Daleahs ontmoet het.

Toe hy by die Francke-Uitgewery instap, begin die sekretaresses opgewonde onder mekaar gesels. Hy het weer daardie ligte stoppelbaard wat hom ouer en meer volwasse laat lyk. Dit maak ook sy gesig sagter.

Sy kyk met trots na haar nuutste ontdekking, Jacques Rynhard, asof sy die veldtog van 'n nuwe roman goedkeur. Bemarkbaar. Onbedorwe. Gemaklik. Manlik. Talentvol. En baie, baie mooi.

"Ek vra gedurig hoekom," sê Alicia. "Hoekom jou heldin skielik begin bergklim. Hoekom sy so maklik op die held verlief raak. Hoekom sy so 'n vrees vir die donker het."

"Sy klim skielik berg omdat sy instinktief reageer wanneer sy verlief raak, soos die toneel in die bad verduidelik. Sy raak op die held verlief omdat hy graag malvalekkers in die veld oor oop vure braai, soos in hoofstuk sewe. Dit sluit aan by haar spontaneïteit. En is ons nie maar almal bang vir die donker nie?"

Alicia is katswink geslaan. Hy is weer eens nie geïntimideer of verskonend of oorentoesiasties om haar kritiek te implementeer, soos haar ander skrywers nie. Hy stel net doodgewone feite. Dit is soos dit is.

Jacques is so gemaak en wonderlik so gelaat staan, soos Lena gesê het.

Na 'n paar geringe veranderings, anders as die besware wat sy vroeër genoem het, word *Baanbreker* vir publikasie aanvaar.

Maar dit is die drie woorde net na die titelbladsy wat Alicia grief. Sy het dit in 'n stadium oorweeg om dit "per ongeluk" in die slag te laat bly. Maar dan sou sy Jacques van haar vervreem het.

Opgedra aan Lena.

Alicia sorg natuurlik dat Lena die omslag illustreer.

Sy moes die manuskrip laat oortik op 'n rekenaar, soos sy belowe het. Sy kon steeds nie glo dat hy nog op 'n tikmasjien werk nie, maar haar pa se drie sekretaresses het letterlik tougestaan om *Baanbreker* oor te tik, en het Jacques gereeld gebel met beuselagtige navrae. Hy moes ook soms inkom om iets "van aangesig tot aangesig te verduidelik".

Hy het eendag in 'n kortbroek en met sy valhelm opgedaag, en die sekretaresses het ure daarna steeds oor sy mooi bene gekwetter.

Toe die manuskrip volledig op die rekenaarsisteem oorgetik is, bring Jacques drie bosse blomme vir die tiksters. Hulle is bloedrooi van verleentheid, maar ook opgewondenheid, veral toe hy hulle om die beurt op die wang dankie soen.

Baanbreker word op 'n Woensdagaand in 2008 in 'n restaurant in Pretoria bekend gestel. En anders as met die meeste skrywers wat hoogstens vyf boeke op sulke geleenthede verkoop, word al dertig kopieë binne 'n japtrap uitverkoop. Toe begin Alicia besef wat sy hier beet het. Die kritici, joernaliste en lede van boek- en skryfklubs wat gewoonlik by hierdie soort byeenkoms is, staan letterlik tou om met hom te praat.

Sy kyk na die gemaklikheid waarmee Jacques met sy lesers omgaan; sy luister na die natuurlike wyse waarop hy sy toespraak lewer, asof hy dit elke dag doen. Na sy innemende en

73

persoonlike manier van praat. En sy merk hoe die mense deur hom aangetrek word en luister na wat hy sê, want hy praat eerlik, sonder opsmuk, sonder onnodige grappies.

En sy stem. Sy kan haar verluister aan sy stem.

Soos die geluksgodin dit wil hê, is Lena nie daar nie, want sy moes na haar pa toe gaan wat glo siek geword het. Maar Lena en Jacques is gedurig op hul selfone met mekaar in verbinding gedurende die bekendstelling.

Dit reën toe hulle uitkom. Alicia kan haarself skop omdat sy so ver van die kompleks geparkeer het. Maar Jacques, gemaklik aangetrek in 'n ligblou gholfhemp en jeans met sy gebruiklike sandale, stap in die reën in. "Jy sal nie smelt nie, Alicia. Kom."

Teen hierdie tyd het hulle al 'n goeie vriendskapsverhouding. Sy is verbaas dat Lena nie jaloers is dat hulle so baie tyd in mekaar se geselskap deurbring, of dat sy hom vanaand in Newtown gaan oplaai het nie. Maar óf Jacques is baie naïef óf hy is onbewus van Alicia se gevoelens vir hom. Gevoelens wat daardie aand deurskemer.

Alicia wil deur die reën hardloop om so gou moontlik by haar motor te kom, maar Jacques skud sy kop. "Toe ek 'n ruk in die Kaap loseer het, het ons elke dag in die reën gestap. Ek en die ouens van my kommune het elke dag natgereën. Dit word tweede natuur. Geniet dit net."

Sou Lena en hy ook in die reën loop? Sý gee seker nie om om nat te reën nie. Maar Alicia se duur bloes en romp is nie watervriendelik nie. Tog moet sy kies. Soos 'n natgereënde hoender deur die gietende reën hardloop, of saam met die man loop wat sy die afgelope paar jaar deur sy stories leer liefkry het.

Alicia trek op 'n ingewing haar skoene uit. Die teer voel grof onder haar voete. Sy struikel en Jacques keer dat sy val. Hy sit sy arm om haar nek om haar te stut. Sonder dat sy beheer het daaroor, lê sy met haar kop op sy skouer.

"Wanneer het jy laas so kaalvoet in die reën geloop, Alicia?"

"Eintlik nog nooit nie."

"Wat?" Hy gaan staan. "Nooit?"

Sy skud haar kop en voel skielik soos 'n bleeksiel wat gevra word of sy nog 'n maagd is. Net die gedagte laat haar effens glimlag.

"Jy lag min," sê Jacques toe hy dit sien.

"Daar is maar min om oor te lag."

"Dan leef jy verkeerd. Met jou oë wawyd toe."

Sy is nou deurnat. Hy ook.

"Dis soos daardie toneel in jou boek," stuur sy die gesprek in 'n ander rigting.

"O ja," asof hy nou eers daaraan dink.

Hy het steeds sy arm om haar, maar hy hou haar vas soos hy sy vriende vashou wat hom by tafels in restaurante kom groet. 'n Geesdriftige, warm druk en dan, met sy elmboog om die vriend se nek, loop hulle toonbank toe om iets te gaan bestel terwyl sy by die tafel moet wag.

Sy is selfs jaloers op sy mansvriende.

Jacques is 'n geliefde mens, veral onder sy vriende. 'n Karaktertrek wat hom net nog meer bemarkbaar maak indien sy dit reg aanwend, besef Alicia weer.

Hy hou haar nou weer op daardie manier vas, asof sy 'n man is met wie hy bloot vriende is. Sy lig haar skouers asof sy ongemaklik is. Hy verslap sy greep om haar. Sy arm ontspan. Dit beweeg nou om haar skouers.

Sy maak haar oë toe, wil sê dat sy nie kan onthou wanneer sy 'n wandeling laas so geniet het nie. En wil hom vra om haar stywer vas te hou.

Dit reën nou minder en Jacques kyk op. "Amper verby."

Dit is nog twee straatblokke na haar motor toe. "Jy oukei?" vra hy in sy sagte stem.

"Ek kry nou bietjie koud."

Hulle stap by 'n wassery verby. Dit is leeg.

Sy stap op 'n ingewing daar in. Hy volg haar.

Alicia vee die nat hare uit haar gesig en sorg dat sy naby Jacques staan. Haar borste skyn deur haar bloes. Sy sien dit in die vensters weerkaats, en sy sien dat Jacques dit ook opmerk.

Sy trek haar bloes uit, vroetel in haar handsak en haal muntstukke uit. Sy beduie na 'n droër. Hy hou van die idee, sien sy. Hy kyk vinnig na haar bra wat laag oor haar borste span. Hy maak die tuimeldroër oop en gooi haar bloes in.

"Nou jy, Jacques."

Weer die verbasing. "Ek hou van my klere as dit nat is."

"Wel. Ek gaan beslis nie alleen halfkaal hier staan nie."

'n Skrapse glimlag. Hy raak aan sy hemp asof hy oorweeg of hy dit gaan doen of nie. Toe trek hy dit uit. Jacques gooi sy hemp by die bloes in die tuimeldroër en klap die deur toe. Sy steek haar hand uit om aan sy bors te raak, maar hy beweeg weg.

Sy kyk hoe die kledingstukke om en om tuimel.

Hy gaan sit op 'n wasmasjien, lag skielik en kyk na haar wat bedremmeld en verleë in die vertrek staan.

"Blou. Sjoe." Hy beduie na haar bra. "Pas by jou uitrusting."

Alicia kyk na hom. Dink dat sy vir die res van haar lewe by hierdie man wil wees. Dat hy die een storie na die ander vir háár moet skryf. En merk die tatoeëermerk op sy boarm, maar sê niks.

"Ek is besig met 'n nuwe storie," sê Jacques terwyl hy kyk na die klere wat omtol.

"Het dit al 'n naam?"

"My name kom laaste. Maar in hierdie geval," hy kyk deur die venster, "onthou ek altyd daai mooi uitsig op die stad uit jou sitkamervenster."

Sy wag dat hy die naam moet sê.

"*Met 'n uitsig op die stad.*"

"Jy bedoel daardie aand het vir jou inspirasie gegee?"

Sy skewe glimlaggie verberg weer waaraan hy dink.

"Mooi titel." Sy kyk na hom waar hy op die wasmasjien sit. Wil tot by hom loop en aan hom raak, maar iets keer haar. Die kyk in sy oë.

76

Asof hy weet wat sy beplan, gly hy van die wasmasjien af toe die tuimeldroër 'n pienggeluid maak. Hy buk en haal die kledingstukke uit. Sy kyk na sy swemmerslyf en sy heupe, sy natuurlike houding.

Jacques gee haar bloes aan en trek sy hemp aan. Die materiaal is warm om haar lyf.

Sy stap na hom toe terwyl hy sy hemp aantrek en plaas haar arms om hom. Sy wil hom nou soen, maar hy is verstrengel in die hemp.

"Whoa-whoa-whoa," lag hy. "Jy hoef nie te help nie." Hy trek die hemp reg en draai dan weg van haar. "Ek dink jy's in staat om nou op jou eie te loop. Moet ek jou dra soos in die flieks?" Hy stap deur toe. "Of wil jy hier slaap vannag?"

Weet hy wat sy wou doen? Gee hy maar net voor om nie te weet nie? Of is Lena Aucamp se teenwoordigheid werklik so sterk in sy lewe dat hy van geen ander vrou bewus is nie? Hy, wat enigiemand kan kry, is blykbaar absoluut getrou aan die plaasmeisie.

Alicia stap deur toe. Jacques hou dit vir haar oop. Sy stap uit sonder om iets te sê.

Hulle ry die hele ent pad in stilte terug Johannesburg toe. Af en toe sê hy iets, maar sy moedig nie die gesprek aan nie. Voel gefrustreerd en kwaad vir hom.

Sy laai Jacques later by sy woonstel in Newtown af.

Hy steek sy hand uit en skud hare. "Dankie vir die launch."

"Dankie dat jy saamgekom het." Kortaf. Saaklik. Sy wil vir hom sê dat sy alles vir hom kan gee wat hy ooit wil hê. Toe raak sy aan sy boarm en skuif die hemp op sodat die tatoeëermerk wys. Sy raak daaraan, maar dit verbreek die oomblik. Hy klim haastig uit.

Skielik lyk Jacques stug, selfs kwaad.

"Jacques." Alicia probeer glimlag, maar sy is op die oomblik te vies om een op te tower. "Ek en jy is eintlik baie dieselfde. Ek ken jou. Ek verstaan jou. En al wil jy dit nie erken nie, onder my lewer jy jou beste werk."

Jacques wil haar in die rede val, maar sy keer hom. "Hou maar net in gedagte: hoe gelukkiger 'n skrywer soos jy is, hoe middelmatiger die werk wat hy lewer. Want jy is in 'n gemaksone en dit is die hel vir jou, Jacques. Uitgewers hou dalk daarvan, want jy maak vir hulle geld, jou publiek slurp dit op soos 'n slush puppy, maar jy weet en ek weet wat jy nou doen is nie jou beste werk nie, want jy is te gelukkig."

Sy sien dat die woorde inslag vind. Selfs bekend klink. Dat hy skerp na haar kyk en dan omdraai omdat hy nie meer die waarheid wil hoor nie.

"Soms moet mens jou huis afbrand om die maan te sien, Jacques."

Hy draai om, kyk onbegrypend na haar.

"Die veilige Lena Aucamp is nie goed vir 'n skrywer soos jy nie. Sy maak jou blind vir wat die lewe jou kan bied. Vir wie jy kan wees."

"Ek het haar lief."

"Maar as sy by jou is, is jou werk middelmatig. Nes sy is. Nag, Jacques."

Toe trek sy vinnig weg.

SONDAG 6 APRIL 2014, 10:00

Die kelner sit die rekening tussen Alicia en Carina neer, wat Alicia 'n oomblik lank in haar vertelling oor Jacques stuit.

"Wat het jy bedoel met 'n huis afbrand, Alicia?"

"Figure dit uit, joernalis. Jy is mos slim."

Alicia sit 'n honderdrandnoot neer en verlaat die tafel.

"Alicia!" keer Carina.

"Ek weet nie waar hy is nie. Ek weet regtig nie. As ek geweet het, was hy nou in my huis. Maar al wat ek weet, is hy het moeg geraak vir geluk. Ek weet dit klink soos iets uit 'n hygie, maar dis waar. Behaaglikheid kan so dêm vervelig wees." Toe is sy weg.

Carina se kop werk oortyd. Alicia weet iets. Iets belangriks wat lig op sy verdwyning kan werp, maar sy wil dit nie met haar deel nie.

Huis afbrand? Sy skryf dit in haar notaboek neer. Maar verstaan glad nie wat Alicia daarmee bedoel nie.

5

MAANDAG 7 APRIL 2014, 08:30

Gavin Greeff is 'n groot man – bonkig, ongemaklik, lomp en grimmig. Carina wonder of hy ooit glimlag. Dalk grynslag hy soos 'n doodskop. Hy het 'n permanente frons en daar word gespekuleer dat sy wenkbroue eintlik tussen sy oë in 'n reguit lyn ontmoet. Hy moet dit glo daagliks skoonskeer.

Sy sekretaresse het eendag toevallig gemeld dat sy seker is Gavin het popgespeel toe hy nog 'n kleuter was, veral vanweë die aksiefigure uit rolprente soos die *X-Men*-reeks wat hy versamel. Iemand het eendag vir hom 'n lappop gegee en hy het die verrinneweerde speelding op sy lessenaar neergesit, waar dit met stom oë na sy slagoffers oorkant hom gestaar het tot dit eendag gesteel is. Of verlos is.

Gavin is permanent gespanne. Die geringste krisis laat hom uithaak. Mysi het eendag gesê dié bleeksiel kry die ritteltits wanneer 'n probleem opduik. "Daar gaan eendag nog *Help my!* op sy bors verskyn soos die werklike Gavin probeer om uit te kom, nes in *The Exorcist*. Ons hou maar altyd die noodhulpkissie gereed wanneer hy 'n joernalis beetkry."

Carina werk tans aan 'n exposé oor 'n akteur wat in advertensies optree teen dwelmmisbruik, maar self dwelms gebruik. Haar navorsing het tot dusver 'n paar ander bekendes in die modebedryf ontmasker, maar sy wil eers baie seker van haar feite maak alvorens sy skryf. Sulke stories vernietig mense se lewens, maar indien hulle skade aanrig, moet dit aan *Montage* se groot klok gehang word, elke Saterdagoggend wanneer die blad verskyn.

Hiervoor doen sy weke lank navorsing, kontak die regte persone, ontmoet dwelmsmouse skelm, kry vriende uit die modebedryf vir inligting, en maak gebruik van die baie kontakte wat sy opgebou het. Sy skryf al die inligting op kaartjies neer wat sy om haar rekenaar rangskik wanneer sy met die storie begin. En dan skryf sy. Op dié manier het sy al twee joernalistiekpryse gewen. Maar dit was vir harde misdaadstories wat sy feitelik en op die man af geskryf het.

Harde misdaadstories soos 'n mafiabaas wat vasgetrek is, dwelmbendes wat gearresteer is en drie opspraakwekkende moordsake.

En toe die moord op Elmien Malan. Om 'n meisie teenoor wie sy dikwels in 'n onderhoudsituasie gesit het so oopgekerf te sien, het die einde van haar hardenuus-loopbaan beteken. Soos so baie ander joernaliste het sy vir terapie gegaan, maar selfs dit kon haar nie help nie.

En nou doen sy sagte stories vir Gavin Greeff by *Montage*. Iemand moet die rekeninge betaal. En nou nog die verdomde e-tol-dreigemente ook wat sy gereeld per SMS ontvang omdat sy nie geregistreer het nie.

Gavin Greeff kyk sy joernaliste selde in die oë. En wanneer hy praat, wend hy gedurig lipsalf aan en sluk-sluk sodat sy adamsappel grimmig op- en afspring.

"Vandag is dit appelkoos-lipsalf, gister het mens verstik aan die aarbei!" Mysi se kommentaar toe hy nou die dag in 'n vergadering gedurig aan sy lippe geraak het.

Van sy joernaliste wat witvoetjie soek, gee dikwels vir hom aksiefigure present – die mees onlangse is Iron Man. "Ironies. Want grillerige Gavin het vla in sy pype, nie yster nie," het die nuusredakteur onderlangs gemompel toe hy dit sien.

"Ek wens Agata wil 'n bietjie in gruwelike Gavin se kantoor kom uithang. Sy sal weke lank woordorgasmes hê," het Mysi nou die dag gelag toe Agata weer 'n wysheid kwytgeraak het: *Liefde is as jy sy oggendasem kan gedoog.*

Gavin oefen twee keer per dag fanaties in die gimnasium in die *Montage*-gebou – soggens vir 'n uur voordat hy begin werk en smiddae selfs langer nadat hy sy werk afgehandel het. Soms gaan draf hy daarna. "Hy werk baie duiwels in hom dood, en as hulle nog steeds kriewel na al daai bench-presses, draf hy hulle onder sy tekkies flenters." Dit was Mysi se kommentaar nadat hy haar nou die dag amper onderstebo gehardloop het.

Na sy draf- of gewigtesessies bring Gavin minstens tien minute in die stort deur, asof hy ou sondes probeer afskrop tot sy vel rooi is daarvan.

Joernaliste beskryf sy gimnasiumroetine as "masochistiese sessies wat die Marquis de Sade sou ontstem". Hy draf verbete op die trapmeul tot die sweet hom aftap, seker om te sorg dat daar nie 'n ons vet aan sy liggaam is nie, maar net spiere. (Vir wie om te bewonder? Hyself?) Sy ruie borshare blink daarna van die sweet as hy uit die gimnasium kom. Hy dra altyd los, oop hemde juis om dit te beklemtoon.

"Ek sweer hy dra 'n borshaar-pruik," giggel Mysi.

"Is daar so iets?" het Carina gewonder.

"Jong, as hulle boskasies op pankoppe kan inplant, kan hulle Gavin se borshare voed."

Carina het eendag per ongeluk in *Montage* se gimnasium beland en gesien hoe Gavin gewigte wat duidelik te swaar is vir hom verbete bo sy kop uitstoot, sy hemp papnat van die sweet en met are wat op sy arms wou ontplof. En elke keer as hy gim, dra hy een van twee T-hemde met *I am away from my computer!* en *Jou ma se stasie!* daarop. Sy het altyd gedink hy sal kaalbolyf gim, maar hy stel nie sy spiere ten toon nie. In elk geval nie sover sy kon sien nie.

Vir Carina is Gavin 'n homp harige vleis met 'n wrede gesig en 'n prominente kakebeen wat sy gesig na 'n doodskop laat lyk. Daar is permanente blou kringe onder sy oë wat haar laat wonder of hy ooit slaap. En die kringe in sy doodskop kan beslis nie van 'n oordadige sekslewe wees nie, want die gerugte loop rond dat sy vrou eintlik lesbies is en hy met haar getrou het vir haar geld. Haar miljardêr-oom besit *Montage* en Gavin het destyds hier as 'n onervare joernalis begin werk. Toe skryf hy die een sensasionele storie na die ander. Hy het hulle soos

82

wors in 'n worsmasjien uitgeryg en *Montage* se verkope laat verdubbel.

Vyf jaar later was hy redakteur, danksy Mariaan, sy vrou, en haar skatryk pa. Nou wonder Carina wat gaan gebeur indien die huwelik finaal inmekaartuimel. Sou die familie-uitgewers die indringer uitskop?

Wanneer hulle vergaderings hou, teken Mysi graag 'n onderstebo smiley-face omdat Gavin se mondhoeke dikwels 'n ontstemde trek het asof iemand pas vir hom gesê het daardie pyn waarvan hy nou bewus word, is aambeie. En Mysi beklemtoon die ruie wenkbroue wat soos 'n reguit pad deur die Karoo oor sy oë strek. *Frankenstein, thou hast met thy creature again!* skryf sy as sy regtig vies is vir Gavin.

Gavin praat in kort, saaklike sinne met die joernaliste. Geen "Hoe gaan dit?" of "Lekker storie, goeie terugvoer" of "Ek moes jou artikel net drie keer herskryf" nie. Altyd net opdragte in 'n nukkerige stemtoon asof hy nie genoeg asem het om volsinne te praat nie, en altyd daardie skelm oë wat selde direk na 'n mens kyk. Hierdie afknouerigheid het die nuusredakteur, Ben, laat gis dat hy 'n opperste boelie op skool moes gewees het.

Nog gerugte wil dit hê dat sy oog lekker ronddwaal en dat hy elke jong vroulike joernalis wat by *Montage* wil werk, eers probeer "inwy", maar selde slaag. Ook dat hy daarvan hou om met leer gerapse te word – daarom dat hy altyd sulke groot lyfbande dra. En dat die fisieke geseling beslis nie deur sy vrou toegepas word nie. Dit doen sy met haar tong. En daar word baie gepraat oor haar en haar familie se geldelike houvas op hom en *Montage*.

Terwyl hulle op Gavin wag om die Maandagoggend-nuusvergadering te open, kyk Carina na haar notas oor Alicia. Sy het daarna nog navorsing op die internet gedoen en redelik baie oor die sosiale vlinder en uitgewer te wete gekom.

Toe doen sy navraag oor hoe ander mense die werkverhouding tussen Alicia as uitgewer en Jacques as skrywer ervaar het.

Carina het gister twee teksredigeerders opgespoor wat vir

die Francke-Uitgewery werk en hulle gebel, en hulle kommentaar was dat Alicia "nog altyd in Jacques se broek wou inkom, maar dit nooit kon regkry nie". Haar onderhoud met Alicia gisteroggend het dit bevestig. Want al het Alicia hoe hard probeer, Carina se instink het bevestig dat Jacques nooit ontrou aan Lena was met Alicia nie. Indien dit sou gebeur het, sou daardie inligting lankal uitgelek het. Daarvoor sou die bedryf en Alicia gesorg het.

Nou, hier waar sy saam met die ander joernaliste om die tafel sit, kry Carina Jacques steeds nie uit haar gedagtes nie. En vandag is dit ekstra moeilik omdat sy foto in feitlik elke koerant pryk. "'n Reklamefoefie," het een van die twee redigeerders met wie Carina gister gepraat het dit genoem.

En iemand anders: "Ek dink hy vlug van Alicia. Ek sweer sy's by die mafia betrokke! Hy is dalk iewers in sement toegemessel. Of in 'n mynskag afgegooi."

Mysi loer oor haar skouer na Stefan Loots, 'n nuwe joernalis wat onlangs begin het en wat nou ingestap kom. "Die liewe Heer seën sy voorsate wat die Groot Trek oorleef het."

"Hy't jou gehoor!" waarsku Carina.

Stefan is een van Gavin se nuwe aanstellings – 'n ondersoekende nuusjoernalis wat tot by die fondament van 'n storie sal delf, veral vir die brokkies inligting wat dikwels deur ander joernaliste se vingers glip. Feite wat aanvanklik nutteloos skyn te wees, maar uiteindelik die deurslaggewende faktor is wat die waarheid agter die verdigsels en ontkennings ontbloot. Maar omdat hy Gavin se nuwe ster-aanstelling is, is hy tans besig met drie groot stories "waarvan een die ANC-regering se korrupsie na 'n landsdienskamp sal laat lyk" (Stefan se woorde). En hy is glo op die punt om 'n deurbraak te maak.

Dit is die soort stories wat Carina eintlik moet doen. Maar nie nadat sy by *Blitsnuus* bedank het juis oor die aard daarvan nie.

Carina kan die spanning aanvoel, soos by 'n klas wanneer die onderwyser laat is en hulle sy haastige voetstappe hoor nader kom. Albert en Katy, twee van *Montage* se voorste joernaliste, wag gespanne op Gavin. Albert is op sy selfoon doenig en Katy blaai deur 'n oggendkoerant en veins gemaklikheid, maar haar hand bewe.

Teen die kennisgewingbord staan taalreëls wat Gavin in groot swart letters aangebring het: *Bemoei met, beywer vir, op 'n dorp, in 'n stad.* En 'n Agata-strokie is eenkant vasgedruk: *As jou pad jou deur die hel vat, foeter voort!* Carina wil dit herken as 'n aanhaling van Winston Churchill.

"Terwyl ons wag," sê Ben, die nuusredakteur, en vroetel deur sy notas, "het die nuwe-politieke-party-storie tande? Moet ons iemand uitstuur?"

Katy skud haar kop. "Geen befondsing. Glo 'n verbitterde ANC-kader wat na die verkiesing 'n nuwe party wil stig, maar ons dink dis 'n wank."

"Sommer net in die algemeen," en Ben vee oor sy iPad, "die meeste stories is te lank. En die koppe trek nie genoeg aandag nie. Dit moet sappiger wees, met minder woorde, maar meer punch. Kry beter insae en meer aanhalings van betrokkenes. Vra vrae wat ander te bang is om te vra. En daar is te min menings."

Gavin kom onverwags ingestap en 'n stilte sak neer. Selfs Hitler in sy raadsaal kon nie so 'n stilte veroorsaak het nie. Hy strek sy nek asof hy 'n spier verrek het. Sy hemp is weer oopgeknoop en sy borshare blink oudergewoonte asof hy dit eers met water bespuit het.

Dit ís 'n pruik! skryf Mysi in haar notaboek.

Gavin pluk sy hemp heen en weer asof sy bolyf nog nie behoorlik droog is na sy stort nie. Sy hare is nat en sy gesig blink van die vogroom wat hy pas aangewend het. Hy roep kombuis se kant toe na twee joernaliste: "Buya lapa wena! Julle kan later drink en vreet!"

Mysi en Carina kyk vinnig na mekaar. Die twee groentjies skarrel gespanne met polistireen-koppies vol kitskoffie nader en kom sit.

Gavin is klinies gladgeskeer asof hy 'n sementmuur met 'n troffel skoongeskraap het sodat nie eers die geringste stoppel kon oorleef nie. Sy hemp span styf om sy borskas om sy spiere deur die materiaal te beklemtoon. En sy jeans sit soos 'n twee-de vel aan hom.

"Daar's nie eers plek om 'n wind te laat nie," fluister Mysi.

"My inboks is leeg." Gavin gaan sit en leun aggressief voren-toe. Selfs hier waar sy sit, ruik Carina die duur naskeermiddel wat hy gebruik. "Praat met my!" Hy draai na Carina en Mysi. "Het die tannies iets op die hart?"

Carina sug. Stefan werk op sy selfoon.

"Kan ek julle aandag kry?" Gavin klop met sy kneukels op die tafel en kyk na die selfone wat nou op stil gesit word. Stefan tik vir oulaas 'n SMS.

"Huur jou hoere in jou eie tyd, nie in vergaderings nie, Loots." Stefan stuur vinnig en skakel die selfoon af.

Gavin wend hom weer na Carina. "Jou naam is so afwesig in my inboks soos Justin Bieber in 'n komkommertuin. Hoekom?"

"Daar is nie op die oomblik 'n groot storie nie."

Gavin draai sy rekenaar met mening na die joernaliste toe. Hy leun oor die sleutelbord van agter en druk telkens *Next*.

Dit bevat die voorblaaie van vanoggend se koerante:

Bekende skrywer verdwyn!

Jacques Rynhard gee middelvinger vir prys.

Rynhard verdwyn soos 'n rekenaarvirus.

Famous local writer fails to show up for prize.

Is Jacques Rynhard vermoor?

Wie is die ware Jacques?

Reklamefoefie deur uitgewer?

"Wat is jou definisie van 'n storie, Carina?"

"Want die storie is vanoggend doodgeskryf! En jy het gesê ons mag nie sy boek reklame gee nie."

"'n Storie word oud die oomblik wat dit gebeur. Kyk na die twiets wat ons telkens voorspring!" Hy haal diep asem. "Dit gaan oor hoe jy 'n storie lewendig hou. En hierdie een word al deur kluite bedek! Gebalsem en in Toetankamen se sarkofaag weggesluit! Ek weier om te glo dat hierdie storie se koekie toegeklap het!"

"Wel, ek het gister met Alicia Francke gepraat."

Sy oë helder op. "Starship Enterprise makes contact, finally! Wat het jy uitgevind?"

"Dat sy warm was vir Jacques, maar hom nie kon kry nie."

"Poplap, dit is so algemene kennis soos die e-tolstelsel wat flop. Gooi my met iets wat ek nie weet nie."

"Toe kritiseer Alicia sy jongste manuskrip, hy verander van uitgewer en wen 'n prys met daardie einste roman."

"En jy sê steeds daar is nie 'n storie nie?"

"Dit is die soort storie wat *Die Huisvriend* reeds gedoen het, of wat die skinderkoerante vat. Dis nie 'n *Montage*-storie nie!"

Hy pluk weer vinnig aan sy hemp asof hy homself daarmee koel waai. "Wil julle hê *Montage* moet toemaak?"

"Gavin." Carina probeer haar stem kalm hou, maar haar keel trek saam van woede sodat sy die woorde beswaarlik kan uitkry. "Die oggendkoerante spekuleer net en skryf die storie dood omdat daar nie tans ander stories is nie. *Montage* verskyn Saterdae, soos jy weet. Teen die naweek is hy moontlik al opgespoor. Wat meer verwag jy van my?"

"Dat jou bloedhondneus ophou om ander brakke se sterte te besnuif. En nog 'n ding. Die gepeupel wat by sy boekebekendstelling was: ek soek skinder oor hulle. Enige storie! Skryf dus oor Rynhard, maar kry die ander drolle ook wat in die drinkwater dryf."

Carina sit terug en maak haar oë toe. Sy gaan hierdie man klap. Nou. En dêm hard.

"Hoekom het Rynhard destyds onder 'n skuilnaam begin skryf? Is hy in hotelle se voorportale gesien? Op treinstasies, op busse? Wat sê sy mentally challenged fans, sy kritici, sy frieken girlfriend, sy sielkundige, sy masseur, sy toiletskoonmaker, die ander uitgewers, sy maatjies op skool saam met wie hy ge-circle-jerk het? Het hy al plagiaat gepleeg? Het hy 'n fan pregnant gemaak? Is hy verslaaf aan porn? Huur hy hoere? Moet ék al jou vrae vir jou vra?"

Rondom Carina beweeg haar kollegas se koppe heen en weer asof hulle 'n tenniswedstryd op Wimbledon dophou. Maar die vloermoer is nog nie verby nie. Gavin haal nou al sy frustrasies op Carina uit.

"Ek wil weet hoe dikwels hy sy naels skoonmaak. Ek wil weet of hy Post Toasties vir brekfis eet, hoe hard hy skreeu as hy kom, wat op sy T-shirts staan, watse kakpapier in sy trollie is. Ek wil weet wie hy almal die moer in gemaak het, by wie hy slaap." Gavin staan op. "Ons berei solank *Montage* se voorblad voor vir Saterdag: Die kop: *Alles wat jy nie van Rynhard geweet het nie*! En jy, skattebol, gaan grawe waar dit nie jeuk nie!"

Carina is lus en storm by die deur uit met haar middelvinger in die lug. Maar iets in Gavin se uitdrukking keer haar. Sy voorkop is nou natgesweet en dit lyk of 'n aar in sy voorkop klop. Sweet loop teen sy dik nek af.

Sy klap haar notaboek toe en is bewus van almal se blikke op haar. Daar is elektrisiteit in die vertrek. Sy stoot haar stoel stadig agteruit en neem haar sak.

"Ek sê dit nou hier voor almal terwyl jy jou stertjie wip." Gavin vee sy nek met sy hande af. "Indien jy, Carina, en al julle donners nie jul vingers uit julle holle trek nie, maak hierdie tydskrif toe!"

Dit is doodstil in die konferensiekamer. Die joernaliste wat in nabygeleë kantore aan stories werk, raak ook nou stil.

"Die uitgewer wil *Montage* op die mark sit. En as iemand hom nie koop nie, sit ons almal rooi ligte voor ons donnerse deure en koop Clicks se hele kondoomvoorraad uit!"

Carina staan op. "Dan sal ek *Montage* seker moet red."

Gavin staan ook op. "Ek soek nie die Sunlight-witgewasde weergawe nie. Die ander tydskrifte het so in sy hol opgekruip, hulle sal nie eers met 'n GPS uitkom nie! Ek soek die waarheid!" Hy storm uit die konferensiekamer.

Ben, die nuusredakteur, maak sy iPad oop en probeer kalm

voorkom, maar sy hande bewe te veel. Hy maak keelskoon. "Stefan. Hoe ver is jy met die storie oor die bordeel?"

Carina stap na haar kantoor toe en gooi haar sak op die tafel neer. Sy haal Jan-Paul Otto se kaartjie met sy foonnommer en kantooradres uit en skakel hom. 'n Vrou antwoord.

"Kan ek met meneer Otto praat, asseblief?"

"Hy is besig met 'n kliënt."

"Vra hom asseblief om Carina Human van *Montage* te bel."

"Indien dit oor meneer Rynhard gaan – meneer Otto het opdrag gegee dat niemand van die pers na hom deurgeskakel word nie. Hy het geen kommentaar nie." En die verbinding word verbreek.

Carina stap na die deur toe en loop met die gang af na Gavin se kantoor toe. Die sekretaresse probeer keer, maar sy pluk die deur oop.

Gavin is op die telefoon. Carina stap tot voor hom. Hy hou sy vinger in die lug, nes Alicia gister. Carina wag geduldig dat hy klaarmaak. Toe draai hy om, sy oë skerp en intens op haar.

"Jy is 'n vark, Gavin. Jy moet oppas dat iemand nie jou se-mels vergiftig nie."

"En jy, madame, is so donners sentimenteel, jy huil as 'n koevert oopgemaak word. G'n wonder jy kon dit nie vat by die boere van *Blitsnuus* nie. En dis jou grootste swakheid. Jy is te sag vir hierdie bedryf!"

"Iewers moet daar nog 'n mens in die joernalis wees, Gavin."

"Jy mag nie emosioneel by jou stories betrokke raak nie. Dis wat jou aanvanklik gekelder het. En met Rynhard, oor wie almal fantaseer, is jy dalk nie die beste kandidaat om die storie te doen nie."

"Hy is 'n doodgewone skrywer wat verdwyn het. Die man is aantreklik, so what? Indien daar 'n storie is, sal ek dit na jou toe bring. Maar ek gaan nie een uit niks skep nie. Met ander woorde ek gaan nie die waarheid lieg nie!"

Gavin stap nader. "Net sodat ons op dieselfde bladsy is: ek doen self navorsing. Op daardie manier gaan ek agterkom hoe goed jou feite is, en of jy iets wegsteek. En as ek agterkom dat jy hierdie storie gyppo, girlfriend, is dit die einde van jou."

"Indien daar 'n storie is, sal jy dit van my af kry."

Sy draai om en stap weg. Toe draai Carina om. "As jy ooit weer so op my skreeu voor die ander, rand ek jou aan. Ek is nie jou verdomde bediende nie."

MAANDAG 7 APRIL 2014, 09:30

Toe Carina drie minute later in een van *Montage* se motors klim, sit sy eers 'n paar oomblikke stil om kalm te raak. Toe spring Mysi langs haar in. "Ek dag jy het 'n shoot oor kos vandag?" vra Carina, eintlik maar net te dankbaar dat Mysi saamgaan.

"Dit kan wag. Dis tog net 'n sanger wat sy lensiesop-resep met ons deel terwyl hy sy boyfriend in die closet wegsteek. Ek het Lienkie met die lankstaanskoene omgekoop om daardie foto's te neem. So. Ry, Riens!"

Hulle draai in Katherinestraat af en ry oor Rivoniaweg verby 'n klomp nuwe geboue wat onlangs opgerig is. "Ek is so bly hierdie verdomde bouery trek al so ver!" knor Carina.

"Vir al wat jy weet, het Jan-Paul Otto van hierdie geboue ontwerp."

Sy het skaars by die Pretoriastraat-verkeerslig in Sandton stilgehou, of 'n ruitwasser gooi vuil water oor haar ruit uit. Carina swets en soek na die ruitveërknoppie, maar Mysi spring uit met die gebottelde water waarvan sy pas gedrink het. Sy loop om die motor en neem die wasser se bottel uit sy hand.

Met die gebottelde water wat sy nou oor die ruit gooi, verwyder Mysi die vuil skottelgoedseep. Die wasser staar haar stomgeslaan aan. Sy neem ook sy ruitskoonveër uit sy hande en was dan die motor se ruit skoon.

Carina kan nie help om te lag nie, want Mysi het 'n paar stewige heupe en boude wat lekker wikkel. Een of twee motoriste toet vir haar en gee die duimop-teken.

"Watch and learn!" skreeu Mysi vir die wasser toe die ruit

uiteindelik skoon is. "And use clean water!" Sy druk die water-bottel in die ruitwasser se hande en klim terug in die motor toe die verkeerslig na groen oorslaan.

"Way to go, girl!" skree 'n motoris vir haar.

"En seën jou koelboks ook, meneer!" skree sy terug.

'n Paar treë verder begin hulle eers lag. Hulle lag so dat Carina byna uit haar baan swenk. 'n Taxi toet ongeduldig. "Feel what it feels like if somebody pushes in front of you!" skree Carina. Sy en Mysi gee mekaar 'n vatvyf.

Toe hulle voor Jan-Paul Otto se gebou stilhou, bedaar hulle eers. Daar is min parkering, maar Carina eis een op toe 'n BMW met blou ligte uittrek. "Teer op die bietjie vet van die land wat Zuma oorgelos het!" brom Mysi.

Carina skakel die motor af.

"Wat is die strategie?" vra Mysi.

Carina klim uit. "Jy is 'n befoeterde kliënt wat ontevrede is met 'n plan wat Jan-Paul Otto opgetrek het, en jy trek die koe-kie by ontvangs se aandag met jou vloermoer af. Kom."

Mysi swik amper op haar hoë hakke, maar herwin haar ba-lans en Carina dink in die stilligheid dat sy nie weet wat sy sonder Mysi se vriendskap sou gemaak het nie. Hulle kan saam lag oor die absurditeit van die lewe. "As Leon Schuster jou raaksien, is jy in sy volgende fliek."

"Dan kan die mense ten minste lag vir ware humor!"

Hulle loop tot by ontvangs, waar 'n swart vrou hulle vra om in te teken. "Do you have an appointment?" vra sy.

"Of course," antwoord Carina gesaghebbend. "With mister Jan-Paul Otto. We made the appointment an hour ago."

"Second floor." Die vrou oorhandig twee sekuriteitskaarte.

Terwyl hulle deur sekuriteit beweeg, sê Mysi deur stywe lip-pe: "Dit was maklik."

"Vertrou my en lyk of jy weet hoe 'n goeie vloermoer werk."

Hulle klim by 'n hysbak in en druk 2.

Die vrou by ontvangs is besig om twee mans in pakke klere met opgerolde planne onder hul arms in te teken.

Toe hulle uitklim, sien hulle dadelik Jan-Paul Otto se logo en naam op 'n glasdeur. Alles spreek van luuksheid.

OTTO EN SEUN, staan daar.

"Trek hulle aandag af," mompel Carina. Mysi knik en stap na 'n meisie toe wat pas die telefoon neergesit het.

"Ek is woedend oor die manier waarop Otto en Seun my behandel! Ek gaan my beswaar pers of televisie toe neem. Verwag *Carte Blanche* op julle drumpel!" skreeu Mysi.

"Net 'n oomblik, juffrou." Carina is verbaas dat die meisie Afrikaans praat. Sy sien geraamde foto's van geboue wat Jan-Paul Otto en sy pa seker ontwerp het.

Terwyl Mysi met die ontvangsdame argumenteer, glip Carina verby die geraamde foto's met die gang af. Orals sit koppe gebuk oor tekenborde. Jong manne en meisies, almal jeugdig en modieus aangetrek. Elke kantoor spreek van byderwetse luukshede.

En heel onder is 'n deur met Jan-Paul Otto se naam daarop.

Sy loop vasbeslote daarheen, skep 'n slag asem en klop. Dan stap sy in.

Jan-Paul Otto sit by sy lessenaar. Maar anders as wat Carina verwag het, is hy nie op die foon besig of kop omlaag oor 'n plan nie. Hy kyk verbaas op.

"Meneer Otto, jammer om so in te bars, maar dit is noodsaaklik dat ek met jou praat oor Jacques Rynhard!"

Jan-Paul se hand beweeg na die telefoon toe en Carina besef dat hy sekuriteit gaan bel.

"Daar word tans 'n storie oor hom geskryf en ek probeer dit keer. Die enigste manier om die gerug te keer, is om met jou te praat."

Sy hand huiwer op die gehoorstuk. "Watse storie?"

Carina se brein werk in hoogste versnelling. Sy maak haar sak oop en pluk 'n klomp notas uit. "Iemand sê dat jy en Jacques Rynhard by 'n dwelmskandaal betrokke is en dat hy daarom verdwyn het."

Jan-Paul staan stadig op. "As julle sulke snert publiseer, dagvaar ek julle tot julle nie 'n sent oor het nie."

"Want ek verneem dat meneer Rynhard hom in Newtown met dwelmtipes opgehou het en dat jy glo voordeel daaruit getrek het."

Jan-Paul se telefoon lui. Carina kyk gespanne hoe hy dit lig. "Sê vir haar ek praat later met haar en ek gee nie om hoe ontsteld sy is nie. En geen oproepe nie tot ek jou weer skakel."

Hy gooi die foon neer. Carina kan dit self nie glo nie, maar haar plan het gewerk.

"Dwelms." Hy lag. "Jacques drink skaars."

"Nie volgens my informante nie."

"Snert, man. Wie is hulle?"

"Ek mag nie sê nie. So. Wat is jou kommentaar oor Jacques as dwelmslaaf?"

"Wil jy die waarheid oor Jacques Rynhard weet?"

Carina haal haar notaboek uit. "Asseblief. Anders sal ons met hierdie storie moet voortgaan."

"Dit is loutere bog, man." Hy staan op en gaan staan voor die venster wat op Katherinestraat afkyk.

"Wie is Jacques Rynhard presies?" waag Carina.

"Die mees lojale vriend wat enigiemand kan hê."

"Julle ken mekaar van skooldae af, het ek Saterdagaand verneem."

Hy draai om. Sy kan sien dat Jan-Paul diep terugdink. Hy knik en daar is nou 'n hartseer in sy oë.

"Wanneer het jy hom laas gesien, meneer Otto?"

"Woensdagaand. Ons het die dag gevier toe ons op Kleinbegin ontmoet het. Dit was in 1993 toe ons albei dertien was."

Carina skryf die inligting in snelskrif neer.

"Het hy bekommerd gelyk? Getraumatiseerd? Bitter?"

"Nee. Dit is een van die min kere dat hy meer as een bier gedrink het. Ons het gelag. Grappe gemaak soos gewoonlik. Karaoke gesing, slaptjips geëet in sy gunsteling-restaurant in Newtown."

"Was daar hoegenaamd 'n aanduiding dat hy beswaard is? Dat hy dwelms gebruik, dat hy . . ."

"Juffrou . . ."

"Human. Carina Human."

"Juffrou Human. Kry die storie vir eens en vir altyd uit jou kop dat hy by dwelms betrokke was."

"Nou wat is die waarheid dan?"

Jan-Paul draai weg. "Vriende vir altyd."

"Ekskuus?"

Jan-Paul staan roerloos.

"Die enigste rede hoekom ek jou hierdie storie vertel, is om die drek wat julle wil publiseer se rug te breek. Luister. En luister mooi na wat gebeur het."

6

Jan-Paul voel die lus in hom opstyg soos dit net met 'n dertien-
jarige skoolseun kan gebeur. Karlientjie sit op die stoepmuurtjie
gedurende pouse en eet haar toebroodjie. Hy het nooit gedink
'n meisie kan so mooi wees wanneer sy 'n kaastoebroodjie eet
nie, maar Karlientjie is. Hy probeer al sedert hy 'n week gelede
van Pietersburg Afrikaanse Hoër na Kleinbegin Hoër geskuif het
om genoeg moed bymekaar te skraap om met haar te praat.

Sy pa het skielik besluit dat hy genoeg van groot dorpe ge-
had het. Dat hy sy argitekbesigheid na Kleinbegin wil skuif,
want hy wil rustig en ongesteurd werk. Een keer per week ry
Jan-Paul Otto senior Pietersburg toe, of selfs Johannesburg en
Pretoria, maar oor die algemeen kom kliënte hom hiér sien.
"Ons wil jou op die platteland grootmaak waar jy kan leer om
nog 'n seun te wees," het sy ma destyds gesê, "en die regte tyd
is aan die begin van hoërskool."

Dit is hoe hy op Kleinbegin beland het. En Jan-Paul het sy
ouers nog nooit so gelukkig gesien nie. Hy het altyd die indruk
gekry dat daar fout is tussen hulle, maar vandat hulle getrek
het, het dinge verbeter.

Hy het ook gehoor sy ma sê wanneer hulle eendag genoeg
geld gespaar het, moet hulle stad toe trek, want dit is waar sy
eintlik wil bly. Jan-Paul het maar altyd aangeneem sy bedoel
Johannesburg.

Terwyl Jan-Paul na Karlientjie kyk, wonder hy of sy pa en
daardie rooikopvrou op Pietersburg nie dalk iets aangehad het
nie. Maar dan kyk Karlientjie op.

Jan-Paul het sy ma gevra om vandag 'n ekstra spesiale toe-
broodjie te maak met gisteraand se lekker vulsel op, sodat hy

95

dit vir Karlientjie kan aanbied. Dit is sy strategie. Sy toebroodjie in ruil vir haar vriendskap.

Hy maak sy kosblik oop en wil net na haar toe gaan, toe 'n ander seun nader loop. Hy is die slimste ou in die klas, die ou van wie al die meisies hou. En hy het baie vriende. Almal hou van hom. Sy naam is Jacques Rynhard en hy bly in 'n spoorweghuisie waar sy kwaai ma en treindrywer-pa woon. Hulle is arm, maar mens sal dit nie sê as jy sien hoe Jacques sy lewe geniet nie. Dit lyk nie of iets hom ooit kan pla of omkrap nie.

Jacques stap tot by Karlientjie. "Is dié plek bespreek?" Hy beduie na die oop plek langs haar.

Karlientjie bloos en skud haar kop.

"Gee jy om?"

Jan-Paul gaan Jacques Rynhard vandag bliksem. Hy weet dit. Hy voel dit kom.

Karlientjie glimlag en skud haar kop. "Nee. Jy mag maar sit."

Jacques gaan sit langs haar – net naby genoeg vir hom om sy hand uit te steek en aan haar te raak. Karlientjie eet haar toebroodjie in stilte. Jacques bring selde toebroodjies skool toe, hoor hy van die ander seuns. Daar is gerugte dat sy ma nie toebroodjies wil maak nie. En dat, indien hy wel kos skool toe bring, die tannie van die bakkery, tannie Trudie Linde, ook bekend as Chivas, dit maak.

"Ek is Jacques."

"Ek weet," glimlag sy skaam. "Al die meisies weet wie jy is." Jacques krap deur sy hare. "O. Oukei."

"Ek is Karlientjie."

"Sjoe. Mooi naam."

"Was my ouma s'n gewees," sê sy en bloos.

"Dan hou ek sommer van jou ouma ook."

Jan-Paul voel of hy hierdie verwaande vent aan sy kuif kan gryp en moerland toe kan moker.

"Sy soen my altyd met sulke stywe lippe," lag Karlientjie. "O, jig!"

Jacques steek weer sy hand uit.

"Nou kan ons offisieel kennis maak!" Jan-Paul kan sien hoe daardie belangrike woord Karlientjie beïndruk. "Hallo, Karlientjie."

Karlientjie hou sy hand net 'n bietjie te lank vas en Jan-Paul kan sien dat sy vinnig na Jacques se fris bene kyk. Sy byt sommer ekstra diep in haar toebroodjie. Wil praat, maar vind duidelik nie die woorde nie. En wanneer sy sluk, sien Jan-Paul dat sy amper verstik van die groot hap wat sy gevat het.

Jan-Paul maak gereed om tussenbeide te tree, maar word verhoed.

"Juffrou Fick se klas was maar simpel vandag," sê Jacques terwyl hy oor sy maag vryf. "Sy's nie 'n wiskunde-onnie se dinges nie."

Dit laat Karlientjie vlamvat.

"En hoe!" Sy neem nog 'n hap en praat dan met 'n vol mond. "Ek het nul vir my toets gekry! Ek het niks verstaan nie!"

"Ag, man. Ou Fick verstaan haarself nie eers nie!" troos Jacques.

"Maar . . ." 'n Dramatiese pouse, soos die karakters altyd maak in die radiostories waarna Jan-Paul se ouma luister. ". . . vandag het jý al die somme reg gehad." Sy vee 'n rooi krul uit haar gesig. "Ek weet nie hoe jy dit regkry nie."

"Ag, elementêr, Watson." Jan-Paul kan sien dat hierdie grappie by Karlientjie verbygaan. "As jy wil, kan ek jou help."

"Oe, ja, seblief. Enige tyd." Karlientjie skuif nader en draai na hom toe. Sjoe, sy is mooi. "Hoekom is x gelyk aan y kwadraat as p gelyk is aan q? Dit maak nie sin nie!"

Jacques se antwoord kom gladweg: "Want q het 'n identiteitskrisis en x kan nie sy mind opmaak nie."

Sy kyk verras na Jacques en bars uit van die lag. Weer Jacques se been teen hare. Dit is vir Jan-Paul genoeg. Hy storm vorentoe en pluk Jacques van die muurtjie af.

Jan-Paul begin Jacques te slaan. Maar anders as wat hy verwag het, verdedig Jacques hom. Hy spring op, duik vir die houe en pen Jan-Paul toe teen die grasperk vas. Die ander kinders storm nader en drom om hulle saam. "Fight! Fight!" skreeu almal.

Jan-Paul slaag daarin om onder Jacques uit te kom. Hy ruk los en slaan Jacques onderstebo. Maar weer kry Jacques maklik die oorhand en pen hom vas. Waar ander seuns met wie Jan-Paul gereeld gevegte begin het aggressief en gewelddadig raak, skud Jacques net sy kop. "Hei, pella. Tjil." Hy koes weer. "Dis nie die moeite werd nie."

Jacques kan hom nou genadeloos slaan as hy wil, hy weet. Hy kan sy gesig papslaan as hy wil. Maar hy doen niks. "Is jy nou oukei?" vra Jacques, sy oë kalm. "Ek wil nie baklei nie."

Jan-Paul is nog steeds die hel in. Jacques steek sy hand uit soos iemand wat wil vrede maak. Of vriende maak. Jacques kyk na Karlientjie wat nou oor haar skouer kyk, en Jacques knipoog vir Jan-Paul asof hy wil verduidelik dat hy dink Karlientjie is koel.

Jan-Paul vee sy regterhand aan sy broek af, sy kneukels nerf-af geslaan, en wil Jacques se aanbod aanvaar, toe is daar harde voetstappe. Die kinders maak pad oop.

Oomblikke later staan 'n onderwyser tussen hulle. "Julle twee mannetjies kom nou saam met my!" Meneer Oosthuizen kry vir sowel Jacques as Jan-Paul aan hulle nekvelle beet en stuur hulle vooruit na meneer Steenkamp, die gevreesde skoolhoof, se kantoor toe. Jacques ruk egter los.

"Ek kan self loop, dankie, meneer."

"Jou verdomde arrogante bliksem!" skreeu die onderwyser. "Maar wat verwag mens dan ook anders van 'n spoorweg-kind?!"

Jacques krap die hare reg wat Oosthuizen deurmekaargedruk het en kyk vinnig oor sy skouer na die onderwyser. Selfs Jan-Paul voel dat Jacques nou bietjie te ver gegaan het, want daar is veragting in sy oë teenoor die boelie-onderwyser. Hy moes tog gesien het dat hulle besig was om vrede te maak.

Hy stoot die twee seuns met die gang af tot by meneer

98

Steenkamp se kantoor. Die sekretaresse kyk met groot oë op en beduie dat hulle kan ingaan. Sy kyk vinnig na Jacques en dit is duidelik dat sy van hom hou. Sy krul haar onderlip op 'n manier wat "o hel!" beduie en Jacques glimlag effens.

Dan het Jacques selfs die sekretaresses hier in die kantoor in sy sak gesteek!

Oosthuizen klop hard aan die deur. Dit kraak wanneer hy dit oopmaak.

"Hierdie twee belhamels het baklei, meneer. Maar dit is hierdie agteraf klein heethoof wat gedurig terugpraat! Rynhard van die spoorweghuisies, wat alles begin het, meneer!"

Steenkamp knik. "Dankie, meneer Oosthuizen. Ek sal met hulle gal werk."

Oosthuizen verlaat die kantoor en gee vir Jacques 'n vuil kyk. Jacques knik net vir die onderwyser met 'n effense glimlaggie asof hy verstaan hoekom die onderwyser dit doen, wat Oosthuizen nog meer ontsenu.

Steenkamp, die skoolhoof, kyk lank na Jacques asof Jan-Paul nie bestaan nie.

Hier kom dit . . . Steenkamp is berug vir sy preke voor hy foeter. "Kyk hoe lyk dit in die strate. Die vyand neem oor. Dis net plakkate en marse en opstande waar jy kyk. En nou julle twee ook." Hy kyk om die beurt na Jacques en Jan-Paul. "Wie het hierdie bakleiery begin?"

"Ek, meneer," sê Jacques dadelik. "Jan-Paul het niks hiermee te doen nie."

"Is dit so, Jan-Paul?" vra meneer Steenkamp en tel sy dik rottang op.

Jan-Paul wou vir Jacques opkom, maar kyk dan na Steenkamp se gevreesde rottang wat al voos geslaan is, veral onder aan die punte waar dit begin uitrafel. Maar in die middel is dit spierwit en glad. Dik.

Dit is die eerste ding wat Jan-Paul gehoor het toe hy onlangs in Kleinbegin Hoër aangekom het: hoe streng en ongenaakbaar Steenkamp is, hoe hard hy slaan, en dat selfs die matrieks nie uit sy kantoor kom sonder om te huil of te soebat nadat hulle slae gekry het nie. Hy weet glo presies hoe om te slaan dat jou vel opswel daarvan. Selfs bloei.

En dan die wrede glimlag waarmee hy dit doen. Die genadelose terugstamp van die seuns se koppe op sy tafel as hulle orent vlieg na die eerste hou. Sy harde stem bokant die soebatte. "Buk, boetman, buk! Jy wou mos!"

Jan-Paul se mond is nou te droog om te antwoord. En hy is te bang. Hy is 'n nuweling hier en as die storie by sy pa uitkom dat hy pak gekry het, kry hy weer 'n loesing by die huis. Jan-Paul Otto senior het hom gewaarsku om nie hier moeilikheid te maak soos in die laerskool waar Jan-Paul dikwels in gevegte betrokke geraak het, hoofsaaklik omdat hy verveeld was en nie 'n maat kon kry van wie hy hou nie.

"Jy het pas in hierdie skool aangekom, Otto. Ek wil nie hê my skool moet ly onder die barbaarse optrede van spories nie."

Jan-Paul wil vir Jacques opkom, maar Steenkamp is nou soos 'n stoomtrein wat bult-af loop. "Jou pa sal nie daarvan hou as hy moet weet dié klein blikskater het jou aangerand nie." Toe weet Jan-Paul. Sy pa gaan finansiële bydraes maak tot die skool, nes tot die ander waar hy al was. Hy koop gewoonlik mense se vriendskap en gewilligheid.

Steenkamp neem die rottang en buig dit. Hy swiep dit 'n paar keer deur die lug en net daardie klank laat Jan-Paul al seerkry. "Ek vra vir die laaste keer. Wie het die geveg begin?"

"Ek het, meneer," sê Jacques. "Jan-Paul is onskuldig."

'n Vreemde lig kom in Steenkamp se oë. Hy gaan staan voor Jacques en buig die rottang enkele sentimeters van sy gesig af. "H'm."

"Dit was my skuld, meneer."

Jan-Paul weet hy moet praat. Dalk sal die skoolhoof hulle dan laat gaan. Nie sy gevreesde rottang om- en ombuig voor hom nie.

"Buk."

Jacques knik en buk. Hy haal 'n slag diep asem asof hy hom

voorberei want hy ken Steenkamp se reputasie dat sy rottang jou vel elke keer stukkend sny. Daar is 'n gedetermineerde trek om sy mond. Steenkamp lig Jacques se skoolbaadjie met sy rottang, maar dit val terug. Hy lig die skoolbaadjie nou met sy hande en raak aan Jacques se boude. Dit laat Jacques verbaas omkyk.

"Kyk voor jou!"

Jacques kry 'n grimmige trek om sy mond en kyk dan voor hom.

Nou mik-mik Steenkamp met die rottang na sy boude. Jan-Paul wil praat. Hy wil weer erken dit is eintlik hý, maar hy het nie die moed nie.

Hy kyk na Steenkamp se gesig wat opnuut in 'n grynslag vertrek. En Jan-Paul dink hy het nog nooit so 'n lelike man gesien nie, of iemand vir wie hy so bang is nie. Jacques gaan seerkry.

Toe val die eerste rottanghou met soveel geweld dat Jacques eintlik steier daarvan. Hy raak bleek. Dit klink soos 'n geweerskoot en Jan-Paul dink dat Jacques gaan bloei hiervan.

"Staan stil, Rynhard!"

"Goed, meneer." Sy stem is donker, maar selfversekerd, soos iemand wat gewoond is daaraan om gestraf te word.

Jan-Paul besef dat dit eintlik hý is wat nou daar moes gestaan het.

"Hou vas aan die tafel!"

"Ek is oukei, meneer, want ek weet nou wat kom."

Toe slaan Steenkamp 'n tweede keer, nog harder as die eerste keer. Maar dié keer staan Jacques stil. Hy staar net stip voor hom uit en knip slegs sy oë as die gewelddadige hou sy vel sny.

Steenkamp grynslag weer asof hy lekker kry, merk Jan-Paul. Hy buig-buig die rottang opnuut asof hy die sterkte toets en lig Jacques se baadjie dié slag met sy hand. Hy mik-mik na sy boude.

"Jy het 'n paar sterk boude, lyk dit my," sê Steenkamp, en dit lyk of hy 'n vreemde soort respek vir Jacques kry.

"Kom van my pa se kant af, meneer."

"En dan is jy nog bekkig ook."

"Ek sê maar wat ek dink, meneer."

Dit veroorsaak dat die skoolhoof hom 'n derde brutale hou gee wat deur die vertrek weergalm. Selfs die sekretaresses langsaan hou op met tik. Jan-Paul se hande maak vuiste van vrees. Sy kniekoppe bewe. As dit hý was wat hier gestaan het, het hy lankal gehuil.

"Genoeg gehad, Rynhard?"

Jacques lig sy skouers. "Ek weet nie hoeveel meneer in gedagte het nie."

"Maar jou klein bliksem . . ."

Die grynslag verdwyn. Steenkamp gee Jacques 'n vierde hou – harder as enige van die ander en Jan-Paul verbeel hom dat hy iewers bloed deur Jacques se broek sien vlek, maar Jacques staan roerloos. Die skoolhoof lyk half verbaas dat hy nie reageer of soebat nie.

"Jy het nie dalk 'n stuk skaapvel hier ingedruk nie? Van die seuns doen dit partykeer."

"Net as hulle weet hulle gaan by meneer pak kry. Ek het mos nie geweet nie, meneer." Jacques grinnik. "Anders het ek dalk."

Steenkamp loop tot by Jacques en raak aan sy boude. Hy voel-voel met sy hande. Dit laat Jacques verbaas orent kom.

"Ek het nie gesê jy kan opstaan nie."

Jacques meet Steenkamp met sy oë en buk dan weer.

Weer sien Jan-Paul 'n vreemde uitdrukking oor die skoolhoof se gelaat sprei, asof hy die vattery nog meer geniet. Hy vee met sy hand oor Jacques se boude.

Jacques kyk om, glad nie gediend met hierdie vattery nie. Dit laat Steenkamp terugtree.

"Lyk my, voel my, jy het nog nie genoeg gehad nie." Jacques draai sy kop terug en Jan-Paul kan sien dat hy hom vervies het vir die vatterige ou man.

Steenkamp gee Jacques 'n vyfde hou, maar hy staar net uitdrukkingloos na die muur. Stilte. Afwagting. Jacques maak gereed vir die sesde hou.

"Jy kan nou maar opstaan, Rynhard."

Jacques kom stadig orent en as hy geweldige pyn het, wys hy niks. Dit ontsenu Steenkamp nog meer. "Hoop meneer het dit net soveel geniet soos ek." Jacques se oë is nou donker en stip op Steenkamp.

Die ouer man se oë skiet vuur. "Jou verdomde klein bliksem! Het jy nog nie genoeg gehad nie?"

Jacques kyk hom reguit en vreesloos in die oë. "Net as meneer voel . . . dit was genoeg." Hy plaas klem op die laaste drie woorde.

Steenkamp staar verstom na Jacques. Hy swaai-swaai die rottang deur die lug en blaas boosaardig. Hy gryp Jacques agter sy nek en stamp sy kop met soveel geweld op sy tafel dat sy blikkie met penne omval.

Jan-Paul kan dit nie meer hou nie: "Meneer! Seblief, meneer. Moenie Jacques weer slaan nie. Hy . . . dit . . . ek . . ." Maar die bekentenis kom nie oor sy lippe nie.

Dit laat Steenkamp kalmeer. Jan-Paul kyk na Steenkamp, wil hom waarsku dat hy gaan vertel hoe hy Jacques bevoel het. Steenkamp moet die boodskap kry, want hy word bleek.

"Ons sal nie weer nie, meneer," sê Jan-Paul afgemete.

Die man skep asem, draai weg, staan voor die venster. "Ek wil julle spories nie weer hier in my kantoor sien nie, verstaan jy my, Rynhard?"

"Kan ek maar opstaan, meneer?" Sarkasme in sy stem.

Steenkamp draai stadig om, moord in sy oë. Jacques kom nou met 'n effense glimlag orent en laat sy baadjiepante oor sy boude sak, sy oë stip op Steenkamp gerig. Jacques lig Steenkamp se penneblikkie wat omgeval het en plaas die penne weer presies terug op hulle plek.

"Vra Jan-Paul om verskoning."

"Dis nie nodig nie, meneer," begin Jan-Paul, "regtig, ek . . ."

"Stil!" Steenkamp se stem dreun deur die vertrek. "Vra Jan-Paul om verskoning, Rynhard. En vee daai verdomde glimlag van jou gesig af."

Jacques loop vorentoe en steek sy hand uit. Sy oë is helder en ten spyte van Steenkamp se waarskuwing, glimlag hy asof niks gebeur het nie, hoewel hy wit in sy gesig is. "Ek's jammer, tjomma." Hy skud Jan-Paul se hand.

"Nee, ék is jammer," mompel Jan-Paul.

"As ek jou ooit weer in hierdie kantoor sien, sporie, neuk ek jou dat jy bloei. Verstaan jy?"

Jan-Paul wil sê dat hy dink Jacques bloei wel, maar besluit daarteen.

"Ek verstaan, meneer." Jacques se stem is betekenisvol, sy oë weer stip op Steenkamp. Daar plooi weer 'n effense skewe glimlaggie om sy mondhoeke.

"Lag jy vir my, Rynhard?"

"Nee, meneer."

Steenkamp blaas soos 'n padda op wat water gesluk het, sy gesig rooi en verontwaardig. "Uit my kantoor uit, albei van julle!"

"Goed, meneer. Dankie, meneer." Jacques gee weer sy skewe glimlaggie wat Steenkamp nog meer woedend maak, maar hy slaan hom nie weer nie. Kyk Jacques net met wrewel agterna tot hy die deur toemaak. En net voor hy die deur toemaak, merk Jan-Paul dat Steenkamp se hande bewe. Die skoolhoof vee die sweet van sy voorkop af.

Toe Jan-Paul en Jacques uiteindelik in die gang uitkom, staar twee seuns wat sit en wag om Steenkamp te sien benoud na hulle. Jacques lig sy skouers. "Dis nie so erg nie. Dink aan 'n meisie, dan voel jy niks. En na die derde hou is jou boude verdoof, dan voel jy niks."

Die seuns staar hom met openlike bewondering aan.

Toe Jacques verby die skoolhoof se sekretaresse stap, vee sy trane uit haar oë.

"Koebaai, tannie. My pa stuur groete."

Sy sluk en knik, kyk hom met openlike simpatie aan.

Op die speelgrond kan Jan-Paul Jacques amper nie in die oë kyk nie. Hulle praat nie oor Steenkamp se voelery nie.

"Thanks."

"Sy's oulik, huh?"

"Wie?"

"Karlientjie. Ek het gedink sy's die moeite werd om voor geneuk te word."

Jan-Paul knik en gaan sit waar sy kosblik steeds staan. "Dankie dat jy . . ."

Jacques lig sy skouers. "Dis stupid dat ons al twee gemoer word."

"Ek skuld jou," sê Jan-Paul.

"Jy skuld my niks, pella."

"Luister, ek dink jy bloei."

Jacques lig sy skouers. "Dan moet my ma vir my 'n nuwe skoolbroek koop. Hierdie een is in elk geval te klein."

Jan-Paul sit, maar Jacques bly staan. Daar is 'n oomblik se stilte tussen hulle. Jan-Paul wil praat, wil dreig om te gaan vertel wat Steenkamp gedoen het. Maar hy vra: "Wat doen jy die naweek?"

Jacques krap deur sy hare. "Niks. Jy?"

"Lus om swemgat toe te gaan?"

Jacques knik. "Klink cool. Maar ek het 'n beter voorstel. My pa is 'n treindrywer. Ek gaan hom vra of ons Lydenburg toe kan ry op sy trein, dan tjil ons bietjie daar. Saterdagmiddag na rugby. Wat sê jy?"

Enigiets om uit die huis te kom. Maar Jan-Paul se ouers mag dalk dink Jacques is nie in dieselfde klas as hy nie. Hulle waarsku hom hoeka altyd teen verkeerde vriende. Veral dié wat naby die spoorlyn bly.

Te hel daarmee. Hy skuld Jacques. "Piele. Ek's daar."

Jacques gaan sit nou stadig. Jan-Paul se hande bewe wanneer hy die kosblik oopmaak, sy toebroodjies nog ongeëet. Hy hou dit na Jacques uit.

"Thanks."

"Plesier."

Nou eers skraap Jan-Paul die moed bymekaar: "Steenkamp

is 'n flippen pervert. Jy moet jou pa en ma sê dat hulle hom by die skoolraad aankla."

Jacques skud sy kop. "Dis oukei, buddy. Ek sal tog verloor. Steenkamp is beste pelle met die burgemeester en 'n paar ander groot omies op die dorp. So ek probeer nie eers nie."

"Maar dis nie regverdig nie."

"Life is not fair," sê Jacques, maar glimlag nie.

Daardie aand slaap Jan-Paul min. Sy gewete pla hom. Hy oorweeg dit om Maandag na Steenkamp toe te gaan en te erken dit was eintlik hý wat die geveg begin het. Maar dan onthou hy daardie houe, die geweld waarmee Jacques geslaan is, die genot in Steenkamp se oë.

Saterdag voor die rugby-oefening kom Jacques na Jan-Paul toe gestap. Hy steek sy hand uit. "Hoezit?"

"Cool. Jy?" Hulle skud hande.

"Piele!" lag Jacques.

"Die ouens sê hulle't jou rottanghale gesien. Twee het die vel gebreek en die ander is blou opgeswel. Hoe de hel sit jy?"

"Maak of dit nie bestaan nie. As iets in jou lewe jou pla, dink aan ander goed, dan gaan dit weg."

"Jy dink te veel, Jacques."

Jacques kyk na hom asof niemand dit al ooit vir hom gesê het nie. Hy antwoord nie.

"Ons kan Steenkamp se wiele afblaas. Of 'n waterbom op hom laat val," stel Jan-Paul voor.

Jacques dink.

"Dude. Doen dit net," sê Jan-Paul.

"Hy gaan weet dis ek, en dié slag word jy ook gemoer."

"Hy sal nie weet nie."

"Hy't sy oog op my. Hy sal my uitcheck en jy saam met my."

"Hy't meer as sy oog op jou, pella," waarsku Jan-Paul.

Die seuns word bymekaargeroep om strekoefeninge te doen en Jan-Paul besef: Hy hou van Jacques. Hy't nog nie eintlik vriende by dié skool gemaak nie, maar Jacques gaan beslis sy eerste vriend word. Dalk nog sy beste vriend.

106

"Kom ons vat Karlientjie saam uit volgende week!"

Jan-Paul hou nie van die voorstel nie. Hy wil Karlientjie alleen uitvat. Maar hy wil nie hê die Karlientjie-sage moet tussen hulle kom nie.

"Om 'n meisie uit te vat kos geld, bru."

"Waarvan jy baie het."

"Ek weet nie of ek nog lus het nie," verdedig Jan-Paul.

"Wel, ék het." Hulle begin strekoefeninge doen. "Ek sê jou wat: kom ons vra haar al twee, dan kyk ons wie kies sy."

Jan-Paul grinnik. "Oukei. Dis 'n deal!"

"Julle twee mannetjies!" roep meneer Venter, die rugby-afrigter. "Wil julle vry of wil julle rugby speel?"

Die ander ouens lag. "Rugby speel, meneer!" sê al twee.

"Nou kry julle gatte in rat!"

Hulle speel rugby en meneer Venter prys Jacques en Jan-Paul vir hulle spel. "Jy gaan nog eendag 'n dêm goeie senter wees, Rynhard."

Jacques lag. "Ek weet nie of ek verby standerd agt gaan rugby speel nie, meneer."

"Nou wat's jou probleem?"

"Geen probleem nie, meneer. Ek wil atletiek doen. Mens kan nie albei doen nie."

"Jy is 'n koppige mannetjie, is jy nie, Rynhard?" vra die rugby-afrigter. "Ek hoor maar die stories so in die skool."

"Ek weet wat ek wil hê, meneer."

"Moenie verkeerde besluite neem nie, Rynhard."

"Ek neem altyd die regte besluite, meneer."

Die onderwyser lig sy wenkbroue en brom: "Moeilikheidmaker."

Na middagete verduidelik Jan-Paul aan sy ouers dat hy die middag "saam met maats" gaan tjil. Hy is verbaas toe hulle sonder argumente inwillig; sy ma se aandag is afgetrek deur 'n nuwe Persiese mat wat sy pa vir haar gekoop het. Sy gee sy pa selfs 'n ligte soentjie, iets wat hy lanklaas gesien het.

Jan-Paul en Jacques hardloop 'n kwartier later verby die sinjaal, al met die spoorlyn af stasie toe. Jacques beduie na die sinjaal: "As mens hier opklim, kan jy die trein van ver af sien kom!" Hy draai terug en draf na die sinjaal toe. Dan begin hy teen die leer langs die paal uitklim.

Nog nooit daaraan gedink nie! Nou is hý die een wat dink!

Jan-Paul kyk hoe Jacques gemaklik met die leer opklim. Toe hy bo is, roep hy uit: "Hy kom! Dis die toeriste se trein!"

Jan-Paul aarsel. Hy is nie baie goed met hoogtes nie, maar Jacques se entoesiasme is aansteeklik. Hy wink na Jan-Paul en dié besef: Jacques Rynhard het die manier om mens dinge te laat doen sonder dat jy wil, en hy hou daarvan.

Hy klim agterna tot hy net onder Jacques aan die leer hang. Hy kyk nie af nie, hy probeer sy aandag by die trein bepaal.

"Hoeveel waens is daar, dink jy?" vra Jacques.

Jan-Paul kyk na die toeristestoomtrein wat nader stoom. "Met of sonder die koletrok?"

"Mét." Jan-Paul probeer vinnig tel. "Hei. Jy mag nie cheat nie!" waarsku Jacques.

"Elf."

Jacques skud sy kop. "Dertien."

Die trein stoom verby. Jacques se pa, Klaus, is in die kajuit. Hy sien Jacques en trek die fluit. Jacques waai. Klaus waai terug en trek weer die fluit. Jan-Paul en Jacques tel hardop.

"Tien, elf, twaalf, dertien!" Jacques gil. "Hei, bru!"

Hulle klim af. En toe hulle onder is, gee Jacques Jan-Paul 'n druk met sy elmboog om sy nek. Dit is die eerste keer dat 'n vriend dit met hom doen. Toe stap hulle verder.

Die treinrit is onvergeetlik. Hulle sit saam met Klaus in die kajuit en lag en praat sommer oor allerhande kleinighede asof hulle ou vriende is. Jan-Paul trek kort-kort die fluit, maar Jacques wys hom hoe om dit reg te doen sodat die geluid in twee oktawe deur die klowe weergalm.

"So hoe was skool vandag, Jakkie?" vra Klaus en gooi weer kole in die vuurherd.

"Onnodig, Pa."

"Hulle leer jou darem lees en skryf en somme maak en Engels praat!"

"Soort van. Maar dit kon ek myself ook geleer het . . . met 'n cool onderwyseres by die huis wat my al die ins and outs van somme kan leer. Die res is stjoepit. 'n Mors van tyd, Pa."

Klaus sit die graaf neer en vryf deur Jacques se hare. Hy druk Jacques vir 'n oomblik teen hom vas en Jacques steek sy kop onder sy pa se arm in en lag. Hulle stoei 'n bietjie.

"Waar dink jy leer mens dan, Jakkie?"

Jacques breek los, lag, kom terug na sy pa toe en gooi sy arms om hom en stoei verder. "By die regte mense. Soos Pa."

Klaus blaas die aftog en sit sy arm om Jacques se nek.

"Regte antwoord, seuna!"

Jacques lig sy hand in 'n vatvyf vir Jan-Paul asof hy nou presies die regte ding gesê het. Jan-Paul beantwoord die groet en Klaus plant 'n soen in Jacques se hare.

"Met daai bek gaan jy nog ver in die lewe kom."

"Dis my doel, Pa."

"Maar onthou. Om iewers te kom, moet jy die regte mense ken wat die regte deure vir jou oopmaak."

"Ek sal hulle ontmoet, Pa. En leer ken en sommer die sleutels afvry!"

"Jy leer vinnig, seuna."

Daar is 'n warmte in die kajuit wat Jan-Paul nog nie by sy ouers ervaar het nie. Hy kyk hoe Klaus nou weer kole in die vuurherd gooi en Jacques hom help. Jan-Paul probeer ook, maar dis 'n moeiliker taak as wat hy gedink het. Tog hou hy van die hitte teen sy gesig, die manier waarop Jacques lag wanneer hy kole mors.

Jan-Paul was lanklaas so onbevange gelukkig soos hier. En as sy klere vuilgesmeer word, gee hy nie eers om nie. Hy weet egter hoe sy ma vanaand met hom gaan raas.

Hy verluister hom aan die tjoef-tjaf van die trein. Die geklik-klak van die wiele. Gaan sit plat op die vloer en gooi Jacques met kole. Jacques gooi terug. Maar anders as wat sy eie pa sou, raas Klaus nie dat hulle mekaar nie moet vuilsmeer nie. Lag net saam.

"Ons is vir altyd!" skreeu Jacques.

"Ons is vir altyd!" skreeu Jan-Paul.

"En vriende!" lag Jacques.

"Vriende vir altyd!" Hulle vuisstamp mekaar.

Jan-Paul kyk na Jacques wanneer hy sy gesig by die trein uitsteek – hoe lekker hy kry as die wind deur sy gesig en sy hare waai. Op 'n kol maak Jacques sy arms oop asof hy die buitelug omhels. Klaus druk sy seun teen hom vas, en anders as baie seuns wat nie gemaklik is met sulke toenadering voor vriende nie, gooi Jacques, soos tevore, weer sy arms om sy pa.

Jan-Paul se pa raak nooit aan hom nie, behalwe wanneer hulle mekaar formeel met die hand groet. En hy mis skielik hierdie soort aanraking.

En terwyl Jan-Paul hier sit met Jacques wat by die lokomotief uithang en skreeu, dink hy: Jacques sal vir altyd sy vriend wees. Hy smee hier 'n bondgenootskap met hom wat hy nog met geen ander vriend gedoen het nie.

En net daar staan Jan-Paul op en trek die fluit 'n paar keer. Dis die gelukkigste oomblik in sy lewe dié.

Die volgende Donderdagoggend sit Jan-Paul en Jacques weer en toebroodjies eet op die muurtjie waar hulle ontmoet het. Dié slag bied Jacques vir Jan-Paul sy toebroodjie aan.

"Wow. Dis great, pella," sê Jan-Paul. "Nie geweet jou ma kan so goed bak nie."

Dit is asof daar 'n skaduwee oor Jacques se gesig val. "Dis Chivas se toebroodjie. Een van dié wat sy altyd in haar restaurant bedien."

Dus is die stories waar oor sy ma wat nie van kosmaak hou nie. Hulle eet 'n rukkie in stilte.

"Ek het vir Karlientjie gevra of ek haar môreaand vir raspberry milkshake kan uitneem," sê Jacques. Jan-Paul wag dat hy hom saam moet uitnooi, maar hy doen dit nie. Hy voel effens jaloers en trek sy skouers op.

"Oukei."

"Maar ek het nog nie genoeg geld nie."

Jan-Paul verwag dat Jacques geld by hom gaan probeer leen, maar hy lag net. "Ek sal 'n plan maak. Jy ken die dorp se enigste robot hier anderkant die hotel?"

Jan-Paul knik.

"Watch my vanmiddag."

Toe die skool uitkom, en Jacques 100% vir 'n opstel gekry het, stap hy na sy fiets toe. Jan-Paul se ma het hom nog nie met die motor kom oplaai nie. Jacques klim op sy fiets. "Oukei, pella. Check jou môre uit."

"Waarnatoe gaan jy?" vra Jan-Paul, gedagtig aan Jacques se aanmerking oor die verkeerslig vroeër.

Jacques maak sy boeksak oop. Dis 'n ou leertas, groter as die ander s'n.

"Waar kry jy die ding?" vra Jan-Paul.

"Van my pa af. Hy't skool toe gegaan daarmee."

Hy wys vir Jan-Paul die strepies aan die boeksak se binnekant. "Vir die kere wat Oosthuizen my geneuk het, of Skellie Steenkamp. Of juffrou Matthee. Sy slaan nogal seer."

Hulle lag.

Jacques haal nou 'n karton uit wat hy oopvou. Daarop staan geskryf: *Wil meisie uitvat. Kort geld. Help seblief.*

Jan-Paul lag. Jacques beduie dat Jan-Paul agterop die fiets moet sit. Hy kyk vinnig na die plek waar sy ma hom altyd oplaai, maar sy is nog nie daar nie.

Hulle ry tot by die verkeerslig. Orals sien Jan-Paul plakkate van politieke partye. *ANC. AWB. NASIONALE PARTY. HERSTIGTE NASIONALE PARTY.* Dit is volgende jaar verkiesing en daar is groot spanning op die dorp hieroor. Sy pa sê dat daar 'n burgeroorlog kom. Maar op die oomblik is dit die minste van sy bekommernisse. Jan-Paul merk ook meer swart mense in die straat op as gewoonlik.

"Sal jy my fiets oppas?" vra Jacques.

"Sure."

Jacques hang die karton om sy nek en gaan staan sonder skroom by die verkeerslig. Hy glimlag vir elke motoris wat verbyry. En voor Jan-Paul se oë gebeur 'n wonderwerk. Feitlik elke motoris stop vir Jacques iets in die hand. Dit is veral die boere in bakkies wat mildelik gee.

"Dankie, oom!"

Van die tantes gee hom ook geld. "Dankie, tannie!"

Jacques bedank elkeen, skud sommige boere se hande, lag as sy skoolmaats se ouers verbykom en vir hom geld gee. Dans rond van skone baldadigheid as iemand hom 'n tienrandnoot gee.

Binne vyftien minute is hy terug by Jan-Paul. "Nege en veertig rand en sestig sent," spog Jacques, natgesweet van die son en die rondspring.

"Jy verdien Karlientjie." Jan-Paul kan nie glo wat hy sê nie, maar hy glimlag vir Jacques.

"Ek het gedink én gedoen," grinnik Jacques.

Daardie middag speel hulle langs die treinspoor, stoei, jaag mekaar oor die spoorstawe, klim bome en gil van plesier, tot Jacques se ma hom roep.

"Jy moet kom stort, Jacques. Ons gaan vanaand by jou pa se baas eet."

"Maar Ma, ek en Karlientjie . . ."

"Moenie teëpraat nie! Wil jy 'n pak slae hê?"

"Nee, Ma."

"Nou kom dan."

Jacques sit sy arm om Jan-Paul se nek en stap na sy ma toe. Jan-Paul wil nog anderkant toe hardloop, want hy is bang vir die onvriendelike tannie, maar Jacques stel hom trots voor. Hy klap Jan-Paul trots op die rug. "Ma, dis my pel, Jan-Paul," en hy sit weer sy arm om sy beste vriend se skouers.

"Moenie so aan ander mense vat nie, Jacques."

Jacques verwyder sy arm.

"Jan-Paul. My ma."

Liebet Rynhard se mond is strak, onvriendelik, sonder 'n

sweem van 'n glimlag. En Jan-Paul dink hy het lanklaas so 'n onvergenoegde mens gesien. Miskien net Steenkamp, die skoolhoof – behalwe as hy oor rugby praat, wat hy dikwels met die seuns doen. Hy rig ook rugby af. Dalk het die twee dieselfde frustrasies.

"Jan-Paul wie?"

"Jan-Paul Otto."

Daar kom herkenning in haar oë. "O, van die ryk Otto's wat hier bo teen die kop bly? Skuldbult?"

Jan-Paul kan sien dat dit Jacques in die verleentheid stel. "Maaa!"

"Netnou sê hulle jy het 'n slegte invloed op die mannetjie," waarsku Liebet vir Jacques. "Ek dink nie julle moet verder speel nie."

"Ma. Hy's my vriend. Ek belowe ek sal nie 'n slegte invloed op hom hê nie." Daar is 'n soebatklank in Jacques se stem.

"Toe, Jacques. Gaan stort."

Aan die gebiedende klank in haar stem is dit duidelik dat Liebet nie teëstribbeling sal duld nie. Jacques sug en draai na Jan-Paul.

"Pella. Sal jy haar mooi oppas vanaand?"

"Jy bedoel ek en Karlientjie . . .?" vra Jan-Paul verbaas.

Jacques druk die geld wat hy by die verkeerslig verdien het in sy hand. "Happy times, dude."

Jan-Paul skud sy kop en gee die geld terug. "Ek het geld."

"Geniet," sê Jacques toe hy die geld neem.

"Sal dit nie help as ék met jou ma praat nie?"

"Jacques, as ek jou wéér moet roep!" waarsku Liebet nou van die spoorweghuisie se stoep af in antwoord op Jan-Paul se vraag.

Jacques hardloop terug na sy ma toe. Maar op die stoep draai hy een keer terug. Jan-Paul hou sy duim in die lug. Jacques doen dieselfde.

Die aand is 'n volslae mislukking. Karlientjie is duidelik vies dat Jan-Paul haar nou skielik uitvat en nie Jacques nie. Hy het nog nie eers sy bruismelk klaar gedrink nie, toe wil Karlientjie al huis toe gaan.

"Ek het gehoor ou Skellie het Jacques stukkend geslaan. Hy moes jou eintlik geslaan het, want jý het die fight begin," sê sy toe hulle by haar ouers se huis se voordeur kom.

Jan-Paul antwoord nie. Voel net hoe sy gesig bloedrooi word. Hy groet Karlientjie nie eers nie.

Daardie aand baie laat, toe Jacques saam met sy ouers van die ete af terugkom, sluip hy uit die huis na Jan-Paul s'n toe. Sy ouers slaap al en Jan-Paul moet die voordeur saggies oopmaak. Hy kan sien hoe Jacques na die duur meubels kyk, die oudhede wat sy ma versamel, die groot vertrekke, die Persiese tapyte. En skielik voel hy skaam oor al die luuksheid. Sou hy veel eerder in 'n eenvoudige huis soos Jacques s'n wou gebly het. Saam met Jacques. Wil hy elke dag trein ry en bome klim en die sinjaal uitklim om te raai hoeveel waens daar is. En Jan-Paul besef: vriendskap is die belangrikste ding wat daar is.

"Hoe was die date?" vra Jacques.

Jan-Paul skud sy kop. "Date! Disaster, bru. Sy't jou gesoek, nie vir my nie."

Jacques glimlag. "Oukei." Toe klap hy Jan-Paul op sy arm. "Dankie dat jy haar uitgevat het."

Hierdie ou is te goed om waar te wees, dink Jan-Paul.

"Jacques. Jy's te nice, dude."

"Te nice?"

"Jip. Mense gaan jou nog baie moer en gebruik, soos Skellie-die-pervert," sê Jan-Paul.

Jacques trek sy skouers op. "Ek kan vir myself sorg."

"Ek hoop so. Met bietjie hulp van jou pelle."

"Soos die song sê: With a little help from my friends. En vriende is moerse belangrik."

Hulle raak ernstig. "Ons is vriende vir altyd." Jan-Paul lig sy duim en hou dit in die lug. Jacques lig ook sy duim en druk dit teen Jan-Paul s'n.

"Vriende vir altyd."

Toe Jan-Paul Otto senior teen tweeuur die oggend kom kyk wie so in sy seun se kamer praat, lig hy sy wenkbroue wanneer hy Jacques sien. Die twee sit en skyfies eet. Jan-Paul steek die bier wat hy uit die yskas gehaal het net betyds weg.

Jacques vee sy hand aan sy broek af en steek dit toe uit. "O. Skies. Ek't nie gesien hoe laat dit is nie. Naand, oom."

Jan-Paul Otto senior kyk na sy hand vol skyfiesout en knik net.

"Drink julle mannetjies?"

"Nooit nie, Pa/oom!" sê hulle in 'n koor.

Jacques hou 'n Hubbly Bubbly-bottel op. "Vir die pyn, oom!"

"Op die lewe, Pa!"

Jan-Paul Otto senior is beslis nie gediend met hierdie kuier nie.

"Jy moet in die bed kom, Jan-Paul." Sy pa kyk na Jacques. "En jy moet huis toe gaan. Wees net versigtig. Die kommuniste lê ses voet dik in die lokasies. En partykeer spoel hulle oor hiernatoe. Jy moenie dié tyd van die nag alleen op straat wees nie."

"Lekker om oom te ontmoet. Nag, oom. En jammer, oom."

"Nag."

Die oomblik wat die deur toegaan, knak elkeen nog 'n Lion Lager oop en klink dit teen mekaar.

"Op die lewe, bru!"

"On life, poephol!" lag Jan-Paul en neem 'n diep sluk.

Jacques en Jan-Paul gesels nog. Later haal Jan-Paul 'n *Playboy* onder uit sy kas uit nadat hy sy vinger op sy lippe gesit het asof hulle 'n groot geheim deel.

"My oom werk by doeane. Elke keer as hulle iemand met 'n *Playboy* vang, konfiskeer hulle dit vir hulle eie versamelings. Dis hoe ek dié een gekry het."

Hulle vatvyf mekaar en kyk saam na die tydskrif.

"Sê vir jou oom hy's my pel for life!"

Jacques maak die tydskrif stadig oop. "Wow." Hy blaai om. "Frieken wow, pel!" Jacques vee oor sy voorkop. "Fokkit, pella."

Jacques blaai met ontsag na die middelblad en draai die tydskrif om beter te sien. "Oukei. Oukei Oukei."

115

"Wag tot jy bladsy sewe en dertig sien."

"Kan ek dit leen?" vra Jacques saggies.

Jan-Paul dink bietjie na.

"Please, please, please, pel. Dis mos waarvoor vriende daar is!"

"Net as jy jou volgende meisie vir my gee."

"Hei." Jacques raak ernstig, maar kyk dadelik weer na die volgende meisie in die tydskrif. "Moenie eise stel nie."

"Dis my voorwaarde!"

Jacques dink 'n oomblik na. "Karlientjie wil jou nie hê nie en ek vry nou in die bondel!"

"Soek jy daai *Playboy* of nie?"

Jacques dink 'n oomblik na. "Ja, man. Oukei. Ek verkoop my siel vir 'n pot lensiesop en 'n girl!"

Jan-Paul glimlag en knik. "Vat dit. Moet jouself net nie verongeluk nie."

"As jy jouself nog nie beseer het hiermee nie, sal ék beslis nie!"

Voetstappe in die gang. Jacques klim haastig met die tydskrif deur die venster. Jan-Paul grinnik. "Haar naam is Kom Terug en Donners Vinnig."

"Piele, pel!"

Toe die deur weer oopgaan, waarsku Jan-Paul Otto senior: "Hy is nie ons mense nie, Jan-Paul. Hou jou by jou portuur."

En vir die eerste keer in sy lewe staan Jan-Paul teen sy pa op. "Hy is my vriend, Pa."

Die ouer man kyk lank na sy seun. "Jy gaan nog lang trane oor hierdie mannetjie huil. Hy is moeilikheid."

Jan-Paul en Jacques se vriendskap verstewig daarna deur baie skelm ontmoetings, fietsritte, pakke slae, bergklim-ekspedisies, kattekwaad, nuwe *Playboys* van Jan-Paul se doeane-oom, uit-kamp en vakansies. Tot Jan-Paul besef dat Jacques binne die be-stek van 'n jaar 'n onvervangbare deel van sy lewe geword het. En dat hy enigiets vir hom sal doen of vat. Selfs, noudat hy meer moed het, ses van die bestes van die gevreesde Steenkamp.

Carina kyk na Jan-Paul. "Het jy toe later teenoor Steenkamp erken dat jý eintlik die pak slae moes gekry het?"

Jan-Paul kyk ingedagte na haar. Toe skud hy sy kop.

"En Karlientjie?"

"Na daai mislukte aand het dit nie meer saakgemaak nie. Maar Jacques het altyd die meisies gekry na wie ons saam gevry het. Maar haar dan weer gedrop as hy sien dit pla my."

Jan-Paul Otto se kantoordeur gaan oop en 'n jong man loer in. "Vergadering!" beduie hy.

"Ek kom."

Carina het nog baie vrae om te vra, maar besef dat sy dit nie nou sal kan doen nie.

"Kan ons weer gesels?"

"Ek het regtig niks meer om te sê nie. Ek het reeds te veel nuttelose inligting gegee."

"Dit was nie nutteloos nie."

Jan-Paul antwoord nie.

"Kan ons later oor die dwelms gesels?"

"Juffrou Human."

"Carina."

"Hier is geen skandale of dwelmsessies of skelm rokery agter die fietsloods nie. Jacques het nie eers gerook nie. So wie ook al daardie dwelmstorie vir jou vertel het, probeer net moeilikheid maak. 'n Storie waar daar nie een is nie."

"Het Jacques baie vyande?"

Jan-Paul Otto raak ernstig. "Te veel," antwoord hy.

"Hoekom?"

"Jaloesie," sê Jan-Paul. "As jy mense in die bedryf oor hom ondervra, sal jy die kaf van die koring moet skei. Jy gaan baie leuens hoor. Vat dit van my: daar is nie 'n beter mens, 'n meer lojale vriend, as Jacques Rynhard nie." Hy kyk skielik weg, duidelik hartseer oor sy vriend se skielike verdwyning.

"Nou hoekom dan verdwyn?" vra Carina.

117

Jan-Paul kyk stip na haar. "Moenie vir Jacques Rynhard beswadder nie."

"Ek soek net die waarheid."

"Soms het die waarheid niks met ander mense te doen nie, juffrou Human."

"Wie het toe die meisie gekry?"

Jan-Paul kyk verbaas na haar.

"Die *Playboy*-belofte."

Die jongman steek weer sy kop om die hoek. "Die kliënte raak moeilik!"

"Tot siens, juffrou Human," sê Jan-Paul toe hy uitloop.

7

Die middestad is in chaos. Terwyl Mysi en Carina deur die oor-
vol strate ry, merk Carina 'n jong swart meisie met wegstaan-
hare en 'n vrolike Afrika-lap wat om haar gedraai is. Sy is besig
om 'n muurskildery te verf. Dit is 'n duif, maar 'n bloue met 'n
rooi pet op. *Next president!* staan daaronder.

Hulle is gelukkig genoeg om parkering te kry, waarna vier
parkeerwagte aangestorm kom. Die mans verdring mekaar om
by die motor te kom. Die een druk 'n swart cowboyhoed in
haar hande.

"Yours. My gift to you!"

Carina skud haar kop. "I don't wear hats."

"Just give me something for it. Anything!" soebat die man.
Carina druk geld in sy hand en gee die hoed terug.

"Thanks. Thanks for being so nice to me!" sê hy en dit laat
haar 'n oomblik lank skerp opkyk. Die man stap weg. "You are
a good person."

"Eish! Ê-ê!" skreeu die jongste parkeerwag omdat Carina nie
aandag aan hóm gegee het nie.

Tien minute later sit Carina en Mysi oorkant luitenant Soon
Alberts, 'n ondersoekbeampte wat die Jacques Rynhard-ver-
dwyning hanteer. Hy het 'n gemaklike en "gerieflike" verhou-
ding met Carina. Wanneer hy voel daar is iets waarvan sy moet
weet, gee hy dit vir haar.

"So wat kan jy my vertel, luitenant?" begin Carina. En wan-
neer luitenant Alberts lostrek, klink dit asof hy 'n resitasie opsê.
Toe weet Carina. Dié reaksie is ingeoefen. Sy sal op 'n ander
manier by die waarheid moet uitkom.

"Ons het Jacques Rynhard se ma gebel en na sy woonstel

toe gegaan. Sy tikmasjien is weg en hy het bietjie klere saamgeneem, maar nie sy selfoon nie. O ja, en sy fiets ook nie."

Sodat niemand hom kan opspoor nie, skryf Carina in haar notaboek. Maar sy vra: "Met wie het hy die laaste keer kontak gemaak?"

Hy maak sy notaboekie oop. " 'n Paar joernaliste het hom . . ." hy soek rond, "Saterdag geskakel om te probeer om onderhoude oor die prys te reël, maar hy het nie geantwoord nie."

"En Vrydagaand die vierde?"

Die luitenant kyk na sy lysie. "Hy het nie sy selfoon dikwels gebruik nie. Maar hy het halftien Saterdagoggend 'n SMS aan Lena en Jan-Paul gestuur."

"En die boodskap, luitenant?" Dis erger as om tande te trek!

"*Vriende vir altyd.*"

Carina onthou dat dit sy belofte aan Jan-Paul was. Hy het dus moontlik Jan-Paul se ondersteuning nodig gehad. "En toe stuur hy sy laaste SMS aan Trudie Linde."

Carina skryf die naam haastig neer.

"Wie's sy as sy by die huis is?"

" 'n Tante wat in Kleinbegin bly." Luitenant Alberts kyk na sy notaboekie. "Die SMS het gelees: *Onthou Punda's.*"

"Punda's?"

"Ons het die tante gevra wat dit is, maar sy weet nie. Dit was sy laaste SMS Saterdagoggend om 11:23."

"Wanneer gaan julle weer na sy woonstel toe?"

Soon kyk op sy horlosie. "Later vanmiddag saam met Lena Aucamp om te bevestig watter items nog weggeneem is. Maar dit is duidelik dat daar nie 'n kaping of gewelddadige ontvoering was nie. In elk geval nie waarvan ons weet nie."

Sy haat dit as polisiemanne so formeel praat. Dit voel of sy op aandag moet staan!

"Ons praat nog met sy vriende oor die omstandighede waaronder hy vermis geraak het." Hy blaai deur 'n lêer. "Hy het geen misdaad gepleeg nie. Maar daar is 'n merk teen die muur en ons wil by juffrou Aucamp hoor of dit tevore daar was."

"'n Merk?" Dus het hulle die woonstel goed deursoek.

"Ja. Ons wil uitvind of die merk onlangs gemaak is en of juffrou Aucamp daarvan weet."

Hy blaai weer deur die lêer.

"Wat is julle teorieë, luitenant?"

"Wie weet? Dalk was hy moeg vir al die aandag en wou 'n punt maak omdat sy eie naam teen hom begin tel het in die vermaaklikheidsbedryf. Dalk het iemand hom gevolg."

"Jy bedoel 'n stalker?"

Die luitenant knik. "Maar ons kon nog geen bewyse daarvan opspoor nie, veral nie op sy selfoon nie. Ons het sy ouer selfoonrekords by die selfoonmaatskappy aangevra, maar voorlopig weier hulle om dit te gee. Kliënte-privaatheid glo."

Nog 'n plek waar Carina kontakte het. Sy kan maar net probeer! Die luitenant se stem dreun voort: "Ons probeer nou 'n hofbevel kry om sy rekords te kry, maar omdat geen misdaad gepleeg is nie en omdat hy van niks verdink word nie, is dit moeilik. Ons kon egter fisiek op sy selfoon ingaan en na onlangse oproepe kyk, maar dit was almal oor werk. Of hy het met sy vriend Jan-Paul geskakel oor gimnasium-afsprake. Of kuiers, maar niks meer nie."

Carina hoor al hoe Gavin op haar skreeu as sy met hierdie inligting na hom toe gaan. Mysi por haar aan deur liggies aan haar enkel te skop.

"Mense twiet, Facebook, bel, e-pos, en die meeste," Alberts boots aanhalingstekens met sy vingers na, "dink hulle het hom gesien." Hy druk 'n paar sleutels op sy sleutelbord en draai die skerm na Mysi en Carina. Dit wemel van spelfoute, veral Jacques se naam en van.

Ek kan sweer ek het Jack Reinhaart op die Kimberleyse lighawe gesine. Hy het byte gerook en toe verdwein.

Alberts soek deur die talle e-posse wat soortgelyke stellings maak: *Hy's bang vir trou, man, toe skedaddle hy moerland toe na 'n ander squeeza. Weet julle hoeveel meisies vrek oor hom? Hy kan enige tyd sy nommer twaalfs onder my katel bêre,* lees 'n ander.

*Jacue kan nie meer tussen die werklikheid en sy stories onderskei
nie. Hy leef vir sy stories. Gaan soek op die plekke waar sy stories
afspeel,* stel 'n ander voor.

En die SMS'e. Hordes: *Djaak is in die Tankwa Karoo. Ek het 'n
dude met 'n rigsak langs die pat gesien wat nes hy lyk.*

En:

Vra bietjie die ouens wat nog stoomtreine dryf. Hy dryf dalk saam!

Mysi neem die SMS'e met haar selfoon af. "En ek dag ek
kan nie spel nie!"

Carina lees nog e-posse en SMS'e van mense wat seker is
hulle het Jacques Rynhard, of iemand wat soos hy lyk, op vier
verskillende lughawens gesien, selfs op 'n vliegtuig na Dubai,
dan weer in die Menlyn Park-winkelsentrum, iewers op 'n
strand naby Richardsbaai, in 'n bordeel in Pretoria, en in die
bosveld op 'n heuwel met 'n rewolwer teen sy kop. Die res is
blote herhalings van die plekke wat reeds genoem is, maar met
geringe variasies.

"Ons het die mees waarskynlikes opgevolg, maar dit blyk
vals leidrade te wees."

Die laaste SMS wat na die vermiste-persone-nommer ge-
stuur is, noem dat Jacques en 'n beeldskone meisie op 'n duin
in Swakopmund opgemerk is. *Ek dink hy en die meisie maak
nou mooi musiek tussen die sand. Dalk doen hy hier navorsing in
Sossusvlei vir 'n nuwe roman. En ek sweer daar gaan weer 'n trein
en 'n stasie in wees.*

"Hy het nie deur 'n grenspos beweeg nie, nog minder is
hy iewers op 'n sekuriteitskamera gesien. Ons is egter steeds
besig om deur footage te soek en ons kyk ook na al die tolhek-
kameras. Maar sy motor staan veilig in sy woonstel se parkeer-
area in Newtown en sy fiets is steeds in sy woonstel. Niemand
het hom ook deur die hekke by sy woonstel sien beweeg nie.
Ons het ook by groot hotelle navraag gedoen, by stasies, ha-
wens. Niks. Die sekuriteitskameras het Jacques wel Saterdag by
sy woonstelblok sien inkom."

"Wanneer Saterdag?"

"Die oggend halftwee. Toe Saterdagoggend omtrent tienuur. En hy is weer terug om en by middagete."

"Die oggend halftwee. Dis laat."

"Hy het dalk partytjie gehou, want hy het glo sleg gelyk, asof hy in 'n bakleiery was – vandaar dalk die bloedstreep teen sy woonstel se muur. Hy het moontlik geval of uitgepaas toe hy ingestap het, want hy was onvas op sy voete."

"Wat sê sy vriendin Lena hieroor?"

Die luitenant leun agteroor en Carina kan sien hier kom 'n ding.

"Wat is dit?" vra sy toe hy nie voortgaan nie.

"Lena het haar verhouding met Jacques Vrydagaand verbreek."

Carina sit regop. "Wat? Maar sy . . . Ek bedoel . . . Niemand . . ."

Selfs Mysi maak nou aantekeninge.

"Hulle wil dit seker geheim hou."

Carina skryf dat dit klap in haar notaboek.

"Maar hoekom het Lena ons nie daarvan gesê nie?"

"Sou jý 'n joernalis vertel het?" grinnik Mysi.

"Dit kan dus wees dat hy Saterdag gewag het dat Lena terugkom. En toe sy nie terugkeer nie, het hy sy moer gestrip en wou hy 'n punt bewys."

Carina maak steeds aantekeninge. "Dus sou Lena nie noodwendig geweet het waarheen hy Vrydagaand is en hoekom hy Saterdagoggend in daardie toestand teruggekom het nie."

Soon knik.

"Wie het Jacques dus laaste gesien? Lena Vrydagaand? Dalk die bure Saterdag?" vra Carina. "Waar was hy Saterdagoggend?"

"Ons het navraag by die bure gedoen, veral sy buurman, Fineas Guliwe. Hy vertel dat hy Jacques Saterdagoggend negeuur laas gesien het. Ons het geen bewyse dat Jacques Rynhard by iemand in 'n ander woonstel wegkruip nie, maar ons doen steeds navraag. Van die ander inwoners hou van hom en Lena. Hulle was glo . . ." Die luitenant kyk in sy boekie, "modelinwoners. Hulle het nie geweet Jacques en Lena Aucamp is uit-mekaar nie. Maar Fineas Guliwe sê hy het hom nog om kwart voor vier die middag in sy woonstel hoor rondbeweeg."

Carina skryf sy naam in haar aantekeningboek: *Fineas Guliwe, buurman.*

Soon Alberts se vingers beweeg weer oor die sleutelbord en hy klik op Facebook. Hy open Jacques Rynhard se profiel. Daar is tientalle boodskappe en inskrywings deur "vriende". Carina lees die belangrikste inskrywings:

Ek wens ek kan ook soos jy verdwyn, pella. Hoe oorleef mens in 'n brutale bedryf waar niemand van niemand hou nie maar voorgee om jou vriende te wees? Moet net nie agteroorval nie, bra. Die messe in jou rug sal dalk deur jou ribbes steek.

En dan: *Sukses te veel geword vir jou grootkop?*

Ook: *Dis wat gebeur as mens 'n dubbele lewe leef, Jacques. Of soveel vyande maak soos jy. Nou betaal jy.*

O hel. Ek hoor Jacques is vermoor. Is dit waar? word in 'n ander Facebook-boodskap gevra.

En in nog een word aangevoer: *Hy het soos die sanger Rodriguez in daai moewie gemaak en homself aan die brand gesteek waar Oppi-koppi altyd gehou word. As julle daar gaan soek, sal julle sy as kry.*

Ook Carina neem van die goed nou op haar selfoon af.

"Ons volg elke leidraad op. Maar die meeste is vals of wish-ful thinking. Of hulle sien iemand wat nes Jacques Rynhard lyk. Jy moet onthou daar is honderde ander vermistes na wie ons ook soek." Hy wys na die koerante wat op sy lessenaar lê: "Ek weet sy storie is op al die voorblaaie, maar ons het ander werk ook. Weet jy hoeveel mense raak per dag hier in Gauteng weg? En dis maar net dié wat aangemeld word."

Alberts tik weer en maak dan 'n bladsy oop met dosyne twiets wat onlangs oor Jacques verskyn het. Van gelukwense met sy dapper stap tot moontlike plekke waar hy gesien is tot voorstelle dat hy navorsing vir sy volgende storie doen of dalk dood is.

"En dan die foonoproepe." Hy maak 'n boek oop waarin

boodskappe en telefoonnommers staan van mense wat dood-seker is hy skuil in die huis langs hulle, of dat hy by die tolhek duskant Middelburg gesien is, of waspoeier in 'n supermark op Oudtshoorn gekoop het.

"*Die Weekblad* is reeds besig met 'n storie oor wie hom almal waar gesien het. Weet nie of jy daai joernaliste ken nie?"

"Ek ken party van hulle," knik Carina. Die tydskrif verskyn Woensdae.

"Dalk moet jy met hulle praat. Hulle het teen dié tyd seker meer inligting as ons."

"Ek moet my eie inligting op my eie manier versamel," ant-woord Carina wanneer Mysi vinnig na haar kyk. "Myne gaan beslis nie oor veronderstellings of sensasie of ander mense se siening van hom nie. Myne gaan oor die waarheid."

"Dus begin die storie jou nou werklik interesseer?" vra Mysi terloops. Die luitenant kyk stip na Carina.

Sy knik. "Ek dink hier steek meer agter as iemand wat net uit die publieke oog wou verdwyn. Dan sou hy die verdwyning ná die prys gedoen het, want ek dink hy het baie te sê gehad. En die aand op die verhoog was die aangewese plek om byltjies te slyp en sy verbroke verhouding aan die groot klok te hang."

"Ek dink die slimste stelling wat hy ooit gemaak het, is om niks te sê nie, want dan sê jy die meeste," antwoord Mysi.

Alberts antwoord sy telefoon. "Yes, bru. Fine. Okay. Will see you." Hy kyk op. "Jammer. Ek moet oor 'n kwartier uitgaan."

"Mag ons bietjie in sy woonstel gaan rondkyk?" waag Carina.

"Dit sal julle vir sy vriendin, Lena Aucamp, moet vra. Sy het die sleutel."

"Maar ek moet ook jou toestemming kry, luitenant."

Alberts kyk vinnig na sy uitgedrukte SMS'e vol vierkantjies en halwe sinne en spelfoute en halfklaar boodskappe. "Nee. Nie sonder dat ek of 'n ander offisier by is nie."

"Ons gaan hierna na Lena toe," verduidelik Mysi.

Carina se vinger beweeg oor die res van die boodskappe en nommers van mense wat Jacques iewers sou gesien het. Geen name van die afsenders is bekend of maak vir haar sin nie. "Interessant dat nie een van hierdie name uit die vermaaklikheidswêreld kom nie."

"En dat daar feitlik geen negatiewe kommentaar oor hom is nie," beduie die luitenant na die rekenaarskerm. "Seker goed 90% van die inskrywings oor hom is positief en spreek die wens uit dat hy weer iets moet skryf . . . Maar die ander tien persent – dís waarin ek belangstel. Soos hierdie een: *Jy neuk met meisies se harte, nou neuk jou eie hart met jou.*"

Sy beduie na die inskrywing van ene Robert: *Jis ou gabba. Tyd dat ons weer bietjie ballas saam bak en oor die verlede praat. Of hoe swaer?*

Die luitenant klik op Robert se naam. Oomblikke later verskyn 'n kennisgewing: *Facebook page closed.*

Carina maak aantekeninge. Die res van die boodskappe is neutraal of vleiend. En dan: *Het Alicia se koekie toegeklap vir jou, of het sy jou wêreld so warm gemaak dat jy moes vlug?*

En nog 'n Facebook-boodskap: *Dalk bly jy in een van Alicia of haar pa se huise iewers in die land. Bel my, ons soek jou vir 'n storie. Jy kan al jou navorsing op my kom doen he he he.*

En dan 'n interessante twiet. *Ek ken jou ander skuilname. Jy gaan braai, my maat.*

Soon Alberts vroetel aan sy snor. "Waarom nie vir sy beste vriend Jan-Paul Otto of sy ma sê waarheen hy is nie? Waarom sonder sy motor padgee en die motorsleutels in die huis los? Sy woonstel se sleutels is ook aan sy motorsleutels. Hy het nie eers die deur gesluit nie."

"The plot thickens," sê Mysi. "So. Waarheen moet hierdie twee Gehasi's nou gaan?"

"As ons leidrade kry, kan ons selfs met 'n lugsoektog begin." Die luitenant klink asof hy hierdie inligting al dikwels gegee het. "As sy naasbestaandes dus dink dat sy lewe in gevaar is of dat hy 'n gevaar vir homself of ander mense is, moet hulle dit aanmeld. Maar tot dusver het niemand nog met enigiets nuuts gekom nie."

Poliesman-speak.

"Waar het julle nóg gesoek?"

"Ons het hospitale gebel, ook ander polisiestasies, onder meer in Kleinbegin waar sy ma bly. Hy is nie in 'n hospitaal nie. Of nie waarvan ons weet nie."

Carina se instink sê vir haar dat Alberts nou in 'n meer spraaksame bui is en inligting gee wat hy dalk tevore sou verswyg. Sy gooi die lokaas uit.

"Presies wat sê Lena Aucamp alles?"

Alberts maak weer 'n lêer oop. "Juffrou Aucamp het 'n SAPS 55A-vorm ingevul. Sy het presies beskryf hoe Jacques Rynhard lyk. Dis nie die gewone beskrywings wat almal gee wat hom van foto's af ken nie." Hy kyk op asof hy wonder of hy tog nie maar die inligting moet verswyg nie.

Carina lig haar wenkbroue om hom aan te moedig.

"Dalk vind julle dít interessant."

Mysi blaai saam met Carina deur Lena se beskrywings.

Carina steek vas by: *Merke, geboortevlekke of tatoeëermerke:* Sy lees: *Daar is 'n tatoeëermerk – DB."*

Carina onthou dat sy dit op een van die weinige kaalbolyf-foto's van hom gesien het en skryf dit in haar notaboekie. Sy kyk na die lys vrae wat aan Lena gestel is.

Die vermiste se gewoontes: Jacques het gereeld in Newtown se strate rondgeloop of die middestad besoek. Dit was sy geliefkoosde kuierplekke. Onder meer Café Hu! in Newtown en Daleahs in Braamfontein. Ook die Arts On Main-kompleks in Fox- en Mainstraat. Hy het gereeld in restaurante daar op sy tikmasjien gesit en werk of saam met vriende gekuier. Dit was egter nie vriende uit die bedryf nie. Hy het altyd genoem dat 'n mens nie eintlik vriende in die bedryf kan maak nie. Hy het met doodgewone mense uitgehang. Hy het saans saam met sy vriend Jan-Paul gegim en dikwels ver ente deur die stad gehardloop om fiks te bly, of met sy fiets gery.

"Watse doodgewone mense?" vra Carina.

"Volgens juffrou Aucamp . . ." Die luitenant blaai weer tussen sy dokumente rond. "Gimvriende, kunsstudente, bedelaars. Hy het straatkinders glo gevoer en een of twee leer lees en skryf. Ook liefdadigheidswerk gedoen en by 'n sopkombuis gewerk."

Carina maak weer 'n aantekening in haar oorvol boekie.

"Hy bly vir my net te goed om waar te wees," sê Mysi. "Dis onmoontlik dat iemand net," Carina skop haar onder die tafel, maar Mysi gaan volstoom voort, "nice kan wees. In elk geval. Nie in die joernalistieke wêreld of die vermaaklikheidsbedryf nie. My ma het altyd gesê oppas vir mense wat te . . . wat's die Afrikaans vir nice?"

"Seker maar 'goed'. Hoe ook al. Dis die voorlopige inligting wat ons oor Jacques Rynhard gekry het. Intussen . . ." Die luitenant beduie na ander sake oor vermiste kinders en nuwe gevalle. Die stapel dreig om van sy lessenaar af te skuif, so hoog is dit.

Alberts staan op en neem sy baadjie.

Carina kyk weer na die wyse waarop Lena Jacques Rynhard se gemoedstoestand beskryf het. Veral die woorde reg aan die einde tref haar amper as 'n nagedagte: *Jacques was verskriklik romanties.*

Interessant dat sy die verledetydsvorm gebruik het.

Vermoedes van vyande? Individue wat sy lewe sou bedreig? het Lena geskryf. Carina blaai om. *Daar is baie mense wat jaloers is op hom en wat sy loopbaan gedurig probeer verongeluk of saboteer. Maar in sy onmiddellike vriendekring is ek van niemand bewus nie.*

Verhoudings: staan daar en Carina trek haar oë op skrefies, want Lena het hier duidelik vinnig geskryf, asof sy moeg geraak het om inligting te gee. *Ek en Jacques is reeds sedert skooldae in 'n verhouding en hy het my verseker dat hy my nooit verkul het nie. Ons is Vrydagaand doodgewoon uitmekaar sonder 'n rusie. Ek het by vriende gaan bly.* Kort en kragtig. Niks verder nie.

Ander vroeëre verhoudings/vriendskappe: staan op die vorm.

Carina merk dat die volgende twee sinne hard en byna met aggressie geskryf is. Die letters is dikker gevorm as hoër op die bladsy. *Alicia Francke, die uitgewer, was vies omdat hy sy jongste roman, wat uiteindelik* Die enkeling *geword het, nie na haar uitge-*

wery geneem het nie. En hy het 'n jaar lange verhouding gehad met Cynthia Olive in New York terwyl ons nie saam was nie, toe ek by Wits gestudeer het en hy buiteland toe is."

En by *Ouers*: kom haar pen tot stilstand. *Liebet en Klaus Rynhard. Jacques is nie besonder na aan sy ma, Elizabeth, nie. Sy pa is oorlede toe hy 16 was. Húlle was destyds baie na aan mekaar.*

Carina en Mysi staan op. "Ek skuld jou, luitenant." En met 'n glimlaggie: "Soon."

'n Kwartier later hou hulle voor Jacques se woonstelgebou stil. Carina sê vir die hekwag dat sy met Fineas Guliwe wil praat, en hy laat weet vir Fineas. Hulle word deurgelaat.

Carina voel vreemd tuis in hierdie boheemse omgewing. Newtown het beslis 'n gedaanteverwisseling ondergaan sedert sy twee jaar laas by die Markteater was. Sy het die nuwe winkelsentrum wat in aanbou is al dikwels gesien, en sy verkyk haar aan die straatkuns. Naby Jacques se woonstel is 'n klomp trappe en langs elke trap, op 'n wit muur, is 'n mansfiguur geteken wat met die trap opklim of wat val met die stappery.

Die mure reg oorkant Jacques se woonstel is vol kleurvolle graffiti geverf. Nie aggressiewe bende-graffiti nie, maar mooi tekeninge van Newtown – straatkinders, taxi's, alles baie kleurryk.

Carina en Mysi loop teen die trappe uit waar Jacques en Lena seker honderde kere geloop het. Waar hulle haastig met hul fietse af is om die stad te deurkruis.

Hierdie is Jacques se wêreld. Sy gemaksone, ver verwyderd van die kitsch rykmanslewe van Alicia Francke. Om die waarheid te sê, laat hierdie omgewing haar nogal aan New York dink. Sy was daar op haar negentiende verjaarsdag gedurende haar oorgangsjaar tussen matriek en universiteit.

Dié omgewing en gebou het dieselfde gevoel. Dit is dalk hoekom hy nog steeds hier bly. Omdat dit vir hom 'n klein New York is. Die stad waar hy leer skryf het. Waar hy onder Cynthia Olive 'n paar intieme skryfgeheime op die lyf geloop het. Letterlik.

Hulle loop verby Jacques se woonstel. Mysi neem foto's vir 'n vale, maar Carina stap verby en klop aan die buurman se deur.

"Môre. Ek is Fineas Guliwe."

"Aangename kennis," sê Carina. "Kan ek inkom?"

Hy knik, wag dat Mysi klaar foto's neem (ook onder meer van hom) en laat hulle in.

Carina merk al die sketse teen die mure van tatoes – sommige boheems, ander sober, en dan die aggressiewes en die vulgêres.

"Ek was goeie vriende met hom, ja," sê Fineas later, maar sy oë is behoedsaam, asof hy nie eintlik wil praat nie. "Maar ek weet niks verder van hom nie."

Hier gaan hulle nie maklik regkom nie.

"Die polisie sê hy het skynbaar nie weer deur die sekuriteitshekke hier onder uitgegaan nie. Hy het wel Saterdag ingekom, maar is nie weer gesien nie."

"Ek het hom Saterdagoggend laas gesien. Ons het soms gaan fietsry Saterdagoggende, en hy het soos die hel gery. Ek het Saterdagoggend aan sy deur geklop. Hy het negeuur oopgemaak en gesê hy wil heeldag werk," sê Fineas.

"Hoe het hy gelyk?"

Fineas lig sy skouers. "Soos altyd. Slaapbroekie, hare deurmekaar, oë dik van die slaap."

"Enige wonde?"

Fineas kyk op. "Wel, sy gesig was bietjie geswel."

Indien daar dus 'n bakleiery was, weet Fineas nie daarvan nie of wil nie daaroor uitwei nie.

"Weet jy wat 'Punda' beteken?"

Fineas huiwer en skud toe sy kop.

"Het jy hom daardie tatoe op sy boarm gegee? 'DB'?" vra Carina.

"Nee."

"Wat beteken 'DB'?"

"Ek weet nie."

"Tot wanneer was jy hier Saterdagmiddag?"

"Ek is net na vieruur weg. Ek het hom tot 'n rukkie voor dit hoor rondbeweeg. Verder weet ek niks."

"Die polisie sê daar is 'n bloedstreep teen die muur. Was dit tevore daar?"

Sy sien hoe Fineas momenteel skrik, maar hom weer regruk. "Ek weet niks daarvan nie."

"Dankie, Fineas."

"Hoor hier, hoeveel vra jy vir 'n tatoe?" vra Mysi en beduie na haar liggaam: "Want hier is baie free space!"

"Hang af wat jy wil hê."

"Waar het jy so goed Afrikaans leer praat?" vra Mysi.

"Jacques het my geleer."

Carina is verras. "Dus ken julle mekaar al lank?"

Fineas knik. "Hy het my van die straat af ingeneem. Hy en Lena al twee."

"Hoekom is hy en Lena uitmekaar? Was hier 'n rusie?"

Weer die huiwering. Dit is duidelik dat Fineas nie inligting gaan gee nie. "Toe ek weer hoor, is sy weg. En ek het geen rusie gehoor nie."

"Dankie, Fineas. Ons waardeer dit."

Mysi en Carina stap uit. En toe, skielik: "Ek het hom een keer uitgevra oor die tatoe. Hy het my nie geantwoord nie."

Interessant.

Carina en Mysi loop by Jacques se woonstel verby, maar Fineas het sy deur oopgelos en kyk hulle agterna asof hy wil seker maak dat hulle nie daar gaan rondkrap nie. Mysi beduie met haar oë na die woonstel, maar Carina skud haar kopen sê: "Later."

Naby die trappe wys sy vir Mysi om te gaan staan. Carina plaas haar vinger op haar lippe en draai om. Sy loer om die hoek, net betyds om te sien hoe Fineas die sleutel in 'n gleuf net onder die vernsterbank wegsteek.

Toe hulle in *Montage* se motor klim, lui Carina se foon. "Hoe ver is jou storie?" vra Gavin kortaf.

"Ons het met die polisie gepraat, met sy beste vriend, Jan-Paul Otto, en met sy buurman, Fineas Guliwe. Ek gaan binnekort sy woonstel probeer deursoek."

Daar is 'n ligte huiwering aan die ander kant. "Ons begin reeds reklame op radiostasies maak oor die groot storie in Saterdag se *Montage*. Jy beter spark, juffrou!" Hy sit die foon in haar oor neer.

Mysi staar vererg na Carina. "Hoekom werk jy nog vir die vark?"

"Miskien is hierdie storie die skop wat ek nodig het om na iets beters te soek." Sy skakel die motor aan. Sy kyk na Jacques se balkon, besonder na aan die straat buite die kompleks. Sy sien die straatkinders, die karwassers, die taxi's – almal deel van 'n dag in die lewe van Jacques Rynhard. Jacques, wie se *Die enkeling* sy vanaand begin lees. Dalk is daar leidrade in oor die skrywer. Want hulle sê mos skrywers skryf eintlik maar oor hulleself. Hulle gee net ander name aan hul alter ego's.

Mysi babbel intussen voort. "Hou al jou haarnaalde styf vas, girlfriend!"

Carina is so diep in gedagtes versonke dat sy nie eers antwoord nie.

"Ek en Styfan gaan vanaand uit," blaker Mysi uiteindelik uit.

"Jy bedoel Stefan, die nuwe joernalis."

"Met daai stywe broeke het hy nou 'n nuwe bynaam gekry wat ek hoop hom later goed te pas gaan kom."

Carina sug. "Ai, Mysi."

"'Iets sê vir my Styfan is Die Een."

"Elke man is vir jou Die Een."

"Dalk is Jacques Die Een," lag Mysi.

"Moet in Vadersnaam net nie op 'n skim verlief raak nie!"

"Ek praat van jóú, my liewe vriendin."

Jacques. Die Een. Hmf. Sou hulle vriende geword het as sy hom persoonlik geken het? Want daar is 'n paar raakpunte.

Sou Jacques van háár gehou het?

Die SMS'e en Facebook-inskrywings oor Jacques spoel skie-

132

lik deur haar kop. Mysi klap met haar vingers voor Carina se neus. "Planeet Aarde na Planeet Carina. Hallo!"

Carina trek so vinnig weg dat Mysi teen die sitplek terugdeins.

"Die Een!" snork Carina. "Watse snert!" En sy draai links.

8

Carina laai Mysi by *Montage* se kantore af, maar besluit om nie haar gesig daar te wys nie ingeval Gavin haar weer gaan vra hoe die storie vorder.

Sy ry terug na Jacques se woonstel toe, want sy wil graag privaat daar rondsoek. Sy weet immers nou waar die sleutel versteek word.

Lena Aucamp. Wat sou dit in Lena gewees het wat hom so aangetrek het?

Dit neem haar dié slag 'n rukkie om parkering te kry, want slegs inwoners mag in die woonstelle se parkeerterrein parkeer en tevore het sy sommer net deurgeglip en toevallig plek gekry.

Wanneer sy Breëstraat kruis, sien sy verskeie taxi's en motors wat deur karwassers gewas word. Harde kwaito-musiek peul by oop deure uit. Voor 'n internetkafee hang drie mans rond. En 'n vrou op spykerhakkies trippel uit 'n haarsalon.

Sy verwag die gebruiklike parkeeraanwysers en bedelaars wat nader hardloop, maar niemand steur hulle aan haar nie.

Met die uitklim kyk mense na haar. Twee mans wat 'n speletjie in die straat speel, sê iets vir mekaar en speel dan verder.

Sy loop by 'n stegie verby en gaan staan. Sy het verwag dat dit 'n gevaarlike donker plek gaan wees, maar op die mure is die mooiste muurskilderye. Dit herinner haar aan iets – dalk prentjies wat sy al in boeke oor Johannesburg gesien het.

Wat haar die eerste opval, is 'n muurskildery van 'n vrou met lang ooghare wat halfpad oor haar oog hang. *Halleluya's Hair Salon. Eye lashes R20. Blow cut relax R40, Vaccy R150, Deep wave R100, Snoopy R50, Black like me R50, Easy waves R100, Hair restore R50.*

En verder af spreuke in kleurvolle graffiti teen die muur ge-spuit: *How you dress is who you are.*
Public art is the purest form of self-expression. – Rusty
En *Change yourself. It is sharp! sharp!*
Sy kyk na die straatnaam. Public Street. Sy moet Mysi hier-heen stuur om te kom foto's neem.

Sy stap in die rigting van Jacques se woonstelblok en loop verby Marung Restaurant. Sy stap in. Manne is besig om snoe-ker te speel.

Agter in die restaurant teen die oorkantste muur sit mense op banke by tafels en sy dink dat dit presies lyk soos die sitplek-ke in treinkompartemente. Sou Jacques dikwels hier kom sit en werk het? Of gekuier het? Tuis tussen die mense van Afrika omdat hy geen ordentlike heenkome of aanvaarding kon kry tussen sy eie mense nie? En gehou het van die treinatmosfeer in hierdie plek?

Daar is foto's teen die muur. Sy bestudeer hulle. Jazz-orkeste, hoofsaaklik swart mense wat hand om die lyf staan, partytjie hou, poseer vir foto's.

En daar is twee foto's van Jacques Rynhard en Lena Aucamp in die restaurant.

Sy wink 'n kelner nader. "Ken jy dié man?" vra sy.

Die kelner knik en antwoord op Engels: "Hy was baie hier. Lekker gepaartie, hy en sy meisie."

"Weet jy waar hy nou is?"

Die kelner skud sy kop. "Groot paartie gewees Vrydagaand." Hy lag lekker. "Allerhande streke uitgehaal! Toe's hy weg."

"Watse streke?"

Die man lag. "Baklei."

Dit klink nie soos Jacques nie. In elk geval nie wat sy tot dus-ver van hom uitgevind het nie. Sy donker kant, dit is waarna Gavin soek. En hier is moontlik die eerste leidraad.

"Waaroor?"

Hy lig sy skouers. "Dis die eerste keer dat hy moeilikheid maak hier. Seker omdat hy en Lena uitmekaar is."

"En jy't hom nie weer gesien nie?"

Die kelner skud sy kop. "Iets om te drink?"

"Nee dankie."

Sy stap oor Breëstraat terug na die gebou waar Jacques se woonstel is. Sy neem met haar selfoon foto's van die netjiese woonstelblok in Gerard Sekotostraat wat met sy geel en grys kleure uitstaan tussen die ander blokke.

Sy loop rond, want sy wil sien waar Jacques rondgeloop het. Wat sy gemaksone was. Wat sou hy alles hier om hom raakgesien het? Die straatkinders wat haar van ver af nuuskierig betrag? Sou hy die kruie geruik het wat uit Moola Se Medisynewinkel na haar toe aangesweef kom? Sou Lena bo in die woonstel gewag het met 'n vrolike voorskoot en 'n tradisionele bord boerekos? Of sou hulle by Marung gaan sit en veldspinasie eet het, kaalvoet, informeel, toe teruggegaan het woonstel toe, liefde gemaak het, drome gedroom het, en gelê en gesels het oor Jacques se jongste storie?

Hoeveel het Lena te doen gehad met die uitdink van sy stories?

Sy stap tot by die hek wat kort-kort oop- en toeskuif soos motors in- en uitry. Die hekwag onthou haar van vroeër en laat haar deur sonder om dié slag te vra met wie sy wil praat.

Sou Jacques doelbewus hierdie woonstel oorkant die ou, verslete stasiegebou gekies het sodat hy saans na die treine kon luister, behalwe dat die gebied hom moontlik aan New York herinner het? Of was dit maar blote toeval? Iets wat in sy onderbewussyn was?

'n Vorige redakteur het haar geleer hoe belangrik die onderbewussyn is, veral wanneer sy agter die waarheid probeer kom het. Presies watter onverwagse vrae om te vra om die regte antwoorde te kry waaruit sy dan 'n storie kon saamstel. Nie die veilige, gemaklike antwoorde waarmee akteurs altyd wegkom met wie sy deesdae onderhoude doen nie: "Oe, hy is 'n stunning regisseur! Hy weet presies wat hy wil hê! Ek sal binne 'n oogwink weer saam met hom werk!"

Sy onthou, as hardenuus-joernalis, daardie wonderlike oomblik wanneer die wolk wat oor iemand se oë getrek was lig en die waarheid uitkom.

Dan word die antwoord amper soos 'n belydenis, 'n bevryding. Dit is asof die mense met wie sy die onderhoude doen dan dankbaar is om daardie inligting van hul gewete af te kry, met Carina as simpatieke luisteraar. Dan sou sy besorg vorentoe leun en opmerk: "Wat vertel jy my?" terwyl die inligting uitstroom.

Hoe mis sy daardie dae nie.

Maar nie die bloed en die derms nie. Sy word, selfs na terapie, deesdae nog wakker met beelde van Elmien se doodstoneel in haar kop. Dan huil sy, maar daar is niemand om haar te troos nie.

Motors. Netjiese, byderwetse motors in die oop parkeerterrein. Sy kyk na die motors en wonder watter een Jacques s'n is. Hoe sy toegang daartoe gaan kry, want 'n motor hou baie leidrade in tot 'n man se siel.

"Verskoon tog hoe vuil dit is," sê mense altyd as sy 'n geleentheid by hulle kry. Hoekom is mense se motors altyd vuil? Sou Jacques s'n ook vuil binne wees? Is hy ordelik? Gedissiplineerd? Elke ding op sy plek, of sou hy doelbewus vry en ongebonde leef?

Sy onthou hoe ordelik en formeel Jan-Paul Otto se kantoor was. Aangesien hulle beste vriende is, is Jacques moontlik ook so georden.

Carina gebruik nou haar vrye tyd om die gebou se voorportaal behoorlik te beskou. Dit is redelik beknop, maar daar is 'n kennisgewingbord met die name van die inwoners op. Sy sien *J. Rynhard* dadelik tussen al die Zoeloe- en Xhosaname raak.

Met haar perskaart om haar nek net ingeval iemand lastige vrae begin vra, neem sy foto's met haar selfoon.

Op met die trappe tot by sy woonstel.

Daar kom stemme uit aangrensende woonstelle. Mense wat opgewonde gesels. 'n Klomp jongmense, moontlik studente, kom van die boonste verdieping af geloop en gesels luidkeels in Xhosa. Daar is ook twee Engelse meisies met byderwetse manshoedjies op wat praat oor die een of ander popster.

Sy wag dat hulle by haar verbyskuur. Nie een skenk enige aandag aan haar nie. Sou die gedurige geraas Jacques geïrriteer het terwyl hy geskryf het? Of sou hy, wanneer die geraas te veel geword het, op 'n ander plek gaan skryf het? Maar waar? Dalk het die geraas, die kleurvolle straatlewe hom juis geïnspireer? Of het hy 'n private spasie in sy woonstel gehad?

Dan is sy by sy woonstel. As Fineas darem nou hier verbystap . . .

Sy kyk om haar rond. Daar is nou niemand in die gang nie. Sy voel aan die wegsteekplek onder die vensterbank en vat die sleutel raak. Dan sluit sy die deur oop.

Jacques se heiligdom. Die woonstel waar hy . . . hoe lank gebly het? Maar waarmee het hy hom, voordat *Baanbreker* verskyn het, besig gehou?

Bokant die deur is twee bordjies aangebring. *Hippies keep* → en *Platform 1.*

Sy stap in.

Is hy so haastig hier uit dat hy nie eers tyd gehad het om sy eie deur te sluit nie? Of het hy nie 'n keuse gehad nie? Het iemand hom gedwing om pad te gee?

Dit is 'n tweevlakkige woonstel met 'n dubbelvolume. Ruim, vriendelik, kleurvol. Bo is 'n studeerkamer met boeke, sien sy van hier af, en moontlik 'n slaapkamer.

En dit is beslis nie so formeel soos Jan-Paul se kantoor nie. Skilderye hang op verskillende hoogtes, plakkate, inskrywings, kwinkslae, notas, artikels, alles hang aan kennisgewingborde of pryk wanordelik teen die mure. Maar tog is daar 'n vreemde orde in die chaos. 'n Wonderlike, vry orde.

Byna soos in háár huis. Voor Kelvin, want hy het gehou van orde. En Carina moes baie van die dinge wat vir haar persoonlik belangrik was, verwyder en wegbêre.

Sy herken dadelik Lena Aucamp se skilderye. Daar is 'n

138

landskaptoneel iewers in Mpumalanga (moontlik Kleinbegin waar Jacques vandaan kom?) en dan 'n skildery van Jacques.

Sy merk sy fiets op wat teen 'n muur staan. Sy hurk by die fiets, raak daaraan, streel oor die blink saal en wonder hoe dikwels hy daarop gery het. Hy noem die fiets mos Chase, seker omdat hy so vinnig daarmee ry.

Sy moet begin fietsry, want wanneer sy soggens baie vroeg agter 'n storie aan werk toe ry, sien sy gereeld hoeveel fietsryers daar is. En haar vriendin Nita het haar vertel hoe hulle naweke na die Cradle of Humankind toe ry met hul fietse.

Hoe sou dit voel om saam met Jacques soontoe te ry, met hom te gesels en . . .

Carina skud haar kop. Muisneste. Wat makeer haar?

Maar tog wonder sy. Indien sy Jacques nou hier sou teëkom – wat sou sy vir hom vra?

Op 'n rak naby 'n venster staan ook 'n groterige model-lokomotief.

Carina raak ook daaraan, streel met haar vingers daaroor, voel die tekstuur, wonder hoe dikwels hy daaraan geraak het of daarna gekyk het terwyl hy skryf. Dalk het hy met die lokomotief gepraat soos sy dikwels met haar plante by die huis gepraat het, tot Kelvin se groot ontsteltenis.

Onder die lokomotief lê 'n kaartjie. Sy trek dit versigtig uit. *Jis pella. Vir jou 30th. Waar daar treine is. Jan-Paul.* En by 'n skildery van 'n allenige treinspoor sonder 'n trein daarop met 'n donderstorm wat op die horison dreig: *Tussen treine, tussen stasies. Lena. 2005.*

Carina stap uit op 'n kleinerige balkon wat uitkyk op die hoek van Carr- en Gerard Sekotostraat. Die balkon het ook 'n uitsig op die Nelson Mandelabrug wat gedeeltelik agter die Parkstasiegebou sigbaar is. Dit voel amper asof sy in die straat is.

Sou Jacques en Lena nie bang gewees het vir inbrake nie? Want dit sou nie te moeilik wees om op die balkon te klim nie.

Teen die balkonmuur staan 'n klein tafeltjie en 'n opvoustoel. Sou Jacques hier sit en tik het?

139

Carina gaan sit by die tafeltjie, lig haar hande asof sy op 'n rekenaar gaan tik en kyk af oor die geordende chaos onder haar. Hoor en sien die geraas van die nuwe winkelsentrum daar naby. Sou dit hom irriteer het? Om te sien hoe sy geliefde Newtown vervorm word en gemoderniseer raak?

Newtown. Sy weergawe van New York. Maar waarom die obsessie met New York? Sou dit net Cynthia Olive wees, of is daar iets anders? Kon Jacques daar, sonder iemand wat hom ken, dit regkry om te wees wie hy régtig is? Onbevange?

En toe hy nie by die prysgeleentheid opdaag nie, was dit 'n indirekte manier om sy vryheid, sy onafhanklikheid finaal te bevestig? Dat hy niks en niemand anders nodig het nie, net sy tikmasjien en sy kop vir stories?

Sy loop terug in die woonstel. Tussen die balkondeur en die venster staan 'n lessenaar – ook 'n antieke meubelstuk wat duidelik beter dae geken het. Jacques het dus 'n voorliefde vir oudhede. Daar is 'n kennisgewingbord vol foto's, notas en kennisgewings bokant die lessenaar. Carina neem dit met haar selfoon af.

Hy hou net so baie van Agata soos sy – nog 'n raakpunt. En daar is baie *Peanuts*-strokies en selfs 'n Snoopy-hondehuisie waarop die brak op sy rug lê en tjil. Hoe lank soek sy nie self al na so 'n ornament nie!

Haar oog val op 'n nota in rooi geskryf: *Idee! Meisie in pretpark. Almal weg. Ligte af. Sy alleen. Mallemeule begin vanself . . .*

Sy kyk na die ander notas: *Spertyd: rubriek; Oggendstond Maandag 12-uur; Rekening aan Sibongile@oggendstond5.co.za voor die 26ste; iTunes-rekening $3. Top op!*

En dan in 'n netjiese handskrif op 'n servet: *To become truly great, one has to stand with the people, not above them.*

Daar is ook rekenaaraanwysings op 'n A4-vel getik. *Gaan na Mail, Tools, Accounts, Internet E-mail, verander Outgoing Mail.* En 'n klomp telefoonnommers.

Bo regs in die hoek van die kennisgewingbord is 'n foto van 'n padteken: 'n Figuur sit in 'n rooi driehoek op sy rekenaar en werk. Bokant die teken staan daar: *Shhh!* En onderaan: *Writer at work*. Lena se naam is aan die onderkant geteken.

Daar is foto's van Lena, skamel geklee, waar sy 'n baie kort rokkie aanhet. Nog een waar sy en 'n klomp vriendinne uitdagende tekens vir die kamera wys. Ook 'n poskaartafdruk van 'n Modigliani-vrou, die gesig langwerpig en hartseer, die mond bloedrooi, die uitdrukking peinsend.

Jan-Paul Otto staan met sy hand om Jacques se skouer op 'n foto wat duidelik reeds geruime tyd met duimspykers daar vasgedruk is. Die onderste duimspyker het meegegee sodat die foto nou omkrul. En dan foto's van Jacques, Lena en Jan-Paul as skoolkinders.

Daar is 'n kaartjie met op die voorkant: *In writing school I flunked clichés!* Lena se naam is onderaan. Daar is ook 'n tekening van 'n township, duidelik deur 'n amateur geverf – die huise lomp en groot, die kleure oordadig.

Maar daar is geen foto's van sy ma nie. Nie dat Carina weet hoe Liebet Rynhard lyk nie, maar die ander foto's is almal van jong vriende, 'n groep swart kinders, en dan van Fineas wat met 'n masjientjie in sy hand ernstig na die kamera staar. Langsaan pryk 'n foto van hom en Jacques. Albei dra T-hemde wat sê *Newtown is my valley bru!*

En, interessant, ook geen foto's van Alicia nie. Maar wel 'n haastig geskrewe nota wat blykbaar vinnig vasgespeld is en nie in dieselfde patroon as die ander val nie, wat haar aandag trek: *Sat. 16:00*.

Sou dit wees vir die dag wat Jacques verdwyn het? Of sou dit 'n ander Saterdag wees? Want daar is nie 'n datum by nie.

Op sy lessenaar lê 'n kaartjie: *Punda's. 14 Public Street.*

Sy sien die merk teen die muur waarvan Alberts gepraat het. Dit is rooibruin en dit lyk redelik vars. Wat sou dit beteken?

Carina neem ook hiervan 'n foto.

Sy beskou die merk van naby. Sy was al op genoeg misdaadtonele om te weet hoe bloed aan 'n muur lyk.

Weerhou luitenant Soon dalk doelbewus inligting van haar?

Is hier 'n misdaad gepleeg? Maar waarom dan nie die gebruiklike geel band met die woorde *No entry, crime scene* daarom nie? Of is die saak bloot nie belangrik genoeg vir die oorwerkte polisie nie?

'n Zoemgeluid. Carina draai haar kop. Fineas werk weer langsaan.

Sy voel soos 'n indringer hier voor Jacques se lessenaar, asof sy in iemand se derms rondkrap.

Sal sy, durf sy, Jacques se laaie ooptrek?

Agter haar is iets.

Carina swaai om. Dit voel of iemand na haar staan en kyk. Asof sy nou in 'n persoonlike ruimte is waar sy nie tuishoort nie. Soos destyds as kind toe haar pa eendag nie sy studeerkamer gesluit het nie en sy ingesluip het. Sy het nuuskierig sy laaie begin ooptrek. Gekyk na sy pyp en tabak wat hy in die boonste laai gebêre het. Die naïewe kaartjies wat sy vir hom vir sy verjaarsdag gegee het.

En toe, heel onderaan die vreemde kaartjie met die rooi lippe voorop wat in 'n borrel sê: *Lief jou altyd. Eendag sal jy vry wees.*

Dit het Carina, skaars nege, destyds uit die studeerkamer laat hardloop, want die woorde was nie in haar ma se mooi, ronde handskrif nie. Dit was iemand anders. En vir die eerste keer het sy deur ander oë na haar pa gekyk. Het die lang stiltes tussen hom en haar ma 'n nuwe betekenis gekry.

Maar die ergste was dat haar pa daardie kaartjie onder haar kinderlike kaartjies weggesteek het.

Sy druk die beelde weg, praat met haarself.

Hier staan sy weer voor 'n lessenaar. Voel dit of sy heiligskennis pleeg. Wil-wil sy die boonste laai ooptrek. Is Jacques dalk iewers hier naby? Sien hy haar nou?

Wat gebeur as die opsigter skielik hier sou instap? Of die polisie? Of Lena?

Haar hand raak aan die boonste van die drie laaie. Dalk is dit gesluit – wou hy nie gehad het mense moet in hierdie private wêreld van hom rondkrap nie.

142

Carina trek die laai oop.

Sy haal diep asem want sy raak skielik duiselig, kry dieselfde gevoel as destyds in haar pa se studeerkamer, so intens dat daar trane in haar oë verskyn. Dink aan die dag toe sy op pornotydskrifte bo-op haar broer Fritz se kas afgekom het wat hy daar weggesteek het. Sy was maar vyftien. Die foto's van kaal meisies en mans met reuse-geslagsorgane en . . .

Sy skud haar kop, probeer ook daardie beelde uit haar gemoed kry.

Durf sy verder soek hier in Jacques se woonstel?

Sy haal weer diep asem, vee die vogtigheid uit haar oë.

"Ek is jammer, Jacques," hoor sy haarself sê. Sy vroetel in die boonste laai.

Daar is verskeie getikte foliobladsye in. Sy lig die stapel dokumente en herken dit as *Baanbreker* – dit is moontlik die eerste manuskrip van Jacques se debuutroman. Daar is korreksies aangebring, pyltjies getrek soos paragrawe moes verskuif, hier en daar 'n tikfout wat reggemaak is en kriptiese aantekeninge.

Sou die korreksies in Alicia se handskrif wees? Want dit is in twee kleure geskryf. In groen met duidelike groot letters, en in blou is daar notas in halwe woorde, frases wat sy nie kan uitmaak nie en groot vraagtekens.

Haar vingers voel oor die dik pak. Sy blaai na die laaste bladsy. Dit is 'n briefie in 'n mooi, ferm handskrif. In rooi.

Dit is great, engel. Dol hieroor. My notas is met respek vir jou werk en met liefde gemaak. Kyk hoe voel jy daaroor, dan praat ons. Ek het meisies wat die manuskrip op 'n rekenaar sal oortik soos ek belowe het, maar dan moet jy eers tevrede wees. Ek moet jou egter aanmoedig om op jou rekenaar te skryf, want ek weet jy het een. Dit maak almal se lewens soveel makliker. Jy het daardie skryfghoeroe in New York graag aangehaal wat gesê het geluk en selftevredenheid is 'n skrywer se grootste vyand. Onthou dit. Alicia. Ns.: Ek het nooit geweet jy kan so sexy skryf nie.

Carina trek die volgende laai oop. Daar is stapels A4-bladsye waarop Jacques seker getik het. Tikmasjienlinte (sy het nie geweet 'n mens kry dit nog nie), kwitansies van 'n winkel met 'n Newtown-adres, Tipp-Ex, 'n uitveër, penne en 'n briewemes.

En nog manuskripte. *Brandpunt.* Dit is doodgetrek en vervang met: *Nagreisiger.*

Duidelik op die voorste bladsy net na die titel: *Vir Jan-Paul. In vriendskap lê die grootste liefde.* Sy onthou dat, toe sy die boek by die prysoorhandiging oopgemaak het, daardie sin ontbreek het. Dit was net opgedra aan Jan-Paul. Die res is in Jacques se eie handskrif geskryf.

Sy kyk weer oor haar skouer asof sy iemand daar verwag.

Carina merk nou 'n staalkabinet wat eenkant staan.

Bo-op die kabinet lê boeke oor skryfwerk. 'n Boek met aanhalings. *Names For Your Characters.* En *The Artist's Way.*

Sy maak die boek oop. Voorin staan geskryf: *Dearest Jacques. You will never know how much talent you actually have. Spend it wisely. And remember everything I have taught you, sweetheart. Including being in a good space for too long, like you were here in N.Y., which is why you had to leave. Your work stagnated, although the sex did not. But you had to choose. Remember that first night in the Plaza, Manhattan. I will always treasure that and the past year as the best of my life. But you have better things to do, new horizons to explore. I will always honour you for the fabulous times we had together. They are immeasurably precious to me. All my love, Cynthia. New York. 2000.*

Sy trek die swaar staallaai oop. Dit loop oor van kaartjies en briewe. Die meeste kom van Lena. Gelukwensings met sy verjaarsdag, hul eerste herdenking, hul tweede herdenking en wat daarop volg. Elke kaartjie se voorblad is deur Lena self geskilder. Carina bewaar ook al haar verjaarsdagkaartjies en notas – iets wat Kelvin geweldig geïrriteer het. "Hemel, jy's 'n regte versamelvoël!"

Hier is briewe van bewonderaars en aanhangers wat Jacques bedank vir sy romans en die invloed wat dit op hul lewens gehad het. Daar is aanhalings deur skrywers, bekendes en filosowe wat sommer heel bo in die tweede laai van bo lê. Nes sy het Jacques 'n voorliefde vir goeie aanhalings.

Great artists suffer great fears like the rest of us. They do not make art without fear, but despite fear. Julia Cameron.

En daaronder 'n aanhaling van Hilary Clinton wat Carina herken, want dit is ook in haar kantoor op 'n kennisgewingbord vasgepeld. *For everyone who stumbled and stood right back up. And for everyone, everyone who works hard and never gives up – this one's for you.*

'n Geluid by die deur. Is daar iemand?

Sy druk die staalkabinet se boonste laai versigtig toe.

Niks. Buite jaag 'n motor verby met polsende rockmusiek. Iewers skreeu straatkinders. Sy hoor 'n trein verbyry.

Sy hoor wat Jacques elke dag van sy lewe moes gehoor het. Die deur. Dis nou stil. Die deurknop draai nie. Daar is hopelik niemand nie. Sy wag, haal skaars asem, dink, wonder hoe sy haar teenwoordigheid hier gaan verduidelik.

Maar na 'n minuut besef sy dit moes haar verbeelding gewees het.

Sy loop na die slaapkamer. Die deur staan oop. Die bed is netjies opgemaak. En aan 'n haak aan die muur is 'n pak klere.

Jacques het dus moontlik gereed gemaak om na die bekroningsplegtigheid te gaan! Wat sou hom gekeer het? Het iemand hom aangerand? Ontvoer?

Op 'n stoel daaronder is kouse, 'n onderbroek, 'n lyfband en op die vloer 'n paar formele swart skoene.

Carina gaan sit op die bed. Wonder watter kant Jacques geslaap het. Seker waar die telefoon en die leeslamp staan. Daar lê ook drie boeke, *Gone Girl* deur Gillian Flynn, *The Fault in Our Stars* deur John Green en *Save the Cat!* deur Blake Snyder.

Sy kyk na die kussing met die vorm van 'n kop nog daarop. Jacques s'n. Sy verbeel haar sy voel nog die hitte waar hy dalk altyd gelê het. Sy raak daaraan, streel met haar vingers daaroor. En sonder dat sy haar kan keer, sak sy terug op die bed en lê op dieselfde plek waar Jacques Rynhard vir soveel jare moes gelê het, liefde gemaak het, geslaap het, gedink het, geskep het. Geleef het. Beplan het.

Het hy sy eie verdwyning beplan? Of het dit op 'n ingewing gebeur? In haar geestesoog sien sy hoe hy tot by sy pak klere stap, dit wil aantrek, maar skielik vries toe 'n rewolwer van agter teen sy kop gedruk word.

Of dalk was daar eers 'n klop aan die deur. Iets wat hy op daardie oomblik onthou het, 'n foonoproep, iemand wat in die deur verskyn het.

Dalk was daar iemand op die balkon!

Of was hy net keelvol vir die wreedheid van die venynige bedryf waarin hy hom bevind het? En wie of wat het die streep teen die muur veroorsaak?

Sy sluit haar oë om die beelde uit haar kop te kry en maak dit dan weer oop. Wat sou hy gesien het terwyl hy hier gelê het?

Die plafon. Die hangkas wat oorkant die bed staan.

Die hangkas . . . Sy dink weer aan haar broer se wegsteek-plek.

Carina staan op en loop na die hangkas – 'n antieke kas wat Jacques en Lena seker by 'n oudhedewinkel gekoop het. Sy kry dieselfde gevoel as destyds toe sy Elmien Malan se lyk gesien het; nou trek haar keel toe van vrees, begin sy bewe, slaan sweet op haar voorkop uit, raak sy duiselig.

Dit raak so erg dat sy op die vloer gaan sit en begin huil. Diep asemhaal – haar terapeut se raad. Sy probeer, maar die angstigheid in haar bors dreig om oor te neem. Sy huil. Oor Elmien, oor die werk waarvan sy so gehou het en wat sy prys-gegee het, oor die vervelige, sagte stories wat sy vir *Montage* moet doen.

En sy huil oor Jacques Rynhard.

Maar sy weet nie eers of daar iets is om oor te huil nie. Want skielik voel Jacques soos 'n vriend, soos 'n gelyke wat háár sal verstaan as sy hom beter leer ken. Soos 'n . . .?

Soos wat nóg voel Jacques Rynhard vir haar, hier in sy mees private ruimte?

Na 'n minuut bedaar sy en vee die trane af. Sy kyk weer om

haar rond. Probeer om nie aan Elmien Malan te dink nie. Snuit haar neus.

Toe staan sy op en maak Jacques se kasdeur oop.

Net die helfte van die kas het klere in, almal mansklere, hoofsaaklik informeel. Jacques hou beslis nie van formaliteite nie.

En aan die regterkant 'n rooi rok. Seker Lena s'n wat sy moontlik moedswillig hier gelos het om hom te herinner aan ... wat?

Carina kyk na die plakkate van Jacques se romans teen die slaapkamermuur, almal met voorblaaie deur Lena ontwerp: *Baanbreker, Met 'n uitsig op die stad, Nagreisiger, Brandwag.* Maar nie *Die enkeling* nie.

Die boonste venster is oop. Buite sing 'n klomp kinders nou en sy hoor ook die eentonige geluid van treine wat kom en gaan teen die agtergrond van die immerteenwoordige sirenes.

Carina is op die punt om af te kyk toe sy Jacques se naam hoor. Die straatkinders sing 'n liedjie vir hom in geradbraakte Engels. "Numzaan! Djak! We love you, Djak!" sing hulle.

Sy sak teen die muur af en maak haar oë toe. Sy luister na die res van die woorde, skynbaar in isiZulu; sy verstaan dit nie. Hy sou dikwels hier voor die venster kom staan het waar hy die Mandelabrug en die treine beter kon sien. En daar anderkant die krioelende snelweg.

Sou hy Lena hier teen die muur vasgedruk en gesoen het? Sou hy sy stories in haar oor gefluister het? Sou hulle baklei het? Waaroor het hulle gepraat?

"Oor die tikmasjien." Sy skrik vir haar eie stem. Sy het haar eie vraag onwillekeurig beantwoord. "Jacques?" vra sy en maak haar oë oop.

Vir 'n vlietende oomblik kan sy sweer sy sien sy weerkaatsing in die hangkas se spieël. Carina spring op en storm na die slaapkamerdeur toe, maar daar is niemand.

"Jacques?"

Niks.

147

Sy stap weer na die hangkas toe en haal een van sy hemde van die hanger af, ruik daaraan, druk dit teen haar asof die hemp vir haar inligting moet gee, soek in die ander hemde se sakke na iets. Leidrade. Notas. Rekenings. Enigiets wat sê waar hy is.

Maar daar is niks.

Toe, skielik dink sy: Bo-op die hangkas – soos haar broer!

Carina staan op haar tone om te kyk wat op die hangkas is.

Daar is iets! Maar sy is te kort om behoorlik uit te maak wat dit is.

Sy trek 'n stoel nader en klim daarop. Dan kyk sy wat op die kas gebêre is.

Dit is 'n ou skooltas, soos dié wat in die vorige millennium gebruik is. Dit is verweer van baie jare se gebruik.

Carina trek dit nader en voel dan dat daar iets binne-in is.

Sy neem die skooltas versigtig en klim af. Sy maak dit oop en kyk daarin. Dit is vol notas. Sy haal die eerste stuk papier uit. Dit is getik. En daar is bloeddruppels op . . .

Sy kyk vinnig daarna:

Saterdag 5 April 2014. 01:45. Ek wou mos gehad het iemand moet my bliksem, dat ek weer 'n ander pyn kan voel as die een in my oor Lena. Liewe hemel, kan iets so seer wees? Kan 'n gat so donker en diep wees? Kan jou derms voel of iemand dit met 'n kettingsaag middeldeur saag? Shit, my mond is seer van die houe.

Dis 02:26. Ek begin 'n geveg om uit die gat te kom, en geniet dit. Twee ouens het my geslaan dat ek sterre sien. Hulle sleep my by die deur uit. Skop my. Iewers sien ek Ralph tussen die ouens. Die bliksem. Ook een van Alicia se boys. Hang deesdae hier uit. Ek skree vir hom hy's nie 'n skrywer se gat nie. Dit was Alicia se woorde agter sy rug, nie myne nie.

Die ouens gooi my tot in die straat en ek rol oor die teer. Donners hard. Ek lê in iets, besef dis my eie kots. Sien mense op selfone. Daar lê ek vir 'n rukkie en probeer die bloeding in my neus stop. Dit laat my vir 'n oomblik vergeet. Dis goed om 'n ander pyn te voel. Ek kruip terug restaurant toe, paas uit, kots, kruip weer, huil oor Lena, pis teen die muur, word weer gebliksem, kots nog, slaan 'n grootbek met my vuis, skeur my hemp stukkend. Huil. Soek die maan. Skreeu: "Waar is die fokken maan, Alicia?!" En toe staan

Daar is niks verder geskryf nie.

Op die volgende bladsy in onseker woorde, asof hy nie volkome beheer gehad het nie. En dan net enkele sinne.

Saterdagoggend 5 April 2014, 09:10

Dis bliksems seer. Maar dit kan nie so seer soos my binnekant wees nie.

Jy is reg. Die huis het afgebrand, Alicia, en die maan is donners lelik.

Ek tjank soos 'n brandsiek hond. Lena. Lena. Hemel, Lena. Ek mis jou. Ek het jou lief. Ek is stukkend. Ek is verlate. Ek het jou nooit verkul nie. Nooit nooit. Daar is nou net vlamme. En geen maan nie.

Die volgende nota is in rooi pen geskryf.

Saterdagoggend 5 April 2014, 10:35

Kan mens so baie huil terwyl jy 'n plig moet nakom? En met hierdie opgeswelde gesig gaan ek nog slegter lyk vanaand. Hoe gaan ek praat met hierdie bek wat so stukkend geslaan is? En die baie gedagtes wat nie georden wil word nie?

Ek het gedoen wat ek moes. Niks wat ek al ooit in my lewe gedoen het, was so moeilik soos dit nie. Niks niks niks. Lena is dood. Maar sy lewe in my bloed, in my letters, in my snot, in my sperm, in my hare, in my mond.

Ek het dit GEDOEN. Ek het weer te veel gedink maar darem nie gedrink nie. En toe het ek dit uiteindelik uiteindelik GEDOEN.

Maar nou eers die prys. Niks kan erger wees as wat ek nou net gedoen het nie.

Vriende vir altyd.

Wees daar, Lena.

Wees wees wees daar, storieboekmeisie. Wees net daar.

Lena Lena Lena Lena Le

Carina blaai om, maar daar is notas met ander datums by. Dié een was beslis die laaste nota wat hy Saterdag geskryf het.

Die nota sê *10:35*. Wat het tussen halfelf en vieruur gebeur?

149

Sy moet asem kry!

Carina ruk die balkondeur oop en loop uit, staan daar en haal asem. Diep, diep asemteue.

Dit voel vir haar of Jacques nou hier is, by haar.

Asof hy elke beweging dophou.

Sy loop terug sitkamer toe en neem 'n stuk papier. En sonder dat sy hoegenaamd beheer het daaroor skryf sy: *What one has not experienced in life, one will never understand in print. Isadora Duncan.*

Sy druk dit met 'n duimspyker teen die kennisgewingbord vas. 'n Aanhaling uit haar eerstejaar-joernalistiekklas.

Sy stap terug voordeur toe.

Met die skooltas in haar hand maak sy dit oop.

Die gang is verlate.

Eers links kyk, dan regs. Luister. Doodseker maak. Die tatoeeermasjien zoem steeds.

Sy trek Jacques se voordeur toe, sluit die deur en plaas die sleutel op sy plek onder die vensterbank.

Carina loop haastig teen die trappe af en kyk oor haar skouer tot sy in die voorportaal kom. Nou na die kompleks se voordeur toe.

Twee motors ry deur die hek wat pas oopgegaan het. Sy probeer die voorste motor sien, maar dit verdwyn om 'n draai. 'n Tweede een, 'n skedonkie met jongmense in, volg.

Daar is nou meer mense in die straat as toe sy ingestap het. Die straatkinders hardloop met Gerard Sekotostraat af en dan oor Carrstraat in die rigting waar taxi's gewas word voor die skelet van die ou Park-stasiegebou. Dit moet wees waar Alicia destyds stilgehou het toe sy Jacques en Lena agtervolg het.

'n Tuk-tuk jaag by haar verby, die bestuurder komieklik kiertsregop agter die klein stuurwiel. Die straatkinders swerm om die voertuig, hardloop agterna en lag.

Carina loop oor die straat. Sy draai terug en kyk oor Breëstraat uit waar sy 'n behoorlike blik op Jacques se woonstelgebou het.

Dit is toe sy in 'n systraatjie wil afdraai, dat sy die geverfde muur sien. 'n Skets van Jacques Rynhard pryk teen die muur, sy gesig ernstig. Sy herken die styl dadelik as Lena Aucamp s'n.

Carina loop nader. Daar is blomme onder die muurskildery geplaas. Ook briefies en kinderlike speelgoed. Sy neem dadelik foto's met haar selfoon: *Aan Jacques. Jy is die beste. Kom terug. K*, staan daar geskryf. *We luv you!* in skewe letters. Daar is ook kerse en lampe.

Daar staan 'n draadkar en 'n halfklaar skaap wat van wit krale gemaak is onder die muurskildery, skynbaar van mense of vriende wat 'n soort altaartjie of monumentjie aan Jacques geskep het. Die muurskildery is duidelik Lena se styl. Wanneer sou sy dit gemaak het?

Carina neem nog foto's met haar selfoon en stap dan oor die straat terug na Marung Restaurant.

Hier is geen ander wit mense nie.

Sy stap verby die snoekerspelers na een van die oop banke wat tevore vir haar soos banke in 'n treinkompartement gelyk het. Sy gaan sit en bestel tee. Daar hang 'n blink bal uit die dak uit. Buite is mense steeds besig om taxi's te was.

Nou waag sy dit om weer Jacques se verweerde skooltas oop te maak. Dit is vol aantekeninge en dokumente, almal met die hand geskryf. Sy haal dit uit.

En gou besef sy dit is dagboekinskrywings, in dieselfde handskrif as die notas en aantekeninge in sy manuskripte. Dit is met verskillende kleurpenne geskryf. Sommige bladsye krul al om. Ander, veral die onderstes, begin al vergeel en kom uit skoolskryfboeke met netjiese kantlyne en blou lyne.

Maar die boonste dokumente lyk asof dit onlangs geskryf is.

Sy is soos 'n kind in 'n lekkergoedwinkel. Sy trek 'n paar bladsye uit die middel van die stapel papiere soos wanneer iemand 'n hand vol kaarte uithou en haar vra om twee of drie te kies. Eers aarsel sy, welwetende dat sy nou in iemand se mees private oomblikke gaan verdwaal. Maar sy kan haarself nie keer nie.

Sy het so ver gekom . . .
Dit is tyd dat Jacques verder in sy eie woorde praat.
Sy neem die eerste bladsy en begin lees.

9

Fineas is so deel van my lewe soos die sirenes in Newtown. Soos die vroue wat groenmielies op uitgebrande motorbande in die straat braai, en mister Mosomothane wat skoene op die trappe naby NUM herstel. Hy het hoeka my getroue tekkies wat al vier jaar oud is gister reggeboender.

"Good for another two election promises, baba!" was sy belofte.

Lena en ek maak om die beurt kos, elke keer iets anders. Dan eet ons op die balkon met ons voete deur die tralies, of sommer op die sypaadjie of met ons rûe teen die gekleurde betonblomme wat die M1 stut.

Ek voel elke keer skuldig as die madonna oor my skouer loer, want sy kyk ook na alles wat ek nog gaan doen.

Ons drink merlot en maak baie aande liefde, net liefde en weer liefde waarvan ons nie genoeg kan kry nie, en ek vertel dan vir haar van die stories wat ek later wil skryf of wat sy in my kop plant. Want dis wat Cynthia my geleer het: as jy liefde maak met die regte meisie, gee jy haar toegang tot jou siel. En as julle een word, plant sy saadjies in jou verbeelding waarvan jy eers later bewus word.

Ek leer om te sê ek het haar lief in ses verskillende tale. Wanneer ek by die Italiaans vir "Ek het jou lief" ("Ti amo") kom, soen sy altyd my woorde dood.

Wanneer ons Bar Ones smelt en ons vingers in die pot steek en mekaar voer, lag sy: "Lekker is om sjokolade lank en stadig van jou vingers af te lek. Die vingers wat al daai stories skryf." Daarna gee sy my 'n voetmassering wat my so warm maak ek wil haar net daar gryp, maar sy druk my telkens terug en wikkel met haar vingers tussen my tone tot ek dit nie meer kan hou nie.

"Down boy!" sê sy altyd, maar sy kan sien dit help niks!

En as sy onder my voete vroetel, sê sy: "Hierdie is jou liefdespier. En hierdie jou plesierspier. En hierdie jou skryfspier. En hierdie," dan druk sy haar vinger tussen my tone in, "is my plesierplek."

APRIL 2009

Teen die begin van die maand het ek genoeg geld om 'n motortjie te bekostig. Ek kan net-net die deposito betaal en ek skaf 'n rooi ryding aan. Het nog altyd van rooi gehou. Ek gebruik Chase nog gereeld, maar die motortjie is handig wanneer ek Pretoria toe moet gaan of iewers verder heen moet ry. Soos na Ma toe een maal elke ses weke. En na Chivas toe.

Die besoeke aan Ma is maar droewig. Ons het niks om oor te praat nie. Die afstand tussen ons raak groter soos twee sinkplate op 'n dak wat krimp in die warm son en waardeur die waterdruppels met die eerste reën gaan lek. Ek het my boek <u>Baanbreker</u> vir haar gegee, maar na al die jare bly die boekmerk op bladsy 27.

Sy maak steeds dieselfde kos. Doodgekookte boontjies wat smaak na plastiek, kool wat so fyn gekook is dat mens dit vir pap kan verorber. En vleis wat klein en droog gebak soos drolletjies in 'n pan vol vet lê. Vir ekstra lekkernye moet ek, soos toe ek nog 'n kind was, na Chivas toe gaan.

Ma sit deesdae heeldag en naaldwerk doen. Sy kyk nie televisie nie, maar luister net radio en kritiseer die omroepers en die programme aanhoudend. Maar sy bly luister. Stuur net verergde SMS'e oor dinge wat haar irriteer. En wanneer ek dit sien, is ek bly ek is nie aan die ontvangkant nie.

Ek merk dat sy die foto's van my en Alicia by boekbekendstellings uitknip en in 'n lêer versamel, maar dis al. Sy het my al gevra wanneer hulle met my in 'n koerant praat, maar ek staan nie onderhoude toe nie.

Ek is 'n skrywer, nie 'n celebrity wat wydsbeen in 'n Speedo langs 'n swembad uitstal nie. Alicia neem my kwalik daaroor, maar ek voel die storie is die belangrikste, nie die skrywer nie.

Wanneer ek in my kamer by my ma instap, rus my treintjie nog altyd waar hy al die jare gestaan het. Ek stof hom af, vryf hom blink en plaas hom terug op sy plek. Soms speel ek bietjie met hom. En ek onthou hoeveel ure, dae, maande, jare ek met hom omgespeel het.

Ek neem my tikmasjien altyd saam na my ma toe en skryf dan in my kamer, maar kort-kort hoor ek haar sug, dan weet ek ek pla haar.

Alicia bel dikwels, vra hoe vorder my nuwe roman, Met 'n uitsig op die stad. Gee raad, waarsku my teen mooiskrywery, "en skep asseblief 'n ander heldin as die alewige plaasmeisie met die kaal voete." Maar vir die oomblik is dit net Lena.

"Jy het 'n goeie affair nodig, Jacques! Liewe hemel, g'n mens kan so goed wees soos jy nie! Kry vices!" Dan praat ek vir 'n ruk nie met haar nie, want dit is nie wie ek is of wat ek doen nie.

Ek en Chivas gaan stap elke oggend voordat sy haar bakkery oopmaak. Chivas, oftewel Trudie Linde, wat so onverwags in ons lewens ingestap het en Kleinbegin se gewildste bakkery oorgeneem het. Ons gesels nog steeds tot laatnag, en as ek van daardie gesprekke af tuiskom, skryf ek bevange, want sy maak iets anders in my oop met haar stories en humor en manier van dinge raaksien.

Dan skryf ek sommer drie/vier hoofstukke in twee dae. Soos die volgende:

Ek het vergeet hoe lekker dit is om nie verantwoordelikheid te hê nie. Dis universiteitsvakansie en Lena is na haar pa toe. Dis net ek en Chase en my tikmasjien en die stad. Ek kan sommer op die rusbank kiep as my lyf die lekkerlê van my geel bank soek. Opstaan, nie skeer nie, skottelgoed opstapel sonder dat Lena kla, en die toiletsitplek op los.

En daai Magnum-roomys in die yskas opvreet (nog 100 opsitte, boetman). O, ek vrek oor Magnum Death by Chocolate, al steek dit koue ysters deur my tande.

Vanoggend, net toe ek en Chase Fordsburg wil platry, ruik ek New York. Bagels. Iemand bak bagels! Ek ry met Chase tot waar die geur uit 'n stegie dwarrel soos 'n bosveldvuurtjie by 'n kremetart. En daar staan 'n ongelooflike sexy girl, klapmussie oor haar ore, vlegseltjies wat uithang, dik Amerikaanse aksent wat so swaar is dit sou 'n knak op vet plaasbrood maak. En ek sien sy maak warmbrakke ook.

My Amerikaanse aksent kom so maklik soos wat 'n lietsjiepit onder my duim uit die vrug glip wanneer ek dit afskil, en dit voel onhebbelik cool om weer daai arrogante klanke diep in my keel te vorm.

"Where ya from? Outta town?" vra ek. Dit blyk dat sy inderdaad uit New York kom en saam met haar kêrel in die wooneenhede op die silo's bly. Sy is 'n student en die "Africans" is mal oor haar Amerikaanse kos.

Toe my tande wegsink in die bagel, is dit die lekkerste wat ek gekry het sedert Lena my met haar spesiale mosbolletjies gevoer het. Ek luister na die stad om my: wil-wil die New Yorkse polisiesirenes herken, verbeel my die getat-tat-tat waar die nuwe mall gebou gaan word is Fifth Avenue wat opgekap word. Ruik die spuls-warm tamatiesous op die warmbrakke. Elke kar wat verbysnel, is 'n noot; elke hamerhou wat hier duskant geslaan word, is 'n tromslag. Elke stem soek na 'n song.

Ek sou met hierdie stad kon liefde maak. My lyf teen een van hierdie gekleurde mure druk en my uitwoed teen die beton en my saad oor die stad spat, want hierdie is myne. My klein New York. Die simfonie van die verkeer en die ritme van die karre wat hier bo op die M1 verbyskiet en lepellê in my kop. Dit maak my so warm dat ek plat op my rug in Carrstraat wil lê en saamsing – in ritme met die taxi's en vliegtuie wat oor my vlieg en duiwe wat koer en volgelaaide aasvoëlkarretjies wat oor slaggate hop.

Ek gaan sit maar op die sypaadjie op die beton en eet die warmbrak wat sy vir my gemaak het. Ek sien hoe Tiffany (wat anders?) na my kyk met daardie kyk wat so baie meisies my elke dag gee. Sy verstel aan haar toppie, maar ek sit regop. In die verkeer, in die siddering wat deur die stad gaan en my broek wat nou beweeg, is Lena. Lena. En net Lena.

Ek spring op Chase, wys vir die mooi girl ek's jammer maar ek's reeds gevat, en jaag die diepblou hel uit Newtown, tot ek later uitasem by Emmerentia-dam gaan sit en my kop tussen die eende in die water steek om af te koel.

En toe besef ek. Koue storte, koue water help niks. Die hitte is in my. Ek kan dit nie besweer nie.

En ek lief die stad soos 'n boom 'n gereelde hond, 'n stinkafrikaner 'n kraak in 'n sypaadjie, of ek Lena se diep-vriendelike warmte diep binne in haar.

Carina kom by die sesde bladsy:

Ek gaan sit gereeld in die lokomotief as ek by my ma kuier, die oubaas wat op die syspoor getrek en gerestoureer is. Dan bel ek Lena in die stad op my sel en vertel haar waar ek is en hoe ek haar nog op my mond proe. Dit is een van die plekke waar ek die ongelukkigste maar terselfdertyd die gelukkigste in my lewe was – die lokomotief.

Dan gaan ek weer na my ma se huis toe en begin skryf.

"Jy moet oppas. Skryf kom te maklik vir jou," waarsku Alicia. "Jy dink nie genoeg voor jy skryf nie." En op ander kere: "Ek raak so siek om net alewig van Lena te lees. Julle is regtig verskriklik vervelig. Het niemand nog ooit vir jou gesê gelukkige mense is vervelige mense nie? Julle verveel my tot in die afgrond. En julle is hopeloos te selftevrede en seker van julleself. Ek dink partykeer jy is verlief op die liefde en dat Lena dit vir jou simboliseer, Jacques!"

Ma sal darem af en toe 'n koppie tee langs my tikmasjien kom neersit, maar sy lees nie wat ek skryf nie. Skud net haar kop en gaan sit weer om te hekel en radio te luister en omroepers se uitspraakfoute met 'n harde stem te korrigeer. "Dis nie Kes-têl nie, idioot, dis Kêstil!"

Smiddae gee ek haar potplante water en moedig haar aan om van die arme goed uit te plant waarvan die wortels al in ander blikke na grond soek, maar dan sê sy: "Ek meng nie in jou werk in nie. Los my potplante uit. Dis al wat ek nog het."

157

En ek weet presies wat sy daarmee bedoel.

"Ek is jammer, Ma."

Maar sy erken nie eers dat sy my gehoor het nie. En as ek begin met: "Sal Ma my dan nooit vergewe . . ." verlaat sy die vertrek.

Ek is immer dankbaar as ek Kleinbegin verlaat. Een keer elke ses weke is genoeg. En ek verlang my flenters na Lena. Sy gaan nooit saam nie.

Ek hoor dat Steenkamp, die skoolhoof wat al afgetree het, nog steeds in die dorp bly. Ek het hom eendag skrams gesien, maar hy het vinnig in sy huis verdwyn.

En hy bly saam met 'n jong vriend. Manlik natuurlik. En jonk.

Ek wonder of Skellie hom ook so slaan. Vir die lekker.

29 APRIL 2009

Hier was gister weer 'n mars. Ontstelde NUM-werkers het marsjeer en ek en Lena het hulle hier van bo af bekyk. Vreemd hoe lekker ek skryf met die dreunsange 'n straatblok ver. Zwelinzima Vavi het die ontstelde manne vroeër op Mary Fitzgerald Square toegespreek deur 'n megafoon, met marshals wat die mense met moeite in bedwang gehou het, harde stemme onder my balkon en Lena wat besluit om nie vandag Braamfontein toe te ry nie. Ons kan nie hier uitkom nie.

Sy het melkkos met frummels gemaak. Ek het by Chivas laas melkkos met snysels geëet. Maar frummels!

Toe bring sy dit vir my in die bed en voer my, nes Chivas toe ek 'n seuntjie was, en vertel my oor haar jongste skildery. Sy wil haar styl begin verander en 'n nuwe rigting inslaan. "Ek wil nie stagneer nie, Jacques."

Ek moet erken ek het die afgelope tyd min aandag aan Lena se werk gegee. Brandwag vat al my tyd. En dit is een van die weinige kere dat ek oor- en oor- en oorskryf. Ek moes gister 'n wavrag papiere met nuttelose hoofstukke teen die trappe afdra sodat Pikitup dit kon kom wegry.

Oor en oor en oor.

Ek merk ook dat Lena dikwels nie by die huis is nie. "Ek werk elders, soos waar dit mooiweer en warm is," lag sy, maar ek merk dat haar glimlag 'n klein bietjie stywer is as gewoonlik. Soms kom sy terug met verfstrepe oor haar jas, kwaste wat dik van die verf in haar hand lê en oë wat verder kyk as myne.

"Waarna kyk jy, storieboekmeisie?" vra ek dan.

"In dieselfde vallei as jy, Jacques. Ons sien net verskillende dinge raak."

Toe besef ek vir die eerste keer dat ons mekaar nooit "skattie" of "liefie" of "toets" nie. Jacques. Lena. Storieboekmeisie. Dis so ver as wat ons gaan.

Hoekom het sy dan nie 'n troetelnaam vir my nie? Sy noem Jan-Paul partykeer Jay-Lou. En hy noem haar Leenkies. Maar ek is Jacques.

Kan dit wees dat ek Lena afskeep? Dat ons vanselfsprekend word vir mekaar? Dalk moet ek haar wegneem iewers heen. Net ek en sy, na 'n plek soos Punda Maria. Dis 'n paradys daar. Wild, ruig, woes. As ek net deur <u>Brandwag</u> kan kom ... Avontuur. Polisie-ondersoeke. Smokkelary. Dus baie navorsing. En liefde. Natuurlik liefde.

"Jy skryf net nie weer oor daai slag toe ons ..." waarsku Lena dikwels, dan lag ons ons gatte af. Maar ek kan sien sy is ernstig.

"Mens skryf nie dáároor nie, Lena. Mens doen net!"

Waarop sy instemmend knik. "Solank ek dit net nie op bladsy 78 sien nie."

Haar skilderye verkoop nou soos bagels in New York, veral na aanleiding van my romans se omslae en goeie resensies. En ons vier dit toe direk na ontbyt vanoggend in die bed soos net ek en sy kan.

En ek dink: Ek wil nooit weer by iemand anders wees nie.

Ons verdwyn in mekaar as sy my soen. Ons monde wat mekaar so goed ken het nie woorde nodig nie. Ek proe haar, word haar, beken haar (soos in die Bybel!)

Ons is nou al so gewoond aan mekaar, aan wat elkeen wil hê, dat dit half outomaties kom. Toe praat ons gisteraand oor stagnasie.

159

Oor ander dinge op ander maniere ervaar. En ek belowe haar (en myself!) dat ek gaan spark van nou af. Op heeltemal nuwe maniere . . .

As ek net deur <u>Brandwag</u> kan kom.

10

"Waar was jy?" Mysi gooi haar gimsak in 'n sluitkas by die gimnasium en sluit dit driftig. Sy swaai haar muurbalraket 'n paar keer deur die lug sodat dit Carina rakelings mis.

"Ek het van Jacques Rynhard se dagboeke ontdek."

"Wat?" Mysi skreeu so hard dat die ander mense in die aantrekkamer gesteurd omkyk. Maar aangesien die meeste van hulle reeds vir Mysi ken, rol hulle net hul oë en gaan voort met aantrek of om met hul slimfone te speel.

"Ja, man, die blerrie bioscope is in die gim waar die sepiehunks hulleself in die spieëls bewonder, nie hier nie!"

Carina neem haar raket en stap na die muurbalbaan toe.

"Ek soek net die smut." Mysi probeer byhou, want Carina loop vinnig.

"G'n wonder jy werk by *Montage* nie. Jy en Gavin moet eintlik 'n verhouding aanknoop."

"Suster, ek sal vir hom posisies wys wat nog nie eers in die Kama Sutra gedemonstreer is nie."

Hulle gaan sit net buite die baan waar hulle gewoonlik speel en wag vir twee spelers om hul spel te voltooi. Al wat hoorbaar is, is kreune, skoene wat gly oor die vloeroppervlakte en die klapgeluide van balle wat die muur tref.

"Dit is eintlik wat Gavin wil hê ek moet doen. Smut skryf. Hy stel baie meer belang in skandale as in wie Jacques Rynhard regtig is," sê Carina.

"En soos ek hom ken, sal hy jou storie oorskryf en net die dele uitlig wat die tydskrif gaan verkoop. Met sy naam prominent orals uitgestal en joune iewers weggesteek tussen dié van die ene wat die blad uitgelê het en die vrou wat die tee maak."

"Presies, Mysi. Sy siening van 'die waarheid' en myne is twee verskillende dinge."

Dan klink 'n paar harde vrouekrete op en Mysi ril. "Oe la la. Muurbal is ook nie meer wat dit was nie. So wat vertel Jacques alles?"

Carina peuter met 'n veter wat losgetorring het. "En moenie die *Sound of Music*-weergawe gee nie," sê Mysi. "Ek soek alle *Shades of Grey*."

Mense kom verbygestap op pad na ander muurbalbane en Carina knoop die veter in 'n stewige knoop. "Ons is eintlik almal so vervelig, weet jy dit?"

"Speak for yourself, suster. Hierdie Saartjie Baumann het nog baie wip in haar weerbarstige krulle!" En sy hou haar hand orent vir 'n vatvyf, wat sy nie by Carina kry nie.

Carina staan op. "Ek bedoel: watse soort lewe het ek? Hu?" Sy swaai 'n paar keer met haar raket deur die lug. "Strompel soggens uit die bed ná 'n slapelose nag. Soek outomaties na Kelvin wat homself net grimmig uit sy koma lig en dan verder slaap, en besef dan dat ek hom nie mis nie. Want eintlik was hy nooit daar nie."

"Nou slaan jy die bal ver oor my kop," frons Mysi. "Hoe bedoel jy hy was nooit eintlik daar nie? Julle was altyd orals saam."

"Want hy was afwesig en ek was daar. Hy was besig om sy eie loopbaan te bevorder en ek was maar net die fondament."

Mysi staan nou op. "Ekskuus? Het die son uiteindelik oor jou horison opgekom?"

"Ek wou dit maar net nie aanvaar nie."

Mysi steek haar hand uit. "Girlfriend. Ons gaan drink 'n dop na die muurbal. Want dit wat ons almal al jare vir jou sê, het uiteindelik deurgedring." Sy tol 'n slag in die rondte. "Eureka! Die appel het op haar kop geval! Maar waar kom dit skielik vandaan?"

"Want ek het gelees van iemand wat met soveel passie geleef het dat mý lewe . . ." sy slaan die raket weer 'n paar keer, "soos 'n visdammetjie langs die Vaaldam lyk."

162

Die spelers wat so gekreun en gesteun het, is besig om op te pak, hoor Carina.

"En jy kry dit uit Jacques Rynhard se dagboek?"

Carina antwoord nie dadelik nie. "Miskien het hy my net bewus gemaak van wie ek regtig is, van dít wat nooit verwesenlik is nie." Sy wikkel aan haar skoen. "Van dít wat ek alles gemis het."

Skielik is dit asof Mysi versteen. Carina is nou op dreef en wil gaan speel, maar Mysi se gesigsuitdrukking laat haar in haar spore vassteek.

Kelvin, lang hare tot op sy skouers, sweetband om die kop, kom met sy nuwe meisie, Erna Pretorius, van die muurbalbaan af aangestap. Kelvin droog die sweet van sy nek af, en die meisie haal die sweetband van haar kop af. Carina se eerste impuls is om te vlug. Maar sy staan. Doodstil.

Kelvin en Erna praat nie – is dalk te moeg, of het miskien reeds niks meer vir mekaar te sê nie. En die verhouding is skaars enkele weke oud.

Toe sien hulle Carina gelyktydig.

Kelvin word wasbleek, steek vas, kyk af, probeer verbyskuur, maar Carina staan botstil sodat hy verplig is om in die deur te gaan staan.

"Selfs nóú nog praat jy nie met my nie, Kelvin."

Hy kyk op. "Ons gaan nie 'n scene maak nie, gaan ons?"

"Ander ouens sou gesê het: Ekskuus, kan ek verbykom? Maar oudergewoonte ignoreer jy my. Het ek só min vir jou beteken dat jy so vinnig van my vergeet het?"

Kelvin se vriendin ruk haar op. "Sal jy asseblief uit die pad uit staan dat ons kan verbykom?"

Carina kyk stip na die meisie en 'n oomblik lank lyk dit asof sy haar gaan klap. Mysi trippel senuweeagtig rond soos 'n skeidsregter wat twee boksers uitmekaar probeer hou.

"Kariens. Vriendin . . ."

Carina kyk na die man met die lang hare wat haar lewe vir jare beset het en haar nooit gewaardeer het of liefgehad het nie.

Kelvin kyk haar nou vir die eerste keer reguit in die oë. Daar is nie 'n sweem van emosie nie. "Carina, asseblief."

Carina beweeg stadig uit die pad uit.

Kelvin loop tydsaam by haar verby asof hy haar tart, maar sy kan sien dat hy van verligting sug terwyl hy sy hare agter sy oor indruk. Erna kyk haar op en af, 'n ligte smaal om haar lippe.

Hulle verdwyn met die gang af en die twee praat steeds nie met mekaar nie.

Mysi blaas haar asem uit. "Oukei, daai was 'n sepie-oomblik. En ek dag die drama is alles in die gim."

Carina kan sien dat Mysi wonder of sy in staat is om nou nog muurbal te speel. Maar sy ruk haar reg. Sy klem haar raket met mening vas om die bewing in haar hande te probeer beheer, wag dat Mysi instap, maak die glasdeur toe en lig haar raket.

"Is jy reg?"

"Moet jou net nie verbeel ek is Kelvin nie. Seblief!"

Nog nooit het Carina met soveel drif gespeel nie.

Eindelik sak Mysi moedeloos op die grond neer. "Onthou net dis nie ék wat jou gedrop het nie. Dis Kelvin die Koelbloedige. Ek soebat om genade, o gefolterde vrou van Troje!"

Carina vee die sweet van haar voorkop af en sit die raket neer. "Kelvin die Koelbloedige." Sy dink 'n oomblik. "Is dít wat julle hom agter my rug genoem het?"

"Jy belowe jy gaan my nie as 'n muurbalmuur gebruik nie?" Mysi beduie na die bal in Carina se hande. "Dit was één van sy name."

"Hoekom het julle my nie gesê nie, Mysi?"

"Want as mens verlief is, luister jy nie."

Carina kyk lank na Mysi, dan stap sy na die deur toe. "Ek gaan huis toe."

"Om te sulk?"

"Om verder aan Jacques se dagboek te lees."

"Mag ek saamkom en lees waarmee jy reeds klaar is? Jou oorskiet geniet?"

"Mysi." Haar stem is hard.

"Ja, Carina?" Mysi spring op aandag.

"Jy is die fotograaf, ek is die joernalis. Oukei?"

"Oukei, sammajoor!" Mysi salueer haar. "Shit, nou kry ek éérs vir arme Kelvin jammer!"

Carina wil net die deur oopmaak toe sy gaan staan. Mysi keer: "Ek speel nie verder nie, girlfriend."

Carina lag en skud haar kop. "Ek ook nie."

"Nou wat het jou nou soos die berg Ararat getref?"

"My verhouding met Kelvin wat gestrand het."

"Nóú eers? Halleluja in die konsistorie! Dis verby, smartvraat! Ek bedoel, soos in heeltemal. Jy gaan nie weer 'n bal daaroor stukkend slaan nie."

Dit voel of 'n gewig van Carina se skouers af lig. "Nee. Ek dink tog ek en jy kan 'n vinnige dop gaan drink voor ek verder lees."

"En waarop drink ons, Kariens?"

"Op die feit dat ek nie 'n verhouding gehad het nie, maar in 'n saketransaksie was."

MAANDAG 7 APRIL 2014, 12:00

Toe Carina uiteindelik gou middagete in haar huis geniet, kan sy nie wag om die dagboek weer oop te maak nie. Sy dink amper nie eers aan kos nie. Net aan die volgende hoofstuk in Jacques Rynhard se lewe.

En dat sy daardie gedeelte oor die saketransaksie iewers op haar kennisgewingbord moet sit.

MEI 2009

Toe ek vanoggend opstaan, is Lena se motortjie wat nog buite in die straat staan (sy wag nog op offisiële parkering) se venster so toegeys dat dit lyk of dit in ons nuwe yskas was (waaraan ons nog steeds afbetaal, terloops). Ek pluk my getroue ou rugbybroekie met die gat op die boud aan waarin sy so graag haar vinger steek en besef toe dis te koud daarvoor. Uit daarmee en aan met my sweetpakbroek en my tekkies.

"Net jy kan sexy in daai ding lyk," brom Lena deur die slaap.

Ek spring oor die balkon en land tussen die ys op die sypaadjie.

Dit het liggies gesneeu oor Newtown, of gekapok? Of geysreën? Ek ken nie die verskil nie. Park-stasie lyk soos iets uit 'n Berlynse Kerskaartjie.

Oral sit ouens om umbaulas met hul hande wat styf-styf lewe kry voor die vlamme, met dik baadjies, meestal verslete, en musse en pette wat net groot oë soos dadels in 'n koek laat uitsteek. Ysdruppels syfer in wit vingers van die Gerard Sekoto-straatbordjie af en ek breek die stekeltjies af. Die dakke van die geboue het 'n karos van wit sneeu/ys op. En 'n homeless slof nader met sy winkelwaentjie wat kreun onder die ys – 'n soort Kersvader-sleë met 'n stukkende paraffienstoof, komberse met kos- en ander kolle en truie.

Ek skraap die ys van Lena se motortjie se vensters af, maar los 'n blertsie waarin ek 'n hartjie teken. Sy sien my van bo af en flash vir my. Lena het die mooiste, die heel, héél mooiste borste waarvan ek weet.

En die res. O, vir die res is daar nog nie eers woorde uitgedink nie.

Ek trek my aan die relings op en soen haar, probeer bronstig oorklim (die sweetpakbroek wys tog alles), maar sy tik my op my neus en haar asem waas oor my gesig sodat ek na die wasem hap van skone lus wees vir haar.

Sy kan nie nou nie, sy is amper laat vir klas! Dis na hierdie soort soene en heelnag inmekaar lê wat ek nie kan skryf nie, want my kop loop oor van Lena soos 'n winkeltrollie oor Kerstyd.

Dan stel ek die skrywery uit tot môre, met Alicia wat raas: "Jou een kop is so in die ander tyd, jou ander kop kan nie blits nie. Jy kan gerus in my en my pa se huis naby Hoedspruit gaan skryf. Ek gee vir jou die sleutel dat jy alleen is sonder Lena wat nie haar hande van jou kan afhou nie. Gaan skryf net, vervlaks!"

Ek aanvaar eendag haar aanbod en gaan skryf in hulle grasdak-dubbelverdiepinghuis langs 'n wildreservaat. Dáár raak my kop behoorlik los, kan ek oor- en oorskryf. Kom die woorde maklik, maar die herskryf is lekkerder.

Ek kan teruggaan na wat ek geskryf het en sien dat ek nie die storie behoorlik deurdink het nie.

Ek ry eendag in die wildtuin in, kies koers noordwaarts en ry tot by Punda Maria, waar ek oorslaap.

Magtag, wat 'n paradys. Hiér trek ek behoorlik los soos 'n skool-seun wat in 'n bordeel losgelaat is, als reeds betaal, skryf myself bedonnerd. Waar ander mense diere gaan kyk en braai en drink, skryf ek soos nog nooit tevore nie. Kyk na die outydse grasdak-bun-galows met hul langwerpige stoepies en maatjie-stoele langs me-kaar. Swem, verwilder die apies wat my kos wil steel, koop Mag-nums by die winkeltjie, neem die impalalelies met my selfoon af.

167

Sien 'n mooi, allenige meisie in die swembad wat laat die nag top-less gaan swem toe ek na baie skryf gaan afkoel. Sy gaan sit op die rand, wag vir my.

Maar al aan wie ek kan dink, is Lena.

Ek stap by haar verby, vryf vinnig deur haar hare, bedwing my-self met moeite en loop terug bungalow toe waar ek die gewone paadjie loop as ek lus word vir Lena en sy is nie by my nie.

Nou kan ek weer skryf. Ek skryf tot die son opkom.

Daar is nie nog so 'n plek soos die bos nie.

Ek wil dalk eendag vir altyd hier bly.

Brandwag begin brand. Maar ek weet iewers, iewers in my kop is 'n ander storie oor 'n seuntjie wat langs 'n treinspoor grootge-word het en verlief raak op ander lande, maar wat treine nie kan vergeet nie, en wat toe op 'n treinreis deur Kanada gaan (soos ek inderdaad gedoen het).

Maar hom bêre ek diep in die agterste laaitjie van my brein. Want daardie trip het ek alleen afgelê en daar het ek van my-self begin hou, daar, in die trein deur die Kanadese sneeuland-skap, by Jasper en Lake Louise verby, vir die eerste keer in my lewe.

Ek groei in myself in.

Dis daar, 'n maand nadat ek en Cynthia Olive begin uitgaan het, dat ek behoorlik oor seks kon dink, veral die seks tussen my en haar. Waar ek kon skryf daaroor – my eerste seks sedert . . .

Hemel. Sedert.

Net om daardie bladsye in die ys langs Lake Louise te begrawe. Dis waar ek my kop kon reinig voor ek teruggegaan het na Cyn-thia en ons onsself heeltemal aan mekaar oorgegee het en seks nie meer 'n struikelblok was nie, maar 'n uitdrukking van liefde.

Daar is 'n gaping op die res van die bladsy, asof Jacques wou verduidelik wat hy daarmee bedoel, maar toe nie die moed gehad het nie.

Carina blaai om:

Alicia bel drie keer 'n dag, praat die storie met my deur, raas omdat ek steeds op 'n tikmasjien skryf. "Jy kon die hoofstukke per e-pos na my toe gestuur het, man!" En sê hoe graag sy daar in hul huis in Hoedspruit wil wees, maar dat 'n besige produksieskedule haar verhoed. En ek dink: Eendag, as ek geld het, wil ek ook vir my hier iewers in die bosveld 'n huis laat bou. Want ek skryf hier die lekkerste van al die plekke.

Dit is ook waar ek <u>Brandwag</u> voltooi.

17 MEI 2009

Ek en Lena en Jan-Paul het gisteraand pool gespeel by Marung hier oorkant, toe daag 'n saxofoonspeler op en speel songs wat ons almal ken. Ons het tot die verkeerde kant van middernag gedans en gekuier en gepraat en gekuier en gedans en gekuier. Jan-Paul het 'n helse nuwe kontrak gekry vir ek weet nie watse gebou nie. Ons het dit ook sommer gevier.

"Jy's die enigste skrywer wat ek ken wat homself nie des moers suip en met vreemde vroue fornikeer en zolle rol nie!" lag Jan-Paul daardie aand.

"Met Lena, wat meer het ek nodig?"

Waarop Lena bloos en die volgende balletjie in die gat klits.

Jan-Paul doen goed vir homself – die een kontrak na die ander. Sy pa het uiteindelik afgetree en sy argitekbesigheid net so vir sy seun gegee. Die oubaas, van wie ons nooit eintlik gehou het nie (hy was 'n man van min woorde maar baie strepe op papier!), het in Hartenbos gaan aftree. Jan-Paul was 'n hele naweek uitgepaas oor sy nuwe kontrak, so baie het ons gevier.

Toe het ek "gesuip", om Jan-Paul se term te gebruik, maar steeds binne perke.

Ons het die oggend Braamfontein-mark toe gegaan en vars jogurt, drie soorte kaas, olywe vars ingemaak deur 'n man met die van Gevers, plus 'n vars brood waaruit die stoom nog staan gekoop. Toe het ons sommer daar op die sypaadjie sit en eet met die mense wat om ons moes loop.

Lekker is as jy die voetgangers op die trappe waar jy tydelik plak tot stilstand bring met tuisgebakte brood en jou twee beste vriende, waarvan een die liefde in jou lewe is wat jou met haar mooi vingers olywe voer. En die ander jou beste pel saam met wie jy álles al gedoen het en wat jou ken soos niemand anders nie. Nie eers jyself nie. Jou pel wat jou dikwels met sy elmboog om jou nek druk en lag soos 'n drein van nie weet wat om anders met sy gevoel vir jou te doen nie.

Vanoggend terwyl die stad soos 'n bespotlike Kersboom lyk van al die liggies, is Jan-Paul net na een saam met ons woonstel toe. Lena, in 'n kort rokkie wat my net die heeltyd aan haar wil laat vat, is gespanne want sy moet môre 'n moerse toespraak voor haar kollegas en lektore en professore gee. Ons probeer haar oortuig om nie bang te wees nie, maar sy gaan aan die bewe soos 'n sestiensentstuk.

"Verbeel jou die gehoor is kaal terwyl jy praat," stel ek voor en sy giggel daardie wonderlike giggel wat sy altyd gee as ek probeer skryf en sy eintlik iets anders wil doen en my dan so tempteer sodat ek vir ure te moeg en uitgewoed is om te skryf.

"Is hier nie likeur in hierdie woonstel nie, wat ék ontwerp het, so by the way?" stel Jan-Paul voor.

Sy loop uit en sê oor haar skouer: "Ek sweer ek val vanaand in 'n koma en bly daar. Ek is so bang!"

"Bliksement, pel. Hoe skryf jy as sy so hier ronddans met daai mooi bene?" vra Jan-Paul, en ek dink: Ja. Hoe skryf ek? Want ek skryf altyd oor haar, vir haar, met haar by my.

Ek en Jan-Paul kyk 'n ruk lank na mekaar. Ek ken daai moenie-dink-nie-doen-net-kyk, en ek weet in sy kop is dieselfde mal gedagte. "Ken jy jou toespraak uit jou kop, Lena?" roep Jan-Paul oor sy skouer.

"Tot vervelens toe!" antwoord sy uit die kombuis. "Maar ek bewe so as ek die eerste woorde sê, ek kry nie my tande van mekaar af nie!"

Ek en Jan-Paul trek ons poedelkaal uit en gaan sit met ons arms op die rusbank se leunings langs mekaar. Ons probeer hard om nie te lag nie. Dit voel soos die dae toe ons kaal in die swempoel geswem het. Hei, memories!

Lena neurie die een of ander klassieke deuntjie, stap in die vertrek in en laat amper die glase val. "Wat de hel . . .?"

"Ons is jou audience. Jy hoef jou nie meer te verbéél ons is kaal nie. This is the real thing. Praat nou!"

Lena se mond val oop.

"Toe. Wat's jou storie?" vra Jan-Paul.

Lena giggel en bloos. Toe gee sy vir ons elkeen 'n glasie likeur met groot gebaar. Ons klink en sy lag en gaan staan voor die venster. Toe begin sy met haar toespraak terwyl sy na ons kyk, maar sy lag so, sy kan nie ordentlik praat nie.

Jan-Paul steek sy hand op.

"Ja, daardie meneer in die voorste ry?" Lena probeer ernstig lyk.

"Is jou nerwe nou ontspanne?" vra Jan-Paul.

Sy knik en gooi die helfte van die glas likeur in haar keel af. "Op my toespraak!"

"Op jou, Lena," sê ons tegelyk en kyk na mekaar. Dit was absoluut gesinchroniseer sonder dat ons dit bedoel het.

En toe gebeur 'n snaakse ding. Ons raak stil, lag nie meer nie, praat nie meer nie, kyk net na mekaar. Ek kan nie eers hier skryf waaroor ons dink nie, want ek is self nie seker wat dit is nie. En my vingers wil nie daardie woorde vorm nie.

Ons is bewus van mekaar. Intens bewus van mekaar. Één met mekaar.

'n Kort keelskoonmaak. 'n Taxi. Iewers 'n saxofoon. 'n Brak wat tjank. 'n Effense gehoes in die woonstel langsaan.

En ons drie so bymekaar.

Hulle sê daar is soms oomblikke van volmaaktheid (ek kan nie nou aan 'n beter woord dink nie), waar 'n mens één word met jou vriende en jou minnaars, past and present, en die wêreld om jou en jou eie self. Die plekke in jou kop waarheen jy te bang is om te gaan.

Dié is so 'n oomblik.

Die verkeer buite. Die smaak van die likeur. Jan-Paul hier langs my. Lena oorkant my. Die veraf gedoef-doef uit die Marung-restaurant.

Ek wag. Sy wag. Hy wag. Ons almal wag.

Maar ek breek dit. Ek moet dit breek voor dit te ver gaan. Want as ons eers daardie grens oorgesteek het ... wat dan?

Ek staan op en trek aan. Jan-Paul doen dieselfde.

Ons is steeds stil. Ek kan sien hulle is eintlik dankbaar.

Ons gaan sit toe in 'n kring op die mat en drink likeur op "vriende vir altyd".

Daardie vriendskap het skielik amper te veel geword.

Maar die selfbewustheid wil nie gaan lê nie.

Die stad raak later stil om ons. Selfs die doef-doef-taxi's skuil in hul agterstraat-gate voor die groot trek stad toe oor 'n paar uur. Daar is af en toe 'n verdwaalde motor. Ons drink likeur en kyk na mekaar asof ons mekaar nou die eerste keer ken en verstaan, en ons weet skielik nie wat om met onsself aan te vang nie, ons is weer, soos netnou, so donners naby mekaar. My storieboekmeisie en my beste pel en ek.

Dis lekker om so bymekaar te wees en mekaar so goed te verstaan en te weet niks sal ooit tussen ons kom nie.

Selfs die M1 kom tydelik tot stilstand asof die stuk betonrivier asem ophou net vir ons. Net 'n homeless se waentjie kliek-klak nes 'n trein destyds hier onder oor die sypaadjie.

Ek suig effens aan my likeur, Lena maak haar glas leeg. En sy kyk om die beurt na ons. Maar sy kyk die langste na my.

"Hoe gaan dit met jou nuwe meisie?" vra sy later vir Jan-Paul net om die stilte te verbreek.

Hy trek sy skouers op en kyk na haar soos iemand wat 'n langvraag in 'n eksamen misgespot het. "Orraait. Ons begin mekaar so half-half te vind." Wat beteken hy spring binnekort weer na 'n ander meisie toe. Vry in die bondel kry 'n nuwe betekenis met Jan-Paul. Eintlik moet hý die skrywer wees, met die soort lekker los lewe wat hy lei. Soveel meisies, soveel vriende, soveel dinge, soveel stories.

Lena steek haar voet uit en kielie my bobeen daarmee, trek die

172

haartjies met haar tone naby my kruis dat ek duiselig word daar-
van soos die bloed alles na een plek toe vloei. Jan-Paul sien dit en
hy trek sy been op asof die oomblik vir hom te veel word. Hy trek
sy leerbaadjie aan.

"Lang dag môre. Twee helse voorleggings," maak hy verskoning.
Hy staan op en klap my op die skouer.

"Gim môreaand gewone tyd, bru?"

Ek knik, nou net bewus van Lena en wat vanaand voorlê. Ek kan
nie glo mens kan so gelukkig wees soos ek nou nie.

"Cheers." Hy gee my 'n vatvyf en vryf deur Lena se hare. "En ge-
dra julle vanaand." Hy stap na die deur toe en draai om. "Terloops.
Hoe ver is jou nuwe roman, pel?"

"My kettie is leeg."

"So al jou hoofstukke is afgevuur."

"By wyse van spreke, ja."

Hy grinnik. "Dan gaan jy na vanaand so leeg soos 'n blikkantien
wees."

Toe verlaat hy die woonstel.

Ek en Lena bly agter. Eers sê ons niks. Sy vroetel weer met haar
tone teen my bobeen. Dit laat my bewe so lekker is dit. Sy vroetel
nou tot op daardie plek wat net sy ken. Ons is warmer vir mekaar
as wat ons nog ooit was.

"Ek wil net doodseker maak ek ken al my woorde vir my toe-
spraak," fluister sy. "Ek wil gou weer oefen."

"Ek sal uittrek vir elke storie-idee wat jy vir my gee," spot ek.

"Eendag was daar . . ." begin sy en ek trek my hemp uit. " 'n Mei-
sie en 'n ou en 'n swempoel," gaan sy voort en ek trek my broek uit,
"wat op die held verlief geraak het die oomblik toe sy hom gewaar."
Ek trek my onderbroek uit. Ek wil haar vat, maar sy skud haar
wysvinger.

"Ek wil jou my lewende skildery maak. Gaan staan op die bal-
kon."

"En wat van jou toespraak?" vra ek.

Haar oë glip oor my. "Die woorde het soos 'n mirakel terugge-
kom."

"So? Sonder klere, hier buite?" vra ek.

"Uh-huh."

Ek staan kaal op die balkon. Dis dêm koud, maar sy laat my staan. "Selfs jou boude bewe," lag sy. "Het iemand al vir jou gesê jy het die mooiste boude ooit?"

Ek knik. "Jy."

Sy gaan haal 'n bottel merlot en 'n klein glasie.

Dit kielie toe sy prentjies op my rug begin verf, maar maak nie saak hoe koud ek kry nie, sy laat my daar staan. Elke motoris wat daardie tyd van die nag verbyry, toet. Ek moet 'n glasie op elke toet drink. Sy teken tot op my bobene en dit is so eroties ek drink sommer nog twee glasies.

Toe draai sy my om, en daardie gevoel van die warmte van haar liggaam teen my yskoue lyf met die nat van die verf op my rug het onmiddellik die gewenste uitwerking. Ek voel haar hitte soos sy my probeer warm maak met haar liggaam.

"Jacques," haar stem en asem loom en heerlik teen my wang.

"Lena," sê ek en tel haar op met haar bene om my.

"Belowe my jy sal my nooit verneuk nie. Sweer op ons liefde."

Ek is nou so koorsig van warm wees dat ek dit oor en oor sê: "Ek sweer, ek sweer, ek sweer, ek ..."

Sy soen my woorde dood.

"Belowe belowe?"

Ek probeer ja sê, maar sy soen weer my woorde dood.

"Ek het jou lief, ek wil altyd by jou wees, ek wil saam met jou oud word," sê sy terwyl ek haar teen die trappe op dra slaapkamer toe.

Ons het dwarsdeur die nag liefde gemaak, oor en oor en oor.

Na die soveelste keer, toe dit begin lig word en die taxi's toet-toet in Carrstraat, raak ek aan die slaap met haar wonderlike warm liggaam bo-op my. Dalk het ons gelyk uitgepaas. Dit was wonderlik om so met die geur van haar hare teen my weg te dommel.

Die oggend lag sy dat sy nie meer gespanne is oor haar toespraak nie. En sy giggel iets van ek hoef g'n duim vir Jan-Paul terug te staan nie.

174

Ek glo dit self nie, maar ek is trots daarop. En ek weet ek sal nie vandag kan skryf nie, want ek wil die lekkerte van Lena en die nag die hele dag by my hou.

Terwyl sy wegry, sien ek 'n swart man onder ons balkon staan. Hy verkoop daagliks nartjies en ander vrugte by sy waentjie. Sweet potatoes ("van my pa duskant Balfour"), cheese whirls ("van my antie in Blikkiesdorp"), cold drink wat darem nog gas in het ("van die kêffie in Chinatown") en aartappels en uie ("van die ênie hier anderkant in Fordsburg"). "Nou verkoop ek dit teen 'n groter wins hier in Newtown!" sê hy vir my. "Sien. Julle kapitaliste leer my mooi!"

Skielik sien ek Lena hier onder stilhou. Sy hardloop balkon toe. Ek sak af oor die reling, gaan lê op my maag en leun tussen die tralies deur. Sy gryp my en soen my. "Ek het vergeet om jou koebaai te soen!" lag sy. Ek wil weer met haar liefde maak, sommer net daar in die straat, maar sy klim terug in haar motor en vertrek. Die swart man glimlag vir ons en ek koop van sy patats en nartjies en hys my weer aan die balkon op.

"Fineas Guliwe," stel hy homself bekend.

"Jacques Rynhard," antwoord ek.

"Wat? Wat?" vra hy verward.

JUNIE 2009

Lena gaan weer na haar pa toe, dan is ek alleen en skryf ek 'n hond uit 'n bos. Soms kuier sy doelbewus lank sodat ek kan skryf, want as sy by my is, kom sy en haar wonderlike lyf in die pad van die skryf.

Dit gaan eintlik baie goed met my romans. Alicia het Met 'n uitsig op die stad gekoop na 'n paar veranderings waarmee ek nie heeltemal saamgestem het nie, maar sy is die uitgewer en nadat ek die veranderings aangebring het, vloei die storie beter. Sy was dus eintlik reg. Dit verskyn volgende maand. Ek dra dit aan haar op.

Ek tjil bietjie, skryf nie binnekort weer nie.

Dalk moet ek daardie storie oor die treinreis van 'n eensame

175

man deur Kanada skryf. 'n Reis wat in Suid-Afrika begin en weer hier eindig. Maar dit gaan oor die paaie tussenin.

Fineas praat nou al vlot Afrikaans en hy leer my ook intussen isiZulu. Ek leer vinniger as wat ek verwag het. Maar hy het nie genoeg geld gemaak met sy groentewaentjie nie en het elke dag dieselfde jas gedra, ongeag of dit nou winter of somer is. "Hel, Fineas. Hoekom dra jy die jas in die somer? Wat gaan jy in die winter dra?"

"Ek het niks anders nie."

"Dan koop ek vir jou 'n ordentlike hemp. Magtag, man. Jy kan mos nie elke dag so lyk nie."

Eers had hy 'n teësin in my omdat ek gewaag het om dit aan te bied. 'n Verdomde wit man wat nie soggens agtuur werk toe gaan soos die ander nie, maar net op sy balkon sit en tik. Hy wou vir die eerste week na ons gesprek niks oor geldelike hulp weet nie.

Maar toe hy my vertel wat hy eintlik eendag wil doen (prentjies op mense se lywe teken), het ons vriendskap eintlik begin. Ek het iemand geken wat iemand ken wat 'n tatoeëerplek het. En Lena het geweet van prentjies teken. Sy het hom geleer.

Ironies. Lena teken op 'n doek, Fineas op vel.

Hy eet gisteraand by ons en Lena demonstreer verskillende tatoeëermotiewe op papier. Sy lê op haar maag en skets en ek dink dat sy die sexyste heupe het wat ek al ooit aan 'n vrou gesien het. Skraal en so mooi ek kan nie help om daaraan te vat nie.

Sy bel iemand by die universiteit wat weet van tatoes. Hy sal Fineas ordentlik kom leer. Ons gesels en eet en kuier tot diep in die nag. Dis waar ons verneem van die vrou met wie hy wil trou wanneer hy genoeg geld gemaak het om vir haar te sorg.

Ek neem Fineas 'n week later na die tatoeëerplek van Lena se kollega toe, dat hulle hom ordentlik kan leer, en ek betaal daarvoor. Hy wou my 'n tatoe gee, maar daar was nie 'n manier waarop ek dit sou toelaat nie. Een is genoeg.

Ek het van my boeke se geld gebruik om vir Fineas 'n tatoeëermasjien te koop. Van toe af het hy nooit weer verlepte nartjies verkoop nie. En het hy sy jas net in die winter gedra.

Die jas het plek gemaak vir cool T-hemde, byderwetse hemde, jeans en later tekkies met rooi veters.

En die zoem van die masjien.

12

Carina sit die los bladsye terug in Jacques se skooltas. Haar vingers speel oor die strepies van sy pakkrydae. Haar oë is moeg gelees. Sy moet nog haar kunsrubriek vir die nuwe uitgawe van *Montage* vanaand skryf, want al die rubrieke moet môre in wees. Maar sy kan haarself nie van Jacques se dagboek wegskeur nie.

Hoe verder sy lees, hoe kwater word sy vir Kelvin.

Nee, wag. Sy kan hom nie die skuld hiervoor gee nie. Sy moet haarself blameer. Dit was sý wat so blind was om nooit raak te sien wat besig was om te gebeur nie.

Carina het Jacques se dagboek tot dusver gelees asof dit met háár gebeur. En hoe verder sy gelees het, hoe meer is dit asof sy oor haarself lees. Of iemand soos sy.

Sy het gelees oor iemand wat sy kon gewees het as sy net nie so hard probeer het om ander mense tevrede te stel nie.

As sy net vir haarself geleef het, haar eie potensiaal verwesenlik het, haar eie drome gevolg het, was sy dalk nou op 'n ander plek. Het sy maar die kans gevat met die ander mense wat in haar lewe gekom het! Maar Kelvin het haar verbied. Sy het feitlik al haar vriende afgesterf ter wille van hom, en syne blindelings aanvaar.

Nou sit sy met die gebakte pere. Haar enigste vriendin wat oorgebly het, is Mysi. Sy het deurgaans by Carina gestaan, al moes dit soms teen haar gryn ingedruis het om vriendelik met die stroewe Kelvin te wees. Want Carina besef nou: Mysi het geweet Kelvin gaan haar los sodra iemand beter en jonger en mooier verbykom, iemand wat hom net so goed oor homself laat voel as wat Carina het.

Sy gaan sit agter haar rekenaar en tik haar kunsrubriek se opskrif. Maar probeer soos sy wil: die eerste sin wil hom net nie aan haar opdring nie. En sy wonder: hoe dikwels het Jacques Rynhard so gesit en swoeg? Want as sy na sy skryfwerk kyk, veral sy dagboek, lyk dit nie of hý ooit aan skrywersblok gelei het nie.

"Wat sou jy geskryf het, Jacques?" Sy skrik vir haar eie stem en skud haar kop.

Carina skryf 'n paar leë sinne wat vir haar klink soos die ge- brabbel van 'n minister wat met kiesers praat. Dowwe woorde wat niks beteken nie. Toe, sonder om twee keer te dink, bel sy vir Mysi, al is dit na halfelf.

"Sê seblief vir my Jacques is daar by jou en dat julle wonder- like liefde maak, nes in sy stories."

"Ek wil ook verdwyn, Mysi."

'n Oomblik stilte. "Sal jy vir my sê waarheen jy gaan? Net sodat ek weet wie om te bel as ek 'n verwysing soek wanneer ek van werk verwissel en Gavin my nie 'n verwysingsbrief wil gee nie?"

Carina lag. "Ek is bly jy kan my darem nog laat lag."

"En mag ek jou storie skryf?"

"Nee, want jy sal te veel voortborduur."

"Is jy ernstig oor die verdwynery, Kariens?"

"Doodernstig. Dis tyd dat ek 'n lewe kry."

"Moet net nie Jacques Rynhard gaan staan en word nie."

Die woorde slaan haar tussen die oë. So hard dat sy vir 'n paar sekondes niks kan sê nie.

"Hallo? Earth to Planet Carina. Over."

Sy staan op. "Ek gaan verder lees. Lekker slaap, vriendin."

"Nighty night, o gefolterde heldin."

Carina skakel haar rekenaar met die halfgetikte sinne af. "Do you want to save?" kom die vraag. "No," klik sy met die muis en kyk hoe al die leë sinne in die niet verdwyn.

Sy haal Jacques Rynhard se dagboek uit die skooltas, streel oor sy naam wat aan die binnekant in sy eie handskrif geskryf is, en huiwer vir 'n oomblik.

179

"Hallo, Jacques," sê sy sonder dat sy dit kan keer. Dan lees sy verder.

OKTOBER 2009

Ek en Jan-Paul gim elke dag saam, dan kuier ons by die juice bar en hy kyk na die meisies en neem een of twee keer van hulle huis toe.

"Wat het van Amelda geword?" vra ek.

"Sy is só laas week!" grinnik hy. Toe: "Jy weet, pel. Jy het ander ervarings in jou lewe nodig. Daai stuk van jou nuwe roman wat jy my gister gegee het, Uitsig op die stad of iets, is nes die vorige een."

Dieselfde kommentaar as Alicia. Wat wil hulle hê? Dat ek die stad invaar en al die meisies gryp wat altyd so vir my kyk, en soos Jack Kerouac die woeste pad na wie-weet-waar vat om nuwe stories te kry?

Maar wat van Lena? Ek kan my nie my lewe voorstel sonder haar nie. Op geen denkbare manier nie.

Ek het nooit in die verlede gevra hoekom Jan-Paul nie 'n vaste meisie het nie, want ek weet mos hy hou van "variasie", soos hy dit stel. Maar vandag praat ons daaroor. "Ek's nie reg om te trou nie," lag hy. "Hoekom trou jy en Lena nie?"

En ek moes antwoord: "Ons is ook nog nie reg om te trou nie." Ek dink daaraan dat ek van so baie huwelike weet wat misluk het – wat uitgebrand het soos sigarette wat net half gerook is en toe onder skoensole doodgetrap is. Soos my ma en my pa s'n.

Ek wil nie trou nie. Huwelike maak liefde dood.

Daardie aand gaan eet en drink ons wyn in Marung Restaurant. Lena sit die hele tyd na my en kyk asof sy my op die plek wil skilder. Toe staan sy skielik op en betaal vir ons almal se ete. Ons het amakotas geëet, my en Lena se gunsteling: kwart-bunny-chows. En Jan-Paul eet salomies, kerrie wat in roti toegedraai is.

Ons stap na buite en Lena draai al in die rondte asof sy wil dans. Sy gooi haar arms oop soos daardie aand op die treinspoor en hardloop oor die pad. "Mense wat opgee, kry nooit maagsere nie!" roep sy uit. Ek en Jan-Paul kyk na mekaar.

"Dis beslis nie ons nie!"

Lena draai weer in die rondte. "Jy moet met Newtown gedeel word, Jacques!"

Ek frons. (Lekker outydse beskrywing – frons! Dis so hygroman!)

"Jan-Paul, gaan koop drie biere. Seblief!" Sy hardloop na ons woonstel toe en beduie ek mag nie saamkom nie.

Ek verstaan glad nie wat aangaan nie. Daar is 'n vreugde en 'n skielike vryheid en onbesonne gevoel aan Lena wat ons verstom.

Sy kom vyf minute later terug met 'n klomp verf en kwaste, en Baanbreker wat ek aan haar opgedra het. Sy gaan staan voor 'n muur en kyk na my. Jan-Paul kom met drie biere teruggestap.

Lena sit haar arms om my. "Weet jy dat ek eers laat in my lewe leer skryf het, soos in fisiek letters vorm? Anders as jy. Ek het liewer prentjies geteken. As hulle vir my sê 'H staan vir huis', het ek 'n huis geteken. As die onderwyser sê 'B is vir beet', dan teken ek 'n bloedrooi beet."

Sy kyk na my en begin teen die muur te skilder. "En J staan vir Jacques." Ek wil ook sê dat J vir Jan-Paul staan, maar sy begin my teken.

Ek sien die buitelyne van 'n man se gesig, toe die hare wat na myne begin lyk, later die oë. Yowza! Vriendeliker as myne. Toe die neus (het ek so 'n mooi neus?) en toe die mond.

Die skildery wat twee uur lank teen die muur gemaak word, is van 'n dém handsome ou wat baie, baie mooier as ek is. Is dít hoe Lena my sien? Ek wil nog beswaar maak, beduie dat ek darem wraggies nie só lyk nie, dat sy 'n ander ou sien as wat daar regtig is, maar sy voltooi dit.

Selfs Jan-Paul grinnik, kyk na die skildery, kyk na my, sluk aan sy bier en sê: "You'll be that lucky, bro."

Ek kyk en kyk na die skildery. DB is nie in daardie oë nie.

Toe sy klaar is, neem sy ons biere wat halfpad gedrink is. "Kniel," sê Lena vir my. Ek kniel. Sy wink na Jan-Paul wat van die muurtjie afspring met sy bier.

Lena keer haar bier op my kop uit. "Ek doop jou die beste skrywer in die land, Jacques Rynhard!" Ek lek die bier op soos dit oor my gesig stroom. Nou is dit Jan-Paul se beurt. Hy kom staan voor my, neem 'n groot sluk bier.

"Moet net nie grootkop kry nie, want hierdie jafel op die muur is baie handsomer as jy."

"Ek weet," lag ek.

"Dis hoe ek hom sien!" hou Lena vol.

Jan-Paul gooi die res van die bier oor my kop uit.

"So lelik soos 'n donnerse lokomotief maar 'n vriend in 'n miljoen!"

"Vriende vir altyd!" lag ek.

Lena ruik na verf en liefde en opwinding en bier en nog meer liefde. Ek soen haar, maar net een keer.

"Kry 'n kamer, julle twee," lag Jan-Paul.

"Dis gelukkig naby," grinnik ek. Ek en Jan-Paul gee mekaar beerdrukke. "Sien jou môre vir gim, poephol!" sê hy.

"Tot môre," lag ek.

"En probeer so tien minute se slaap inkry."

Lena skud haar kop en trek my na ons woonstel toe. Maar ons gaan nie by die hek in nie. Met haar kwaste en vol verfkolle gaan staan ons onder die balkon. Ek tel haar op en sy klim oor die balkon. Toe klouter ek op.

Ons haal nie eers die bed nie. Ons maak liefde net buite sig van die balkon. En nie een van ons maak daardie nag 'n oog toe nie.

En ek dink: In daardie skildery teen die muur sien ek 'n ander ou as die een wat ek ken. Lena se Jacques. Net soos my Lena elke heldin in my stories is. Besef ek ons leef 'n storie. 'n Storie sonder einde. Een soos in 'n storieboek soos wat ons altyd as kind gelees het en wat ons hier probeer naboots.

Ek staan vieruur op, glip oor die balkon, gaan kyk na die skildery, kyk na die mooi vreemdeling op die muur en doop hom: Jak. "Jy is Jak," sê ek, "want as dit is hoe ander mense my sien, ken ek nie die kêrel nie."

NOVEMBER 2009

Toe ek kliënte na Fineas toe begin stuur, het sy houding nog meer versag. Hy het selfs sy vrou aan my kom voorstel. Daardie verhouding werk. Hulle is gek oor mekaar.

Boheemse kunstenaars, nuwe skrywers wat dae lank niks gedoen het nie terwyl hulle op die muse wag, jong skilders wat wou begin maar in wie niemand belanggestel het nie, ouens en meisies wat wou dig, wat naweke in ons woonstel saamgekoek het en wat oor poësie en skilder en films en boeke gepraat het – dit was die mense wat ek na Fineas gestuur het.

Die woonstel langs ons s'n was oop. Ek sê ons s'n, myne en Lena s'n, maar die woonstel is in my naam. Met die geld wat ek uit my weeklikse tydskrifrubriek gemaak het, het ek die een langsaan vir Fineas gehuur.

Fineas het van toe af gereeld by my en Lena kom eet. Hy het ons selfs geleer om marog te maak, en ander tradisionele disse waarvan ons net altyd gehoor het.

Eendag gaan kyk ek en Jan-Paul rugby. Lena wou nie saamgaan nie. Ons eet nartjies en drink koeldrank en Jan-Paul kla dat ons nie drank in die stadion mag invat nie.

Daarna hang ons in 'n nagklub uit. Jan-Paul tel, soos gewoonlik, 'n meisie op. Sy is verby lippe-aflek-lekker-mooi. Hulle is oor mekaar en amper inmekaar. Ek wil my uit die voete maak, maar sy trek my terug.

"Ek wil julle al twee hê," sê sy.

Ek en Jan-Paul skud ons koppe.

"Het julle twee nog nooit 'n girl gedeel nie? Julle is dan so into each other," lag die mooi meisie.

"Ons is nie só gek oor mekaar nie," sê Jan-Paul.

"Maar julle het al daaroor gedink."

Ons lag. "Ek dink hy is genoeg vir jou!" antwoord ek.

'n Rukkie later is Jan-Paul en die meisie weg. En hy SMS in die middel van die nag: Bru. Ek het niks meer oor nie, maar hier gaan ek weer!

Dit was die langste wat Jan-Paul nog met 'n meisie deurmekaar was. Ek en Lena het op 'n kol gedink hulle gaan verloof raak, maar daar het niks van gekom nie. "My hart is nie daarin nie," het Jan-Paul gesê.

Gisteraand gaan braai ons weer marshmallows, ekskuus, malvalekkers onder die M1 saam met Fineas. Die straatkinders sit toe in 'n kring om ons. Gelukkig het Lena genoeg vir hulle ook gekoop en Jan-Paul het swiets van iewers af nog by hom. Die kinders het hom aanbid en was toe sommer sy duur sportmotor op die koop toe.

Oomblikke later begin hulle dans en musiek maak met blikke en asblikke en hangers en trompies en die hemel weet wat nog. Panne. Proppies en bottels waaroor hulle hul wysvingers vryf, selfs 'n saag.

Ek en Jan-Paul en Lena dans op die maat van die musiek, en nes destyds op Kleinbegin dans ons al in die rondte asof ons nie genoeg van mekaar kan kry nie. En ons sê weer vir mekaar: "Vriende vir altyd!"

"Hoe gaan dit met Lily?" vra ek vir Jan-Paul.

"Lily wie?" lag Jan-Paul en sit sy arm om my nek. "Moenie 'n mooi aand bederf nie, bru."

Terug by die woonstel is ek stokflou en val sommer op die bed neer.

"Storieboekmeisie," sê ek slaperig.

"Ek is Lena. Ek is 'n mens, nie 'n storie nie."

Lena. Lena. Lena.

Liewe, pragtige Lena.

Lena van die swempoel.

Lena en my tikmasjien.

Lena wat my met bier doop.

Lena wat sulke klein happies patee neem.

Lena wat die grootste stukkie biltong met my deel.

Lena wat my op die muur verf.

LENA op die tikmasjien.

Lena met haar kaal voete.

Lena met haar los rokkie.

Lena wat dikwels nie onderklere dra nie.
Lena in die lokomotief.
Ek lief jou vir altyd en altyd.

– Jacques Rynhard. Einde Desember 2009

13

MAANDAG 7 APRIL 2014, 13:00

Daar sit 'n joernalis en twee vroue van 'n reklame-agentskap voor Gavin Greeff se deur wanneer Carina verbyloop. Gavin vry hard na ekstra advertensies – dit is seker hoekom die twee belangrike vroue daar sit. Die arme joernalis is moontlik daar om uitgetrap te word.

Sy gaan sit by haar lessenaar en begin haastig skryf aan haar inleiding vir Jacques Rynhard se storie. Oorkant haar sit Bessie, die joernalis wat die TV-blad behartig. Sy gooi die foon neer.

"Die klein stront!" skreeu sy. Bessie het 'n oor nodig om te kla. "Ek bel Pietman Schoonees van die TV-reeks *Herfsblare* vir 'n onderhoud. Sal die klein nikswerd nie vra dat ons hom betaal nie! Dieselfde poepies wat 'n jaar gelede gesoebat het dat ek sy foto'tjie by ons TV-gids moes plaas toe hy nog niemand was nie! En nou skel hy my uit omdat ek nie sy privaatheid respekteer nie. Eers vrek hy om erken te word, slaap sy pad in en beset al wat TV-stel is, nou wil hy kamtig 'privaat' wees! Shyster!"

"Jou opskrif moet wees 'Niets word iets'!" sê Carina. "Of 'Smag na privaatheid'. Daarom dwaal hy Saterdagoggende in Menlyn Park rond waar honderde duisende mense hom nie kan uitlos nie! So much for soeke na privaatheid."

"Hoe ver is jou storie?" Gavin staan in die deur. Bessie begin dadelik te werk.

"Ek sorteer feite uit."

"En wat sê Lena Aucamp?"

"Ek het 'n afspraak met haar vanmiddag."

"Maar magtag, Carina! Moet ek jou leer om jou werk te doen? Julle moes lankal gepraat het!"

186

"Ons het reeds gepraat, maar hierdie is 'n opvolgonderhoud, Gavin."

Mysi kom op daardie oomblik ingestap.

"Doen daardie onderhoud nóú!" bulder hy.

Carina sug, neem haar handsak en motorsleutels en staan op. Hier vloei meer bloed as by *Blitsnuus* waar sy misdaadverslaggewer was.

"Betaal ons sepiesterre om onderhoude te doen?" vra Bessie moedswillig. "Pietman Schoonees weier om met ons te praat tensy ons hom betaal, en ons moet die haarjel noem wat hy tans bemark."

"Sê vir hom hy kan kakpapier kou en sy vinger in sy hol druk! Almal weet hy is gay en sy ou meisietjie wat hy altyd saamsleep fop dalk die anties, maar nie die pers nie! Hy is ons volgende exposé."

Hy draai na Carina. "As jy klaar is met die Jacques-storie, ruk jy die Schoonees-queen uit die kas!"

Mysi en Carina ry in stilte na Lena Aucamp se ateljee in De Beerstraat, Braamfontein. Sy sluk nog steeds aan die ontsteltenis na Gavin se uitbarsting. En sover sy ry, staan daar op die plakkate: *Rynhard-raaisel verdiep.*

En: *Nuwe feite oor Elmien Malan-moord.*

"Was jy nog by *Blitsnuus,* was die Elmien Malan-moord lankal opgelos," merk Mysi op.

"Dit is opgelos. Almal weet wie dit gedoen het."

"Ek bedoel die ware storie, Carina," maak Mysi beswaar.

"Wel, ek het nou ander werk."

"Maar jy mis *Blitsnuus* se harde nuus, nie waar nie?"

"Ek het 'n idee Rynhard se nuus gaan blitsiger en harder wees."

"Jy dink?" vra Mysi.

"Ek voel dit aan."

"Wat weet jy wat ek nie weet nie, Riens?"

"Lees my artikel," glimlag Carina.

Mysi beduie na 'n oop parkeerplek voor die Milner Park

Hotel. Drie karwagte kom aangehardloop en baklei om vir Carina parkeerplek aan te dui. Mysi brom nog, maar Carina gee 'n duim-op-teken en klim uit.

"You are sure this car is still going to be here when I return?" vra sy en kry drie verskillende positiewe antwoorde.

"This car is cursed. Whoever steals it will see his skin rot!" waarsku Mysi.

Hulle loop oor De Beerstraat tot by Lena se ateljee.

"Ek dink ek het nou net 'n dyspier verrek!" kreun Mysi toe sy voor 'n aanstormende taxi oor die straat hardloop. "Eendag, net eendag wil ek soos 'n frieking flying bullet in 'n taxi ry en voel hoe dit is om oor geel strepe te gly en verkeersbeamptes te bribe."

Op daardie oomblik sien hulle 'n trein onder die Mandela-brug deurry.

"Treine!" sê hulle tegelyk. "Wat is dit met hierdie mense en treine?"

Hulle hoor klassieke musiek in Lena se ateljee.

Sy staan op haar knieë. 'n Reusevel wit papier lê voor haar. Lena verf dik strepe met 'n kwas wat omtrent so groot soos 'n halwe besem is. Sy trek aggressiewe hale heen en weer, sit terug, vee die sweet af, neem nog 'n groot kwas en verf dan swart strepe oor die rooi – heen en weer soos iemand wat besete is. Haar bewegings raak groter en die sweet tap haar letterlik af.

Eers toe Mysi agter haar kug, kom sy tot bedaring.

Carina neem die ateljeeruimte vinnig in. Dit is taamlik ruim, met verskeie olieverfskilderye wat teen die mure hang. Lena staan op asof Carina en Mysi haar in 'n baie intieme oomblik betrap het.

"Wat . . . ek . . ."

"Ek is jammer, maar die galerydeur was oop en ons het ge-dink . . ." Hoekom stamel Carina skielik so?

Lena vee haar hande aan 'n ou doek af en vee haar hare uit haar oë.

"Waarmee kan ek help?" Haar stem is kortaf, moeg. En haar oë rooi.

Dit is die vuil T-hemp vol verfspatsels en strepe wat van die tafel af hang wat Carina se aandag trek. Daarop is 'n afdruk van een van Lena se skilderye, wat Carina herken as die voorblad van Jacques se *Nagreisiger*. Dit is vol vuil verfstrepe en kolle. Die oorspronklike skildery hang teen een van die mure. En op 'n prominente plek teen 'n ander muur is nog 'n olieverfskildery, van 'n stoomlokomotief en 'n meisie wat 'n seun nader wink. Langsaan hang nog twee skilderye: een van drie kinders wat in 'n swempoel tussen bosse baljaar, en een van Jacques Rynhard. Dit beklemtoon sy oë, wat reguit na hulle kyk.

Daar is 'n glimlag wat aan Jacques se mondhoeke wil raak, terwyl sy hare oor sy voorkop hang. Hy is sonder 'n hemp, maar anders as op die foto in luitenant Alberts se kantoor ontbreek die DB-tatoeëermerk.

Die tikmasjien wat Carina al in verskeie foto's en op die agterblad van sy romans gesien het, balanseer op Jacques se knieë. Sy linkerhand streel daaroor. Dit lyk byna asof hy liefde maak daarmee, dink sy.

Die tikmasjien is blinkmooi, asof die skilder dit met net soveel emosie geverf het as Jacques se gesig. Maar daar is nog iets aan die tikmasjien wat Carina opval. Dit lyk asof 'n wit lig daaruit straal, byna soos maanlig.

"Ek dog ons het Saterdagaand klaar gepraat."

Sy doop haar kwas in die terpentyn en los dit daar.

Carina kom opnuut onder die indruk van Lena se skoonheid. Dit is 'n amper outydse skoonheid, soos sy haar eie ouma onthou uit foto's van die jare her. En Lena kon netsowel uit die jare veertig gestap het toe Carina se ouma en oupa skaars ontmoet het. Maar Lena se oë is nou strak, sonder gevoel. Die wildheid van oomblikke tevore maak plek vir 'n gelatenheid.

Lena se hare hang op haar skouers. Sy dra feitlik geen grimering nie en is kaalvoet, soos gewoonlik. Haar wit T-hemp het 'n slagspreuk op: *Life begins at the end of your comfort zone.*

189

Sy dra jeans sonder 'n lyfband wat haar smal heupe beklemtoon – die heupe waaroor Jacques so liries raak en so graag aan vat. Die broek sak af sodat haar plat magie en naeltjie wys. Sy het ferm borste waaroor die T-hemp los hang. Daar is verfmerke aan haar boarms.

Lena vee haar hare van haar voorkop weg en laat 'n rooi streep. G'n wonder Jacques Rynhard het op haar verlief geraak nie. Soos sy nou vol verfmerke hier voor Carina staan, is daar byna iets magies aan haar. Die soort natuurlike, ongekunstelde meisie oor wie manne gedigte skryf.

Of stories met elke keer dieselfde heldin.

Lena rem die T-hemp vol verfspatsels af, asof sy bewus raak van haar maag wat uitsteek. Carina kyk in die oë van die enigste meisie wat Jacques Rynhard se hart kon steel.

"Dankie dat jy ons sien."

"Wat wil julle hê?" Die vraag klink gedwonge, soos iemand wat dit bloot sê om 'n stilte te vul. Haar mondhoeke is gespanne en sy raak-raak met haar vingers daaraan asof sy pas iets geëet het. Dit is stywe, kortaf bewegings, soos Carina al dikwels opgemerk het wanneer mense iets wegsteek en hoop dat sy net kosmetiese of retoriese vrae gaan vra.

Carina gaan sit op een van die hoë kroegstoeltjies.

"Mens sien nie eintlik meer stoomtreine in Suid-Afrika nie." begin sy en beduie na die skilderye teen Lena se mure.

Lena sug en maak haar oë toe. "Ek is klaar hiermee. Ek gaan hierdie skilderye op my volgende uitstalling verkoop."

Sy tel die papier vol kwasstrepe op, rol dit op en sit dit in die hoek.

"Met ander woorde hulle was nie tevore te koop nie?" vra Mysi.

"Nee."

"Jy bedoel jy gaan álles verkoop?"

Lena knik.

"En dan?"

Die meisie se oë beweeg na die nuwe, donkerder skilderye.

190

Sommige in houtskool, ander in olieverf – skilderye en hout-skooltekeninge van Newtown, surrealistiese sienings van die ou en nuwe Newtown, maar feitlik onherkenbaar van Lena se vorige skilderye wat sy nou na 'n hoek dra.

"Ek sal graag van die skilderye wil koop," probeer Carina.

"Watter een?" vra Lena.

Carina beduie na die drie kinders in die swempoel.

Lena kyk 'n oomblik daarna en byt dan haar onderlip. Sy stap soontoe en neem dit. Sy sit dit langs die kasregister en kaartskandeerder neer. "Dis joune."

Carina weet nie wat om te sê nie. "Ek het nie bedoel om . . . ek sal dit met graagte koop en . . ."

"Wil jy die skildery hê of nie?" Daar is 'n harde klank in Lena se stem.

"Wel. Ja."

"Dis joune. Kan ek nog iets vir julle doen?"

Carina streel oor die skildery, voel die dik verf, raak saggies aan die drie kinders in die poel. Nou eers sien sy die vogtigheid in Lena se oë. Sy kyk nie na die skildery nie. Sy het hoege-naamd nie verwag dat Lena dit vir haar sal gee nie!

Wanneer sy steeds niks sê nie, probeer Carina weer. "Jy en Jacques het jare lank saam gewoon . . ."

Lena vee oor haar oë. "Weet julle hoekom hou ek en Jacques so van hierdie area? Braamfontein, Ferreirasdorp, Newtown, Fordsburg, die middestad?"

Carina skud haar kop.

"Want die hele Afrika kom hier bymekaar. Hulle kom van oraloor. Nigerië, Zimbabwe, Mosambiek, Zambië, Kameroen. Busvragte van die mense. Dan koop hulle massas komberse in Blanket Town of klere in Newtown of meubels in Braamfon-tein. Dit word alles op busse en sleepwaens gelaai en dan ver-kas hulle weer na hulle lande toe. Dis 'n gekontroleerde chaos van Afrika, 'n soort mikrokosmos wat kom en gaan."

"En jy skilder nou daardie chaos?" vra Carina.

Lena kyk na 'n halfvoltooide skildery. "Hierdie is die laaste skildery van 'n besending vir 'n restaurant." Sy beduie na die skilderye van Jacques en die tikmasjien en die swempoel. "Daarna is ek klaar hiermee."

Carina wil vra oor die aggressiewe kwasstrepe op die vel papier, maar besluit daarteen.

Daar is weer stilte. Hulle luister hoe die verkeer verbyjaag oor die Nelson Mandelabrug en verby Daleahs Restaurant oorkant Lena se ateljee. Net om die stilte te verbreek, sê Carina: "Oulike restaurant."

Lena glimlag effens. "Ek en Jacques het altyd Saterdagoggende met ons fietse soontoe gery om tee te drink. High tea, mind you, soos die Engelse."

Mysi en Carina kyk vinnig na mekaar. Dis die eerste keer dat sy 'n bietjie meer gemoedelik is.

Lena begin weer te skilder. "Ek weet nie waar hy is nie." Kortaf en saaklik. Die gesprek is afgehandel. Weer die swaar stilte. Mysi kyk na Carina. Dit is duidelik dat selfs Carina nie heeltemal seker is hoe om die gesprek verder te voer nie.

"Gee jy om as ek foto's van die ateljee en jou skilderye neem?" red Mysi die situasie.

"Ja, ek gee om."

Mysi maak 'n gebaar, maar Lena het weer haar stem gevind. "Ek laat nie foto's hier neem nie. Hierdie skilderye vorm deel van my nuwe uitstalling. Ek wil nie hê mense moet dit voor die tyd sien nie."

Is dit hoe Lena geword het van te veel liefde? Oorversadig en verveeld met dit wat ander mense nooit sal beleef nie?

"Sal daar nog iets wees?" voeg sy by.

"Het jy enige idee waarheen Jacques dalk kon gegaan het?" vra Carina na 'n ruk.

"Soos ek gesê het, ek het nie 'n idee nie. En as dit die enigste rede is hoekom julle hier is . . ." Lena draai haar rug op Carina.

"Wanneer het jy uitgetrek?" vra Mysi.

"Ek ken julle tydskrif." Lena neem 'n stuk houtskool en werk aan 'n halfvoltooide tekening. "Julle torring en torring aan 'n storie. Ek het regtig niks verder oor Jacques te sê nie."

"Ek is nie hier om sensasie te skryf nie, Lena," keer Carina.

Lena sug asof sy dit onmoontlik vind om verder te werk. Sy sit die stuk houtskool neer en draai terug na Carina.

"Julle gaan nie ry voordat julle iets gekry het nie, gaan julle?"

"Joernaliste het allerhande stories geskryf oor wat kon gebeur het. Ek neem aan jy het die koerante gesien."

"Ek lees nie koerante nie. Ek gebruik hulle net om die vloer te beskerm of chips in te koop."

"Dan sal jy dalk nie weet van al die onnodige spekulasie nie. Dat Jacques saam met 'n meisie weggeloop het. Dat hy plagiaat gepleeg en gevlug het. Dat hy iewers wil gaan selfdood pleeg. Dat hy aan dwelms verslaaf is en dalk aan 'n oordosis dood is. Dat hy skrywersblok het en iewers inspirasie gaan soek het. Dat hy hom aan sado-masochisme oorgegee het nadat hy vigs opgedoen het en . . ."

"Dan moet hulle maar so dink," keer sy die stortvloed.

Carina probeer weer. "Die lesers weet nie dat dit onwaar is nie, Lena. Hulle glo alles wat hulle lees. Maar as dit uit jou mond kom, as jý praat, verskyn die regte storie. Anders word daai leuens nooit getroef nie, want lesers verkies sensasie – stories met tierlantyntjies en sappige stertjies."

"Hoekom kan julle hom nie uitlos nie?"

"Omdat hy volksbesit geword het."

"Hy behoort aan niemand nie!"

"Hy is in die openbare domein, Lena. En jy kan maak wat jy wil, mense gaan bespiegel – die een storie erger as die ander."

"En wat wil jý regtig doen? Jou loopbaan met dié storie bevorder?" vra Lena.

"As jy nie die korrekte feite gee nie, Lena, moet ek na mense in die vermaaklikheidsbedryf toe gaan en jy weet hoeveel gif daar oor hom in omloop is."

Dit tref Lena iewers, sien Carina.

Sy gaan sit op die vloer waar sy netnou so driftig geverf het.

Sy laat haar kop sak sodat haar hare vorentoe val. Wanneer sy vorentoe buk, kan Carina amper haar borste sien. Mysi mik haar kamera na Lena in hierdie posisie en neem vier vinnige foto's wat Lena laat opkyk.

"Ek het Vrydagaand uitgetrek. En hy het nie plagiaat gepleeg nie. Hy het te veel van sy eie stories om enigiets van enigiemand te steel. En hy sal nooit sy eie lewe . . ." Sy steek vas asof die gedagte haar nou eers laat skrik.

Voor Carina is die skilderye op 'n hoop wat Jacques se kinderlewe opsom en waarvan sy skielik intens bewus word asof Jacques saam met haar in die vertrek is. Skilderye wat sy obsessie met treine weerspieël. Hier is orals leidrade wat sy een na die ander raaksien en aantekeninge oor maak. Ook van die drif waarmee sekere skilderye geverf is en die rustigheid van die ouer skilderye.

Sy raak bewus van die geskuur van haar pen oor haar notaboek terwyl Lena net na haar staar.

"Hoekom het jy die aand voordat hy die prys sou kry uit die woonstel getrek, Lena?"

"Dis persoonlik."

"Het julle rusie gemaak?"

"Jacques en ek het nooit rusie gemaak nie."

"So as die verhouding dan so volmaak was, hoekom nie trou nie? Hoekom weggaan?"

Lena antwoord steeds nie en Carina dink dat sy moontlik weer gaan huil.

"Ek wonder soms of Jacques self weet wat die waarheid is."

"Bedoel jy hy kon nie meer tussen fiksie en werklikheid onderskei nie?" probeer Carina.

Aan die manier waarop Lena na haar kyk, kry Carina die indruk dat sy aan 'n teer senuwee geraak het.

"Jacques was verlief op die liefde."

Haar selfoon lui. Lena kyk strak daarna en antwoord dan. "Hallo?" Dof. Moeg. Geïrriteerd. "Liewe hemel, waar kom jy daaraan?" Sy wil die selfoon afsit en Carina merk hoe sy verbleek. "Jacques het niemand beroof nie en ek is nie swanger nie!"

Sy skakel die selfoon woedend af.

Lena bekyk haar SMS'e asof sy dit nou vir die eerste keer raaksien. Haar oë rek en sy skakel haar selfoon af voordat sy dit woedend in 'n mandjie gooi. Carina weet dat sy nou niks meer hoef te sê nie. Die vorige joernalis en die SMS'e het haar pleidooi pas versterk.

Lena gaan staan voor die skildery van die drie kinders in die poel en raak daaraan asof sy dit skielik nie wil weggee nie. Amper asof sy aan Jacques vat, dink Carina terwyl sy en Mysi vinnig na mekaar kyk.

"Vertel my van sy kinderdae. Julle het mekaar immers van skooldae af geken. Het hy 'n gelukkige kinderlewe gehad? Het sy ouers hom te veel liefde gegee?"

"Liefde!" Mysi en Carina skrik wanneer Lena dit hard sê. Sy draai om, maar raak dan aan haar mond asof sy besef sy het te hard gepraat. Carina skryf vinnig en Lena kyk na Carina se notaboek. Toe gryp sy die boek en kyk na wat Carina geskryf het. Sy skeur die bladsy uit en frommel dit op.

"Vertel jy my dan wat ek moet skryf," probeer Carina. En toe Lena nie dadelik antwoord nie: "Het hy sy ouers gehaat?"

Lena blaai terug in die notaboek, en gee dit dan terug aan Carina.

"Ek het op die internet gelees dat hy in die een of ander arti-kel gesê het dat sy geboorte moeilik was. Dit na aanleiding van sy eerste roman, *Baanbreker*, waarin daar 'n toneel is waarin 'n man en 'n swanger vrou in 'n motor jaag."

Lena staar na Carina. "Moet dit nie so skryf nie. Daardie bespiegelings vertel nie die volle verhaal nie." Sy stap terug na die houtskooltekening en tel weer die stuk houtskool op, maar sy werk nie verder nie.

"Jou straatskildery in Breëstraat van Jacques is baie mooi. Daar was 'n foto in een van gister se koerante," merk Mysi op.

"Weet jy hoekom hou ek so van daardie muurskildery?" vra Lena.

Carina skud haar kop.

"Want ek kon Jacques met almal deel. En die skildery verander elke dag. Die wind en die weer, graffiti-kunstenaars wat iets byvoeg. Dis deel van die daaglikse kom en gaan van Newtown."

Carina knik en maak aantekeninge. Toe vra sy: "En jy en Jacques, Lena? Kan jy ons van hom vertel? Toe julle ontmoet het?"

Lena kyk weer na die skildery en skud haar kop. "Lank voor ek hom ontmoet het, was daar sy ma en sy pa."

14

Die vrou op die agterste sitplek skreeu. Die geluid sny deur die eentonige geluid van die motorenjin. Haar voete skop teen die ruit.

Die man hoor haar skreeu, prewel, swets, huil. Hy jaag deur die mis hospitaal toe. Al wat hy sien, is sy kopligte wat teen die mis weerkaats. Goddank hy ken die pad dorp toe so goed, anders was hy lankal teen die afgrond af.

"Dankie, dankie, dankie," prewel hy wanneer die katogies in die middel van die pad weer rigting aandui. As hy stip kyk, verbeel hy hom hulle knipoog vir hom. Dit bevestig darem dat hy nog nie die pad byster geraak het nie.

Sy maag begin pyn en hy weet dis sy maagseer wat weer bloei. Hy bring 'n wind op en proe die bloedsmaak in sy mond.

Skielik verdwyn die katogies. Die mis sluk die pad in. Hy knip-knip sy oë en trap rem. Die voorste band tref grond. Hy pluk die stuurwiel na links sodat die motor weer op die teerpad beland, maar nou bestuur hy blind en word gedwing om spoed te verminder.

"Klaus!" skreeu die vrou van agter af. En daarna 'n gil soos die van 'n dier.

"Die kind gaan kom!"

Hy versnel effens, maar dit is asof hy deur modder ry. Die kar skud en hop. Hy pluk weer die stuurwiel. Dit gly. Iewers in die mis wat soos brooddeeg om sy motor bondel, flits die katogies deur nes vuurvliegies wat die pad vorentoe oopflikker. Maar nou is die knipogies skielik aan die linkerkant van die motor.

Dit moet regs wees!

Ligte. 'n Ligflits. Iemand toet. Hy pluk die stuurwiel na links. 'n Verbygaande voertuig met net een lig skuur vlak teen hom verby. Sy motor tol 'n slag in die rondte. Die vrou skreeu nou harder. Die mis dreig om hom in te sluk. Iewers naby hom 'n afgrond met die Elandsrivier onder hom en rotse wat soos draketande lyk.

"Die kiiind!" skreeu Liebet Rynhard.

Die tollende motor se ligte priem deur die mis, kry 'n geringe opening, soek na uitkoms, voel-voel die pad, skuur oor grond en klippers en land weer op die teerpad, maar die enjin het gestol. Die vrou stamp haar kop.

Klaus probeer weer die enjin aan die gang kry, maar soos in 'n goedkoop riller weier dit om te vat. Hier staan hulle in die middel van die pad omring deur mis en enigiets kan in hulle vasry.

Die gille raak erger. Liebet vloek Klaus aanhoudend. Weer die smaak van bloed in sy mond, die pyn op sy maag. Dit voel of iemand 'n vuis oop- en toemaak in sy derms.

"Dis verdomp jy! Hierdie kind is . . ." Die res van die woorde word verswelg deur kreune en asems.

Iewers veraf die geluid van 'n naderende vragmotor. Hy hoor die ruk-ruk-ruk van die hidroliese remme. Nader en nader en nader. Die sleutel draai in die aansitter. Die enjin sidder. Die vrou gil weer. Mis tol om die motor soos 'n seekat se arms wat die voertuig probeer vasvat.

Poer-poer-poer – die naderende vragmotor se remme. Al wat Klaus Rynhard nou sien, is die wit slierte wat die motor omring met die twee kolligte net verspotte flitsliggies deur die mis.

Die pad skud nou. Die vragmotor is byna op hulle. Klaus skreeu: "Help my!" Hy probeer weer die kar aanskakel. Dit vat. Sy dom hande sukkel om die rathefboom raak te vat.

"Ek haat jou! Ek haat jou!" skreeu Liebet aanhoudend van agter af en vir 'n oomblik is Klaus nie seker of sy op hom skreeu of op die kind wat gebore moet word nie.

Die kar skraap tot in eerste rat en skiet vorentoe net voor die vragmotor verby donder. Dit ruk asof in ontsag en sidder tot dit weer teerpad voel. Toe beur Klaus agtertoe. "Hou terug die kind!" skreeu hy.

Liebet skreeu woorde wat nie sin maak nie. Die mis stuit die kar se vaart asof 'n hand dit terugdruk tussenin die katogies wat knipoog soos op 'n aanloopbaan.

"Die kind!" gil Liebet en hy herken nie meer haar stem nie. Dit is 'n demoon wat hyg en skreeu en swets en hom in sy rug deur die sitplek skop.

Toe die enkele letters wat deur die mis na hom flits: *ospitaa*.

Hy pluk die stuurwiel en draai. Hy weet nie of 'n ander motor van die teenoorgestelde kant af aankom nie. Hy waag sy lewe en swaai uit tot hy op die afdraaipad is met die rooi kol waarop 'n wit kruis geverf is. Voor hom rooi ligte. Verder aan 'n skerp kollig wat selfs deur hierdie spookasem-mis priem. Sy motor skuif tot stilstand voor die hospitaal en Liebet gly tot teen die deur.

Klaus spring uit en pluk die deur oop. Hy skreeu in die rigting van die hospitaal. Hy gryp Liebet en neem haar in sy arms. Sy krap hom in sy gesig. Hy wil naar word, maar sluk dit terug. Sy kreun en skreeu soos 'n dier, haar buik grotesk opgeswel, haar asem onegalig.

'n Verpleegster hardloop met 'n rolstoel nader, nog een met 'n trollie. Klaus struikel en val amper, maar slaag daarin om sy balans te hou. Liebet beland op die trollie. 'n Dokter verskyn en hardloop langs die trollie. Liebet hou Klaus se hand so styf vas dat dit voel of sy sy vingers breek.

Liebet los Klaus se hand. Hy struikel en val. Wit mure om hom. Skel ligte uit die dak. 'n Teëlvloer met wit en swart blokkies. Die muur kom nader. Nog verpleegsters hardloop nader. Hy probeer sy vaart stuit, maar dit is te laat. Sy kop tref die muur en daar is 'n verblindende flits. Verder weet Klaus Rynhard niks meer nie.

Klop-klop. Dowwe pyn hier agter iewers. Sagte hande wat aan hom vat. 'n Klam doek op sy voorkop. Iets prik in sy arm. Daar is 'n geluid. 'n Baba wat huil.

Klaus Rynhard maak sy oë oop. Hy lê op 'n bed. 'n Verpleegster buk oor hom, maar die gesig gaan in en uit fokus.

"Meneer Rynhard?" Sy vee sy gesig af en voel sy pols. "Hoe voel jy?" Weer die baba se geskreeu.

"Baba? Liebet?" Hy sukkel om die klanke te vorm.

"Dis 'n babaseun."

"'n Seun?"

"Die allerpragtigste seuntjie, meneer Rynhard."

Hy staan op. Die verpleegster wil keer, maar hy druk haar weg. Hy steier wanneer sy voete grondvat. Hy voel-voel in die rigting van die klank, af, af, af met die gang tot by 'n oop deur.

Liebet Rynhard lê op die bed, haar hare deurmekaar in slierte oor haar voorkop. Langs die bed staan 'n suster met 'n bondeltjie in haar arms. Die geskreeu kom van daar af. Klaus sukkel nader. Hy steek sy hand uit en raak aan Liebet. Sy kreun en huil tegelyk.

Die suster wys die bondeltjie in haar arms vir hom. Die seuntjie hou op met skreeu. Klaus weet eers nie wat om te doen nie.

"Jou seun, meneer Rynhard."

Klaus neem die seuntjie by haar. Sy gesiggie is nog nat, die ogies toegesper, die effense haartjies glad-plat teen sy kop en die fyn-klein handjies voor hom teen sy borsie gedruk. Klaus druk sy voorkop teen die kind s'n.

Net 'n geluidjie. 'n Laggie? Dalk 'n kreun? Hy kan dit nie identifiseer nie. Maar dit is beslis nie 'n huil nie.

Klaus bekyk die seuntjie nou eers behoorlik. Kyk na die tien vingertjies, die tien toontjies, die kleintoontjies so fyn dat hulle amper nie registreer nie. Die warm bondeltjie hier teen sy lyf.

Iemand huil iewers. Eers later besef Klaus Rynhard dat dit hý is. Verbeel hy hom, of strek die seuntjie sy handjies na hom uit? Kán die babatjie dit reeds doen, of is dit wat hy graag wil sien? Wil hy hê sy seun moet aan hom raak? Dat iémand net aan hom raak. Met liefde.

"Jacques." Hy weet nie waar die naam vandaan kom nie, hy sê dit net. Hy en Liebet het nooit oor 'n naam gepraat nie. Tussen haar buie en naar word en geswets het hulle nooit oor 'n naam gedink nie, asof die kind nie sou gebeur nie. "Jacques Rynhard," sê Klaus. "Geen tussenin-name nie. Net Jacques."

Hy kyk na Liebet. Haar oë is nou oop, maar dit lyk asof sy na hom toe kyk vanuit die baie ver plek waarheen sy altyd verdwyn wanneer hy aan haar wil raak of vir haar wil sê dat hy net bietjie by haar wil lê of by haar wil wees, voordat sy haar rug op hom draai om te sug: "Ag, Klaus, dink aan iets anders."

Nou loop hy nader na haar toe met klein Jacques. Hy buk oor haar, maar wil nie die seuntjie laat gaan nie. Uiteindelik gee hy die kind aan sy ma. Sy neem hom, kyk na hom, maar onmiddellik begin die baba te skreeu. Jacques veg om van sy ma weg te kom. Liebet probeer hom vashou, maar selfs in hierdie pasgebore toestand beur hy weg van haar af na Klaus toe.

"Vat jou seun," sê Liebet en draai haar kop weg.

Hy neem weer die kind. Wil vir Liebet vra hoe sy voel. Of dit 'n moeilike geboorte was. Verskoning vra dat hy nie die hele tyd by haar kon wees nie, voel die pyn in sy kop waar hy teen die muur geval het nou intens, maar woorde ontbreek hom.

Netnou, toe Klaus Jacques weer by Liebet teruggevat het, het die kind oombliklik opgehou met huil. Beweeg die armpies nou asof hy dit wil uitsteek na Klaus toe.

"Jacques." Klaus sê die woord sag, liefkosend. "Hallo, jong. Welkom hier by ons."

'n Knieserige geluidjie. Dalk 'n poging tot 'n laggie? Miskien 'n hoesie?

"Haai, seuna." Hy soen Jacques op sy voorkop.

'n Geluid van die bed af. Liebet maak haar oë toe en draai haar kop weg. "Pyn! Naar!" sê sy.

Die suster wil die baba by Klaus neem, maar hy wil klein

Jacques nie oorgee nie. Die vrou glimlag asof sy gewoond is aan pa's wat nie hul kinders wil afgee nie. Sy sê iets, maar Klaus kan nie uitmaak wat nie.

Liebet kreun, verwyt Klaus, mor oor die baba wat haar verwerp.

"Hy doen niks van die aard nie, Liebet, hy het pas in die wêreld gekom, hy . . ."

"Is jou kind. Joune," en sy herhaal die woord soos in 'n goedkoop sepie: "Jóúne."

"Nou het ek darem iets," sê hy, "iemand wat lief is vir my."

"Slaap. Help my. Wil net . . . slaap . . ." kreun Liebet.

Die seuntjie huil nou weer. Klaus sien hoe die suster hom by die deur uitvat. Sy gaan staan skielik, draai terug en kyk na Klaus. "Baie mense gaan nog eendag van hom weet," sê die suster skielik. "Ek weet dit sommer." Sy verdwyn met die gang af.

"Wat . . . hoe . . .?" Maar Klaus Rynhard slaag nie daarin om vir die vrou te vra wat sy daarmee bedoel nie.

En veraf huil hul klein Jacques weer omdat hy van sy pa weggeneem word.

MAANDAG 7 APRIL 2014, 14:00

Lena gaan staan voor die venster langs Carina en kyk na die treine wat by die stasie in- en uittrek.

"Hoe weet jy van die geboorte? Wie het jou vertel?"

"Chivas," antwoord Lena.

"Chivas?"

"Sy was soos 'n tweede ma vir Jacques. Sy bly steeds op Kleinbegin. Sy het die bakkery bedryf en dan saans as kroegmeisie gewerk. Sy en Jacques se pa was goeie vriende."

"Wat is haar werklike naam?"

"Trudie Linde." En toe, moeg: "As iemand die Rynhard-storie ken, is dit sy."

"En sy het nog altyd op Kleinbegin gebly?"

202

Lena knik. Carina onthou dat sy naam Trudie Linde al tevore teëgekom het.

Mysi pak haar kamera weg. "Dis vyfuur. Jy wil seker huis toe gaan."

"Gee jy om as ek jou 'n persoonlike vraag vra, Lena?"

"Jy het al so baie vrae gevra, nog een sal seker nie 'n verskil maak nie."

"Het jy Jacques Rynhard lief?"

Lena kyk lank na die treine wat in die rigting van Braamfontein vertrek. "Die vraag wat jy moet vra, juffrou Human, is wie hý eintlik liefgehad het."

"Wat bedoel jy?"

"Jacques het 'n groot kapasiteit vir liefde. Maar wie is nommer een?"

"Alicia?" waag Carina moedswillig.

Lena gee 'n effense glimlag, amper 'n grynslag, en skud haar kop. "Een ding van Jacques, hy het nie rondgeloop nie. As hy sy hart vir 'n meisie gegee het, was dit hare."

"Maar wie is nommer een?"

Lena stap na 'n tafel toe waar Jacques se *Die enkeling* lê. Sy maak die boek oop en hou dit na Carina uit. Sy weet reeds wat daar gaan staan. *Opgedra aan die meisie wat nie weet waar sy heen gaan nie.*

"En wie is dit?" vra Mysi.

"As julle haar gekry het, sal julle hom kry."

Lena tel 'n stuk houtskool op en begin weer teken. Nou begin 'n man se liggaam eers vorm aanneem. Lena werk 'n bietjie daaraan, en sit dan die houtskool neer. Sy was haar hande by 'n wasbak.

"Hoekom voltooi jy dit nie?" beduie Carina na die halfklaar skets.

"Want hy weet nog self nie behoorlik wie hy is nie," antwoord Lena.

Die woorde neem 'n rukkie om in te sink.

"Dus het Jacques dalk . . ." Carina kies haar woorde versigtig, "na dié meisie gaan soek wat nie weet waar sy heengaan nie?"

Lena lig haar skouers. "Ek dink nie so 'n meisie bestaan nie. Jacques het nog altyd so verlief geraak op die heldinne in sy stories, dat hy verhoudings met hulle gehad het terwyl hy geskryf het. Maar dis al wat hulle was. Volmaakte stukkies pleegsels op papier geskep deur sy tikmasjien. Daarom het hy verkies om te tik, dan kon hy die letters hard slaan asof hy liefde maak met hulle."

Treine kom en gaan hier onder by die stasie. "Die probleem is ons weet almal waar ons heen gaan. Jacques soek iemand om iewers saam met hom te gaan. Iemand wat eintlik nie bestaan nie. En ek is bevrees dit was nie ek nie."

Dit is meer as wat Carina verwag het. Sy en Mysi kyk weer vinnig na mekaar. Toe stap Carina na Lena toe.

"Ek belowe ek sal niks skryf wat jou of Jacques in die verleentheid kan stel nie."

Lena lig haar skouers. "Ek gee nie om wat jy oor mý skryf nie. Ek is ou nuus. Dis verby. Soos Newtown. 'n Ou slet wat opgebruik is en nou 'n nuwe rokkie aantrek vol moderne kleure wat al die krake en gate toestop. Tog bly sy 'n ou slet wat al die spoke nog ken en elke goddelike dag met hulle saamleef. Maar Jacques . . ." Sy hou op met teken en draai na Carina. "Skryf asseblief net die waarheid."

"Maar wat is die waarheid?"

Lena gaan sit op die vloer soos iemand wat nie meer wil lewe nie.

"Die waarheid is dikwels vreemder as fiksie."

Carina lig haar wenkbroue "Is daar nog iets wat jy wil sê, Lena? Iets wat ek in my artikel kan skryf?"

Dit neem lank voor Lena antwoord.

"Dat hy die wonderlikste mens was wat ek ooit geken het. Dat ek ondeurgrondelik lief was vir hom. Dat hy hom dikwels te veel vir mense oopgemaak het, blootgestel het op 'n naïewe, goedhartige manier, sodat hulle hom misbruik het. He played up to his enemies. Sy grootste sonde is dat hy toegelaat het dat hy misbruik word. Hy het mense kans gegee om die swere af te krap en met hulle haaknaels daarin te krap tot die etter uitkom. Nou het net die roof iewers langs die pad agtergebly. Die liggaam, sonder die rowe met die oop seerplekke, kry nou vir die eerste keer kans om gesond te word."

Dit neem Carina 'n rukkie om weer haar stem te vind.

"Wás of ís jy lief vir hom?" beklemtoon sy die woorde.

Lena knik amper onmerkbaar.

"Was of is, Lena. Jy het nou-nou gesê wás?"

"Is. Is lief vir hom."

"Nou hoekom dan weggaan uit sy lewe?"

"Omdat ek hom liefhet."

"Maar ek verstaan nie."

"Wanneer jy en al die ander Jacques beter leer ken, sal dit alles sin maak. Was word is. En is word sal. En sal word vir ewig. Dit is hoe ek oor Jacques voel. Probeer dit bietjie in jou artikel opsom, juffrou Human."

Lank nadat hulle terug is in die stroom verkeer, dreun Lena se laaste woorde nog in Carina se gedagtes. En nie sy of Mysi praat een keer daaroor nie.

15

Carina stort en skink dan 'n glas wyn.

Haar selfoon lui. Dis 'n kollega van *Blitsnuus*.

"Haai, Riens."

"Haai, Bazil."

"Hoezit."

"Muwwerig. Jy?"

"Kakkerig sonder jou hier. Die nuwe jafel maak sensasie, krap die misdaadtonele om, word deur die polisie uitgekak asof hy 'n appie is. Frans hates his guts. Jy moet terugkom, meisiekind."

"My skoene het te veel derms onderaan."

"Maar trek nuwe tekkies aan. Kom terug na waar jy hoort. Kom skryf oor iets anders as al die snert wat op TV aangaan. 'Skote klap op *Herfsblare*-stel'. Hoe boring kan jy wees? Dis 'n frieken TV-reeks deur 'n poephol wat loop en spog dat sy TV-kaart by die TV-tannies se kanaal vir die volgende drie jaar vol is. Nou dáár is 'n storie, poplap."

"My kop vars uit, Baz. Einde van die storie."

"En as hy klaar uitgevars het?"

"Sal die seerplekke waarvan die rowe afgekrap is dalk genees."

Carina sit-lê op haar rusbank en dink met simpatie aan die volk wie se ure gevul word met niksseggende sepies. Mense wat nooit die ekstase en vreugde en passie van die ware lewe sal ervaar nie. Dit sal altyd gefilter en namens hulle geïnterpreteer word deur drie kameras, 'n woordryke draaiboek en die minimum beweging.

Tweedehands op 'n skerm. Altyd, altyd tweedehands met stram, kliniese dialoog.

Die aandkoerant lewer ook nie enige noemenswaardige nuus oor Jacques op nie. Wel dat baie vroue twiet of Facebook dat indien Jacques hierdie boodskap lees, hy gerus sy nommer twaalfs onder hulle katels kan kom bêre. En dat Lena en Jan-Paul die polisie hulle volle samewerking gee, en verskeie plek-ke uitgewys het waar hy moontlik kan wees.

Dat die polisie by die nuwe boetiekhotel in Newtown was waar hy glo gesien is. Dat hy op Kimberley se lughawe opge-merk is en al wat polisieman is, op hol gehad het, net vir hulle om te besef dit is iemand wat baie soos hy lyk. En te veel te-orieë, die een belagliker as die ander. En steeds die polisie se kontakbesonderhede en verklarings deur Soon Alberts.

Een koerant het 'n wedstryd uitgeskryf. *Is jou geliefde se bors hariger as Jacques Rynhard s'n? Stuur foto's en vergelyk met die oorspronklike!*

En in 'n ander se wedstryd moet die volgende vraag beant-woord word: *Waarheen sou jý vlieg indien jy Jacques Rynhard was?*

Het liewe Jesus Jacques dalk kom haal? vra 'n ander tydskrif.

Daar is ook 'n oppervlakkige onderhoud met die een of an-der bekende wat sê: "O, Jacques was so sy eie mens. Hy het altyd gesê hy is dol oor die teksture en graffiti en kleure van Newtown. Maar omdat Newtown gemoderniseer word, het dit sy sjarme verloor, het Jacques sy comfort zone verloor. Het hy Newtown begin haat. Dit is waar hy sy energie gekry het om te skryf. En nou is dit weg."

'n Vrou twiet: *Reuse-slaapkamer met koningsgrootte bed wag vir jou, Jacques. Kontak my by* . . . En iemand anders het graffiti op die bekende muur op die hoek van Empire en Jan Smuts gespuit: *Jacques Rynhard is sorting out Jo'burg's billing problems and breaking down the e-toll gates!*

Carina haal weer Jacques se tas uit en streel oor die bladsye, trek met haar duim daaroor soos 'n ervare kaartspeler met 'n pak kaarte en soek-soek met haar vingers asof sy die regtes nooi om hulle aan te meld.

Sy vat vier bladsye raak. Sy vou haar voete onder haar in, neem 'n sluk koffie en begin lees. Dié bladsye is met die hand geskryf, nie getik nie.

APRIL TOT JULIE 1999

Vrugte pluk is nie so maklik of romanties soos dit lyk nie. Ure en ure se vye pluk in die droë dele van Griekeland sodat jy nie die tekstuur of velletjies verrinneweer nie, is 'n kuns. Op prentjies lyk dit maklik, tot jou vingers rou word van die pluk wat nooit ophou nie.

Weke later lê ek stene in Londen. Het beswaarlik 'n werksvisum gekry. Was dit nie vir meneer Beukman nie, het dit maar broekskeur gegaan. Deur hom het ek verblyf in 'n klein agterkamertjie aan die gatkant van Londen gekry. Daagliks vir 'n uur met die moltrein in stad toe na die bouperseel. Stroewe mense, toegewikkel in jasse en serpe (al is dit lente), wat boeke of koerante lees. Almal lyk dieselfde. Geen donderweer wat in hul oë opsteek nie, geen son wat op hul gesigte skyn nie. Geen lippe wat wag om gesoen te word nie. Of hande wat bak gemaak sal word om 'n braaivleisvuurtjie nie, of monde wat gaan trek aan 'n glimlag nie. Niks nie.

As dit is hoe dit moet voel om 'n vaste werk te hê of getroud te wees met 'n gesin wat jou mondhoeke afrem, sal ek liewer droog bly.

Ek bekyk die gesigte om my ("gelate gelate", sou Chivas dit noem), maak stories op oor hulle in my kop, kry 'n ou koerant op 'n sitplek en skryf idees neer wat ek opspoor tussen swart letters wat soos vuishoue na my slaan. En foto's van gekollerde en getaaide parlementariërs uit wie se lewens die vuur lankal verdamp het – net die kwetterende bekke het oorgebly.

Ek skeur my notas uit en druk dit in my rugsak.

Ek lees in koerantrubrieke van mense wat "wou" en "moes" en "droom" en "graag sou wou" en "weer graag eendag sou wou" soos destyds toe hulle waar ook al was, maar nooit weer so ver kom nie as gevolg van hul eie situasies wat hulle self nie wil verstaan nie en vir ewig agter wegkruip om te verhoed dat die lewe hulle binnesypel. Behalwe as 'n skelmpie hom of haar onverwags sou voordoen. Dan

208

is daar skielik lewe in tam lendene waarvan hulle self nie geweet het nie.

Mag ek nooit eendag so word nie.

Ek sien mense wat heeltemal anders is as dié tussen wie ek groot-geword het. Luister as hulle praat, hoor hoe saaklik hulle met mekaar kommunikeer, sien die oë wat kyk maar niks raaksien nie. Soms praat een of twee met my, veral meisies, dan luister ek na hulle rug-sakstories. Onthou dit, maak aantekeninge daaroor, verwerk dit in 'n kortverhaal, flankeer met hulle, laat verskeie kanse om liefde te maak verbyglip, want ek kan nie. Nie nou nie.

Ek weet nie of ek ooit weer sal kan nie.

Nou die dag praat 'n werker in 'n jas skielik met my. Hy was die eerste Brit wat sommer net met my op die trein begin praat het.

Ek leer die manne goed ken saam met wie ek stene lê en hoor hartseer stories van dronk pa's en meisies wat op skool swanger ge-raak het en klein dogtertjies wat deur hul stiefpa's misbruik word en hoe hulle elke derde week geslaan word oor 'n klein oortreding. Ek praat met punks (pers punks is die spraaksaamste), opstandige jong mannetjies met spykerhare en Goths met swart grimering.

Saans skryf ek oor hulle op my tikmasjien agterop ou papiere wat ek in vullisdromme kry. Dis die begin van stories. Karakterbeskry-wings. Backstory, het ek in boeke gelees. Eksposisie.

Bestudeer 'n boek oor hoe om te skryf wat ek spotgoedkoop by 'n tweedehandse boekwinkel gekry het. Moes daardie dag kies tus-sen 'n vetterige pastei en die boek, toe koop ek die boek. Werk hom deur, onderstreep, maak kringe. Trek 'n dik streep onder: <u>Skryf uit jou eie ervaring. Moenie opmaak nie. Wees net. Maar bowenal, lééf en moenie jou wegsteek van die gruwels van die bestaan op aarde nie. Dante se hellevaart is die interessantste van al sy geskrifte.</u>

En op 'n ander bladsy: <u>Daar sal altyd iemand in 'n magsposisie wees wat nie van jou storie hou nie, wat nie van jou hou nie en jou sal blok. Maak vrede daarmee. Die lewe is nie regverdig nie. Ontspan en probeer weer. Mense gaan dood of verloor daardie magsposisies. Hitler is ook dood.</u>

WOENSDAGAAND, JULIE 1999

Daar is niks so eensaam soos koue koolsop en 'n twee dae oue crois-sant nie. Ek verstaan partykeer dat Jean Valjean 'n brood gesteel het. Ek's partykeer so honger dat ek dit oorweeg om in vullisdromme te krap. En ek betrap my dat ek buite restaurante met kwylkiewe na ryk lords se biefstukke staar soos 'n kind in 'n Dickens-roman.

Die vorige groep wat in hierdie kamertjie gebly het, het die mure met pizza-slippies beplak. Lyk nogal cool. Maar die name van daardie pizzas maak my lus. En in daardie nattigheid wat teen my mondhoek afloop, proe ek een van die olywe in die Quattro Stagioni wat op 'n pizza-slippie geskryf is.

Sal ek my lyf verkoop vir 'n pizza? Of nie?

Die mure is ook beplak met bank-slippies wat sê: <u>Insufficient funds</u>. Dis wat ek verdomp op die oomblik het, of nie het nie. Ontoereikende fondse. Maar my lewe is boordens toe vol. So vol ek bars daarvan.

Ek ontmoet elke dag nuwe mense, heeltemal, totaal anders as op Kleinbegin en die ander helgat. Werk dat die speeksel spat, blaas kort-kort op my hande om die sere van die stene lê te besweer, stem in as die manne vir my 'n pint in die Crown and Keg hier anderkant koop. Luister na hulle stories, sit hand om die blaas met hulle afgeleefde herinneringe. Grinnik my gat af vir hulle grappe. En huil saam met hulle oor hul misnoeë oor hoe demokrasie in Suid-Afrika die spoor byster geraak het.

Ek het twee weke gelede op die meisie op die onderste verdieping se rekenaar 'n kortverhaal geskryf om aan 'n tydskrif te verkwansel, maar ek hoor niks. <u>Gone With the Wind</u> is deur 38 uitgewers afge-keur. Niemand wou <u>To Kill a Mockingbird</u> gehad het nie. Stephen King het jare gesukkel voor <u>Carrie</u> gekoop is, nadat sy vrou dit uit 'n asblik gered het. In my eie land is daar soveel skryf- en televi-sieklieks met selftevrede burokrate en in-mekaar-se-gatte-ingekruipte leespanele dat ek ook daar teen dieselfde muur gaan vasloop.

Ja. Asof dit my laat beter voel.

Ek en die meisie het lekker gevry toe ek haar rekenaar terugneem. Maar ek kan nie. Nog steeds nie. Ek dink ek is gevries.

Liewe hel. Hoe gaan ek skryf as ek nie behoorlik kan liefkry en lees nie?

Nou skryf ek maar op my tikmasjien tot die man in die kamer langsaan teen die muur kap. "Who the hell still works on a fucking typewriter? Shut up, you bloody arsehole!" Hy spreek die laaste woord tog so mooi uit dat dit eintlik na 'n kompliment klink.

Geen storie wil werk nie en ek hou op met skryf. 'n Hartseer oorval my. Lena is uit my lewe, Jan-Paul is uit my lewe. Chivas is uit my lewe. En Ma? Nou ja. Ma. Wat bly daar oor om te sê?

Toe, die e-pos wat ek by 'n internetkafee trek. "Amerikaanse werksvisum goedgekeur. Gaan na ambassade. Neem paspoort saam. Verwysingsnommer XGH58889423USA. Het deur my dogter wat in New York bly vir jou 'n kelner-joppie georganiseer. Sy weet ook van goedkoop verblyf op Union Square in die Seafarers House. Ek skuld jou, Jacques. Ek het jou verblyf drie maande vooruit betaal. Dis gelukkig goedkoop. Maar daarna is dit vir jou rekening. Ek het gedoen wat ek kon. Ek is so so bitterlik jammer dat ek nou nog nie kan slaap nie. Maar ek dink jy sal jou pad begin vind. Elmar Beukman. Skoolhoof."

Ek wag vir die visum om gefinaliseer te word – die een of ander administratiewe probleem wat 'n voos klerk met keweroë in 'n monotoon stem verduidelik.

Skryf, ekskuus, tik, nog stories wat ek opskeur. Probeer in Engels skryf, maar druk my beter in Afrikaans uit.

Verkoop niks.

Loop gister verby 'n slap kar wat groter as my kamer is. Dink aan my kamer op Kleinbegin. Dan eerder hierdie kamer in Londen met sy stukkende ruit waarin ek koerantpapier moes druk. Met sy paraffienreuk en sy voos vloere waaruit kokkerotte skarrel, en die vae reuk van braaksel en urine. Daaroor kan ek immers skryf.

Intussen 'n trip België toe saam met my bouer-pelle net na ons betaal is. Ek hoef nie meer my huur te betaal nie want ek gaan mos weg, toe gebruik ek daardie geld vir 'n treinkaartjie.

Ek verkyk my in België aan die mense, die kantwerk. Ek vat een trek van my eerste zol op 'n plein, maar dit brand my keel en ek smyt dit weg. There goes that vice.

211

Toe Amsterdam toe.

Almal doen dwelms, drink, snuif, voel, lek, spuit mekaar in, slaap bymekaar. Ek kan nie. Wil nie. Raak naar as iemand só aan my vat, span so styf soos 'n snaar, laat nie aanraking toe nie, kry angsaan-valle as 'n meisie se hande my broek oor my boude laat glip. En ek is so-so-so lus vir haar.

Kyk hoe pelle uitpaas in Vondelpark of op Amsterdam-stasie, of hoe hulle inmekaargevleg lê in kamers dik van daggarook met mooi meisies met onmoontlike lang bene wat soen asof hulle nooit weer gaan ophou nie.

Meisies wat los rokke dra sonder broekies, meisies wat alles wys en alles wil gee. Wat hul hande onder komberse insteek en my vasvat en lok om in te gee, maar ek druk hul hande weg. Kan dit nie eers met myself doen nie. Is soos Alex in A clockwork orange, 'n masjien wat geprogrammeer is om nie te kan seks hê nie.

Ek dink net aan Lena en onthou dan juis dit waaroor ek nie kan skryf nie. Dis te seer. Maar raak terselfdertyd oorkook-warm-lus vir haar sodat ek dink daar is nog hoop.

Net om weer te verdwyn as die vreemde hande in my onderbroek verdwaal.

Gaan staan voor die venster en kyk oor Amsterdam uit. Dink net aan Lena. Waar is sy? Probeer met Chivas kontak maak om te hoor of sy weet waar die Aucamps is. Kry darem bietjie nuus van Chivas oor die dorp. Stuur deur haar groete vir my ma.

En toe die nuus waarop ek gewag het.

Lena se pa is weg uit Kleinbegin. Hy en haar ma het geskei. Nie-mand weet waar hulle is nie. Ek vra my ma uiteindelik, pleit, soebat: _Kry Lena vir my._ Net 'n kortaf antwoord na drie weke: _Lena is weg. Jan-Paul studeer in die buiteland. Mense trek weg van Kleinbegin. Geen jongmense meer oor nie. Ma._

Nie _Liefde, Ma_ nie. Of _Waar bevind jy jou?_ nie. Net _Ma_, asof sy 'n tydskrifrubriek skryf en met 'n outomatiese handtekening 'n knoppie druk wat haar naam onderaan laat verskyn.

_Ma._

En toe uiteindelik die visum. En drie dae later die lang vlug New

York toe – meneer Beukman se voorlaaste geskenk aan my. 'n Retoerkaartjie. (Om vir 'n werksvisum te kwalifiseer moet ek 'n retoerkaartjie hê terug Londen toe.)

Ek kom vroeg-vroeg in die oggend daar aan. Gelukkig dat ek Europa deurkruis en deurwerk het, anders het Manhattan my oorweldig. Ek is so oorstelp deur die plek, ek neuk van die sypaadjie af so kyk ek na die geboue toe ek uit die moltreinstasie kom. Raak verlief op die stad soos mens seker op 'n hoer verlief raak wat opgebruik is maar van wie jy elke dag net meer en meer hou omdat sy so-soveel-soveel meer weet as jy en dit alles net soveel meer geniet as jy.

Die plek dring in jou ruimte in. Die reuse-geboue. Die Twin Towers, die Vryheid-standbeeld, Times Square, die Empire State, die geel huurmotors, die propvol strate, die meisies. Hemel, die meisies is boaards mooi hier.

Ek het net my rugsak en my tikmasjien by my.

Ek val weer van die sypaadjie af, verkyk my aan die mense wat lyk of hulle deur masjiene voortgedryf word. Maar hulle is bietjie vriendeliker as die Britte. En praat harder. Maar jaag duidelik van punt A na punt B en jy moenie tussenin neuk nie. Jy moenie daardie waens van die lokomotief afhaak nie.

Gaan lê op my rug in die middel van die saal van die besigste stasie in Amerika, Grand Central Station. Hoor en voel die voete en die lewe en stemme en dreuning en slae van die horlosie om my. Niemand steur hulle aan my nie. Dink seker dis nog 'n dwelmkous wat uitgepaas het van 'n lekker trip. Maar vir my trip het ek nie dwelms nodig nie. Hierdie stad is my dwelm.

Kyk na die blink treine met hulle koeëlronde neuse, AMTRAK, vreemde, sagte fluite. Raak aan die waens. Raak weer lief vir treine.

Gaan sit in 'n reuse-fliek met 800 mense. Verkyk my aan hoe stil en beskaafd die mense fliek. Luister hoe intelligent hulle met mekaar oor die rolprent praat na die vertoning. Kry lus vir die ekstra groot springmielies met botter wat eintlik so afvloei.

Probeer "wadher" en "budda" en "hahspietal" sê soos hulle vir "water", "butter" en "hospital".

Stap dan tot by Union Square, sien 'n agt verdieping hoë boek-

213

winkel, Barnes and Noble. 'n Meisie omhels my skielik in die middel van Union Square en sê op dik Amerikaans: "Ek het gedink ek het uiteindelik die lig gesien, toe is dit die lig in die yskas!" Ons lag, vatvyf. Sy ruik lekker, haar borste groot en ferm onder haar rok. Sy glimlag vir my, ek oorweeg dit, voel die hitte in my opstyg, oorweeg dit weer, maar loop toe verder.

Ruik die stad en weet: Ek hou van hierdie plek. Ek hou bedonnerd baie van hierdie wonderlike, wonderlike stad.

Verkyk my aan die bome, die graffiti, die mense met hul honde.

Hou links en draai af van Union Square waar 'n magdom mense (studente?) met koppies koffie en lêers onder die arms verbysnel. Koerante word verkoop, bagels (hel, dit ruik lekker!), warmbrakke, sodas. Iewers skilder iemand. (Lena! Hemel, die kunstenaar met haar los hare en kaal voete laat my so aan Lena dink.) Daar kom geel taxi's verbygejaag en wip-wip oor die onewe strate.

Sien die ondergrondse stasie. <u>The 4, 5, 6, L, N, R, Q & W subway</u>, sê die bordjie. <u>14th Street.</u>

Ek loop tot by 15th Street en toe af tot by Seafarers op die hoek van Irving en 15th Street. Besluit dadelik ek hou van die plek. Lekker groot, skoon voorportaal – so anders as die krotterige koue in Londen. Ek boek in by 'n man met 'n groot mond wat kougom kou terwyl hy kwyl: "How ya doin'? You're from outta town?" En: "Have a nice day!"

Ek kry 'n gewone kamer wat groter is as die krotgedoente in koue Londen, gelukkig oorkant 'n badkamer. Daar is darem lugverkoeling, want dit is vrek warm. Dit is nou elfuur. Die stoom staan uit die stad. Ek verkyk my aan die Twin Towers nie te ver van my af nie.

Loop na die restaurant toe waar meneer Beukman se dogter vir my wag. Oulike meisie, reeds met 'n sweempie van 'n Amerikaanse aksent en 'n mond wat te rooi geverf is. Ek kyk na haar moeë oë en dink aan iets wat Chivas eendag gesê het: "Sy's ver verby haar sell-by date."

Ja, daar is werk vir 'n kelner en sy het dit deur 'n kontak gekry, maar dis in Greenwich Village hiernaby. Sy skryf 'n naam agterop 'n kaartjie en stuur my soontoe.

Die eienaar ('n vrou) kyk my op en af, vra of ek al tevore gewaiter het, vra of ek taai is, beduie na die magdom mense in die restaurant wat uitmond op die straat waarin geel taxi's soos opslagkoeëls oor mangate hop. Sê ek moet stywe broeke dra as ek goeie tips wil kry en nooit ophou glimlag nie. "How ya folks doin'? What can I get you?" as 'n begin. Al die soorte koffies wat ek moet ken asof dit Bybelversies in die Sondagskool is.

Twee verveelde kelnerinne met tatoeëermerke lei my op, duidelik nie geïnteresseerd in my nie. Kom later agter die twee is in 'n verhouding.

Sien 'n advertensie teen 'n kennisgewingbord: <u>Learn how to write.</u> <u>Cynthia Olive.</u> En 'n nommer. Skryf dit af. Bel dit. Los my naam. Moet 'n twee bladsye lange storie e-pos of aflewer by 'n ateljee in Times Square.

Nog een! Wat kan ek skryf wat ek nog nie probeer het nie?

Ek verstaan vinnig waaroor die restaurant gaan, leer die Amerikaanse twang verstaan, verduur die ongeduld, die vingers wat in die lug gesteek word, die kortaf "Latte and a bagel!" wat uitgeblaf word. Neem die fooitjies dankbaar (ingesluit by die rekening). Ek leer dat indien ek mooi vir ouer vrouens glimlag en in my Suid-Afrikaanse aksent met hulle gesels, hulle van my hou en ekstra geld in my gatsak druk met vingers wat oor my boude voel – soms in my voorste sak sodat hulle net-net aan my kruis vat.

Die eienares was reg oor die stywe broeke. Dit help.

Werk 'n week van soggens tot saans en val saans in die bed na 'n koel stort (die warm water is teen daardie tyd opgebruik), met die neonlig langs my kamer wat die hele nag rooi en geel flits, aanhoudend, oor en oor, soos in 'n film noir-moewie.

Skryf twee bladsye oor my aankoms in Manhattan en gooi dit die volgende dag voor werk in die ateljee in 47th Street se posbusgleuf, met die restaurant se nommer daarop.

Word soggens wakker met 'n onblusbare lus in my lyf vir Lena. Dit kom terug. Hemel, dit kom terug! Fantaseer oor haar, bly dat iets in my lyf weer begin werk, kry nou elke oggend lekker met die stad onder my soos toe ek nog op skool was. Sê een oggend haar naam terwyl ek dit doen, sê weer haar naam so hard dat die mense wat langs my woon stil raak en my betekenisvol aankyk wanneer hulle verby my in die gang stap.

Maar die angs is steeds daar en vries my weer. Maar iets begin weer inskop.

Hemel, alles is nog nie dood in my nie.

Sit saans agter my tikmasjien, kry stukke papier by die restaurant en skryf. Stukkies flenters stories waarvan niks word nie. Hierdie een wat ek nou skryf, is een van hulle. Dalk sal ek dit bewaar. Dit is 'n soort dagboek agterop vetterige papier getik wat die letters laat deurskif. Moet eendag 'n ordentlike pak wit papier koop.

Ja, right. Met geld wat ek waar kry?

Lief die klank van die tikmasjien. Mal daaroor. Voel of ek aan Lena se lyf vat as ek met my vingers daaroor streel, want haar naam staan mos op die tikmasjien. Werk by die restaurant op hulle rekenaar, maar weet nie of ek ooit op een sal kan skryf nie.

En toe die oproep waarvoor ek gewag het; ek kry die boodskap onverwags tussen 'n bottomless black coffee en 'n kaaskoek met aarbeie wat ek voor 'n oorgewig tante neersit: <u>Jacques. Phone Cynthia Olive.</u>

Kyk na die nommer. Mid-Manhattan. Jip. Dis sý. Die skryfghoeroe.

Bel die nommer drie keer voor ek haar assistent in die hande kry. Sy noem my "honey" in 'n dik Amerikaanse aksent en vra dadelik: "Where ya fra-ahm?" Verneem of ek Saterdagoggend negeuur in die ateljee in 47th Street naby die Roxy Restaurant in Manhattan kan wees waar ek my kortverhaal deur die gleuf gegooi het. Waarsku dat daar hordes ander voornemende skrywers gaan wees en dat die onderhoud deurslaggewend sal wees. As ek nie deurdring tot die tweede ronde nie, is ek "out on your ass, honey"! Sy noem dit "cattle call". Noem my nou skielik 'n ander naam. Verwar my seker met iemand anders.

Ek ruil my Saterdagoggendskof met die Sondagskof uit, my enigste oop dag, maar dit kan nie anders nie. Slaap die vorige aand feitlik glad nie en swot my voos geleesde skrywersboek stukkend. Word snags kort-kort wakker. Droom koorsig van Lena. Van die lokomotief.

Van die hangertjie wat in my hand grawe.

216

Liewe hemel tog.

Klem my Metrotreinkaart die volgende oggend vas met 'n polis-tireenkoppie koffie in my regterhand, kompleet met die groen Star-bucks Coffee-embleem daarop. Wag in 14th Street op die platform vir die moltrein.

Wanneer dit naderkom, maak dit soveel lawaai dat dit deur my kop skreeu. Maar die mense om my is gewoond daaraan, kyk nie links of regs nie. Ek klim in, sien die reuse-advertensieplakkate deur die venster en verwonder my aan die slim loksinne. Vertaal en skryf een of twee in my notaboek neer tussen flenters sinne oor storie-idees en karakters. *Lyk jou verjaarsdagdatum nes jou elektrisiteitsrekening?* En: *Hoe oud moet kos wees voor jy dit moet weggooi? Kry alles vars by Limpie's Deli. Ons kos bly langer vars!*

Dink skielik aan Lena terwyl ek na my weerkaatsing in die venster kyk. My hare is nou baie langer. Dit het uitgegroei. Ek dra 'n stoppel-baard. Miskien moes ek geskeer het.

Ek lyk anders as die laitie wat in 1995 op vyftienjarige ouderdom die onderbroek saam met Jan-Paul aan die skool se vlagpaal gehys het. Lena het ons uitgedaag. "As julle my liefhet, doen dit!"

Jan-Paul is 'n bergklimmer. Ek het probeer, toe gly ek af en breek amper my nek. Jan-Paul het soos 'n bobbejaan teen daai paal uitge-klim en die onderbroek gehys. (Myne!)

Volgende dag vra Steenkamp wie dit gedoen het. Ek en Jan-Paul staan tegelyk op. Die hoof vra wie van ons teen die paal uit is. Ons steek al twee ons hande op. "Die skuldige kry ses van die bestes." Ons hande bly op. Hy vra vir Lena: "Wie van hulle twee was dit?" Sy glimlag effens, kan nie kies nie.

"Dis mý skuld, meneer." Hy gee haar 'n week detensie. "Kan hulle saam met my detensie sit, meneer?" vra sy en sy knipoog vir ons albei. Demmit, ek wou haar net daar soen en soen en verder gaan. Jan-Paul ook, ek kon sien. Ons was warm vir haar.

Steenkamp, die perverse bliksem, neuk ons blou soos sy gewoonte is, en dié slag buk Jan-Paul ook. Ses houe elk. Voel soos 'n warm stryk-yster teen ons boude terwyl iemand kole in ons velle grawe, maar ons glimlag net breër met elke hou. Fok hom. Dis vir Lena.

217

Ons lag vir Steenkamp met die stink asem en die kamp snorretjie en sewe pogings tot blonde haartjies en die patetiese boepie – wys nie dis seer nie, lag weer, skud sy hand na die tyd, skud mekaar se hande, weet hy love dit om seuns te slaan, hoe harder, hoe lekkerder vir hom.

"Sal julle dit weer doen?" vra Steenkamp en wys sy tande soos 'n geraamte. "Ja, meneer. As Lena ons vra! Ons sal enigiets doen as Lena ons vra." Hy wil ons weer slaan. Jan-Paul gryp sy hand vas, check hom uit, skud sy kop. Dis die eerste keer wat Steenkamp skrik vir 'n skoollaitie. Daar sien ek iets in Jan-Paul se oë wat my ook laat skrik. Maar net so skielik glimlag hy weer.

Steenkamp met die lelike tande jaag ons uit sy kantoor en smyt die rottang wat hy op ons stukkend geslaan het in die snippermandjie. Ons lag ons brandende gatte af, suiker uit, elke tree 'n meesterstuk van pyn soos ons broeke oor die hale skuur, maar ons wys niks. Knip-oog vir die sexy nuwe sekretaresse wat ons met bewondering aankyk. Vuisstamp mekaar, sit ons arms om mekaar se skouers, broers vir ewig en trots daarop. Sal enigiets vir mekaar doen. Loop terug na Lena toe. Toe, tóé weet ek: Sy gaan eendag myne wees.

New York. Die trein. My gesig in die venster.

In een van die tonnels tussen 18th en 25th Street gaan die ligte skielik af en is ek terug in 1998. Ek is dáár. Bang. Seer. Kerm uit my derms uit. Druk my kop teen die venster. Die hangertjie. Die hel-hel-hel-seer van 'n pyn wat ek nou nog nie kan verwerk nie, Here tog, sal ek ooit?

Die koelheid van die glas ruk my terug New York toe.

"You okay, bud?" vra die man oorkant my toe die ligte aangaan.

"Yeah, yeah, I'm good." Vee oor my gesig. Het myself belowe ek sal nie huil oor 1998 nie. Maar nou, skielik hier, het die trane net gekom. Eintlik die eerste keer. En dit het gehelp.

Die oplossing kan tog nie so maklik wees nie. Dat ek daaroor moes huil soos 'n donnerse sissie? Was dit al oplossing?

Klim by 42nd Street af. Raak steeds oorweldig deur die reuse-plakkate wat films en toneelstukke en onderklere en bagels verkwansel. <u>Such a pity life doesn't come with an instruction manual!</u> teem 'n plakkaat.

218

Loop verby die Roxy Restaurant op Times Square en draai links. Loop verby mense met glasige oë, verkopers wat kaartjies vir Broadway-vertonings en meisies smous. Mense wat voor TKTS begin toustaan. Toe weer die ateljee, onopsigtelik in 'n doodgewone gebou. Loop in en word deur 'n nors sekuriteitsman begluur wat in die rigting van 'n deur beduie. Binne 'n klomp opgewonde jongmense – almal praat tegelyk, die swaar Amerikaanse aksente skeur deur die vertrek.

"Where ya fra-ahm?" pruil 'n rooi, oop bekkie.

"South Africa."

"Oh, Nelson Mandela. Cape Town! Kroegha Pahk!" giggel sy. "What are ya doin' here-a?"

"Come for the interview."

"Haven't we all?" Sy rol haar oë en gooi haar bruingebrande bene oor 'n stoel, haar broekie so kort dat ek die haartjies sien deurskemer onder.

Ek begin regkom. Uiteindelik.

Die huil het wragtag bietjie gehelp.

Toe die deur wat oopgaan, die assistent wat inkom en skreeu dat ons ordelike rye moet vorm volgens ons vanne. Daar is gelukkig nie te veel tussen P en S nie. Ek kry gou 'n kaartjie.

Ek sit saam met 'n klomp ander voornemende skrywers in 'n ry. Meisies wat oordadig gegrimeer is met helse oorbelle, jong ouens met bultende spiere in tenktoppe, iemand met 'n paar jeans wat op sy knieë hang, kettings uit sy agtersak, sy hele onderbroek sigbaar met 'n agterstevoor bofbalpet. "Yo, bro!" roep hy vir 'n pel. "Whassup, man?"

Die assistente trek kaartjies uit 'n kartondoos, gil die naam verveeld uit, en indien daar nie dadelik respons is nie, skeur sy dit op.

Almal wat uitkom, is bleek, rol hul oë, gee duim-af-tekens. Swets. Loop kouend verby.

"Jacques Rynhard!" Sy spreek my van op Engels uit – Raaihn-had – maar die "Jacques" kom reg uit. Ek steek my hand op.

"Move your ass, buddy!"

Ek stap in. Dit is 'n groot vertrek. Daar sit drie mense agter 'n tafel nes in die flieks wanneer akteurs vir oudisies kom. Ek herken Cynthia Olive van haar foto's. Sy kyk op, vang my oog, ons bly vir mekaar kyk en sy lig haar wenkbroue. Haar aksent is dik Amerikaans, haar stem swaar en donker van te veel rook. Sy is seker 28/30, maar is goed versorg. Lyk jonger. En dêm goed met daardie groot oorbelle.

"Wie de hel tik nog?" is Cynthia se eerste vraag aan my.

"Tikmasjiene is sexy. Jy baklei met die letters, jy kan kom van daardie klank."

Haar wenkbroue lig weer, haar mond kry 'n effense glimlag. Sy kruis haar bene.

"En vertel vir my in een sin: Wat maak 'n Afrikaan in my stad?" Haar Amerikaanse aksent twang deur die vertrek.

A! Aanknopingspunt. Iets wat my laat uitstaan tussen die menigte.

"Ek het kom lewe, want ek's gatvol om begrawe te wees." Die oë wat oor my liggaam speel en op my kruis rus.

"Met daardie voorkoms moet jy eintlik toneelspeel, buddy. Het jy al dit al oorweeg om 'n oudisie vir films af te lê?"

"Ek stel nie belang nie," sê ek, druk my hande in my gatsakke, druk my kruis effens uit.

Sy bly kyk. Die ander ook.

"So – wat wil jy doen, Afrikaan?"

"Ek sê mos: skryf."

"Wat laat jou dink jy kan skryf?"

"My hart," sê ek. "My derms."

'n Glimlaggie pluk verder aan haar mondhoeke. Die ander twee maak aantekeninge. Sy ontkruis haar bene, maak hulle effens oper.

"Vertel my van die donkerste plek waar jy nog was," sê Cynthia Olive terwyl sy aan haar sigaret trek.

My hart ruk. "Die donkerste?"

"Ja, Afrikaan. Die godverdomde donkerste helgat," dreun haar stem voort.

En ek begin praat.

Carina blaai om, maar die volgende bladsy vervolg nie op hierdie een nie.

Sy stort en klim in die bed met Jacques se skooltas langs haar. Lees aan *Die enkeling*, baie in die styl van die dagboek geskryf. Is duidelik biografies.

Carina lees tot diep in die nag. *Die enkeling* is anders en baie beter as sy ander boeke. Dit is asof hy skielik onbevange skryf, nes in sy dagboek.

Sy wil verder lees, maar die vaak oorval haar teen halftwee. Sy wil helder wees wanneer sy die res van sy geskrifte lees.

Haar selfoon lui die volgende oggend. Dit is Gavin Greeff. "Ek het 'n motor bespreek. Jy en Mysi gaan Kleinbegin toe, ek het klaar besluit. En julle kom met die storie van die jaar terug!"

"Oukei, baas."

Jacques Rynhard se tas lê in die middel van haar bed. En sy kan nie onthou dat sy dit daar gesit het nie.

16

DINSDAG 8 APRIL 2014 07:40

"Love your hair, Thulani!" glimlag Mysi toe sy die tolgeld op die N4 tussen Witbank en Machadodorp betaal.

Die vrou agter in die hokkie agter die rekenaar glimlag. "Sixty-seven rand, thank you!"

"Eish!" sê Mysi en lag.

Mysi trek met 'n vaart weg terwyl sy vir die kassiere waai. Haar selfoon begin "I will survive" sing.

"Hoekom antwoord jy nie?"

"Ek luister eers na my theme song!" lag Mysi en kyk dan na die nommer wat op die selfoon verskyn. "Oe-la-la, jou woelwater!"

"Wie's Woelwater?"

"Maar net die man met die mooiste paar hande in die heelal!" Mysi beantwoord die oproep: "Hallo, jy!" Sy sê vir Carina, wat haar oë rol: "Wag, ek sit hom op speaker-phone."

"En dit terwyl jy bestuur!" waarsku Carina.

"Ag, man, gaan spring in die Olifantsrivier. Hallo, skat."

"Jis, Mysi," kom Stefan se stem. "Hoe's dinge?"

"Hang af hoe dinge daar by jou is!" Mysi sper haar mond oop en gee 'n woordelose gil. Carina rol weer haar oë en maak notas op haar iPad.

"Luister, snoekie. Ek neem aan Carina kan hoor?" vra Stefan.

"Carina hoor alles en van wanneer af is julle op troetelnaampies?" sê Carina en probeer neutraal klink.

"Vandat ek 'n optimis geword het."

"Hoe so?" vra Carina.

"'n Optimis is iemand wat nog nie vanoggend se koerant gelees het nie."

Carina lag. "Het jy vanoggend se Agata-strokie in die koerant gesien, Stefan?

"Jip!" hoor sy hom lag. "Geluk is as hy 'n vullissak in die vullisdrom sit voor hy iets ingooi."

"En is jy skuldig?" vra Mysi.

"Ek gooi altyd vullissakke in dromme, mits die meisie mooi genoeg vra!"

"Wanneer dink julle gaan Agata se identiteit bekend gemaak word?" vra Carina.

"Ek dink nie hy of sy sal ooit uitkom nie." Mysi se bydrae tot die gesprek.

"Jy dink dis dalk 'n hy?" vra Stefan.

"Kan netsowel Die Gemaskerde Sopbeen wees vir al wat ek omgee!"

"Ek het 'n paar goed oor Jacques Rynhard gegoogle," sê Stefan, "die bietjie wat daar wel oor hom is. As Gavin Grieselboudjies weet ek help julle, bars die hel los. Maar ek doen dit so tussen my ander stories en ek het ook vrae op Facebook geplaas."

"Spoeg uit, my kind, dis gif," lag Mysi.

"Wat beteken dit?" vra Stefan.

"Sommer iets wat my ma altyd op die plaas gesê het. Oe, stop die bus! Speedies!" Mysi laat haar selfoon op haar skoot val terwyl hulle by die Metropolisie verbyry. Mysi waai senuweeagtig vir hulle. "Jy praat nou met my vanaf my skoot, en ek kan nie aan 'n beter plek dink vir die foon om op die oomblik te rus nie!" koer Mysi.

Stefan antwoord, maar sy stem is nou byna onhoorbaar tussen Mysi se dye.

"As julle weet met watter storie Stefan oor omkopery in die MPD besig is!" giggel Mysi met die verbyry.

Oomblikke later lig sy weer die selfoon. "Hallo, Styfan. Ek bedoel . . . uhm. Het jy die kort ekskursie na die beloofde land oorleef?"

"Ek weet nie waarvan jy praat nie."

"Ook maar goed," sug Carina. "So, wat's die storie?"

"Ek het pas weer my Facebook-bladsy beskou. Die nuusvergadering was 'n riller. So gaan op julle knieë dat julle dit gemis het en sing drie Hail Mary's agterna. Grieselboudjies was weer grimmig."

"Wat sê Facebook?" vra Carina.

"Een van die ouens sê . . ." Daar kom geluide. "Wag, ek scroll af."

"Gelukkige sleutelbord om deur daardie vlytige vingers gekoester te word," sug Mysi.

Weer geluide asof Stefan nie gehoor het nie. "Oukei. Luister hierna: 'Ek het vanoggend gou na hul boomhuis toe gegaan buite Kleinbegin. Dis naby die Olifantspoel net duskant die uitdraaipad Kleinbegin toe. Hy skuil dalk daar.'"

Carina tik sleutelwoorde op haar iPad.

"Nog iets van belang oor Jacques?"

"Jy wil nie weet nie," lag Stefan. "Dosyne huweliksaansoeke. Hy's in letterlik elke uithoek van die land gesien. En mense wat hom uitnooi om by hulle te kom skryf, of meisies wat bereid is om hom te help met navorsing of wat sy baba wil hê. En luister na hierdie een . . . dit kom van 'n anonieme bron."

"Soos luisteraars se SMS'e na radiostasies. Altyd anoniem as dit aanvegbaar of ekstra venynig is."

"Hierdie meisie sê . . . Wag . . ." Hulle kan hoor hoe Stefan aan iets peuter en Mysi wikkel haar skouers uitdagend. "Die girl sê: 'Jacques het, pas nadat hy in Suid-Afrika aangekom het, by my aangelê. Ek was toe 'n kelnerin by Maxies. Hy het met my geflankeer en het my drank in sy kamer aangebied, waarheen ons moes gaan nadat ek hom bedien het. Ek het hom in sy glorie gestuur. Hy was steeds koppig, gebelgd en baie spuls. Toe jaag ek hom kaal in Linden se hoofstraat af terwyl hy gillend probeer weghardloop.'"

"So, dit is die arme siel se grootste claim to fame, indien dit hoegenaamd waar is," sê Carina. "Ek sien al *Die Weekblad* se opskrif: 'Ek het Jacques kaal in die straat afgejaag!' Met die meisie se naam in groot swart letters. Tien sekondes se faam voordat die leser omblaai na die volgende prulstorie."

"Prulstories wat jy ook skryf, Carina," kom Stefan se stem hard en duidelik.

Mysi byt haar onderlip en probeer om nie te lag nie. Dit slaan Carina hard en sy besef dat sy inderdaad dieselfde stories kritiseer wat sy self gedwing word om te skryf.

"Die SMS'e en twiets sê baie van die volk se psige," red Mysi die situasie. "Tyd dat die een of ander rugbyspan weer verloor sodat hulle iets anders het om oor te skryf."

Carina sug. "Stefan. Iets van belang, asseblief."

"Jip. Hoe 'n goeie skrywer hy is, hoe hoflik, hoe geliefd, maar niks wat jy in 'n artikel kan gebruik nie. Alles hopeloos te positief."

"Ek haat my werk!"

"Maar . . ." sê Stefan.

Mysi draai haar kop om beter te hoor.

"Ek het pas iets uitgevind wat, om die een of ander rede, nooit die pers gehaal het nie. Praat van nuusneuse wat deur poeiertjies geblok is. Lena Aucamp is gecommission om 'n klomp muurskilderye vir die nuwe mall in Newtown te maak. Die opening was Saterdagoggend daar in Newtown. Lena was daar, oë rooi gehuil, maar so eensaam soos 'n petunia in 'n uiebedding."

Carina maak haastig aantekeninge.

"Het jy foto's van die uitstalling?"

"Jip. Ek het gaan neem toe iemand my daarvan sê. Ek SMS dit."

"Hoekom het niemand óns daarvan gesê nie?"

Stefan lag. "Want dalk het Jacques se prys Saterdagaand Lena se limelight gehijack. Dit is dalk waaroor hulle eintlik Vrydagaand baklei het toe hulle uitmekaar is. Die een se ego is die ander se val."

Carina soek op haar selfoon na die muurskilderye. Binne oomblikke kry sy Stefan se foto's.

"Wow."

"Praat jy ván of mét my?" vra Stefan.

Carina bestudeer die muurpanele. Dit is feitlik onherkenbaar van Lena se ander skilderye. Newtown terwyl die myners nog daar was. Donker figure wat soos onkruid in klein ruimtes ingeprop is, wat soos slawe arbei en in trosse op smal sementbeddens slaap. Vergeet van *Twelve Years a Slave*!

"Right-o, girls. Ek hou julle in die prentjie. En gaan kyk na die muurskilderye. Dis nogal hectic." Stefan verbreek die verbinding.

"Oh, I love it when he speaks foreign!" boots Mysi 'n reklameflits na.

Hulle ry 'n rukkie in stilte, tot Carina nie meer die motor se eentonige gesuis kan verdra nie.

"Hoekom het Lena ons niks vertel nie?"

"Jacques is die oggend vroeg uit, net na nege iewers, as ek Fineas reg onthou," sê Mysi. "Dalk is hy soontoe."

Carina soek 'n nommer op haar selfoon.

"Wie bel jy?"

"Alexander wat *Prikkels* maak."

"O, daai TV-program?"

"Jip. Hulle daag op selfs al word 'n koevert oopgemaak."

Die foon lui aan die ander kant.

"Zander," sê 'n kortaf stem.

"Hi, Zannies. Carina van *Montage.*"

"Dol om van jou te hoor, doll. Wat's op jou menu?"

"Was jy Saterdagoggend by Lena Aucamp se muurpanele wat by die voltooide gedeelte van die Newtown Mall geopen het?"

"Jip. Hoekom?"

"Was Jacques Rynhard daar?"

"Nee. Wens hy was, dan was ons die laastes wat hom op kamera gehad het."

"Het Lena iets oor Jacques gesê?"

'n Oomblik se stilte. "Ek sny nou aan die insetsel. Ek stuur dit na jou rekenaar toe sodra ek klaar is en Lance dit gevoice het."

"Iets waarvan ek moet weet?"

"Hang af waarna jy soek?"

"Iets wat kan weggee waar Jacques heen sou verdwyn en of hy toe al beplan het om te verdwyn."

"Nope. Sy het 'n kort toespraak gemaak. Min gesê, baie emosioneel. En daar was bitter min mense by die opening. Dis nie goed gereklameer nie."

"Belowe jy sal stuur?"

"Op my ouma se graf."

"Jou ouma leef nog."

"Oeps."

Die verbinding word verbreek.

Mysi en Carina kyk na die plat landskap wat omblaai na heuwels toe op die horison, maar praat nie verder oor Lena se uitstalling nie.

Na 'n kwartier verbreek Carina die stilte. "Wonder wat Agata oor die natuur sou sê. Geluk is wanneer 'n vratjie van 'n bultjie die pannekoek se platheid verbreek?"

Carina maak aantekeninge op haar iPad onder opskrifte soos *Wat?*, *Waar?*, *Hoekom?*, *Hoe lank?* en *Wie?* Maar dit is onder *Wie?* dat sy die meeste name inskryf. *Lena. Jan-Paul. Liebet. Klaus. Chivas. Alicia. John Francke.* En 'n paar name wat sy pas op Facebook opgespoor het.

Sy dink aan Jacques se skooltas wat in haar koffer hier agter in die bagasiebak lê. Indien hulle beroof word, sal sy hand en tand daarvoor baklei, want sy wil dit vanaand lees in die dorp waar die meeste van die dinge wortelgeskiet het.

'n Driekwartier later ry hulle verby 'n verroeste bord wat Kleinbegin aandui. Mysi draai af op die enkel-teerpad.

'n Troebel natuur met vaal nawintersblomme. Sou Jacques 'n pad tussen hierdie verflenterde blommetjies met sy fiets oopgekloof het? Dit is hoe sy haar artikel oor Kleinbegin gaan begin.

"Katjiepieringstraat 46a, langs die spoorlyn," beduie Carina vir Mysi. "Dis wat Grieselboudjies hier neergeskryf het. Liebet Rynhard se adres."

227

Mysi beduie na die verweerde bordjie, *Olifantspoel,* en swenk skerp links. Onmiddellik tref haar motor 'n slaggat en hop verskeie kere voordat dit skeef oor die pad tot stilstand kom.

"Is jy besimpeld?" skree Carina.

"Maar hoekom is daar nie waarskuwings vir slaggate nie?"

"My liewe hemel, Mysi, het jy al die pad tussen Mashishing en Dullstroom gesien? Daai slaggate is so groot, Nkandla se hele begroting sal daarin verdwyn! Wat laat jou dink hulle sal op hierdie klein paadjie waarskuwings sit tensy die president hier bly?"

"Waar de hel is Mashishing?"

Hulle kyk na mekaar en begin dan albei lag, die spanning van die rit vir 'n oomblik vergete. Carina is bly dat sy en Mysi wat humor betref op dieselfde bladsy is. Want as sy darem met een van die ander bot fotograwe hiernatoe moes ry . . .

Mysi skakel die motor af. Hulle klim albei uit en bekyk die skade aan *Montage* se motor.

"Kan jy dink hoeveel vorms ek weer sal moet invul en hoeveel please explains daar vir Grieselboudjies sal moet wees? Jy sal daai boudjies vir kastanjette kan gebruik, so ontsteld sal hy wees."

Mysi neem verskeie foto's van die motor. "Dalk daag hier 'n hunky mechanic op om ons te help."

Carina hou haar selfoon in die lug op vir 'n sein. "Google tog 'n motorwerktuigkundige op Kleinbegin wat ons kan bel!"

"Woah-woah-woah!" keer Mysi.

Carina kyk verbaas na haar.

"Kom ons loop soos ons in die Voortrekkers geleer is!"

"Ek was nie in die Voortrekkers nie."

"Dan leer ek jou met dapper en stapper! Nes Jacques en Jan-Paul en Lena hier geloop het."

Carina onthou van die boomhuis waarna 'n Facebooker verwys het. Sy sug, neem 'n sluk water uit haar waterbottel en prop dit in haar rugsak. "As ons op hierdie pad aangerand word . . .!"

". . . het ek my elektriese stok wat hom sy hele Nigeriese

228

agtergrond sal laat vergeet. So, kom jy of kom jy? Soos die priester vir die non gevra het."

Carina kyk om haar rond. Dit lyk of die pad wel gebruik word, dus is die kans goed dat iemand die een of ander tyd hier gaan verbyry.

Hoe sou Jacques en Lena en Jan-Paul boomhuis toe gestap het? In 'n ry? Langs mekaar? Hand aan hand soos in die vroue-storieboeke wat haar ouma altyd gelees het, waar die held en heldin gaan "wandel" het teen skemer nadat hulle "uitbundig" tennis gespeel het? Sou hulle gehardloop het? Met Lena voor wat hulle aanmoedig om vinniger te hardloop?

Carina draf vooruit en draai dan terug. "Toe, kom, trut!"

"Hou jou linne binne, girlfriend. Ek stap rustig! Watter trein wil jy haal?"

"Die trein waarop Jacques en Lena en Jan-Paul die hele tyd gery het."

Carina verwens die ongemaklike skoene wat sy vanoggend aangetrek het.

Carina loop nou vinniger deur die bosse en sy dink: Waaroor sou hulle gepraat het op hierdie pad? Sou hulle loop en sing het? Sou hulle met mekaar gespeel het, gestoei het? Waaroor sou hulle gepraat het?

En na wie sou Lena hiér die meeste gekyk het? Jan-Paul of Jacques?

Die pad kronkel deur die bosse, maar dit bly steeds goed uitgetrap.

Carina kyk na die bome waaronder die drietal geloop het. Sou Lena hier al tussen hulle probeer kies het? Sou sy haar rokkie opgetel het en gedans het terwyl die twee ouens haar mooi bene bekyk het? Sou hulle saam gedans het? Sou hulle hul huiswerk hier kom doen het? En sou Jacques voor gestap het, soos Carina nou?

Sou hulle hul *Playboys* hier weggesteek het?

Dan, skielik, swenk Carina op 'n ingewing links, asof iemand sy hand uitgesteek het en haar daarheen beduie.

229

"Draai links by die sonneblom!" sê sy agtertoe vir Mysi.

"Ek gaan daai sonneblom in jou donnerse keel afdruk en margarien daaroor smeer as die pad doodloop!" hoor sy Mysi hyg.

Carina merk dat die pad skynbaar deur bergfietse gebruik word, want iemand het onlangs hierlangs gery. Iewers skreeu voëls.

Carina sien Mysi se kleurvolle uitrusting tussen die bosse.

"Moenie van die lekkergoed eet as jy 'n lekkergoedhuisie sien nie!" hyg Mysi wanneer sy om die hoek verskyn.

"Hier. Jacques het altyd hierdie paadjie gekies!"

"Hoe weet jy dit?"

Carina lig haar skouers. "Ek weet net."

Mysi wikkel-wankel nader op haar hoëhakskoene en kry nog kans om tussenin foto's te neem.

Toe sien hulle tegelyk die boomhuis in die mik van 'n reusemaroelaboom. Mysi begin dadelik foto's neem terwyl Carina nader stap. Sy verwonder haar aan die spoed waarmee Mysi dit doen, maar ook die posisies wat sy inneem, hoe sy eers na die boomhuis kyk, skynbaar 'n komposisie in haar verbeelding uitdink, en dan laat waai.

Carina toets die leertjie voordat sy begin opklim.

"Oppas vir slange!" waarsku Mysi.

"Kom jy maar net agterna. Hulle pik gewoonlik die tweede persoon!"

Sy vorder tot bo.

Die huis is duidelik professioneel gebou, met 'n plat plankvloer, maar dit is heeltemal leeg. Dit is groot genoeg vir drie mense om gemaklik in slaapsakke te slaap. Daar is twee vensters met gaasdraad voor, maar die rame begin verweer.

Carina kyk deur een van die vensters.

Nou sukkel Mysi ook op. "Jy wil nie dalk help nie?"

"Neem foto's terwyl jy klim. Dit sal jou help om van die trappies te vergeet!"

Carina bestudeer die bosse onder hulle. Tussen die lowergroen sien sy water. Sy hoor ook 'n waterval iewers. Klein maar duidelik. Mysi blaas soos 'n stroomtrein toe sy langs haar gaan staan.

Sou dit Jacques se venster gewees het hierdie? Sou hy hier gesit en oor sy toekoms gedink het? Sou Lena hom hier geteken het? Of die bosse hier onder geskilder het? Daar is tekens van olieverfspatsels in die huis. Carina raak daaraan, sien 'n homp groen wat in die middel van die boomhuis lê. Merk blou verfspatsels teen een van die mure.

Mysi lag. "Kan jy dink wat die threesome alles hier aangevang het?"

"Kom nou, Mysi, jy raak siek."

"Nee, maar dink vir jouself, koekie. Hulle is jonk, sorgvry, lus, mal oor mekaar, onafskeidbaar. Dink jy nie dat hulle die een of ander tyd . . ."

Carina maak haar stil. "Alles gaan nie net om seks nie."

"Maar flippen hel, Carina. Jacques lyk soos 'n verdomde prins in 'n sprokie, Jan-Paul is mooier as Ryan Gosling, en Lena is die prinses. Iewers moes iemand ingegee het, want hulle was altyd bymekaar en hulle is net mense! Jy weet hoe was ons op sestien! Warmer as flippen warmbrakke!"

"Jy bedoel soos Camelot? Arthur, Lancelot en Guinevere?"

"Die een is meer cutiful as die ander. Hulle kan nie kies nie."

"Cutiful?"

"Kombinasie van beautiful en cute."

Carina kyk weer om haar rond. Sy lig haar op en kyk na die bosse onder haar. Hoe dikwels sou Jacques en Lena en Jan-Paul hierheen gekom het? En wat sou hulle gedoen het? Wie sou die boomhuis gebou het? Want dit is presies ontwerp en noukeurig gebou.

Asof Mysi haar gedagtes lees, sê sy: "Jan-Paul Otto is 'n argitek. Dalk was dit sy eerste skepping hierdie. Dalk het hy en Jacques dit eiehandig saam gebou?"

"Kan wees." Carina se selfoon lui, maar sy beantwoord dit nie. Sy raak aan die vloer asof sy die plek soek waar jong Jacques altyd geslaap het, want sy is seker hulle het dikwels hier oornag.

En dat Lena Jacques hier geskilder het.

Mysi is besig om deur haar digitale foto's te kyk. Carina soek na enige tekens van die drietal, maar die boomhuis is skoon, behalwe vir die ou verfspatsels, asof iemand dit kort-kort netjies maak.

Mysi bekyk steeds haar digitale foto's. Toe trek sy haar asem in. "Hoor hier. Wie's dit?"

Carina hurk langs Mysi en kyk ook. Hierdie spesifieke foto is geneem deur die einste venster langs die blou verfspatsels in die rigting van die poel.

"Wie staan daar?" Mysi trek 'n kring met haar vingers om iets tussen die bosse.

Carina vergroot die beeld. "Lyk soos 'n bok."

"Dis 'n méns, Riens."

Carina probeer tussen die bome en blare en die voorwerp op die foto onderskei, maar dit is uit fokus. Die voorwerp is langs 'n boommik. Sy kan dit nie behoorlik uitmaak nie.

Sy loop na die venster toe. Al die bome en blare lyk vir haar dieselfde. Sy vergelyk Mysi se foto met die toneel voor haar. Maar op die plek waar die uit-fokus-voorwerp op die digitale foto staan, is nou niks.

Carina klim haastig teen die leertjie af en stap in die rigting van die boommik. Mysi volg haar. Haar kamera kiek deurgaans tot albei langs die boommik staan.

Daar is dor blare op die grond onder die bome, verder niks.

"Ek sweer dit was Jacques wat pas hier gestaan het!" fluister Mysi.

"Ag, jy's simpel, man."

"Wie sê hy kruip nie hiér weg nie?"

"Ek dink nie hy sal so onnosel wees nie."

"Hoe verklaar jy dan die Facebook-inskrywing oor die boomhuis?" vra Mysi.

"Iemand van die omgewing wat weet hy het soms hierheen gekom. Soos die honderde ander wat hom tot op Mars gesien het."

"Jacques!" roep Mysi. "Ons wil jou nie kwaad aandoen nie! Wys jouself net!" Mysi neem steeds foto's. Die boomhuis word uit elke denkbare hoek afgeneem, van binne en buite.

"Jacques!"

Carina wil Mysi stilmaak, maar besluit daarteen.

Nog foto's.

Carina vertoef 'n ruk tussen die bome en merk die water-poel tussen die blare deur, maar besluit om nie tot daar te loop nie. Sy fluister vir Mysi: "Ons gaan hotel toe. Dit moet tog seker die dorp se middelpunt wees. Iemand daar sal ons kan help. En dié slag bestuur ék – mits die skedonk nog vat!"

Sy kyk terug na die opening tussen die bome. Vir 'n oomblik raak sy koud, weet sy daar is iemand in die omgewing. Selfs Mysi is nou stil.

Hulle kyk rond. Niks beweeg nie. 'n Voël vlieg 'n ent verder op asof hy vir iets skrik. Hulle kyk albei in daardie rigting.

'n Blaartjie beweeg. Dan is alles stil.

Weer 'n geluid in die bos. Iets vroetel. Knars. Miskien 'n knaagdiertjie.

Carina kyk om haar rond en maak haar oë toe, leun met haar kop agteroor asof sy meer vars lug in haar longe probeer kry. Sy druk haar vingers teen haar slape en dink aan haar oom wat altyd water gewys het in die bosse, dan loop sy as klein dogtertjie saam. Sy het 'n vreemde aanvoeling gehad vir die rigting waarin die mikkie water toe sou beweeg.

Haar kop beweeg nou na links. Sy wil haar oë oopmaak, maar iets verhoed haar.

"Jacques?" vra sy sag met haar oë toe.

Iemand kom na haar toe aangestap. Sy hoor die voetstappe duidelik. Sy draai om en dwing haar ooglede oop. "Jacques?!"

Maar Mysi raak aan haar skouer. "Moenie jy ook nou gaan staan en kens raak nie!"

Voor Carina staan die bome roerloos.

17

Die gesig wat van agter die toonbank uitsteek, is gulhartig, selfs blymoedig op daardie goeie, outydse manier wat so in die mode was in gesinsgelukkige tydskrifadvertensies van die jare vyftig. Die wange 'n klein bietjie te rooi soos die dekadente vroue in Duitse kabarette, die lippe klein soos iemand wat dit stomp gepraat het. En die oë helder en versiende asof die vrou agter die gesig enige oomblik 'n voorskoot gaan aanpluk en met blosende wange Pyotts-beskuitjies gaan bedien.

Trudie Linde lyk vir Carina soos die ouma op die Mazawat-tee-blikke, net jonger en sonder die brilletjie. Haar gesiggie plooi in 'n glimlag so breed soos haar voorkop wanneer Carina en Mysi by Koekemakranka Teekamer instap. Haar hare is in 'n netjiese kapsel (darem nie pers nie!) en haar stem is plesierig soos iemand wat lief is om te gesels en alleen die woord te voer.

En sy het daardie gesonde boeretannie-blydskap wat 'n mens net in ou Stork-magarien-advertensies kry.

Haar manier van praat is oordrewe, amper asof sy gedurig daarvan bewus is dat sy 'n gehoor toespreek en dat eksentrisi-teit so deel is van 'n plattelandse bestaan as wat pap met klonte dit is van 'n jong bruid wat vir haar nuwe wederhelf probeer ontbyt maak. Maar die skerp oë waarin die lewe nog nie oud geword het nie, mis niks.

En wanneer sy aanvanklik praat, herinner sy Carina aan die gesellige tantes wat altyd lank in radioverhale gepraat het, met 'n toevallige toehoorder, en wat net tussenin aanmoedig met: "Haai my kind, en wat nog? Vertel!"

Toe sy praat, kry Carina heimweë na haar eie ouma wat sy te kort geken het en te min gesien het.

"Mense, ek sê vir daai ou suur klomp van die melkery ek voel dit so aan my panteloens dat ek vandag onverwagte kuiermense gaan kry. Welkom, welkom, my meisies! Ek is Chivas."

Carina steek haar hand uit en Chivas neem dit met albei hande.

Mysi vra dadelik: "Tannie bedoel soos met . . ."

"Ja, soos die whisky, want ek tjar van vyfuur af by die kroeg en die man wat meer as een keer kom koe'sisters koop het in hierdie winkel, kry 'n sopie Chivas Regal op die huis!"

Carina steek haar hand uit. "Hallo. Ek is Carina Human van *Montage*."

Die gesiggie trek op 'n pragtige plooi. "O, daardie blink tydskrif met die baie skinder. Ek lief julle lekkerliegstories!" Trudie draai na Mysi. "En jy is seker haar suster."

Gelukkig het sy nie gedink Mysi is haar ma nie.

"Nee, nee, ek is Mysi Moolman, haar fotograaf – die een wat die kiekies neem. Die 'pe-trette'! Ek is ook van Lekkerliegland."

"Dan's dit jý wat sulke mooi kiekies neem! Darem nie meer met 'n Brownie nie, sien ek. Haai, hoe fraai!" babbel Chivas voort en Carina kry die indruk dat sy aanhoudend gesels omdat sy gespanne is oor die besoek (wat sy moes verwag het, want stories trek vinnig in klein dorpies), so al asof sy haar soldate in 'n ry kry om te begin vuur voordat sy die lont by die kruitvat bring.

"Die bekróónde fotograaf, asseblief," help Mysi haar reg. "Kan ons maar Chivas sê? Almal noem jou tog seker so, met 'n sleeptong en al?!"

"Ag, my hartjie, dit was nog altyd 'n voorreg om na die duurste whiskey op die mark vernoem te wees. Of is dit nou die tweede duurste? Amper was ek ons uitgestoelde regeerders se gunstelingkoeldrank, Blue Label!" lag Chivas, maar haar oë flits kort-kort na Carina toe asof sy vir haar iets wil sê. "G'n wonder die stoele gee mee onder hulle se jolige jisse nie."

Carina wil oor Jacques uitvra, maar die sluise is nou oopgedraai.

235

"Welkom hier op Kleinbegin, waar dinge klein begin maar kolossaal eindig, en nie altyd soos die mense wil hê nie!" Sy raak selfbewus aan haar hare. "Ek wil nou nie 'n kermderm wees nie, maar dit is ekstra warm vandag en ek lawe julle graag met 'n skeutjie ystee! Sal ek vir ons skink? Dan sit ons sommer op oupa en ouma se stoep en kyk hoe die dorpie doodgaan!"

'n Goedige tannie uit 'n televisiereeks wat geskep is vir komiese afleiding. Dit is waaraan Chivas Carina laat dink. Maar na al die stroewe antwoorde wat hulle tot dusver gekry het, is die tante so welkom soos 'n toffieappel op 'n kerkbasaar.

Sonder om vir 'n antwoord te wag, draai Chivas om en haal 'n beker ystee uit die yskas. "Hier is die mense so dom, hulle praat met hulleself en vergeet om terug te antwoord. Kom sit!"

Chivas sit die ystee langs 'n beker water en glase neer.

Carina ken hierdie praatsieke tantes en laat haar begaan, want iets sê vir haar Chivas is soos 'n verhoogaktrise wat eers haar grimering dik opsit en stemopwarmingsoefeninge doen alvorens sy by haar dialoog uitkom.

Sy vra skielik vir Carina: "Ken ons mekaar nie van iewers af nie, my meisie?"

Carina skud haar kop. "Nie wat ek van weet nie. En ek is Carina, sý is . . ."

"Nee, maar ek meen te sê. Dit voel so al vir my of ek en jy al iewers ontmoet het, my poppie." Sy trek haar mond op 'n plooi. "Maar dalk was dit in 'n vorige lewe."

Mysi lag en neem 'n foto van Chivas. "Heel moontlik, ja," sê Carina.

"Ek sou amper kon vra of jy 'n girlfriend van Jakkie was, maar daar was net een meisie vir hom. Die voshaarnooi."

"Jakkie?" vra Carina.

"Voshaarnooi?" voeg Mysi by.

"Ja. Dis mos hoekom julle hier is, om oor Jakkie te praat."

Aha! Die masjiengeweer gaan nou eers oopgetrek word.

Chivas beduie met haar hande. "Julle ken hom as Jacques. Maar ek kon nooit daardie smarte naam sê nie. Maak my tong

236

seer en mens klink altyd gekoring as jy dit probeer sê. Vir my is hy sommer pleinweg Jakkie."

Sy loop na 'n rak toe en lig 'n gaasdoekie van 'n bord kolwyntjies af. Eensklaps kry Carina die indruk dat Chivas weet waar Jacques is. Of dat sy 'n vermoede het.

"Hierdie was altyd Jakkie se gunsteling." Chivas beduie na die kolwyntjies. "Smiley-faces. Lank voordat daar iets soos smiley-faces was, het ek en hy daardie patroontjies op die kolwyntjies geteken met die deegbeueltjie." Sy sit die kolwyntjies voor hulle neer en gaan sit. "Oe, meisies, was dit vir jou 'n vreugde, hierdie kolwyntjies, met meel komende van die meule en vars melk hier van digby . . ."

Carina het geen ander keuse nie. Sy sal Chivas se leisels moet intrek voordat sy haar hele kolwyntjieresep verklap. "Tannie praat van . . ."

"Chivas. Chivas. Ek is nie met jou oom getroud nie, my meisie."

"Dankie, en ek is Carina. Sý is Mysi."

"Ag, ek sê sommer vir almal 'my meisie', anders raak ek deurmekaar met die name."

Dit gaan moeilik wees om tussen bruikbare inligting en nuttelose skinder te onderskei. Of dalk is dit Chivas se hele doel: om tussen die kletsery die waarheid te praat soos die nar in Shakespeare se dramas.

En skielik dink Carina: hierdie vrou moes 'n lewegewende invloed op Jacques in die donker huis van smarte gehad het.

"Die voshaarnooientjie het die rooi gesiggie ontwerp en die huistekenaar die bloue. Jakkie het vir die ander kolwyntjiegesiggies gesorg. En ek teken hulle vandag nog presies net so."

Mysi en Carina kyk vinnig na mekaar. Hier gaan hulle meer inligting kry as op Facebook, Twitter en al die ander sosiale netwerke tesame, mits hulle fyn luister.

"Weet jy waar Jacques is, Chivas?" vra Carina vinnig terwyl Mysi onophoudelik foto's neem. Chivas trek haar mond op 'n punt en poseer vir die kamera.

"As jy die kiekies plaas, noem tog dat dit van Koekemakranka af kom, meisie," beduie sy vir Mysi. "Sal só baie vir die dorp beteken. Ewenwel. Ek het sommer van vroeg af gesien Jakkie het talent vir storie vertel en Jan-Paul 'n aanleg om goeters te bou, want hy . . ."

"Weet jy waar Jacques is, Chivas?" keer Carina die afdwaal van die storie.

'n Halwe kolwyntjie verdwyn tussen die rooi lippies. "Nee," 'n krummel word met die hand afgevee, "hoe wil ek dan nou weet waar hy is? Hy sal mos nie vir my sê nie!"

"Het hy gereeld vir jou kom kuier?"

"Oe, die seun was tog so lief vir jodeterte. Wanneer het jy laas 'n behoorlike jodetert verorber, my meisie, in 'n dik kondensmelkrokkie? Wag, ek kry vir julle!"

Chivas staan op en verdwyn in Koekemakranka se kombuis terwyl Mysi en Carina hulpeloos na mekaar kyk. Mysi het nou van die kolwyntjies begin eet.

"Laat dit gaan. Iewers tussen die terte en die smileys sal ons by die waarheid uitkom," fluister Carina. En Carina besef nou waar die gemoedelike humor, wat soms in Jacques se romans deurskemer, vandaan kom. Die woordwysheid. En die eksentrieke Afrikaans.

Dit voel nou vir haar of Jacques Rynhard hier by hulle in Koekemakranka is. Sy draai haar kop na die deur en wag vir hom om te verskyn van iewers in die winkel waar hy onder 'n kwilt met 'n lokomotief op geskuil het, kolwyntjiekrummels in sy stoppelbaard.

Chivas vroetel in die kombuis en neurie "When I grow too old to dream".

"Beslis nie Justin Bieber se nuwe treffer nie," glimlag Mysi.

Carina staan op en loop met die stoeptrappies af. Sy ruik bloekomhoutvure soos uit haar kinderjare en merk die blikadvertensies teen Koekemakranka se mure: *Three Teas Tee. Trekker Koffie. Niemand maak beter tee as u en Vyf Rose nie! Fab waspoeier vir die skoonste was! Braganza flavourflo tea bags!*

"Jacques?" vra sy in die wind in asof hy gaan antwoord.

Carina neem die omgewing vinnig in. Hoe dikwels het Jacques en Jan-Paul seker nie met hulle fietse hiernatoe gejaag vir Chivas se jolige jodeterte nie.

"Jacques?" Sy sien iemand wat agter die stoep staan en haar nuuskierig bekyk, en loop nader. "Jacques?"

Maar dit is 'n hawelose wat sit staan en brood eet – seker wat Chivas vir hom gegee het. Hy kom nou eers behoorlik agter die struik te voorskyn.

Sy kyk na die res van die dorp. Rustige huise onder groot koeltebome. En, doer onder, die spoorweghuisies langs die treinspoor waar Jacques grootgeword het.

'n Gordyn sak skielik oor 'n venster hier naby haar. Carina draai om en loop terug na Koekemakranka se stoep.

Sy neem plaas by 'n ander tafel as die een waar sy en Mysi gesit het. Hier iewers het klein Jacques seker met sy treinstelletjie onder Chivas se voete gespeel.

"Haai, dis nou 'n toeval. Dit was altyd Jakkie se stoel," beduie Chivas met die terugstap, 'n reuse-jodetert op 'n bord. "Sy ma het vir hom blokkies gekoop, julle weet? Speelgoedblokkies met letters op. Dan sit hy hier op hierdie einste rooi Sunbeam-politoer-stoep en maak daarvan 'n trein – lang rye blokkies wat hy vorentoe gestoot het, nes 'n trein."

Asof die sitplek slegs aan Jacques behoort, plaas Chivas die jodetert by die tafel waar Mysi nog sit, sodat Carina verplig is om op te staan en soontoe te loop. Chivas skuif die stoel in waar Carina pas opgestaan het en neem dan by Mysi se tafel plaas.

"Oe, dan draai hy sy stoel so agterstevoor en hang met sy arms oor die leuning, nes 'n koeiseun in die bioskoopprente, die liewe Jakkie. Oe, hy was so lief vir cowboyprente toe ons nog 'n vlooifliek gehad het." 'n Handbeweging. "Kry vir jou, my meisie," en Chivas sny 'n stuk tert en plaas dit op 'n bord voor Carina. Dit lyk geil en soet.

Op 'n rak op die stoep, agter Chivas, trots uitgestal, staan al vyf Jacques se boeke.

Carina staan op en slaan *Baanbreker* oop. Beide Jacques en Lena het in die boek geteken, Lena reg onder haar naam. En laer af het Jacques geskryf: *Vir my tweede ma in wie se winkel ek altyd met my treine kon speel. Die winkel in die boek is op joune gebaseer. En die tannie ook. Liefde, kolwyntjie-tannie. J.*

Langs die boek is 'n kleinbordjie met 'n trein op en 'n koppie waarop *Jacques* staan. En twee koppies met *Lena* en *Janpaul* op as een woord sonder die koppelteken. Hulle moes seker hul eie koppies en borde hier by Chivas gehad het. En op 'n ander muur in Koekemakranka is 'n foto van Chivas en Jacques saam. Maar hier lag Jacques breed. Dit is nie die behoedsame kamera-glimlag wat sy op ander foto's van hom gesien het nie.

"Partykeer, as dinge te sleg geword het by die huis, het ek sommer vir die drie 'n kamer in my huis ingerig," gesels Chivas toe Carina weer kom sit. "Lena natuurlik apart van die seuns, julle verstaan? Maar Jakkie en Jan-Paul het tot so diep in die nag meisies en cowboys gepraat, ek kon nooit 'n oog opmekaar sit nie. Bloedbroers, as julle my vra."

"Vir wie was Lena die liefste?" vra Carina.

Die antwoord kom seepglad, asof gerepeteer. "Maar Jakkie natuurlik, hoe vra jy dan nou? Leentjies het hoeka daardie portret van hulle spesiaal vir my geskilder toe hulle vyftien was." Sy beduie in Koekemakranka in. "Dan pose die twee seunskinders met hulle rou bene van al die gespeel en gejaag met die fietse en rugbyspeel op wintergras, en sy sit op die wal van die rivier en skilder hulle drie. Ai, waar is die dae?"

Sy kyk na Jacques se koppie. "Soms het ek hulle sommer hier in die winkel in slaapsakke laat slaap smiddae as hulle van hulle omswerwinge af terugkom. Jan-Paul se pa het nie van Jacques gehou nie, so hulle kon nie te dikwels soontoe gaan nie."

"Hoekom het hy nie van hom gehou nie?" vra Mysi en neem nog 'n hap jodetert. Carina beduie dat daar versiersuiker aan haar mondhoeke sit, maar Mysi waai haar waarskuwing geïrriteerd weg en lek haar vingers af.

"Jakkie was nie in dieselfde klas as die Otto's nie. Aan die verkeerde kant van die spoor grootgeword, jy weet. Ou meneer Otto wou Jan-Paul se vriende kies. Hy wou hom hoeka lankal uit die skool neem en Johannesburg toe vat. Maar hy en Jacques het hulle nie laat voorskryf nie. Vriende vir altyd."

Vriende vir altyd. Selfs Chivas ken die uitdrukking.

"En Lena se pa se huis was te ver," dreun Chivas voort. "Daarom het die ou man vir haar 'n fiets gekoop om die pad korter te maak, dan het sy en Jakkie 'n swetterjoel sprinkane uit die stof gejaag van skone verliefdheid."

"En Jacques se ouers se huis?"

Chivas sit haar hand voor haar mond. "O, die drietjies sou nie in daardie sarkofaag gaan kuier nie, my meisie. Laat my so dink aan daardie boek van Miempie Oosthuizen wat ek toentertyd gelees het. *Die sarkofaag.* Ken julle dit?"

Carina dink dit moes hemels gewees het vir die drie kinders om te verdwaal tussen al die koekies en geure en stories en jodeterte en bruismelk en smiley-face-lekkergoed, en om na hierdie lekkerlag te luister – amper soos 'n grammofoonplaat wat vashaak. Dit moes gewees het soos om uit 'n koue kerksaal te sluip waar die dominee alles wat lekker is veroordeel, en skielik in 'n sonkamer met vrolike advertensies teen die mure in te storm.

Mysi staan op, stap in en neem 'n foto van die skildery by die deur. Carina volg haar.

Lena sit tussen 'n jong Jacques en Jan-Paul. Albei seuns is bogemiddeld aantreklik geskilder. Nie dat Carina vir 'n oomblik sou getwyfel het om Jacques tussen die twee te kies as sy in Lena se skoene was nie, maar Jan-Paul lag breër en met meer oorgawe as Jacques. En op die skildery kyk hy na Jacques asof hy homself met sy vriend vergelyk.

Carina onthou weer hoe buitengewoon aantreklik Lena Jacques op die muurskildery in Newtown geskilder het – amper soos 'n bakvissie wat op 'n rolprentster verlief is en net sy goeie punte raaksien.

Kan dit wees dat Lena eers Jacques die aantreklike ou raakgesien het en op daardie beeld verliefgeraak het? En toe, baie later, eers by Jacques die mens uitgekom het? En hoe lank sou sy daardie ontnugtering weggesteek en verbloem het? Of was sy net so verlief op Jacques die mens?

Weerspieël haar donker nuwe muurskilderye in die New-town-winkelsentrum daardie gewaarwording?

Jacques dra 'n moulose T-hemp en die tatoeëermerk is nog nie op sy boarm nie. Jan-Paul dra 'n doodgewone hemp wat oopgeknoop is.

"Wanneer het jy Jacques die laaste keer gesien?" vra Carina toe sy en Mysi weer gaan sit.

"Of die laaste keer van hom gehoor," tjip Mysi in. "Kan ek nog 'n stukkie kry?"

"O natuurlik, my meisie." Sy sny 'n dik stuk jodetert af. "Jakkie was so vier weke gelede hier, net voor Nagmaal. Dis toe dat hy sy nuwe boek vir my gebring het. Jy weet, *Die enkeling*. Maar . . ."

Carina wag dat Chivas verder moet praat. Sy staan op en gaan haal *Die enkeling* tussen die ander boeke uit. Sy maak dit oop waar hy iets vir haar geskryf het en hou dit na Carina uit.

Dis die laaste boek van my wat só gaan lyk. Geen jodeterte meer vir my nie. Lekker lees, Whisky-tannie. J x

"Wat sou hy daarmee bedoel het?" vra Carina.

"Hy wou iets anders skryf, maar hy het gesê sy stories is op, my meisie," antwoord Chivas en lyk skielik ernstig.

Chivas se vinger glip oor die woorde: *Opgedra aan die meisie wat nie weet waar sy heen gaan nie.*

"Wie is sy, Chivas?" vra Carina.

"Hy sal weet as hy haar gekry het." Chivas dink 'n oomblik. "Ons het mos maar almal daardie secret lover wat nie regtig bestaan nie, maar wat ons hoop tog iewers vir ons wag. Dis wie daardie meisie is."

"Het hy nie avontuur gaan soek en nuwe stories gaan haal nie?" vra Mysi.

"Julle weet as 'n lang trein iewers heen ry? Die dae wat ons nog ordentlike spoorweë gehad het en treine nog vrag vervoer het en spoorlyne nie gesteel is nie? Nou ja. Dan haak die masjinis die regte trokke aan mekaar voor die reis. Dis mos reg so?"

"Jy bedoel rangering?" vra Mysi.

"Klink vir my alte veel na die army. Ja, ran-whatchamacallit. Dan stoot die lokomotief die trokke op 'n syspoor en laat een allenige outjie agter omdat daar nie iets is om in sy bak te vervoer nie."

"Ja?" por Carina haar aan.

"Dis Jakkie. Hy wou nie meer saam met die trein ry nie."

"Maar hoekom nie?"

"Die trók besluit nie om afgehaak te word nie. Die masjinis besluit."

"Ek verstaan nie?" Mysi neem nog 'n groot hap jodetert.

"Die lewe het besluit dat Jakkie vir die oomblik nie reg is om saam te ry nie," sê Chivas.

"Met ander woorde iemand het Jacques ontvoer?"

"Jakkie het homself ontvoer."

Carina en Mysi kyk onbegrypend na mekaar.

"Jý sal verstaan, Carina. Jy staan self op 'n syspoor." Skielik is Chivas ernstig. Die gekekkel bedaar, die lighartige naamnoemery maak plek vir erns.

"Hoe . . . bedoel jy nou?"

Die volgende hap jodetert vries op pad na Mysi se mond.

"Jy het dieselfde ouderwetse kyk in jou oë as Jakkie toe hy *Die enkeling* vir my gegee het. Die kyk van 'n mens wat skielik besef hy het nie meer 'n welbehae in sy eie bestaan nie."

Carina voel 'n rilling teen haar ruggraat afkruip, want Chivas se oë is vol erns. Sy knik effens met haar kop asof sy Carina wil aanmoedig om dit te erken.

'n Beeld van Elmien, die jong swemmer, bebloed en oopgespalk, blits weer deur Carina se gedagtes. Die soetheid bondel op haar maag saam, wil uitbars, gee haar sooibrand. Sy moes Elmien Malan se storie geskryf het. Sy het die halfhartige rits artikels gesien wat haar opvolgers in *Blitsnuus* geskryf het.

243

Die joernaliste het die pot heeltemal misgesit. Sý, Carina, het Elmien 'n oneer aangedoen deur nie haar storie te skryf nie. Nie die sensasionele, dramatiese beriggewing wat die volgende dag verskyn het nie.

Dit lyk of Chivas dit verwag het. Sy oorhandig 'n beker met water wat op die tafel staan en 'n glas aan Carina, die ystee vergete. Haar hande bewe toe sy die water skink. Selfs Mysi het nou opgehou eet, en niemand verbreek die stilte nie.

"Jammer," maak Carina na 'n ruk verskoning.

"Te veel suiker in die tert. Was altyd my fout, dan gaan mens op 'n Huletts-trip," maar daar is nie 'n sweempie van 'n glimlag op Chivas se gesig nie.

Dit neem Carina nog 'n paar oomblikke om tot bedaring te kom. "Wanneer het Jacques die laaste keer kontak met jou gemaak, Chivas?"

Iewers skree kiewiete. 'n Fietsklokkie lui en vir 'n oomblik dink Carina dit is dalk Jacques.

"Woensdagoggend laas week. Hy het my gebel uit Newtown. Hy was op pad gim toe. Ek het nog gelag en gesê hy moenie sy spiere te groot oefen soos Jan-Paul nie. Jakkie het so 'n mooi, slank lyf. Hy moenie opgepof raak soos Jan-Paul nie. Toe tjip die einste meneer daar van agter af in en lag. Hy het iets gesê soos 'Spiere maak die man, Chivas!'"

"Jy moet verskoon dat ek dit sê. Maar jy lyk nie baie bekommerd oor Jacques se verdwyning nie," waag Carina.

Nou loer Chivas oor haar skouer asof sy verwag dat Jacques daar gaan staan. "Jakkie is nie van hierdie wêreld nie. Hy was nooit. Hiér het hy dalk 'n paar stories gekry." Sy beduie na haar bakkery. "Hier het ek hom al die bestanddele gegee wat hy dan maar net gaan meng het tot 'n storie. Maar iets het kortgekom. Alles was te soet. Hy wou teruggaan na die bitter goed."

Carina skryf daardie sin neer, kyk na die jodetert, voel 'n walging in haar opstoot na al die oordadige soetheid. "En jy het nie weer van hom gehoor na Woensdagoggend op pad na die gim nie?"

Chivas skud haar kop.

"En Lena? Het sý jou dikwels gekontak?" vra Mysi terwyl sy haar halfverorberde tert terugstoot.

Weer die erns. "Ja."

"Wat het sy gesê?"

"Donderdag. Dat Jacques so besig is met sy doenighede, dat hy vergeet het dat haar muurportrette Saterdag aan die mense gewys word."

Boelsaai, dink Carina. Haar vermoedens oor die rusie tussen Lena en Jacques, een van die redes vir die finale opbreek, raak nou stewiger.

"Hoe oud was Jacques toe jy hom ontmoet het, Chivas?" vra sy na 'n lang stilte.

Twee klante stap in. Chivas staan haastig op en knoop eers 'n gesprek met hulle aan terwyl sy varsgebakte brood in bruin papiersakke sit. Maar sy kyk gedurig na Carina en Mysi, haar aandag afgetrek.

"Darem vreeslik van onse Jakkie, nè?" vra die een vrou met haar pruilmondjie met die uitstap.

"Ek sê vir jou Djak is landuit. Het altyd gedink hy's nie van hier nie." Die ouer vrou beduie na die skildery binne. "Jy kan sommer daar sien sy oë kyk diep in Sodom en Gomorra in."

"In die verderf, inderdaad!" sê die ander.

Die twee vroue kyk betekenisvol na mekaar en loop styf en onbehaaglik met die stoeptrappies af.

"Waar was ek nou weer?" Chivas frons toe sy gaan sit.

"Toe jy Jacques die eerste keer ontmoet het, Chivas."

"Dit het alles begin toe Kleinbegin die groot reën gehad het in 1986. Jakkie was 'n skrale ses jaar oud. Maar toe ek hom sien, toe weet ek sommer: hierdie karnallie is 'n rakker van 'n kalant."

18

12 JUNIE 1986

Drie baksels beskuit. Dan moet Trudie Linde nog twee blikke vol koeksisters gereed kry vir die kerkbasaar, en 'n pan vol kolwyntjies. Maar sy het ingewillig om tog een jodetert te bak, want dit is haar spesialiteit van 'n resep uit Lydenburg waar sy grootgeword het. Oorle' tannie Mart, destyds van Chrissiesmeer, met die heerlike lang lag en die skerppuntbril het dit vervolmaak.

Daai verdekselse deur van haar nuwe winkeltjie op Kleinbegin, wat sy Koekemakranka noem, pla haar al dae lank. Dit swaai soos 'n houvrou se los rok heen en weer in die wind. Sy sal vir Herkie Handige-Hande moet vra om aan die skarniere te peuter, want geld vir 'n nuwe deur het sy nie.

Druppels traan teen die vensters af soos die Pyrex-bak waarin sy warm souskluitjies bêre. Sy sit haar hande om die bak en voel die hitte teen haar vel. Dis so 'n erbarmlike hitte waarin sy haar gesig wil verberg as die lewe te veel raak. Soos toe Hennie haar verlede jaar voor die preekstoel laat wag het en nooit opgedaag het nie. Als was gereël. Niks het in hul pad gestaan nie.

Behalwe die feit dat hy reeds getroud was en gedink het die egskeiding sal betyds deurkom. Maar dit het nie. Nie dat hy enigiemand daarvan gesê het nie. Hy het dit aan die bruilofsgaste, en nog erger, aan haar, die bruid oorgelaat om dit in die Sondagkoerant te lees. Hy het doodeenvoudig verdwyn die dag van hulle troue en is die volgende dag deur die polisie by sy aaklige ou broer duskant Burgersfort opgespoor.

Nooit weer nie. Maak nie saak hoe skoon 'n man van aangesig is of hoe sjarmant hy is nie. Trudie Linde word net een keer voor 'n preekstoel gelos. Daarna kan ander bruide maar in wit gewade vol muisnes-drome staan en bloos. Sy het na die fiasko uit haar ma se huis getrek en besluit om die werk hier by die bakkery te aanvaar waarvoor sy vooraf aansoek gedoen het. Op dié manier kon sy darem uit die Lydenburg-omgewing wegkom, maar nog binne bereik van haar ma wees as sy oor naweke wou gaan kuier.

Natuurlik het die dorpenaars hiervan gehoor en haar dae lank met lang gesigte betrag, maar hul morbiede nuuskierigheid en betuigings van simpatie het al meer klante na Koekemakranka gelok, sodat sy die afgelope sewe maande reeds 'n stewige wins begin toon het.

Toefies Theron, wat die bakkery bedryf het, het die hele besigheid na 'n ruk aan haar nagelaat toe hy skielik, deeg in die hand, aan 'n hartaanval oorlede is. Hy wou altyd sterf terwyl hy iets doen wat vir hom lekker is en dit het dan ook so gebeur. Hy het met sy gesig in die deeg beland asof hy die gulhartigheid vir oulaas nog wou inasem. Baie poëties, het Chivas gedink, en summier die brode na hom vernoem. Die Toefies-specials wat soos, nou ja, soetkoek verkoop het.

Hennie het een keer gewaag om sy gesig in Koekemakranka te kom wys, maar sy het hom met 'n vlakoek gegooi, nes in die flieks wat sy as jong meisie van die balkon van die plaaslike bioskoop gesien het voor dit in 'n Lubners verander is. Hy het nooit weer soontoe gekom nie. "Divine justice!" het sy vir 'n vriendin gesê. "Toe lek hy nog wragtag die vulsel op terwyl hy so beteuterd daar staan!"

Klap! Klap! Aanhoudend. En al plaas sy 'n ysterpotjie of 'n ding voor die deur, is die wind dikwels so sterk dat die ystertjie soos 'n vuurhoutjiedosie uit die pad geblaas word. Maak sy die deur toe, dink die mense die bakkery is gesluit en dan verloor sy klante, en sy het nog drie dosyn vuurwarm plaatkoekies wat verkoop moet word. Have a heart!

En vandag reën dit. Dit beteken dat mense kom pannekoek koop. Sy het die ruim stoep hiervoor ingerig as 'n soort restaurantjie. Dit bestaan uit drie piepklein tafeltjies wat net-net twee bordjies jodetert en koppies tee akkommodeer. Plus 'n melkbekertjie as die klante nie hulle motorsleutels op die tafeltjie los nie.

Skielik 'n seuntjie se gesiggie voor die venster. Hy staar na die kolwyntjies. Sy asem maak kolle teen die ruit, dan trek sy vingertjie 'n woord in die wasem: *Hallo!* Kompleet met die uitroepteken. Maar die seuntjie is so besig met patrone teken, dat hy haar beswaarlik opmerk. Tot hy sy neusie teen die woorde druk om die kolwyntjies beter te sien. Hy plaas sy hande aan weerskante van sy oë.

Sjoe. Hy lyk eintlik bietjie te klein om al te kan skryf. Maar hy het die letters netjies en perfek gevorm. Trudie probeer sy aandag trek, maar hy is so behep met die kolwyntjies dat hy skaars haar uitbundige bewegings sien.

Trudie trek haar wolhoedjie oor haar kop en stap na die klappende deur toe. Sy loer na buite. "Môre, seuna!"

Die seuntjie draai sy kop na haar toe.

"Joei! Jy! Hoe-hoe-hoe!" roep sy toe hy nie antwoord nie.

Skielik vertrek die gesiggie in 'n breë glimlag en die seuntjie begin skater. Hy wys na haar en lag so lekker dat hy sy koppie agtertoe gooi en uit sy magie lag. "Joei! Seuna! Wat's so snaaks?" Maar hy kraai so dat hy nie kan praat nie.

Sy kyk rond of daar dalk iewers 'n nar met die straat af loop of 'n verbyganger op 'n piesangskil gegly het, maar die kind hou net aan met lag.

"Nou maar, as jy nie 'n kolwyntjie wil hê nie, kan ek niks aan jou saligheid doen nie!" Sy trek die deur agter haar toe, maar dit begin dadelik weer te klap. Trudie gryp haar kop uit frustrasie vas.

Sy buk agter die toonbank en haal 'n swartwoudkoek uit waaruit daar reeds vier snye verkoop is. Sy plaas dit op die toonbank en wil net vir haarself een afsny, toe die seuntjie instap. Hy het 'n lokomotiefie in sy hand.

Sy pluk haar hoedjie af en merk dan eers op dat sy dit agterstevoor opgesit het. G'n wonder die mannetjie het so vir haar gelag nie.

"Kon jy nie vir my gesê het die kadotjie sit windskeef nie?" wys sy hom tereg.

"Hie! Hie! Hie!" lag hy. Sy kyk na die bekkie wat so groot glimlag. Hy gaan eendag skoon van aangesig wees. Die meisies gaan vrek oor hom, dis vir seker! En daardie helder ogies wat so flikker terwyl hy lag, gaan sy grootste bate wees.

"Toe, toe, toe. Kom in, seuna. Wat luier jy so daar in die deur? So 'n smile verdien 'n bietjie sondige soetigheid!"

"My naam is nie seuna nie. Dis Jacques."

"O. Nou maar hallo, Djaak."

"Nee. Nie Djaak nie. Ek is nie 'n draak nie! Zjhaaaak," en hy wys na sy mond.

"Zhaaaaak," probeer Trudie. "Hoe nou?"

Die seuntjie skud sy koppie. "Soos oom tandarts se boor. Zjzjzj!" boots hy die eerste letters se klank na. "Zjhaak!

Trudie probeer. "Zszszs!"

Weer lag die seuntjie. "Jacques! Ek is Jacques, man! Nie 'n by nie!"

"Heeltemal te moeilik vir hierdie ou lippe om te vorm en dit nog met valstande, seuna."

Sy mondjie plooi weer in 'n glimlag. "Het jy valstande?" Nie "tannie" of "mevrou" nie. Sommer net "jy". Sy hou al hoe meer van die patroontjie.

"Nee, man, dis sommer 'n grap. Vir wat het jy so 'n uitheemse naam?"

"Want my pa sê baie mense gaan eendag van my weet, dan moet ek 'n mooi naam hê. Jacques Rynhard!" sê hy trots.

"Nou ja toe." Sy is te sprakeloos om nog aan 'n grappie te dink. "Kom kies vir jou wat jy hier in Koekemakranka wil hê."

"Wat is Koekemakranka?" vra Jacques.

"Jong, dis 'n koek wie se ma kranklik is. Kranklik van skone lekkerte en te veel suiker en swaar kondensmelk en ander vrolike goeters wat nie eers name het nie, seuna. Soos hierdie ou heupe demonstreer!" Sy vee oor haar heupe.

"Zjhaaaak!" frons hy nou. "Zjhaaaak!"

"Ag, Djak se dinges, man. Jy is Jakkie. Sommer pleinweg 'n lekker boerenaam. Jakkie."

Die seuntjie trek sy neus op 'n plooi. "My pa noem my ook Jakkie."

"Wie is jou ouers?"

"Klaus en Liebet Rynhard," sê hy.

Trudie, wat besig was om die swartwoudkoek te bêre, verstyf. "Jy bedoel die treindrywer en sy vrou wat langs die spoor bly?"

Jacques knik.

"En hoe noem jou ma vir jou?"

Sy gesiggie verdonker. "Sy sê nie eintlik my naam nie. Sy wou 'n ander naam gehad het, nou noem sy my sommer niks."

Maak sin, dink Trudie. Liebet Rynhard word selde op die dorp gesien, want niemand hou van haar nie. En sy het beslis nog nie hier by haar kom soetigheid koop nie. Trudie dink nie dat selfs die soetste gekookte kondensmelk daardie mond, wat altyd so suur onderstebo trek, sal kan laat versag nie. Die vrou het 'n verskriklike dunk van haarself. Was glo op haar dae 'n model, maar dit was van korte duur. Trudie het gehoor dis omdat sy swanger geword het dat sy noodgedwonge hiernatoe moes verhuis, haar loopbaan heel onder in die longdrop.

Dis dalk hoekom sy en klein Jacques nooit saam in die dorp gesien word nie. Klaus en klein Jacques word egter gedurig saam gesien, weet sy nou. Sy het al menige keer in die nag wakker geword van die stoomtreine wat deur die dorp dreun, dan sien sy die figuur van die man langs die spoorlyn wat die klein seuntjie op sy skouers vashou. Die seuntjie waai altyd vir die trein wat fluit en dan die res van die dorp wakker maak. Maar elke aand, klokslag tienuur, wanneer die goederetrein verbyry, staan die twee langs die spoor en dan waai die seuntjie.

Nou het die twee 'n naam. Klaus en Jacques Rynhard.

Jakkie.

Sy kan sien waar Jacques sy looks vandaan kry. Klaus is nie 'n onaardige man nie.

Wanneer Klaus kerk toe gaan, gaan hy altyd alleen. Soms is

250

klein Jacques by hom, maar nooit Liebet nie. Sy sit grimmig in haar huis en naaldwerk doen, sê hulle: die een stuk kunsnaald-werk na die ander wat geraam en teen die muur gehang word. So asof die vrou haar eie towerwêreld met fyn steke uit niks uit borduur – as terapie teen . . . wat? Eensaamheid? Verbittering? Frustrasie omdat sy nie haar talente verwesenlik het soos sy verwag het nie? Omdat mense haar kamtig nie eer en herken vir die model en kunstenaar wat sy dink sy is nie?

Sy het egter wel destyds op Lydenburg uitgestal en twee pryse gewen, ver van die jaloerses op Kleinbegin.

Die enkele kere wat iemand haar wel in 'n winkel gekry het, het sy kortaf geknik of 'n abrupte "Middag!" geuiter. Nie "Goeiemiddag, hoe gaan dit?" nie. Net een stram woord wat dadelik 'n donker wolk oor die dag getrek het. En op so 'n hoogdrawende manier in stywe, afgemete lettergrepe, en met so 'n gemoduleerde stem dat sy mense nog meer ontsenu het. Sy wou die dorpenaars duidelik laat verstaan dat sy nie uit die plaaslike omgewing kom nie, anders is as hulle en beslis nie hier hoort nie.

Liebet het met 'n sonore, selfbewuste stem gepraat, so asof sy verlief was op haar eie noukeurige manier van praat – 'n gedwonge toon wat sy kamtig ten alle tye beheer het en waar-mee sy lelike bitsighede kwytgeraak het om haar meerderwaar-digheid teenoor die ander dorpenaars se skel stemme net nog verder te bevestig. En wanneer mense dan gekwets gereageer het, net kamtig verbaas te vra: "Nou wat is dit nou met jou?" of "Hoekom is jy so aggressief met my?" met 'n neerbuigende glimlaggie. Altyd die kalmerende, neerbuigende glimlaggie.

Mense het nie van Liebet gehou nie.

"Die koekies is vervelig!" sê Jacques skielik hier voor haar. Sy skrik terug uit haar gedagtes.

"Nou hoe bedoel jy 'vervelig', Jakkie? Te min versiersuiker? Is die deeg te droog? Is die kolwyntjies se opslaanrokkies te hoog?"

"Dit is nie behoorlike gesiggies nie!" beduie Jacques en Chivas dink: Waar sou die kind aan die woord "behoorlik"

251

kom? "Soos tannie se gesig, met net so 'n breë glimlag, dik oog-hare . . ." hy wys na sy wenkbroue, "en die ander koekie moet 'n bekkie kry wat op 'n plooi trek. So!" Hy trek sy mond op 'n plooi. "Soos tannie gemaak het toe ek vir tannie gelag het! My pa noem dit 'n moesiemondjie!"

Weer verwonder Chivas haar aan die kind se woordeskat. "En die ander koekies moet brille op hê, soos wanneer tannie uit daardie boek lees!" En hy beduie na die telefoongids en sit die lokomotiefie in sy broeksak.

Chivas loop na die uitstalruimte in die venster en kry die bord met kolwyntjies. Toe stap sy na die kombuis toe. "Nou ja toe. Ek wag. As jy dan soveel raad het, voeg die daad by die woord!"

"Die daad by die woord!" herhaal Jacques asof hy die woor-de memoriseer. "Die daad by die woord. Kordaat! Kordaat!"

Jacques volg Chivas in die warm kombuis in. "Wag, ek staan net so dat ek kan sien as hier klante kom." Hy gaan staan dade-lik by die Aga-stoof en maak sy handjies warm.

"Toe. Vergeet van die stoof. Die kolwyntjies wag!" Sy neem 'n blomblaarbeueltjie en druk dit in Jacques se hand. Toe lig sy die seuntjie op en sit hom op die tafel neer. "Kom ons kyk of jy dit beter kan doen, Jakkie!"

"Wat is jou naam?" vra hy.

"Trudie. Maar almal noem my Chivas."

"Wat is Chivas?"

"Jy is nog te jonk om te weet. Toe. Doen jou dingerasies."

"Doen jou dingerasies," herhaal Jacques.

Hy toets eers die beueltjie op sy hand en blerts 'n gesiggie daarop, lek dit af en bekyk die kolwyntjie krities. Hy konsen-treer intens.

"Wag, ek wys jou!" Chivas neem die buis uit sy handjies en druk twee versiersuikerogies op die kolwyntjies. Jacques hou sy kop skeef van konsentrasie, maar skud sy kop. Hy leun oor die tafel en tel die nege kolwyntjies uit die bord. Hy pak hulle in 'n ry.

"En nou?" frons Chivas.

"Dis 'n trein! Tjoek-tjoek-tjoek!" lag hy breëbekkie. Toe spring hy van die tafel af, draf om en begin die voorste kolwyntjie versier. "Dis die enjin! Die lo-ko-mo-tief!" sukkel hy om die woord te sê.

Daarna die tweede kolwyntjie: "Die koletrok." Hy teken 'n gesiggie. "En die beestrok!"

Trudie kyk hoe klein Jacques met groot konsentrasie 'n gesiggie op elke kolwyntjie teken.

Wanneer hy by die agterste trok kom, sê hy: "Die huisie!"

"Ja, dit is die kondukteur se huisie, maar ons noem dit die kondukteurswa," help Chivas hom reg.

"Konteurswa!" konsentreer Jacques.

"Nee. Kondúkteurswa. Duk, duk, duk!"

Weer lag Jacques en teken toe 'n ronde mondjie op die laaste kolwyntjie. "Soos Chivas se mond pop as sy sê . . ." hy konsentreer, "kon-dúk-dúk-teurswa."

Hy loop terug na een van die ander kolwyntjiegesiggies en vee die versiersuiker af en steek dit in sy mondjie. Toe druk hy twee ogies, 'n langerige neus en 'n mondjie wat afwaarts neig daarop en plaas 'n frons tussen die oë. Chivas wil nog kommentaar lewer, maar dan druk klein Jacques 'n traan uit die beueltjie op die kolwyntjie, sodat die traan uit een van die ronde ogies drup.

"En wie's dit?" vra Chivas besorgd.

Op daardie oomblik gaan Koekemakranka se deur oop en Liebet Rynhard stap in. Sy is 'n lang, maer vrou, haar blonde hare in 'n bolla in haar nek gedruk. Sy dra 'n modieuse tabberd en hoëhakskoene, maar haar voorkoms spreek van konserwatisme en opgesmuktheid. Haar gesig lyk onvergenoegd, maar haar vel is goed versorg en seepglad sonder 'n spoor van 'n plooi.

Die frustrasie en ongelukkigheid met haarself is duidelik merkbaar op haar gesig.

Jacques het intussen agter die toonbank gehurk.

253

Chivas merk die vel wat styf om die vrou se wangbene span en haar oë beklemtoon. Donker, stip oë wat strak na Chivas kyk. Sy dra 'n byderwetse handsak wat uit duur materiaal geborduur is. Haar rug is statig en regop en sy stoot haar ken vorentoe asof sy dan nog beter teen haar neus kan afkyk.

"Kan ek help, Liebet?" vra Chivas en stof haar hande aan haar voorskoot af.

"Ja. My seun het 'n rukkie gelede hier in die winkel verdwyn en dit is etenstyd. Hy moet huis toe kom. Waar is hy?"

Chivas weet nie wat om te doen nie.

"Ek bedoel . . . hy kan tog seker nie sommer so verdwyn nie!" hou Liebet vol. "Waar is hy?

Chivas probeer om nie na Jacques te kyk waar hy gehurk vir sy ma wegkruip nie, maar begin bloos. Liebet se strak gesig verstyf. Sy kyk van Chivas na die toonbank. Chivas skuif-skuif weg van Jacques in 'n desperate poging om die aandag van hom af te trek.

Jacques kom einde ten laaste orent van agter die toonbank. Hy kyk afgetrokke na sy ma.

"Wat het ek gesê van rondloop sonder om my te sê, Jacques? Ek was dood van bekommernis! Die een oomblik staan jy voor die winkel en toe ek weer deur die venster kyk, het jy verdwyn! Hoekom verdwyn jy so dikwels?"

Jacques sit sy vingertjie in sy mond en kyk na die streng vrou oorkant hom.

"Liebet, dit is eintlik my skuld," probeer Chivas. "Ek het hom buite sien staan, toe nooi ek hom in."

"En kyk hoe lyk jou hande! Vol koekmeel en ek weet nie wat alles nie. Kom hier, Jacques!" Haar stem is koud.

"Soos ek gesê het, Liebet, ek . . ."

"Ek het jou die eerste keer gehoor, dankie." Liebet steek haar hand gebiedend uit. "Het ek nie al genoeg gepraat oor die rondlopery nie? Sê nou jy beland onder 'n kar of word ontvoer of raak sommer net weg! Dan is dit weer my skuld!"

"Ek is jammer, Ma." Nie "Mamma", soos sy gewoond is sulke

klein kinders praat met hul ouers nie. 'n Kortaf "Ma" wat hy gedeeltelik insluk.

"En hoor hoe praat jy met my, jou klein parmant!" Die volgende oomblik gee sy hom drie harde houe op sy boudjies. Chivas staan versteen, nie in staat om Jacques te help nie. "Wag net tot ons by die huis kom, dán kry jy die loesing van jou lewe!"

Chivas verwag dat Jacques in trane sal uitbars, maar hy staar net stip voor hom uit, sy handjie styf in Liebet Rynhard s'n geklem. "En wat jou betref, dame!" Liebet wend haar nou na Chivas. "Ek sou my skaam om kinders in 'n winkel in te neem waar daar geen toesig is nie!" Sy klap Jacques weer op die boud, dié slag nog meer geniepsig, maar klein Jacques se gesig bly kwaad. "Jy moet bly wees ek gee jou nie by die burgemeester aan nie. Hy is 'n persoonlike vriend, jy weet?"

Liebet trek-sleep Jacques agterna. Chivas bly agter en kyk hoe klein Jacques die lokomotiefie uit sy broeksak haal en dit in sy ander hand vasklou asof hy troos daaruit kry. Hy kyk nog vir oulaas om, maar Liebet rem met mening aan hom.

Later stap Chivas op die stoep uit en sien hoe Liebet nog vir Jacques agter haar aan huis toe sleep. Sy beentjies is te kort om by sy ma se lang hale by te hou, maar hy hardloop saam.

Net voor hulle by die huis instap, draai Jacques om en waai vinnig vir Chivas. Maar voordat sy haar hand kan lig om die groet te beantwoord, sleep Liebet hom die huis in vir, moontlik, die loesing van sy jong lewetjie.

En toe Chivas terugstap in haar winkel in om drie nuwe klante te bedien, beduie 'n vrou na die kolwyntjies op die tafel: "Haai, hoe fraai! Kan ek dit kry, asseblief?"

"Jammer, Tienie," sê Chivas, "dis nie te koop nie."

19

"As hierdie vis enigsins korter in die pan gelê het, het ek dit vir 'n troeteldier aangeneem!" Mysi krap met haar vurk deur die vis op haar bord en wink die kelner nader.

"Asseblief net nie 'n scene nie!" keer Carina.

"Dit laat ek aan jou oor. Halloooo!" wink Mysi die kelner weer nader toe hy haar ignoreer. "Het julle sjokoladesous?"

Die kelner frons en knik. Hy stap weg.

"Sjokoladesous?"

"Jip. Dis al wat my hierdie vis sal kan laat afwurg."

"Maar sjokoladesous, Mysi?"

"Kyk, Riens. Ek is so bedruk oor wat ek alles by Chivas gehoor het, dat ek 'n hele visdam sal insluk. Sjokolade is al wat die slukproses sal vergemaklik!"

Carina neem haar selfoon en skakel luitenant Soon Alberts se nommer. Die luitenant antwoord feitlik onmiddellik.

"Alberts."

"Human," glimlag Carina. Daar is 'n oomblik stilte. "Carina. Van *Montage*. Hoeveel Humans is in jou lewe, luitenant?"

Hy lag. "Die belangstelling is minder. Vanaand se koerante begin al van Jacques Rynhard vergeet, en so ook die mense. Hy is gister se nuus, hoewel daar steeds oproepe en SMS'e is oor waar hy kan wees. Maar niks nuuts nie. Hoe vorder jou storie?"

"Ek is op Kleinbegin in Mpumalanga, waar Jacques gebore is en grootgeword het."

"Gaan praat met 'n kaptein Pietie Botha. Hy is al sedert Moses daar. Al sy swart kollegas word bo hom bevorder, en hy word steeds nie stasiebevelvoerder nie; die storie van ons lewens in die polisie."

256

"Nie net in die polisie nie, luitenant!"

"Sê ek het jou gestuur. Goeie pel van my. Saam rugby gespeel."

"Dankie. En ek belowe jou, sodra ek iets weet, sal jý weet."

Sy wag dat hy die lokaas neem.

"O ja. Ons was weer by sy woonstel."

Carina rol haar oë vir Mysi. Polisiemanne praat nooit nie tensy jy dit uit hulle manipuleer.

"Dit blyk dat hy amper niks saamgeneem het nie, maar wel sy tandeborsel . . . toiletware."

"Was julle alleen daar?"

"Nee. Lena Aucamp was ook daar."

Lena wat woeste kwasstrepe gebruik het om 'n stuk papier te verrinneweer. Amper soos die moordenaar in *Psycho*.

"Met ander woorde hy is nie ontvoer of," sy sukkel om die woord uit te kry, "vermoor nie."

"Iemand kon hom met 'n vuurwapen aangehou het en gedwing het om sekere goed in te pak. Maar die feit dat sy tikmasjien weg is, suggereer dat hy willens en wetens die pad gevat het en dus nie in gevaar is nie."

Sy verluister haar aan die luitenant se formele sinskonstruksie. Sy manier om sekere inligting te versag en dit van sensasie te ontneem. Hy dreun voort in 'n geoefende monotoonstem:

"Lena Aucamp dink ook so. En hy is beslis nie by die woonstel se hekke uit nie. Die opsigter sê net hy het hom die vorige oggend, Saterdagoggend, halftwee sien inkom."

"Hy het die kroeg herrangskik."

"Gehoor, ja. En hy was nie by Lena Aucamp se muurskilderye wat in Newtown bekendgestel is nie."

"Nog inligting, asseblief, luitenant?" vorm haar lippe die woorde, maar sy bly neutraal.

"Dankie, luitenant."

"Lekker dag."

Carina skakel die selfoon af.

"Wonder wat ons heldin oor hierdie situasie sou sê?" sê Mysi.

257

"Moeder Teresa?"

"Nee, man. Agata van die koerante. Ek sien sy's in Engelse koerante ook. Maar haar wyshede klink nie so cool in Engels nie."

"Wat's die nuutste?"

"Liefde is wanneer sy glimlag as hy jou groet vir langer as wat 'n kameraflits duur."

Hulle lag en gee mekaar 'n vatvyf. Mysi raak doenig op haar foon.

"As jy hierdie inligting oor Jacques Rynhard twiet . . ."

"Ek check maar net by fans se reaksie op my koffietafelboek."

"Waarvan sewe verkoop het. Jou ma, jou pa en jou vyf boeties."

"Maar sodra ek byskryf: 'Mysi Moolman wat Jacques Rynhard gevind het', verkoop dit uit."

"Dan is daar tog 'n motief vir jou saamkom hiernatoe! En ek dag dis vir *Montage*."

"Dis sodat ek binne grypafstand van die prikkelprins kan kom. Ek, suster Sonneskyn, wil by elke kiekie gecaption word. Deal?"

Sy hou haar hand uit.

"Dit kan jy vir Gavin Grieselboudjies vra."

"Ek ransel sy flippen grieselboudjies met 'n perdesweep af, dan kry ek sommer twee erkennings." Sy beduie die woorde met haar hande: "Foto van Jacques Rynhard: Mysi Moolman. Dalk raak hy net daar op my verlief en ons bly happily ever after."

Carina sug en probeer om nie te glimlag nie.

Mysi leun vorentoe. "Ek gaan die eerste foto van Jacques Rynhard kry. Die nuwe Jacques Rynhard. En dit gaan my meer famous as Gerrie Nel maak."

Carina kyk na die kitsch versierings in die hotel se eetkamer en dit raak 'n oomblik stil tussen hulle.

"Jy kan die wonderlikste storie skryf net oor jou besoek aan

258

Chivas vanoggend," sê Mysi. "Sy laat my baie aan my ma dink. Rond en bont, vrolik en gesond. Ek sê altyd my ma het net goedheid in haar. Veral om met my knorrige pa en my gebroeders oor die weg te kon kom vir vyf en dertig jaar."

"Jy het my nog nooit aan jou ouers voorgestel nie," verwyt Carina.

"Hulle bly op Keimoes. Dis drie dagreise te perd ver en dan moet jy nog 'n kameel ook haal tot op die plaas. Maar ek skype hulle drie keer 'n week. Hulle hou egter nie baie van my hare of my foto's nie."

"En dis maar dié wat hulle sien." Carina se selfoon lui weer en hierdie slag verskyn Stefan se naam.

"Is julle al terug?" vra hy.

"Wat sê hy?" vorm Mysi se mond die klanklose woorde.

"Nee, ons slaap vanaand op Kleinbegin oor."

Die kelner bring die sjokoladesous en sit dit met lang, onseker vingers neer. Mysi bedrup die vis daarmee.

"Ek was by luitenant Alberts."

"O. Ek het pas met hom gepraat."

"Daar is enkele sekuriteitskameras in Newtown, veral rondom Mary Fitzgerald Square. Maar met die bouery aan die Newtown Mall het sommige in die slag gebly. Maar! Een kamera werk nog."

"Sê asseblief dis buite Jacques se woonstelgebou."

"Ongelukkig nie. Dit is duskant Park-stasie, naby die M1."

"En?" por Carina hom aan.

"Vrydagmiddag, die dag voor sy verdwyning, het Jacques op sy fiets by die Markteater verbygery. Bietjie stadiger as gewoonlik, asof hy geen probleem in die wêreld gehad het nie. Toe't hy onder die snelweg stilgehou en straatkinders met toebroodjies en aanmaak-koeldrank gevoer," sê Stefan. "Ek het die footage gesien. Hy lyk doodnormaal."

Dit het natuurlik gebeur voordat Lena hom die trekpas gegee het.

"Daarna is hy weg, buite sig van die kamera, seker na sy

woonstel toe. Die punt is, sy houding, die manier waarop hy met die straatkinders gewerk en gelag het, dui aan dat hy skynbaar nie in die bui was om te verdwyn nie. En daar was 'n swart man saam met hom. Hulle het daarna lank staan en gesels, Jacques nog op sy fiets."

Fineas, dink Carina, maar sê niks.

"Nog iets?"

"Ja. Jacques en Lena Aucamp se woonstel is ontwerp deur Jan-Paul Otto, sy skoolvriend."

"Hy is 'n argitek, ek weet, ja." Carina dink na. "Toe ek hom gegoogle het, het ek nog 'n paar geboue ontdek waaraan hy werk of wat hy ontwerp het. Hy werk hom dood, die arme man."

"Jan-Paul sou in een van die woonstelle langs Jacques en Lena ingetrek het, maar het destyds 'n verhouding met Mart-Marié Markman gehad."

"Die miljoenêrsdogter?"

"Miljardêrsdogter. Onthou Grieselboudjies se reëls oor wanneer dit miljoenêr en wanneer . . ."

"Ja, ja, ja. Wat daarvan?"

"Sy en Jan-Paul was in 'n aan-en-af-verhouding. Toe oorreed sy hom om 'n luukse woonstel in Sandton te koop en hulle trek saam in. Ses maande daar gebly. Maar hier's die interessante stukkie."

Mysi vee haar sjokoladebord met die laaste stukkie vis uit. Carina ril toe sy sien hoe dik die stuk vis met sjokoladesous gelaai is. "In *Die Weekblad* was daar destyds 'n artikel toe Jan-Paul en die Markman-meisie gesplit het."

"Ja?"

"Sy het uit die woonstel getrek en gesê sy kan Jan-Paul nie met sy vriende deel nie. Hulle is belangriker as wat enige verhouding ooit kan wees."

"Noem sy name?"

"Nope. Maar hierdie stukkie sal die wagwoord op jou rekenaar sommer vanself laat verander." Carina hoor hoe hy

260

tussen dokumente vroetel. "Die Mart-Marié girl sê hier: 'Hulle wou my nooit saamgehad het nie. Jan-Paul en sy twee vriende het elke naweek met hul fietse iewers heen verkas of gaan piekniek hou of die middestad ingevaar. Ek het een of twee keer probeer saamgaan, maar nie eers 'n knoffeltuin sou hulle uitmekaar kon skeur nie." Hy bly dramaties stil.

"Kom kom kom, Stefan, ek bedoel . . ."

"Sy sê toe: Dalk moet die drietjies met mekaar trou. Dit sal die eerste keer wees waar iemand 'n man én 'n vrou het."

"Eina."

"Ek het ook uitgevind dat Jan-Paul daardie nuwe gebou in Sandton ontwerp het waaraan hulle nou bou. Die Blitz Towers-gebou."

"Wat Katherinelaan so blok en waar die verdomde verkeersligte al vyf weke buite werking is. Wat beteken hy is nou een van die superrykes."

"Presies. My punt is, as hulle drie so inmekaar geklits was, móét Lena en Jan-Paul weet waar Jacques Rynhard is. Ek weet waar Jan-Paul gim. Ek sal my bietjie daar inwurm en uitvind."

"Slim seun. En Gavin Grieselboudjies?"

"Se aandag word opgeneem deur die afpersskandaal wat pas in die parlement gebreek het. Hy en Freek skryf saam aan die storie. Hulle is vinnig af Kaap toe om onderhoude te doen. Maar die hemel en sy koelboks help jou as hy terugkom."

"Dankie, Stefan. Mysi stuur groete. Hou my op hoogte. Cheers."

"Bye, Riens."

Carina herhaal die inligting aan Mysi, wat nou ernstig na haar kyk.

"Ek wil vanaand verder aan my storie werk."

"Jou storie of Gavin se storie, Riens?"

Carina haal 'n geheuestokkie uit haar handsak. "Myne is hierop. Gavin s'n op my rekenaar."

Sy haal die iPad uit haar handsak. "Sal jy jouself kan besig hou?"

"Ek gaan sit nie alleen in die kroeg nie." Mysi vee haar mond met 'n servet af. "Die manne is honger hier en ek haat boerewors."

Carina wink die kelner nader, vra om die rekening te teken.

"Ek hoop nie jy gee 'n tip nie. Ek het laas in die koshuis-from-Kosovo sulke droë brood geëet."

Hulle stap uit. Mysi trek haar trui stywer om haar: "Wat is daardie liggies in die lug?"

"Ek dink hulle noem dit sterre in standerd vier se aardrykskunde."

"Ek dag die hemel lek."

Carina moet lag wanneer Mysi vervolg. "Want mens sien dit nie in die stad nie. Te veel lig. Nou's ek reg om romanties te word."

"Hoekom dink jy het Lena en Jacques nog nie getrou nie? Ek bedoel, hulle is albei . . ." Carina tel op haar vingers. "Hoe oud? Drie en dertig, vier en dertig. Hulle woon saam. Of hét saam gewoon."

"Kan iets met sy kinderdae te doen hê." Mysi steek 'n sigaret aan en waai die rook weg van Carina af. "As Jacques so 'n terrible kinderlewe gehad het, wou hy dalk nie kinders in die wrede wêreld bring nie. Hulle sou anyway nie werk kry nie, want hulle's te bleek."

Carina skud haar kop. "Alle aanduidings is dat hy die Moeder Teresa van die slums is. Die Fellini van die suburbs. Hy sou tog nie dieselfde fout as sy ouers gemaak het nie."

"Yowza!" gil Mysi. "Dit gaan die titel van my fotoboek oor Jacques wees. Fellini van die suburbs! Kopiereg, kopiereg!"

"Word ernstig, Mysi."

"Wel. Dalk kon Lena nie kinders hê nie." Mysi neem 'n diep trek van haar sigaret. "En sy pa. Hoekom weet ons so min van hom?"

"Hy's dood toe Jacques sestien was. Kan jy dink om alleen saam met daardie ma puberteit in te gaan!" Carina waai Mysi se rook weg.

262

"As iemand sal weet, is dit Chivas en die mense van die dorp. Dit lyk of hulle hier vasgegroei het." Mysi neem 'n laaste trek van haar sigaret en trap dit dan dood. "Kom."

'n Man slinger by die hotel uit en gaan staan. Hy beskou Mysi op en af en beweeg dan stadig nader. Mysi retireer.

"Either I must be drunk or you haven't got a neck," sleeptong hy.

Mysi ruk haar orent. "If it can dangle a set of pearls, it's a neck, sir!" En sy stap verby.

Oomblikke later is hulle in die kroeg, wat dof verlig is. Twee mans by die kroeg suig lui aan iets wat na brandewyn-en-Coke lyk. Op die plasmaskerm word daar verbete rugby gespeel.

Mysi en Carina merk dat Chivas al met haar aandskof begin het. Sy staan met haar rug na die manne en kyk saam televisie. Die oomblik wat 'n drie gedruk word, skreeu die twee wat brandewyn drink luidkeels, terwyl die ander twee by 'n tafeltjie woes met hul hande in die lug beduie. Daar is orals palms en goedkoop skilderye van seetonele teen die muur en in 'n donker hoek iets wat na 'n plakkaat lyk, maar 'n palm skerm dit af.

"Dis die bliksemse lynstaan! Dis waar al die gemors begin!"

"Eish!"

Die mans kyk op, want hulle het Mysi gehoor. Carina trek 'n kroegstoeltjie uit en gaan sit.

Chivas draai om en haar gesig plooi in 'n glimlag. "My wêreld. Van kolwyntjies na hardehout. Julle meisies hou van variasie. Wat kan ek vir julle kry?"

"Coke, sonder die hardehout. Maal twee," beduie Carina.

Terwyl Chivas skink, bekyk die twee mans Carina en Mysi van kop tot tone. Die een stamp effens aan die ander. Mysi se rok is hoog opgetrek en meer van haar linkerbeen wys as gewoonlik. Of dit kan doelbewus wees – die aangewese manier om 'n gesprek met twee verveelde kroegvlieë aan te knoop. Carina kyk weer na die palm met die verskuilde plakkaat. Iets wil bekend lyk.

Sy staan op en loop na die palm toe. Sy druk die blare weg.

Daar is 'n selfgemaakte plakkaat opgeplak met Jacques Ryn-hard se gesig. En onderaan: *Beloning! Lewend of dood! Verkieslik dood!*

Carina draai terug en trek Chivas se aandag.

"Wie het dit daar gesit?"

Chivas knip-knip haar oë om beter te fokus. "My heiden, het iemand weer . . .?" Sy lig die klap op die toonbank en stap haas-tig na die muur toe. Die volgende oomblik ruk sy die plakkaat van die muur af. "Wie het dit hier opgesit?"

Die twee kroegvlieë draai stadig in die rigting van die ander manne wat by die tafel sit. "Daai twee poefters wat nie rugby kyk nie," sleeptong die oudste.

"Wie's jou poefter?! Ek bliksem jou!" roep die grootste man by die tafel.

"Ek het julle vanmiddag gesê hierdie drek mag nie in die kroeg opgesit word nie!" kap Chivas terug. "Die mense in hier-die dorp is mal oor Jakkie! Dis net julle perverte wat nie van hom hou nie omdat hy altyd al die meisies gekry het!"

"Dan moet jy maar jou rondes by Simca se boetiek en die superette en die wassery en die kaasfabriek ook doen. Dieself-de plakkate is daar," grinnik die manne by die tafel. "En julle twee gatgabbas wat so suip. Die Stormers gaan in die hek duik, boeties. Hoor wat hierdie oom vir jou sê!"

Die twee kroegvlieë staan op. Die een met die gekleurde hare skud sy skouers reg en loop dan ferm op die tafelsitters af.

"Hoi, hoi. Stadig, kêrels. Ek soek nie 'n bakleiery nie!" waar-sku Chivas. Maar die tafelsitters staan ook nou op.

"Jakkie kom van hierdie dorp af. Julle het geen reg om sulke vieslike plakkate van hom te maak nie. En dis net julle wat die drek opsit. Jakkie is geliefd op hierdie dorp! Wie het dit gedoen?" roep Chivas na die tafelsitters, wat hul moue begin oprol.

"Sy ma moes hom kleintyd doodgelê het!" grynslag die grootste van die twee.

"Uit!" Chivas neem 'n bofbalkolf wat sy agter die toonbank

264

uithaal. "Ek moker die laaste bietjie senings wat julle nog in julle harspanne oor het moerland toe! Skoert! En as ek julle ooit weer hier vang, bel ek die polisie!"

"Jy! Wat 'n affair met Klaus gehad het! Jý wys die vinger na óns!" skreeu die kleiner man.

Chivas stap met mening op die man af. Sy kry hom aan sy kraag beet en sleep-stoot hom by die kroeg uit. Die twee kroegvlieë takel die groter, bebaarde man en slaan hom onderstebo. Toe pluk hulle hom orent en stoot hom ook in die rigting van die deur.

Die bebaarde man bly egter nie stil nie en swets so ver as wat hy gesleep word. "Rynhard het in elke storie oor óns geskryf. Ons wat so common is, ons wat so sleg is. Maar nooit oor jou nie, Chivas! Nooit oor jou en sy pa se verdomde katelknoeiery nie!"

"Hy het nie oor julle geskryf nie, julle idiote! Julle het maar net met die common karakters geïdentifiseer! Skuldige gewete!" skreeu Chivas. "En die enigste katelknoeiery was tussen jou en die dominee se vrou!"

Die bebaarde man swaai om. "Dalk is dit tyd dat julle almal die waarheid oor Jacques Rynhard praat, Chivas. Julle is net te diep in sy gat opgekruip om dit te vertel! Julle kan dit net so lank wegsteek!"

Carina en Mysi kyk skerp op.

"Vir julle manne is daar net een plek!" Chivas beduie na die ander drinkebroers wat naderstap.

Die moeilikheidmakers word op straat uitgegooi en die res van die drinkers verkas.

Chivas stap met mening terug en skud haar hande af asof sy aan iets vuils gevat het. Agter die kroegtoonbank skink sy 'n skoon sopie Chivas Regal wat sy met een teug wegslaan. Die kroeg is behalwe hulle drie nou verlate.

"Watse waarheid, Chivas?"

"Sommer dieselfde soort poefies as wat jy nou net gehoor het. Hulle maak stories op en verkoop dit vir die waarheid!"

Carina en Mysi is nie heeltemal oortuig nie, maar Mysi beduie vir Carina om voorlopig stil te bly. Hier het nou net iets gebeur en hulle gaan agter die kap van die byl kom.

Hulle moet liewer met die res van die dorpenaars gaan praat wat die waarheid nie deur 'n filter sit nie.

Carina en Mysi, nou albei op die punt van hulle stoele, kyk na Chivas wat haar met 'n kantsakdoekie koud waai. Maar Carina is nie van plan om die waarheid so maklik te laat gaan nie.

"Wat het hulle bedoel met katelknoeiery tussen jou en Jacques se pa, Chivas?"

Chivas neem die glas voor haar en keer dit weer in haar mond om, maar dit is dolleeg. "Klein dorpies maak stories wanneer daar nie is nie!"

"Was daar 'n verhouding tussen jou en Klaus Rynhard?" vra Mysi.

Chivas skud haar kop stadig. "Ek sal nooit 'n verhouding met 'n getroude man begin nie. Nooit. Maar ons was vriende. Hy het dikwels hier kom kuier nadat hy van sy skofte af teruggekom het."

"H'm." Carina lig haar wenkbroue.

"Lees my posbuslippies hard en duidelik. Daar was niks."

"En die kamtige waarheid waaroor hulle praat?"

Nou eers raak hulle bewus van 'n man in die deur. Carina is te bang om om te kyk. Mysi draai in die rigting van die figuur, dan ook Carina. Hy stap vanuit die donker in die lig en gaan sit. Hy kyk lank na Carina en Mysi.

"Wat het julle vanoggend by die boomhuis gesoek?"

Chivas stel die man bekend: "Dit is kaptein Pietie Botha van die polisie."

Carina en Mysi groet. Dan was dit hy wat naby die boomhuis was.

"Hulle wil van Jacques weet, Pietie."

"Almal wil van Jacques weet."

"Maar van ons almal weet jy die meeste," sê Chivas en kyk

nou stip na Carina. "Die waarheid wat julle almal so graag wil weet!"

Chivas sit 'n brandewyn-en-Coke voor die polisieman neer.

"Wat kan jy ons alles vertel, kaptein?" vra Carina.

Die kaptein proe aan sy drankie. "Kom sien my môre by my kantoor." Hy draai sy rug op Carina en kyk na die plasma-skerm. "En nou wil ek rugby kyk. En ek wil nie oor werk praat nie. Chivas, stoot bietjie die volume daar vir ons op."

Chivas peuter met die afstandbeheerder.

"En dis waar wat sy gesê het. Sy en Klaus Rynhard het nié 'n verhouding gehad nie." Pietie Botha sluk weer aan sy dop en kyk toe skerp na haar. "Maar ek dink hulle wou."

20

Carina word met 'n ruk wakker. Sy sit orent in die bed. Die kerkklok in Kleinbegin slaan middernag.

Die klokradio voor haar bed sê wel al 00:02. Iets by die venster trek haar aandag. Sy staan op. Die vloer is koud onder haar kaal voete. Sy gaan staan voor die venster.

Die breë straat is verlate. Dis so breed dat 'n ossewa seker in die Voortrekkers se tyd met gemak hier sou kon omdraai. Hier en daar staan 'n verlate motor.

Carina probeer gewoond raak aan 'n stil nag sonder alarms of sirenes of die doef-doef-klanke uit taxi's. Hier op Kleinbegin gebeur niks elke tien minute en dan moet mense daarvan weet.

Sy trek die gordyn oop en lig die venster. Hier is geen tralies of patrolliemotors of nagwagte nie, net die straat sonder 'n lewende siel. Die lug is koel en vars, want al is dit nou eers herfs, is daar beslis 'n byt in die lug.

Sy hoor Mysi langsaan snork. Eers wil sy teen die muur hamer, maar besluit dan om dit daar te laat. Laat Mysi snork as sy wil, want as sy eers wakker is, kuier hulle weer tot kort duskant mossiepoep en dan voel sy die res van die dag suf.

Kaptein Pietie Botha het nogal 'n indruk op haar gemaak. Hy lyk na 'n ordentlike man en sy kon sien hy wou graag met haar praat. Sy is nie seker of dit is omdat hy dalk in haar storie genoem wil word, en of hy werklik die inligting tot sy beskikking met haar wil deel nie.

Hoe lank sou hy al op Kleinbegin wees? Dit lyk of hy sy middeljare betree. Hy kan vyf en vyftig wees. Dalk bietjie jonger. Indien hy sy lewe lank op die dorp was, behoort hy Jacques as

268

jong seun te geken het en kan hy baie inligting gee indien sy die regte vrae vra.

En praat oor die kamtige geheim.

Carina skakel die lig aan, maak haar koffer oop en haal Jacques se skooltas daaruit. Sy ken haarself. Sy sal nie nou maklik weer aan die slaap raak nie.

Sy haal die dokumente uit die tas en plaas dit op haar skoot, streel oor die leer, klem haar hande om die handvatsel waaraan hy seker so dikwels gevat het, maak die flap oop soos hy seker honderde, duisende kere gemaak het, en kyk weer na sy naam binne-in die tas.

Carina dink weer aan haar broer, Fritz. Moeilikheidmaker, opportunis, kopseer vir haar ma wat nou langs die see afgetree het. Hy het al dikwels van werk verander. Dán is hy 'n verkoopsman, dán 'n motorwerktuigkundige. Hy is ook al deur drie vroue en het twee kinders. Swartskaap van die familie. Sy is self nie altyd seker waar Fritz Human hom tans bevind nie. Hy kom en gaan soos dit hom pas, en kort-kort kry sy 'n oproep van 'n skuldeiser of ou vriend. "Hello, how are you? Could I speak to mister Fritz Human, please?" Talle kere gedurende die afgelope agt jaar.

"A rolling stone gathers no moss," het haar ma al dikwels oor Fritz gemymer en 'n traan weggepink.

Hulle praat so een maal elke vyfde donkermaan per telefoon. Hy bel haar wanneer hy geld dringend nodig het of wanneer hy probeer om 'n storie oor hom uit die koerante te hou. Sy moes al menige vuur doodslaan.

"Wanneer settle jy eendag, boet?" het sy al gevra.

"Wanneer settle jý, suster?" was sy antwoord.

"Wanneer hou jy op om weg te hardloop en te verdwyn?"

"Verdwyning is die beste manier om jouself te herontwerp," is Fritz se antwoord elke keer.

Haar broer die vreemdeling. Nege jaar ouer as sy, want sy was 'n laatlammetjie, glo onbeplan. Sy en Fritz het nooit eintlik gekommunikeer nie. Al wat sy onthou, is die sterk bewoorde rusies tussen hom en haar ouers. Hoe sy haar in die kamer toegesluit het wanneer hulle op mekaar begin skree oor sy rigtingloosheid en koppigheid en vrees om 'n normale lewe soos ander mense te leef.

En haar ma wat eendag op haar pa gegil het dat Fritz na hóm aard. Dit is kort hierna dat Carina die gewraakte kaartjie in haar pa se laai ontdek het en die vervreemding tussen hom en haar ma in alle erns begin het.

Sy kyk na die ander merke in Jacques se tas. Daar is plakkers van STP-olie, *Kilroy was here!* uit die Tweede Wêreldoorlog, plakkers vir stoomtrein-entoesiaste en bergfietsklubs – sommiges verweer en halfpad afgeskilfer, ander nog duidelik.

En onder in die tas (sy moet dit heeltemal oopsper om te sien) staan *Jacques* ♥ *Lena. 1995.* En heel onder twee verfrommelde kougompapiertjies.

Carina kyk weer na die straat. 'n Hond kom teen die bult af gehardloop, steek vas naby die hotel, lig sy been teen 'n paal en kyk skielik na haar asof hy haar waarsku dat dit sy terrein is. Sy verwag dat hy gaan blaf en die hele buurt gaan wakker maak, maar hy draf verder.

Staan daar iemand onder die lamppaal? Sy sit regop. Sy is seker sy sien iemand. Carina draf terug en skakel haar kamerlig af. Sy sluip weer na die venster toe en loer tussen die gordyne deur. Daar is nou niemand nie.

Sy vertoef 'n rukkie daar en kyk of sy weer iemand gewaar, maar nee.

Die ligskakelaar voel koud tussen haar vingers. En wanneer sy weer op die vensterbank gaan sit, voel sy selfbewus en kyk kort-kort op of iemand na haar kyk.

Sy blaai deur Jacques se bladsye op haar skoot nadat sy die leertas neergesit het, die voorkant voos geskraap soos dit seker dikwels op die fiets se bagasierakkie gedruk is, of teen tallose skoolbaksteenmure of rou seunsbene geskuur het.

Sommige bladsye waardeur sy nou blaai, is net half geskryf. Soos: *Nie aardrykskunde heeltemal verstaan nie, maar JP was al*

270

op Sutherland, toe help hy my. Sommige is selfs geskeur, asof die onderste helfte vernietig is. En daar is aantekeninge boaan enkele bladsye, soos: *Skeinattoets – vra JP.* Of: *Redenaarskompetisie 5 Junie.*

Die res van die geskrewe woorde op 'n ander bladsy is onleesbaar, asof iemand koeldrank daaroor gemors het. Dan verskyn daar weer woorde: *Toe het ou Dikkes gesê ek het my opstel afgeskryf. Plagiaat. Lelike, lang woord wat ek eers moes opkyk. Niemand kan so goed skryf nie, het hy gesê, want ek gebruik woorde wat laities soos ek nie sal ken nie. Domkop! Ek sweer ek stuur een van my stories eendag vir 'n tydskrif wat*

En verder aan: *my kantoor toe gestuur oor die liefdestoneel. Dikkes vra toe vir my wat weet ek van seks af, toe sê ek niks, dis maar wat ek in boeke lees, en as dit nie is hoe dit gebeur nie, is my storie hoe dit moet wees, toe sê hy dis pornografie en Steenkamp moet die porno uit my uitslaan en . . .*

Die res van die bladsy is onleesbaar.

Meneer Steenkamp, dink Carina. Sy moet met meneer Steenkamp praat.

Sy blaai weer deur die aantekeninge en notas oor toetse en rugby-oefeninge en skoolkermisse. Tot sy op die volgende bladsy afkom. Toe leun sy terug teen die venster, vou haar voete onder haar in en begin lees.

1995

Ek en Jan-Paul oefen daardie middag rugby. Dis die lekkerste wat ek nog gespeel het. Ons het daarna weer koppe toe gery en gepraat tot ons hees was. Ma was woedend, want ek moes huiswerk doen en het haar nie gesê ek en Jan-Paul gaan die koppe platry met ons fietse nie. Ek sweer as ek nie 15 was nie, het sy my gelooi.

En toe, vanmiddag, het ek en Jan-Paul weer gebond. Hel, ons was lekker lui. Wou sommer niks doen nie en het dit aanhou doen. Ballas bak, noem Jan-Paul dit. Dis Vrydag. Wat doen mens Vrydagmiddae op Kleinbegin? Toe val hy hier uit en charm my ma. Net hy kan haar charm. (Dis sjarmeer volgens ou Dikkes. Simpel woord. Klink of mens iets besmeer.) Jan-Paul noem my ma "mevrou" en sy hou daarvan. Sy noem hom "die enigste ordentlike vriend wat jy het, Jacques, maar julle kuier so baie saam daar is nie plek vir iemand anders in jou lewe nie". Elke keer as sy my naam sê, klink dit na een van die vloekwoorde agter op ons skool se toiletdeure. Ma is natuurlik vies omdat my en Jan-Paul se kuiers beteken ek is minder in die huis om skottelgoed te was of haar met die huiswerk te help.

Ons ry weer swemgat toe, want ons swem gereeld daar. Dan speel ons touch-rugby of klim boom of stamp mekaar in die water of speel handjietennis of rol teen die skuinste af en kyk wie die vinnigste kan rol. Jan-Paul kan al dubbele somersaults doen voor hy die water tref. Ek kan skaars één regkry.

Ons het altyd kaal geswem, tot daar eendag mense opgedaag het. Toe klim ons voor hulle uit die water en die een tannie word flou en kla ons by die polisie aan van openbare onsedelikheid.

Konstabel Pietie Botha het ons ingeroep, 'n uur in die sel toegesluit en gesê as ons wil speel, moet ons met onsself speel en nie met ander mense nie. Ons het gedink dis baie cool en sê toe: "Sjoe, dankie konstabel. Nou hoef ons nie meer skuldig te voel en bang te wees 'n weerligstraal slaan ons dood as ons dit doen nie! Konstabel is die eerste grootmens wat sê dis oukei!"

Hy het lekker gelag. Nooit gedink 'n polisieman kan so cool wees nie. Toe laat hy ons uit, maar sê niks vir ons ouers nie. Ons het maar net gesê ons was laat by die bib.

Gelukkig swem ons toe vanmiddag mét swembroeke, want netnou kla iemand weer, dan preek my ma vir ure terwyl my pa net sy kop skud, en konstabel Botha sal nie dié keer so vriendelik wees nie.

Ons lees ook elke dag in die koerante van die nuwe Suid-Afrika en hoe alles besig is om te verander. Maar hier op Kleinbegin verander niks. Ons het 'n nuwe stadsklerk met 'n van so lank en vol q's en x'e dat ek nie eers probeer om dit uit te spreek nie. En sy Mercedes knak elke keer wanneer hy inklim omdat hy so dik is. Hy waarsku dat ons dorp se naam dalk gaan verander. Ou Dikkes sê dis al weer 'n onbekwame kader wat bevoordeel word en dat ons binnekort die einde gaan sien, maar ek verstaan nie hierdie vrees nie. Ek dink 1995 is die coolste tyd in ons geskiedenis. Jan-Paul ook.

Ek moes die woord "kader" opkyk.

"Julle moet mooi besin oor wie julle is en waar julle plek in Suid-Afrika is," het Dikkes gesê. "Of enigeen van ons nog welkom is hier in ons eie vaderland wat sonder om eers 'n skoot te skiet van ons afgeneem is."

"Voel meneer welkom hier?" het ek gevra.

Eers dag ek hy gaan my weer na Steenkamp toe stuur, maar toe antwoord hy: "Ek voel soos 'n indringer in my eie land. Ek kan dit nie met hulle soort deel nie. Alles verval en ek staan vir wet en orde en higiëne." En toe kyk hy skielik na my. "En jy, Rynhard met die groot bek en die houding? Voel jý welkom hier?"

Die hele klas het na my gekyk. "Natuurlik, meneer. Ek het nog altyd met die kinders van die townships gespeel. Ek voel lekker hier, meneer. Ek wil op geen ander plek bly as in hierdie land nie."

"'En jy dink hier is 'n toekoms vir die wit man?"

"Hier is 'n toekoms vir almal, meneer. Maar ons sal moet aanpas."

"So. Wat noem jy jouself? 'n Blanke? 'n Mlungu? 'n Witte? 'n Uburu?" vra hy. Die hele klas het nou na ons gekyk en geluister.

"'n Afrikaan, meneer. Want ek praat Afrikaans en ek is van Afrika."

Toe vra hy ons moet 'n opstel skryf oor "Die Afrikaan". Nou kyk, ou Dikkes is so streng, ek sweer hy sou Die Tien Gebooie teruggestuur het met rooi merke en uitroeptekens om oorgeskryf te word. Maar ek het 95% vir my opstel gekry. Dié slag het hy nie gesê ek het afgeskryf nie. Hy het net onderaan geskryf: _Ek sal graag wil sien hoe voel jy oor 'n jaar as jou huis deur sewe gesinne betrek word en jy moet in die agterkamertjie plak._

Dit is nie meer so maklik om townships toe te gaan nie. Een keer het hulle brandende motorbande in die middel van die pad gegooi. Daarna is ek en Jan-Paul gekeer om met ons pelle wat langs die rivier bly te speel. En 'n ander keer is iemand met 'n motorband genecklace. Hy het glo 'n verskriklike dood gesterf.

Ek wil nie weet hoe dit voel om te verbrand nie. Ou Dikkes sê

273

dis die soort kangaroe-howe wat van nou af gaan seëvier. Hy gaan Australië toe emigreer. En ek sê toe: "So ons wat agterbly moet meneer-hulle se geslag se gemors regmaak."

Hel, hy was die moer in. Ek is een van die laaste ouens wat slae gekry het in die skool oor parmantigheid, want kort hierna is slae afgeskaf. Maar net te laat vir my boude wat elke week gebrand het.

Ek en Jan-Paul het vanmiddag gestoei, want hy't gesê hy wil dit as 'n sport begin doen. Hy raak nou dêm sterk en ek kry die idee hy wil in alles beter wees as ek. Ons kompeteer maar so met mekaar. Maar ek worry nie eintlik nie. Ek is wie ek is.

Jan-Paul maak altyd lysies en alles moet ordelik wees. Waar ek my fiets sommer net neergooi, sit hy syne netjies teen 'n boom neer. En as ons ons klere uittrek om te gaan swem, vou hy syne op. Ek laat myne val so ver ek water toe hardloop.

"Afrikaan!" spot hy dan.

"En wat is jý?"

"Net 'n mens wat nie eendag gaan werk kry nie oor ek wit is!" sê hy dan.

"Jou pa sal sorg dat jy werk kry, bru. Hy wil jou hoeka uit hierdie skool haal."

"Hy sê hulle doen nou regstellende aksie. Mense wat glad nie opgelei is vir die werk nie, vat ons werk weg en ons moet hulle help, dan skop hulle ons onder ons gatte by die kantoor uit."

"Daarom moet ons vir onsself sorg. Leer om iets anders te doen."

Ons het nie verder oor die Afrikaan-kwessie gepraat nie.

Toe, nou die dag, stoei ons weer. "Moenie dink nie, pel, doen net!" waarsku hy toe ek eers oorweeg of ek hom gaan vasdruk en omgooi.

Omdat ek eers getwyfel het, kry hy my onder. En terwyl hy my vaspen, vra ek: "So wat wil jy eendag doen as jy 'n werk kry met jou wit vel?"

En hy sê: "Huise bou."

Ek vra toe: "So hoekom bou ons nie 'n boomhuis nie? Daar's 'n boom naby die swemgat wat groot genoeg is." En hy sê ons kan 'n boomhuis bou wat groter as Nelson Mandela se sel is. Ons het nou die dag prentjies daarvan in 'n tydskrif gesien. Ek kan nie verstaan

274

hoe iemand jare lank in so 'n plekkie kan sit nie. Dit voel omtrent soos om op Kleinbegin gevange gehou te word. Nie een van ons wil langer as matriek hier sit nie. En hy het uitgekom en was nie verbitterd nie. Toe Dikkes in die eksamen vra ons moet oor 'n rolmodel skryf, was myne Nelson Mandela. Ek het daarvoor ook hoë punte gekry, maar Dikkes het onderaan geskryf: *Einde van die jaar is ek uit Azanië. Dan kan jy onder jou president staan.*

Ek verstaan skielik Mandela se soeke na vryheid, al is myne op 'n minuskule skaal teenoor syne.

Met die stoeiery wou ek eintlik Jan-Paul se aandag aftrek, want terwyl hy gedink het oor hoe die boomhuis gaan lyk, gooi ek hom onderstebo en druk hom vas. Dit was die eerste keer dat ek wen met die stoei.

Hy lê en kyk na my en glimlag skielik. Jan-Paul glimlag nie dikwels nie, maar vanmiddag het hy. Ek kyk vir hom en hy kyk vir my en ek dink: Hel, ons is die beste van beste tjommies. Dis lekker om 'n pel te hê vir wie jy alles kan sê, en saam met wie jy alles, en ek bedoel *álles*, kan doen.

Hy's die broer wat ek nooit gehad het nie, en andersom. Ons verstaan mekaar soos niemand anders nie, en vertel vir mekaar alles, alles, alles. En ons gee alles vir mekaar. Van die skelm *Playboys* wat hy opgespoor het, tot die meisies se foonnommers wat ons so warm maak dat ons wil bars daarvan. Maar ons deel nooit meisies nie. Sy meisies is syne en myne myne, ten spyte van die *Playboy*-belofte destyds.

"Vriende vir altyd," sê my beste pel dan.

"Vriende vir altyd," sê ek en ons vuisstamp.

Toe hoor ons dit tegelyk. Iemand duik in die swempoel.

"Wat de hel?" Jan-Paul kyk tussen die blare deur. En toe sê hy: "Bliksem!"

Ek spring ook op en kyk deur die bosse.

Sy klim uit die water – die meisie oor wie ek al so baie in storieboeke geskryf het, aan wie ek diep in die nag dink wanneer ek nie kan slaap nie, of wie se gesig nog voor my is as ek wakker word van lekker drome. Dan is ek weer in die moeilikheid, want Ma raas altyd as sy die lakens moet was en sê dis sonde. En wragtag. Hier staan daai meisiekind.

Sy beweeg in slow-motion nes in die flieks – daar is net nie musiek by nie.

Hoe beskryf ek haar? Sy het 'n klein, skraal lyfie, maar sy is bruingebrand en sy dra 'n bikini. Haar borsies is al mooi gevorm en druk stewig teen haar toppie. En haar bikinibroekie het laag afgeskuif met die uitklim. Toe trek sy dit so effentjies op en ek wens ek was daardie hande wat dáár aan haar vel kon vat, en ek sien Jan-Paul dink dieselfde.

Haar middeltjie is skraal. 'n Uurglaslyfie, sou Chivas dit noem. Ek sweer as ek my hande om haar middellyf sit, sou my vingers bymekaarkom. Haar hare is kort, sexy-sexy kort. En die manier waarop sy dit uit haar oë vee, maak my net daar hard.

Sy draai haar rug op my en ek kyk en kyk hoe haar broekie oor die mooiste boude span wat ek nog ooit gesien het. Flippit. Haar naam is Lena Aucamp. Waar kry jy 'n mooier naam vir 'n storieboekmeisie as Lena Aucamp? As ek dit self uitgedink het, kon dit nie mooier gewees het nie.

Ek en Jan-Paul staan daar asof een van <u>Playboy</u> se meisies tussen die bladsye losgekom het, en ons dink die hemel het oopgeskeur en 'n engel verloor. (Ja, ou pick-up line! Maar pick-up lines werk. Onthou, clichés het die moed om die waarheid elke keer op dieselfde manier te sê.)

Nie ek of Jan-Paul kan praat nie. Sy gaan sit agter 'n esel en begin skilder. Ek sweer, ek kon haar nie beter in een van my warm stories geskep het nie, dié wat ek vir niemand wys nie en altyd verbrand. As my ma daarop moet afkom! Dit sal erg genoeg wees as sy hierdie notas moet kry! Maar ek steek dit te goed weg op 'n geheime plek waarvan ek partykeer vergeet, so geheim is dit.

Lena sit daar en ek wag dat sy vlerkies moet groei en na my toe moet vlieg en my liggies met haar vlerkies kom kielie tot ek . . . Oukei, Jacques. Konsentreer. Kom tot die punt.

Ek en Jan-Paul stap tot op die rand van die poel. Ek sien dat hy eintlik kortasem is terwyl hy na haar kyk. "Fokkit." Hy vloek nie eintlik nie, maar hierdie dag, tussen die tarentale wat krys en die mossies wat roep en die duiwe wat koer en elke dêm insek wat 'n geraas kan maak (al die veld is vrolik soos ons op skool altyd sing), raak ek verlief.

"Sy's myne, pel," sê ek, maar ek dink nie Jan-Paul het gehoor nie.

Toe ons weer sien, staan sy op en gaan staan langs die poel. Sy strek haar hande uit en gooi haar kop agtertoe. Haar magie beweeg liggies op en af en die waterdruppels blink daarop. Die son laat haar vel soos heuning lyk en ek is die strale wat oor daardie magie speel en die waterdruppels opsuig. (Hel, ek raak lekker sentimenteel. "Purple prose!" sou ou Dikkes langs hierdie woorde geskryf het. Maar ek weet nie hoe anders om dit te sê nie.)

Ek moet myself keer om nie dadelik af te spring en haar te gryp en te vra om myne te wees vir altyd nie.

Vir altyd en altyd en altyd en altyd tot die miljoenste maal tot die miljardste maal tot in alle ewigheid. En skielik verdwyn môre se wiskundetoets en die opstel oor wat demokrasie vir die nuwe Suid-Afrika beteken en wie Oliver Tambo is uit my kop, en maak dit plek vir Lena. Lena. Lena. Net Lena.

Voor sy haar bekendgestel het, het ek probeer dink wat haar naam kan wees. Al die name wat ek vir my heldinne eendag in my stories sou gee. Lang, moeilike name. Maar sy, het ek later uitgevind, was net Lena. Net pragtige, sexy, mooi, sexy, dierbare Lena.

Teen daardie tyd was ek al sopnat van die sweet, en dit was nie eers baie warm nie. Toe staan sy weer op en duik skielik in die water. Selfs dit was volmaak. Soos 'n ballerina wat in die lug dans en die sonlig hare maak en aan die maan raak waar die maanklippe lê voordat sy die water tref. En as sy in die water duik, daardie fyn, mooi lyfie wat die water oopklief voor sy afduik. Diep, diep, diep afduik sodat die water haar toevou soos ek haar in my arms wil toevou.

Ek skryf net hier 'n gedig vir haar, want die woorde was toe al in my kop toe sy geduik het:

Ek verdwaal in die Melkweg,
Ek ontspoor op Mars.

277

Maar jou vlindervlerke
Bevry my uit die nag.

Ons baljaar op Pluto,
Ons maak liefde op die maan,
Maar dis eers op die aarde
Dat my meisiekind verstaan.

Dat sterre en planete
Se lig begin splinter
En dat die meisie hier voor my
Verdwyn voor die winter.

Dan dra ek haar nes 'n donskombers
Deur ryp en stompgevrete gras
En weet ek dat my meisiekind
My warm maak, haar liefde 'n jas.

Toe haar kop bokant die water uitkom, spring ek en Jan-Paul gelyk in. Geen bollemakiesie, geen toertjies, geen gille, geen gelag. Ons duik in daardie poel in asof ons vlug voor 'n moewiese brander.

Jan-Paul tref die water eerste. Hy swem om en om Lena asof hy haar annekseer. Maar ek swem reguit op haar af, want sy is myne.

Sy kyk na my en net na my. Toe kom Jan-Paul tussenin. "Ek is Jan-Paul. Hallo!"

Sy kyk na hom en ek sien sy hou van wat sy sien, want Jan-Paul lyk goed. Al die girls in die skool sê so. Hulle skryf briefies oor sy blou oë en sy sterk skouers en ek weet nie wat nog alles nie. Maar sodra hulle hom beter leer ken, drop hulle hom.

Dis net ek en hy wat nader en nader aan mekaar beweeg, want ek verstaan hom. Dink ek.

"Wie's jy?" vra hy.

Sy trek haar mond op 'n plooi. "Maak dit saak?"

"Ja, want almal het name."

"Name is so boring," sê sy.

278

Sy klim nou uit die water en ek kan glad nie met haar praat nie, al wil ek hoe graag. Trust my vriend om die gesprek vol te hou.

"Wat maak jy hier?"

"Dink dat hier miljoene jare gelede dinosourusse was. En ek kom soek hulle."

"Hulle al gekry?" Dis die eerste woorde wat ek vir haar sê.

"Ek het iemand nodig om my te help soek." Dis die beste pick-up line wat ek al gehoor het. Al probleem is, ek weet nie of sy dit regtig as 'n pick-up line bedoel nie.

"Maar jy het nog nie gesê wat jy regtig hier soek nie," probeer Jan-Paul weer.

"My pa is verplaas en ek haat hierdie plek klaar."

Jan-Paul lag. "Dis voor jy ons ontmoet het."

Sy glimlag. Of is dit nie 'n glimlaggie nie? Ek is nie seker nie.

Jan-Paul klink nou soos 'n joernalis. Hy vra net uit. "Waar gaan jy skool?"

Sy trek haar mooi skouertjies op. "Seker maar dieselfde koolmyn as julle. Of is hier ander tronke?"

Sy praat nie verder met ons nie en begin skilder. Ek en Jan-Paul is nie daaraan gewoond dat 'n meisie ons so ignoreer nie. Na 'n rukkie besluit ek om uit die water te klim. Ek weet nie hoekom sy my so deurmekaar maak nie, hoekom ek skielik voel of ek dertien vingers en twaalf tone het nie. Net om iets te doen, vryf ek met my vingers deur my hare. Dit lyk altyd so cool as die ouens dit op televisie doen.

Toe kyk sy op. "Kom ek raai. Jy is 'n skrywer."

"Ek het gister 'n stert hier agter gesien. Familie van 'n draak," probeer ek slim klink.

"Dit was 'n likkewaan, poephol." Jan-Paul moet ook alles bederf.

"Met twee koppe en drie sterte en al die kennis van vyftig miljoen jaar."

Ek kom agter dat sy aanhoudend na my vingers kyk. Ander meisies kyk na my borshare wat nou lekker begin vorm en hulle hou daarvan om aan my bors te vat. Maar nie sy nie. Sy kyk net na my vingers.

"Van wanneer af skryf jy?" vra sy.

279

"Van ek die draak gesien het."

"Waaroor?"

"Oor als wat ons nie van die planeet weet nie."

Sy gaan voort met skilder en hou van wat ek sê, ek kan dit sien. Jan-Paul begin nou uit voel, maar hy klim nie uit die poel nie.

Lena meet my met die kwas en skilder verder. "Jy moet 'n naam kry. Wys my wat jou naam is."

Ek skud my kop. "Nee. Gee jý my een."

Sy staan op en loop tot voor my. Ek skrik, want sy stap tot hier dig teen my. Jan-Paul se oë pop omtrent uit sy kop. En daar, net daar, begin sy iets op my bolyf skryf. Die kwas voel verskriklik lekker teen my vel en elke keer wanneer sy dit in die verf doop en skryf, raak ek net warmer. En dit kielie my borshare.

Ek probeer kyk wat sy geskryf het, maar dis moeilik, veral as ek so onderstebo probeer kyk.

Nou skuif sy na my maag toe. My vel trek inmekaar wanneer sy so met die kwas daaroor speel. Dit voel of sy 'n M maak. Maar ek kan nie die ander letters ontsyfer nie. Is net verskriklik bewus van hoe lekker sy ruik. En hoe koud en warm die verwery tegelyk is.

My vel ruk weer en ek is bang sy sien deur die swembroek wat sy aan my doen. Dit moet so duidelik soos daglig wees dat ek stokstyf hier voor haar staan, maar as sy dit opmerk, laat blyk sy niks.

"Kniel," sê Lena.

Ek voel skielik soos die ridders van wie my pa my altyd saans stories uit die groen Skatkis-boeke gelees het. Ek kniel.

"Ek doop jou Storiemaker. Nou kan jy skryf."

"En drake doodmaak," sê ek.

Nou kan Jan-Paul dit nie meer hou nie. Hy klim uit die water en wanneer hy praat, is dit te hard, sodat 'n voël daar naby opvlieg. Ek kyk weer na my bors en begin nou die letters van STORIE-MAKER onderskei.

"Waar bly jy?" vra hy.

"Die kasteel teen die bult."

Ek en Jan-Paul kyk na mekaar. "Nuwe mense het nou net die dokter se huis gekoop. Jy bedoel seker daai een heel bo-op die koppie."

"Jip."

"Ons noem dit die skewe paleis," sê Jan-Paul, tipies grootbek.

"Nou maak dit dan reg."

"As jy belowe om saam met my daar te bly."

"Ek het duur smaak," antwoord sy.

En toe sien ek iets van Jan-Paul uitkom waaraan ek my nog nie eintlik gesteur het nie. Maar toe hy dít vir Lena sê, klink hy arrogant. Asof hy nog meer van homself dink as wat almal in die skool sê.

"Geld sal nie 'n probleem wees nie. En ons kasteel gaan ronde vensters hê. Is dit 'n deal?"

"Ek hou van ronde vensters," sê Lena en kyk weer skielik na my wat nog steeds in die knielende posisie is.

"Jy kan maar opstaan, Storiemaker."

Ek staan op.

Sy stap terug na haar esel en die doek toe.

"Sit julle arms om mekaar se skouers," gebied sy.

Ek en Jan-Paul kyk ongemaklik na mekaar. "Vriende vir altyd?" waag ek. Maar sy glimlag is nie meer so breed nie.

Hy sit sy arm om my skouers en ek sit myne om syne. Maar waar ons altyd gemaklik só by die rugby staan, of op foto's, of sommer as ons tjil partykeer, voel dit skielik ongemaklik.

"So. Net so," sê sy.

"Jacques is so blerrie lelik, jou verfkwas gaan brand!" sê Jan-Paul.

Lena frons. "Moes jy nou sy naam gesê het? Hy is Die Storie-maker."

"Wel. Dis Jacques," sê ek en skielik klink my naam vir my so alledaags.

Sy kyk na my. "Jacques."

Wag. Vergeet van alledaags. Dit klink moerse sexy as sy dit so sê. Haar tong gly so oor die naam. Nie soos my ma wat dit uitblaf nie. Zjak. Nie soos die onderwysers wat sê "Djak" nie. Of die dom meisie by die poskantoor wat my Zjakuês noem nie. Maar met klanke wat soos vla oor warm Chivas-melktert glip. "Jy is net so mooi soos jou naam," glimlag Lena. "Jacques."

Net die manier waarop sy my naam sê, wil my haar laat toevou in my arms. En ek weet: Elke storie wat ek van nou af skryf, gaan haar as heldin hê.

Sy kyk na ons en skilder verder.

Ons is later moeg gestaan.

Na wat soos 'n ewigheid in hondejare voel, sê sy: "Oukei. Julle kan kom kyk."

Ons los mekaar en stap nader. Maar ek kyk nie na die skildery nie. Ek kyk na die meisie wat nou weer binne vatafstand is. Sy word net mooier en mooier. Sy ruik soos gras en water en vars lug en die maan en plekke waarheen ek net diep in die nag gaan.

Ek sluk en kyk na haar, maar haar aandag is by die skildery.

"So. Wat dink julle twee?"

Ons kyk.

Ons staan halflyf in die water op die doek. Maar Lena is by. Ons vorm 'n driehoek, ons arms om mekaar. En ek moet erken ek lyk nogal dêm goed deur Lena se oë.

"Presies waar kom jy vandaan?" kry Jan-Paul dit uit.

"My pa is van Lydenburg hiernatoe verplaas. Hy is posmeester. Ek begin Maandag in julle skool. Is dit 'n lekker skool?"

Ons lig ons skouers tegelyk, dankbaar dat ons van nou af elke dag in haar geselskap gaan wees. "Sê maar so."

"Is julle broers?"

Ek skud my kop. "Nee. Sy pa is 'n argitek en my pa 'n treindrywer. Maar deesdae is hy 'n kondukteur."

"Oe, ek is mal oor treine!" sug Lena. "Kan ons eendag op jou pa se trein ry?"

"Dis nie sy trein nie. Hy werk net daarop."

"Dan is dit óns trein," sê Lena. En skielik: "Tussen treine. Tussen stasies, is daar basies net die leë spore."

"Waaruit kom dit?" vra ek.

"Nêrens. Jy het daardie woorde geskryf. Hier in my kop, Jacques."

"Ek?"

"Ja, jy. Ek weet partykeer wat mense dink voor hulle dit dink."

"Ek hou daarvan," sê ek.

282

"Jy het daardie invloed op 'n mens."

Hel. Niemand het nog ooit sulke mooi dinge vir my gesê nie.

Sy kyk na Jan-Paul. "En wat gaan jy eendag word?"

"Ek gaan nou al aan ons huis begin werk," sê Jan-Paul. "Miskien . . ." hy kyk rond, *"sommer 'n boomhuis in hierdie boom!"*

Lena draai na my. "En jy?" Pouse. Stilte. "Jacques?"

Dit klink of sy liefde maak met my naam. Ek wil haar soen terwyl sy my naam sê en die letters, die naam, van haar tong af proe.

"Treindrywer," lag JP.

"Skrywer, soos jy my gedoop het," sê ek.

"En wat inspireer jou, Jacques?"

Jý. Jý. 'n Duisend maal jý, wil ek sê. Maar ek chicken uit: "Treine." En 'n Dagwood by die Casbah hier anderkant. Maar ek sê nie daardie tweede stukkie hardop nie.

"Lang treine met 'n lokomotief waaruit die stoom borrel soos 'n lang wit vlegsel van wolke wat dan soos room oor die trokke hang."

Ek onthou daardie woorde presies soos ek dit nou hier neerskryf. Dis wat sy gesê het, asof sy 'n sin uit een van my stories sê.

Bestaan hierdie meisie regtig?

Ek dink skielik aan Boerneef se gedig wat ons verlede jaar uit ons kop vir die Afrikaanse klas moes geleer het: Voshaarnooi. Sy is nie net my storieboekmeisie nie, sy is ook daai meisie in die gedig wat my nou geïnspireer het om my eie te skryf.

"Ja," is al wat ek kan uitkry.

"Ek wens iemand wil my eendag op 'n trein soen," sê Lena.

Ek en Jan-Paul kyk na mekaar. Lekker uitdaging.

En toe, skielik: "Ek moet gaan. My pa sal bekommerd raak oor my." Sy neem haar esel en 'n klomp tarentale skrik. "Dan sien ek julle Maandag in die skool!"

Sy pak alles netjies weg. Toe verdwyn sy tussen die bosse.

Nou, hier, tevrede, warm, al die lus vir die soveelste keer uitgewerp (dit begin egter weer opstoot), kan ek eerlik sê: Ek is so verlief ek sal kan doodgaan vir haar.

En waarheen ek ook al gaan – Lena moet altyd saamgaan. Die dag wat ek is waar sy nie is nie, sal ek sommer verdwyn.

283

21

"Gedag ek kry julle hier!"

Chivas sluit ongenooid by Mysi en Carina aan waar hulle in die Kleinbegin Hotel sit en ontbyt eet. "Snaaks hoe vinnig nuus verdamp. Vanoggend op die draadloos – nie 'n woord oor Jakkie nie. En in die oggendkoerant, hier en daar 'n spatseltjie van 'n storietjie. Word geen nuus dan so vinnig ou nuus?"

"Tot Carina se storie uitkom," beduie Mysi en druk-druk haar sagte eiergeel met haar mes.

"Hier moet jy my ouma se raad volg, Carina. 'n Leuen kom altyd terug om jou aan die enkel te hap. Skryf Jakkie se storie soos dit moet wees." Daar is skielik 'n pleitende klank in Chivas se stem.

"Dan wil ek álmal se siening van hom hê, want 'n storie het altyd twee kante. En daar is nie 'n manier waarop ek hom as 'n engel gaan voorstel indien hy nie een was nie."

"Op Kleinbegin het 'n storie sommer sewe kante. Een vir elke dag van die week."

Carina is net op pad om die hoteleienaar te vra om die radio af te skakel, toe die omroeper met 'n glimlag in sy stem sê: "Nog geen spoor van Jacques Rynhard nie. Ons inbelprogram gister het groot reaksie uitgelok. Mense van heinde en verre gis oor waar Jacques hom bevind. Van 'n eensame eiland in die Karibiese See tot 'n verlate plaas in Botswana naby Francistown tot swerwend deur Namibië tot 'n wegkruipplek in Soweto.

"En, soos ons verwag het, het 'n nuwe kunstenaar nou 'n liedjie oor Jacques Rynhard geskryf. Sy noem dit 'Jacques Rynhard-oë'. Amper soos die destydse 'Bette Davis Eyes'. Want dit is Jacques se stil, bedaarde uitdrukking, wat die liedjieskrywer 'oë soos sexy bruin poele' noem, wat haar aangespoor het om hierdie liedjie te komponeer! Vat hom, Fluffy!"

Carina en Mysi staar net na mekaar, maar Chivas lag net. "Wie nog nie tevore van Jacques geweet het nie, weet nou!"

Mysi raak doenig op haar selfoon en kyk dan op. "*Die enkeling* is nommer twee op die top 100 Afrikaanse boeke. Net *Huisgenoot* se nuwe resepteboek stof hom uit."

Hand omhoog beduie Carina dat sy na die lirieke luister.

Jacques met jou stoppelbaard
Maak my regtig skoon beswaard,
Jou sexy poele donkerbruin
Laat my lendene in lekker pyn.
Daai oë wat weet maar niks verklap,
Daai glimlag wat my hart vertrap.
Jacques Rynhard se kom-bed-toe-oë,
My bybie, jy maak my heel bewoë.
Jou oë praat reg tot in my siel,
Vir jou dans ek 'n lekker riel.

En dan 'n koor wat Jacques se vierkantige skouers en swemmerslyf besing, waarvan Carina gelukkig nie al die lirieke kan uitmaak nie.

"Kom-bed-toe-oë?" lag Carina.

"Die eerste sangeres wat sy appeal kan beskryf, koekie!" snou Mysi haar toe. "En die eerste resensie oor *Die enkeling* het pas in die pers verskyn." Sy vee met haar vinger oor haar selfoon se venster en lees hardop: "Prikkelende nuwe rigting vir kommersiële skrywer."

Carina neem die foon haastig om na die naam van die resensent te kyk. "Nie een van die gewone verdagtes wat so ingeklits is met mekaar nie. Hierdie is 'n jonger resensent." Sy laat haar oë oor die resensie glip.

"Nie sleg nie. En die resensent is nie 'n skrywer nie. So dikwels laat die koerant skrywers mekaar se werk resenseer. Dit is hoekom die arme Jacques tot dusver so deurgeloop het. Geelgroen jaloesie."

285

Wat hier interessant is, is Rynhard se skielike soberder styl, die tyd-
same, ongedwonge verloop van die narratief, in teenstelling met die
cliffhangers waarvoor hy bekend is. En die sterk omlynde karakters.
Maar dit is die sober waarnemings en die vernuwing in beide tema
en karakters wat hierdie leser beïndruk het.

Carina gee Mysi se foon terug en beduie na een van die
kelners om die radio af te skakel aangesien hulle probeer praat.

"Jou lippe sal honger liefde met my maak, tot jy jou nommer
dertiens voor my katel staan maak," sing die jodelende sangeres
verder voordat die radio afgeskakel word. Mysi en Carina val
omtrent om soos hulle lag.

"Natuurlik sal hy groot voete hê!" kry Mysi dit uit tussen die
lagbuie.

"Vertel my van Jacques se ouers. In jou eie woorde, Chivas."
Carina skakel haar tablet se opnemer ongemerk aan en sy dink:
Hier kom weer een van die vlekkelose komplimenterende sto-
ries oor Jacques-witter-as-sneeu. Die stories oor hom herinner
haar aan die liedjies wat hulle altyd in die Sondagskool gesing
het: "Witter as sneeu, ja, witter as sneeu!"

Sy wonder of Liebet Rynhard of kaptein Pietie Botha of
oudskoolhoof Steenkamp dieselfde weergawes gaan gee. Of
hoe húlle siening van dieselfde insidente gaan verskil. Plaas vyf
mense by 'n ongelukstoneel en jy kry vyf verskillende weerga-
wes, dikwels ses. Dit het sy uit dure ervaring geleer.

"Klaus. En Jacques. En Liebet, soos ek hulle leer ken het?"
vra Chivas ingedagte.

"In jou eie woorde." En sonder die gesellige-tannie-anekdo-
tes, wil sy byvoeg.

Mysi druk haar eiergeel stukkend sodat die geel in die dik
sny witbrood verdwyn. Maar Chivas sien dit nie eers raak nie.
Haar aandag is nou duidelik by haar weergawe van die Ryn-
hards se storie.

"My meisie. Soos ek dit nou vir jou vertel, so het dit gebeur,
merk my woorde en blaas my siel yskoud. Hier kom dit."

Klein Jacques hoor die trein se dreuning al vroeg. Hy gooi sy komberse af en hardloop na die voordeur toe, maar is net te klein om die sleutel by te kom om die deur oop te sluit. Oomblikke later is Klaus Rynhard agter hom. Hy tel hom op sodat Jacques self die voordeur kan oopsluit.

Die deur is skaars oop of Jacques hardloop na die tuinhekkie toe, soos 'n hond wie se leiband skielik afgebreek het.

Klaus ruik reën in die lug en vir 'n oomblik trek hy die lug diep in sy longe asof hy lanklaas kans gegun is om behoorlik asem te haal. Sy en Liebet se huis is bedompig. Dit is veral omdat Liebet verkies om alles so toe te hou omdat sy vrees sy "gaan 'n trek kry".

Links van hulle eindig die perron waar die passasierstreine daagliks stilhou en Klaus stasiemeester is. Maar halftwee in die oggend ry 'n stoomtrein altyd verby sonder om stil te hou. Dit is een van die laaste stoomlokomotiewe.

"Hulle gaan nie meer stoomenjins maak nie, Jakkie," sê Klaus sag terwyl sy seuntjie se beentjies styf om sy nek klem.

"Hoekom, Pappa?"

"Want daar is nou elektriese treine."

"Gaan hulle ook vir my fluit, Pappa?"

Klaus skud sy kop.

"Dan hou ek klaar nie van die nuwe treine nie."

"Een van die dae gaan hulle hierdie lokomotiewe net ge-bruik vir toeriste om hulle teen die berg uit te neem tot by die waterval en terug."

"En wat word van al die ou loko-look-motiewe?" vra Jacques. Hy sukkel met die groot woord.

"Ag. Soos ons almal maar, gaan hulle na die lang bome toe. Gaan rus daar. Of gaan na skrootwerwe toe, of museums. Maar hierdie een loop darem nog!"

"Na ons werf toe, Pappa?"

"Nee, Jakkie. 'n Skrootwerf is waar al die ou goeters wat

niemand meer wil hê nie weggegooi word. Soos scrap-yard."

"Ons het nie so iets nie, Pappa."

"Nee, ons het nie by ons huis so iets nie."

"Want Ma maak alles bymekaar en sy gooi niks weg nie."

Klaus sug. "Ja. Dis hoekom die huis so muf en . . ." Hy bedink hom.

Die lokomotief se lig flits nou soos 'n reuse-katoog op hulle af. Dit knip-knipoog soos dit tussen die wattelbome deurkom.

Jacques gooi sy arms in die lug en val amper van Klaus se skouers af.

Klaus leun oor die draad en kyk na sy afloskollega wat op die perron verskyn. Hy staan hande in sy sye met 'n lamp en wag. En veraf, weet hy, staan Chivas hulle deur haar huisie se venster en dophou, die lig in haar kombuis aangeskakel. Dan gaan haar stoeplig aan en kom sy uitgestap om ook na die stoomtrein te kyk.

Ja. Klaus kan haar nou duidelik sien.

Jacques se aandag is by die lokomotief wat nou baie naby is. Dit gee Klaus kans om skuins regs te draai en na Chivas te kyk. Sy staan daar eenkant in die skaduwees en hy weet sy glimlag.

Sy waai vir hom. Hy lig sy hand en waai terug.

Jacques waai so woes vir die naderende stoomlokomotief dat hy Klaus amper raakslaan. Die stoomtrein donder nader sodat die hele huis agter hulle daarvan skud. Liebet steek haar kop by die venster uit en waai met haar hand dat hulle moet inkom. "Die kind gaan nog eendag onder die trein inhardloop!" skreeu sy.

"Hy is veilig by my, Liebet. Slaap nou!"

"Jippie!" gil Jacques uit volle bors. "Jippie-haai-jou!"

Hy klim van Klaus se skouers af.

Daar is iets aan daardie donderende krag van die lokomotief wat Klaus vertroos. Dit is in sy niere, sy siel. Hy onthou die kere wat hy trein gedryf het. Dink aan die enkele, finale ritte wat nog voorlê. Die laaste stoomtrein wat hy Witbank toe gaan dryf. Jacques het gevra of hy kan saamgaan. Natuurlik sal Liebet weier, maar hy sal hom dié slag nie aan haar steur nie. Hy neem Jacques saam.

Die trein is nou by hulle. Die drywer trek die lokomotief se fluit sodat dit 'n deuntjie vorm en Chivas waai uitgelate. Liebet sal seker weer kla dat daardie fluit deur murg en been sny.

Iewers is daar 'n klikgeluid, maar Klaus is nou so besig om na Chivas te kyk dat sy aandag vir 'n oomblik afgetrek is van Jacques. Toe hy weer kyk, is Jacques weg.

"Jakkie!" Klaus leun oor die halfoop hekkie. Die lokomotief is nou by hulle. Die spoor skud. Die trokke sidder agterna en hy besef dat die drywer vinniger ry as gewoonlik.

"Jakkie?" Hy kyk rond.

Toe, in die lig van die trein, die klein seuntjie wat reg op die rand van die platform staan. Hy is helder verlig in die trein se lig, sy ogies helder, sy vuis in die lug.

"Jacques!" Klaus skreeu en ruk die tuinhekkie oop. "Jaaaaacques!" Klaus struikel en val.

Jacques lig sy armpies en waai asof hy die trein vra om te stop.

"Jaaaaacques!!"

Liebet hardloop verby Klaus. Hy slaag nou eers daarin om orent te kom. Hy is vir 'n oomblik verblind. Hy spring op en gly weer.

Liebet gryp Jacques en ruk hom weg van waar die trein enkele sentimeters voor sy gesiggie verbydreun. Klaus sien Liebet en Jacques se silhoeëtte teen die waens vol steenkool.

Liebet druk Jacques teen haar vas, huil en skreeu tegelyk. Klaus storm na haar toe.

"Jacques!" huil sy. "Hoekom het jy dit gedoen?"

"Ek wou vir omie drywer hallo sê, Mamma," sê hy.

"Maar so naby die trein! Jy kon dood gewees het!"

"Nee, Mamma. Ek wil hom net voel. Die wind is lekker warm en dit waai deur my hare."

Liebet huil. "Jy doen dit nooit, ooit weer nie!" Sy swaai om na Klaus. "Jy moes die kind opgepas het. Kan mens jou verdomp

met niks vertrou nie, jou lamsakkige ou os!" Sy druk Jacques
weer teen haar vas en huil terwyl sy hom heen en weer wieg
asof hy nog 'n baba is. "Jy gaan 'n nuwe hek insit, hoor jy my,
Klaus? En jy, Jacques. Jy mag dit nooit, nooit weer doen nie!"

Teen hierdie tyd het Chivas hulle al bereik.

"Wat het gebeur?"

"My man was byna vir ons kind se dood verantwoordelik!"
Liebet swaai om en stap weg met Jacques wat terugkyk na
Chivas. "Hemel, Klaus, kan jy nie eers jou eie kind oppas nie!"

Klaus staan net op die perron. Chivas gaan staan langs hom.

"Jimmel. Die volgende wat ek weet, hier staan jou vrou met
die kleintjie langs die spoor. Ek het haar beswaarlik al buite die
huis gesien, laat staan nog langs die treinspoor."

"Dankie dat jy kom help het, maar alles is weer reg."

"Hy sal nie onder 'n trein beland nie," sê Chivas. "Ek dink hy
hou van die drama, jy weet." Sy kyk rond asof sy na woorde
soek. "Dalk moet jy die kind meer uitvat. Koop vir hom 'n
fiets, of 'n treinstelletjie. Enigiets. Maar kry iets om hom besig
te hou."

"Klaus!" skree Liebet uit die huis.

Chivas knik. "Jy kan gerus af en toe by Koekemakranka in-
val. Ek maak die beste jodetert buite die Heilige Lande. Of ek
sal sommer eendag een stasie toe bring. Dit lyk hoeka of daar
soetigheid in jou lewe kort."

Klaus glimlag. Dit is die eerste keer dat Chivas hom sien
glimlag.

"Sal lekker wees."

"Veral om daardie lang ritte Witbank toe soeter te maak."

Klaus knik. "Jodeterte sal dit wees!"

"Nou ja, arriewarrie, meneer Rynhard. En help die seuntjie
tog om van sy oortollige energie ontslae te raak! Hy raak seker
baie gefrustreerd so in die huis opgesluit. Dis nie goed vir 'n
seunskind nie! En daar is baie energie in daai lyfie."

Chivas kies koers terug na haar huis toe.

"Klaus!" Weer die harde stem uit die huis. En wanneer hy

terugdraai, sien Klaus hoe klein Jacques by die kombuistafel melk en koekies eet. En is hy eers verstom oor Liebet se skielike toegeneentheid teenoor haar kind.

WOENSDAG 9 APRIL 2014, 08:45

"Het sy pa toe vir hom 'n fiets en 'n treinstelletjie gekoop?" vra Carina.

"Ek was nie by nie," antwoord Chivas terwyl sy 'n kelner nader wink. "Een rooibostee, asseblief. En moenie vir my die sakkie in die koppie bring nie, dis onbeskof!" Sy sit terug in haar stoel. "Ja. Klaus het vir hom 'n treinstelletjie gekoop."

"En 'n fiets?"

"Ek weet nie hoe Klaus dit kon bekostig nie, maar dit het kort daarna gevolg. Maar die beste was hoe Jacques leer skryf het."

"Seker in die skool?" probeer Mysi.

Chivas skud haar kop. "Daardie drama by die spoorlyn het iets in Liebet verander. Sý het Jacques leer lees en skryf die jaar voor hy skool toe is."

"Liebet Rynhard?" vra Carina verbaas.

"Die Heks van Endor se eie kleinsussie. Met groot moeite."

"Hoe het jy dit uitgevind?" verneem Mysi.

Daar kom 'n ondeunde trek in Chivas se oë.

"Soos met alles! Met 'n jodetert!"

1987

Die eerste ding wat Chivas raaksien, is die potplante op Liebet Rynhard se stoep. Varings en varings en nogmaals varings. En dan 'n pragtige amarillis met twee reuse- rooi kelke wat besig is om oop te gaan. Die res van die tuin is verwaarloos, asof Liebet haar nie aan die verlepte blommetjies steur wat in die droë winterswind probeer oorleef nie.

Daar is 'n swart streep oor die dak van die bolle roet wat

deur die jare op die spoorweghuisie neergesak het, en die gras is droog en verdor, in teenstelling met Klaus se stasietuin wat vir die derde keer in vier jaar as beste tuin bekroon is.

En hier staan Chivas nou tussen die varings, almal potgebonde, wat met lang groen arms in die lug gryp soos iets wat na suurstof of groeiplek soek. Die wortels vroetel-soek soos groteske skewe treinspore oor lendelam tafeltjies met plastiekkleedjies. Haar hande jeuk om hierdie varings uit te plant en te bevry.

Die voordeur staan oop. Dis raar, want gewoonlik is die Rynhards se voordeur toe. Chivas wil nog klop, maar hoor 'n kind binne lag. Sy stap in en kyk vir oulaas terug na die potgebonde potplante.

"Haai, foei tog," sê sy vir haarself. Die sitkamer se mure het hier en daar 'n skildery, maar dit is duidelik gekooptes, of die Rynhards moes dit iewers present gekry het, want dit lyk maar verleë en inkennig. Chivas dink aan haar sitkamer wat na 'n soort pandjieswinkel lyk met haar ouma se pragtige almanakprentjies en die portrette van haar geëerde voorsate.

Sy loop met die gang af asof sy deur 'n spookhuis loop, bang dat iets haar uit een van die kamers gaan beloer of selfs gryp. Dit is 'n donker gang met hier en daar 'n portret wat haar begluur. Sy soek na 'n troufoto van Klaus en Liebet, maar daar is nêrens een nie. Daar is darem enkele verlate foto's van Jacques as 'n baba en as 'n tjokkertjie wat op die stasie hier buite vir die treine staan en waai.

"Treine!" Chivas skud haar kop. "Jy's tussen treine, Jakkie, nes ek tussen lewens is." Sy glo mos dat 'n mens se lewe gedurig ontwikkel en verander, soos 'n blomtuin. Soms blom hy in oordadige geilheid, anders verwelk hy as dit droog is of nie aandag kry nie. Maar veral wanneer plante nie mee gepraat word nie. Plante, soos kinders, wil weet dat jy vir hulle omgee en erkenning aan hulle gee, al is hulle hoe afhanklik van jou.

Af en af met die grillerige gang, verby 'n mooi vaas wat op 'n tafel staan.

Chivas brom. "Toetankamen se sewentien vroue het seker elkeen so 'n mooie vaas gehad. Lyk of dit uit Egipte of iewers kom."

Die tafeltjie is egter te klein vir die vaas en sy wonder wanneer dit eendag daar gaan aftuimel. Dalk het Liebet dit geërf.

Klein Jacques is besig om met 'n treintjie te speel met geel, blou, rooi, grys en swart trokke. Dit is duidelik 'n duur treinstelletjie en sy dink dat Klaus moontlik na een van die groter dorpe hier naby moes gery het om dit te koop. Jacques maak tjoek-tjoek-geluide terwyl die lokomotief om en om ry met die waens wat geduldig agterna skud. Om en om en om, tot die lokomotief se veer afgewen is en tot stilstand kom.

Teen die mure is 'n alfabet geplak. En langsaan moontlik sy eie poging om die letters na te boots. Mooi, duidelike letters en dan 'n paar lomp stokkies-tekeninge van treine (hoe dan anders?). Op 'n ander prentjie sit 'n seuntjie op sy pa se skouers. En op 'n ander prentjie is drie vetkrytgesigte geteken, seker Klaus, Jacques en Liebet. Liebet se gesig lyk onverbiddelik, selfs in die dom kinderstrepe.

Jacques neem 'n sleutel om die lokomotief opnuut op te wen, toe hy vir Chivas sien. Sy gesiggie flikker op. Hy los die lokomotief en spring orent. Hy gooi sy armpies met soveel krag om haar bene dat sy byna haar balans verloor.

"Kyk my treintjie, Chivas!" lag hy. Chivas gaan sit langs hom en help hom om die lokomotief op te wen. Hy babbel onophoudelik oor waarheen die trein gaan en watse vrag vervoer moet word en hoe lank dit gaan neem. Die roete is klaar uitgewerk, kompleet met 'n storie van wie almal saamry en hoekom. In die geel wa met die oop bak sit 'n vroutjie en 'n mannetjie soos die figuurtjies waarmee kinders in plaasstelletjies speel saam met koeie en skape en perde en trekkers.

"En wie's dit?" vra Chivas.

"Ek en my meisie," antwoord Jacques.

"Genade, Jakkie. Maar jy's nog te jonk om nou al 'n meisietjie te hê! Wat is haar naam?"

Hy skud sy koppie. "Ek weet nie."

"Hoe bedoel jy, jy weet nie?"

"Ek sal weet as ons mekaar eendag kry."

Die treintjie begin weer om en om te ry.

"En wat wil jy eendag wees?"

" 'n Treindrywer. Dan vat ek my meisie ver, ver weg waar niemand ons kan kry nie."

"En julle trou?" lag Chivas.

Skielik raak Jacques ernstig en skud sy koppie.

"Maar almal trou wat lief is vir mekaar," probeer Chivas.

Weer skud Jacques sy kop. "Pappa en Mamma het getrou en hulle is nie gelukkig nie."

'n Ongemaklike stilte sak neer. "Nou luister, Jakkie. Ek het van my lekker jodetert gebring. Ek kan nie langer bly nie, want ek moet weer die winkel oopsluit. Maar dis vir jou en Mamma en Pappa. Reg so, jongie?"

Hy lag van oor tot oor.

"Jippie! Lekker!"

"En waar ry jou treintjie heen, Jakkie?"

Hy dink. "Ek weet nie. Hy ry sommer net."

"Jy bedoel die treindrywer weet self nie waarheen hy gaan nie?"

Jacques knik. "En dis die lekkerste!" Dan kyk hy skielik na Chivas. "Tannie Chivas?"

"Ja, my bekkie?"

"Wou tannie nie ook al weggeloop het nie?"

Sy skrik. "Wel. Ja." Noudat hy daarvan praat . . . "En jy?"

"Ek wou al baie weggeloop het."

"Maar jy sal Pappa en Mamma se harte baie seer maak!"

"Nie Ma s'n nie."

Sy wil hom betig, maar die slim ogies kyk te skerp na haar.

"Maar jy sal nie ver kom nie, Jakkie, dan kry hulle jou weer."

Weer skud hy sy kop. "Hu-uh. Hulle sal my nie kry nie!"

"Nou waarheen sal jy gaan sodat niemand jou sal kry nie?"

Hy dink 'n bietjie. "Ek sal die plek kry. Maar hulle sal nié."

Chivas staan op. "Wat betref die stukkie oor trou. Dis sommer bog, hierdie storie van mense wat nie moet trou nie omdat hulle ongelukkig sal wees. As mens die regte meisie ontmoet, of die regte outjie, sal hulle vir altyd en altyd gelukkig wees."

"Is tannie getroud?" vra hy.

Sy stap tot by die deur en draai terug. "Ek was. Amper," sê sy en loop vinnig uit. Skielik oorweldig emosie haar, voel sy die trane in haar opstoot, dink sy aan daardie verskriklike besef destyds dat haar bruidegom haar gelos het. En dat sy haarself eintlik verloën het deur vir Jacques te sê dat mense wat trou gelukkig is.

Uit tot op die stoep, tussen die potgebonde plante deur. Dan hoor sy die agterdeur toegaan. Seker Liebet wat die hele tyd in die agtertuin was. Miskien moet sy net gou gaan groet. Netnou is daar 'n onaangenaamheid omdat sy sommer ongenooid by die huis ingestap het. Maar sy besluit daarteen, vee die trane af en stap langs die huis verby.

Iets laat haar gaan staan. Sy weet nie wat nie. Dalk die skielike stilte wat oor die huis toegesak het. Sy luister. 'n Deur gaan oop. Voetstappe. Kaalvoet, saggies met die gang af. En weer stilte.

Toe gil Jacques van plesier en hy begin lag wanneer die treintjie in beweging kom.

Iets breek. Weer 'n gil. Dié slag van Liebet.

"Jacques!" Die uitroep dreun deur die huis. "Kyk wat het jy gedoen!"

Chivas druk haar rug teen die muur hier reg langs Jacques se kamer aan die onderpunt van die huis, sodat Liebet haar nie kan sien nie.

"Skies, Mamma."

"Kyk nou net hier. Jou oorlede ouma se vaas in duisend stukkies! Dis al wat ek van haar geërf het! En dit oor jy so geskreeu het. Wat makeer jou?"

Chivas waag dit nou om deur Jacques se kamervenster te kyk. Liebet, kaalvoet in 'n kamerjapon, plaas haar hande op haar heupe en vir 'n oomblik dink sy dat die vrou Jacques 'n loesing gaan gee.

Die seuntjie kyk verbaas na sy ma. Toe stap hy na sy bedjie toe en gaan sit daarop terwyl sy beentjies heen en weer swaai. Liebet mompel iets en stap terug in die gang. "Kom help dadelik om hierdie skerwe op te tel, want . . ."

Toe 'n geweldige gil. En weer een.

Klein Jacques spring op en hardloop deur toe. Hy klap sy handjie voor sy mond.

Chivas draf terug stoep toe, in by die huis en toe af met die gang, want sy hoor Liebet kreun. Daar is bloed.

Sy storm nader en sien dat Liebet in 'n glasskerf getrap het. Bloed stroom uit haar voet. Sy hurk by Liebet en probeer die bloed stop, maar Liebet skreeu nou soos 'n besetene. Klein Jacques staan in die deur en staar onbegrypend na haar.

Chivas skakel die dokter. Sy hardloop na die badkamer toe en kry 'n handdoek. Toe sy terugkom, huil Liebet en druk die handdoek teen haar voet.

"Kyk nou wat het jy gedoen!" skree sy opnuut vir Jacques voordat sy haar kop vorentoe buig en teen haar knie druk. "Kyk nou net wat het jy gedoen!"

WOENSDAG 9 APRIL 2014, 09:00

Carina maak haar notaboekie toe en skakel haar iPad se opnemer af. Dit is nou doodstil in die ontbytvertrek. Selfs Mysi, wat gewoonlik die een of ander aanmerking maak, is stil.

Chivas kyk na hulle, haar gesig strak.

"Ek het hierna besef ek sal Klaus moet help om na klein Jacques te kyk. G'n seun kan so grootword nie."

Chivas haal haar rooibosteesakkie vies uit haar koppie. "Ek het dan vir hulle gevra om nie . . ." Sy soek rond. "En dan is hier nie eers 'n katoetertjie om die dêm teesakkie in te sit nie!"

Mysi neem die teesakkie en gooi dit in haar leë koppie. Terselfdertyd trek sy haar kamera nader en neem haastig 'n foto van Chivas.

"En dit?" Chivas proe aan haar rooibostee.

296

"Om saam met Carina se storie te verskyn."

"O my aarde, my meisie, ek weet nie of dit 'n goeie ding is nie."

"Hoekom nie?" vra Carina. "Daar is mos niks om weg te steek nie?"

Chivas sluk haar warm tee in drie teue af. "Soos ek gevra het. Jy moet net Koekemakranka se naam byskryf!"

"Ek belowe, Chivas."

"Nou ja toe. Koekemakranka moes al 'n kwartier gelede oop gewees het. Almal wat verkies om daar ontbyt te eet, suiker nou teen die bult op hotel toe! Arriewarrie, meisies!"

Carina wil nog groet, maar Chivas is reeds op pad uit.

"Something is rotten in the state of steamtrains," sê Mysi.

"Wil my ook so voorkom." Carina neem haar iPad en luister weer na die onderhoud terwyl Mysi met haar kamera vroetel. Sy vee met haar vinger oor die lens en druk die kamera onder Carina se neus in.

"Wat's verkeerd met hierdie prentjie?"

Carina sit haar iPad op die tafel neer en neem die kamera. Sy bestudeer Chivas se foto.

"Jy sal beter weet as ek. Dalk moet dit nog gecrop word, gegrade word. Jy is die bekroonde fotograaf!"

Mysi sleep haar stoel tot langs Carina s'n. Sy beduie na die foto. "Kyk na haar mond."

"Te veel lipsel, soos my ouma altyd gesê het."

"Soos hulle altyd in die moewies sê: Look closer!"

Carina trek haar oë op skrefies.

"Sien jy nie, my liewe blinde joernalis, hoe gespanne daardie lippe is nie? Dit is asof sy die inligting wat sy nie gee nie terugbýt. En kyk hier in haar oë. Jy sién sommer hoe steek sy geheime weg. Want sy kyk op na die linkerkant toe – iets wat leuenaars gewoonlik doen wanneer hulle 'n vraag gevra word en hulle dit ontwyk of 'n leuen probeer uitdink."

Carina bestudeer die digitale foto nou meer noukeurig.

"Hierdie tannie vertel net 'n halwe waarheid, of sy lieg die waarheid. Sy wil nie oor daai geheim praat wat die kroegvlieë gister amper uitgelap het nie. En ek stem nou saam met jou. Geen mens kan só goed wees soos Jacques nie. Iewers verswyg iemand iets en ek dink hierdie antie en die dorpenaars weet baie meer as wat hulle voorgee."

Die eienaar van die hotel kom aangestap en vryf sy hande. "Julle mense nog gelukkig?" vra hy.

"Wel, noudat jy vra . . ." Carina skop Mysi onder die tafel en voltooi die sin:

"Noudat jy vra. Ons soek na mense wat Jacques Rynhard as skoolseun geken het. Oudonderwysers. Dalk die skoolhoof?" Sy kyk hoopvol na die eienaar. "Wat onthou jý van Jacques Rynhard?"

"Rebels. Slim mannetjie − anders as die mense op die dorp. Baie het respek vir hom gehad daaroor, veral nadat hy bekend geword het. Maar daar was ander dorpenaars wat jaloers was op hom, want hulle sê hy't gedink hy is beter as hulle."

Mysi neem 'n vinnige foto van die eienaar. "Maak tog seker jy noem Kleinbegin Hotel saam met jou foto," sê die man.

"Kan jy ons dalk beduie na 'n onderwyser of sy ou skoolhoof se huis, indien hulle nog hier bly?"

Die man knik. "Die enigste wat oor is, is Charles Steenkamp. Hy was skoolhoof toe . . ." Hy bly skielik stil in die middel van sy sin. Carina en Mysi kyk vinnig na mekaar.

"Toe . . . wat?"

"Toe, e . . . Jacques nog hier op skool was."

Dit is duidelik dat die man, soos Chivas, iets verswyg.

"Waar bly dié meneer Steenkamp?" Carina neem haar iPad en open haar GPS-aanhangsel.

"Le Rouxstraat 34. Dieselfde huis waarin hy sy hele skool-lewe gebly het. Maar voor julle by hom aangaan, dink ek julle moet eers met Liebet gaan praat. Jacques se ma. Sy behoort vir julle al die inligting te gee wat min ander mense hier sal gee."

"Wat bedoel jy met sál gee?" vra Carina.

Hy kyk rond asof hy bang is iemand hoor.

"Ek dink jy moet dit van sy ma af hoor."

Mysi en Carina kyk weer vinnig na mekaar. Carina teken die rekening en stoot dit terug na die eienaar.

"En as mens vra vir harde eiers, wil jy nie hê jou bord moet in die sondvloed verander nie. Het julle ook nie iets soos bruinbrood nie?" Mysi staan vies op en neem 'n tweede foto van die eienaar wat haar sprakeloos agternastaar.

Met die uitloop lui Carina se selfoon.

"Dis Gavin Grieselboudjies," beduie Mysi. "Ek weet sommer. Sê vir hom as hy so graag die waarheid oor Jacques Rynhard wil weet, moet hy self hiernatoe kom, dan kan hy 'n ander plek se suurstof kom mors."

Carina antwoord haar selfoon.

"Hoe ver is jou storie?" Geen vriendelike groet of hoe gaan dit nie. Vinnig, op die man af.

"Ons is op pad na sy ma toe, Gavin," antwoord sy.

"Jy bedoel dit is julle tweede dag op daai gevrekte stuk verskroeide aarde en julle was nog nie by die persoon wat hom die beste geken het nie?"

"Almal hier dink hulle ken hom en elkeen het 'n ander siening van hom."

"En almal natuurlik Sneeuwitjie-suiwerder-as-Omo-wit."

"Tot dusver, ja, Gavin."

"Nou kry flippenwil iemand wat die ware Jacques Rynhard ken! Jy snater nie oor al sy goeie eienskappe nie. Ek soek 'n storie wat gaan verkoop. Het jy my, Carina?"

"Ek het jou, Gavin."

"Nou hou my," en hy lui in haar oor af.

22

Liebet Rynhard se spoorweghuisie is toegekamp. Daar is elektriese drade.

Carina loer deur die sekuriteitshek wat die stoep afskerm. Chivas was reg. Die stoep is oortrek met plante wat potgebonde is. Wat haar skielik aan Jacques laat dink wat vir sestien jaar in hierdie spoorweghuisie opgesluit was en soos 'n valk dopgehou is. So erg dat hy dalk nie eers vir Lena kon gaan kuier nie.

Sy het Mysi in die hotel agtergelaat, want Carina het 'n voorgevoel gehad dat Mysi en Liebet sou bots, of dat die stroewe ou vrou nie eers die deur sou oopmaak as sy die boheemse Mysi deur die venster opmerk nie.

Carina voel weer soos die middag toe haar broer se vriend haar gebel het om Fritz te help. Hy het glo die kluts kwytgeraak en besete geraak. Dit is die eerste keer dat Carina hom onder die invloed van dwelms gesien het, sy oë wild. Hy het op haar geskreeu asof sy 'n viswyf was. Aanvanklik het dit gelyk of Fritz haar nie herken nie, maar toe die dwelms se uitwerking begin afneem, het hy gehuil en om vergifnis gevra.

Sy kon hom nooit heeltemal vergewe nie, want hy het haar beskuldig dat sy nie 'n eie lewe het nie en net deur ander mense se stories leef. Ook dat sy en Kelvin nie lank bymekaar sou bly nie: "Want Kelvin is te modern vir jou, te lief vir die lewe. Jy lewe tweedehands. Wag vir die romanheld om jou te verrinneweer. Maar met daai ingetoë persoonlikheid sal dit net in jou drome gebeur, sus!"

Die ergste was toe sy destyds haar hand by Fritz se kommune gelig het om aan die deur te klop, en sy hom in die huis hoor gil het. Toe stroom al die beelde van haar ongelukkige kinderjare terug. Fritz wat haar verkleineer het voor sy vriende. Fritz wat haar selfoon gesteel en vir dwelms verkwansel het. Fritz en al die meisies wat hy by die huis aangebring het, almal meisies van twyfelagtige karakter. En haar arme ouers wat hulpeloos was.

Nou staan sy weer voor 'n deur en vrees die oomblik wat dit oopgemaak gaan word.

'n Passasierstrein kom by die stasie tot stilstand en die deure skuif oop. Slegs enkele mense klim af voor dit vertrek.

Chivas is reg. Stoepe vertel alles van mense. Sommige van die plante is al met goiingsakke toegegooi, al is dit nog nie eers behoorlik winter nie. Van die ander plante se blare lyk gehawend. Sou dit dalk onverwagse koue wees, of verwaarlosing? Of insekte wat hier in die blare kom nes maak en fees vier, en nooit in toom gehou word nie? Liebet is uitstekend daarmee om haar seun en ander mense volgens haar reëls in bedwang te hou. Om 'n bedaarde skynheiligheid of onderdrukte rustigheid voor te hou. Maar dit is waar haar bestuursvernuf eindig.

Soos wat sy hier deur die tralies kan uitmaak, voel wortels met dun tentakels na lug en grond. Carina dink hoe dit Jacques dalk onbewustelik beïnvloed het – hy wat juis so lief was vir vryheid. En momenteel, voor haar, die klein seuntjie met die lokomotiefie in sy broeksak en die kort kakiebroekie en die mooi kuif wat, presies waar sy nou staan, die plante bekyk, net om kwaai ingeroep te word om te kom eet.

Dan druk sy die interkomknop, voel bang en is nie lus om met hierdie grimmige vrou te praat nie. Maar sy mag haar nie laat intimideer nie.

Net vir 'n oomblik wil-wil die angs terugkom wat sy geken het daardie dag toe sy by die deur instap en Elmien Malan se lyk sien, maar sy skud die beelde uit haar kop.

'n Geluid in die huis. Carina se ore is al geoefen vir hierdie soort klanke. Hoe dikwels het sy nie by huise opgedaag vir onderhoude nie, dan is daar kamtig niemand tuis nie omdat die inwoners besef dat hulle nie hul stories met die pers durf deel nie. Tot sy deur die vensters loer of, wanneer sekuriteit dit toelaat, om die huis loop en die inwoners aantref waar hulle in die kombuis wegkruip.

Liebet Rynhard sal haar ook nie ontsnap nie.

Oomblikke later hoor Carina kettings en slotte wat afgehaal word, tot die sekuriteitsdeur oopgaan en die vrou op die stoep uitstap. Sy sluit ook die stoep se sekuriteitsdeur oop.

Liebet Rynhard se hare is in 'n outydse byekorfstyl op haar kop vasgebind, die oë koud. 'n Kalkoennek is aan die vorm en daar is ouderdomsvlekke op haar hande. Sy dra 'n geblomde rok met 'n hals wat effens te laag gesny is. Haar gesig is melkwit, duidelik nie gewoond aan die son nie en vertroetel deur rome en bevogtigers. Sy loop met 'n kierie.

Liebet Rynhard lyk nes haar geblikte potplante. Haar houding verklap dat sy ingeperk voel en nie maklik na mense uitreik nie – die bewegings onnatuurlik stram soos iemand wat gewoond is daaraan om in 'n klein ruimte te funksioneer en nie eintlik met ander kommunikeer nie. Liebet is maer en seningrig, asof sy lanklaas geëet het of selfs suurstof ingeneem het. En haar nukkerige gesig verklap dat sy nie geneë is om besoekers te ontvang nie.

Carina besluit om nie sielkundige speletjies met die ou vrou te speel nie en met die deur in die huis te val. "Goeiemôre, mevrou Rynhard. Ek is Carina Human van die tydskrif *Montage*."

"Goeiemôre." Stompaf soos 'n potlood wat te veel geskryf het.

"Ek is hier in verband met u seun, Jacques. Mag ek 'n paar vrae vra?"

"Ek het reeds vir julle koerantmense gesê dat ek nie met julle gaan praat nie en dat ek nie weet waar my seun is nie. Ek is altyd die laaste om te weet wat in sy lewe gebeur. Hoekom sal ek nou met jou praat?"

Die klanke word noukeurig gevorm soos 'n nuusleser wat 'n moeilike sin takel. Dit klink asof Liebet met haar donker stem elke woord eers proe voor sy hom sê, wat haar nog meer intimiderend maak. Maar Carina is opgewasse teen boelies.

Dalk was Jacques nie, en dan was dit sy grootste fout.

Sy staan nou by die oop voordeur tussen die potplante.

Daar hang oral kunsnaaldwerk in die sitkamer, almal geraam, sien Carina oor Liebet se skouer. Dit is kunstig en baie mooi, selfs van hierdie afstand af.

"Daar is soveel gerugte oor u seun wat ek die nek wil inslaan."

"Daar is seker gerugte oor jou ook, en oor die mense van die dorp. En oor sy vriende. Oor almal. Mens kan nie gerugte keer nie."

"Maar daardie gerugte word nie wyd en syd verkondig nie. Jacques s'n wél. En as sy ma het ek gedink u sal dalk sommiges wil aanspreek."

Liebet kyk na die plante asof sy weet Carina het daar gevroetel. Toe staan sy uit die pad sodat Carina kan inkom. En terwyl sy by Liebet verbyloop, voel sy die vrou se onvriendelike oë op haar. Daar is selfs 'n uitdrukking van minagting.

Die kunsnaaldwerk is prominent en trots oral uitgestal.

"Dis pragtig!" Carina kan nie help om dit te sê nie.

En Liebet, onverwags: "Ja. Alles met hierdie paar hande gemaak."

"Sjoe." Carina gaan staan net binne die deur voor 'n noukeurig geborduurde bos blomme in 'n vaas, ook geraam.

"Bring bietjie kleur in die huis," sê Liebet.

Carina draai om. "Het hy u enigsins gekontak sedert sy verdwyning?" vra sy terwyl Liebet die stoephek sluit.

"Dan sou ek die polisie mos daarvan gesê het, juffrou Human."

Carina sien iets blink tussen die blikke op die stoep, loop dan uit en wikkel dit tussen die wortels uit. Die plante is wel natgegooi en die modder kleef aan haar vingers, maar so ook die wortels.

Sy vat 'n Dinky Toy raak wat verroes en skeef onder die blare weggeraak het. Dit is presies wat met Jacques kon gebeur het indien hy nie hier padgegee het nie. Hy sou versmoor het.

En dit voel vir haar of sy versmoor.

Sy sit die rooi karretjie in die son neer.

Hoe het Jacques dit gehou in die beklemmende, muf huis onder hierdie neurotiese vrou wat so afgemete en noukeurig praat, haar oë krities en hooghartig? Carina voel soos iets wat in motbolle toegedraai is.

Sy stap terug in die huis in en loer met die gang af, asof sy Jacques daar verwag. Daar hang ook kunsnaaldwerk. Maar masochisties genoeg sal hy seker nie wees om hiér te kom wegkruip nie.

Tensy . . .? Maar sy verban die gedagte. Dit is onmoontlik dat Liebet Rynhard iets met haar seun se verdwyning te doen het.

"Wanneer het u hom die laaste keer gesien?"

Liebet antwoord nie.

"Het hy 'n aanduiding gegee dat hy ongelukkig is oor iets?"

Liebet sug en Carina vrees dat sy haar gaan vra om te loop. Maar sy kry ook die indruk dat die ou vrou dalk wil praat – dat sy iets van haar hart wil afkry, nes Alicia, sodat sy haar kan verontskuldig.

Dalk het sy nog nooit werklik die geleentheid gehad om te bely nie en bied Carina haar dit nou. Op hierdie manier het sy al talle onderhoude gekry. Deur *Montage* as 'n soort belydenis-hokkie te laat gebruik, soos die Katolieke.

By harde misdaadverslaggewing wou die skuldiges dikwels praat – merendeels oor die reklame wat hulle kry en wat aan hulle hul vyftien minute van bloedige roem verskaf. Maar ook om die gruwels wat hulle gepleeg het te versag met hulle weergawe van die feite. En dan het Carina baie aan die sogenaamde "snelskrif vir die waarheid" gedink, of dis wat *Blitsnuus* se redakteur dit altyd genoem het as hy verklaar: "Daar is nie iets soos slegte reklame nie. En dis waar jou misdadigers se swakheid lê. Om in ons koerant 'vereer' of selfs verewig te word, maar op die verkeerde manier. En jy moet daardie heldeverering wat hulle vir hulleself het, vertroebel en deur dit sien met hoe jy die storie skryf, Cariens."

Hoe mis sy *Blitsnuus* nie skielik nie. Want hoe dieper sy hier delf, hoe sekerder raak sy dat dit nie 'n *Montage*-storie is nie. In elk geval nie Gavin se sensasiebeluste weergawe daarvan nie.

As mense eers begin praat, verdwyn hulle behoedsaamheid, soos sy nou hoop met Liebet gaan gebeur – veral as dit lyk of die joernalis intens luister. Maar ook wanneer sy simpatiek is en diep geïnteresseerd lyk. Sy gaan dié tegniek nou weer gebruik.

"Mevrou, ek kry die indruk dat Jacques nie 'n vlieg sou skade aandoen nie, en . . ."

Maar sy kry nie die geleentheid om haar sin te voltooi nie. Liebet kyk skerp op. "Nie 'n vlieg sou skade aandoen nie?"

"Het hy? Sou hy?" waag Carina.

Liebet stap skielik met die gang af, haar skouers meer ge-boë as tevore. Carina ruik motbolle, talkpoeier en medisyne. Die huis is in permanente skemerte gehul, want die gordyne is gedeeltelik toegetrek. Dit is swaar gordyne vol blommotiewe. Nêrens, met die eerste oogopslag, is 'n foto van Jacques of sy pa nie.

Maar steeds die baie kunsnaaldwerk teen die mure.

Carina volg Liebet met die gang af na 'n kamer aan die onderpunt. Dit moet die kamer wees waarvan Chivas gepraat het. En Carina probeer dink hoe Jacques moes gevoel het toe hy daagliks as kind met hierdie lang gang, wat na 'n graftombe lyk, moes afstap na sy kamer toe. Sy voel nou soos iemand wat uit die dodesel na 'n galg gelei word. En Liebet se presiese bewegings bevestig die gevoel.

Liebet Rynhard staan nou in wat seker Jacques se kamer moet wees. Die prente van stoomtreine teen die mure verklap dit. Nog nooit het 'n enkelbedjie so alleen en mismoedig gelyk nie. Daar is ook 'n tafel met 'n stoel. Teen die muur is 'n rakkie met vier bekers op wat jare laas skoongemaak is. En daar lê 'n deurgetrapte grasmatjie op die vloer met die embleem van 'n leeu op.

305

Met die nader loop sien Carina dat een van die bekers vir atletiek en drie vir redenaarskompetisies is. En op die tafel 'n foto van 'n onder-sestien-rugbyspan waarop sy Jacques en Jan-Paul herken. Daar staan ook 'n skoolfoto van Lena, Jan-Paul en Jacques. Verder is daar nie 'n teken dat 'n doodgewone seun hier grootgeword het nie.

Behalwe vir die treinstelletjie.

Verder lyk die kamer na 'n tronksel. Die totale teenoorgestelde van Jacques se warm woonstel wat hy met Lena gedeel het.

"Wanneer het u hom die laaste keer gesien?" herhaal sy.

"'n Maand gelede."

'n Lang stilte. Liebet se vingers speel met die kierie. Sy gaan sit op die bed en kyk Carina vol in die oë. "So. Jy wil die waarheid hoor?"

"Veral as dit ons gaan help om Jacques op te spoor."

"Maar hoekom is dit vir jou so belangrik, juffrou Human? Dis tog net nog 'n tydskrifstorie. Nog 'n lastige artikel wat jy uit die pad moet kry."

"Omdat ek dink dat Jacques se verdwyning die seekoei se oortjies is. Dat sy verdwyning 'n sameloop van baie jare se omstandighede is en dalk 'n kreet om hulp."

"Met my as die oorsaak."

"Ek het dit nie gesê nie."

"Juffrou Human." Liebet kyk na Jacques se treinstelletjie. "Mens kan iemand nooit op sy of haar uiterlike beoordeel nie. Jy dink dalk Jacques is mooi en sjarmant. Kan ek vir jou sê hoeveel meisies al op daardie mooi gesig verlief geraak het, net om afgewys te word? Maar die Jacques wat ek ken en grootgemaak het, en die Jacques by wie jy nou willens en wetens betrokke geraak het, is twee verskillende mense." Uiteindelik inligting wat sy kan gebruik. "Ek herhaal. Moet net nie soos al die ander op hom gaan staan en verlief raak nie."

Carina ruk orent. "Ek is nie verlief op hom nie, mevrou Rynhard. Ek het hom nog nooit ontmoet nie."

"Maar ek kan in jou oë sien jou nuuskierigheid gaan om

meer as net 'n storie. Jacques het die manier om almal wat hy ontmoet te oorweldig met sy sjarme. Maar die waarheid is nie so rooskleurig nie."

Liebet gaan staan voor een van die vensters. Sy lig die raam asof sy nou self na vars lug soek.

Buite lê die treinspoor blink en uitgestrek.

Toe laat Liebet die raam sak, maar sy draai aanvanklik nie om nie.

Carina kan duidelik sien dat sy wil praat – iets van haar hart wil afkry wat reeds te veel jare daar lê en muf. En Carina weet ook sy sal nou die regte vrae op die regte manier moet vra soos Frans haar geleer het. Skep 'n vertrouensverhouding soos pas met die naaldwerk. En sodra die ondervraagde se skanse begin val, sodra die joernalis 'n pel word, 'n betrokke luisteraar wat omgee, slaan jy toe.

Sy staan op die drumpel van die waarheid (Frans sou daardie uitdrukking geniet het en toe 'n streep daardeur getrek het). Hier gaan iets gebeur.

Sy praat met Liebet se rug, maar toe sy die woorde sê kan sy sien dat dit haar met die krag van 'n albaster uit 'n kettie vol in die rug tref.

"Het u ooit pryse vir u kunsnaaldwerk gewen, mevrou Rynhard?"

"Drie pryse." Liebet draai om en beduie na 'n pou wat op 'n tak staan en pronk. "En vir daardie twee." Haar oë beweeg na 'n stuk kunsnaaldwerk waar 'n visvanger 'n vis uit die water roof en een van 'n vrou wat met 'n bont rok in die rondte draai.

"Klaus was weer op sy vele omswerwinge en Jacques was by daai common ou vrou by Koekemakranka. Elke keer wanneer hier 'n uitstalling op die dorp is en wanneer ek 'n prys gewen het, was hulle op ander plekke."

"Daarom dat u ook nie vir sy prys opgedaag het nie," sê Carina.

"Ek moes my werk self laat raam, self daarvoor betaal, self iemand kry om dit vir my af te lewer."

"Maar het u u man gevra om te help?" vra Carina.

"Hoekom moet ek? Dis mos sy plig! Iets wat hy self moet weet! Maar dit was net treine. Altyd verdomde, allomteenwoordige treine. Treine wat die plek van sy huwelik ingeneem het!"

Carina kan nie glo wat sy pas gehoor het nie. Dat hierdie stug vrou, wat so selde iets uit haar eie sê, skielik met hierdie stukkie waarheid vorendag kom.

"Hoekom het julle nooit van Kleinbegin af weggetrek nie, mevrou?" vra Carina terwyl sy aantekeninge in haar kop maak. Sy kan nie nou hierdie uitlatings, hierdie belydenisse neerskryf nie, dan hou Liebet op met praat.

Liebet gaan staan voor die pronkende pou, raak daaraan, kyk na haar eie weerkaatsing in die glas asof sy na 'n vreemdeling kyk. "Want my man was bang vir ander mense wat op hom sou neersien omdat hy so nutteloos was."

Carina wag dat sy voortgaan.

"Hy't hom hier afgesonder, want die wêreld daarbuite, weg van 'n spoorlyn waarmee hy kon terugry huis toe, en die wêreld in sy lokomotief, het verskil. En hy kon dit nie hanteer nie."

Toe doen Liebet maar kunsnaaldwerk, Klaus ry die horisonne plat met 'n trein en Jacques ontvlug die koue huis met Chivas se jodeterte.

Nou draai Liebet eers om. Sy loop haastig verby Carina, weer terug na Jacques se kamervenster, maar in die verbygaan merk Carina dat haar oë vogtig is.

"En nie Klaus nie, en nie Jacques het ooit raakgesien wat ek doen nie. Nie eers nadat ek dit met my eie hande in die gang en in die sitkamer gehang het nie." Sy maak die venster weer oop, dié slag wyer, asof sy lug soek. "En Lena gaan deur dieselfde dal van doodskaduwee. Om by 'n afwesige man te wees wie se werk, wie se geskryf belangriker is as enigiets anders. Ten minste gun hy haar 'n loopbaan. Ek het nooit eers een gehad nie."

Vir 'n ruk praat niemand nie.

308

"So. Die dag by die skietgat . . ." Liebet bly stil. Worstel met haarself, kan Carina sien. Wil nie praat nie. Maar kan dit nie langer verswyg nie.

Liebet draai om. "Jy dink Jacques is die begin en die einde. 'n Soort afgod wat mooi stories skryf en wat almal sjarmeer met sy glimlag en sy sagte stem! Elke wasbak het sy kraak, juffrou Human."

"En wat is Jacques s'n, mevrou?"

Liebet kyk so lank na haar dat Carina dink sy het haar nie gehoor nie.

"Die waarheid gaan tog een of ander tyd uitkom."

Liebet vee 'n rafel van haar rok af.

"Kom ons kyk hoe jy hierna oor my seun voel."

7 APRIL 1996

Die winter daag vroeër op Kleinbegin op as op ander plekke, veral omdat die windverwaaide dorpie so hoog in die berge lê. Maar dalk ook omdat die natuur die dorp met sy neurotiese geheime en probleme moedswillig kasty.

Klaus Rynhard maak sy spoorweghuisie se deur agter hom toe. In sy hand is drie gewere. Saam met hom is sy seun, Jacques, en dié se beste vriend, Jan-Paul. Vandag gaan hy Jacques leer skiet, want met die nuwe bedeling het daar volgens hom 'n wetteloosheid in die land ingetree en Jacques moet voorbereid wees.

Mense word nou aanhoudend op Kleinbegin beroof. Telefoonkabels word daagliks gesteel. Iemand het selfs die spoorlyn beskadig en die spore probeer steel. Enigiets wat nie agter slot en grendel is nie, word weggedra. Die wetteloosheid het begin. Die afdraande na oorgee. Maar hy moet sy huis en gesin beskerm en Jacques sal moet help.

Vir een van die min kere in sy lewe is Jacques egter onwillig om sy pa se opdragte uit te voer, en wanneer Klaus die motordeur oophou, skuif Jan-Paul eerste in die bakkie in sodat

Jacques dikmond by die passasiersdeur sit. Nie een van hulle praat nie.

Klaus skakel die enjin aan en ry. Liebet hou hom vanuit die sitkamer dop, haar gesig stroef soos altyd. Daarna, in sy truspieëltjie, sien hy hoe sy die sekuriteitshek grendel. Die hemel bewaar hulle indien daar eendag 'n brand in die huis uitbreek. Hulle sal almal lewend verbrand.

Die verdomde koppelaar wil maar net nie regkom nie. Hy en Jacques het hoeka gister weer met die verdomde ding gesukkel.

Hulle hou by die spooroorgang stil en wag vir 'n passasierstrein om verby te kom. Nie Jacques of Jan-Paul praat nie.

"Dertien waens," sê Jan-Paul dan.

"Wat ook al," antwoord Jacques.

"Wat is fout, Jakkie?" vra Klaus.

"Ek hou nie van gewere nie en Pa weet dit."

"Dit gaan nie hier oor waarvan jy hou of nie hou nie. Daar heers wetteloosheid in die land. Kyk wat gebeur! Kleinbegin se munisipaliteit is in sy moer, mense word op die plase rondom ons vermoor asof hulle vee is wat na 'n skut toe gejaag word. Dis oorlog, Jakkie. Wat gaan jy doen as jy eendag wakker word en 'n man staan voor jou bed?"

"Hy sal my in elk geval eerste doodskiet."

"Dis wat ek wil verhoed. En wat gebeur as hy jou ma aanrand?"

Jacques antwoord nie. Klaus wend hom na Jan-Paul. "Jy kan mos skiet, Jan-Paul?"

"So bietjie, oom. Maar ek wil ook vandag oefen."

Voor hulle in die pad ry 'n figuur op 'n fiets. Jan-Paul pomp Jacques in die ribbes en beduie met sy oë: dis Lena. Jacques sak in die sitplek terug asof hy hom van Lena probeer versteek. "Kan Pa nie bietjie stadiger nie? Die stof . . .?"

Klaus ry stadiger. "Ek hou so van Lena." Hy waai vir haar en sy waai terug. "Oulike meisie. Goed grootgemaak. Wie van julle twee se meisie is sy nou eintlik?"

Nie Jacques of Jan-Paul antwoord nie, maar Klaus hou vol. "Toe. Julle drie is altyd saam. Wat gaan aan?"

"Ons is net vriende, oom," sê Jan-Paul kortaf. Dit is asof hy effens van Jacques wegskuif.

"Ja. Ek ken daardie soort vriendskap," glimlag Klaus.

Jacques is op die oorlogspad. "Pa. Ons respekteer Lena. Dis al."

Klaus draai af en hou 'n halwe kilometer verder by die skietgat stil. "Praat van die duiwel." Hy beduie na meneer Steenkamp wat saam met drie seuns na 'n skoolkombi toe loop. Jan-Paul en Jacques is vies, want hulle het die lastige ou man met die opdraaisnor nie hier verwag nie.

"Middag!" groet Klaus met die uitklim. "Julle klaar?"

Steenkamp is verbaas. Hy knik vir Jacques, maar nie vir Jan-Paul nie. Sedert Jan-Paul gedreig het om hom by die onderwysdepartement aan te gee omdat hy die seuns steeds so looi, het hy nie weer met hom gepraat nie, want dit was 'n ondermyning van sy gesag – iets wat Steenkamp hoegenaamd nie duld nie, maar in dié geval was hy hulpeloos.

"Middag, Klaus. Ek leer die jong manne bietjie skiet. Lyk my ons sal dit een van die dae 'n buitemuurse aktiwiteit moet maak soos dinge nou aangaan. Middag, Djaak!"

Dit irriteer albei seuns dat hy Jacques se naam nie behoorlik kan uitspreek nie.

Jan-Paul gee weer 'n ligte snorkie. Jacques glimlag effens. "Middag, meneer Steenkamp."

"Nie weer in die moeilikheid nie, hoop ek?"

"Nie waarvan ek weet nie, meneer."

"Nou hou dit so. Wat kom maak julle manne hier?"

Steenkamp praat met Jacques, nie met Jan-Paul of Klaus nie.

"My pa kom leer my skiet. Maar dis nie nodig nie. Ek wil nie skiet nie en ek gaan nie skiet nie."

"Jacques!" Klaus se stem is hard – ongenaakbaar. "Jy gaan leer skiet en dit is die einde van die saak."

"En as ek nie wil nie? Gaan Pa my dwing? Gaan Pa my foeter soos meneer Steenkamp my altyd foeter? Daar is genoeg mense in hierdie wêreld wat wil skiet, Pa. Hoekom moet ek een van hulle wees?"

"Jacques!" Klaus staar woedend na hom. "Hoor hoe praat jy met my!"

Steenkamp kyk betekenisvol na Jacques en dan na Klaus. Die drie seuns by hom praat saggies onder mekaar, want die aggressie lê dik in die lug.

"Jy praat nie so met jou pa nie, Jacques!" waarsku Steenkamp.

Steenkamp kyk streng na Jacques, maar daar is ook iets anders in sy oë – iets waaraan niemand tans 'n naam kan gee nie.

"Ek is jammer, Pa," brom Jacques uiteindelik.

"Lyk my jy moet hom harder looi, meneer Steenkamp," probeer Klaus sy verleentheid wegsteek.

"Dis al wat werk, die rottang," glimlag Steenkamp en Klaus sien hoe die drie ander skoolseuns lag. "En jy moenie so lelik met jou pa wees nie, mannetjie. Jy is besig om rebels te raak. En daar is nie plek vir rebelle in die skool of in hierdie dorp nie. Dinge rafel genoeg uit in hierdie land wat nou aan die kommuniste oorgegee is."

Jacques sug en kyk weg. Hy wou duidelik reageer, maar besluit tog om dit nie te doen nie.

"So. Ek verneem Jakkie doen darem goed in die skool. Redenaarskompetisies, Afrikaans, Engels, Duits," probeer Klaus die situasie red.

Steenkamp glimlag. "Daar is een of twee onderwysers wat in die rigting van hoofseunskap praat."

Jacques kyk verbaas na hom en lig sy skouers. "Ek weet regtig nie of ek . . ."

"Dit is vir die skool om te besluit, Jacques." Hy stap twee treë nader na Jacques toe. "Maar die finale besluit berus by my."

Jacques tree nie 'n duim terug nie – staan net daar en kyk na Steenkamp asof hy hom onderstebo wil slaan.

Jan-Paul rol sy oë en keer sy rug op Steenkamp. Hy maak ritmiese bewegings met sy regterhand oor sy kruis en Jacques sluk 'n glimlag. Die ander seuns bondel laggend in die kombi.

"Ek wil nie hoofseun wees nie, meneer."

"Jacques!" Klaus se stem klink weer hard deur die stilte. "As jy befoeterd is oor die skietery, moenie dit op my en meneer Steenkamp uithaal nie!"

Jacques kyk af grond toe. "Ek het dit nie so bedoel nie, Pa. Meneer."

Steenkamp kyk lank na Jacques. Toe klim hy in die kombi. Hy beduie iets na Klaus wat "sterkte!" suggereer en trek dan weg. Klaus prop 'n geweer in Jacques se hande. Hy neem dit onwillig en kyk daarna asof dit 'n slang is wat hom gaan pik. Hy druk dit terug in sy pa se hande.

"Jacques!" Klaus sien hoe Steenkamp en die seuns omkyk, want hier kom drama. "Dit is vir jou eie beswil."

"Hoe gouer jy skiet, hoe gouer kan ons gaan swem," sê Jan-Paul. Maar Jacques staar net die vlaktes in. Jan-Paul stap nader, sit sy arm om Jacques se skouers, maar steeds kyk Jacques nie na hom nie, asof hy voel dat sy beste vriend hom ook verraai. "Ek sal jou help. Kom ons doen dit tog net, anders lê ons heeldag en ballas bak in hierdie skietgat en mors suurstof."

Jacques kyk lank na sy pa. Hy tel die geweer op en hanteer dit asof die kolf hom brand.

Klaus neem die geweer uit Jacques se hande. "Vat aan haar soos aan 'n meisie se lyf." Hy lag skielik. "Weet jy hoe om aan 'n meisiekind se lyf te vat, Jakkie?"

Jacques antwoord nie, maar uit die blik wat onderlangs tussen hom en Jan-Paul gewissel word, is dit duidelik dat hy geen opleiding in daardie kuns nodig het nie. Klaus beduie sorgvuldig vir Jacques, wys hom hoe om te laai en aan te lê. "En druk die sneller sonder spanning; squeeze, soos hulle in Engels sê – moenie dit trek nie. Haal ordentlik asem, squeeze die sneller as jy jou asem uitblaas. En lê gemaklik. So."

Klaus gaan lê op die sandwal en wys vir Jacques wat die gemaklikste posisie is. Jan-Paul maak hom gemaklik op die sandwal en neem sy geweer. Dit laat Jacques onwillig langs hom neersak.

Klaus skop sy bene oop. "Gemaklik, Jakkie. Ordentlik, seuna!"
Maar Jacques lê asof hy op warm kole neergesak het. Klaus sug.
Jan-Paul kom orent en kniel langs Jacques. Hy beduie hoe hy
sy elmboog moet stut, hoe hy moet korrel.
"Oukei. Dis eenvoudig. Raak net gemaklik, dude. So." Hy
help Jacques tot hy gemaklik lê. "Laat sak jou gat. Jy wag nie vir
ses van die bestes nie."
"Ag, fokof," sê Jacques.
'n Swerm voëls kom sit naby hulle. Die wind waai troos-
teloos. Jacques vee die sand uit sy oë en skud sy kuif van sy
voorkop weg.
"Is jy oukei?" vra Jan-Paul.
"Sê maar so."
"Ek's langs jou, bru. Ek sal jou help. Vertrou my."
Dit laat Jacques effens meer ontspan. Hy gooi sy kop agter-
toe asof hy sy gespanne nekspiere probeer ontspan. Tarentale
roep iewers. Die son blink op die rivier wat laer af die swem-
poel vorm.
Klaus haal nuwe kolskyfplakkate agter uit die bakkie. Dié
skietgat is nog tot enkele jare gelede deur die weermag ge-
bruik. Groot voos geskiete skywe hang aan katrolle.
"Gaan plak gou nuwe boelsaais op!" beduie Klaus nadat hy
die skywe aan Jan-Paul gee.
Jan-Paul draf na die skywe toe met die nuwe plakkate en
werskaf daaraan terwyl Klaus verder verduidelik: "Ek sal in die
skietgat wees. Ek sal met 'n merker beduie waar jou koeël
getref het, dan probeer jy weer, tot hy in die boelsaai is, ver-
staan?" sê Klaus.
"Ja, Pa," brom Jacques.
Jan-Paul kom teruggehardloop.
Klaus stap na die skietgat toe. Jan-Paul haal oorpluisies uit sy
sak en gee vir Jacques 'n paar aan. Jacques prop dit onwillig,
te los, in sy ore en wag tot sy pa in die skietgat verdwyn het.
Hy trek die skywe behoorlik in posisie en hou die stok met die
pylpunt aan in die lug.

314

Jan-Paul gaan lê langs Jacques aan sy linkerkant. Jacques kry nie behoorlik sy lê nie. Jan-Paul kom orent en beduie weer vir hom. "Pella, hou op baklei teen alles. Lê en flippen skiet!"

"Wat maak julle twee idiote daar? Skiet, man!" kom die stem uit die skietgat.

"Oukei, is jy reg?" skreeu Jan-Paul vir Jacques. Jacques sug en knik. Steeds die troostelose windjie. Die blare wat begin val en omtol in die wind asof dit 'n trog vorm. 'n Ystervark verdwyn tussen die lang gras en die sand waai op.

Jacques se vinger span om die sneller.

"Moenie dink nie, pel. Doen net," sê Jan-Paul.

'n Ferm trek om Jacques se mond. Hy grawe hom nog bietjie dieper die sand in. Dan druk hy die pluisies vaster in sy ore.

"Kry julle donnerse gatte in rat!" roep Klaus onder uit die skietgat.

Jacques trek die sneller. Oomblikke later gee Klaus die "mis"-teken. Die stok beweeg ritmies van links na regs, soos iemand wat sy kop skud.

"Konsentreer, Jacques!" skreeu Klaus. "Gaan vir die boelsaai!"

"Watch my nou." Jan-Paul korrel en trek die sneller. Oomblikke later beduie Klaus met die mikstok vanuit die gat dat Jan-Paul net-net links onder die kol geskiet het.

"Probeer weer! En Jacques, skiet op die teiken, nie in die blerrie sandwal hier agter nie!" skreeu Klaus. "Netnou skiet jy 'n haas of 'n ding dood!"

"Is jy reg?" vra Jan-Paul.

Jacques druk die pluisies wat weer losgekom het dieper in sy ore en lê aan, 'n vasbeslote trek om sy mond. Jan-Paul kan sien dat hy vies is. En wanneer Jacques vies is, is hy meer as ooit vasbeslote om 'n sukses van iets te maak.

Jan-Paul bekyk sy geweer, haal oor en lê weer aan. Die pluisie in sy linkeroor wil maar nie behoorlik pas nie en begin uitglip, maar Jan-Paul het nie nou lus om dit terug te sit nie. Hy beduie: Kom ons skiet saam!

Hulle lê weer aan. Die wind raak sterker, sodat dit Jacques se kuif in sy oë waai.

"Sal ek julle mannetjies se gatte kom warm skop? Skiet, manne!"

Jan-Paul beduie vir Jacques om die oorpluisie uit sy een oor te haal. Jacques frons en verwyder dit.

"Die ou wat in die kol skiet, kry vir Lena!"

Nou is Jacques gemotiveerd.

"Maar my magtag, manne! Het julle gevries of slaan julle eers water af?" skreeu Klaus nou hoorbaar gefrustreerd onder uit die skietgat. Maar as hulle hom wel hoor, verklap Jacques en Jan-Paul niks. Hulle korrel.

Die wind gaan lê net so skielik soos wat dit opgesteek het. Die blare fladder af grond toe asof die natuur tot stilstand gekom het. Die stof en sand hang nog oomblikke in die lug.

'n Ystervark se snoet verskyn uit sy gat, maar asof hy self weet dat hy in gevaar is, verdwyn hy weer.

Dit is nou doodstil. Dodelik sekuur op die kol.

Stilte. 'n Beweging agter die sandduin waar Klaus die skywe dophou. Hy swets, huiwer en begin dan teen die wal uitklim. Hy verloor sy balans amper, swets weer, kom orent en sukkel opnuut teen die wal uit.

Jacques beweeg sy onderlyf asof hy gemakliker probeer lê. Sy lippe vorm die woorde sonder dat daar klank is: "Moenie dink nie, doen net."

Jan-Paul lê doodstil. Albei gewere is nou sekuur op die boelsaais gerig, Jan-Paul op die linkerkantse skyf, Jacques regs.

'n Stofwolkie soos Klaus teen die wal probeer uitklim.

'n Ligte kraakgeluid. Die swerm voëls digby Jacques en Jan-Paul vlieg skielik op toe Klaus se gesig verskyn.

Twee skote klap presies tegelyk.

'n Koeël tref Klaus Rynhard reg tussen die oë. Vir 'n oomblik huiwer hy tussen hemel en aarde, sy arms halfpad opgelig asof hy iemand se aandag probeer trek. Toe val hy agteroor.

Stilte. Net die swerm voëls wat oor Jacques en Jan-Paul vlieg.

Hulle staar in afgryse na mekaar. Toe spring Jacques op. Hy gooi sy geweer neer en hardloop na sy pa toe wat weer in die skietgat verdwyn het. Jan-Paul kom orent, kyk verbysterd na Jacques wat hardloop, kyk dan na die skywe.

"Paaaaa!" Jacques val-rol teen die helling af.

Klaus Rynhard lê soos 'n groteske pop op sy rug in die skietgat reg onder die skywe. "Paaaa!" Jacques gryp sy pa en lig hom op. "Pa! Praat met my! Pa!"

Jacques lig sy pa se kop. 'n Fyn strepie bloed loop oor sy neus en teen sy wang af. Jacques begin huil en skreeu tegelyk. "Liewe Here, ek het my pa doodgeskiet! Dit was 'n ongeluk! Pa, praat met my! Paaaaa!"

Hy tel hom op en strompel met Klaus teen die helling uit. Jan-Paul, wat nou daar aangekom het, probeer help, maar sy bene gee in sodat hy telkens weer moet probeer om teen die sandwal uit te klim. Jacques gil en skreeu deurgaans.

Jacques strompel na die bakkie toe. Jan-Paul gryp sy selfoon. "Wie moet ek bel? Wat is die nommer?" vra hy bewerig.

Maar Jacques antwoord nie. Hy staan net daar met sy pa se lyk in sy arms.

Jan-Paul bel 10111. Hy prewel aan die stem wat antwoord dat daar 'n skietongeluk was en dat sy vriend sy pa raakgeskiet het. Hy neem Klaus uit Jacques se arms en lê hom op die grond neer. Jacques pas mond-tot-mond-asemhaling toe, doen enigiets. Klaus lê nou tussen die twee gewere. Jacques tel een op, staar daarna asof hy die horlosie probeer terugdraai, gooi dit weer neer, huil. Skreeu. Maar dit is te laat.

Klaus Rynhard is reeds dood.

23

Carina en Mysi staan op die stasieplatform. Mysi is sprakeloos na wat Carina haar pas oor Klaus Rynhard se dood vertel het.

Mysi se selfoon lui twee keer, maar dit is asof iemand haar vol op die mond geslaan het en sy eenvoudig te seer het om te praat.Toe haar selfoon die derde keer lui, antwoord sy noodgedwonge.

"Hallo, Stefan." Sy kyk na Carina. "Sê vir Gavin Carina kan nie nou praat nie. Sy is besig met 'n onderhoud. Maar ons het goeie vordering gemaak."

Carina hou haar middelvinger in die lug op en swaai dit heen en weer. Mysi verplaas die selfoon na haar ander oor.

"Jammer. Ons is tussen die koppies. Slegte sein."

Sy skep asem en vorm woorde sonder klank wat beduie dat sy 'n slegte leuenaar is.

"Sodra ons iets weet, sal ek bel. Ek belowe. Cheers."

Mysi plaas die foon terug in haar kamerasak en loop na Carina toe, wat na die treinspore staar.

"As ek eendag my sondes moet bely, roep ek jou saam om te kom getuig. Ek gaan in die hel brand."

"Noem dit joernalistieke instink. Noem dit 'n sesde sintuig, wat ook al, maar die seekoei se snoet steek darem al uit. Ek gaan nie hierdie storie met enigiemand deel nie. Nie nou nie. En dit geld veral vir my redakteur."

"Jy bedoel omdat hy jou feite vat en dan sy eie stories daaruit maak en jou skaars krediet gee?"

"Dit ook. Maar ook omdat ek nog nie al die feite het nie. Want met hierdie inligting alleen kan ek 'n storie skryf wat *Montage* kan laat uitverkoop. Maar ek gaan nie. 'n Halwe storie is 'n Minora-lemmetjie wat senuwees afsny wat jy dalk later kan nodig kry."

"Vatvyf, pel!"

Vir die eerste keer glimlag Carina effens, hou haar hand ingedagte orent en gee Mysi 'n vatvyf, maar hulle bly ernstig. En toe, skielik, druk sy Mysi teen haar vas.

"Oukei. Ons kan trou, maar ons sê vir niemand nie!" Mysi druk Carina op haar beurt vas. "Soos Jacques vir Lena en Jan-Paul gesê het: Vriende vir altyd!"

"Vriende vir altyd," antwoord Carina skaars hoorbaar. Eintlik het sy nog nooit so daaraan gedink nie. Sy het nog nie werklik volledig oor haar vriendskappe besin nie. In die joernalistieke wêreld verander dit vinnig in vyandskappe. Of is dit geforseerde, gerieflikheidsvriendskappe. Mense wat vir haar stories gee, of leidrade tot stories. Maar, soos met Jacques die geval is, wie van daardie mense voel werklik iets vir haar? Sou steeds met haar vriende gewees het as sy nie "Carina Human van *Montage*" was nie?

Skielik wonder Carina: Naas Mysi, wie in haar lewe is werklik haar vriende? Wie kan sy regtig vertrou?

Is dit nie miskien die kruispad waarby Jacques beland het nie, toe besluit hy om dit te toets? Soos iemand wat voortydig 'n begrafnis hou en vanuit 'n skuilte kyk wie almal opdaag?

Hulle staan vir 'n ruk so en nie een van hulle praat nie. Dis eers toe die stasiemeester aangestap kom asof hy wil vra wat hulle hier soek, dat Carina weer voel na praat.

'n Trein hou stil. Twee mense klim af. Dan vertrek dit weer en die stasiemeester verdwyn in sy kantoor.

"Kan jy jou indink hoe dit moes gewees het om hier groot te geword het?" vra Carina. "In hierdie godverlate dorpie met sy naywerige mense, sy stowwerige pleine en . . ." Sy kyk rond asof sy na nog woorde soek, "sy . . . nou koppies."

"Soos daai song, 'Town without pity'."

"Jacques kon seker net in sy verbeelding oorleef."

"Ek dink Chivas, Lena en Jan-Paul het gehelp om dit draagliker te maak," sê Mysi.

"Die vraag is, wat het gebeur ná sy pa se dood? En hoekom is die inligting nie bekend nie?"

"Omdat hy nog minderjarig was?"

Carina knik. "En die mense wil nie praat nie, want wat op Kleinbegin gebeur, blý op Kleinbegin."

"Gaan polisie toe, Carina. Kry sy lêer."

Sy knik weer.

Carina se foon gons vir die soveelste keer in haar handsak, maar sy ignoreer dit weer.

Jacques Rynhard se wêreld. Die plek waar hy grootgeword het, mens geword het. Die plek waar hy verlief geraak het.

Die plek waar hy moord gepleeg het.

Wat sou deur sy kop gegaan het toe sy pa te voorskyn kom en hy die sneller trek? Waaraan het hy in daardie breukdeel van 'n sekonde gedink?

Town without pity. Mysi is so reg. Selfs na 'n goeie somer is dit steeds vaal hier op Kleinbegin. Troosteloos. Hoe sal sy haar artikel begin? Met: *Troosteloos. Leë vlaktes. Die niemandsland waarin Jacques verdwaal het sonder bakens, sonder grense.*

Kalm nou, Carina, geen mooiskrywery nie. Skrap die pers beskrywings! dink sy. Skryf nugter. Rapporteer net wat gebeur het. Jy is dit aan Jacques verskuldig om sy storie so eenvoudig moontlik te vertel.

Maar tog, dit was *Blitsnuus* se redakteur wat eendag op 'n nuusvergadering gesê het: "Partykeer is 'n groot skrik baie meer werd as 'n sagte fluistering."

'n Stoomtrein kom aangery. Carina en Mysi kyk na mekaar. Murphy is aan hulle kant. Mysi begin foto's neem vir die artikel.

Carina kyk hoe dit stadig om die draai slang. Dit is 'n toeristetrein wat seker vakansiegangers op 'n stoomtreinsafari neem. Mense leun by die vensters uit en neem foto's. Sy wonder hoeveel keer Jacques na hierdie einste spore gestaar het. Toe hy hier vir sy pa gewag het wat sou huis toe kom. Hy en Jan-Paul en Lena het seker dikwels stoomtreinritte saam met toeriste onderneem.

320

Jacques moes iewers daaroor geskryf het. Wanneer sy terug is in haar hotelkamer, moet sy na 'n beskrywing van so 'n trein-rit soek.

Sou die drietal hier agter haar in die stasiewagkamer byme-kaar gestaan het? Sou Lena tussen Jan-Paul en Jacques gestaan het terwyl sy een van hulle se hand stywer as die ander een s'n vasgehou het?

Sou die wanhopige natuur, wat afplat na leë vlaktes waarop die heuwels afkyk, hulle ook so hartseer gemaak het soos sý nou voel?

Sy loop nader aan die platform se rand. Jacques het seker altyd so na aan die treine probeer staan as moontlik, asof hy aan hulle wou vat terwyl hulle beweeg. Chivas het dit immers bevestig – dat hy gevaarlik naby die rand gestaan het toe hy nog 'n kleuter was. Asof hy in 'n bewegende wa wou spring indien hulle nie stilhou nie.

Die trein is nou feitlik op hulle, met die gruisklippe en die blink spore en die donderende geluid en die stoom wat afge-blaas word en die harde fluit. Sy dink in hierdie oomblikke aan Jacques se speelgoedtreintjie wat verwaarloos en alleen in sy kamer staan. Aan die potgebonde plante. Aan Elmien Malan in 'n plas bloed in haar kamer en die artikel oor haar wat sy nooit geskryf het nie. Aan die tydskrifte op Fritz se kas. Aan haar ma, die . . .

"Carina!" Mysi ruk haar terug, maar selfs toe is sy steeds onwillig om weg te beweeg. Sy staar net na die waens wat hier vlak voor haar verby donder. Twee waens, drie, ses, sewe . . . nege . . .

Mysi hou Carina vas. Sy skreeu selfs, maar Carina beweeg nie. Sy voel die hitte van die waens en die stoom wat nog daar hang, is bewus van die wind wat verby swiep, voel die krag van die trein, raak bewus daarvan dat die platform bewe.

Dan kyk sy op. En iewers, tussen die stoombolle, kan sy sweer dat sy Jacques Rynhard sien staan voor die stoom hom weer toevou.

Vir 'n breukdeel van 'n sekonde staan hy daar. Maar sodra die stoom opstyg, is daar niemand nie. Steeds beweeg sy nie. Mense klim nou af, loop rond, neem foto's, bestorm die kafeetjie en draf na die stoomenjin toe.

"Wat gaan aan met jou?" skreeu Mysi bokant die lawaai.

"Hy was hiér. Hy moes hiernatoe gekom het nadat hy verdwyn het. Hy het hier gestaan en 'n stoomtrein het verbygegaan maar nie stilgehou nie, toe spring hy op en . . ."

Carina begin huil. Die mense kyk na haar.

"Pella. Hei. Wag nou." Mysi haal 'n sakdoek uit. "Kyk hoe lyk jou maskara."

"Hy wou saamgaan, maar hy kon nie opklim nie, toe val hy voor die trein in en . . ." Carina huil nou onbedaarlik. Sy druk haar gesig teen Mysi se bors.

Mysi streel oor haar hare, praat met haar soos 'n kind. "Jy het 'n vakansie nodig, pel."

"Ek moet Jacques kry!"

"Dalk wil hy nie gevind word nie."

"Hy wíl gevind word!"

"Hoe weet jy?"

"Ek voel dit net. Hy is nou hier, bý my. Hy wil praat. Hy wil alles vertel. Alles waaroor hy nie eers kon skryf nie, maar hy kan nie praat nie, want hy . . ."

"Is ontvoer? Is . . . dalk dood?" waag Mysi.

Carina skud haar kop en vee haar trane af. Sy kyk na die lokomotief wat stoom afblaas asof sy weer verwag dat Jacques tussen die stoombolle gaan verskyn. Toe stap sy na die stasiemeester toe.

"Kan jy my asseblief na die skietgat toe beduie, meneer?" vra sy.

Die man kyk verbaas na haar. "Dis jare laas gebruik, dame."

"Ek gee nie om nie. Ek wil dit net sien, asseblief."

Die stasiemeester skud sy kop en beduie haar na 'n grondpad wat tussen die bosse verdwyn. Watwo bosse! Dit is eintlik treurige, halfdooie wattelbome wat mismoedig in die laatmid-

322

dagson staan. "By die windpomp draai jy links. Dit sit omtrent 'n halwe kilometer verder aan die regterkant."

Carina stap tot by die lokomotief. "Ek dink ek verstaan," sê sy vir Mysi wat haar gespanne volg.

"Verstaan wat?"

"Hoekom Jacques so behep was met lokomotiewe."

Mysi neem 'n foto van Carina. "Ek hou altyd daarvan om 'n groot oomblik te verewig! Vergeet van suurgatte wat sê mens kan nie die werklikheid digitaal verewig nie. Wag tot jy al die foto's gesien het wat ek geneem het."

Carina loop tot by die staaltrappe na die lokomotief se kajuit. Sy kyk oor haar skouer in die rigting van Liebet se huis. Dan hys sy haarself op.

Die drywer is besig om kole in die vuurherd te gooi. Dit is warm binne. Carina is verbaas oor hoe groot die kajuit is. Sy het verwag dit sal kleiner wees.

"Ja, dame. Geniet jy die trippie?" vra die drywer. 'n Verbaasde Mysi wag onder by die trappies en beduie, maar Carina maak of sy haar nie sien nie.

Mysi gaan voort met foto's neem.

Die masjinis praat nou vinnig en entoesiasties: "Die getroue oubaas het al dekades lank hierdie pad geloop vol kole. Nou ry hy maar net toeriste rond, soos iemand wat vir oulaas nog 'n paar pelle wil dice voor hy scrap-yard toe gaan."

Carina vee weer oor die instrumente en kyk na die vuur – dieselfde vuurherd wat klein Jacques seker hoeveel keer gevoed het.

"Wag. Kom sit hier waar ek altyd sit," beduie hy.

Carina kyk na die hoë stoeltjie langs die venster. Klaus sou klein Jacques seker aan die begin moes optel om behoorlik daar te sit. Hy sou eers later lank genoeg gewees het om self op die stoel te klim. Sou Klaus die seuntjie eers teen hom vasgedruk het voor hy hom opgetel het? Sy toekomstige moordenaar?

Die drywer help haar tot op die hoë drywerstoel. Sy vat aan

dieselfde instrumente as waaraan Jacques moes geraak het, vee oor dieselfde oppervlakke. Sy het nog nooit so naby aan hom gevoel as hier nie. En sy weet met absolute sekerheid: Jacques Rynhard is nie dood nie. Hy leef en hy wil met haar praat. Deur haar praat! En hierdie is die begin, in die lokomotief waar hy dalk op sy gelukkigste was.

Voor haar is 'n magdom instrumente. Krane, 'n spoedmeter en vele ander meters, asook goed wat sy nog nooit tevore in haar lewe gesien het nie. Sy leun vorentoe, raak versigtig daaraan, probeer name gee aan die instrumente waaroor sy wil skryf, voel die krag onder haar, neem foto's op haar selfoon. Dis asof die krag nou tot in haar bruis, deel word van haar. Hiér moes Jacques een met die lokomotief geword het, soos die lokomotief geword het. Magtig gevoel het. Vergeet het van die eng spoorweghuisie. Dalk het die lokomotief hom bemagtig. Sterk gemaak. Soos die man laat voel wat hy gedink het sy pa nié was nie.

"Ek weet jy wil," lag die drywer en beduie na 'n tou wat langs haar afhang met 'n rooi handvatsel. En sonder om verder toestemming te vra, trek Carina dit.

'n Lang fluitgeluid weergalm oor die stasie.

Sy lag en blaas haar asem uit nes 'n kind wat sy eerste mondjievol roomys geproe het nog voor die waentjie met die mooi deuntjie weggetrek het. Sy trek die fluit weer, en weer, en weer, tot Mysi verbaas om die hoek loer. Dan nog 'n paar keer, tot van die omstanders begin terughardloop na die waens toe omdat hulle dink die trein gaan vertrek.

"Hei, stadig, dame," waarsku die drywer, "jy maak die passasiers gespanne, nes daai musiekgroep!"

Sy is nou in beheer van hierdie magtige lokomotief. Soos Klaus Rynhard en talle masjiniste voor hom.

"Waaraan het jy gedink toe jy die sneller getrek het, Jacques?" vra sy.

"Ekskuus?" vra die masjinis.

Carina klim van die stoel af, loop vorentoe, verhit haar gesig

324

by die vuur, bestudeer die kole. "Hoe voel dit om hierdie lokomotief te dryf en die oubaas te laat doen net wat jy wil hê?" vra sy.

Hy grinnik asof hy nog nooit daaroor gedink het nie. "Asof ek die baas van 'n plaas is wat so groot is soos die oog kan sien," antwoord die masjinis na 'n ruk. "Asof ek een van die kole is wat hierdie ou man voed." Hy ruk sy skouers regop. "As mens hier sit, vlieg jy, maar jy voel nog steeds die aarde onder jou, die spore. Is jy groter as die kranse by Waterval Boven. Is jy magtig. Kan jy jou eie keelgat so wyd rek as wat hy kan gaan en stoom aflaat, en kan niemand jou bykom nie. Hier is jy die meneer. Hy steek jou lont weer aan die brand."

Carina glimlag.

"Dankie."

Maar die masjinis is in 'n geselsluim. "Jy weet die Rynhard-mannetjie wat so verdwyn het?"

"Ja?"

"Sy pa het hierdie einste oubaas jare lank gedryf. Ek onthou nog hoe dikwels die outjie hier gesit het. Gelag het. Sy klere en sy gesig vuilgesmeer maar met 'n smile groter as hierdie lokomotief. Magtag, maar hy kon mooi lag!"

En op al sy foto's het hy net 'n halfmas-glimlag, dink Carina. "Hoe 'n soort mens was Jacques?"

Die masjinis lag. "Ek wens ek het so 'n seun gehad. Sterk mannetjie, koppig, wil van sy eie. Hy en sy pa het dikwels hier gesit en partykeer argumenteer. Maar Klaus was maar papperig. Het altyd die argumente verloor. Ek het Jacques 'n paar maal aangevat en hy het dit waardeer, selfs respek gekry omdat iemand met ander argumente gekom het. Ons het goeie pelle geword. Maar ek het gevoel asof hy my dophou. Asof hy by my afskryf."

"Waaroor het Klaus en Jacques geargumenteer?"

"Jong, pa-seun-dinge. Maar ek het altyd gevoel Jacques dink sy pa is te sag. Dat hy nooit teen sy ma opstaan nie."

Nog vurige kole op Jacques se hoof.

"En toe hy sy pa doodgeskiet het, het ons almal hier op die dorp gesê ons is nie verbaas nie. Maar hy het die verkeerde ouer doodgeskiet. Dalk wou hy sy ma van die gras af gemaak het. Maar hy het gedink dat hy sou wegkom deur te maak of dit 'n ongeluk is."

Carina luister na hom, dink aan hoe Jacques moes gevoel het toe hy sy pa geskiet het.

"Snaaks dat die koerante dié week nog nie oor die doodskietery geskryf het nie."

"Dankie . . . nogmaals." Carina klim met die trappe af.

"Alles reg, ounooi. Geniet die res van die reis. Ons ry oor 'n kwartier."

Sy kyk terug na die drywer wat nou aan die instrumente peuter. Hy werk met 'n glimlag asof hy nou, hier, so tuis soos 'n boer op sy lande is.

Soos Jacques agter sy tikmasjien.

Dit moes vir Klaus Rynhard sy enigste ontsnapping van 'n saai lewe en 'n kwaai vrou gewees het. Hier was hy baas, het hy magtig gevoel, soos 'n man in beheer van sy lewe, nie 'n bang eggenoot van 'n kragtige vrou wat sy lewe vir hom gereël het nie.

Carina klim uit die lokomotief tot op die platform.

Mysi klap haar vingers langs Carina se oor. "Planeet Mysi na Planeet Carina. Hallooooo!" Maar dit lyk nie of Carina haar hoor nie. Sy spring van die perron af, buk langs die trein, bestudeer die kragtige staalarms wat die wiele in beweging bring en vorentoe stoot.

Carina beweeg haar gesig tot teen die reuse-wiele. Sy kry bekende en onbekende reuke: rook, staal, vuur en ander ghriesen oliereuke wat sy nie behoorlik kan eien nie. Maar skielik laat dit haar goed voel. Lekker. Vervul. Sy kan nie verklaar hoekom nie, maar hierdie lokomotief praat nou met haar.

Toe loop sy tot reg voor die ronde neus en verkyk haar aan die staalrooster voor die trein. Merk die enjinnommer en die lokomotief se naam op.

Carina gaan sit plat op haar boude tussen die spore en kyk op, wonder hoe dit sou voel as hierdie reus op haar sou afstoom en sy tussen die koue spore lê. Sou dit oor haar donder sonder om haar skade aan te doen? Hoe moet dit voel om hierdie donderende reus oor jou te voel dreun? Sou 'n mens vir 'n rukkie doodgaan en in 'n ander wêreld beland van die krag wat oor jou en deur jou en in jou spoel? Sou dit die uiterste ervaring wees? Sou dit die enigste manier wees om een te word met die lokomotief? Een van daardie ewige avonture wat 'n mens op jou bucket-list wil afmerk?

Sou Jacques dit gedoen het? Miskien net om weer te vóél, te wéés, te ervaar?

Voetstappe langs haar op die gruisklippies. Onseker, wankelende treë op hoëhakskoene soos iets uit 'n klugtige rolprent.

Carina staan op, steek haar hand uit en trek Mysi nader. Haar vriendin gehoorsaam stom van verbasing.

Carina begin beweeg, tussen die spore en om die spore. Begin passies uitvoer. Die mense gaan staan, vergaap hulle aan die twee meisies en begin foto's neem.

Mysi lag en gee haar oor aan die dans. Die masjinis trek die fluit en die lokomotief sidder. Carina wens dat sy haar arms om die lokomotief kan gooi, dat sy een kan word daarmee. Sy sing, lag, huil, dans en praat met Mysi, maar die woorde wat uit haar mond kom, maak geen sin nie.

Sy babbel oor wat sy tot dusver in Jacques se geskrifte gelees het. Onsamehangende woorde en emosies borrel uit. En elke tweede sin begin met "Jacques".

As sy haar oë toemaak, wórd sy Jacques, dans sy met Lena en Jan-Paul, voel sy die hitte van verlore jeug in haar are bruis. Al die opgekropte energie wat sy as skooldogter gehad het en nooit genoegsaam gebruik het nie, bruis nou deur haar liggaam.

'n Vermorste lewe. 'n Tweedehandse bestaan. Tot nou toe. Tot sy hierdie storie moet skryf. Nou begin sy leef, maar deur iemand anders.

327

Nog meer mense gaap hulle nou aan. Dié wat nie op die perron staan nie, peul by die trein se vensters uit. Stasiepersoneel kom aangestap. Carina stap nou saam met Mysi verby die lokomotief, hys haar op teen die staaltrappe, klim in die waens in en loop tussen die verbaasde passasiers deur.

Sy kyk na die mense wat haar oopmond aanstaar. Sommiges neem haar met hul selfone af, ander neem foto's met kameras. Een of twee vrouens pluk selfs hul kinders uit die paadjies, weg van Carina.

Sy loop tot sy die agterste wa bereik, die sitkamerwa. Sy pluk die agter-glasdeur oop en kyk af op die spore wat tot by die draai strek. Sy lig haar arms dramaties soos in 'n rolprent en haal diep asem.

Mysi hou aan met foto's neem. Carina leun oor die agterste reling – so ver oor dat sy dink sy gaan op die spore val. Sy strek haar arms na die kante toe soos iemand wat vlieg.

"Hoor hier, as jy 'n nervous breakdown kry, kan ek die storie oorneem?" vra Mysi versigtig.

Dit bring Carina terug tot die werklikheid.

"Ek verstaan nou," sê Carina.

"Verstaan wat?"

"Hoekom Jacques so van treine gehou het."

En toe Carina nie praat nie: "Hoekom, verdomp, Carina?"

"Verstaan jy nie? Dis nie net die krag nie. Dis ook die mense op die treine, die beweging, die weggaan, die verdwyn."

Mysi frons, probeer duidelik sin maak uit wat Carina sê, maar gee op.

"Moenie dink nie. Doen net," sê Carina.

"Doen wat?" vra Mysi.

"Laat reg aan Jacques geskied."

Dit is eers toe hulle 'n kwartier later by die verlate skietgat stilhou, dat Mysi praat.

"Jou stukkie Medea-op-die-vlaktes gaan natuurlik YouTube slaan. Jy weet dit, nè?"

Carina trek haar skouers op en klim uit die kar.

"Ek wou voorstel dat ons 'n dop gaan drink, maar dan word dit ook afgeneem en volgende wat ons weet, is jy 'n lesbiese alkie. So!" Sy maak die kattebak oop en haal 'n duur bottel rooiwyn uit. "Wyn vir die pyn, vriendin!"

Mysi neem 'n kurktrekker wat aan die motorsleutels vas is en maak die bottel oop. Sy soek na polistireenglase onder die motor se sitplekke en spoor drie op wat darem nog in plastiek verpak is.

Die klank van wyn in die glase is dowwer as wanneer dit in glas geskink word.

"So. Waarop drink ons?" vra Mysi.

"Op die feit dat ons 'n storie het!"

"Die vraag is, hoe gaan jy die storie vertel?" vra Mysi.

"To write or not to write, that is the question, Mysi."

". . . het Rosencrantz vir Guildenstern gesê voor hy die graf toegegooi het!"

"Of Jacques vir die meisie wat nie weet waarheen sy gaan nie terwyl hy die storie vir haar geskryf het."

Hulle klink glase. Die polistireenglasies skuur komies teen mekaar en hulle lag weer.

"Op Jacques," sê Carina.

"Met ander woorde – jy drink op 'n moordenaar?"

Carina proe ingedagte aan haar wyn. En toe, byna soos 'n rolprentkamera, draai sy in die rondte – kyk na die verslete skywe, die wattelbos wat intussen halfpad afgebrand het, die gras wat die skietbaan toegegroei het wat seker, na Klaus Rynhard se dood, nie weer gebruik is nie.

Sy slaan die halwe glas in een teug weg. Toe gaan lê sy op haar maag op dieselfde plek as waar Jacques, volgens Liebet se vertelling, moes gelê het. Sy boots sy bewegings na. Hoe hy die geweer moes gestut het, wat hy gesien het.

Sy bestudeer die verslete skyf. Sien in haar geestesoog Klaus se gesig wat agter die sandbank te voorskyn kom. Swaai effens met haar hande asof sy 'n geweer in sy rigting trek.

Hoekom het Jacques sy pa doodgeskiet? Was dit per ongeluk

of doelbewus? Het hy geweet dat hy daarmee sou wegkom as hy beweer dit was 'n ongeluk?

Wat het in daardie breukdeel van 'n sekonde deur sy gemoed geflits? Carina dink aan die mense wat haar in haar lewe skade aangedoen het. Mense van wie sy nie gehou het nie, boelies op skool, onderwysers wat brutale stellings gemaak het wat haar vandag nog bybly, die vrou wat haar pa van haar ma afgerokkel het. Dieselfde vrou op wie se kaartjie sy afgekom het.

En Elmien Malan se kêrel wat haar vermoor het. Daardie walglike gesig met die harde lyne en die koue oë. Dit is sy gesig wat nou voor Carina opdoem vanuit die skietgat.

Die gesig kyk reguit na haar, daag haar uit om hom te skiet, lag vir haar, vorm haar naam spottend met sy mond.

Dan trek Carina 'n denkbeeldige sneller.

"Wat het gebeur?" vra Mysi en ledig haar glas.

"Ek het so pas iemand doodgeskiet," antwoord Carina.

"The plot sickens!" lag Mysi.

'n Warrelwind dans oor die verlate skietbaan op en begrawe die beelde waaraan Carina pas gedink het onder slierte dooie gras en stof.

"Weet jy waarop wil ek ook drink, Riens?" Carina wil na die skywe toe loop, maar Mysi hou haar terug. "Ek wil drink op jou wat vir die eerste keer laat gaan het. Wat jou flippen hare laat los hang het en skielik nie meer so koekerig was nie." Mysi keer weer die glas om, maar daar is nie meer wyn in nie en sy lek die druppeltjies op wat uit die glas tuimel. "Partykeer . . . en ek weet jy gaan my bless, maar partykeer verstaan ek hoekom Kelvin jou gelos het. Al die neurose, die vrese, die spanning, die onsekerheid. Ek dink nie hy kon dit meer vat nie."

"Dankie vir daardie een, Mysi."

Haar vriendin lig weer haar leë polistireenglas. "Op jou, Jacques Rynhard, waarever de hel jy is, wat Carina Human actually laat besef het daar is iets soos 'n mens in haar, hal-le-flippen-luja!"

"Op vriende, Mysi-meisiekind!"

330

Carina loop oor die stompgevrete grasveld na die plek waar die verslete skywe hang.

Sy gaan staan op die wal en kyk af. Ook hier het die gras die wal begin inneem. Was dit die Prediker wat gesê het: "Soos gras is sy dae"? Wat verwys het na "die blom van die gras"?

Jacques moes hiér afgestrompel het, Klaus se lyk daar onder gesien lê het en dit boontoe gedra het. Sou hy toe eers behoorlik besef het wat hy gedoen het in 'n onbesonne oomblik van woede? Of was hy by sy volle positiewe en het bloot toneel gespeel? Het hy Klaus Rynhard uiteindelik uit 'n halfdooie bestaan verlos? Het Jacques iets gedoen wat hy dalk aan homself wou doen, sy eie lewe neem, maar waarvoor hy nie die moed gehad het nie? Het hy in 'n onbewaakte oomblik van woede geskiet en Klaus in plaas van homself verlos?

Of is hy 'n bobaas-manipuleerder wat hulle almal 'n rat voor die oë draai?

"Hoekom het hy dit gedoen?" vra Carina vir Mysi.

Mysi kyk na die skietgat. "Dit moes 'n ongeluk gewees het."

"'n Doelbewuste ongeluk?"

"Is dit regtig wat jy dink?"

"Ek weet nie wat om te dink nie."

"Dus, Riens. Jy gaan skryf Jacques het sy pa vermoor omdat hy die ou man gehaat het – presies die storie wat Gavin Grieselboudjies wil hê. Vol sensasie, vol melodrama, vol photo opportunities. Ek het nêrens die indruk gekry hy het hom gehaat nie. En een of twee argumente is nie haat nie. Tensy niemand vir ons die ware storie vertel nie." Mysi begin weer foto's neem. "Hierdie foto's gaan groot stories vertel. *Montage* gaan uitverkoop en ons gaan in die baas se goeie boekies kom met 'n stink spoed! Dalk wen jy nog 'n prys!"

"En gee jy na die tyd 'n koffietafelboek uit oor die reis na Jacques Rynhard, deur die lens van Mysi Moolman!"

Carina se selfoon lui. Mysi draai om. "Dit kan net een nuuskierige agie wees wie se boudjies so uptight is dat ek nie dink dit kan behoorlik sit sonder om seer te maak nie!"

"Hallo, Carina Human?" Sy noem spesifiek haar naam, al sien sy Gavin se naam in die venstertjie verskyn.

"Hoe ver is die storie?" Sy stem is saaklik, gebiedend.

En Carina dink: sy kan nou alles vertel. Vir Gavin gee presies waarna hy soek. Maar hy sal haar beveel om terug te kom, om die storie dadelik te skryf en dan sy eie weergawe daarvan skryf én krediet vat daarvoor. Sy twyfel of haar naam eers onder die artikel se kop sal verskyn.

Dalk, aan die einde: *Met addisionele beriggewing deur Carina Human,* iewers weggesteek tussen al die ander krediete en bedankings asof sy niks met die artikel te doen gehad het nie. Met Gavin se naam in dik letters boaan. Hy sal al die krediet vir hierdie storie wil vat.

"Ons is nog besig met navorsing, Gavin."

"As jy nou nog nie iets gekry het nie, roep ek jou terug!"

Carina skrik. Sy kan nie nou teruggaan nie. Sy sal Gavin moet gerusstel. Sy merk hoe Mysi ophou foto's neem en verbaas na haar kyk.

"Ek is op die punt om 'n deurbraak te maak. Ek praat net hierna met die polisie hier op Kleinbegin. Daar is gerugte dat Jacques Rynhard hier gesien is. Ek belowe jou ek gaan vir jou die storie van die jaar gee. Maar dan moet jy my vertrou, Gavin, en nie inmeng nie. Laat my asseblief daardie bietjie vryheid toe!"

"Onthou die deadline Vrydagoggend. Dit is ononderhandelbaar."

Sy skakel haar selfoon af en draai terug. Mysi balanseer desperaat op haar hoëhakskoene en swets wanneer een van haar hakke afbreek. "Hoekom jy ook altyd hoëhakskoene moet dra. Regtig, Mysi!" ontplof Carina en loop verder. Mysi gaan staan met haar hande in die sye.

Dan skud Carina haar kop en skakel die polisiekantoor se nommer op Kleinbegin wat sy tevore by die hotel gekry het. Sy maak 'n afspraak met kaptein Pietie Botha, wat haar eers halfvyf kan sien.

Toe druk sy die selfoon in haar handsak.

332

"Iets laat my dink Jacques is hier reg onder ons neuse. Sién ons dalk. Wag dat ons sy storie objektief vertel," sê Carina, "lei ons dalk doelbewus op die regte spore."

"En jy begin op Groendakkies se stoepie te speel, vriendin."

24

Carina druk vir die soveelste keer *Delete*.

Dit maak nie saak hoe sy haar storie oor Jacques Rynhard begin nie, dit wil nie werk nie.

Die skoot weerklink deur sy hele wese. Sy pa se oë verstar. Hy gryp in die lug asof hy na die lewe soek en stort toe gillend agteroor. Iewers

Carina druk *Delete* met soveel geweld dat die merker bewe teen die linkerkantse kantlyn.

Toe weer: *Jacques Rynhard was verlief op treine. Hy sou niks en niemand, nie eers vir Lena Aucamp, ooit so lief hê as treine nie. Hy sou selfs nie eers een van sy karakters so lief gehad het as 'n stoom-lokomotief nie. Want hy was, is, treine.*

Sy wis ook hierdie paragraaf uit.

Carina staan op en kyk op haar horlosie. Halfdrie. Nog genoeg tyd voordat sy met die speurder kan praat. Langsaan is Mysi besig om haar foto's na *Montage* te stuur met 'n streng opdrag deur Carina om niks oor die aard daarvan te verklap nie. "En beslis geen byskrifte voordat ek my storie klaar geskryf het nie!"

Sy sak weer op haar stoel neer en begin 'n nuwe paragraaf: *Nes die varings se wortels in die blikke vasgegroei het, het Jacques Rynhard se lewe vasgekluister geraak in die droë aarde wat Klein-begin is.*

Carina gooi haar hande in die lug en loop na haar koffer toe. Sy haal Jacques se skooltas uit. Dié keer sorteer sy die bladsye meer sorgvuldig. Sy sien Lena en Jan-Paul se name herhaaldelik voorkom. Sy soek na belydenisse oor sy pa, die skietgat-insident, wat daarna gebeur het. Maar asof Jacques dit uit sy geheue wou wis, kry sy op die oog af niks.

'n Klop aan haar deur. "Kom in, Mysi!"

Mysi het 'n handdoek om haar kop. "Ek het gou my kwaf gebaai in sjampoe – daai kaptein Botha is nogal 'n dish. Moet jou net gou waarsku dat Jan-Paul Otto gehoor het ons doen navraag hier op Kleinbegin. Hy is op pad!"

"Wat bedoel jy, op pad?"

"Iemand het blykbaar vir hom gesê ons vernietig Jacques se nagedagtenis en dat ons alle smut oor hom opdiep om sensasie te skryf. Hy het dadelik in sy motor geklim en wil vanmiddag nog met ons praat."

Mysi maak weer die deur toe en roep: "Sien jou kwart oor vier, mits Jan-Paul Otto nie voor die tyd opdaag nie. En moet niks doen wat ek nie sou gedoen het nie!"

Sy gaan vinnig deur haar e-posse. Daar is dosyne van Gavin en haar ander kollegas af, wat sy ignoreer.

Haar selfoon biep en waarsku dat 'n SMS wag. Seker weer van Gavin Grieselboudjies. Sy wil nie, sy kan nie nou met hom praat nie. Tog kyk sy daarna.

Dit is 'n SMS van haar broer. Sy voel skielik bang, gooi die selfoon op die bed en trek die stapel bladsye voor haar nader.

Carina se oë flits oor die bladsy waar Jacques oor Cynthia Olive geskryf het – die skryfghoeroe wat hy in New York ontmoet het.

"Vertel my van die donkerste plek waar jy nog was," sê Cynthia Olive terwyl sy 'n sigaret aansteek.

My hart ruk. "Die donkerste?"

"Ja, Afrikaan. Die godverdomde donkerste," dreun haar stem voort. En ek begin praat.

Carina blaai om. Die volgende twee bladsye bevat net enkele los woorde, indrukke, name, temas, vraagtekens. Maar wanneer sy omblaai na die derde bladsy, sluit hierdie paragraaf by die vorige een aan.

24 DESEMBER 1999

Ons werk hard in die aandklasse. Cynthia praat eers oor waar stories vandaan kom en waar 'n mens dit uit jou onderbewussyn opdiep. Dat inspirasie is wat ons wil hê dit moet wees – nie mitiese gode wat uit die hemel neerdaal en ons met soet lippe kus nie (haar woorde).

Maar later weer die gewone raad: hoe om 'n karakter te skep, die held se reis, karakter-arcs, konflik, versperrings in die pad van jou held of heldin, hoe om ongewone karakters te skep en die belangrikheid van eksposisie, bla bla bla. Maar ek ken al daardie reëls. Het dit lankal opgeswot. Om die waarheid te sê, wou ek een keer klas bank, veral toe ek my gat moes afsukkel om 'n skof by die restaurant te ruil omdat ek nie die kennis of inspirasie in die klas gekry het waarvoor ek betaal nie. En dit na al daardie moeite.

Maar iewers het die woorde vasgesteek. "Inspirasie is wat jy wil hê dit moet wees. Jy besluit wat jou inspireer en wat nie. Wie jou ook al inspireer, moet net op die regte plek inplug."

Terwyl sy praat, kyk sy min na my. Cynthia kies so drie of vier studente, gewoonlik die ooryweriges, op wie sy al haar aandag toespits. Die res van ons word selde ingesluit in haar handgebare of ooglyne. Soms, net soms, kyk sy na my asof sy iets weet wat ek nie weet nie.

Toe: Oukersaand. Die sneeu val dik oor Manhattan . ~~Dit trek 'n wit kombers oor die ysterstad~~.

Jig. Ek trek dit dood! Weer probeer:

Ek sit toegewikkel met my mussie met <u>NYC</u> op, 'n serp en 'n jas. Selfs op Kleinbegin was ek nooit gemaklik met koue nie. Haat dit, om die waarheid te sê.

Nota aan self: koop dik wolsokkies. My verdomde voete vries, stewels ofte not. En lang onderbroeke. Hierdie boxers beteken niks.

Na die klas besluit ek om met my laaste bietjie geld 'n hamburger by Roxy's op Times Square te gaan eet. Ek moet Kersfees op die een of ander manier vier!

Roxy's is waar die meeste studente bymekaarkom of stories bespreek of die volgende groot rolprentdraaiboek skryf. Maar vanaand, Ou Kersaand, is daar net enkele verdwaalde siele vir wie 25 De-

sember môre niks beteken nie. Kyk die kelners my met leepoë aan, duidelik verveeld. Kan seker nie wag om huis toe te gaan nie. Die restaurant waar ek werk, sluit tussen Kersfees en Nuwejaar, wat beteken ek het geen inkomste vir die volgende tien dae nie. Sal iewers iets desperaats moet doen om aan die lewe te bly. Dalk 'n kitaar by die ingang na 'n stasie speel of ou tannies se honde vir 'n wandeling neem. Of toeriste se portrette langs Central Park teken. (Wens ek kon teken!) Gelukkig is my huur tot die einde van die maand betaal.

My oë glip oor die spyskaart. Sewentien soorte hamburgers. Demmit. Hoeveel variasies op 'n hamburger kan een restaurant maak? Maar Roxy's is bekend vir hulle hamburgers. G'n wonder nie.

Ek sit naby die deur waar ek 'n uitsig op Times Square het. Op die plakkate wat toneelstukke en musiekblyspele en Kersfeesflieks adverteer wat ek nie kan bekostig nie.

Vervlaks. Te naby die deur. Elke keer as iemand inkom, tref die Arktiese wind my. (Ek sweer hierdie koue kom uit Antarktika.)

Ek kyk na die nuusberigte wat oor Times Square se advertensieborde kruip. _Have yourself a merry little Christmas! Christmas is family time. Who are you spending Christmas with? Call 876-555-4441 for the latest Christmas messages._

Ek mis hulle vanaand. Lena. Jan-Paul. Chivas. En Ma. Ja, selfs vir Ma. Chivas het 'n pak koekies en biltong en Mariebeskuitjies en Lunch Bars gestuur. Ek sal darem Kersdag daarmee kan deurbring.

Weer die oop deur. Die been-vries-koue wind klap my, al het ek my baadjie aangehou en is Roxy's verhit.

Sy skuif oorkant my in. Ek versluk my amper aan my water. ("Kraanwater sonder ys met 'n snytjie suurlemoen, asseblief, kelner.")

Dit is Cynthia Olive. Sy praat met my en ek verluister my aan haar dik Amerikaanse aksent, verkyk my aan haar mond wat die klanke so gemaklik vorm wat ek nie kan regkry nie. (Het jy al ooit gevra vir "water" in New York? Niemand verstaan jou Suid-Afrikaanse aksent nie, tot iemand van 'n ander tafel af skreeu: "Whôdhehr, dude, the man needs whôdhehr!"

"Ek het gedink jy's saam met die een of ander gelukkige meisie

337

vanaand, Jacques." Selfs my naam het 'n Amerikaanse twang-klank wanneer sy dit sê.

Ek trek my skouers op. *"Ek's 'n alien in New York, soos Sting!"* lag ek.

"Touché, Afrikaan." Sy wink die kelner nader. *"Julle Kersfeesburgers! Twee, goed-gaar, met skyfies en uieringe en avokadosous. Baie sous!"*

Ek keer. *"O nee, ek, e . . ."*

"Afrikaan." Sy steek haar hand uit en vee oor my vingers wat by die handskoene uitsteek. *"Dis op my."* Ek wil nog protesteer, maar sy waai my beswaar weg. *"En twee glühweins!"* Nes die meeste ander New Yorkers voeg sy nie *"asseblief"* by nie.

Sy kyk na my. *"Jy hou nie baie van my klasse nie, of hoe?"*

Ek probeer verduidelik, maar sy leun oor die tafel en sit haar vingers teen my lippe. Dis warm en sag en ruik eksoties.

"Daar's min studente met potensiaal daar. Ek deel net my geheime met mense wat die lewe ken. Wat geheime verdien. Wat gelééf het. Soos jy. En dikwels is geheime in dit wat jy nie sê nie." Sy raak nou ernstig. *"Ek het nooit vergeet wat jy my met jou oudisie vertel het nie. Dat jy in die tronk was, ek weet nie waarvoor nie, maar . . ."*

"Ek was nie in die tronk nie," help ek haar reg. *"Ek was in 'n verbeteringskool. Hulle noem dit nywerheidskole by ons."*

"Hoekom was jy daar?"

Ek skud my kop. *"Ek wil nie daaroor praat nie."*

"Jy bou 'n muur om jou. Jy vertrou niemand nie. Jy het 'n hellevaart gehad. Swaar gekry. Die diepste, donkerste helgat waar mens kan wees. Ek onthou toe jy die stories vertel het oor wat met jou in die verbeteringskool gebeur het. Toe weet ek: jy sal kan skryf. Miskien nie nou al nie, maar beslis eendag as jy weet wie jy is. As jy weet hoekom jy skryf."

"Jy kan nie soos 'n prins skryf voor jy soos 'n bedelaar gely het nie?" lag ek. Ek het die aanhaling iewers in 'n boek gelees.

"Stront, man. Goed skryf kom uit gevoel. Hiér." Sy beduie na haar hart. *"En om dit élke keer te voel asof dit nou met jou gebeur. En op jou karakters verlief te raak, of dit mans of vrouens is. Om hulle hier*

338

in jou hart te bêre en maats te maak met hulle, selfs die slegtes. Veral met die slegtes."

Dit is die eerste stukkie goeie raad wat sy my gegee het in al die aande wat ek by haar klas geloop het.

"Afrikaan." Sy neem haar glas glühwein wat die kelner pas voor haar neergesit het. Ek lig myne. Dis wonderlik warm. Ek sal dit later as "koesterende hitte" beskryf. Die Engelse het nie so 'n mooi woord soos "koester" nie. Sy bring haar glas nader aan myne, en toe die twee glase teen mekaar klink, streel sy met haar wysvingers oor my vingers. Dit maak my onmiddellik warm. "Op die storiefluisteraar," glimlag sy.

Dis al vertaling waaraan ek kan dink vir "plot whisperer". En selfs hier waar ek skryf voor die gaskaggelvuur terwyl dit sneeu, klink dit vals. Maar ek moet in Afrikaans skryf sodat sy dit nie kan lees en verstaan nie.

"Ek gee vanaand geheime oor skryf uit jou derms, uit jou dye, uit jou lieste, waaroor jy nie eers kon droom nie. Maar onthou, dit gaan om motivering. Om die omstandighede waaronder jy leer. Om jou oop te stel. Maar dis nutteloos om te luister hoe iemand agter 'n lessenaar sit en skryfreëls opsê. Elke sleutel wat jou onderbewussyn oopsluit, moet met 'n sensasie gepaard gaan. 'n Gevoel wat die proses van skryf en die ontdekking van skryf lekker maak."

Ons drink uit die glase. Die kaneelsmaak is warm, soel. Ek voel die hitte tot in my maag. Ek kyk na haar en sy na my. Ek het, sedert ek in Manhattan aangekom het, nog nie seks gehad nie, al was daar baie meisies wat wou. Ek het my maar saans verbeel ek het seks met hulle as ek alleen in die bed lê en na die rooi neonlig kyk wat teen my mure dans. Want deurgaans was dit Lena se gesig. Lena se naam wat ek soms hard, partykeer asemloos gesê het.

Lena.

"Die meisie aan wie jy nou dink . . ." Cynthia vee met haar tong oor haar lippe om die oorblywende druppels van die warm wyn op te lek. "Sy het teen hierdie tyd lankal 'n ander kêrel, of sy is al getroud. Hulle sê altyd hulle wag vir jou. Maar ek praat uit ervaring as ek vir jou sê dit gebeur nooit. En as jy elke keer oor haar gaan skryf, gaan

jy dieselfde storie en dieselfde karakter oor en oor pleeg." Nog mense kom ingestap en die koue wind klap my weer. *"Maak jouself los daarvan. Jy is in die wêreld se wonderlikste stad. Hier kan jy wees wie jy regtig is, nie wie jou ouers wil hê jy moet wees of wat jou voormalige meisie van jou verwag of wat jy vir ander mense wil wys nie. Hier kan jy uit jou vel bars, Jacques."*

Ek glimlag oor haar metafoor. *"Ek het reeds,"* sê ek.

Sy snap dit dadelik. *"Wow, Afrikaan. Toe nie so 'n hoflike stukkie formaliteit soos jy op die oog af lyk nie."* Sy kruis haar bene asof sy self die hitte tussen ons aanvoel. *"Hoe oud is jy?"*

"Negentien."

"Wanneer die lewe op sy mees chaotiese is, ja. Dis die lekkerste deel van leef. Die chaos." Sy neem weer 'n teug wyn en kyk na my. *"Ek is nege en twintig. Daar's net tien jaar verskil tussen ons. Ek het die ervaring, jy die lus, ek die tegnieke, die geheime, jy die skoon lei waarop jy kan begin skryf, uitwis, oorskryf en weer uitwis."* Sy glimlag. *"Op die lewe. Op skryf. Op jonk wees. Op al die mense in jou lewe wat jou gaan probeer verhoed om te skryf omdat jy in hulle pad gaan kom met hulle middelmatige stories. Op almal vir wie jy 'n bedreiging gaan wees. En wie jy uiteindelik gaan oorwin, want al vermoor mens talent hoe dikwels, dit staan elke keer weer op, soos Lasarus."*

Ons klink weer glase.

Hel, ek is nou warm vir hierdie vrou.

Die hamburgers word voor ons neergesit. Dit is die grootste hamburgers wat ek nog gesien het, kompleet met Kersversierings aan die kante. Groter as die lewe self, tipies Amerikaans. Ha ha ha. Dit herinner my aan die Dagwoods by Casbah, maar net groter. Lekkerder.

Ek lê weg aan my hamburger asof my lewe daarvan afhang, met die tamatiesous (ketchup; pragtige woord!) wat oor my ken drup. Sy vee dit met haar vingers af. Talm 'n oomblik, streel oor my wang. Shit, ek moes geskeer het vanoggend.

Verduidelik ek aan haar dat ek twee dae laas behoorlik geëet het? En dat die wyn op my nugter maag my dadelik hoenderkop maak? Ek het nog nooit eintlik van drank gehou nie, dalk af en toe, as ek dors was, 'n Budweiser bestel. Maar oor die algemeen nie.

Sy peusel aan haar hamburger, kyk na my en lag.

"Jy is sexy as jy so eet."

Weer haar vingerpunte wat die tamatiesous aan die kante van my mond afvee. "Onthou altyd hierdie gevoel, nou, hier. Jy gaan dit nog baie in jou skryfwerk gebruik, net in ander vorms. As jy skryf oor kos, of 'n restaurant." Sy kyk af en neem 'n skyfie. "Of liefde. Liefde sal altyd vir jou hamburgers met tamatiesous in gewone restaurante wees."

"En treine," sê ek sonder dat ek beheer het daaroor.

"Hoekom treine?"

"Want dis waar ek die eerste keer . . ." Ek kan nie verder praat nie.

"Seks gehad het?"

Ek reageer nie. Sy vee haar mond met haar wysvinger af. "Vergeet daardie oomblik. Want dit was moontlik lomp en vol hartseer en pyn. Nou is nou. Nou is sneeu en hamburgers en 'n koue wind deur die deur en jou broek wat skielik nie meer heeltemal pas nie."

Ek lag en verorber alles op my bord. Ek was dit met die res van die wyn af. Sy hou aan om my glas vol te skink, maar ek gee nie om nie. Vir die eerste keer in maande, nee, jare, gee ek oor. Is ek net wie ek wil wees. Of wie ek dink ek is.

Kan ek vergéét.

Sy betaal, berispe die kelner omdat sy diens nie flink genoeg was nie, maar los nogtans 'n fooitjie. "Net omdat die rekening my verplig om dit te doen, dude. Gelukkige Kersfees!"

Ons is daarna op Times Square. Die sneeu val liggies om ons. Die wind het skielik gaan lê en die skare raak kleiner, meestal Japannese toeriste en Duitsers wat luidkeels na mekaar roep en vir foto's voor die Virgin-winkel poseer.

Ek wil metafore gebruik, "soos 'n betonkasteel waaroor die sneeu drup" – so iets, maar as Cynthia dit moet sien, word sy seker mal. Weier sy om my verder te help. "Basta met die mooiskrywery!" Maar ek sal later 'n streep hierdeur trek.

Of nie. Ek skryf dit vir myself. En as iemand anders dit dalk eendag lees, verdien sy wat sy lees.

Terug op Times Square. Sy sit haar arm om my en ons baadjies maak skuurgeluide teen mekaar. Ek plaas my arm om haar skouers. Dit voel vreemd om skielik so intiem op te tree teenoor iemand wat vir my klasgee. Maar dit is lekker. Asof ek iemand anders is.

"Ek moet die trein 15th Street toe haal," maak ek verskoning.

"Baby. Jy gaan nou na Central Park West toe." Een van die duurste woongebiede in New York. Ek wil protesteer, maar ons is byna by die 47th Street-stasie bokant Times Square. Sy trek my teen die trappe af na die uptown-lyn. Die hitte van die stasie se verwarming slaan my soos 'n nat vadoek in die gesig. My trein-token verval middernag. Ek moet probeer om voor dan terug by my woonplek te wees, anders moet ek . . . hoeveel? . . . vyftig straatblokke ver terugloop, dit hang af hoe ver sy uptown bly.

Ons haal die uptown-trein en klim by Columbus Circle af. Ons praat nie.

By haar luukse woonplek maak die deurwag die deur vir haar oop en klink hoflik. "Goeienaand, juffrou Olive. Goeienaand, meneer."

"Naand, Alfred. Dit is Jacques. Hy is van Afrika. Hoe noem hulle julle jong Afrikaners nou weer?"

"Boerseuns."

Sy probeer die woord sê en struikel 'n paar keer daaroor tot sy dit gedeeltelik regkry.

Ons groet.

"Geseënde Kersfees," sê die deurwag.

"Boohrseuhns. Wow. Sexy," sê Cynthia.

Die deurwag druk die hysbakknop vir haar. Sy klim in en pons 'n kode in. "Die hysbak stop in my sitkamer," verduidelik sy asof ek dit nie reeds vermoed het nie.

Ons arriveer sekondes later in haar woonstel. Ek probeer om nie verbaas te lyk oor al die luukshede nie. Ek is net te dankbaar om my baadjie te kan uittrek, want ek voel soos die opgestopte Michelin Man wie se advertensies die hele Manhattan vol pryk.

Cynthia stroop haar jas en serp af en ek verwonder my weer aan haar mooi liggaam. Sy kyk na my. "Toe. Uit met daai trui en al die ander parafernalia. Dis warm hier binne, boerseun."

Ek lag oor haar uitspraak en trek my trui en hemp uit. Sy lag op

342

haar beurt vir my T-hemp, lees: "Ek is weg van my rekenaar!" Sy gooi haar kop agteroor. "Oorspronklik! En jy het nie eers 'n dêm rekenaar nie, want jy tik net!"

"Ek gebruik soms die werk s'n."

Die venster kyk uit oor Central Park, asook Manhattan se liggies na Times Square se kant toe. Ek sien die Trump Towers en nog onvoltooide geboue oorkant die straat. Die stad is wit van die sneeu wat selfs buite teen die vensters aanpak. Dit neem in felheid toe.

NOTA: NIE WEER PURPLE PROSE NIE!

Skielik is haar arms om my. Ek wil dadelik reageer, maar sy leun net met haar kop teen my skouers. "Is alle Afrikane so haastig?"

Ons staan lank so met die sneeu wat oor die mooiste stad in die wêreld (vir my!) neersif. Ek voel nou die warmte van haar lyf teen myne. Toe draai ek om. Sy kyk na my en soen my. En ek dink aan iets wat ek eendag in 'n storie getik het: <u>Ek is verslaaf aan jou lang, warm soene wat vir ewig aanhou.</u> Ek het toe nog nie geweet presies wat dit beteken nie, want ek het altyd gedink aan die manier waarop Lena my gesoen het.

Maar Lena is nie nou hier nie.

Terwyl ek Cynthia soen, dink ek skielik weer aan die verbeteringskool. Aan vóór die verbeteringskool. Ek sidder, dit is die enigste woord waaraan ek nou kan dink. Sy voel hoe ek my ereksie verloor en fluister teen my oor: "Hei. Afrikaan. Laat gaan. Laat alles net gaan. Wees in die oomblik. Weg van Afrika."

Weg van Afrika. Weg van die hof. Weg van konstabel Botha. Weg van Gert. Weg van die sel. Weg van die bloed. Weg van die hitte, weg van die alewige sand in my gesig, die slang wat in my bed gesit is, die rottanghoue van Steenkamp, die gille, die p . . .

Sy trek my ritssluiter af, maar hou my broek om my heupe. Sy vroetel in my boxers.

"Vergeet," is al wat sy sê. Ek wil nog keer, maar sy druk my hande weg. Die beelde wil nie weggaan nie. En tussenin kom Lena se gesig terug.

Cynthia kry my nou behoorlik beet en ek val amper. Ek voel die warmte van haar mond hier onder en my knieë knak. Die beelde begin vervaag. Die sneeu raak dikker teen die ruit voor my. Ek probeer haar mond losmaak van my hier onder, baklei nog teen skuldgevoelens oor Lena en Gert se verdomde gesig wat aanhou opkom en die flippen pyn. Maar haar warmte neem oor, verdryf die seer. Haar tong praat met my. Niemand het dít nog ooit aan my gedoen nie. Ek kyk af en ontmoet haar oë. Sy los my 'n oomblik en glimlag.

"Eerste keer dat dit gebeur?"

Ek knik nie eers nie. Miskien te skaam.

"Wat ook al gebeur, ek kan dit hanteer. Gee jou net oor, Afrikaan."

Sy begin weer. Ek sien mense doer ver onder in die straat loop. (Is dit Fifth Avenue?) En sneeu en bome en geboue en ligte, maar niks meer van Afrika nie.

Toe ek beheer verloor, wil ek onttrek, maar sy gryp my vas.

"Ek . . . ek gaan . . ." Ek wil vir oulaas onttrek, maar sy druk my teen haar vas. En haar sagte tong praat en praat en tart die wonderlikste lekker diep uit my siel, my liggaam, uit my hart uit sodat ek seker is dit hou op met klop.

Toe versplinter alles en ruk daar 'n gevoel deur my wat my knieë laat knak sodat sy my aan my boude moet gryp om my te stut. Alles ontplof voor my, lank en wonderlik eindeloos asof dit nooit weer gaan ophou nie en ek nie genoeg kan kry nie, en ek sê woorde wat ek nooit gedink het ek ooit voor iemand anders sal sê nie en ek besef dat ek vir 'n ruk ophou asemhaal het en dat alles, alles, alles uit my gewerp is.

Dit was so seer dat ek daardie brutale genot nooit in my lewe sal vergeet nie. Ek het iets in myself verbygesteek wat ek nooit weer sal kan terugkry nie. En voor my is New York vol sneeu en geboue wat wit in die winter flikker.

Ek staan lank so. Toe eers kry ek my asem terug.

Ek sê iets, maar ek weet self nie wat nie. Dalk is dit nie eers 'n woord nie. Net 'n klank. Ek stut myself teen die muur.

Sy beweeg effens en ek voel so sensitief soos nog nooit tevore nie. Ek hou haar kop vas sodat sy vir 'n ruk nie moet beweeg nie. Eers hierna hanteer sy my versigtig en ek moet weer aan die muur vashou om nie om te val nie toe sy haar lippe om my losmaak. Toe kom sy orent.

"Ek het baie geheime, Afrikaan, wat ek net met jou sal deel. En hierdie was die eerste."

Ek dink oor wat nou net met my gebeur het, probeer praat, maar my tong sit aan my verhemelte vas. Ek kan op geen manier nou weer praat nie.

"Ek gaan vanaand in jou arms lê en dit met jou deel. Nie noodwendig in woorde nie, want woorde sê soms niks. En selfs terwyl jy liefde maak met my, gaan ek my geheime vir jou gee. Woordeloos. Op daardie manier sal jy dit nooit vergeet nie."

"Hoe gaan jy dit doen?" kry ek dit uiteindelik uit.

"Ek gaan dit op allerhande manier op jou lyf skryf. Ek gaan dit fluister terwyl ek jou soen. Ek gaan dit met my vingers teen jou mooi boude skryf. En elke keer wanneer jy kom, gaan jy dit net beter verstaan en beter onthou. En elke keer gaan dit langer wees. Geen haastige skoolseun-eksperimentjies voor iemand jou ontdek nie. Maar vir so lank as wat jy jou bewussyn kan behou, sal jy dit onthou."

Sy steek 'n gas-kaggelvuur aan. Toe draai sy om en kyk na my. Maar ek is nie skaam nie, staan net so daar voor haar, kaal, hou net my hand oor die tatoeëermerk, maar ontbloot selfs dit later.

"Nou is jy oukei," fluister sy.

Ek wil beweeg, maar sy hou haar hand op, glimlag. Sê iets wat klink soos "mooi, staan net so", maar ek kan nie die ander woorde onderskei nie. Ek is ook bewus van neonligte wat oor my lyf speel en hoe sy daarna kyk.

Hierna trek sy my na haar slaapkamer toe. "Is alle Afrikane so dêm mooi?"

Ek antwoord nie.

Haar hand glip oor die tatoeëermerk.

"Waarvoor staan 'DB'?" vra sy.

"Denneberg."

Sy glip haar bloes af en ek maak haar brabandjies los, voel haar wonderlike stywe borste hier teen my hande, en dan my bors.

"Die verbeteringskool?"

Ek knik.

Sy soen die tatoeëermerk en vryf dan haar borste liggies daaroor.

345

"Dis weg. Oukei? Weg met die wind, gesmelt in die sneeu, verbrand in die vuur."

Maar dit is nie so maklik nie. Die onthou breek onverwags terug deur die newels. Die gespot. Die arms wat my vashou om die tatoe-eermerk op te sit, die spoeg wat op my gesig drup, die stink rookasems teen my. Die swaar lyf wat op my bene sit. Gert se harige bene soos 'n primitiewe dier wat my kop vasknyp terwyl hulle die merk opsit. Die wind wat hy in my gesig laat. Die stank.

Beelde spring in my kop. Witwarmhelseerverskriklik. Liewe hemel, dit kan nie wees nie. Vergeet dit. Vergéét dit nóú, jou bliksem!

Haar borste weer oor die merk, haar sagte tong wat oor die tatoe speel, haar stem. "Vergeet. Vergeet alles. Alles. Alles. Vergeet, Afrikaan."

Destyds. Die skewe mond hier voor my wat grynslag. Die vrot tande. Die stoppelbaard vol vuilheid. Die pyn. Hel, kan iets so seer wees?

DB. DB. DB.

"Wees net in die oomblik. Moenie so baie dink nie."

Moenie dink nie, doen net.

Haar lippe oor die tatoe. Haar mond wat teen my arm afbeweeg.

Moenie dink nie, Jacques Rynhard, hou verdomp net op om te dink! Doen, bliksem! Doen net!

Die skurwe hande wat my kop vasdruk. Die gelag. "Killer! Killer! Killer! Killer!" Destyds.

"Jy is só, só mooi, Afrikaan – nie net jou gesig nie, maar alles. Weet jy dit?"

Haar mond oor my maag, laer af, tot sy teen my dy fluister: "Wees net hier waar jy nou is, in hierdie woonstel in hierdie stad in hierdie kamer in hierdie oomblik. Dink aan die sneeu. En wees net. Nes hierdie stad gaan ons nooit vanaand slaap nie."

Buite die sneeuvlokkies. Die dik laag sneeu wat op die vensterbank aanpak en soos beskuitdeeg vasklou. Die Manhattanligte wat voel-voel deur die sneeuvlokkies, soos papies wat wil skoenlappers word. Dis so mooi, ek kan dit nie eers lomp beskryf soos iemand wat nog sy stem vind nie.

346

Dit is net . . . mooi.

Soms is iets so mooi, so lekker, daar is nie woorde voor nie.

Lena. Lena?

Lena is nie nou hier nie.

"Cynthia." Dis die eerste keer dat ek haar naam sê. En daarmee saam verdwyn alles. Dis weer net haar warm mond. Die hitte in my wat tot barstens toe opwerk soos 'n lokomotief wat teen 'n bult uit beur en vinniger en vinniger gaan soos die hitte deur my vloei en skiet.

Haar hand sluit en sy kyk na my terwyl sy die plesier uit my tart. 'n Ruk later trek ek wit uitroeptekens oor my lyf.

Ek het al gelees die Franse noem dit die klein dood. Maar hulle is verkeerd. Dis die lewe. Dit bewys jy lééf, dat jy ís, dat jy kan, dat jy jonk is, dat jy krag het, dat jy bestáán, dat jy jou kan oorgee aan daardie wonderlike chaos, dat daar niks met jou verkeerd is nie, dat ander mense jou begeerlik vind, dat jy leef saam met iemand anders hier teen jou, by jou, dat jy lewe in jou het wat later 'n ander, nuwe lewe kan word.

Dat jy nie net die dood in jou het nie.

Sy kom lê nou bo-op my.

"Noudat daardie spanning voorlopig verby is, boerseun, nóú kan ons gesels. Dit neem lank om so baie spanning, so baie opgekropte woede, uit te stort." Sy trek haar liggaam oor myne dat ek ruk daarvan. "Nou gaan jy dit eers begin geniet, want nou is die pyn weg."

Toe huil ek. Ek het nie geweet dit gaan gebeur nie, maar toe sy my op my maag draai en bo-op my gaan lê, loop iets uit my oë. Sy sit haar arms om my en druk my vas. Ek bewe, skud my kop, maar sy soen my in my nek. Haar vingers vou om my gesig van agter, vee dit af. Dit is die derde keer dat ek huil sedert my pa se begrafnis. Sy fluister in my oor dat sy verstaan, dat alles reg is.

Maar sy verstaan nie. Niemand kan verstaan nie. En ek dink dat alles nou verby is. Die aand stuur op 'n ramp af.

Tog draai sy my om, soen my lyf, plaas haar hele liggaam oor myne, soen die trane weg, fluister, skuur met haar dye en die sagte haartjies teen my, maak my weer lewendig, raak nou hard, dringend aan my. "Jy weet jy wil weer – dié slag is dit net genot." Bring die *warmte, die hitte terug, draai my weer op my maag, soen my boude baie sag en baie liggies. Praat saggies met my. Beweeg af na die kepie tussen my bene. Ek ruk elke keer tot haar soene die rukke laat ophou.*

Dit het haar vyftien minute geneem, dalk 'n halfuur om my te laat ophou bewe, om die vrees uit my te kry, die vrees wat geen donnerse sielkundige kon uitkry nie. Dit kry sy binne 'n halfuur reg.

En toe sy weer op my lê en haar hande oor my boude stuur, weet ek: iets het verander. Als gaan van nou af beter wees. En ek maak skielik onbevange en sonder vrees liefde en verdwyn in haar en noem haar naam tot sy onder my ruk en haar onderlyf hard teen myne druk, vinniger en vinniger, tot sy my naam 'n paar keer sê en geweldig ruk en haar liggaam boontoe beur met 'n krag wat my verstom.

Dit is die eerste keer dat ek haar bevredig. En haar kreune, die manier waarop sy sug, haar oë toemaak en daarna verslap, bewys dit: ons is een. Ons is bedoel vir mekaar. Ons lywe verstaan mekaar.

Toe pak die koors my eers.

Ons maak so dikwels liefde daardie aand dat ek ophou tel. En ek dink nie een keer aan Kleinbegin of Denneberg nie. Sy fluister woorde vir my wat ek nie van mekaar kan onderskei nie. Sou dit skryfgeheime wees? Maar ek is in 'n ander dimensie. Selfs al het sy gepraat, sou ek dit nie verstaan het nie.

En buite, deur die muurgrootte vensters – Manhattan en sy liggies en die sneeu wat altyd by my sal bly. En ek weet: New York is my stad.

"Onthou nou. Nou!" hoor ek haar sê.

Ek hoor haar weer fluister en ek dink sy sê my naam.

En later onderskei ek die woorde: "Dis nou in jou gene, jou sperm, jou kop. Jy sal dit eers weer onthou as jy eendag hieroor skryf en bedóél wat jy skryf. En eendag, eendag gaan jy oor jou donkerste tyd skryf. Dit is al hoe jy dit gaan verwerk, want dan is jy gereed daarvoor. Maar daardie tyd lê nog ver in die toekoms, Afrikaan."

"Ek dink nie ek sal ooit daaroor kan skryf nie," sê ek terwyl sy haar bene vir die soveelste keer om my vou.

"Iemand gaan dit skryf. Dalk jy. Enigiemand. Dalk skryf ék dit eendag. Maar skryf is die enigste troos, Afrikaan."

348

Ek word weer een met Cynthia.

"Stadig. Rustig. Hou die oomblik vir so lank as wat jy kan," voor sy weer kreun en my naam hard sê asof pyn en vreugde en genot en verwondering dieselfde ding is.

"Jy moet eendag terugkom na my toe," fluister sy later, "na my toe. En na New York toe."

En met my liggaam half van die bed af, raak ek vieruur daardie Kersoggend vir die eerste keer aan die slaap.

Toe ek wakker word, slaap Cynthia so vredig, dat ek dit nie oor my hart kan kry om haar wakker te maak en te sê dat ek haar nou éérs wil hê nie.

Ek kyk af na myself, lag oor my oggend-ereksie, selfs na vannag! Staan op, stap badkamer toe, lag weer, wag eers 'n rukkie geduldig, slaan toe water af, kyk na myself in die spieël en vryf die tatoeëer-merk op my skouer tot dit rooi is, maar dit verdwyn nie.

Ek druk my kop onder die kraan, maar wil haar reuk en myne en die oorblyfsels van vanaand se liefde nie nou al van my afspoel nie.

My hele lyf is vol van die tekens van ons liefde.

Ek draai die kraan toe en stap terug na die sitkamer. Die gasvuur brand steeds wat 'n kaggelvuur naboots. Sonder om my klere aan te trek, gaan sit ek voor die vuur en neem 'n klomp papier wat op die tafel lê. Ek skryf alles wat hierdie paragraaf voorafgaan.

Nou, na ek lank so oor hierdie volgeskrewe papier gestaar het, hoor ek die toilet spoel. Sy is wakker.

En ek dink dat die dinge wat sy vir my gesê het nie letters gehad het nie.

Dit begin lig word.

"Geseënde Kersfees, Afrikaan."

"Geseënde Kersfees, Storiefluisteraar."

Sy kom kaal na my toe aangestap en ek voel die begeerte weer in my opstyg, sodat ek

En dit is waar Jacques se inskrywing eindig. Carina staan op, loop rond soos 'n dier wat in 'n hok vasgekeer is. Sy stap na die venster toe, kyk uit oor die vaal dorpie, vee herhaaldelik oor haar oë, voel selfs een of twee keer hoe sy ruk van die huil, is lus om op die eerste die beste trein te klim en eers af te klim waar die rit eindig. En om dan net te stap en te stap en te stap, die donkerte in.

Sy huil oor 'n lewe wat sy nooit gehad het nie maar waarvan sy nou lees. 'n Lewe wat sy ervaar deur die woorde wat voor haar staan.

Carina gaan sit en probeer haar emosies onder beheer kry. Sy sit lank so na die bladsy en staar, tot iemand aan haar deur klop. Dit is 'n uur voordat sy kaptein Botha moet gaan sien. Sy verwag vir Mysi en roep: "Dis halfvier, have a heart, Mysi!"

Maar die klop word herhaal.

Carina sug en maak die deur oop. Dit is die hotelbestuurder. Hy lyk gespanne.

"Meneer Jan-Paul Otto wag vir jou in die voorportaal. Hy sê dis dringend."

Carina laat haar kop sak, probeer om te kalmeer, en neem dan haar sak met haar iPad. Haar hande bewe. Sy het nog genoeg tyd om met Jan-Paul te praat, veral nadat hy al die pad hiernatoe gery het en seker laag oor die aarde gevlieg het om die afstand binne so 'n kort tyd af te lê.

Sy oorweeg dit om vir Mysi te sê waarheen sy gaan, maar besluit daarteen.

En sy weet hierdie onderhoud neem haar terug na haar *Blitsnuus*-dae. Want hier gaan sy kry waarna sy soek.

Moontlik selfs waar Jacques hom tans bevind.

25

Hy staan met sy rug na die deur toe. Aan sy gespanne liggaams-houding kan Carina sien dat Jan-Paul Otto baie op die hart het. En dat hy nou meer ontvanklik is om te praat as die naweek toe sy hom by Jacques se prysoorhandiging gesien het.

Die man wat tot dusver net 'n naam was wat in feitlik elke geskrif van Jacques voorgekom het, staan nou voor haar.

"Meneer Otto." Sy gebruik haar mees formele stem en steek haar hand uit.

Hy is, nes tevore, gesaghebbend. Saaklik. Duidelik gewoond daaraan om sake vinnig af te handel. Hy stap vorentoe, maar sy oë is donker. Hy vat Carina se hand en druk dit hard, so hard dat dit haar momenteel seermaak. Sy hare is kortgesny en hy dra 'n das wat effens losgewikkel is. Sy pak klere, waarvan hy die baadjie uitgetrek het en onder sy linkerarm vasknyp, is duidelik peperduur. Dit lyk eintlik of hy pas uit 'n modetydskrif gestap het. Net die effense sweetvlekke wat onder sy arms wil-wil begin, verraai sy spanning en ongemak.

Sy mond is in 'n dun lyn getrek. Hy kyk skerp na Carina asof hy haar vir 'n oomblik opsom. Sy het daardie kyk al tevore by mense gesien wat nie onderhoude wil toestaan nie en wat probeer om die gesprek so gou moontlik te beëindig deur net die nodigste te sê.

Jan-Paul Otto gee opdragte, blaf bevele uit oor planne wat opgetrek moet word of fondamente wat gegrou moet word. Hy is skynbaar nie gewoond aan sulke lastighede soos 'n joer-nalis wat inligting soek nie.

Sulke mense is gedurig op hul selfone besig of kyk verby haar, gee slegs vae antwoorde. Met Jan-Paul kry sy die gevoel dat hy haar wil konfronteer. Dalk wil hy keer dat sy negatiewe dinge oor sy beste vriend skryf.

Of sou hy weet waar Jacques is?

"Sal ons . . .?" Hy beduie na sy motor buite.

Carina kyk op haar horlosie. "Ek moet halfvyf by kaptein Botha wees."

"Kaptein Botha?" Hy frons. "Hoekom?"

"Om oor Jacques se verbeteringskool-verlede te praat."

Alle kleur dreineer uit Jan-Paul se gesig.

"Ek moes geweet het julle sou uitvind." Hy laat sy kop sak.

"Wat het julle alles oor Jacques gehoor?"

"Dat hy sy pa per ongeluk geskiet het."

Die hoteleienaar verskyn in die deur. "Kan ek vir julle koffie bring?"

Jan-Paul skud sy kop. Hy beduie weer vir Carina in die rigting van sy sportmotor. Hy wys dat hy haar sal volg. En met die hotelbestuurder wat soos 'n skaduwee op die agtergrond huiwer, besef Carina dat Jan-Paul nie voor hom sal praat nie.

Sy stap na sy motor toe.

Hy hou die passasiersdeur vir haar oop, klap dit hard toe en loop om die motor. Hy wikkel sy das heeltemal los. Hy gooi dit in die klein kattebakkie agter. Hy rol sy moue op.

Met die inklim kan Carina sien dat Jan-Paul gereeld gimnasium toe gaan. Sy maag is plat, sy arms gespierd en sy bolyf sterk. Sy adamsappel spring op en af soos hy gespanne sluk.

Hy trek met 'n blink spoed weg wat haar teen die sitplek terugdruk.

Jan-Paul hou beswaarlik by stopstrate stil. Gelukkig is Kleinbegin se enigste verkeerslig groen. Maar wanneer hulle enkele meters daarvandaan is, verander dit na oranje. Jan-Paul skiet oor. 'n Motor toet waarskuwend.

Hy kyk in sy truspieëltjie maar sê niks, 'n vasbeslote uitdrukking in sy oë. Hy skakel die lugverkoeling aan. Carina besef dat hulle nie nou sal kan praat nie. Hulle sal mekaar nie bokant die lawaai van die sportmotor hoor nie.

Sy het geen idee waarheen Jan-Paul haar neem nie.

Hy is pas uit die dorp of hy draai af op 'n grondpad. Jan-Paul ry verbete, sodat die kar skud en selfs gly tussen die gruisklippies. Carina is vir 'n oomblik bang dat hy hulle gaan verongeluk. Dan hou hy naby 'n treinsinjaal langs 'n spoor stil. Carina ruk vorentoe. Was dit nie vir die sitplekgordel nie, het sy nou kennis gemaak met die voorruit.

Jan-Paul pluk sy deur oop en stap om die motor. Hy ruk Carina se deur met dieselfde aggressie oop as waarmee hy dit toegeslaan het. Sy kry nog haar asem terug en hoes van die stof wat oor hulle toesak.

As hy haar probeer intimideer om nie oor Jacques se moord op sy pa te skryf nie, of sy aggressie op hierdie manier op haar wil uithaal, gaan dit 'n moeilike gesprek wees.

Jan-Paul draai sy rug op haar en stap na die sinjaalpaal toe. Hy trek sy skouers agtertoe en vorentoe soos iemand wat opwarmingsoefeninge doen. Hy knak sy kneukels, wikkel sy nek en begin teen die paal uitklim.

Hy klim halfpad op en staar dan oor die treinspoor in die rigting van die vlaktes. Die niemandsland.

Agter hulle lê Kleinbegin tussen die heuwels en berge. Maar hier voor hulle is niks.

"Ja. Mens sien dit nog!"

"Sien nog wat?" waag Carina om te vra.

"Die flenters mielielande hier anderkant. Maar die grond is onteien. Dit is nou net vaal oorblyfsels van wat dit was. En die grootpad. Ek en Jacques het altyd hier opgeklim en die motors getel wat op die grootpad ry. Dan kyk ons wie se arms word eerste moeg – wie moet afklim."

"Het jy ooit verloor?" vra Carina.

Hy antwoord nie, klim nou stadig teen die sinjaalpaal af en gaan sit op die gras, sy bene wyd uitmekaar, sy kop agtertoe. Hy plaas sy hande agter sy kop en Carina sien nou duideliker die twee sweetkolle onder sy arms.

Sy gaan sit in die koelte van 'n wattelboom.

Sonder om sy oë oop te maak, sê Jan-Paul: "Hy het wattel-bome gehaat. Indringerbome, het hy hulle genoem. Hy het gehou van die kiepersolle wat oorkant die spoor groei, of die kareebome agter die wattels. Of selfs die populiere. Maar nie die wattels nie." Hy maak sy oë oop. "Ons het eendag 'n paar van die bome uitgekap. Om die natuur te reinig van die para-siete, het hy gesê. Hulle is sulke verspotte halfstruike-halfbome dat hulle nie hier hoort nie."

Die eerste keer dat hy oor 'n negatiewe sy van Jacques praat.

"Presies wat het by die skietgat gebeur?"

Sy selfoon lui en hy antwoord. "Ek sal haar môre oor die planne inlig. En die vergadering oor die planne vir die Blinx-gebou in Sandton is môre om halfdrie. En van nou af geen oproepe nie. Sê ek het verdwyn!"

Hy skakel die selfoon af. Nou kyk hy na Carina en die ironie van sy laaste stelling gaan nie by een van hulle verby nie.

"Wat gaan jy oor die skietgat skryf?"

Sy oorweeg haar antwoord sorgvuldig. Sy wil sê dat dit gaan afhang wat hy nou vir haar vertel, maar Carina besluit op 'n ander strategie.

"Dat Jacques sy pa doodgeskiet het."

Hy sug.

"Dit sou die een of ander tyd uitkom. Ek is net verbaas dat dit nie lankal rugbaar geword het nie."

Jan-Paul breek 'n grassie af en kou daaraan. Hy staar uit oor die spoor. 'n Goederetrein ry verby en sy kan sien hoe hy die waens tel, dalk onbewustelik.

Toe die trein verby is, sê hy: "Ek en Jacques en Lena het altyd speletjies gespeel. As 'n trein aankom, moet ons raai hoeveel waens daar is sodra die elektriese eenhede verskyn. Die een wat reg is, word deur die ander twee getrakteer. Bruismelk, 'n Dagwood by die Casbah, jodetert by Chivas, wat ook al. Maar dit moet die presiese regte getal wees."

Hy breek nog 'n grassie af en wikkel iets tussen sy tande los. Interessant dat Jacques, wat skynbaar 'n alleenloper was, juis

354

vir Jan-Paul as sy beste vriend gekies het. Wat sou dit in hom gewees het wat Jacques so aangetrek het? Die feit dat hy so 'n sterk persoonlikheid het in teenstelling met die sagte Klaus Rynhard? Sou dit sy voortvarendheid, sy arrogansie, sy ongeduld, sy gesaghebbendheid wees? So anders as wat Jacques is. Wat presies was of is Jan-Paul vir hom? 'n Ouer broer? Meer as 'n vriend? 'n Vertroueling?

"Jacques was pas sestien toe dit in 1996 gebeur het. Dit was op 7 April. Omdat hy minderjarig was, is sy naam nie in die pers bekend gemaak nie. Die koerante het ook nie veel omgegee wat op hierdie armsalige dorpie gebeur nie. En as jy dit dalk nog nie agtergekom het nie, wat op Kleinbegin gebeur, bly op Kleinbegin. Hulle praat nie maklik uit nie."

"Jan-Paul." Sy naam voel vreemd in haar mond en sy besef van almal met wie sy al onderhoude gedoen het, ken hierdie man Jacques die beste. En sy is seker hy weet waar Jacques is. Dat hy haar wil verhoed om verder te soek en Jacques dalk op te spoor. Jan-Paul wil Jacques beskerm. Maar dit is moeilik om met hom te praat.

"Hoekom het hy sy pa doodgeskiet?"

Jan-Paul kyk nou reguit na haar. Maar in sy oë kan Carina sien dat hy nadink. Die oomblik dalk herleef. "Dit was 'n ongeluk." Hy kyk oor sy skouer asof hy verwag iemand hoor hom. "'n Swerm voëls het agter ons opgevlieg toe ons aangelê het. Een van die pluisies het nie ordentlik in sy oor gepas nie. Hy het die klank dus vlak agter hom gehoor. Toe skrik hy. Die geweer het geruk en die verdwaalde koeël het sy pa getref."

Daar is 'n doodsheid in sy stem.

"Die polisie het hom gearresteer en polisiestasie toe geneem. Hy is ure lank ondervra. Ek ook. Al wat ek vir hulle kon vertel, was van die voëls. En dat Jacques nooit so iets doelbewus sou doen nie." Hy verwyder sy hande agter sy kop en kyk direk na Carina. Daar trek 'n wolk oor sy oë soos emosie posvat. Emosie waarteen hy duidelik, maar onsuksesvol, veg.

"Hulle het hom die nag in die sel opgesluit."

Jan-Paul staan op, druk sy hande in sy sakke en skud sy kop. "Hulle het my pel 'n hele donnerse nag in 'n sel gesit. Gelukkig was hy alleen. Maar niemand mag hom gaan sien het nie."

"Het jy probeer?"

Hy skud sy kop. "Ek wou saam met hom in die sel slaap, net om by hom te wees, maar konstabel Botha en die ander polisiemanne het geweier." Sy stem raak sag en die emosie skemer weer deur sy saaklike uiterlike. "Ek wou by my pel wees."

Hy kyk op na die sinjaal.

"Het jy geweet dat as hierdie sinjaal foutief is, dit 'n helse ongeluk kan veroorsaak? Dat hier al twee treinongelukke op Kleinbegin was?"

"Wat het na sy eerste nag in die sel gebeur?"

Jan-Paul kyk steeds na die sinjaal asof hy verwag dat die antwoord op Carina se vraag daarvandaan gaan kom.

"Hy is op borgtog vrygelaat."

"En Liebet?"

"Liebet Rynhard." Jan-Paul vee oor sy voorkop. "Sy wou hom eers nie in die huis toelaat nie." Hy krap in sy nek asof hy steeds teen emosie baklei. "Ek het aangebied dat hy by ons kom bly, ten spyte van my pa se teenkanting, maar die polisie het hom onder Liebet Rynhard se sorg geplaas. Hulle het hom gedwing om daar te bly." Hy skud sy kop. "Blerrie nagmerrie. Kan jy dink, terwyl hy verhoorafwagtend was, wat alles daar met hom gebeur het saam met daardie vreeslike ou vrou? Toe ons hom feitlik nie mag gesien het nie, behalwe skelm?"

Jan-Paul vee oor sy oë en knip hulle. Hy begin weer praat, maar sy stem laat hom in die steek. Hy maak keelskoon. "Ek en Lena het gesorg dat sy skoolwerk op datum bly. Ons het elke dag vir hom gaan kuier. Ons het hom verseker dat die polisie sal bepaal dat dit 'n ongeluk was." Hy blaas sy asem gespanne uit. "Chivas het 'n onderwyseres gekry wat hom gehelp het met sy standerdagt-werk. Ek dink dit is al wat hom aan die gang gehou het. Sy skoolwerk, die gedagte dat die hof sou bepaal dat dit 'n ongeluk was."

Hy draai sy kop asof hy Jacques agter hom verwag. "Sy prokureur was nie van die skerpste potlode nie." Hy draai weg van Carina. "Die saak het begin twee dae voor sy laaste Julie-vraestel. Maar hy het sy laaste vraestel laatmiddag gaan skryf na die hof verdaag is. Hoe de hel hy gekonsentreer het, weet ek nie. Miskien net die hoop dat hy onskuldig bevind sou word . . ." Jan-Paul sluk. "Aan moord."

Iewers skree kiewiete. 'n Swerm voëls vlieg oor hulle. Die veld strek eindeloos verby die treinspoor. Droë mielieblare waai oor die spoor. Die twee plaashuise oorkant die spoor is verwaarloosde geraamtes van wat hulle moet gewees het, voos gesteel, geplunder, vervalle, verbrokkel.

En al die bome rondom die huis is afgekap.

"Lang storie kort. Hy is skuldig bevind, ten spyte van my getuienis en van Scheepers, sy useless prokureur, se pleidooie. Maar Steenkamp, ons skoolhoof . . . die bliksem."

"Ek wil dalk nog met hom gaan praat."

"Sy getuienis was deurslaggewend."

"Hy was een van Jacques se grootste vyande, was hy nie?"

"Jy weet?" Jan-Paul draai verbaas na haar toe.

"Ek doen deeglik navorsing, Jan-Paul."

"Die . . ." Jan-Paul vee oor sy mond. "Die . . . vent het attensies op Jacques gehad. Almal het dit geweet. Maar Jacques was nie so nie. Sou nooit toegegee het aan die vuilgoed nie. En dit was Steenkamp se kans om hom terug te kry."

Iewers fluit 'n trein.

"Steenkamp het met kleur en geur vertel hoe rebels Jacques in die skool was, hoe dikwels hy in die kantoor was, hoe Jacques en sy pa baklei het by die skietgat." Jan-Paul staan op, druk sy hande in sy agtersakke. "Steenkamp het nooit vir die hof vertel hoe hy eers met sy hande oor Jacques se boude gestreel het voor hy hom geslaan het nie. Dit was nie ter sake nie!" Jan-Paul gooi sy hande in die lug. "Nou gaan jy dít seker ook skryf!"

Carina se stem is saaklik. "Dit hang af hoe relevant dit is."

"Ek het in die hof probeer verduidelik dat dit een van die

min kere was wat Jacques en sy pa baklei het – dit was nie 'n gereelde ding nie. Maar die staatsprokureur was vriende met Steenkamp en het hom op so 'n manier ondervra dat net Jacques se negatiewe kant, veral in die skool, uitgekom het. Hoe ongeduldig hy was met Steenkamp se bestuur van die skool. Hoe hy hom geminag het. Ek onthou nog daai formele woord: 'geminag'! Verbeel jou!"

'n Seun op 'n lendelam fiets ry by hulle verby.

"Die regter was een van hierdie neerbuigende drolle wat geglo het seuns moet luister, wat Pa en die hoof sê is wet." Jan-Paul kyk die seun agterna. "Hy het baie van die getuienis wat Jacques sou gehelp het, verwerp. Hy het vooraf besluit Jacques is skuldig."

"Hoe het Jacques in die hof opgetree?"

Nog dor mielieblare wat verbyswiep in die wind. Afgesnyde telefoonkabels wat lusteloos in die wind wieg.

"Dit was altyd sy probleem. Jacques was nie goed met gesag nie. Hy kon dom mense nie hanteer nie. He didn't suffer fools gladly. En hy het dit duidelik vir hulle gewys."

"Hoe het hy op die vrae gereageer?"

"Sonder emosie, want hy het besef dat die staatsprokureur hom probeer kwaad maak – dat hy sy humeur moet verloor en aggressief word."

"Het hy dit reggekry?"

"Die regter het nie gehou van die reguit antwoorde wat Jacques gegee het nie. Hy het hom een of twee keer berispe en beveel om hom 'U edelagbare' te noem. Maar Jacques wou nie." Jan-Paul se stem breek. "Shit, pel. Kon jy nie vir een donnerse keer ...?" Dit is asof hy vir 'n oomblik nie bewus is van Carina nie. Sy kyk rond en verwag amper om Jacques daar te sien staan.

Dit neem lank voor Jan-Paul voortgaan. "Selfs die proef-beampte was negatief oor Jacques. Sy was 'n sielkundige, en Jacques glo nie aan sielkundiges nie. Hy het min samewerking gegee. En haar getuienis teen hom was ook verdoemend. Sy het gesê hy is 'n manipuleerder."

"Waar is sy nou?"

"Sy is sewe maande na die vonnisoplegging aan kanker dood."

Nog 'n deur na Jacques Rynhard klap toe.

"En die vonnisoplegging?"

Jan-Paul vee met sy hand oor sy wange. "Die regter het gesê dit is tyd dat gewelddadige . . . ek dink hy het ook gesê 'parmantige, arrogante' belhamels soos Jacques oor hulle sondes nadink en reggeruk word." Jan-Paul stap 'n paar treë vorentoe. "Jacques." Hy skud sy kop. En wanneer hy weer praat, is sy stem so sag dat Carina hom skaars kan hoor. "Jacques het twee en 'n halwe jaar in 'n verbeteringskool gekry." Skielik praat hy weer hard. "Dit is die hele tragiese storie. Net reg vir jou opskrif: 'Pappa! Is jy in die hemel by Liewe Jesus, Pappa?'"

"Jy onderskat my gruwelik as jy dink dit is die soort storie wat ek wil skryf." Carina voel 'n gloed in haar opstyg. Dit neem 'n ruk voordat sy kan voortgaan. "En toe?"

"Na hy uit die verbeteringskool is, is hy oorsee. Ons het kontak verloor. Ek het argitektuur in Amerika gaan swot, Lena is na Wits se kunsskool toe. Ek het hom eers lank daarna weer in Johannesburg ontmoet toe ek al 'n paar jaar gepraktiseer het. Dis die hele storie. Sal ons terugry?" Asof hy 'n besigheidstransaksie afhandel. Hy kyk op sy horlosie. "Ek wil uit hierdie dorp wees voor dit donker word."

"Sake in Johannesburg?" vra Carina toe hy nie voortgaan nie. Jan-Paul skud sy kop. "Donker is die slegste tyd hier."

Sy kyk verras op. "Hoekom?"

"Donker was bliksems alleen na Jacques weg is. Toe het hierdie dorp soos 'n slagyster geword wat om 'n mens se been geslaan en deur jou vleis gevreet het."

Hy stap na sy motor toe.

"Jan-Paul." Carina wend geen poging aan om in die motor te klim nie. "Jy moet my vergewe, maar ek is nog nie klaar nie."

"Wat wil jy nog weet? Hoe ek gehuil het? Hoe Lena vir 'n

lang ruk ophou skilder het? Hoe ek ure lank huise geteken het en die een plan na die ander opgetrek het terwyl my pa gesê het dat hy my al die jare teen die Sporie gewaarsku het? My pa wat uiteindelik besluit het wat ek gaan doen en waar ek dit gaan doen? Oor hoe ek my verdomp stukkend gehuil het toe hy op die trein geklim het om na . . ." Hy draai weg.

Carina gee hom nie kans om te herstel nie. "Wat jy nou vir my vertel het, sal kaptein Botha seker ook hierna vir my sê."

"Nou wat wil jy dan verdomp weet, juffrou Human?"

"Ek wil weet hoe jý Jacques gesien het."

"Hoe ék Jacques gesien het?" Hy glimlag. "Ek is nie goed met emosionele strontpraatjies nie. Ek het reeds te veel gesê."

"Julle was baie naby aan mekaar?"

"Hy was, ís, my beste pel. Ek het hom liewer as 'n broer. En weer eens . . ." Hy gooi sy hande in die lug op. "Wat help dit tog? Jy gaan in elk geval skryf wat jy wil, want hoe verstaan jy waardeur ons gaan?"

"Ek verstaan, want ek het 'n broer wat ook elke dag in die moeilikheid is!" Die woorde is uit voor sy dit kan keer. En dan, amper asof sy steeds geen beheer het nie, hou sy haar selfoon na hom toe uit. "Hier is weer 'n SMS wat pleit dat hy bang is hy gaan tronk toe as die polisie hom kry oor . . . ek weet nie wat alles nie. So hoor my mooi, Jan-Paul. Ek is nie heeltemal die melodramatiese buitestander wat jy van my wil maak nie!"

Carina draai om en stap 'n entjie die veld in. Die patryse naby haar vlieg vlak voor haar op. Dit laat haar so skrik dat sy amper val. Jan-Paul is oomblikke later langs haar.

"Is jy oukei?"

"Nee, ek is nie oukei nie. Ek weet nie eers waar my eie broer is nie, wat nog van waar Jacques Rynhard is en wat ek oor hom gaan skryf en . . ."

Nie huil nie. Sy mag nie nou huil nie.

Uiteindelik draai sy om en kyk Jan-Paul reguit in die oë. "Ek sal reg aan Jacques Rynhard laat geskied. Dit is nie my ego of aansien in die bedryf of selfsugtige motiewe wat hier 'n rol speel nie. Ek wil net die verdomde waarheid skryf. En ek is keelvol daarvoor dat julle my almal dwarsboom!"

"Ek verstaan steeds nie heeltemal hoekom jy dit doen nie?"

"Omdat Jacques van geweet wil wees."

Dis uit. Sy het dit gesê. Daardie een sin som baie ander ongesproke redes op.

Jan-Paul beduie met sy hand dat hulle moet terugstap motor toe. Sy stap saam deur die gras en voel die windjie wat nou opsteek. Sy sit haar arms om haar.

Jan-Paul sluit die kattebak oop en haal sy baadjie uit. Hy hang dit om haar skouers.

"Goed. Ek sal jou alles vertel wat ek dink jy moet weet."

"Dankie vir die baadjie."

Hy leun teen sy motor.

"Ek en Jacques het alles van mekaar geweet. Alles saam gedoen, alles, en ek bedoel álles. Ek het gesien hoe sy maats in die klas jaloers is op hom, want hy het altyd die hoogste punte gekry, die beste opstelle geskryf, die beste rugby gespeel."

"Hy is steeds te goed om waar te wees."

"Maar eendag . . ."

Sy kyk op en wag dat Jan-Paul moet voortgaan. Sy kan sien dat hy eers goed nadink voordat hy praat.

"Daar was 'n boelie in die skool. So 'n bullebak-common-gevreet-bliksem wat almal geboelie het. Hy het my eendag gepootjie. Ek het so hard geval dat my neus gebloei het. Toe skop die vent my. Jacques het dit gesien. Hy het vorentoe geloop en die vent gegryp. Freek was sy naam." Hy grinnik effens. "Freek Ferreira."

Carina maak 'n aantekening van die naam.

"Jacques het hom met twee vuishoue onderstebo geslaan, toe val hy met sy kop teen die muur. Hy was lights-out vir 'n rukkie, en 'n onderwyser het daarop afgekom. Jacques is kantoor toe. En maak nie saak wat almal gesê het nie, Steenkamp het hom vir 'n week uit die skool geskors vanweë . . ." hy boots aanhalingstekens na: "gewelddadige optrede."

"En dit het teen hom getel in die hof."

"Dit het glo bewys dat hy 'n gewelddadige verlede gehad het."

Jan-Paul vee oor sy oë en sy stem klink emosioneel toe hy weer begin praat: "Steenkamp het hom natuurlik gelooi dat die hale vir 'n week gesit het. Jacques het gesê dat Steenkamp hom dié slag sy broek laat sak het sodat hy hom op sy kaal boude kon slaan. En hy het weer met sy vingers die regte plekke kamtig gevoel-voel. Vark."

"Maar julle kon Steenkamp gaan aangee het?"

"Ek het vir Jacques gesê hy moet, maar Jacques het gesê hy verdien die pakke slae. Ook daardie een."

"Hoekom?"

"Want Jacques was 'n sucker for punishment. Het nooit in opstand daarteen gekom nie, maar wel teen ander dinge, soos Freek, soos sielkundiges wat mense nie noodwendig kan reghelp nie. Soos onbekwame onderwysers."

"Hoekom het hy nie in opstand teen die pakke slae gekom nie?"

"Omdat . . ."

Carina kan sien dat Jan-Paul nie sy gewaarwordinge met haar wil deel nie.

"Is dit dalk omdat sy ma hom nie wou gehad het nie?" En toe hy nie voortgaan nie: "Jy het gesê julle het alles saam gedoen. Jy. En Lena. En Jacques."

Dit neem 'n rukkie voor hy antwoord. "Ons was altyd vakansies saam, in tente in die veld, in slaapsakke in die berge, in die wildtuin, waar ook al. Ons was altyd saam."

"En toe hy verbeteringskool toe is?"

"Het alles uitmekaargeval. Lena. Ek. Chivas. Alles. Ons kon netsowel in die tronk saam met hom gewees het. Die verbeteringskool, wat ook al. Maar hierdie was 'n ander soort tronk waar hy fisiek mishandel is. Ons is net emosioneel gedonner."

Daar is so baie vrae dat sy nie weet watter een om eerste te vra nie.

"Was Jacques 'n private mens?"

"Jacques is 'n flippen genius." Die woorde kom uit die bloute. "Dit is hoekom hy so baie vyande gehad het. Hy was 'n bedreiging vir te veel kleinsielige mense."

"Jy praat asof hy dood is." ,

"Hy is nié dood nie!"

"Nou waar is hy dan?"

"Ek weet nie."

"Hoekom het hy verdwyn?"

"Ek weet nie, Carina."

Sy oorweeg haar volgende woorde noukeurig. "Ek dink hy het verdwyn omdat hy moeg was vir leuens. Omdat hy 'n stelling wou maak – 'n statement. Dalk het hy gevoel sekere dinge moet nou uitkom sodat hy vry kan wees daarvan."

"Los die soetsappigheid vir artikels oor sepiesterre en sangers. Jacques verdien dit nie."

"Sê jy dus vir my ek moenie oor die skietery skryf nie?"

"Ek vra jou om sekere dinge te verswyg wat sy vyande nog meer ammunisie kan gee om hom by te kom."

"Jy dink dus hulle sit hieragter?"

"Ek weet nie wat om te dink nie."

"Wie is sy vyande, Jan-Paul?"

Maar hy antwoord nie.

"Wat het na matriek gebeur?"

'n Vliegtuig vlieg doer ver bokant hulle. Jan-Paul kyk na die wit streep wat oor die blou hemel getrek word.

"Hy is as gevolg van goeie gedrag uit die verbeteringskool vrygelaat na sy laaste vraestel in matriek. En 'n paar weke later is hy oorsee met geld wat die hoof van die verbeteringskool vir hom gegee het. Ek dink sy van is Beukman. Hy was Jacques goedgesind. Hy het die skenking gemaak."

"Hoe het Jacques gereageer toe hy vrygelaat is?"

Jan-Paul draai weg. Hy stap terug na die sinjaalpaal en Carina verwag dat hy weer daarteen gaan uitklim. Hy leun egter met sy kop teen die staalkonstruksie. Nog 'n trein kom aangery.

Carina stap tot langs Jan-Paul. Patryse vlieg naby hulle op. Iewers draai 'n valk rond.

"Sewentien," sê sy.

Hy beweeg eers nie. Toe draai hy verbaas na haar toe. "Sewentien wat?"

"Waens." Sy beduie na die aankomende trein.

Jan-Paul kyk na haar asof hy nie verstaan waaroor sy praat nie. Toe draai hy in die rigting van die trein. "Dertien."

"Tel ons die twee elektriese eenhede ook wat die trein trek?"

"Nee, net die trokke."

"En die wenner kry 'n vanielje-melkskommel?"

"Ja."

Sy staan langs hom en tel hardop. "Een, twee, drie . . ."

"Jacques het die waens twee-twee getel."

"Vier, ses, agt . . ."

"Dan skop hy so met sy skoen in die grond en lag."

"Tien, twaalf, veertien . . ."

"En hy hou sy hande orent soos hy die regte getal op sy vingers wys."

"Sestien . . ."

Die trein dreun verby. Carina hou albei haar hande op. Eers tien. Toe laat sy die ander drie vingers sak. "Sewentien." Sy vee haar hare uit haar gesig. "Sewentien waens."

'n Gespanne glimlaggie pluk aan Jan-Paul se mondhoeke.

"Kan ek 'n vanielje-melkskommel kry?" vra sy.

Dit neem die spanning uit die situasie.

"Jy wil nie hierdie dorp se vanielje-melkskommels drink nie."

Carina kyk op haar horlosie. Dit is tien voor vier. Hulle moet binnekort vertrek vir haar om betyds by kaptein Botha te wees.

Hy maak sy motordeur oop en Carina verwag dat hy gaan inklim en haar gaan vra om saam te ry. Maar hy klap dit weer toe.

"Mag ek eers jou storie lees voor dit gepubliseer word?"

"Nee."

"As ek jou die waarheid vertel, sal jy dit skryf presies soos ek dit vertel?"

"Woord vir woord."

Sy oë dwaal na die iPad. Hy sak af tot hy op die gras sit, sy bene voor hom uitgestrek.

"Ek gaan vir jou alles vertel wat ek van hom weet vandat hy sy pa geskiet het tot hy verbeteringskool toe is. En ek gaan dit vir jou vertel asof dit nou met hom gebeur. Nie asof hy dood is of weg is nie. Asof hy enige oomblik oor die treinspoor hier na ons toe gaan stap."

"Jy kan maar begin, Jan-Paul."

En hier, waar Carina nou na hom staan en kyk, is Jan-Paul Otto ongelooflik aantreklik. Maar op heeltemal 'n ander manier as Jacques.

G'n wonder Lena het op albei verlief geraak nie.

26

Vandat hy vyf uur tevore van die vliegtuig afgeklim en Klein-
begin toe duimgegooi het, kan Jacques steeds nie aan die hitte
gewoond raak nie. Hy is uit 'n vrieskoue New York weg en
word toe opnuut.deur die dorheid van die Suid-Afrikaanse lug
getref. Hy het vergeet hoe droog die Hoëveldse klimaat is en
sal van nuuts af moet aanpas.

Die vlaktes wat nou voor hom uitstrek, het 'n byna verleë
eensaamheid, asof die natuur nie wil erken dat die plat vaal-
heid vanaf Delmas soos skuurpapier lyk nie, die mielielande
omgeploeg, die gras stomp en afgevreet.

Hy het nooit gedink hy sal New York so vinnig so erg mis
nie.

Sy rugsak voel al so deel van hom soos die stoppelbaard wat
hy deesdae dra, maar die sak waarin sy tikmasjien en klere is,
begin swaar raak.

Die moeilikste is nou die twee kilometer se bultop stap van-
af die uitdraaipad Kleinbegin toe, want dis waar 'n trokdrywer
hom afgelaai het.

En daar, voor hom, lê Kleinbegin. Maar meer verdor en
verwaarloos as wat hy dit onthou, asof dit 'n gesig is waarin
die lewe eers stagneer het en toe begin die plooie en vore en
groewe vorm.

Die township is baie groter as wat hy dit onthou. Dit is byna
groter as die dorp en dreig om die formele, geverfde huise
met skewe steen- en sinkgeboutjies te verdring. Die vervalle ge-
boutjies staan tot dig teen die pad, verlepte doringdrade hang
aan skewe pale en 'n geur van rook en vleis en pap en gebran-
de wattelbome en selfs dagga hang oor alles.

Die huise langs die pad wat hy so goed geken het, is vervalle. Hier en daar staan nog een, maar dan toegekamp met doringdraad en sekuriteitshekke en groot tekens wat, veral in swart tale, waarsku teen die woeste honde met slagtande.

Dit lyk amper erger as by Denneberg Verbeteringskool.

Kinders speel met 'n verweerde sokkerbal in die middel van die veld. 'n Klomp mense drentel suf van niksdoen en met stom oë langs die pad. 'n Fiets met 'n draadhok vol wit hoenders ry by hom verby. Die hoenders se nekke strek verbete tussen die skeure in die draad soos hulle probeer asemhaal – vir oulaas, voor die slagting. Koeie draal aan die kant van die paaie rond, skurwe tonge honger om afgebrande grassies.

En agter die horison Kleinbegin se bekende donderwolke wat belowe maar selde gee.

'n Polisiemotor ry stadig by hom verby, kyk agterdogtig na hom.

Af-af-af met die steil afdraande stasie toe.

Daar is feitlik niks van sy pa se mooi tuin oor nie. Van die bome is afgekap en die potte met sy mooi malvas is weg. Daar staan nog een skewe, vervalle erdepot waaruit 'n stuk malva met lang stele verbete kruip, 'n ekskusie van 'n wit blommetjie verlep aan een van die punte.

Jacques stap oor die perron na sy ma se huis toe. Dit lyk nog dieselfde, maar is nou met draad toegekamp en daar is 'n elektriese veiligheidsheining. "Tik, tik!" waarsku een van die drade toe 'n boomtakkie daaraan raak.

Af-af-af tot by die voorhekkie. Daar is nou 'n interkom. Hy druk die knoppie. Dit veroorsaak 'n vreemde en onvriendelike geluid iewers in die huis.

Stilte. Dan 'n gekraak. En sy ma se stem.

"Ja?" Moeg. Oud. Doods.

"Hallo, Ma. Dis ek."

Stilte. Sleutels. Voetstappe. 'n Sekuriteitshek wat oopgesluit word. Hy moet hier deur meer sulke hekke gaan as by die verbeteringskool.

Hy haal sy rugsak af, sit sy sak met sy tikmasjien en klere neer en kyk na sy ma.

Liebet Rynhard staan voor hom. Die tekens dat sy in haar jong jare 'n mooi vrou was, is nog duidelik. Maar die onthou het haar gesig verrinneweer. Die lewe in haar oë het oud geword.

"Middag, Ma."

Hy druk haar teen hom vas.

Haar terugdruk is aanvanklik onseker. Dan druk sy hom tog met meer passie teen haar vas, en net vir 'n oomblik is daar warmte en emosie daarin.

"Jy moes my laat weet het jy kom terug!"

"Het Ma my poskaarte gekry? My briewe?"

"Die pos is maar stadig hier op die dorp." Sy los hom en Jacques dink dalk het sy gerieflikheidshalwe besluit om nie die pos oop te maak nie.

"Kan ek inkom, Ma?"

"Hoe vra jy dan nou so iets?"

Die kiewiete roep iewers asof hulle hom verwelkom. Hy onthou skielik hoe die voëls destyds by die skietgat opgevlieg het en los sy ma.

Jacques kyk na die varings op die stoep. "Ek sal Ma help om hulle in groter blikke te plant. Dalk moet ek hulle in die tuin uitplant. Die stomme goed smag na grond."

Sy sê niks, kyk net na hom en draai toe haar rug op hom asof sy hom nie gehoor het nie. Hy moes nie oor die potplante gepraat het nie. Weet self nie hoekom hy dit gedoen het nie. Dalk van skone senuweeagtigheid.

Jacques tel sy groot sak en rugsak op. Liebet Rynhard dra steeds die kleurlose rokke van destyds, en selfs in hierdie hitte dra sy 'n serp en 'n groot borsspeld soos iemand wat uitgaan dorp toe en op haar beste wil lyk. Sy het 'n kierie in haar hand omdat sy steeds effens mank loop nadat sy destyds in die glasstuk getrap het.

Nog iets waaraan hy skuld het.

Wanneer hy in die huis in loop, ruik Jacques weer die bekende geure. Vloerpolitoer. Kos uit die kombuis. Die reukwater wat sy al die jare nog gebruik. Die geur van roosblare iewers. Talkpoeier. En iets wat na die dood ruik. 'n Suggestie van muf. Effens suur. 'n Vergane geur waarvan hy dalk nie altyd bewus was as kind nie, maar wat nou aan hom opgedring word met 'n huis wat sê: "Welkom terug. Niks het verander nie, moordenaar."

Jacques draai links in die gang, sy skouers effens vooroor. Sy kamerdeur aan die onderpunt is toe, nes hy verwag het. Hy stap verby die tafeltjie waarop die vaas gestaan het wat Liebet destyds gebreek het toe hy so geskreeu het, nou bedek met 'n tafelkleedjie met geborduurde gesiggies, sy ma se gunstelingblom. Dit moet 'n nuwe kleedjie wees wat sy seker gehekel het terwyl hy weg was, want toe hy nog op skool was, het sy die tafel kaal gelos om hom te herinner aan hoe seer haar voet was.

Hy maak sy kamerdeur oop.

Die kamer is presies soos hy dit onthou. Die enkelbedjie, die geblomde gordyne, die outydse hangkas wat sy pa nog van sy ouers geërf het. ("Beter as niks!" het Liebet altyd gesug.)

Sy treinstelletjie op die lessenaar is onder 'n lap toegegooi.

Hy ril, onthou die laaste aand wat hy hier wou geslaap het voordat hy gevonnis is. Die aand toe hy deur die venster geklim het. Hy sit sy sakke neer.

Nou lig hy die lap – nie met aalwyne of patroontjies of voëls soos die ander gehekelde lappe nie. Sommer net 'n vaal, half verslete lap wat die stof van die tafel moet afhou.

Hy raak aan sy treintjie met die swart lokomotief, die koletrok, die geel trok met die oop bak, die blou-en-wit beestrok en die rooi-en-grys kondukteurswa – sy gunstelingwa soos die een waarin hy en sy pa soms gesit het toe hy nog baie klein was en die trein ver ente gery het.

Die blik is koud onder sy vingers. En hy mis die spore. Die treintjie staan eensaam op die kaal tafel.

"Tjoek-tjoek." Die woord is uit voordat hy kan keer.

369

Hy druk die kondukteurswaentjie teen sy gesig en voel weer die bekende koelheid. En eenkant, omgeval, plat op sy sy, die sinjaal. Hy lig dit op en plaas dit langs die lokomotief.

Liebet verskyn agter hom. "Hoe lank bly jy?" vra sy.

"Waar is die spore, Ma?"

"Ek het dit weggepak in die stoor. Meer afstofwerk."

Solank sy dit net nie weggesmyt het nie.

"Ek bly nie te lank nie, Ma."

Hy sit die kondukteurswa neer.

"Het jy 'n werk?"

"Nee, Ma."

Jacques dink 'n oomblik. Toe gooi hy die lap weer oor die trein. Dit voel of hy sy speelding begrawe en die trein hom weer gaan mis.

"Nou hoe gaan jy dan 'n bestaan maak, Jacques?"

Die doek sak terug sodat die vorm van die trein sigbaar word deur die lap.

"Ma hoef nie bekommerd te wees nie. Ek verwag niks van Ma nie. Ek het baie geld weggesit. Ek sal 'n ruk vir myself kan sorg." Hy wil vertel van die wisselkoers wat in sy guns is, hoeveel meer sy dollars nou werd is, maar hy sal tog nie 'n reaksie kry nie.

Jacques vroetel in sy rugsak en haal tolle helderkleurige garing uit. "Ek weet Ma borduur graag, toe koop ek hierdie vir Ma in New York."

Sy neem die garing en kyk krities daarna. Hy onthou dat Chivas eendag vir Liebet se verjaarsdag hier aangekom het met 'n tjalie wat sy self gebrei het. Sy het Chivas een kyk gegee en uit die hoogte gesê: "Nou wat moet ek hiermee maak?" Chivas het die tjalie met 'n vinnige beweging uit Liebet se hande geneem en feitlik nooit weer met haar gepraat nie.

"Ek haat dit as mense vir my goed gee wat hulle nie meer wil hê nie," was haar enigste kommentaar. "Ek is nie 'n skrootwerf nie. En Chivas kan nie kritiek vat nie." Hard, grimmig, genadeloos. Toe het Jacques al gedink hy sal nie saam met hierdie onvergenoegde vrou in dieselfde huis kan bly nie. Hy sal van sy kop af raak met haar koue oorloë waarin sy hom soos 'n boelie manipuleer om haar te plesier. En haar bot stiltes en hoogmoedige houding. Hy wag vir haar kritiek terwyl sy die tolle garing krities beskou. "H'm," sê Liebet. "Dankie, Jacques. Ek het dit nie verwag nie. Dis mooi." Sy druk dit in haar rok se sak.

Toe hy dit op Broadway gekoop het, het hy gedink hoe mooi dit in sy speelgoedtreintjie se oopbektrok sou lyk, soos toe hy die einste trok destyds vol helderkleurige lekkers gelaai het wat Chivas vir hom gegee het.

Dit is nou stil tussen hom en sy ma. Haar wange bol effens soos 'n skooldogter wat dikmond trek omdat sy nie haar sin kan kry nie. Dit is al wat verander het – haar wange het dikker geraak.

Liebet se wysvinger tik liggies teen haar rok.

Die sinjaal steek onder die doek uit. Liebet neem dit en laat dit op sy sy lê. Sy bedek dit weer met dieselfde lap.

Weer die ontevrede wysvinger. Tik-tik-tik. 'n Trein kom aan en hou stil. Oudergewoonte bewe die tafel en Jacques sien 'n kraak in een van die mure. Sy pa het altyd destyds die krake herstel. Nou raak dit net groter.

"Dit was 'n ongeluk, Ma."

"Dit is verby, Jacques. Ons praat nie weer daaroor nie."

"Dit was 'n ongeluk, Ma," herhaal hy en sy oë raak vogtig. "Die Here weet, Ma moet my nou vergewe. Ek is gestraf daarvoor – op meer maniere as wat Ma ooit kan dink." Hy pleit nou by haar. "Ek is jammer, Ma. Ek is jammer dat ek van die begin van my lewe af Ma se lewe omgekrap het."

"Hoekom praat ons nou hieroor?" vra sy met die neerbuigende klank wat hy so goed onthou.

"Ek wil net hê Ma moet my vergewe!"

"Jy skree, Jacques. Jy skree."

Hy probeer kalmte in sy stem dwing. "Ek skree nie, Ma. Ek sê net."

"H'm," sê sy koud.

Stilte. Die trein vertrek en hy wonder of iemand dom of desperaat genoeg was om op Kleinbegin af te klim. Hy mis die klik-klak op die plekke waar die spoorstawe aanmekaar gelas was. Dit het hom menige aand aan die slaap gesus. Nou is dit net 'n sagte dreuning, die kreungeluid van die elektriese eenheid en die geluid wat verdwyn om plek te maak vir nog stilte.

En dan, na wat soos 'n ewigheid voel: "Ek het nie gaste verwag nie, dus het ek net genoeg kos vir een mens gemaak, soos gewoonlik. Mens verleer later om vir meer as een kos te maak. Maar ek eet nie veel nie. Daar sal genoeg vir jou wees."

Hy knik. "Dankie, Ma."

Sy beskou hom nou vanuit 'n diep, donker plek. "Ons gaan nie toelaat dat hierdie klein uitbarsting ons tydjie saam bederf nie, gaan ons?" Sy tower 'n gedwonge glimlag op – daardie soort wat beweer dat alles nou weer ordelik en bedaard in die huis is. Sy is weer in beheer.

"Nee, Ma. Maar as dit nie vir Ma lekker is met my in die huis nie, sal ek verstaan. Chivas is darem nog hier, ek kan na haar . . ."

"Moenie my altyd met haar afpers nie, Jacques!" Haar stem klink soos 'n sweepslag deur die huis.

Jacques vee oor sy oë, want die emosie neem oor, maar Liebet bly onverbiddelik. "As jy weet hoe dikwels ek my in hierdie armsalige spoorweghuisie aan die slaap gehuil het!"

"Ek het ook gehuil, Ma. Baie."

"Dalk het ons oor verskillende dinge gehuil."

"Ek twyfel."

Hoe gaan hy vir 'n paar dae saam met haar bly?

Sy ruk haar skouers regop. "Maar die lewe kom nie met ruitveërs nie. Kom ons gaan eet."

Hy probeer vir oulaas. "Ek het verwag Ma sou darem soms vir my skryf."

"Hoekom moet ek van mý laat hoor?" Sy beduie teatraal. "Hier gebeur mos niks in my lewe nie. Wat sou ek tog nou vir

jou gesê het? Dat die verdomde treine nog steeds hier verby-
dreun, dié slag darem sonder roet? Dat die huis steeds bewe
soos iets wat geboorte skenk as hulle verbykom? Dat ek saans
outomaties jou pa se kosblik wil pak en sy koffie in 'n fles wil
gooi? Dat ek elke dag om wens en die een angelier na die
ander borduur om kleur te sien, lewe te voel?" Haar stem het
opgebou tot 'n crescendo – iets waaraan Jacques nie gewoond
is nie, want sy praat altyd met 'n gedwonge, ysige kalmte asof
niks haar kan ontstel nie, terwyl sy eintlik kook van binne. Dié
slag het selfs daardie ysterwil van Liebet Rynhard 'n krakie
gekry.

Hy kyk na sy enkelbedjie. Nadat hy en Cynthia uitmekaar is,
het hy vir die laaste twee maande deur Amerika geswerf. Soms
in parke geslaap, soms in jeughostelle op klein bedjies met diep
holtes gelê asof lywe vir hulleself plek daarin geëien het, 'n paar
meisies gelukkig gemaak. Hierdie bed lyk koningsgroot teenoor
daardies.

Liebet vee oor haar rok. "Jy moet jou skoonkry, hoor? Ek kry
so 'n klankie."

"Ek is jammer, Ma. Ek het reguit van die vliegtuig duimge-
gooi en ..."

"Maar wat makeer jou?" Nes destyds as hy vuil van die roet
van die toeristestoomtrein afgeklim het.

"Ek het nie 'n kar nie, Ma. En ek ken niemand wat my kon
kom haal het nie."

Sy sug weer. "As ek geweet het, kon ek iemand gekry het om
jou te gaan haal."

Hy wou nie vir iemand sê hy is terug nie. Nie eers vir Chivas
nie, wat hom dadelik sou kom oplaai het. Hy wou as 'n vreem-
deling die dorp inkom. Soos die verlore seun in die Bybel.

"Ai, Jacques." Sy sug. "Was jouself behoorlik na ete, hoor?"

Liebet loop kombuis toe.

Die manier waarop sy sy naam noem, klink nog steeds na
geweerskote.

Soos gewoonlik skryf sy weer vir hom voor wat hy moet

doen op daardie gekontroleerde manier van praat, nes sy on-derwyseresse soms met hom gepraat het as kind. Elke sin word gevolg deur 'n "hoor?", soos vir 'n kleuter. Nog 'n manier om haar superioriteit te beklemtoon.

Hy staan besluiteloos, kyk na die opgekrulde foto's teen die muur, die geraamde portret van 'n stoomtrein en die plakkaat. Snaaks dat Liebet dit nie ook verwyder het nie.

Jacques gaan sit op die bed. Al die beklemming, die onge-lukkigheid, die stramheid en vrees wat hy die afgelope tyd in Cynthia Olive se arms verloor het, en ook by die ander meisies, is terug. Staan nou soos 'n reuse-lokomotief sy hele kamer vol.

"Jy laat my partykeer aan 'n lokomotief dink. Stewig. Sterk. Mooi. Solied." Cynthia, toe hulle uitmekaar is twee maande voordat sy werksvisum verval het.

Cynthia in wie se arms hy storie op storie op storie uitgedink het. Cynthia wat dwarsdeur hom met haar helder oë gekyk het soos iemand wat hom in haar lewe wou verewig. Wat betower was deur hom.

"Jy laat jou nie besit nie, Afrikaan. Iewers sal jy haar kry, jou meisie. Maar sy sal nie uit 'n storieboek kom nie. Daardie meisies is te vervelig vir jou. Jy sal 'n ruk neem om deur hulle te sien. Maar as dit eers gebeur het, is dit verby. Want jy moet iemand kry wat op dieselfde vlak as jy is, nie iemand wat na jou opkyk en haar verwonder oor haar geluk om jou te kry nie. En hoe gaan jy verby daardie besef leef?"

"Die perfekte meisie. Lena . . .?" wou hy vra.

En asof sy sy gedagtes kon lees, het sy geglimlag: "Daardie perfekte meisie is ook nie ek nie. Jy sal dit later verstaan."

Hulle het daardie laaste aand liefde gemaak met 'n intensiteit wat hom eintlik seergemaak het. Sy het 'n woord in sy oor ge-fluister toe hy uiteindelik stil geraak het op haar. "Alleenloper."

Die enkeling. Die titel van sy boek na aanleiding van hoe hy gevoel het toe hy uit Cynthia se woonstel geloop het. Dit is waar daardie titel hom aan hom opgedring het. Enkeling. Alleenloper. Nie noodwendig verlate nie, maar soos iemand wat homself aanvaar het met al sy gebreke en versugtinge én sy verlede. Maar steeds geweet het hy is net 'n halwe mens.

"Jy's oukei, Afrikaan. Jy kan dalk nou begin om 'n skrywer te wees. Die teelaarde is reg. Hierdie is die begin. Maar gaan lewe eers."

Jacques stap na die muur toe, kyk weer na die foto van hom, Lena en Jan-Paul, en streel daaroor.

En deur die venster nou 'n veiligheidsheining wat die huis omring, soos die potte wat sy ma se plante gevange hou. Selfs die tuin is vaal, verlate, verwaarloos. Sy steur haar nie eers meer aan die blomme buite die stoep nie.

Hy staan lank daar soos 'n plant wat ontwortel is – wat skielik uit 'n blik gehaal is en in die veld uitgeplant is en nie weet wat om met sy wortels te maak nie.

Na 'n ruk hoor hy Liebet se koel stem uit die kombuis: "Jacques! Die kos word koud!"

Jacques tel sy sakke op sonder dat hy dit uitgepak het. Hy kyk vir oulaas na die plakkaat van die stoomtrein teen die muur – die portret van die lokomotief. Toe stap hy na sy treinstelletjie toe, lig die lap en staar daarna.

Wat is 'n trein dan ook nou sonder spore? Maar hy waag dit nie om te vra hoe diep Liebet die spore in die oorvol pakkamer weggepak het nie.

Die trokke maak ligte blik-skuurgeluidjies as hy daaraan raak. Dit is 'n gerusstellende klank.

Jacques maak die deur toe. Die gang lyk skielik langer as tevore. Dieselfde gang wat altyd gevul was met sy ma sy meedoënlose voetstappe. En sy pa se haastige, vriendelike voetstappe.

"Jacques! Die kos word koud!" Nou is daar 'n ontstoke klank in haar stem. Liebet het nooit toegelaat dat iemand laat aan tafel kom sit nie. "Nes 'n verbrande kommandant in die Nazi-konsentrasiekampe!" het sy pa eendag gesug toe hulle aangepraat is en vyf sekondes te lank getalm het nadat sy die kos op die tafel gesit het. Liebet het toe al begin eet met 'n verbete frustrasie wat die kos dik in hul kele laat word het. Sy het die res van die ete glad nie met hulle gepraat nie.

Af met die lang gang. Die gang waardeur hy destyds geloop het as hy op pad was skool toe, na Jan-Paul toe gedraf het om te gaan fietsry, saam met sy pa om te gaan treinry, na Chivas toe vir soetkoekies, na Lena toe.

Na Lena toe. Hemel, hy verlang nou na Lena.

Hy stap tot in die kombuisdeur.

"Tot siens, Ma."

Sy sit met haar hande op haar skoot asof sy wag vir iemand om te bid. "Nou wat is dit nou met jou?" vra sy koud.

"Ek het nog 'n paar mense om te gaan groet."

"Lena en Jan-Paul is lankal weg. Hulle ouers ook."

"Ek weet, Ma."

Sy staan op en sit sy bord kos in die yskas, maar haar bewegings is aggressief asof sy hom eintlik met die bord wil gooi. Dan gaan sit sy weer en begin eet.

"Tot siens, Ma." Hy stap voordeur toe.

Net die geluide van 'n mes en 'n vurk op 'n bord.

Die lug is koel en vars as hy die deur oopmaak.

Hy swenk links, loop met die straat af verby die bloekom- en wattelbome, sien die plakkers wat oorkant die spoor nesgemaak het.

Jacques stap tot by Chivas se huis.

Deur die venster kan hy sien hoe sy kos maak. Sy dra dieselfde verspotte voorskoot wat sy altyd gedra het, met die Dagwood-en-Blondie-prentjie op met Nols Koekemoer wat 'n skewe berg van 'n toebroodjie in sy mond probeer prop – sy arm skeef soos 'n kelner in 'n restaurant wat borde balanseer.

Jacques loop tot op die stoep, kry die reuk van bredie en merk die helderkleurige prentjies teen die muur wat Chivas van haar grootjie geërf het. 'n Eensame jagter by 'n vuurtjie langs 'n waterval; 'n huisie in die sneeu met die gloed van 'n kaggelvuur wat deurskemer; 'n sonsondergang oor 'n idilliese landskap. En helderkleurige kwilte en blokkieskomberse wat oor die rusbank en stoele gegooi is, die een ou Morris-stoel al deurgesit.

Chivas roer in die pot nes Blondie altyd in die strokiesprente maak. Energiek en met 'n heerlike drif soos iemand wat 'n kunswerk aanmekaarsit.

Jacques onthou sy ma eendag toe hy in die kombuis kom sit het in 'n desperate poging om met haar te gesels. "Jy moenie vir my kyk terwyl ek kosmaak nie, hoor?" Waarmee sy hom met strak oë en opgebolde wange uit die kombuis geboender het.

Chivas hou op met roer. Sy sit die lepel versigtig in 'n lepelhouer neer wat hy in die houtwerkklas op skool vir haar gemaak en geverf het, en sy draai om.

Hulle kyk na mekaar deur die ruit waarin sy gesig na hom toe terugkaats. Hy glimlag, voel aan sy stoppelbaard, besef hy moes maar by die huis gestort het, maak sy sak op die stoep staan en kyk net na haar.

Chivas vee haar hande aan haar voorskoot af. Toe stap sy vorentoe. Sy maak die krakerige sifdeur oop wat nog steeds die hoenders van die bure langsaan gesteurd laat kekkel. Hy hou sy rugsak op sy rug.

"Jy't wraggies nog nie daai antieke deur laat olie nie."

Chivas gryp hom en vou hom toe in haar arms. Sy druk hom so hard vas dat hy byna nie kan asem kry nie.

"Ek is jammer, ek ruik na sweet en . . ."

"Jakkie!"

Sy los hom nou eers, beskou hom, raak aan sy stoppelbaard, vee sy kuif van sy voorkop weg, raak aan sy neus en druk hom weer vas.

"Jakkie!"

Hy tel haar op en draai haar in die rondte. Sy lag en Jacques dink hoe hy hierdie hartlike lag gemis het.

Toe hy haar neersit, trek sy hom in die kombuislig in wat op die agterstoep val om hom beter te sien.

"Jou oë, Jakkie."

"Ja. Ek moet twee oë hê om te kan sien, Chivas." Dis so

377

lekker om haar naam weer te kan sê. Nie in poskaarte en briewe nie, maar regtig. "Kry vir jou Skype, Chivas – dan kan ons mekaar Skype."

Die liewe Heer het Kleinbegin nog nie eers ontdek nie, Jakkie. Wat nog van Skype? het sy destyds teruggeskryf.

"Wat van my oë?" vra hy.

"Dis die oë van 'n man wat reg is om weer te probeer."

"Waar is Lena?" vra hy.

Sy vee haar hande aan haar Blondie-voorskoot af. "Iewers in Jannesburg of Petoors waar sy glo skilder. Ateljee en so, hoor ek. Maar ek weet nie waar nie. Haar pa is weg uit Kleinbegin kort na jy oor die water is."

Sy trek hom agter haar in die huis in, maar hy trek sy hand uit hare. Chivas draai om.

"Volgende keer kom bly ek by jou. Maar nie vanaand nie."

Hy kan sien dat Chivas dink hy gaan by sy ma bly, maar hy besluit om haar nie reg te help nie. Sy knik, glimlag effens en stap terug kombuis toe. Oomblikke later is sy terug met 'n bakkie vol soetkoekies – elkeen met 'n glimlaggende gesiggie op. Sy druk dit in sy hande.

"My oorle' ma het altoos gesê die lewe is so bitter, jou kos kan nie ook bitter wees nie. En jy het my van die glimlaggies geleer."

"Smiley-faces," sê Jacques.

"Versiersuiker-frommellaggies!" lag Chivas.

Hy druk haar weer teen hom vas.

"Nie eers 'n jodetert nie, Chivas?"

Sy kyk na hom asof sy nie weet waarvan hy praat nie. En dan: "Ag, Jakkie. Vandat jy weg is, het ek nie weer lus gehad om een te maak nie."

"Jy moet dit weer doen. Jy maak die lekkerste jodeterte wat ek ken. Wat nie so soet is dat jy versmoor daarin nie."

Sy knik. "Nou ja. Hierna sal ek weer daarvan kan bak."

Hulle kyk nou woordeloos na mekaar.

"Gaan soek haar, Jakkie. Die ander meisies tussenin was

378

maar net klein bruggies op die pad na haar toe. Gaan terug na Lena toe."

Weer die vogtigheid in sy oë en dié slag die emosie wat wil-wil oorneem.

Hy knik vir Chivas, druk die bakkie met koekies in sy groot sak. "Die stoomtrein kom nog een maal per week verby. Saterdagoggende as die toeriste hier verbyry. Dan stop hy en ons almal peul steeds by die deure uit om te kyk, net soos destyds toe . . ." Sy kyk weg.

"Jy was lief vir my pa, was jy nie?" vra Jacques.

Sy kyk lank na hom, maar antwoord nie.

"Nes vir die lokomotiewe wat jy altyd van ver af beskou het, maar nooit gewaag het om nader aan te gaan nie, Chivas."

Sy vee oor haar mond soos iemand by wie 'n gedagte opgekom het waaraan sy nie wil dink nie.

"En jy lyk al hoe meer na hom."

Hy knik. "Ek sien dit elke dag in die spieël."

Hy wil verder oor sy pa praat, maar kan nie.

"Kom kuier weer vir my, Jakkie."

"Ek sal. Ek belowe ek sal." Hy kyk na haar voorskoot. Dan rits hy sy groot drasak oop en haal 'n voorskoot uit waarop nuwe Dagwood-en-Blondie-motiewe geskilder is wat hy ook in New York gekoop het. Hy druk dit in haar hande.

Chivas vou dit oop, slaan haar hande oor haar mond en sê iets wat hy nie mooi kan hoor nie. Sy haal haar verslete ou voorskoot af en bind die nuwe een om.

"Ek sien jy moet die voorskootbande wyer vasmaak as tevore."

"Sê jy met jou slap swemmerslyf."

Hulle staar weer woordeloos na mekaar. Sy druk haar vingers teen haar mond en hou dit na hom toe uit. Hy doen dieselfde.

"Ek kom weer, Chivas."

"Dan sal daar jodetert wees."

Hy wil loop, maar kan nie. Hulle kyk net na mekaar, 'n jong leeftyd se herinneringe tussen hulle.

"Chivas." Net haar naam. Toe tel hy sy swaar sak op en stap oor die straat terug in die rigting van Liebet se huis, stasie toe. Kyk nie een keer om nie. Lig nie eers sy hand nie. Stap net.

Die ou lokomotief staan nog op presies dieselfde plek op 'n syspoor. En dit is duidelik dat iemand dit in stand hou, want dit blink.

Jacques stap om die lokomotief, raak daaraan, streel met sy vingers oor die staalarms, sit sy sakke neer, gaan sit voor die lokomotief en kyk na die ronde neus wat soos 'n prehistoriese dier hier voor hom in die lug troon.

Hy gaan lê later op sy rug en wonder hoe dit moet voel om deur so 'n lokomotief middeldeur gesny te word. Dan is al sy probleme in 'n kits daarmee heen. Net 'n vinnige gaan lê op die spoor soos om in 'n doodskis te wees, die gebewe onder hom wat 'n gesidder word wat 'n gedreun word wat 'n gedonder word tot die gevaarte op hom is en oor hom gaan met sy hitte en stoom en krag en een word met hom.

Dis vreedsaam so op sy rug voor die lokomotief. Hy kyk na die sterre wat besig is om uit te kom en wat so anders lyk. Na byna twee jaar in New York waar hy selde sterre gesien het, geniet hy dit om weer na die Melkweg te kyk. Die Suiderkruis.

Hy staan later op en loop met sy sakke om die lokomotief tot agter by die kolewa waarin daar steeds kole is. Dan terug tot by die staaltrappies.

Hy klim in die kajuit, sit sy rugsak neer as 'n soort kopkussing en plaas sy groot sak in die hoek. Dan gaan lê hy op sy rug, maak sy oë toe, voel die bekende harde vloer onder sy rug, sy boude, sy bene. Nes toe hy 'n klein seuntjie was en altyd hier plat op die vloer gelê het terwyl sy pa die fluit trek. En hy onthou hoe hy Klaus gehelp het om die vuurherd te stook en eendag amper in die vuur beland het van skone oorywerigheid.

Jacques lê lank so daar, tot die slaap hom betrap en die donkerte hom toemaak. Veraf 'n geraas uit die township. Anders as in sy dae toe daar nog min mense gewoon het.

Later, tussen sluimer en slaap, hoor hy die krieke. Veraf ry vragmotors op die grootpad. Poer-poer-poer soos hulle hul hidroliese remme aanslaan. Soms skreeu 'n kiewiet in die veld, of 'n uil roep. Selfs die township-lawaai het nou bedaar.

Hy draai op sy sy en kyk na die bekende instrumente hier bokant hom. En onthou hoe hy die laaste aand voor sy vonnisoplegging in sy bed in sy vaal kamertjie gelê het en na die portret van die lokomotief gestaar het.

Jan-Paul het kom kuier. Hy het aan Jacques se venster geklop – wou nie by die voordeur inloop nie uit vrees dat sy ma hom sou wegjaag.

Jacques was te moeg om op te staan. Hy het net sy kop in die rigting van die geklop gedraai en Jan-Paul gesien. Hy het gewink dat sy vriend deur die venster moet klim.

Die venster het oopgegaan. En toe Jan-Paul voor hom staan, het hy sy kop laat sak. Hy het langs Jacques op die bed gaan sit. Maar Jacques het nie die energie gehad om te praat nie.

Toe staan Jan-Paul op, loop na Jacques se tafel toe en stoot die lokomotief sodat die ander trokke ook in beweging kom. Hy het die trein onder die blikbruggie deur gestuur wat hy nog vir Jacques op sy twaalfde verjaarsdag gekoop het.

"Pella." Jan-Paul se stem het soos iemand anders s'n geklink.
"Ek . . ."

Toe voetstappe in die gang. Liebet moes sy stem gehoor het.
"Jacques? Wie's hier by jou?"

Jan-Paul het hom vinnig uit die voete gemaak. Toe gaan die deur oop, pas nadat hy die venster laat sak het.

"Jy weet wat die polisie gesê het van besoekers. As die proefbeampte dit moet weet! Wie is hier by jou?"

"Niemand nie, Ma."

Sy het in die deur bly staan en agterdogtig na hom gekyk. En hy wens, hy wens so hard dat sy ma net na hom toe wil stap en hom wil vashou en sê dat sy hom vergewe. Dat alles reg sal uitwerk. Dat hy onskuldig bevind sal word al glo hy self nie in sy onskuld nie.

Maar sy maak die deur hard toe.

Toe staan Jacques op, pak sy rugsak met net die belangrikste klere en loop na die venster toe waardeur Jan-Paul geklim het. Hy kyk vir oulaas terug na sy kamer, lig die venster, kruip deur en laat dit saggies terugsak.

Vinnig oor die vlaktes, verby die stadsaal en die skool, op met die hoofstraat waar die gordyne in Steenkamp se sitkamer beweeg, verby die hotel, af met die volgende straat tot waar die Pride of India pienk in die blom staan.

Lena se pa is besig om 'n palissade om die huis op te rig, maar dit is halfklaar.

Hy glip deur 'n opening tot voor Lena se venster. Sy sit by haar lessenaar, trek strepe op 'n papier – dik, swart strepe wat nie vorm aanneem nie, soos die gevoelens tans in sy hart.

Jacques klop aan die venster.

Lena kyk verbaas op en sien hom. Haar lippe vorm sy naam. Sy loop vinnig vorentoe en maak die venster oop. Sy sit haar arms om hom en soen hom. Hy soen haar terug.

"Jy kan nie hier wees nie. My pa . . ."

"Kom ons verdwyn, net ek en jy."

"Waarheen?"

"Ons gaan bly eers in daai murasie duskant die populierbos. En van daar af haal ons 'n trein en ons ry tot waar niemand ons kan kry nie. Gaan seblief net saam met my." Hy praat al vinniger. "Ek het jou lief. Kom. Asseblief!" Koorsig, vinnig.

Lena kyk oor haar skouer. 'n Trein fluit kortaf. Nie meer die lang twee-noot-fluit van die stoomlokomotiewe nie. 'n Stomp geluid soos sy ma se stem. Toe gryp sy 'n sak en gooi klere en haar toiletsak in. Sy hardloop terug en klim deur die venster sonder om verder te praat. Jacques vou haar weer toe in sy arms, soen haar en druk haar so styf teen hom vas dat sy kreun daarvan.

Hulle hardloop uit die dorp in die rigting van die spoor, haar hand in syne. Hy neem haar sak en gooi dit ook oor sy rug. Nog vinniger. Hulle koes vir motorligte wat op hulle val, kruip agter bosse of struike weg wanneer iemand aankom. Hulle lê 'n oomblik in die gras en hyg. Sy lê vas teen hom. Sonder dat hy beheer het daaroor, sit hy sy arms om haar skraal skouers. Sy bewe, nestel teen hom aan, druk haar gesig in sy nek, huil bietjie. Hy wil haar vashou. Soen. Maar hulle moet voort.

Jacques staan op, lig haar op en dra haar dan oor die spoorstawe en gruisklippe – oor die einste spoorstawe waar hulle destyds gedans het.

Hy swenk links in die rigting van die groot ou lokomotief wat gerestoureer is en op 'n syspoor staan. Hul asems jaag. Hulle hardloop.

Wanneer 'n trein aangery kom, buk hulle agter 'n kolewa in. Die trein ry verby.

Oomblikke later kom Jacques orent en trek haar weer agter hom aan tot in die lokomotief. Hy sit hul sakke neer terwyl hulle hul asems terugkry. Lena se gesig blink van sowel opgewondenheid as vrees.

"Sal jy saam met my verdwyn?" vra Jacques.

"Ek sal enigiets vir jou doen."

Hy soen haar weer. Hy wil haar los, maar sy hou aan om hom te soen.

"Jacques." Haar asem jaag van die hardloop, maar ook van die opwinding. Die adrenalien neem oor, maak hulle waaghalsig, byna opgewonde, soos kinders wat vir die eerste keer 'n grootmenswêreld betree.

"Jacques?" Dis 'n vraag, nie 'n stelling nie.

"Ek . . . het . . . jóú . . . lief." Dit is die eerste keer dat hy die woorde so afgemete sê en elkeen bedoel. Dit is so maklik om dit in kaartjies of in stories te skryf of dit te lees. Maar om dit te sê en te bedoel . . .

Hulle staan daar in die lokomotief, weet eers nie wat om te doen nie. Toe soen sy hom weer, hard, dringend. Hy gryp haar, soen terug, lomp, maar seker dat hy haar nou vir eens en vir altyd laat verstaan hoe hy oor haar voel. Hy wil haar syne maak hier in die lokomotief – maar hy is nie seker of sy so ver wil gaan nie. Hy weet net een ding. Hy gaan verby die punt van selfbeheersing.

Hy druk sy onderlyf teen haar vas en haar bene glip outomaties om hom asof sy dit al dikwels tevore gedoen het, of daaraan gedink het om dit te doen, in haar verbeelding en in haar drome, en nou vir die eerste keer tot aksie kan oorgaan.

Haar hande glip oor sy bors, maak sy hempsknope los – lomp, want sy het dit nog nooit tevore gedoen nie. Haar vingers tussen die fyn haartjies op sy bors, maar meer dringend as toe sy destyds die kwas vasgehou het en op sy lyf geskilder-skryf het.

Sy vingers bewe. Hy glip haar rok af. Dit is verbasend maklik. Hy sukkel egter met haar brabandjies en sy help hom. Haar liggaam ruk toe sy hande aan haar kaal skouer raak en sy bewe nou onbedaarlik. Haar asem jaag. Syne nog harder. Hy sê haar naam in haar mond.

Sy belt is moeiliker. Jacques help Lena om dit los te maak, maar uit skone frustrasie pluk sy dit later sommer los en stroop sy broek af. Wanneer hy daaruit probeer klim, struikel hy sodat sy hom moet vashou. Hy skop dit eenkant toe. Toe glip sy sy onderbroek af. En dit is hierdie gevoel van die rek wat oor sy boude skuif en wat hy met sy tone raakvat en aftrek, wat die vloed in hom laat opstoot.

Jacques sak bo-op Lena neer. Hulle rol om tot sy bo lê, maar sy hou net aan om hom te soen. Dan soen hy haar soos hy altyd dink heldinne helde in rolprente en in boeke soen, maar kry nie genoeg van haar nie. Dit gaan verby dit waaroor hy altyd geskryf het. Hy ontdek nou hoe dit regtig is en besef dat hy nog altyd verkeerd geskryf het oor teer soene en "sy lippe wat haar kneus" en daardie drek. Hy probeer haar hele mond met syne bedek, haar lippe oor syne, sy stoppels wat haar krap en laat kreun.

Honger, honger vir mekaar. Verligting oor die uiteindelike oorgawe.

Hy asem haar in, drink haar in, voel haar liggaam bewe en weet nie behoorlik wat om met sy onderlyf te doen nie. Verwonder hom aan haar borste wat hy vir die eerste keer so naby hom sien.

Dit noodsaak hom om weer oor haar te rol tot sy onder hom lê.

Lena kyk met groot oë op na hom. Sy soen hom, huil, sê iets wat hy nie verstaan nie en knik haar kop asof sy hom toestemming gee.

Hy beweeg stadig teen haar, oor haar kaal liggaam. Sy kyk na hom, nie met vrees soos hy altyd skryf nie, maar met honger. Met afwagting.

Jacques soek, is nie heeltemal seker wat hy doen nie, soek, vind, en wanneer hy in haar inglip, probeer hy om haar nie seer te maak nie. Wanneer sy 'n huilgeluidjie maak, wil hy vra of hy moet ophou, maar sy plaas haar vinger op sy mond.

Hier is iets nats onder hom. Maar dit is nie hy nie.

Hy soen en soen haar weer. Sy huil 'n bietjie, maar sy span haar arms om sy lyf en trek hom nog stywer teen haar vas. Hy soen haar weer en sy soen hom.

Toe beweeg hy stadig, onseker in haar soos iemand wat vir die eerste keer lewe voel en nie weet wat om daarmee te maak nie. Lewe wat in hom is en nou besig is om uit hom te glip en een met haar te word.

Hy verdwyn van die aarde af en sweef oor Kleinbegin tot ver duskant Pluto en Venus se mane en die asteroïede en die Melkweg en die onmeetlike grootsheid van die ruimte. Sweef en sweef en dryf saam met haar tussen die planete rond, sonder om aan een van hulle te raak.

En toe, soos in sy stories, gebeur dit tegelyk, roep sy uit, skree hy. Hulle sê mekaar se name, maar op so 'n manier dat daar nie stem by is nie. Raak weg in die oomblik. Vergeet van alles. Vir 'n ruk is daar nie tyd of temperatuur of treine of tron-

385

ke of ouers of doodgerypte gras of spore of spoorweghuisies nie. Is daar net hulle.

Dan raak hulle eers stil.

Veraf dreun 'n vragmotor weer verby. 'n Uil roep. 'n Blik rol iewers. En die tyd gaan staan weer.

Later lê Jacques en Lena verwonderd oor wat met hulle gebeur het, en oor die wete dat dit die een of ander tyd moes gebeur. Hulle kan nie praat nie, weet dat hulle hoeveel maanlose nagte hieroor gedroom het en gewonder het hoe dit gaan wees en of die oomblik so groot gaan wees dat dit alles tussen hulle gaan vernietig, en of daar pyn en skok en ontnugtering gaan wees.

Maar daar is nie. Alles is nou verewig.

Hulle kyk na mekaar – die storiemaker en die storieboekmeisie.

Sy vee die nat hare van sy voorkop weg en hy soen haar sag-sag-saggies op hare.

Hulle hoef nie nou te sê hulle het mekaar lief nie. Hulle weet dit. Hulle voel dit. Hulle is dit.

Skielik, flitsligte oorkant die perron.

Toe Jacques hom oplig, sien hy Liebet asof sy agter die polisiemanne na hom soek. "Hardloop!" sê hy.

Lena trek haar klere vervaard aan en gryp haar sak.

"Jacques!" Sy soen hom. "Moenie weggaan nie!"

"Gaan!" Die flitse kom al nader. "Voordat hulle jou ook vang!"

Sy klim uit die trein aan die teenoorgestelde kant en kyk nog een keer na hom. Toe hardloop Lena tot die donkerte haar insluk.

Sy gaan staan net een keer, kyk in die maanlig om na hom, wil terughardloop, maar hy draai sy rug op haar en probeer die ruk keer wat deur sy liggaam gaan.

Die oomblik nadat hy sy belt vasgegespe het, is die eerste polisieman by hom. Dit is konstabel Pietie Botha. En agter hom meneer Steenkamp, die skoolhoof. Pervert. Vuilgoed. Wraaknemer.

"Ek het hom by my huis sien verbyhardloop, konstabel. Wat de hel hy hier soek, weet nugter!" Sy snor staan skoon skeef van opgewondenheid. Sy oë beweeg na Jacques wat sy broek vasmaak, 'n klein bietjie bloed iewers aan sy broek.

En Steenkamp wat gierig daarna kyk.

Botha beduie met sy hand. "Kom, boet."

Jacques kyk terug na die plek waar hy en Lena gelê het.

"Jacques! Moet ek jou boei? Want glo my, ek sal. Kom hier!"

Jacques neem sy rugsak en klim stadig teen die trappies af. Voor hom staan Liebet en Steenkamp en twee ander polisiemanne.

"Altyd geweet die sporie sal sy ware kleure wys!" krys Steenkamp.

"Jy speel met vuur en jy maak jou probleme net erger, Jacques." Botha kry hom aan sy hemp beet. "Ek is lus en smyt jou in die vangwa dat ons jou vannag in die selle toesluit!"

"Dit is wat hy nodig het om weer bietjie nugter te word!" sê Steenkamp hard, sy oë op Jacques se broek.

Botha draai na Liebet. "Indien u nie in staat is om u seun op te pas nie, mevrou, sal ons dit namens u doen."

"Kom, Jacques."

Steenkamp se stem sny deur die stilte: "Sluit die klein donner toe!"

Maar Liebet skud haar kop en kry Jacques aan sy hand beet. En Jacques dink dit is die eerste keer sedert sy pa se dood dat Liebet aan hom vat. Dan, skielik, gaan hy staan. Kyk hy na sy ma se onverbiddelike gesig, sien hy haar dun mond, haar kwaai oë. Maar dalk is sy eintlik die kwaadste omdat die konstabel gesê het sy kan nie na haar eie seun kyk nie.

"Sluit my toe," sê Jacques vir Pietie.

Hy en Liebet kyk verstom na Jacques. Steenkamp steek ook vas.

"Dis jou laaste aand van vryheid . . ." probeer Pietie Botha, maar Jacques maak sy hand los uit sy ma s'n. Hy stap na Pietie toe en hou sy hande voor hom uit om geboei te word.

Liebet se mond val oop. Sy is so verontwaardig dat sy nie kan praat nie. Steenkamp babbel oor spoorwegseuns sonder maniere en hoe Liebet moet bly wees dat haar man se moordenaar nie vanaand onder haar dak sal slaap nie, want dan is sy onveilig.

"Meneer Steenkamp!" Pietie se stem sny deur die stilte. "Bly stil!"

En toe hoor Jacques die woorde wat hy nooit gedink het oor iemand anders se lippe as syne sal kom nie. "Jy het my, jy het Jacques, jy het die seuns, genoeg geslaan. Nou is dit verby!"

Pietie stap tot voor die gevreesde onderwyser met die snorretjie waarvan die punte boontoe staan.

"Dit is genoeg!"

Steenkamp wil praat, maar Jacques kan sien dat sy moed hom begewe. Sonder sy rottang is hy niks.

Steenkamp kyk een keer na Jacques wat uitdrukkingloos na hom staar soos iemand wie se liggaam én siel gedreineer is. Dan swaai hy om en stap weg.

"En eendag, eendag gaan iemand nog 'n klag teen jou lê," is Pietie se laaste woorde voordat Steenkamp in die donker verdwyn.

Jacques draai sy rug op Liebet en Pietie en klim in die vangwa. Pietie bewe van ontsteltenis terwyl hy die onderwyser agternastaar. Toe draai hy om, grendel die vangwa se deur, klim in en ry polisiestasie toe.

Jacques sien vanuit die vangwa hoe Liebet alleen agterbly.

En hy kry haar nie eers jammer nie.

Jacques word ingeboek. Alles word van hom af weggeneem, ook sy skoenveters.

"Dankie," sê hy vir Pietie.

"Jy het niks om voor dankie te sê nie," antwoord Pietie kortaf.

Jacques kyk na hom en in sy oë lê weer die dankbaarheid dat Pietie nie vir Lena teruggeroep het of haar hierby betrek het nie.

Pietie Botha neem Jacques na sy sel. Daar is 'n stukkende

matras en 'n vuil toilet, verder niks. Baie graffiti teen die muur en een venster, sonder glas en net met tralies, wat so hoog sit dat dit onmoontlik is om daar uit te kyk.

Jacques loop in, kyk rond en gaan lê op die matras.

"Nag, konstabel," sê hy.

'n Halfuur later stamp Pietie teen die tralies. Jacques lig hom op. Pietie stoot 'n Dagwood na hom toe deur. Jacques kyk daarna, kan sy oë nie glo nie.

"Ek sal vra dat jou ma môre 'n ordentlike pak klere bring. Jy kan nie met daai klere in die hof verskyn nie. "

WOENSDAG 9 APRIL 2014, 16:30

Carina stap terug na Jan-Paul se motor.

Hy klim in en skakel die enjin aan. Dié slag trek hy versigtiger weg en probeer die gate en hobbels in die pad misry.

Sy selfoon lui. Hy antwoord: "Hallo. Dis Jan-Paul Otto." Hy luister en kyk vinnig na Carina. "Die seun het aan 'n vriend van 'n vriend geskryf wat uiteindelik by my uitgekom het. Lang storie. Het julle gaan kyk?" Hy stel aan sy truspieëltjie. "Dankie, luitenant."

Hy skakel sy selfoon af.

"Fout?" vra Carina.

Jan-Paul se mond is nou in 'n dun lyn getrek. Hy laai Carina nie voor die hotel af nie. Sy beduie dat hulle verbygery het, maar hulle ry 'n straat hoër op.

Daar staan polisiemotors voor 'n groot huis geparkeer.

Met die uitklim sien Carina hoe 'n ou, verskrompelde mannetjie met 'n grys snorretjie geboei uit die huis stap. Langs hom is 'n seun wat nie ouer as vyftien kan wees nie.

Twee polisiemanne lei die patetiese man na 'n vangwa. Jan-Paul stap na die seun.

"Hallo. Ek is Jan-Paul Otto. Jou brief het by vriende van my uitgekom en toe na hulle ouers, en toe hoor ek daarvan. Dis ek wat die polisie gebel het."

"Dankie, oom," sê hy.

"Hoe lank bly jy al by hierdie ou man?"

Die seun kyk vinnig na die ou man wat nou betraan en beangs na hom kyk. "Hy het my drie maande gelede ingeneem, oom. Ek het nie 'n huis gehad of 'n plek om heen te gaan nie."

"Hoe lank voor hy die eerste keer aan jou geraak het?"

"Sommer dieselfde aand, oom."

"Hoekom het jy nie die polisie gebel nie?"

"Want die oom het gesê hy sal vir hulle vertel dis my skuld. En dat ek dwelms gebruik, oom."

Jan-Paul knik.

Een van die beamptes se selfone lui en hy antwoord. "Ja. *Blitsnuus?* Dis reg. Ons het die pedofiel nou net in hegtenis geneem." Hy luister. "Hy was eers skoolhoof hier. Steenkamp. Toe, nadat hy afgetree het, het hy seuns by sy huis begin inneem om kamtig vir hulle te sorg. Meneer Otto het vir ons die wenk gegee." Hy kyk na Jan-Paul. "Ja. Meneer Otto beduie dat hy julle sal bel. Ons vat die seun nou na 'n plek van veilige bewaring toe, dan vertel ek jou die hele storie. Bel my oor vyftien minute." Hy luister. "Ek belowe jou die storie is julle s'n. Dankie."

Hy skakel die selfoon af.

Jan-Paul stap tot voor die man wat bewend langs die vangwa staan.

"Onthou jy my nog, meneer Steenkamp?"

Die ou man laat sy kop sak.

"En onthou jy nog hoe stukkend jy vir Jacques Rynhard gefoeter het?"

Sy skouers begin nou ruk.

"Jy gaan baie jare hê om daaroor te dink." Jan-Paul beduie na een van die twee beamptes wat Steenkamp in hegtenis geneem het. "Ek is seker sy rottang is nog in sy huis. Neem dit saam. Maar bel my net eers, sodat ek hóm kan looi vir al die onnodige pakke slae wat hy honderde seuns soos ek en Jacques elke dag gegee het nadat hy eers lank aan ons boude

390

gevat het. Maar ek gaan nie by ses van die bestes ophou nie."

Hy kyk lank na Steenkamp. Carina verwag dat hy op hom gaan spoeg. Dan draai hy na Carina.

"Moet ek jou by kaptein Botha aflaai, juffrou Human?"

Sy kyk op haar horlosie. Sy is reeds laat vir haar afspraak.

"Ja. Dankie."

En sy hoor hoe Steenkamp agter haar soebat terwyl hy in die vangwa gelaai word. "As ek nie die seuns van die straat af inneem nie, wie sal? Ek is nét goed vir hulle. Ek sorg vir hulle!" huil hy.

Wanneer sy uiteindelik voor die polisiestasie afgelaai word, het Jan-Paul Otto se mondhoeke al meer ontspan.

"Sterkte," sê hy.

"Ek sal sorg dat Jacques weet wat jy nou net vir hom gedoen het."

Hy leun oor Carina en maak die deur oop. "Dit is die minste wat ek kon doen. Sorg dat jy dit ook in jou storie skryf."

Lank nadat hy weggetrek het, staan Carina nog daar. En sien sy hoe Steenkamp na die aanklagkantoor geneem word.

27

WOENSDAG 9 APRIL 2014, 17:00

Toe Carina met die trappies oploop, gons haar selfoon. Sy is net op pad om dit af te skakel toe sy haar broer se naam sien. Teen haar beterwete antwoord sy.

"Jis, sus."

"Hallo, Fritz."

"Jy klink moerig."

"Ek is moeg. Ek leef 'n vreemdeling se hele lewe saam met hom oor in die bestek van 'n week. Dit eis sy tol."

"Waarvan praat jy?"

"Dit sal tog nie help ek verduidelik nie." Sy wend geen poging aan om die gesprek makliker vir hom te maak nie.

Hy sukkel om tot die punt te kom. "Luister. Ek weet jy het my al baie gehelp. Maar ek het weer pitte nodig."

Fritz het elke keer 'n ander naam vir geld leen.

"Fritz, jy moet my vergewe, maar ek het baie uitgawes. Kan jy nie vir Ma vra nie?"

"Ma wil nie meer met my praat nie."

"Ek kan nie meer vir jou met geld voer wat ek nooit terugkry nie. Jy mergel my uit."

"Dis die laaste keer, ek sweer. Ek sal dit einde van die maand terugbetaal en . . ."

"Ja, Fritz. Soos al die ander kere."

"Maar bloed is dikker as water."

Sy sug. "Ek sal kyk wat ek kan doen."

"Sus. Dis nogal dringend."

"Soos gewoonlik, ja. Luister, ek moet gaan."

"Moenie vir my kwaad wees nie."

"Boet. Ek is tans so deurmekaar dat kwaad wees vir jou baie

ver afgeskuif het op die lysie. Ons praat weer." En sy skakel die foon af.

Mysi waai ongeduldig na haar deur die polisiekantoor se venster. Carina draf met die trappies op.

"Waar de hel was jy? Ek moes soveel regte geluide maak, die man dink ek is 'n flippen John Deere-trekker!"

Carina stap by die polisiekantoor in. Kaptein Pietie Botha kom orent. Nou bekyk sy hom beter as die vorige keer. Hy is 'n aantreklike man, bietjie dik in die gesig van te veel motor-hawe-pasteie en groen gaskoeldrank, maar steeds nie onaansienlik nie. Grys huiwer teen sy slape. Hy skud haar hand. Sy probeer verskoning maak, maar hy beduie dat dit onnodig is.

"Ek en jou vriendin het . . ."

"Fotograaf!" help Mysi hom reg.

"Fotograaf het so lekker gesels, ek het nie eers agtergekom jy is laat nie. En intussen natuurlik die drama van Steenkamp. Ons het lankal ons vermoedens oor die ou man gehad. En ons het almal as skoolseuns onder hom deurgeloop."

"Jý moet daai storie skryf!" sê Mysi.

"Later. Ons is hier om oor Jacques te praat."

"Sit gerus, Carina."

"Jy is darem nog hier." Carina kyk rond. "Ek bedoel . . ."

"Selfs regstellende aksie het my nog nie vernietig nie? Paar keer amper reggekry. Maar nog nie. En kyk, as ek Steenkamp oorleef het, kon ek enigiets oorleef."

Dit verbreek die spanning vir 'n paar oomblikke. Carina kyk vinnig na Mysi, wat haar oë rol om te beduie hoe baie sy van Pietie hou. En voor Botha 'n woord kan uitkry, kiek Mysi hom drie maal. "Baie kameravriendelik. En sag op die retina!" glimlag sy.

"Hoe vorder die ondersoek na Jacques Rynhard?" val Carina met die deur in die huis.

"Ek sien Jan-Paul Otto het jou voor die kantoor afgelaai. So hy het hom darem verwerdig om weer Kleinbegin se stof te vreet," systap die kaptein haar vraag.

Mysi leun vorentoe. "Jacques is amper gister se nuus. Die twiets en e-posse het afgeneem. Hier en daar het iemand hom kamtig gesien. Maar hy het soos 'n tuisgebakte brood van 'n tafel in 'n seunskoshuis verdwyn. G'n mens het 'n cooking clue waar hy is nie."

"Te veel nuwe sake van korrupsie en dienslewering-opstande en moord en verkragting. En nog tienduisende wat vandag hul werk verloor en sestig kinders wat verdwyn het. Sagte nuus vervaag gou in hierdie land." Pietie Botha leun vorentoe. "En tog sien ek kort onderhoude met mense wat hom geken het op televisie, wat sê hy het gereeld in die verlede sommer alleen die pad gevat en iewers gaan skryf. "

"Maar hy het altyd gesê waarheen hy gaan. Chivas. Lena. Jan-Paul. Hierdie mense het altyd geweet," sê Carina.

"Ons het alle tolhekkameras se footage bestudeer om te sien of hy nie dalk 'n passasier in 'n motor was nie. Ons het na kameras op die paaie gekyk, orals. Maar omdat hy nie met sy eie voertuig gery het nie, is dit nog moeiliker om hom te eien. My kollegas in Johannesburg het intussen met nog inwoners van die woonstelle gepraat. G'n siel het hom gesien nie. Hy het Saterdagoggend om en by halftwee ingekom na 'n bakleiery. Toe is hy weer net na nege die oggend uit. Later om twaalfuur weer terug. Maar nadat hy teruggekom het, het hy nooit weer by die hekke uitgestap nie."

"Maar hoe het hy dan ongesiens weggekom?" vra Carina.

"Maklik!" Botha trek 'n foto nader van Jacques Rynhard se balkon in Newtown. "Hy moes hier afgespring het. Dis naby genoeg om nie seer te kry nie en hy is fiks."

Mysi neem weer 'n foto van die kaptein terwyl hy praat.

"Nou is die vraag: In watter rigting het hy geloop nadat hy van die balkon afgespring het, as dit is wat hy gedoen het?" vra Carina.

Die kaptein trek 'n kaart nader. "Daar is verskeie opsies. Die M1 is aan die linkerkant. Hy kon in daardie rigting geloop het. Of doodeenvoudig . . ." sy vinger trek strepe oor 'n kaart van die Johannesburgse middestad, "hier verdwyn het en by vriende tuisgaan. Sy vriende was rastas en rondlopers en straatmusikante en akteurs. Noem dit, hulle ken hom. Maar nie een van hulle het hom daardie middag gesien nie. Tog kan een van hulle hom maklik versteek. Ek bedoel, 'n mens kan 'n jaar in Johannesburg se middestad bly en niemand sal van jou weet nie."

"Maar Jacques sal uitstaan. Hy is bekend," dra Mysi by tot die gesprek.

"Maar oorkant sy woonstelblok is 'n taxistaanplek waar motors en taxi's gewas word naby die geraamte van die ou Park-stasiegebou." Carina beduie na die kaart. "Hy kon een van daardie taxi's gehaal het."

"My kollegas het navraag gedoen. Ook die undercover manne is ondervra. Niemand het hom gesien nie."

Carina haal haar iPad uit. "Julle het nie dalk al die moontlikheid ondersoek dat van sy close vriende jok om hom te beskerm nie?"

Kaptein Botha kyk 'n rukkie na haar. "Enigiets is moontlik."

"Kry jy nie ook die indruk dat hulle nie eintlik verbaas is dat hy verdwyn het nie? Asof dit onafwendbaar was."

"So verstaan ek van luitenant Alberts, ja. Mag ek maar Carina sê?"

"Asseblief."

"En ek is Mysi," tjip Mysi in.

Pietie Botha glimlag en gaan voort: "Maar die mense hier rond praat nie eintlik oor sy verdwyning nie en spekuleer ook nie eintlik nie."

"Wat sê ons dan vir mekaar, kaptein?"

"Dat hy skielik weer gaan verskyn met 'n nuwe roman wat hy iewers uitgedraai het en dat dit dié keer van meet af aan gaan uitverkoop na al die reklame. Dis 'n moontlikheid."

"Ek glo nie dit is heeltemal so eenvoudig nie." Carina maak aantekeninge. "Is ú verbaas dat Jacques Rynhard verdwyn het, kaptein?"

'n Flikkering in sy oë. 'n Effense trek van die wenkbrou. 'n Middelvinger wat net te lank in die lug huiwer voordat hy 'n dokument omblaai.

"Snaakser dinge het al gebeur."

Goeie, neutrale antwoord. Hier gaan sy niks verder kry nie. Sy weet nou genoeg.

"Wat het gedurende sy vonnisoplegging gebeur, kaptein?" vra Carina.

Pietie leun terug in sy stoel. Dink. En toe begin hy.

SEPTEMBER 1996

Die volgende oggend, toe Pietie by die sel inloop, sit-lê Jacques teen die muur.

Hy kry 'n dik sny brood en warm koffie in 'n blik, maar hy stoot dit weg. Pietie dwing hom om te gaan stort en ten minste die skoon klere aan te trek wat Chivas by Liebet gaan haal het en na die aanhoudingselle toe gebring het.

Agtuur neem Pietie hom hof toe. Daar is min mense en, aangesien Jacques nog 'n minderjarige is, geen pers nie. Die storie, dink Pietie, sal sommer net hier sterf. En hy is seker Jacques gaan vrykom.

Maar toe die regter gaan sit, kan Pietie aan sy gesig sien hier kom slegte nuus. Hy kyk na die mense in die hof. Liebet Rynhard sit daar met 'n hoed op. Chivas sit so ver moontlik van haar af. Steenkamp, die skoolhoof, is daar.

Lena kom laaste in, kyk na Jacques, sit haar hand oor haar mond asof sy hom op daardie manier soen. Hy glimlag skeefweg vir haar waar hy in die beskuldigdebank staan. En hulle kyk lank na mekaar, merk Pietie.

Lena. Gisteraand. Lena . . . en Jacques?

Die regter praat lank en gedrae – oorformeel, deklamerend, selfs patroniserend, en verwys gedurig na Jacques as "die beskuldigde". Aan die manier waarop die ou man praat, kan Pietie hoor hier kom 'n "skuldig"-vonnis. 'n Beweging by die deur trek Pietie se aandag. Wanneer hy opkyk, staan Jan-Paul daar in sy skoolbaadjie. Hy moes seker van die skool af weggeglip het. Jan-Paul se hande is in sy sakke. Hy kyk voor hom op die grond. Hy gaan staan teen die muur, sy oë rooi van te min slaap of van emosie, Pietie Botha is nie seker nie.

En toe die vonnis: Jacques word skuldig bevind aan moord en word tot sestien maande korrektiewe diens in 'n verbeteringskool gevonnis. Die ergste verbeteringskool wat daar is: Denneberg naby Delmas.

Pietie kyk na Jacques, luister hoe Chivas na haar asem snak, sien hoe Lena begin huil. En Jan-Paul wat sommer op die vloer gaan sit.

Maar Liebet staar net strak voor haar uit.

Lena storm op Jacques af en probeer hom troos. Chivas steek haar hand na hom toe uit. Maar toe Pietie weer na Jan-Paul soek, is hy reeds weg.

Jacques staan stom in die beskuldigdebank. Hy is spierwit. Sy hande bewe effens. En toe Lena haar arms om hom gooi, al probeer die wagte keer, druk hy haar styf teen hom vas.

"Dis oukei. Ek het jou lief. Dis oukei, ek het jou lief," sê hy oor en oor.

Pietie staan verslae daar. Kyk na Jacques. Weet nie wat om te sê of te doen nie.

Jacques sal die middag tweeuur na die verbeteringskool vertrek. Pietie Botha moet hom vergesel.

Hy stap na Jacques toe terwyl hy geboei word. Hy onthou die seun wat gister in die sel gesit en met daardie reguit, helder oë na hom gekyk het. En selfs nou, met die vonnis wat oor hom gevel is, is daar nie trane nie.

Kwart voor twee meld konstabel Pietie Botha en Jacques op die stasie aan. Jacques is geboei. Daar is ander mense ook op die stasie, maar dit is doodgewone mense wat vriende of familie kom afsien. Almal kyk nou na hom.

Chivas kom nader gestap. Sy lyk dapper en dis duidelik dat sy nie wil huil nie, maar dit nie heeltemal regkry nie. Sy stap tot by Jacques, hou haar arms oop en druk hom weer en weer en weer teen haar vas. "Ek sal so gereeld kom kuier as wat ek kan. En ek sal vir jou kos bring. Jou tikmasjien is veilig by my."

"Dankie, Chivas."

"Jakkie . . ." Chivas wil duidelik nog praat, maar kan nie.

Die trein ry die stasie binne. Mense begin nader staan om mekaar te groet. Die deure gaan oop. Liebet is nie op die stasie nie. Ook nie Jan-Paul of Lena nie. Dalk wou hulle Jacques dit spaar dat hulle hierdie vernedering meemaak.

"Kom, Jacques." Pietie hou die deur oop. Jacques knik en net voor hy opklim, kyk hy een keer na Pietie. "Dankie."

Jacques bestyg die trappies en verdwyn in die komparte-ment. Pietie volg hom.

Toe Jacques gaan sit, merk Pietie vir die eerste keer iets in sy oë, asof hy nou begin verstaan wat met hom gebeur.

Die trein begin beweeg. Pietie help hom om die ruit te laat sak. Jacques leun by die venster uit. Pietie hou hom in die oog. Jacques huil nie, bewe nie, en hy maak nie los praatjies soos ander seuns wat hy al verbeteringskool toe moes vergesel nie.

Stadig, stadig uit die stasie. Toe draai Jacques sy liggaam na regs. Pietie kom orent en leun ook by die venster uit, hoop dis Liebet wat darem net daar staan.

Maar dis Lena in haar skooluniform. Sy hardloop langs die trein af en probeer dit inhaal. Sy draf langs Chivas verby wat met haar hande oor haar mond staan en kyk. Vinniger en vin-niger, tot Lena langs die kompartement hardloop. Sy steek haar hand uit. Jacques steek sy geboeide hande uit en verloor amper sy balans. Toe druk Lena iets in sy hand.

Sy probeer byhou, maar die trein ry te vinnig. Jacques lig sy hande asof in 'n groet, sy regterhand styf geklem om dit wat Lena in sy hand gestop het. Pietie sien Lena kleiner word tussen die mense. Sy hardloop tot waar die platform eindig en gaan sit dan, óf te moeg om verder te hardloop óf te moede-loos. En agter haar Chivas wat haar hand onseker lig asof sy nie weet of sy moet waai of nie.

Jacques kom uit sy gebukkende posisie orent en gaan sit op die bank. Nou sien Pietie dat sy oë vogtig is, maar dit kan ook van die wind wees. Dis toe die trein om die draai gaan by die sinjaal, dat Pietie Jan-Paul onder die sinjaal sien sit. Hy kyk verbaas, wag dat Jan-Paul sy beste vriend moet groet. Maar Jan-Paul se skouers ruk soos hy huil.

Jacques maak sy hand oop en kyk na die hangertjie wat Lena in sy hand gestop het. Hy hou dit lank vas, kyk weer daarna, maar sy geboeide hande verhoed hom om dit behoorlik om sy nek te plaas. Pietie neem dit en hang dit om Jacques se nek.

Gedurende die res van die rit praat nie een van hulle nie. Jacques lê met sy kop teen die venster. Soms knip-knip hy sy oë soos hy aan die slaap wil raak, maar dan ruk hy wakker en staar na Pietie asof hy nie weet wie dit is nie.

Tot die trein uiteindelik by die stasie langs Denneberg intrek.

Jacques sit regop. Van die verbeteringskool se personeel wag hom op die platform in.

Jacques wag dat Pietie die kompartementdeur oopskuif.

"Dit raak woes. Ek moes al een of twee keer hiernatoe kom en kom help. As dinge te erg raak, gaan na jou hoof toe. Meneer Elmar Beukman. Hy is 'n goeie man. Ek kom gereeld hiernatoe. Gee lesings, help met rehabilitasie, daardie soort ding. Praat met jou hoof. Of met my."

Jacques knik. En toe klim hy uit die trein uit.

WOENSDAG 9 APRIL 2014, 18:00

Dit raak donker, maar Carina gaan nie nou gekeer word nie.

"Wat het met hom in die verbeteringskool gebeur?"

"Ek kan jou net vertel wat hy my oor die verbeteringskool vertel het." Pietie kyk weg. "En wat ek later by die skoolhoof, meneer Beukman, gehoor het. As jy genoeg tyd het om te luister."

"Ek het al die tyd in die wêreld."

Mysi draai haar kamera weer na Pietie Botha toe, maar sonder om eers na haar te kyk, vertel hy wat Jacques aan hom toevertrou het.

28

Plat grasvelde. Verskroeide struike. Eensame bloekombome. En die wattelbome. Altyd die skewe, bosserige wattelbome. Toe Jacques daardie mismoedige Donderdagmiddag uit die vangwa klim, merk hy die hibiskusse eerste. Nes sy ma se potplante, gryp-voel die ondervoede blare in die lug asof dit na ekstra suurstof en water smag – die rooi en geel blomme verflenter deur die wind, die blare vermink deur torre, die stamme knoetserig en grof.

'n Klomp seuns in PT-broeke kom verbygedraf en kyk almal na hom, soos diere wat agter 'n draad wag om met hompe vleis gevoer te word. Nuwe bloed. 'n Nuwe gesig. Nog iemand om hierdie vervloekte plek met hulle te deel.

Sand. Grond. Eindelose gronde en stroewe baksteenmure met verbleikte rooi dakke. Hy voel die hitte uit die grond opstyg asof die aarde kwaad is dat die afskuwelike plek juis hiér gebou is. Dat die hoë mure met die lemmetjiesdraad en die droë varings juis dié ruimte opeis.

Die gronde word netjies gehou, seker deur die seuns, almal onder agttien. Gehard, hardvogtig, liefdeloos, puisiebesmet en vol eensaamheid en testosteroon tussen so baie ander lywe wat nes hulle s'n lyk en ruik. Almal met dieselfde doel voor oë: om te ontsnap.

Om net verdomp hier uit te kom en weer te moor of roof of plunder of op dwelmreise te gaan – presies waar hulle tevore opgehou het.

Hemel, hy het nog nie eers behoorlik afgeklim nie en hy pes hierdie skrootwerf van mense reeds. Hy sien hoe sommige daksinkplate vra om verf, die geute verstop deur blare en die

401

sink plek-plek verweer van die strawwe winters, dalk nog erger as op Kleinbegin.

Jacques is steeds geboei. Hy dra nog die klere waarmee hy in die hof verskyn het. Hy ruik sy eie sweet, want hy kon vanoggend net onder 'n koue straal water staan met die seep wat die konstabel in sy hand gestop het. Hy moes ook skeer onder Botha se toesig.

Daar, onder die water, het hy die laaste herinneringe aan Lena afgewas, het hy vir 'n oomblik verwonderd gestaan oor wat tussen hulle in die lokomotief gebeur het. Was hy nog besig om dit te verwerk. Maar toe hy sy bene begin was, het die seep versplinter en moes hy net staan en wag dat die water die res van die sweet op sy hoendervleislyf afspoel.

Maar nou is hy bewus van sy sweetreuk, nes wanneer hy en Jan-Paul gaan bergklim het of fietsgery het en mekaar ure lank rondgejaag het of gestoei het net om daarna in die poel water te gaan afkoel.

Waar Lena vir hulle gewag het.

As hy Lena net weer kan sien – één keer kan sien. En vir Chivas met haar Dagwood-en-Blondie-voorskoot en haar deurmekaar tannie-kapsel en die verspotte hoedjie wat sy altyd teen die son gedra het.

En haar smiley-face-koekies.

Jacques is dankbaar vir konstabel Botha wat die hele ent pad saam gery het. Al het hy slegs enkele woorde met hom gepraat, het hy kort-kort rusteloos na Jacques gekyk. Hy het enkele kere opgestaan en water gaan haal. Selfs 'n toebroodjie van die raserige trollie af gekoop. Kaas en verlepte tamatie met klipharde korsies en ou margarien. En 'n verdwaalde agurkie.

Onverwags 'n blok sjokolade uit Botha se binnesak. Cadbury's nogal, met die vrolike pers omhulsel. Die soet smaak van daardie sjokolade het die galsterigheid in sy mond tydelik besweer, soos druppels na 'n droogte wat darem die stof in bedwang hou.

Later Botha wat sy boeie tydelik ontsluit het dat hy kon gaan

402

water afslaan. Die konstabel hoef dit nie te gedoen het nie, maar hy het. Daardie bietjie menswaardigheid het hy Jacques darem gegun.

In die spieël van die klein toilet het Jacques net een keer na homself gekyk. Gesien hoe sy hare ordeloos lê, die skoongeskraapte gesig, die stoppels afgeskeer sodat hy sy vonnis met 'n skoon lei kon begin. En die hangertjie met Lena se naam op wat hy so lank vasgehou het dat die konstabel later aan die toiletdeur geklop het.

"Jacques?" Hy het hom altyd op sy naam genoem.

Jacques het die toilet gespoel. Die suiging was sterk en hy kon in die gat kortstondig die klippies onder die spoor sien verbyswiep. Hy het sy hande gewas en aan sy broek afgedroog, want daar was nie 'n handdoek nie.

Pietie Botha kon hom weer geboei het as hy wou, maar hy het nie. Dít het Jacques waardeer. En sal hy altyd onthou.

Die geklik-klak van die wiele, met elke klik wat waarsku: "Skul-dig! Skul-dig! Skul-dig!" Hy het daardie klank nog nooit so intens ervaar soos nou nie. En hy was dankbaar dat dit nie 'n stoomtrein was nie – die trein waarop hy altyd saam met sy pa gery het. Daardie herinnering is darem nog nie besmet nie.

Sy pa. Liewe hemel, sy pa.

Pietie Botha neem hom tot voor die deur van die vaal hoofgebou. Vier seuns in oorpakke slenter verby en kyk onderlangs na Jacques soos hiënas wat prooi soek. 'n Snotbel hang uit die neus van die voorste een, 'n harige vent met borselkophare en dik wenkbroue. Hy gaan staan.

"Hei. Pretty boy! Jy weet wat gebeur met nuwe vleis hier, nè?" Hy en die ander seuns lag. "Hulle lepellê met die manne tot hulle skyt daarvan!"

"Gert. Bru. Check 'aai houding. Ons breek hom tjop-tjop in!" sê 'n ander.

"Onthou my naam!" Die seun met die snotbel loop nader. "Gert Grové." Hy maak 'n vuis. "Groot Gert. En ons praat nie net van my voete nie. Ha ha ha! Met twee cherries op die paal

403

en 'n derde een met 'n pregnancy scare, weet my meneer waar om die jackpot te slaan!"

"Jy! Fokof en vinnig!" snou Botha hom toe.

Hy oorhandig Jacques aan 'n amptenaar wat hom na die inteken-beampte neem.

Jacques sien hoe Pietie Botha vir oulaas na hom kyk. Toe verdwyn hy. Dit sou die laaste bekende gesig met 'n sweempie van kommer wees voordat hy sy vonnis begin.

"Strip," beduie die amptenaar toe Jacques gaan staan. "Naam?"

Jacques trek sy klere uit, maar hou sy onderbroek aan. Die man deursoek hom. "Waar't jy die drugs versteek?"

"Ek gebruik nie dwelms nie."

"Ja, hulle sê almal so. En my niggie is prinses Di se mooi antie. Gee hier daai tekkies!" Hy gryp Jacques se tekkies en deursoek dit. Die man steek sy hande orals in, voel onder die sole en selfs waar die tone pas. Hierna vroetel hy hardhandig deur Jacques se hare asof hy na luise soek.

"Drop die panties, boetman."

Jacques trek sy onderbroek uit.

"Buk, bene uitmekaar."

Die man trek 'n handskoen aan en forseer Jacques se boude uitmekaar. Hy steek sy vinger in. Jacques voel die koue gomlastiekvinger. En dis baie seer – ongemaklik.

"Voor jy aantrek . . ." Hy neem Jacques se klere en deursoek dit deeglik. "Mandrax. Heroïen. Dagga. Cocaine. Is dit in jou broek se some? Ons ken al die trieks."

Jacques skud sy kop. Die volgende oomblik slaan die man hom met die plathand dat hy sterre sien. "Moenie attitude met my pull nie, het jy my, gabba?"

Jacques draai sy kop stadig terug, bloed begin uit sy neus loop.

"En moenie tjank nie, moffie."

"Ek tjank nie."

Weer die groot plathand teen sy kop, so hard dat hy momenteel in daardie oor doof is.

404

"Ek is 'meneer', gabba-gat. Verstaan jy my?"

Jacques draai sy kop terug en beskou die gesig hier voor hom aandagtig. Hy druk sy vinger in sy oor, skud sy kop, probeer die klank terugkry soos wanneer hy in die poel op Kleinbegin ingeduik het en sy ore toegeslaan het. Hy vee die bloed met die agterkant van sy hand weg.

"Ja . . . meneer." Hy laat 'n pouse tussen die twee woorde.

"Hulle mag corporal punishment afgeskaf het, maar nie in hierdie skool nie. Ek slaat jou dat jou aambeie bloei. Kapiesj?"

Jacques knik. Weer 'n skuins klap, maar Jacques draai sy oor betyds weg. Die klap tref hom teen die wang dat die lig in kolle om hom spat. "Maak jou bliksemse bek oop as jy met my praat."

Jacques draai sy kop terug. "Ja, meneer."

"En drop daai koue bloues van jou. Moenie my uitcheck asof ek 'n flippen jags chick is nie. Ek is nie jou baaiskoup nie." Hy beduie dat Jacques weer sy onderbroek moet aantrek.

Bloed drup op Jacques se hemp en sy klere, selfs tot op sy tone. Die laaste klap het hom weer laat bloei.

"Teken hier!" Die man wys na 'n papier. "Jy teken 'n kontrak met die skool dat jy die reëls sal gehoorsaam, nie sal moor of steel of hoer of uitrafel nie. En dat jy gerehabiliteer hier sal uitsuiker."

Jacques trek die papier nader en begin lees wat daar geskryf staan. Die amptenaar ruk die potlood uit sy hand en druk die skerp punt byna in Jacques se oog. "Teken, doos. Ek weet jy kan nie eers behoorlik lees nie. Vir wat wil jy nog kyk wat daar staan? En as jy nie kan skryf nie, trek 'n kruisie."

Jacques se oë glip nogtans oor die woorde. Dan teken hy sy naam. En net daar maak hy vir die eerste keer 'n nuwe hand-tekening. 'n Groot *J* met *acques* daaroor geskryf. Dieselfde met sy van. Groot *R*, en *ynhard* daaroor.

'n Vrou verskyn agter die toonbank, kyk verveeld na Jacques terwyl hy sy hemp toeknoop. "Dis lekker hier by die see, china," grynslag sy. "Watse size hemde en broeke omvou jou?"

Jacques antwoord en sorg dat hy haar as "juffrou" aanspreek.

"Heita, ek sê, nogal goed opgebring!"

"Opgebring, ja. Sy ma het hom opgebring, want sy kon nie op die traditional manier geboorte skenk nie met daai doosgevreet!" lag die man.

Dit neem Jacques 'n oomblik om tot verhaal te kom, want die uitlating slaan hom baie harder as wat hy verwag het. Die vrou se gesig is nie spottend nie, eerder verveeld, soos die vroue wat agter kasregisters werk en nie kan wag om huis toe te gaan nie.

Jacques neem alles om hom in. Die staalkabinet, die groot wasmasjien in die hoek waarin lakens gewas word, die rye staalrakke wat soos plat grafstene daar lê met eenderse broeke en hemde, oorpakke en kouse.

Hy kry 'n skooluniform. Dis 'n pers hemp met 'n grys trui sonder moue. En 'n grys broek.

'n Seun kom verbygestap en gee vir Jacques 'n middelvinger. "Lekker ballas bak hier in Sun City!" Hy dra 'n skooltas waarop staan: *I am alone and I like it.*

Net voor die seun sy kneukels onder Jacques se neus druk, sien hy die letters *KILLER* oor die kneukels getatoeëer. Terwyl die seun uitloop, sê die beampte: "Ek sien jy is sestien. Jy qualify vir kankerstokkies. Twee smokes per dag!"

"Ek rook nie, meneer."

"O! 'n Nikotien-virgin!" bulder die man van die lag. "Jy gaan nie lank een bly nie, gabba. Jou virgin gaan gou geskeur word." Hy beduie: "Jy kry vyftien rand per maand, wat alles uitgaan op die man wat jou moet protect in die showers." Hy maak komieklike bewegings met sy lyf. "Lekker ou lyfmakietie na lights out, ek sê! Die Aids lê dik na die showers."

Hy vee oor sy neus.

"Jy is een van tien in 'n kamer. Die beddens is so naby mekaar jy kan die ander ou ruik nog voor hy gepoep het. Hier is honderd en vyftig plekke in die skool vir killers soos jy. Maar omdat die plek so vol is, is hier nou honderd een en sestig fairy tales." Hy wink na 'n seun. "Hei! Giel! Vat die plesierpiet na sy boudoir toe!" Die mond trek nou in 'n glimlag en Jacques sien dat hy nie voortande het nie. "Kamer veertien!" En dan, met groot oë wat rol: "Die jollie-patrollie-kamer met die drug lords en die alkies en die rapists en die killers. Die lekker kamer vir 'n lekker tyd!"

"Maar moet hy nie eers na die boereverneuker toe gaan nie?" vra die seun.

Die amptenaar knik. "Beukman, ja. En geen bullshit-stories nie. Hy het alles al meer gehoor as wat jy jou draad getrek het!" Weer bulder hy soos hy lag. "En maak vas jou tekkies se veters. Jou tjommies hang jou lightning-fast daaraan op!"

Giel loop voor Jacques uit in die gang in. Hy praat nie met hom nie, draai links en dan weer regs. Hy laat 'n harde wind asof dit iets alledaags is, maar loop voort.

'n Swart man in 'n sjefuniform kom verby. Hy kyk na Jacques en knik sy kop in 'n groet.

"Dis Oupa Appie. Hy sorg dat ons elke aand lekker skyt van al die kos wat hy maak!"

Die swart man kyk lank na Giel.

"Ek's nie jou frieken baaiskoup nie!" skreeu Giel.

"Middag, Oupa," sê Jacques. "Ek is Jacques."

Die swart man skud sy kop asof hy sê: "Wat de hel soek jy hier?" Dan verdwyn hy om die hoek.

Jacques en Giel is nou in die enigste dubbelverdieping-gedeelte van die verbeteringskool. Hul voetstappe klink hol en hard teen die trappe op. Teen die mure hang foto's van besnorde gryskopmans wat seker vantevore die skool bestuur het.

Om die een of ander rede is hierdie trappe breër as dié waaraan Jacques gewoond is, sodat hy sy treë moet rek. 'n Skielike pyn skiet deur sy kuit. Met elke tree voel dit asof hy in die leeukuil instap waaroor die dominee so dikwels in die kerk gepreek het.

Iemand kyk na hom. Hy kyk om hom rond. Die oë van die besnorde omies volg hom. Sommige is streng, maar die meeste staar net asosiaal voor hulle uit. Daar is geen gevoel, geen teken van menslikheid in daardie uitdrukkings nie. Veral nie in die oë van die vorige skoolhoof nie, volgens die datum. *Meneer Bart van der Bijl. Hoof Denneberg Verbeteringskool 1991 – 1994.*

Bo gekom, loop hulle verby 'n seun wat agter 'n lessenaar sit – skynbaar die hoof se sekretaris. Toe draai Giel die eerste keer om.

"Gabba." Sy gesig is nou so naby dat Jacques sy rookasem ruik, gemeng met iets suurs wat ou eier kan wees. "Ek is Giel. Ek squat ook in kamer veertien. Ons gaan vir jou inbreek, gabba, sommer vanaand. My bed is die naaste aan joune. Ons gaan lekker kierie stamp!" Hy klop aan die deur.

"Binne!" sê 'n stem.

Giel maak die deur met 'n oordadige gebaar oop en beduie dat Jacques maar kan instap. Skielik verander Giel se houding na een van onderdanigheid wanneer hy na die skoolhoof kyk. "Die prisonier is hier om meneer te sien!"

"Hy is nie 'n prisonier nie, Giel. Maak toe die deur."

"Ja, meneer, of course, meneer, seker, meneer." Die deur gaan toe, maar Jacques is net betyds om Giel te sien grynslag. Sy tande lyk vrot. Daar is diep naaldmerke aan sy arms wat in 'n stadium seker gesweer het.

Die skoolhoof lyk nie so wreed soos Jacques verwag het nie. Hy is, om die waarheid te sê, redelik vriendelik.

"Ek is meneer Beukman."

"Middag, meneer."

"Wat maak jy hier, seun?" Amper moedeloos, asof hy wil sê: Net nie nog een wat verrinneweer gaan word en my verant-woordelikheid is nie.

Jacques verwag weer 'n klap.

"Ek is gevonnis, meneer."

"Hoekom is jy gevonnis?"

Jacques kry nie die woorde oor sy lippe nie. Hy weet dat Beukman weet hoekom hy hier is, want sy lêer lê voor hom.

"Hoekom is jy hier, Jacques Rynhard?" Die stem kry 'n effens harder klank. Jacques sluk. Hy probeer praat, maar kry steeds nie die woorde uit nie. Nou, weet hy, gaan hy seker half dood-geslaan word.

Buite doen die seuns liggaamsopvoeding en sing 'n liedjie. Iewers roep kiewiete.

Sê dit net. Sê dit net, Jacques! maal dit deur sy kop. Elmar Beukman trek die lêer nader en vra vir die derde keer, maar nou sagter: "Hoekom is jy hier?"

Jacques se lippe is droog en hy wonder, sal hy die res van sy lewe die vervloekte woorde moet sê wat hom brandmerk? Sal hy orals, wanneer hy vorms moet invul, *Moordenaar* op die boonste lyntjie moet skryf?

Moenie dink nie. Doen net.

Moet nooit weer dink nie, Jacques Rynhard. Doen verdomp net!

"Vir die moord op jou pa," hoor hy die hoof sê. "Versagten-de omstandighede, merk ek. Maar daar is glo baie aggressie en verhoudingsprobleme." Weer antwoord Jacques nie. "Nou moet jy weet: Hier werk ons met die seuns se galle. Dis nie 'n piekniek nie. Ons rehabiliteer jou. Hoe jy gerehabiliteer gaan word, is jou saak. Hoe maklik of hoe moeilik dit gaan wees, berus by jou. Ek hou toesig – ek bestuur hierdie skool en alles word gemonitor, veral oor jou. Jy word dopgehou.

"Jy besoek 'n sielkundige twee maal per week. Jou skool-loopbaan gaan voort soos gewoonlik. Ek sal toesig hou oor jou vordering. En moenie dink jy kan van hier af dros nie. Ons tree genadeloos op teenoor seuns wat gevang word as hulle probeer ontsnap. Jy is gewaarsku."

Die skoolhoof staan op, maar sy oë is nie so koud soos die amptenaar wat hom geklap het nie.

"Wat het met jou neus gebeur?"

Jacques skud sy kop effens. "In die deur vasgeloop, meneer."

"H'm."

Jacques verwag weer 'n klap.

"Jy bly in kamer veertien. Daar is streng dissipline. Daar is elke oggend kamerinspeksie en persoonlike inspeksie. Ons is streng op higiëne hier. En ons weet presies waar al die naald-merke op watter arms sit."

"Ek gebruik nie dwelms nie, meneer."

"Hou dit so. As jy reëls oortree, gaan jy Kardoesie toe."

"Kardoesie, meneer?" Hy skrik vir sy eie stem. Dalk moet hy net vrae antwoord en nie stel nie.

"Eensame afsondering. En glo my, die seuns verkies liewer lyfstraf of dril-PT of die opskorting van voorregte. Het ek jou samewerking, Rynhard?"

"Ja, meneer."

"Hoe jy hier behandel gaan word, hang een honderd persent van jou af."

"Ek verstaan, meneer."

"En Jacques?"

Hy het hom op sy naam genoem . . .

"Ja, meneer?"

"Jy sal taai moet word. Jy lyk vir my bietjie sag. As die seuns die geringste swakheid by jou bespeur, slaan hulle toe."

"Ja, meneer."

"Giel!"

Die deur gaan oop en Giel neem Jacques weg.

Af met die lang gang waarvan die meeste deure toe is. Die gang ruik na Jeyes Fluid en vuil sokkies en seuns en deodorant en gomlastiek en tandepasta en testosteroon.

Dis wanneer Jacques by die deur met 14 op instap, dat die erns van sy situasie hom eers werklik slaan. Daar staan tien katels in die vertrek. Vyf aan die een kant en vyf aan die ander kant. Die beampte wat hom ingeteken het, was reg. Die katels staan gevaarlik naby aan mekaar. Die mure is donkerpers geverf. Dit is 'n pers wat hom skielik wil laat kots. Nie die pers wat hy van Cadbury's-sjokolade onthou nie. Hierdie is gyppo-guts-kotspers.

Daar hang 'n teddiebeer van een van die katelstyle af.

Hier en daar is prente teen die mure opgeplak van skamel geklede meisies. Plek-plek skilfer die verf af soos prente afge-pluk is.

Hy sit sy Denneberg-skoolklere en sak op die grond neer. Eenkant teen die muur het iemand geskryf: *When I do good no one remembers.*

Met die inloop pootjie Giel vir Jacques. Hy val met sy kop teen een van die katels. Toe hy wil opstaan, druk Giel sy groot stewel teen Jacques se rug. "Raak gewoond aan die posisie, pretty boy. Want dis waar jy hoort."

Jacques sukkel orent. Bloed loop teen sy slaap af. Giel maak 'n paar karatepassies na hom toe, maar Jacques skrik nie. "Lekker hardegat, huh, pappie?"

Jacques hoor seuns in die gang af kom. Giel gryp Jacques aan sy kraag en stoot hom vooruit na die middelste bed. Dan skop hy Jacques op sy sitvlak dat hy skuins oor die bed val. "Jou nessie, gabba. Forever and ever and ever till fucking doomsday! Happy holiday!"

Die kamer word gevul met seuns. Jacques herken Gert Grové dadelik toe hy direk op hom afloop.

"Ek sien hy het die posisie assume!" skreeu hy. Die ander seuns lag, die meeste uit vrees vir Gert.

Hy gaan sit langs Jacques op die bed – heeltemal te naby aan hom. Hy skuur sy been teen Jacques s'n en die seuns begin fluit. "Kyk hoe't jy die donnerse lakens bemors!" Hy ruk sy kop op en druk dan Jacques se neus in die bloed wat uit sy neus en uit sy slaap op die kombers gedrup het. "Moenie. Die. Fokken. Lakens. Bemors. Nie!" Hy beklemtoon elke woord. Toe gryp hy Jacques en skeur sy hemp van hom af.

"Bring die marker!" skreeu hy vir die ander seuns.

Van iewers kom 'n tatoeëermasjien. Jacques probeer loskom, maar Gert sit bo-op hom. Twee van die ander seuns druk sy arms vas. Die pyn op sy boarm, toe hulle begin met die tatoe, is onbeskryflik.

"'DB'. Vir Denneberg. Die voorletters van hierdie fênsie hotel-in-die-hel, sodat dit tot in jou sagte vleis inbrand. Vir die res van jou useless lewe is jy een van ons!"

Terwyl hulle hom tatoeëer, flits beelde tussen die helseer

deur Jacques se kop. Lena. Hy moet aan Lena dink. En Jan-Paul toe hulle saam atletiek geoefen het en hy sy beste vriend met 'n naelbreedte gewen het. Hoe Jan-Paul hom vasgegryp het en om en om geswaai het en geskreeu het: "Jou champ!" Hy dink aan sy treinstelletjie, aan Beukman se oë, aan konstabel Pietie Botha wat die boeie om sy polse losmaak, aan Chivas se koekies, aan sy aand saam met Lena, aan daardie onbeskryflike gevoel toe hulle een geword het.

Maar as hy sy oë oopmaak, sien hy net kotspers.

"Dalk moet ons sy knaters ook tatoe! Dan is sy offspring ook gemark!" skreeu Giel.

"As jý daaraan wil vat, is jy welkom, pielgesig!" skreeu 'n ander stem.

Witwarm-bloedstollend-dring-in-sy-vleis-seer.

Toe los hulle hom. "Moenie flippen was of daaraan vryf of dit krap nie, dan verloor jy sommer jou useless arm!" snou iemand hom toe.

Lank nadat die seuns hul werk voltooi het, brand Jacques se skouer nog asof iemand 'n strykyster teen sy vel druk. Hy lê later op sy rug en kyk hoe die ander seuns tydskrifte lees en soms terloops na hom kyk. Sweet loop teen sy slape af en 'n hoofpyn klop. Een of twee stamp aan mekaar en wys na hom. Iemand bring 'n wind op. 'n Ander seun laat 'n wind.

"Gesundheit!" skreeu iemand.

Gert lê met die teddiebeer oor sy kruis. Aan die manier waarop hy na Jacques staar, kan hy sien dat daardie benewelde brein geweld uitkraam.

"Miskien moet ons hom inject dat hy voel hoe is dit om op 'n proper high te gaan!" Die seun wat Robert genoem word, kyk rond. Iemand anders hou by die deur wag.

Die sweet loop in Jacques se oë. Hy vee dit weg.

Robert haal 'n spuitnaald uit die muur, waar dit agter 'n baksteen weggesteek was. "High on hero's dust! Heroïen, pappie!" grinnik hy.

Hulle kom nader. Jacques lig homself en maak gereed om te

baklei. Daar is nie 'n manier waarop hulle heroïen in hom gaan spuit nie. Dan gaan hy liewers dood. Maar met die oormag seuns wat hom netnou met gemak vasgedruk het, het hy nie 'n kans nie.

Hulle vorm 'n kring om hom en gryp sy arm. Hulle forseer dit oop sodat sy vel gereed en blink lê. Die naald kom nader. Moet hy soebat? Hy het nog nooit iemand gesoebat nie, maar Jacques weet as sy liggaam eers een keer heroïen geproe het, sal dit altyd daarna smag.

"Ek sal skryf!" roep hy hard.

"Come again?" Gert kom nou orent en druk die teddiebeer teen sy bors vas. "Wat skryf?"

"Opstelle. Ek sal julle opstelle skryf."

Die naald huiwer bokant sy vel. Robert se gesig kom nader. "Weet jy hoe skreeu jou lyf as hy hierdie engeltjiepiepie gedrink het? Dink aan jou lekkerste kom en maal dit met honderd en tien duisend en jy het nog nie 'n idee nie." Die naald bly huiwer. Net een prik en dit is verby.

"Wil jy hemel toe gaan, gabba?"

Jacques skud sy kop.

"Opstelle?" Gert streel oor sy teddiebeer se kop. "Hoe weet ons jy kan flippen opstelle skryf?"

"Ek kan. Glo my, ek kan."

Gert druk weer die teddiebeer teen hom vas. Hy kyk na die ander.

"Robbiesh!" skreeu hy vir Robert. "Drop daai naald!"

Robert frons asof hy nie mooi verstaan nie.

"Ek sê drop dit!"

Robert beweeg weg van Jacques af. Gert kom nader, sy teddiebeer in sy hand. Die beer het net een kraaloog en sy mond is skeef. Gert druk dit op Jacques se bors en maak sirkelbewegings daarmee. "Jy gaan flippen bloei as jy nie kan skryf nie, gabba."

"Ek kan skryf."

Gert kyk van die spuitnaald na Jacques na die teddiebeer.

413

"Sê vir Frieda jy is jammer." Gert druk die beer se eenoog-gesig teen Jacques s'n.

"Ek is jammer," sê Jacques toonloos.

"En soen haar. Sy's ons enigste girlfriend!"

Die ander seuns lag hard.

"Soen die fokken beer!"

Jacques druk sy lippe teen die skewe bekkie. Gert neem die beer weg, sit haar eenkant neer en loop dan met mening op Jacques af. Hy pluk hom orent, sy vuis onder sy neus. "Ruik jy hierdie vuis, jou klein sissie? Ruik jy dit?" skreeu hy.

"Ja," sê Jacques.

"Ek bliksem jou dood as jy nie teen Vrydagoggend my opstel geskryf het nie. Dit moet derde periode in wees. En nadat ek jou gebliksem het, vat die ander fietas jou."

Gert gooi Jacques terug op die bed. Sy kop stamp teen die muur en die wond aan sy slaap begin weer te bloei.

Robert gee 'n smalende glimlaggie en draai weg. Dan druk hy skielik die naald in sy arm. Sy oë raak glasig en sy knieë knak. Hy swets, kreun en val dan op sy knieë. Die ander seuns juig en klap hande terwyl die naald uit sy hand val. Giel tel dit op en steek dit weer weg.

"Waar de hel het hy dit gekry? Ek dag hy lieg!"

"Ignoreer hom. Hy's in die frieken hemel," grinnik Gert en draai dan na Jacques. "En los my beertjie uit." Gert gaan lê weer.

Robert lê half bewusteloos op die vloer, sy oë omgedop.

"Sleep die ding terug bed toe. As Langes hier inkom, is ons in Kardoesie!"

Die seuns gehoorsaam.

Jacques lê geleidelik terug, elke spier gespanne en sy boarm steeds aan die brand. Hy wil dit met alle geweld krap, maar weet dit sal fataal wees. Hy staar na Robert en besef dit kon hý gewees het wat nou op 'n trip was.

Hy maak sy oë toe. Wanneer hy dit oopmaak, slaan die pers hom soos 'n voël wat op sy gesig geblerts het.

Twee seuns stoei nou uit verveling met mekaar. Iemand

steek 'n skelm sigaret aan wat na dagga ruik. Van die ander probeer skoolwerk doen. Gert Grové lê oorkant hom, sy bene wyd uitmekaar, en tussen sy knieë deur grynslag hy vir Jacques. Die teddiebeer lê langs hom.

Skielik gaan die ligte af. "Lights out!" skreeu iemand iewers.

"Eina!" skreeu 'n ander stem.

"Jou hol man, dis lekker!" skreeu iemand anders.

'n Rits vloekwoorde peul by die ander kamers uit.

"Sharrap!" skreeu iemand. "Ek kry weed môre by ou Bielie. Hy't contacts gekry! Jissis, boys, ek is nou so lus vir 'n fix ek kan my eie ma moer!"

"Angel dust rules!" skreeu iemand anders.

Fluite van oraloor. Dan raak dit geleidelik stil.

Krieke. En verbeel hy hom of hoor hy 'n treinfluit in die verte?

Weer krieke. 'n Deur gaan iewers toe. Iemand huil. 'n Plank kraak.

En toe weer 'n kraak. Maar dis nie weer 'n plank nie.

Dis 'n bed.

Gert kom orent op sy bed. In die dowwe lig sien Jacques hoe die harige seun die teddiebeer op die bed neergooi.

Een na die ander kraak die ander beddens, sien Jacques die seuns nader slof soos zombies in 'n grufilm. Hulle fluister iets.

Jacques kan nie uitmaak wat dit is nie. Dit klink soos 'n vloek.

Weer die gefluister. Dit bestaan uit een woord met twee lettergrepe. Hy kan eers nie die betekenis daarvan uitmaak nie. Dan kom die seuns nader en word die woord duideliker. In die seuns se falsetto-donker stemme wat wipplank tussen hoog en laag, klink dit soos bordkryt wat oor 'n swartbord kraak.

"Killer!"

Hulle skep nie eers asem voor die volgende woord nie. Dit word 'n dreunsang gesê deur vuil rookasems en sweterige lywe en skewe tande en dik oë en pienk wange, skoongeskraap deur te veel opgebruikte lemmetjies. En puisies wat op voorkoppe uitpeul.

"Killer! Killer!" Die seuns vorm nou 'n halfmaan om Jacques se bed. "Killer! Killer! Killer! Killer!" Hulle lig sy bed op en begin dit rondswaai soos 'n wiegie. Hy rol heen en weer nes 'n pop. Jacques se neus raak weer aan die bloei. Hy proe en ruik sy eie bloed. "Killer! Killer! Killer! Killer!" Die bed swaai vinniger heen en weer, maar elke keer as Jacques wil afrol, word hy terugdruk.

Toe word die bed omgekeer.

Jacques beland tussen die bed langs hom en sy eie katel. 'n Skerp pyn steek deur hom soos een van die bedvere aan sy vel haak. Sy kop klap op die vloer. "Killer! Killer! Killer! Killer!" Die seuns sak op hom toe. Sommige slaan hom met die vuis, ander skop hom, nog twee lig sy kop en kap dit teen die vloer. "Killer! Killer! Killer! Killer!"

Iemand skop hom op sy arm waar die tatoeëermerk is.

En net so skielik as wat hulle begin het, hou hulle op.

Die seuns beweeg weg en maak plek vir Gert Grové wat hulle eenkant staan en beskou het. Hy gryp Jacques aan sy voete en sleep hom tot in die paadjie.

"Sit die donnerse bed terug!" beveel hy die seuns.

Drie van die seuns plaas die bed terug.

Gert buk en tel Jacques op asof hy 'n kind is. Hy loop tot by sy bed. "Trek weg die kombers!" Giel lig die grys kombers gedienstig op en Gert plaas Jacques op die bloedbevlekte laken. Toe trek hy die kombers oor Jacques.

Jacques se oë is op die plafon gerig, want hy is te bang om Gert in die oë te kyk. Die verf skilfer van die plafon af. Iewers skarrel iets daar bo, moontlik rotte.

Gert gaan sit langs hom en vee Jacques se gekoekte hare van sy voorkop af. Sy gesig kom nader. En selfs hier in die semi-donkerte sien Jacques hoe sy oë blink van 'n verwronge venyn.

Jacques sluk. Maak gereed vir die ergste. Wag dat Gert hom met sy voorkop op sy neus stamp of op hom spoeg.

"Slaap, kindjie, slaap sag!" sing Gert en slaan Jacques in sy maag. Dis 'n pyn wat dwarsdeur sy liggaam skiet. "Want Jesus, dié hou oor jou wa-ag!" Hy klap Jacques deur die gesig. "Slaap, piekanienie, slaap slag!" Weer 'n hou, hierdie slag op sy seer arm met die brandende tatoe. Jacques snak na sy asem. "Want altyd en altyd hou Gert oor jou wag!" Weer 'n hou. "Maar dis in die showers waar Gert jou die beste sal oppas. Maar teen 'n prys."

Toe bars 'n pyn deur Jacques soos hy nie gedink het moontlik is nie. Gert het hom met sy elmboog tussen sy bene gestamp. Jacques kom halfhartig orent. Iemand kreun en skreeu. Eers later besef hy dat dit hy is. Hy vou vooroor en soek-soek met sy hande na die bron van die pyn, wil dit besweer, op die een of ander manier keer, maar dit is te seer om aan te raak. Hy begin verstik en hy besef dit is in sy eie bloed.

Dit raak stil. Jacques lê 'n kwartier, 'n halfuur, 'n uur in onverduurbare pyn. Snorke. Geluide. Beddens wat kraak. Iewers ritmiese geluide en iemand wat kortstondig kreun. 'n Ander seun giggel. Nog iemand laat 'n harde wind. Swetswoorde. Verder af 'n seun wat huil. Iemand wat kerm. 'n Ander roep na sy ma.

En die hele tyd hou hy Lena se hangertjie in sy hand.

29

SEPTEMBER 1997

Sommige nagte kon Jacques doodgewoon slaap. Die ander seuns was genadiglik so moeg van dril en werk en rondjaag en skoolwerk, dat hulle te uitgemergel was om iets aan hom te doen.

Maar daar was ander aande waar hulle met hom gespeel het soos leeus met 'n gekweste bok. Hulle het belowe, geterg, getart, maar hom uiteindelik net gekarnuffel.

Ander kere het hulle, tipies boelies, gemaak of hy nou deel van die groep is en hom op die rug geslaan en seksstories gepraat en skelm gedrink of dagga gerook of crystal meth of Cat gebruik. Maar hy het nooit deelgeneem nie. En hy moes weekliks 'n opstel vir Gert skryf, waarvoor die verdomde uitvaagsel dan die hoogste punte naas hy gekry het. Dit het Jacques 'n effense voorsprong bo die ander gegee. En Gert het hom soms gespaar wanneer hy sy opstelle met die hoë punte teruggekry het. Hy het Jacques af en toe, wanneer dit hom pas, selfs teen die ander seuns verdedig.

Maar dan word dit volmaan. Dit was asof Gert se buie met die volmaan gewissel het. Dan het hy die hiënas met die kwylbekke aangehits om Jacques vas te hou sodat hy hom in die maag kon slaan. Soms het hy Jacques met 'n plank geslaan. Ander kere het hy met hom gestoei en hom so styf op die grond vasgedruk dat Jacques bang was sy ribbes sou kraak.

Eendag kom die groot dwelmpartytjie, toe die meeste onderwysers vir die langnaweek weg was en Gert die toesighoudende onderwyser met dwelms omgekoop het om hulle "vir 'n uur met rus te laat".

Die seuns het hulle gewone skollietaal gepraat, maar dié

aand selfs meer doelbewus om Jacques nog meer na 'n buitestander, 'n enkeling, te laat voel.

Gert het op die bed gelê en met sy eenoog-teddiebeer gespeel. Almal het geweet dat hy sy dwelms in die beer wegsteek, en niemand het gewaag om daaraan te raak nie.

"Ek's lus vir iets morsig. En julle?" Dit was Robert se stem, die puisiegesig met die stink asem.

Basjan het 'n wind opgebring en tussen sy bene gekrap. "Ek wil ook mors. Hie-haa. Wie supply?"

"Tannie Crystal en haar vyf katte," lag Gert.

"Ek lief tannie Crystal. Kom ons gaan kuier vir die antie." Basjan bring weer 'n wind op. "Bring it on, doofus."

"Een gram," Gert haal die kristalle uit die eenoog-teddiebeer, "een gram en jy's happy vir twenty-four hours. Dan vertel ons almal huilerige stories, tjommas."

Jacques weet wat dit beteken. Hulle oë traan so van die snuiwery, hulle kan skaars behoorlik daaruit sien.

Hy het eendag gesien hoe die vyftal in die kamer 'n lang lyn kokaïen op die rand van 'n skinkbord uitgooi en dan kon elkeen met 'n strooitjie daarvan opsuig so veel as wat hy kon. So het dit in die rondte gegaan tot almal die lang lyn om die beurt opgesnuif het.

Vanaand sien Jacques hoe Gert die crystal meth-kristalle met sy deodorantbotteltjie fyndruk.

Basjan glimlag. Sy tande het begin sleg word van al die rokery en dwelms, want hy het gerook en gesnuif wat hy ook al in die hande kon kry.

"Once you get the lolly, you get jolly!" het hy een aand gelag toe hy 'n daggasigaret in Jacques se mond probeer druk het. Jacques het hom weggestamp en die seuns het hard vir hom gelag.

Gert snuif nou eerste. Hy huil dan soos 'n brandsiek brak van lekkerkry. "Ahuuuu!" skree hy. "Ahuuuu, tjommas, bru's, gabbas! Ek's in 'n paartie-mood!"

Die ander het elkeen om die beurt gesnuif. Elkeen het anders gereageer. Maar vir Gert en sy hooftrawant Robert het dit ongekende energie gegee. Die vorige naweek het die groep glad nie geslaap nie – die hele naweek van Vrydagmiddag tot Maandagoggend partytjie gehou en Maandagaand downers gedrink om te probeer slaap. 'n Bose kringloop wat hulle telkens heeltemal laat uithaak het.

Robert het al maerder begin raak van die baie crystal meth wat hy gesnuif het. Hy het ook nooit sy tande geborsel nie omdat hy die smaak van die rook so lank moontlik in sy mond wou hou. Hy het langs Jacques geslaap, wat die stank later nie meer kon hanteer nie.

"Ek is Robocop." Gert staan skielik langs Jacques, fyn rooi aartjies sigbaar in sy oë. "En Robocop soek Robogirl, gabba!"

Jacques het sy rug op hulle gedraai. Uitkomkans was daar nie. Een van die jonger seuns van die kamer langsaan moes waghou en waarsku indien 'n verdwaalde onderwyser dalk sy opwagting maak.

Gert snuif-snuif naby Jacques, steek sy hand uit en kry hom aan sy neus beet. Hy wikkel sy neus.

"Los my!" sê Jacques kortaf.

Gert se rooi oë het nou dof begin raak. "Ek soek jóú neus, gabba. Want myne is fucked up!" Hy beduie. "Kraakbeen heeltemal weggesnuif deur die devil's dust. So ek wil my neus afhaal en ruil met joune. Hoe lyk dit?"

Jacques maak of hy hom nie hoor nie.

Gert stamp-stamp weer aan Jacques se neus. "If push comes to shove, you're my true love," en Gert vryf sy eenoog-teddiebeer deur Jacques se gesig.

"Hei! Beste innie weste!" Robert roep na Basjan. "Help die mense dan, gabba! Hulle's geskroef!"

Freek haal die buisie met die bobbel uit. Robert bring 'n aansteker en hou dit daaronder. Nie lank nie of die wit poeier begin kook en borrel.

"I need the lolly, brother!" In sy benewelde toestand soek Gert se hand na die buisie, maar hy val om, nie in staat om regop te staan nie.

Basjan lê op die vloer, kyk na die dak, gooi sy arms oop en sing: "Ek sien die dood aankom, pella. En ek love haar!" Hy hoes, rol om, kots, kom weer orent, gooi dié slag sy bene oop. "Vat my, engel. Vat my in jou boesempie!"

"Ek sweer ek lag my vertraag!" skree Freek en stamp sy kop liggies teen die muur. Dan al harder en harder. Vir Jacques voel dit of hy in 'n malhuis beland het. Hy spring op, loop tussen die giggelende seuns deur en stamp die jonger seun uit die pad. Hy kan dit nie vir 'n oomblik langer hou nie.

"Ek sê, boyfriend! Waar's die Liquid D, ou parra?" roep Gert agter hom aan, die woorde skaars hoorbaar so sleep sy tong.

"Ek is Spider-Man!" Freek probeer nou teen die muur uitklim. "Waar's die fokken Green Goblin, pella? Bring it on, you motha!"

Jacques loop met die gang af tot by die kombuis. Oupa Appie is nog besig om op te ruim. Die sjef kyk op.

"Wat soek jy hier?"

"Water. Enigiets. My longe brand."

"Wat het jy gerook?" vra die swart man.

"Niks. Maar die kamer hang so dik daarvan, dit voel of ek op 'n trip gaan."

Oupa Appie skud sy kop, gaan haal water uit die yskas en gee dit vir Jacques in 'n glas.

"Wat maak jy tussen hierdie gemors?" vra Oupa Appie.

Jacques trek sy skouers op asof hy self nie 'n antwoord het nie.

Oupa Appie kyk hom so onderlangs aan. Toe stap hy yskas toe en haal kouevleis uit. Hy oorhandig dit aan Jacques.

"Dankie."

Jacques begin honger eet. Hy kyk twee keer dankbaar na Oupa Appie.

"Wag so bietjie. Dis mos jy wat elke keer dankie sê as ek vir jou kos inskep."

"Dis ek, ja."

"Nou herken ek jou." Hy haal nog vleis uit die yskas. "Jy hoort nie hier nie. Wat is jou naam?"

"Jacques Rynhard."

Die ou man steek sy hand uit. "Oupa Appie."

"Ek weet. Almal ken jou."

"Luister." Oupa Appie kyk rond. "As jy ooit kans kry, kom kombuis toe. Kom praat. Ek het ook geselskap nodig partykeer."

"Ek sal so maak. "

'n Week later het die onderwyser wat gereeld vir die seuns van kamer 14 dwelms ingesmokkel het, hom misgis met Beukman wat die aand inspeksie sou doen. Hy kon die dwelms dus nie by Gert uitkry nie.

Hulle was daardie aand byna rasend.

"Ek is verward! Ek is bedonnerd!" skreeu Gert vir hulle.

Toe draai hulle na Jacques toe.

Skielik was dit asof al die frustrasie en woede oor die gebrek aan dwelms oorgekook het. Gert het op Jacques gespring, sy kop teen die muur gestamp dat hy sterre sien, afgespring en hom toe oral op sy lyf begin slaan.

'n Onderwyser bars in. "Julle bliksems! As hier weer 'n bakleiery is, gaan julle Kardoesie toe. My mooi gehoor?"

"Ja, meneer! Maar dit was Jak wat alles begin het, meneer!" skreeu Gert.

"Jacques, is dit waar?"

"Nee, meneer."

"Hy frieken lieg, meneer! Dis hy!"

"Wil jy Kardoesie toe gaan, Jacques?"

Ja, wou hy sê. Eensame afsondering. Enigiets net om hier weg te kom.

"Nee, meneer."

"Dalk moet ons 'n voorbeeld van jou maak!"

"Kardoes, Kardoes, Kardoes, Kardoes!" het die seuns gedreunsing.

Jacques moes voor Beukman verskyn, en die getuienis van die ander seuns van kamer 14 teen hom was so oorweldigend dat hy skuldig bevind is.

In eensame afsondering het hy op 'n vreemde wyse vrede gevind. Het hy aan stories gedink. Enige storie om van die ver-

422

stikkende reuke te vergeet, om nie snags die gehuil te hoor nie, of die stank wat selfs die Jeyes Fluid nie kon verbloem nie.

Dan het Jacques aan stories gedink wat hy eendag met ander mense wou deel. Want wat is die nut van 'n storie as net jý daarvan weet?

Die tweede aand van eensame afsondering het Oupa Appie ingesluip en 'n bord met lekker kos voor hom neergesit.

"Dankie," het Jacques gesê. "Maar jy kan in helse moeilikheid kom."

Oupa Appie het sy skouers opgetrek. "Dan moet ek maar. Maar jy is anders. Jy hoort nie hier nie. Oupa Appie sal vir jou sorg. Wanneer jy in die moeilikheid is, kom na my toe. Ek sal jou help."

En toe die papiere en die potlood wat hy deur die tralies aangegee het.

"Dankie. Dankie, Oupa Appie," is al wat Jacques kon sê.

"Ek hoor hoe praat hulle dat jy baie skryf. Ek sal die papiere môre weer kom haal voor hulle jou kom voer."

Hy kon hom net weer bedank.

En daar, in die middel van die nag, in die lig van die volmaan wat deur sy selvenster geskyn het, het Jacques begin skryf oor die mooiste herinneringe wat hy aan Lena het. Hierdie storie het gekeer dat hy van sy kop af raak.

Hy skryf tot sy potlood stomp is daarvan en hy dit met sy tande probeer skerp maak dat daar net 'n loodpunt uitkom om te skryf. Dit is eintlik 'n goeie oefening, dink Jacques, om so min moontlik woorde te skryf en al die onnodige beskrywings uit te laat. Lekker dissipline. En hy skryf oor die winter van 1995. En Lena en die tikmasjien:

WINTER 1995

Ek is moeg om penne by die huis leeg te skryf op papier wat ek by Chivas of my pa kry. Ek wil stories instuur na tydskrifte toe. En hulle sal nooit na iets kyk wat handgeskrewe is nie.

Ek vertel dit vir Lena en Jan-Paul, en ek sien hulle kyk so vinnig na mekaar.

Ons wil weer swemgat toe gaan, om die dag te vier toe ons drie vir die eerste keer saam by die swempoel was, maar Lena en Jan-Paul foeter vandag al begraafplaas se kant toe.

Sy gooi 'n kombers oop en Jan-Paul maak die piekniekmandjie oop wat Chivas vir ons gepak het. Bo-in is 'n nota: "Die mieliebrood is vir Jakkie – dis sy favourite. En die biltong en koekies kan julle deel. Die smiley-faces is ekstra groot spesiaal vir julle."

Skielik verdwyn Lena. Ek en Jan-Paul drink gemmerbier en hy gooi op 'n kol van die bier oor my kop uit, dan slurp ek die druppels op. Blerrie lekker. Toe hoor ek 'n geluid agter een van die grafstene.

"Lame joke, dude!" sê ek vir Jan-Paul. "Frieken spoke. Rêrig. Word groot!"

Ek draai om. En daar, agter 'n grafsteen, kom Lena te voorskyn. Sy kom stadig orent soos 'n gees wat uit die doderyk opstaan. Toe sien ek die ding in haar hande.

Dit is 'n tikmasjien.

Ek staan op. Jan-Paul lag vir die gewaad wat Lena aan het en die wit verf wat sy op haar gesig geverf het met die rooi mond. Ek stap na haar toe en sy hou die tikmasjien na my toe uit.

"Mag elke storie wat jy hierop skryf 'n bestseller wees," sê sy. En toe ek die tikmasjien in my hande hou, voer sy allerhande bewegings daaroor uit asof sy 'n towerspreuk uitspreek. "En mag hierdie tikmasjien jou altyd aan my laat dink."

Ek soen haar, langer as tevore, dat selfs Jan-Paul stil word daarvan. En sy soen my terug. "Hei, ouens, kry 'n flippen kamer of gaan boomhuis toe!" lag Jan-Paul.

Toe ons klaar gesoen het, sê ek Lena moet haar kwas en rooi verf bring. Toe skryf sy haar naam op die tikmasjien. "LENA" in rooi letters.

Ek sit die tikmasjien op my skoot. Daar is 'n skoon vel papier in. En ek tik: "Ek het jou lief, Lena Aucamp." Ek wou iets geskryf het wat sy altyd sal onthou. Soos: "Geluk is om vir jou ou 'n nuwe tikmasjien te gee." Maar ek kan net tik hoe lief ek haar het.

En toe sy die tikmasjien weer aan my oorhandig, sit sy haar hand daarop. "Hierdie is my hart, Jacques. Jy gaan elke dag met my hart werk."

Dagbreek. Ek hoor Oupa Appie aankom. Sal hom vra om die storie vir konstabel Botha te gee.

FEBRUARIE 1998

Elke keer wanneer Jacques uit eensame afsondering kom, het almal hom met 'n soort verwronge bewondering aangekyk omdat hy nie gebreek het nie. Of gehuil het nie. Of gesoebat het nie.

Jacques het, na sy derde verblyf in Kardoesie, 'n soort aansien gekry. Maar hy het dit begin geniet daar, veral met die kos wat Oupa Appie skelm vir hom gebring het, en die papiere, met darem 'n pen dié keer.

Hier het hy sy eerste volwaardige stories uitgedink. Dit geplot en beplan tot in die fynste besonderhede. Dit hier diep binne gebêre, iewers in sy derms waar hy dit later sou uithaal. En die paar bladsye wat hy geskryf het vir Pietie Botha gestuur deur Oupa Appie, na wie toe hy snags gesluip het vir ekstra kos of lekkernye. Niemand het hom en die sjef ooit betrap nie.

Dan gesels hy en die ou man lank oor die ander seuns en die lewe en hoe dit buite lyk en Jacques wat nie daar binne hoort nie.

MAART 1998

Die ergste was die storte. Jacques het altyd vroeër as die ander seuns opgestaan en vieruur soggens gestort. Maar wanneer hulle rugby gespeel het of hy bloot verslaap het, is hy gedwing om tussen hulle te staan met die koue water wat oor hom stroom. Die ander seuns het hulle nie veel aan hom gesteur nie.

Freek het wel eendag in die stort teen sy been geürineer.

Maar dit was Gert Grové wat gedurig na hom gekyk het.

425

Gert, wat daarmee gespog het dat hy twee meisies swanger gemaak het, Gert met die halfkaal meisies teen die muur, Gert wat skelm dagga gerook het maar nooit betrap is nie, Gert wat hom kort-kort gemoker of gepootjie het.

Gert met die vervloekte grillerige eenoog-teddiebeer. Gert Grové was soos niemand anders wat Jacques tot in daardie stadium ontmoet het of ooit weer sou ontmoet nie. Hy was soos 'n stootskraper wat hondsdol was. Somtyds stil, onheilspellend, sonder om hom veel aan Jacques te steur, en ander aande venynig, brutaal, wreed.

Altyd gevaarlik onvoorspelbaar.

Hy het selde sy oë geknip. Dit het Jacques dadelik opgeval. Gert het altyd op daardie kil, selftevrede manier na Jacques gekyk sonder om sy oë te knip. Nes 'n aasvoël wat wag dat sy prooi sodanig verswak dat hy vleis uit hom kan pik. Of dat hy doodgaan.

Dan, baie later, het Gert weggekyk met 'n grynslag soos iemand wat 'n rot gehipnotiseer het en geweet het hy kan enige tyd toeslaan. En Jacques moes erken, soms was hy amper verlam van 'n vrees en 'n leegheid wat daardie oë in hom gebrand het soos 'n bees wat gebrandmerk is.

Soos die tatoeëermerk op sy boarm.

APRIL 1998

Toe, een aand, het Jacques gemaak of hy slaap, maar soms na Gert gekyk. Dit was volmaan. Die seun het opgestaan en sy eenoog-teddiebeer in sy arms gehou. Toe voer hy verspotte danspassies uit soos hy met die beertjie dans. Die een kraaloog het spokerig in die maanlig geglinster. En skielik, die geluid van die ritssluiter wat oor die beertjie se maag afgetrek word.

Gert wat weer dwelms uithaal. Later die kreun. Die naald wat geblink het in die maanlig. Die geluid as Gert op die bed neergeval het en begin sing het. Saggies, met 'n sleeptong, sy stem wat breek, die heesheid van die dwelms wat deurslaan, die dolheid wat iewers in die klanke skuil en net-net nie oorneem nie.

"Hmm-hmm-hmm-hmm!" oor en oor en oor. "Hmm-hmm-hmm." Een of ander popdeuntjie wat hy tot gekwordens toe herhaal.

Die crystal meth-beer het saam met Gert geslaap, het aan sy katelstyl gehang of is op die voetenent van sy bed staangemaak. "My gelukbringer!" het hy dit altyd genoem. "Dis gekoop vir my laitie wat nooit gebore is nie. Eendag, eendag gee ek hom vir my laitie. Maar by die regte vrou. Nie by die verdomde terte wat my probeer vang het nie. En hierdie beertjie is my stairway to heaven. Dit gaan my laitie s'n ook wees! Met net een oog wat kan sien!"

Jacques het altyd geweet as jy Gert wou tart of straf, moes jy iets met daardie beer probeer doen. Die ander seuns was vrekbang vir Gert. En die beer.

Die volgende dag het Basjan die beer per ongeluk van die bed afgeklap terwyl hy en van die ander gestoei het.

'n Stilte het neergesak. Jacques onthou dat sy ma gereeld van die oordeelsdag gepraat het. Van die stilte wat sal neersak as God op die wolke aangesweef kom om almal te straf vir hul sondes. Veral vir Jacques se sondes natuurlik.

Daardie stilte sal eendag só klink.

Jacques het nog nooit soveel woede gesien nie. Gert het stadig opgestaan – soos 'n vulkaan wat besig was om te sidder, sy skouers groot en rukkerig, sy mond in 'n dun lyn getrek, sy hande soos trekkerbande wat na ploegland soek, die rug bonkig en geboë.

Basjan het nie eers kans gehad om op te spring nie. Gert was binne sekondes op hom. Hy het die jonger seun met die vuis begin takel en stukkend geslaan. Vir een mal oomblik wou Jacques die outjie help, maar hy het besef dat die ander hom sou keer en dan hulle woede op hóm sou uithaal.

Toe bind Gert Basjan aan sy voete vas en hys hom op oor 'n balk in die middel van die kamer. Die ander seuns het gehelp, maar nie eintlik geweet waaroor dit gaan nie. Basjan, sy gesig bebloed, twee van sy tande losgeslaan, het hulpeloos aan die tou gehang en gehuil. Een van die aanvallers het kleefband oor sy mond geplak om die gille te keer. En in die lig het die *DB*, Denneberg se embleem, duidelik op sy boarm gepryk.

Gert het tot by die deur gestap en sy hande in sy agtersakke geplaas asof hy eers oorweeg wat om te doen. Daar was 'n fiets in die gang – 'n lamlendige gedoente wat 'n voorganger daar gelos het en wat om die een of ander rede nooit weggevat is nie.

Met sy groot bene oor die fiets het Gert die handvatsels stewig vasgevat. Die fiets se neus was op Basjan gerig wie se kop 'n ent bo die grond gehang het. Gert het skielik met die fiets op die seun afgepeil. Basjan het hom net betyds opgetrek deur sy maag in te vou, sodat Gert net-net onder hom kon deurjaag.

Dit was asof iemand paraffien oor die seuns gegooi het. Elkeen het aangehardloop gekom en op hul kouse met die nou paadjie afgeskaats. Basjan het elke keer sy bolyf verskrik gelig, sy arms langs sy slape.

"Lekker six-pack wat jy gaan kry, kabouter!" het Giel gelag-skreeu.

Tot Basjan se kragte ingegee het en hy sy bolyf nie meer hoog genoeg kon lig nie. Toe klim Gert weer op sy fiets.

Basjan het pleitende geluide gemaak wat soos 'n babatjie geklink het wat versmoor word, maar dit het geen indruk op Gert gemaak nie. Die jonger seun het vir oulaas probeer om sy bolyf uit die pad te kry, maar hy was te moeg.

Gert het in volle vaart op hom afgejaag en sy kop laag gehou soos 'n boerbok wat 'n ander bok wou stamp. Sy kop het Basjan vol in die gesig getref. Die ander seuns het stil geraak, want daar was 'n dowwe kraakgeluid, seker sy neus wat breek. Die bloed het gespat en selfs die kleefband kon nie die jammerlike gekla verberg nie. En terwyl Basjan daar gehang het, het Gert vir die tweede keer op hom afgejaag.

Dié slag was die hou so hard dat selfs Gert daarvan uitgeroep het. Maar dit was 'n uitroep van vreugde, van genot, van lekkerkry. Hy het geskreeu soos iemand wat 'n groot ekstase beleef het. In daardie stadium het Basjan sy bewussyn verloor. Die volgende dag het die mediese personeel geen vrae gevra nie. Elmar Beukman het Jacques ingeroep om te hoor wat gebeur het. Jacques het nie gepraat nie. Hy het net sy kop geskud as die skoolhoof hom vrae gevra het. Uiteindelik het iemand tog die waarheid uitgelap – niemand het geweet wie nie. Gert is vir 'n paar dae in Kardoesie opgesluit. En met die uitkom was sy oë grys, sy mond reguit. Die eerste voorwerp wat hy opgetel het toe hy terugkom in die kamer, was sy eenoog-teddiebeer.

Gert het met die teddiebeer in sy bed geklim en Jacques het gehoor hoe hy daardie nag gesmoord met die beertjie praat. Tussenin was daar 'n verwronge soort huil, soos 'n dier wat vir die maan weeklaag. Wat die maan vloek omdat hy nie daaraan kan vat nie.

Sommige naweke kon Jacques besoekers ontvang. Dan het Chivas en Lena kom kuier. Hy kon sien dat hulle elke keer geskok was wanneer hulle hom sien. Hy mag nie aan Lena geraak het nie, maar soms, wanneer die beamptes of wagte nie gekyk het nie, het hy vinnig aan haar hand gevat.

Dit was in die winter, 1998, dat sy hom vertel het dat Jan-Paul se pa hom uit Kleinbegin Hoërskool gehaal het. Hulle het Johannesburg toe getrek, waar Jan-Paul nou op skool was. En, het Lena gesê, Jan-Paul Otto senior het sy seun verbied om Jacques te besoek.

"Hoe voel jy regtig?" het sy hierna gevra.

"Orraait."

Sy het aan sy hand geraak met 'n vinnige blik na die wag toe.

"Ek mis jou, Jacques."

"Ek mis jou net so."

"Hande! Hande!" skreeu die wag.

"Die tikmasjien is veilig by Chivas."

"Ek kan nie wag om daarop te begin skryf nie."

Sy het weer na die wag gekyk. "Ek is deur Wits aanvaar."

"Ek verstaan nie."

429

"Om kuns te gaan swot na matriek."

"Jou pa het ja gesê?"

Sy het haar skouers gelig. "Ek gee nie om nie. Enigiets om weg te kom van Kleinbegin." Sy het vraend na hom gekyk. "Sal jy saam met my gaan?"

"Ek wil nie kuns swot nie."

"Wat wil jy doen? Skryf?"

"Ek wil net wéés, Lena." En amper as 'n nagedagte: "Vry wees."

Sy het effens oor haar lippe gelek asof sy gereed maak om hom te soen, en hy het warm geword daarvan. Hemel, hy het Lena nou begeer. Al sy opgekropte energie en vermorste testosteroon het amper te veel geword.

"Ek het jou lief," het sy gesê. "Ek sal vir jou wag. Ek sal vir altyd en altyd vir jou wag."

Lena was, ís die mooiste meisie wat hy ken, het Jacques besluit toe sy kort duskant sy tweede Kersfees in die hel weer vir hom kom kuier het. Dit was net voor die seuns op 'n avontuurkamp sou gaan. Hulle het altyd gedurende vakansies op sogenaamde rehabilitasiekampe gegaan waar hulle visgevang het of berg geklim het of touch-rugby gespeel het of geleer het om "saam te werk". Te bond, het die onderwysers dit genoem. Enigiets, om net uit daardie verstikkende kotspers kamer te kom wat dik gehang het van Gert se winde wat hy dikwels met 'n aansteker aan die brand gesteek het.

Jacques het later die stank met Gert vereenselwig. Want dit was altyd dieselfde. "Hoe meer vleis jy eet, hoe lekkerder die poep!" het hy altyd gelag.

Toe, kort voor die rekordeksamen, het Lena weer teenoor Jacques gesit soos so dikwels tevore. Dié slag was Chivas nie by nie.

"Dink jy darem nog aan my?" het sy gevra.

Jacques het gelag. "Klink soos daai ou liedjie!"

Lena het hom speels op die arm geslaan. "Ek is ernstig!"

"Ek dink altyd, elke dag, elke oomblik, in elke droom, aan jou."

Sy het vinnig na die wag gekyk en haar hand uitgesteek. Sy

430

het dit op sy been geplaas en hy kon voel hoe die bloed na sy kop toe skiet. Hy het sy hand op hare gesit en dit gedruk. Haar vinger het die binnekant van sy hand liggies gekielie en dit het gevoel of iets in hom ontplof. Met die omdraai het die wag dit raakgesien. Hy het geroep. Eers toe het Lena sy hand gelos.

"Dankie vir al die kere wat jy kom kuier het," het hy gesê.

"Dis omdat ek lief is vir jou, Jacques."

"Moenie meer te dikwels kom kuier nie," het Jacques skielik gevra.

"Hoekom nie?"

"Dit maak alles net . . . nog swaarder."

"Wil jy my dan nie meer hê nie?"

"Dis nie dit nie!" Hoe verduidelik hy dit tog? "Elke keer as jy hiernatoe kom, is dit seerder, is dit erger, is dit . . ."

Lena het stadig opgestaan.

"Verstaan jy wat ek probeer sê?"

Lena het net stom van hartseer na hom gekyk.

"Het jy my dan nie meer lief nie?"

"Hemel, Lena. Ek het jou so lief dat ek tjank daarvan. Dat ek snags nie kan slaap nie. Dat ek gate en vore grawe en met elke skep grond jou naam sê wat my net weer sterk maak om nog 'n graaf vol te skep. Dat ek partykeer so nat word van liefde vir jou dat ek nie weet of ek huil of sweet nie. Dat ek elke nag in die lokomotief is en keer op keer met jou liefde maak. Dat my liefde vir jou saans oorkook en spat en taai word en hard word op my sonder dat ek myself kan keer. Ek het jou so lief ek kan doodgaan vir jou. Maar dan besef ek as ek doodgaan, sal ek jou nie weer sien nie. Dís wat my aan die lewe hou."

"Nou hoekom moet ek dan nie meer kom kuier nie?"

"Want ek moet hard word hier. Harder as hard, anders gaan ek een oggend nie weer my oë oopmaak nie. Jy is die sagte plek op my lyf waar hulle my elke keer skop en sny en slaan dat ek blou word daarvan." Hy klem sy hand om die hangertjie. "Jy is bý my. Elke dag, elke nag, elke keer wat ek asemhaal. Oral waar ek gaan. Maar jy is ook my swakplek, Lena, wat my die een of ander tyd gaan laat vou." Hy staan op en selfs die waarskuwende oë van die wag keer hom nie. "Ek het jou so lief, ek mis jou so, ek kan die pyn nie meer vat nie."

Lena vee die trane af met die palm van haar hand.

"Jacques."

Niemand sê sy naam soos sý nie.

"Verstaan jy, meisiekind?"

Sy het lank na hom gekyk, terwyl die wag soos 'n roofdier na hulle gestaar het.

"Jacques," sê sy. "Sal jy nog lief wees vir my as jy alles, alles, álles van my weet?"

"Ek sal lief wees vir jou selfs al weet ek dinge van jou wat jy self nie weet nie." Hy het gesluk teen die emosie wat gevoel het of dit in sy keel vassteek. "Koebaai, meisiekind. Ek het jou lief."

"Koebaai, Jacques."

"Sê my naam net nog één keer."

"Ek is mal-gek-bedonnerd lief vir jou. Ek sal nie weer kom nie. Vergewe my."

Hy kyk na haar.

"Jacques." En toe weer: "Jacques."

Sy stap uit.

En toe weet Jacques hoe dit voel om soos 'n brandsiek hond, vol rou sere en etter wat uit wonde drup, vir die sekelmaan te tjank. Tot jou binnegoed vrot word daarvan.

Lena het nie weer kom kuier nie.

AUGUSTUS 1998

Jacques en Gert het daarna meer gereeld vasgesit, maar dit was asof die skubbe wat Jacques om sy hart gesit het na daardie gesprek met Lena klipsteenhard geword het. Een of twee keer het hulle baklei en kon Jacques sy woede op Gert uithaal, veral wanneer Jacques die oorhand gekry het. En een of twee keer, wanneer hy Gert teen die grond vaspen, het hy die indruk gekry dat Gert dit geniet. Dan verdwyn die glimlag van Gert se gesig af en kyk hy na hom op 'n vreemde manier wat Jacques laat skrik het. Dan los hy hom, maar Gert het bly lê. Ernstig. Uitdrukkingloos. Maar dan kruip daar iets in Gert se oë wat Jacques groter laat skrik as wanneer die dwelms oorneem en die haat voed.

Jacques kon nie 'n naam aan daardie uitdrukking gee nie, maar soms het alle kleur uit Gert se gesig verdwyn asof hy van iets in homself bewus word wat hy nie wou erken nie. Iets wat groter was as sy haat vir Jacques. Iets wat daardie haat nou vertroebel het en wat Gert nie kon hanteer nie.

'n Hitte wat die koudheid verdring het.

Gert se maag het driftig op en af beweeg asof 'n koors hom pak. En dan het Jacques vinnig van hom afgeklim, want hy het ongemaklik begin raak.

Een naweek was net hy en Gert in kamer 14. Die res was uit op die een of ander belaglike uitstappie om hulle "te laat bond."

Jacques het gaan stort. Toe hy weer sien, staan Gert in die stort reg langs hom. Gert het die warmwaterkraan oopgedraai en na Jacques gedraai. Dit is wat Jacques die meeste van die storte gehaat het – die totale gebrek aan privaatheid. Die stoom het uit die water gestaan tot Jacques besef het die water begin Gert brand. Maar hy het nie 'n poging aangewend om die water kouer te draai nie.

Jacques het ongemaklik geraak, maar Gert het net na hom gestaan en kyk asof hy sy liggaam met Jacques s'n vergelyk. Tot Jacques uiteindelik sy hand onder die vuurwarm water ingesteek het om die kraan toe te draai. Toe gryp Gert sy hand. Die water het Jacques begin brand, maar Gert het bly vasklou. Jacques moes Gert met geweld wegstamp om by die kraan uit te kom en die water toe te draai.

Soos Gert s'n, was Jacques se vel nou rooi waar die water hom gebrand het.

433

"Rynhard!"

Deur die stoom kon hy Gert se kil oë uitmaak.

Jacques het besluit om nie te reageer nie.

En toe, skielik, sy naam. Dit is die eerste en enigste keer dat Gert ooit sy naam gesê het. "Jacques."

En weer daardie kyk.

"Dinge tussen ons kan baie makliker wees." Die stem was byna toonloos, met tog 'n sweempie emosie wat wou deurskemer. Dit was nog leliker as die skor manier waarop Gert altyd met hom gepraat het. Hierdie onseker emosie wat die heesheid verdring het.

Toe verstaan Jacques vir die eerste keer wat Gert wil hê.

Gert wat een tree naderkom. Jacques wat agteruit loop en sy stortkraan toedraai.

Gert gee nog 'n tree nader uit die stoom sodat Jacques hom behoorlik kan sien.

Só kan sien. Gert is opgewerk en lus en reg vir hom. En net daar, een enkele oomblik lank, sien hy die ware Gert – weg van sy gabbas, weg van sy selfvertroue, sonder sy kom-moer-my-uitdrukking. Gert op gelyke voet met Jacques.

Gert volkome in Jacques se mag.

Gert stap nader aan Jacques.

"Ons speel, man. Daar is mos niks mee verkeerd nie. Ek het baie met my buddies gespeel op skool. Jy weet mos hoe's ouens. Ons speel net."

"Fokof." Jacques draai om en neem sy handdoek, maar kyk tog terug. En dit is daardie uitdrukking in Gert se oë wat hom lam van vrees gemaak het. En die glimlaggie wat weer net-net aan Gert se mondhoeke gepluk het, soos 'n slang se tong wat uit sy bek peul.

"Jy gaan afkak, my maat. Van nou af tot in alle ewigheid."

Daardie nag het Jacques glad nie geslaap nie, was hy heeltyd bewus van Gert Grové wat uit die donker na hom staar.

Na nog 'n geveg, toe Gert Jacques gaan aankla het van kamtige "aanranding", het Jacques weer eensame opsluiting gekry.

Maar weer het dit hom nie so erg gepla nie. Hy was ten minste weg van Gert, veilig van hom.

Jacques was hier in sy alleenheid sy eie grootste vriend. In die jare wat volg sou hy sy eie geselskap bo dié van ander verkies. En dit het hier met Denneberg se eensame afsondering begin. Hier kon hy dink. Het meer stories in sy kop ontstaan. Stories wat later romans sou word.

Toe hy weer 'n slag uit Kardoesie kom, het Jacques kombuisdiens gekry. Hy moes Oupa Appie help om kos op te skep en dit het hulle vriendskap versterk. Oupa Appie het hom eendag na sy huis toe genooi, maar Jacques sou in die moeilikheid beland het.

"Jy is 'n goeie man, Jacques. Eendag, ééndag sal ek jou beter wil leer ken. Wil ek hê jy moet my kos eet en in my huis slaap en woorde met my praat waarvoor jy nie bang is nie, want ons moet net praat. Ek dink daar is baie woorde in jou wat jy nie eers met jouself praat nie. En jy moet dit met iemand praat," het die ou man gesê.

So het Oupa Appie Jacques se vertroueling geword. Sy beste vriend in hierdie helgat.

Einde Augustus 1998 het Gert se sluimerende haat en jaloesie finaal uitgebars, veral toe Jacques begin weier het om verder sy opstelle te skryf. Terwyl Jacques in eensame opsluiting 'n vreemde kalmte gevind het, het dit Gert na raserny gedryf, ook omdat hy nie meer sy dwelmlus kon bevredig nie. Sy verskaffer is uit die skool ontslaan.

En Jacques was nie meer altyd in die bed oorkant hom nie.

Jacques het dit oorweeg om die eenoog-teddiebeer te verwyder en te vernietig. Maar selfs hy het dit nie gewaag nie.

'n Week voordat hulle die rekordeksamen sou skryf, begin September, het Gert se aggressie oorgekook. Die keerpunt was toe die ander seuns in 'n toenemende mate na Jacques begin opkyk het as leier. Dit het Gert boos gemaak.

Van die seuns het Jacques selfs gewaarsku teen aanvalle of planne om hom te beseer. Jacques se punte was ook altyd die hoogste in die klas, wat hom 'n verdere aansien onder die seuns gegee het.

En sy opstelle was legendaries. Sy Afrikaansonderwyser het hom in 'n stadium 95% gegee. *Jy moet dit laat publiseer!* het in rooi ink langs sy naam gestaan.

Een naweek moes kamer 14 se manne 'n gat langs die draad grou omdat daar tydens 'n onverwagse klopjag dwelms ontdek is.

Gert was van die begin af krapperig – onttrekkingsimptome, het Jacques besef. Hy het sy gewone geswets op Jacques gemik: "Killer is al weer te grênd vir ons. Bring nie sy kant nie! Manne! Hy gaan sorg dat ons Kardoesie toe gaan. En vat dit van hierdie gabba: as jy dáár is, kak jy klippe. Jy wil nie soontoe gaan nie."

Die een ding wat Jacques die meeste sou waardeer wanneer hy hier uitkom, is om weg te kom van Gert se taal, die idiome wat hy gebruik, die manier waarop hy Jacques met kruheid verder geterroriseer het.

Jacques het voortgegaan om die grond los te woel, maar Gert was gedurig by hom. Dan gooi hy grond oor Jacques wat hy uit die gat grawe, dan slinger hy 'n slang na hom wat hy losgespit het, dan spoeg hy op Jacques, dan stap hy by hom verby en stamp hom so hard dat hy bly lê.

Uiteindelik was die gat diep genoeg. Een van die seuns, Krynauw, wou 'n onderwyser gaan roep om die diepte van die gat goed te keur. Jacques het staan en kyk na die middeldeur gesnyde motorbande naby die gat. Een geel, een groen, een rooi, een pers as 'n soort heining soos waarop kleuters in kleuterskole speel. Die band naaste aan die gat het dieselfde walglike pers kleur gehad as hul kamer.

Krynauw het oor een van die bande gespring, toe haak sy voet vas en hy val. Die ander het hulle geskeur van die lag.

Jacques het op daardie oomblik te naby die rand van die gat gestaan. Toe die grond meegee, het hy in die lug gegryp, maar dit was te laat. Gert het omgedraai en hom in die gat sien lê.

Sy oë was skielik grys van haat. Jacques het daardie uitdrukking tevore gesien toe Gert uit eensame aanhouding gekom het, kort voordat hy Basjan se gesig feitlik vergruis het. Nou was dit weer daar. Daardie kyk. In oë wat hy nie knip nie.

Die volgende oomblik het Gert die graaf gegryp en grond op Jacques begin gooi. En terwyl hy gegooi het, het hy met sy bekende dreunsang begin. "Killer! Killer! Killer! Killer!" Dit was asof die ander seuns by hom aangesteek het. Weg was die lojaliteit wat intussen opgebou het teenoor Jacques. Dalk was hulle nou net gatvol vir hierdie plek, dalk het Gert 'n hipnotiserende invloed op hulle gehad, dalk het die frustrasie oor die dik pap wat hulle soggens moes eet en die klonterige witbrood en die dik sous die oorhand gekry. Dit was soos 'n drein wat skielik verstop geraak het en al die drek laat oorborrel.

Die seuns het hul grawe gegryp en Jacques begin toegooi. "Jy kruip gat by Oupa Appie! Ons sien jy kry ekstra kos!"

Dit was een van die mees angswekkende oomblikke in sy lewe, want almal het soos 'n oorlogsmasjien opgetree wat beheer verloor het.

Jacques het gehoes van die grond. Dit was in sy ore, sy mond, sy neus, tot hy begin verstik het. Dit het sy keel gekrap en deur sy neus geskeur. Toe hy daarin slaag om orent te kom, het Gert hom met sy graaf teen die kop geslaan sodat hy sy bewussyn kortstondig verloor het.

Met die bykom was hy reeds gedeeltelik lewend begrawe. Hy kon swakkerig orent beur, net om weer deur grond en gruisklippers getref te word. Delmas se verdomde gruiserige grond! Hy kon later nie meer sy oë oophou nie.

Die een graaf vol grond na die ander het hom getref tot hy begin stik het en nie meer kon asem kry nie.

Hoe die onderwysers en wagte hom daar uitgekry het, weet Jacques nie. Maar al die seuns is voor 'n dissiplinêr gedaag. Hul voorregte, soos twee sigarette per dag en besoeke van hul families en sommige naweke se avontuurkampe, is gekanselleer.

Maar dit was te naby die eindeksamens. Die skool kon nie veel meer aan hulle doen nie.

Gert is weer in eensame afsondering opgesluit.

Toe hy daar uitkom, het Jacques geweet dat sy doppie geklink is. Selfs die ander seuns het nou teen hom gedraai, onder Gert se invloed. En Jacques het geweet: Hier kom dit. Hy sal nie dié slag kan ontsnap nie.

Net na die rekordeksamen, gedurende volmaan, het Gert se nag van vergelding aangebreek, versterk deur die feit dat Jacques onderskeidings in vier van sy vakke gekry het en Gert net twee beswaarlik geslaag het: Afrikaans en Engels, waarin hy gewoonlik darem redelik goed gevaar het ten spyte van sy opstelpunte wat dramaties gedaal het.

Toe die kerkklok doer ver in die dorp elfuur slaan, het Jacques daardie selfde gevoel gekry wat hy in die hof gehad het voordat hy skuldig bevind is. Dit was 'n sensasie wat in sy onderlyf begin het en hom laat voel het of iemand 'n vuis teen sy maagwand druk. Hy sou nooit weer daarna dié vrees ervaar nie.

Deur die venster bokant sy bed het Jacques die volmaan gesien. En nes in 'n film oor 'n weerwolf het fyn vlieswolkies oor die maan getrek asof dit met 'n lemmetjie gesny word.

Dit was asof die hele skool asem opgehou het.

Jacques het sy kop opgelig net voordat die bed oorkant hom gekraak het. Toe het Gert die eenoog-teddiebeer eenkant toe gegooi – iets wat hy nog nooit tevore gedoen het nie – en met 'n wilde uitdrukking opgestaan.

Jacques het na die beddens se gekraak geluister, soos elke seun orent kom nes soldate wat een vir een hul gewere oorhaal voordat hulle 'n verraaier doodskiet.

Die sokkie wat in sy mond gedruk is, het na ou sweet en gras en grond en testosteroon geruik.

Toe is sy mond met kleefband toegeplak, wat hom byna laat versmoor het. Hierna is Jacques uit die bed gepluk. Dit was Gert wat sy slaapbroekie afgeskeur het.

Die volgende oomblik is Jacques teen die grond vasgedruk.

438

Die linoleumvloer was koud en hard onder hom. Toe het hy geweet. Dit wat hy die meeste gevrees het, gaan nou gebeur. Dit waarteen enkele van die ander seuns en in 'n groter mate Gert hom tot dusver beskerm het, was besig om werklikheid te word.

Jacques het Lena se hangertjie vasgegryp. Hy het sy vuis teen sy mond gedruk en Lena se naam probeer sê, maar sy tong was vas teen die vuil kous.

Die knieë om sy kop, sy nek wat opgeruk word. Gert wat 'n wind laat, die stank in sy neus. Hierna het Gert sy kop laat terugval op die vloer. Oomblikke later 'n ekstra swaar gewig op hom. Die gevoel van vel teen vel. Die ritmiese klapgeluide. En toe die aardverskeurende pyn wat Jacques dwarsdeur die kous laat gil het. Hy het moontlik Lena se naam genoem. Maar toe die witwarm pyn sy liggaam weer oopkloof, het hy ophou ba-klei en net Lena se hangertjie tussen sy vingers gevoel.

En sy pa se gesig gesien toe hy agteroor gestort het.

Hy moes iewers sy bewussyn verloor het. Dalk het sy brein uitgeblok wat gebeur het. Dalk was die pyn so erg dat dit alle gedagtes uitgedoof het. Maar stukke kon hy genadiglik vergeet.

Hy onthou net die hangertjie in sy hand.

Diep-diep in die nag, toe die seuns begin snork het, het Jacques uit die kamer begin kruip. Hy kon nie behoorlik loop nie. Dit was 'n pyn wat sy liggaam nie kon verduur of verstaan nie.

Hy het met die paadjie tussen die beddens af gekruip en kort-kort tot stilstand gekom en sy vuis in sy mond gedruk om nie te skree nie.

In kamer dertien was die jongste seuns in die verbetering-skool. Twee van hulle het by die deur gestaan en met wydge-sperde oë vol vrees na hom gekyk. Iewers het 'n klein seuntjie na sy ma geroep. Iemand anders het gehuil van vrees.

'n Bed het hier en daar gekraak. Nog gesigte het by deure uitgekyk, die blink oë soos diere wat uit grotte loer, uit vrees dat 'n roofdier hulle gaan oorval. Jacques moes tussen hulle deurstrompel in die gang, kruip, sukkel.

439

Niemand het hom gehelp nie.

Hy moes aan die muur klou om te kon beweeg. Jacques het sukkel-sukkel gekruip-val tot by Oupa Appie, wat toe pas aangemeld het om die kombuis oop te sluit. Iets wat bloed moes wees, het tussen Jacques se bene afgeloop.

"My Heretjie tog." Vir 'n oomblik het die ou man verdwaas na Jacques gekyk. Toe het hy sy hand uitgesteek en Jacques orent gehelp, maar sy bene het onder hom ingevou. Oupa Appie het begin huil, die trane afgevee, hom opgetel en verder gehelp.

"Dalk moet ek . . ." 'n snak na sy asem, "jou na my huis toe vat. As jy wil wegloop, wil vlug, ek sal vir jou cover."

Maar Jacques het sy kop geskud, probeer praat, en iewers tussen die droogheid in sy mond en sy gebarste lippe het woorde uitgekom wat sin gemaak het. "My vonnis . . . amper verby. Hulle . . . verskoning om my tronk toe . . ." Sy stem het skielik dieper begin klink en hy besef toe dat dit van al die skreeu was.

"Meneer Jacques!" Oupa Appie het Jacques badkamer toe gesleep-dra tot hy hom kon was. Jacques het inmekaargekrimp. En, toe die louwarm water teen sy rug afloop, gekreun. Oupa Appie het net met sy tong geklik en 'n paar swetswoorde gegee.

En daar, met Oupa Appie wat hom was, het iemand vir die eerste keer in vier en twintig maande sag aan hom gevat. Is hy nie seergemaak of gekwes of gesny of geslaan nie.

Toe kom 'n herinnering terug, baie vaag en baie ver, van sy pa wat sy rug in die bad gewas het toe hy nog 'n klein seuntjie was. En hoe hulle gelag het terwyl sy pa iets oor treine vertel het.

Oupa Appie het Jacques sorgvuldig, saggies, gewas. Toe Jacques uiteindelik redelik skoon was, het die ou man weer by hom gepleit: "Ek vat meneertjie nou na meneer Beukman se huis toe, dat . . ."

"Nee! Hulle gaan my tyd verleng. Ek bly nie langer hier as wat ek moet nie!"

440

Toe word Oupa Appie naar. Jacques het begin regop beur en met sy arms teen die muur gedruk tot hy behoorlik kon staan. Maar van hier af het dit met elke tree gevoel of sy liggaam oopskeur.

"Meneertjie. Kom bly by my . . . Ek wil meneer help. Hoe kan ek . . ?"

"Ek moet . . . my matriek . . . klaarmaak, Oupa Appie. Ek moet weggaan hier." Toe verloor Jacques sy bewussyn.

WOENSDAG 9 APRIL 2014, 20:10

Kaptein Pietie Botha kom orent en gaan staan voor die venster, sy skouers vorentoe gebuig. Mysi en Carina sit verwese voor hulle en uitstaar. Sonder om om te draai, praat Pietie, maar hy moet kort-kort stilbly omdat sy stem hom in die steek laat.

"Jacques was twee dae lank in die hospitaal, maar het gelukkig nie permanente inwendige beserings opgedoen nie. Hulle het vigstoetse gedoen. Na ses maande is hy finaal MIV-negatief verklaar. Dit is hom darem gespaar." Botha skep asem. "Oupa Appie het hom besoek, en Chivas. En enkele kere ook sy ma. Maar niemand het vir Lena gesê nie. En in daardie tyd was Jan-Paul al in Johannesburg.

"Beukman het Jacques vir die res van sy verblyf na 'n veiliger afdeling in die skool oorgeplaas – iets wat hy van die begin af moes gedoen het."

Pietie draai om en sonder om na hulle te kyk, stap hy na sy lessenaar en oorhandig Jacques se lêer aan Carina. Op die voorblad is 'n foto van Jacques, seker op sestien geneem. Hy glimlag nie, asof hy weet wat wag.

En in die lêer die kortverhaal oor Lena se tikmasjien.

"Jacques het matriek geskryf en dit met vier onderskeidings geslaag. Beukman het in sy paroolverhoor getuig dat Jacques gereed was om ontslaan te word. Hy het vir Jacques geld gegee om sy lewe oor te begin en hy is daarmee oorsee."

"En Gert Grové?" vra Carina.

"Niemand het na vore gekom en Gert Grové aangekla nie. Almal was te bang. En Jacques het hom ook nie ontmasker nie. Hoekom weet ek tot vandag toe nie. Die ander seuns wat saam met hom gebly het, was te bang om te praat, want dan sou dit lyk of hulle meegedoen het."

"Hét hulle?"

Pietie skud sy kop. Hy gaan sit. "Dis eers toe ek Jacques die laaste keer hier op Kleinbegin gesien het na sy vrylating, dat hy Gert se naam teenoor my erken het. Dat hy my vertel het wat ek nou vir julle vertel het. Jacques het toe by Chivas gebly, maar ook nie Gert se naam teenoor haar bely nie.

"Toe ek teruggegaan het Denneberg toe, is Gert pas vrygelaat. Niemand het ooit weer van hom gehoor nie. En glo my, ek het gesoek."

Pietie bly sit. So ook Carina en Mysi. Toe neem hulle hul handsakke en Mysi haar kamerasak, en stap uit sonder om Botha te groet. Nie een van hulle is in staat om te praat nie.

Hulle gaan terug hotel toe, Mysi na haar kamer toe en Carina na hare. Sy kyk na al die SMS'e wat deurgekom het, maar sy lees hulle nie.

Sy blaai deur Jacques se aantekeninge, sy dagboekinskrywings, kyk na die handskrif wat baie na haar eie lyk.

En toe kom sy op 'n gedig af. Dit is halfgeskryf asof hy dit later wou klaarmaak, asof hy nie op daardie oomblik geweet het hoe om dit te voltooi nie.

Maar dit is die datum boaan wat haar die meeste interesseer: *Saterdag 5 April 2014.*

Die dag waarop hy verdwyn het.

Carina soek tussen haar penne tot sy 'n groen een kry. Sy lees die halwe gedig, ignoreer die doodgetrekte woorde en vraagtekens.

Waar moet ek jou soek
Dis iewers ???
Op soek na die meisie

442

Wat my ~~verstaan~~*??? ~~Berou~~?*
Probeer jou optower
Verlore in rou
Om jou ???~~rower~~
Teësinnig getrou

Kom vind my, my meisie
Kom kry ???
Van weet jy bestaan nou
En ek ~~woes~~ *???*
Dis koud hier allenig
~~Dis koud ek is bang~~ *---*
Maar ek weet vir altyd
----jy-----?

En sonder om een keer te aarsel voltooi Carina die gedig. Sy skryf haar eie reëls net langs die vraagtekens en doodgetrekte woorde. Carina, wat net altyd met feite gewerk het, wat koel-kop misdaadverslaggewing doen, gee haar verbeelding vir die eerste keer vrye teuels.

Sy skryf namens Jacques. Vir Jacques. Maar ook vir haarself.
En haar hart klop asof iemand dit met 'n hamer slaan.

Waar moet ek jou soek
Verdwaal in die kou
Op soek na die meisie
Wat my liefde gaan hou

Probeer jou optower
Verlore in rou
Om jou te verower
Teësinnig getrou

Kom vind my, my meisie
Vat weg hierdie pyn

Van weet jy bestaan nou
Hier wag ek vir jou

Dis koud hier allenig
Verraad maak my rou
Maar ek weet vir altyd
Ek kan jou vertrou.

Sy trek 'n streep onder die gedig, maar lees dit nie eers weer oor nie. Sy vou dit op en maak sy tas oop. Sy vat weer liggies oor die pakkry-strepies, trek die letters van sy naam met haar vingers na en plaas die gedig in die heel voorste vakkie wat oop is. Asof dit wag vir 'n dokument wat nog geskryf moet word.

Dis die middel van die nag. Twaalfuur. Die tyd wanneer grieselgeeste en monsters en karikature en wesens die aarde bewandel.

Maar dit is asof iets van haar gelig het.

Asof sy verdwaal het tussen Venus en Mars. En nou gaan speel op die maan.

Asof Jacques Rynhard nou hier by haar is, haar sien, haar dophou, wéét van haar.

En waar sy tot dusver amper minderwaardig gevoel het teenoor sy lewe wat sy nooit gehad het nie, voel sy nou één met hom. Verstaan sy hom, want sy verstaan haarself.

Sy maak weer sy skooltas oop en haal die gedig uit.

Carina stap daarmee uit tot in die straat.

Sy hoor hoe die honde blaf by elke hek waar sy verbystap, is bewus van 'n uil wat roep, voel hoe haar treë al vinniger en vinniger raak.

Kyk om, verbeel haar sy sien drie figuurtjies op fietse uit die donker skaduwees aangery kom tot in die maanlig. Dis kinders, seker so veertien, volmaak in hulle jonkheid – op die drumpel van word wie hulle eendag gaan wees.

Een seun ry heel voor. Hy kom by haar verby, sy kuif woes

444

van die ry. En hy kyk en kyk en kyk na haar. Groet haar, lag vir haar.

Die ander twee ry aan haar linkerkant verby en sy hoor: "Vriende vir altyd!"

Toe sy omdraai, is hulle weg – spoke ingesluk deur die dorp sonder genade.

'n Stuk plastieksak wikkel-wikkel oor die straat soos dit roer in die ligte windjie, asof die spookfietse se vaart dit wakker gemaak het.

Sy gaan sit plat in die middel van die straat en kyk na die gedig. Sy haal die pen uit wat sy in haar jeans se sak gedruk het en begin dit voltooi.

Vertel my waar is jy
Ek soek nou verwoed
Want jou pad en my pad
Moet iewers ontmoet.

Carina Human. 9 April 2014, Kleinbegin

Toe lê sy die laaste entjie af tot by die spoorlyn.

Daar kniel sy op die platform en buig vooroor met haar kop teen haar knieë.

Sy sit lank daar. Dalk tien minute, dalk langer.

"Genoeg," sê sy. "Dit is nou genoeg."

Sy kyk op na die Kleinbegin-stasienaam en die lokomotief wat eenkant staan. Agter haar weet sy is Liebet Rynhard se huis. Voor haar is die donker vorms van die wattelbosse, die sinjale en die bloekombome wat nog nie uitgeroei is nie.

'n Trein ry verby.

"Nege waens," sê Carina. "Nege waens."

Daar is iets agter haar. Iemand. Sy kyk rond, maar die platform is verlate. En om haar in die helder lig wat die platform en die veld rondom die spoor verlig, is daar net kortgevrete gras, geen verdere beweging nie.

Sy kyk rond, vasbeslote om iemand te sien, want dit klink of iemand praat, maar daar is niemand saam met haar op die eensame perron nie.

Sy tel die waens. En toe: "Elf waens, Jacques." Sy kyk op. "Jy is reg. Dit ís elf."

Die donker sluk die trein in en Carina bly alleen agter.

Sy stap tot by die lokomotief en plaas die gedig op die blinkgesitte sitplek.

Vir een mal oomblik oorweeg sy om die fluit te trek, maar besluit daarteen. Tog voel sy nou vryer as ooit tevore in haar lewe.

En sy weet: die spook van Elmien Malan in 'n plas bloed in die moordhuis sal haar nooit weer pla nie.

30

Mysi bestuur weer. Sy en Carina praat vir die eerste stuk pad nie veel nie, behalwe wanneer Mysi vir die vrou by die tolhek vra vir 'n kwitansie, en vir Carina of sy by die Ultra City wil stilhou vir 'n piepiebreek.

"Die gees is gewillig, maar die blaas is swak," sug Mysi nadat hulle stilgehou het, in 'n poging om die atmosfeer te verlig.

Met die terugkom praat Carina steeds nie.

"Is jy oukei?" Mysi kyk na haar toe sy vir die eerste keer gedurende die rit op haar iPad begin tik.

Hulle ry verby twee oorvol taxi's en 'n bakkie wat tot ver bokant sy dak gepak is.

"Midlife crisis."

"Mag ek eerlik met jou wees, Carina?"

"Ek dink nie jy gaan jou in elk geval aan 'n nee steur nie."

"Jacques Rynhard begin onder jou vel inkruip."

"As jy wil voorgee dat ek besig is om verlief te raak op die man . . ."

Mysi hou haar vinger in die lug. "Net een mens kan op 'n slag praat."

Carina sug.

"Daar is baie raakpunte tussen jou en die skone Jacques. Eerstens vlug julle al twee van probleme, mislukkings, whatever jy dit wil noem. Tweedens het julle verhoudings albei misluk. En derdens is jy die hel in vir jouself omdat jy weg is by *Blitsnuus*. Want vir hulle sou jy die storie daagliks kon rapporteer en onthullings maak op 'n saaklike manier. 'n Styl waarin jy gemaklik voel. Nou skryf jy vir *Montage*, wat net sensasie en skandale wil hê, met 'n redakteur wat jou storie gaan oorskryf soos hy dit wil hê om die meeste tydskrifte te verkoop. Is ek in die kol of is dit 'n boelsaai?"

Mysi gee die bestuurder van 'n vragmotor wat haar verbysteek 'n vuil kyk omdat dit die derde keer is wat sy hom verbygegaan het, net sodat hy weer voor haar kan inswaai en dan tydsaam ry.

"Weet jy wat is vir my die simpelste padteken?" vra Carina. "Keep left, pass right. Ek bedoel, common sense?"

"Moenie die onderwerp verander nie."

Carina gee op haar beurt 'n taxibestuurder 'n vernietigende kyk toe Mysi hom verbysteek en hy vir haar die middelvinger wys.

"Lekker. Dis nou baie lekker!" skree Mysi vir hom.

"Van common sense gepraat. Ja. Jy is seker reg. Hoekom skryf jý dan nie liewer die storie nie?"

"Omdat ek 'n spell-checker se grootste vyand is, en jy die beter skrywer is."

"Ek? 'n Goeie skrywer?" lag Carina. "Ek rapporteer net."

"Maar daarom is dit dalk belangrik, koekie, dat jy meer doen as net rapporteer."

"Moenie my 'koekie' noem nie!"

"Jy moet ook interpreteer. Klim uit die flippen borstrok wat jy vir jouself aangetrek het en ruik die daisies, bleeksiel!"

"En hoe skryf ek hierdie storie? Dis te groot vir een mens!"

"Onthou jy op skool het ons geleer van die bewussynstroomtegniek?"

"Ons was nie op dieselfde skool nie, Mysi."

"My donner, by wyse van spreke! Moet jy altyd otherwise wees?"

"Ja, Mysi, ek ken die bewussynstroomtegniek."

"Dis al hoe jy sy storie kan skryf. Om orde te skep uit die chaos. Skryf dit vir jouself soos dit in jou kop lê. In die proses ontdek jy sommer wie jyself ook is. Voilà. Probleem opgelos!"

Carina dink 'n oomblik voor sy praat: "Dan skryf ek die Sanpic-en-Vim-weergawe vir Gavin. En iewers, tussen al my notas en kringe en strepe, die regte storie wat ek op 'n geheuestokkie bêre en eendag publiseer."

Mysi knik. "Solank jy net nie jou gewete verder verkrag vir 'n poephol wat nie 'n redakteur se gat is nie." Mysi frons. "Dit maak nie heeltemal sin nie, maak dit? Of is dit toutologie? Ek vergeet nou die ander taalverskynsels wat ek op skool geleer het."

Carina lag uit haar maag. "Ek weet nie wat ek sonder jou op hierdie trips sou gemaak het nie. Dalk my polse deurgekou het voor ek aan die Minoras oorgegee het."

Al weer die taxi wat op Mysi se stert sit. "Al probleem is dat, anders as Jacques, jý nie 'n Carina Human het wat die drein skoonmaak nie."

"Dalk kan jý myne skoonmaak. Want van ons almal weet jy deesdae die meeste, juffrou Moolman. Jy is oral saam, ken ons albei se storie, is die objektiefste."

"Carina, ek dink in prentjies. Jy het die feite."

Carina dink 'n oomblik na. "Ons is die regte kombinasie."

"Nou moet ons net die regte hunks kry om dit mee te deel!"

Carina kyk vinnig na Mysi. "Ek hoor jou nie eintlik te veel oor jouself sê nie."

Mysi gee een van die guitige laggies wat mense gewoonlik tot stilstand bring en verbaas na haar laat kyk. Sy kan 'n vertrek stilmaak met daardie lag.

"Wat is daar om te sê, Carina? Dat ek teen die bultjie af verby dertig trek? En dat geen man na my wil kyk nie omdat ek nie Scarlett Johansson se lippe het nie, of Julia Roberts se flippen smile nie of Cate Blanchett se oë nie? Omdat ek verlief raak op elke nuwe intern saam met wie ek op 'n storie gaan, maar dat hulle my net verdra omdat ek die beste foto's neem, onder meer ook van hulle? Dat ek 'n langer rits mislukte pogings tot verhoudings agter my het as die korrupsielys in die parlement of vrouens wat op Jacques verlief geraak het?"

Sy steek 'n vragmotor verby en skreeu: "Agterop jou flippen trok staan 'n nommer wat mens moet bel as jy die bestuurder wil aankla, en ek gaan jou frieken verkla, jou urk!"

"Daar is altyd Stefan," kap Carina terug.

Mysi swaai voor die trok in. "Die een of ander tyd kry mens die boodskap. En wat Stefan betref, kon hulle sy boodskap netsowel oor *Sondagversoeke* op RSG uitgesaai het toe daar nog 'n versoekprogram was. Ek het Styfan hard en duidelik en in stereo gehoor. Hy stel nie belang nie!"

"Liefde is soms op die plekke waar jy dit die minste verwag."

"Sal ek vir jou 'n Patricia Lewis- of 'n Kurt Darren-nommer sing op daai simpel opmerking?!"

Carina glimlag. "Ek dink nie so nie."

"Weet jy hoe voel dit as 'n mens altyd die lig moet afskakel wanneer 'n man met jou wil liefde maak, om sy verbeelding kans te gee om in te skop?"

Dit begin as 'n noodgedwonge laggie oor 'n grappie wat nie snaaks is nie, soos Carina altyd gee wanneer Mysi een van haar verwronge galgehumor-uitlatings maak. Maar dit verander in 'n histeriese lagbui.

Mysi kyk vinnig na haar, maar begin dan ook lag. "Ek belowe jou. Die lig-af-storie is waar!"

"En hulle sê Woody Allen is neuroties!"

Maar Carina lag en huil nou so deurmekaar dat sy nie kan ophou nie. Mysi gee haar 'n blok sjokolade aan. "Vir jou 'n ekstra een, gekoop in die snoepie by die Ultra City. Two and a half glasses . . ."

"Daar is nie snoepies by Ultra Cities nie! Dis 'n vervlakste klein supermark!"

"Vervlakste!" Mysi begin ook nou onbedaarlik lag. "Wanneer het jy daai woord laas gebruik? Dis só 1990s, toe ons nie in skoolopstelle kragwoorde mag gebruik het nie. Die boelie slaan die held in jou opstel. 'Eina, vervlaks jou vabond!' skree die held. 'Ek sal jou dik tik!' hyg die boelie. 'Mapstieks! Jy maak my so die hoenders in, ek is skoon ontsteld.'" Mysi lag weer. "Is jy ook gedwing om sulke woorde te gebruik?"

Carina bedaar nou. Sy vee die trane uit haar oë en weet nie of dit van te veel lag of te veel huil is nie.

"In die jare tagtig, ja. Toe Jacques en Lena en Jan-Paul kinders was en ek en jy vlegseltjies in graad drie gehad het."

"Dink jy Lena het ook vlegsels gedra?" vra Mysi.

"Dink jy ook sexy Stefan is warm vir jou?" vra Carina met 'n glimlag terwyl sy die lagtrane afvee.

"Jy bedoel is ek in love or in lust?" Mysi steek weer die taxi verby wat al stadiger voor haar gery het, en skreeu: "Hallo, dis Thelma and Louise hier! Jou ballas gaan braai, poephol!"

Carina tik 'n paar woorde op haar iPad. "Hoekom vat jy nie 'n kans nie? Vra Stefan uit. Gee vir hom daai koffietafelboek van jou present waarin jou beste foto's gepubliseer is."

"En waarvan daar net sewentien verkoop het in die Time-to-say-goodbye Ouetehuis!"

"Ek is ernstig, Mysi."

Skielik sit Mysi voet in die hoek en gluur na die taxi. "Nou goed! As jy hierdie koekie wil dice!"

"Draai links!"

"Ekskuus?"

Carina beduie na 'n afrit op die snelweg. "Dis Delmas. Denneberg Verbeteringskool is hier naby. Ek wil dit sien."

"Wat?"

"Draai links, Mysi!"

Mysi swenk onverwags links en neem die afrit. Sy skakel haar flikker eers aan nadat hulle gedraai het. Die trokbestuurder en taxi toet. "Ek sal julle flippen toeters in julle keelgate afdruk tot julle hyg daarvan!" skree Mysi.

Carina skakel Pietie Botha se nommer en vra die verbeteringskool se adres. Sy krabbel dit agterop die kwitansie van die bottel water wat sy gekoop het. Dan leun sy vorentoe.

"Wat maak jy?"

Carina tik die adres in op die GPS wat onder die truspieëltjie gemonteer is. "Ek wil sien hoe dit nou daar lyk."

"Dink jy enigiets het verander sedert Jacques daar was?"

"Dis wat ek wil sien."

"When possible, make a U-turn!' sê die blikstem.

451

"Wanneer ek die kans het, idioot!" snou Mysi hom toe.

"Hy kan jou nie hoor nie."

"Wel, ek het hom al so uitgevloek, ek verwag dat hy enige oomblik gaan terugpraat!"

Mysi trek van die pad af. En wanneer dit veilig is, maak sy 'n U-draai.

"After four hundred metres, turn left and keep right."

"Ek kan daardie stukkie nooit verstaan nie."

"Ek sal verduidelik as jy verkeerd ry," troos Carina.

"Wonder jy ook altyd hoe lyk die stem wat hierdie roete-aan-wysings gee?" vra Mysi.

"Nee."

"Wel, dit kan 'n hunk in wording wees en ons weet dit nie."

"Begin dan 'n verhouding met jou GPS."

"Die enigste man in my lewe wat sense praat," lag Mysi.

Sy is bly dat sy en Mysi hierdie gesprek gehad het. Want hulle vlek gewoonlik hartsake met 'n ontleedmessie oop. Of jil oor die land se probleme. "Mens kan deesdae nog net lag daarvoor, maar my glimlag voel soos 'n lemmetjie deur my wange," sê Mysi altyd wanneer die jongste skandaal (of baba) van 'n minister die voorblad slaan.

Hulle het nog selde so openhartig gepraat as op hierdie rit. Dalk soos Jan-Paul en Jacques dikwels in hul lewens gepraat het. En dit is noodsaaklik.

"Goed. Hier's die deal. Jý skryf Jacques se storie deurme-craze, rondomtalie, holderstebolder soos jy dit ervaar en ek skryf joune," sê Mysi asof sy haar gedagtes kan lees.

Sy kyk in haar truspieëltjie. "Waarheen nou, Thelma?"

"Eerste pad links, Louise. Dalk wag Brad Pitt in die pad op ons vir die miljoen-dollar-orgasme, of hoeveel was dit nou weer?" Op dieselfde oomblik toe die blikstem aankondig dat hulle moet links draai.

Carina dink weer aan haar pa se selfdood. Sy begrafnis. Daar was min mense. Mense wat selfdood pleeg, is dalk nog steeds vir heelparty ander ongewenste persone, slagoffers van hul eie onvermoë om hul struikelblokke te hanteer, dink Carina. Haar ma het daarna in haarself gekeer. Keer op keer haarself snags aan die slaap gehuil – haar snikke hard in die stilte.

En toe, skielik, 'n nuwe man wat in haar lewe gekom het. 'n Tweede kans. Sy is met Daniël getroud twee jaar na haar man se dood. En Carina het selfs daarin geslaag om hom "Pa" te noem, asof sy 'n tweede kans gekry het, nes haar ma.

Miskien het dit gedeeltelik met die helingsproses gehelp: die feit dat haar ma weer getrou het en gelukkig was met 'n man wat haar nie weer sou verneuk nie. Maar in die middel van 'n vergadering, of tydens 'n onderhoud, of wanneer sy in die nag wakker skrik, onthou sy die begrafnis. Nou weer.

"Dit lyk nie of hierdie pad baie gebruik word nie," sê Mysi. "Kakiebos en kosmos oraloor. Klink na 'n Romanz song."

Die grys gebou doem skielik voor hulle op tussen die bloekombome.

"Shangri-La!" skree Mysi. "Ons is betyds vir die perverse paradys!"

Die gebou is verlate. Gedeeltes het al in ruïnes verval. Stukke van die dak het weggewaai of is deur diewe weggedra. Kakiebosse en wilde stinkafrikaners groei die paadjies toe. Sy sien verskrompelde kappertjies. Die eens wit gruisklippies het verbruin. Dissels en verskroeide bosse hang teen die verflenterde draad. Hier en daar steek lemmetjiesdraad nog uit. En die voordeur hang skeef aan 'n skarnier.

Die verbeteringskool lyk soos 'n geplunderde begraafplaas.

Mysi hou voor die deur stil en leun terug na die agterste sitplek om haar kamera uit te haal.

Met die uitklim begin sy foto's neem. Sy kyk vinnig, neem presies, staan op haar knieë, buk, lê soms op haar maag, staan dan weer op en kiek aanhoudend.

Carina staan botstil. Hulle vertoef nou moontlik op dieselfde plek as waar die vangwa Jacques destyds afgelaai het.

Terwyl Mysi foto's neem, stap Carina stadig met die paadjie

af, kyk na die stuk oop grond aan haar regterkant. Moontlik die paradegrond waar die seuns in Jacques se tyd gedril of liggaamsoefeninge gedoen het. Hierdie sou sy eerste blik op sy hellevaart gewees het.

Sou Pietie Botha aan sy linker- of regterkant gestap het? Sou Gert Grové dáár langs die verroeste kraan gestaan het toe hulle die eerste keer ontmoet het? En die ander seuns agter die plat-getrapte doringbossies?

En nou, iewers, verder aan, 'n ou swart man met 'n grys kop wat hulle bekommerd dophou.

Sy loop tot by die ingang. Die skewe voordeur hang oop.

Carina kyk oor haar skouer. Mysi lê op haar maag op die gras en neem die skool uit alle hoeke af. Van agter kosmos-blomme, uit 'n murasie deur 'n uitgebreekte venster en dan weer van 'n leer af of met haar kamera op haar knie gestut. "Ongewone hoeke vertel die beste stories!" roep sy.

Die voorportaal is stowwerig. Stukke van die plafon het al ineengestort. Die trappe na die boonste verdieping lê vol rom-mel. Verflenterde lappe hang oor die relings. Daar is hier en daar selfs vuurgemaak, maar gelukkig het die gebou nie afge-brand nie. Teen die muur is bleek spasies waar portrette seker gehang het.

Die trappe is breër as waaraan sy gewoond is, en toe sy op-kyk na die plafon waaruit 'n stukkende gloeilamp hang, swik sy haar voet.

Carina gaan sit en hou haar voet vas, haar enkel en kuit taamlik gevoelig. Sy vryf haar voet. Sy moet tog net nie nou 'n besering opdoen nie.

Daar is iets onder haar. Iets skerps. Sy staan op, probeer op haar enkel trap en voel dat sy dit darem nie verswik het nie, maar dit is lastig. Op die trap, op die presiese plek waar sy pas gesit het, lê 'n portret, die glas versplinter, die foto al dof, maar die gesig nog duidelik. Sy tel dit op.

Elmar Beukman. Skoolhoof. 1995 – 1998. Hy was heeltyd in beheer terwyl Jacques daar was.

Beukman, wat Jacques befonds het om oorsee te gaan. Hoekom sou hy aan die einde van 1998 weggegaan het? Sy onthou dat kaptein Botha gesê het dat Beukman in Jacques se vrylatingsverhoor getuig het en daarvoor verantwoordelik was dat hy in Chivas se sorg geplaas is. Sou Beukman se gewete hom sodanig gery het omdat hy Jacques nie betyds beskerm het nie, dat hy daarna bedank het? Dalk iewers eensaam gaan aftree het? Soos Steenkamp, die vark wat nou uiteindelik sy verdiende loon gekry het?

Sy moet tog nog met Steenkamp probeer praat.

Iets agter haar. Sy swaai om, maar daar is niemand nie. Net die smetterige tekens van graffiti teen die muur. Daar geplaas deur siele wat die mure soos toiletpapier gebruik het waaraan hulle hul gruwelstories in kortaf woorde afgevee het. Skaduwees van mense wat in die gange rondgedwaal het, vrot van lus na dwelms, besete gejaag deur testosteroon, verrot van frustrasie en woede en angs en verlange en trane en eensaamheid.

Hulle is almal hier, om haar, bý haar, téén haar – daardie energie wat die skool nie wil verlaat nie.

En iewers sal sy Jacques se energie kry. Want dit hang na sestien jaar nog steeds hier rond. Sy weet dit. Kan nie ontsnap nie. Is vir altyd hier vasgevang soos die ruiter van Skimmelperdpan wat na sy kop soek.

Of Steenkamp wat in sy kantoor sy rottang probeer kry.

Op die boonste verdieping voel Carina aan die deure wat oopswaai en net leë vertrekke openbaar. Hier en daar merk sy nog 'n oorblyfsel van boeke of rakke. Soos die *Titanic* wat op die bodem van die see rus met verrotte stukke onthou en bewyse van 'n vergange era, is die skool hier soos 'n omgevalle vragmotor waarvan die parte uitgesprei lê.

Sko lho f / Sc ool princi, staan op 'n stukkende bordjie wat aan die middelste deur hang. Sonder huiwering stoot sy die deur oop.

'n Oorblyfsel van 'n lessenaar op drie pote staan in die middel van die vertrek, met die oorblyfsels van 'n leerstoel wat

455

deur rotte opgevreet is. Dit is in so 'n slegte toestand dat nie eers die aasvoël-plunderaars wie se plakkershutte langs die pad staan, dit waardig geag het om weg te dra nie.

Sy gaan staan reg voor die lessenaar, dalk op dieselfde plek as waar Jacques destyds met sy kop geboë staan en wag het op die begin van sy vonnis. Carina kyk terug na haar voetspore wat die stof versteur het. 'n Eensame ry met haar linkervoet wat effens mank loop na die gly op die trap.

"Ek kon nie my pa help nie," sê sy vir die lessenaar voor haar. "Toe ek in die kamer instap, was dit reeds te laat. Hy het van die balk af gehang."

En sy briewe aan haar? pols die woorde deur haar gedagtes.

"My pa se briewe was . . . privaat."

Het jy iets gedoen om hom te help? Woorde van iewers tussen die stowwerige voetspore en die flenters verf wat van die plafon af hang.

"Nee."

En Elmien Malan, het jy haar verloofde wantrou? Jy het tog baie artikels oor haar gedoen. Selfs oor hom.

"Ek . . . ek . . ."

Het jy 'n vermoede gehad, Carina Human?

"Dat sy aggressie dalk later . . ."

Moet ek Steenkamp roep om jou te foeter tot jy die waarheid praat?

"Ja, ek het vermoed. Maar ek het nie gedink hy sou regtig . . ."

Dan word jy verdoem tot drie jaar in hierdie helgat.

"Drie . . . drie jaar?"

Drie jaar. Drie jaar. Drie jaar. Skuldig. Skuldig. Skuldig. Killer. Killer. Killer.

Sy draai om en hardloop uit, skop die stukkende deur uit die pad, val oor iets in die gang, struikel tot by die trappe en val-hardloop dan ondertoe. En agter haar aanhoudend die woorde: *Jy kon gekeer het. Jy kon die polisie van jou vermoedens gesê het. Jy kon met jou ma gepraat het oor jou pa. Jy kon hulp gekry het van ie-*

wers af. Bliksemse teef. Moordenaar. Moordenáár! MOORDENAAR!
Af met die gang verby al die eenderse deure met die nommers op.

1, 2, 3, 4, 5 . . . sy val en staan op.
6, dan geen nommers nie, en nog deure sonder nommers. En dan *10, 11, 12, 13* . . .
Kamer 13, waar die seuntjies gehuil het toe hulle gehoor het wat hier langsaan gebeur.
Dertien. Dertien.
En toe kamer 14.
Kamer 14.
Jacques s'n.
Carina gaan staan voor die kamer, maar haar moed begewe haar. Sy draai terug, gly, staan op, versteur die rommel en die stof tot so 'n mate dat dit lyk of daar 'n leërskare deur die gang gemarsjeer het. Skoene, voete, harige bene, kuite, grys skoolbroeke, puisiewange, pers hemde, kepse, snotneusies, stewels, tekkies, los veters, sleperige openinge deur die gang.

Carina kruip terug asof iets haar na kamer 14 toe trek. Dis hiér waar Jacques gekruip het, bloeiend en stukkend en vuil en verneder en verwese en seer en tot gekwordens toe bang.

Sy sukkel orent en sien dan die verweerde oorblyfsel van 'n fiets in die hoek, albei wiele gesteel, maar die raamwerk staan nog.

Nader en nader aan die fiets tot sy aan die handvatsels raak. Dieselfde handvatsels waaraan Gert Grové geraak het.

"Ma. Mamma."

Toe sy daaraan raak, voel die handvatsels warm, kompleet asof Gert se energie nog daar sit. Sy los dit asof dit haar brand. Toe raak sy weer versigtig daaraan, haar hande skielik sweterig en bewend.

"Mamma?"

Stemme van die seuns uit die kamers langsaan wat na hul ma's roep? Spoke wat haar wil vertroos?

Of is dit sy self wat praat?

457

Sy gooi die stuk fiets eenkant toe, dat dit oor die kamervloer gly tot teen die walglike pers muur.

Meeste matrasse is lankal gesteel of weggedra of deur die owerhede verwyder. Maar daar staan nog twee stukkende oorblyfsels van beddens teenoor mekaar. En een matras.

Carina stap na die een en gaan lê op die ongemaklike matras, nog verbasend ongeskonde. Die bedvere kraak. Dit wil onder haar gewig meegee, maar sy bly lê, kyk na die pers verf wat afskilfer, maar agter daardie pers is nog pers en nog pers en nog pers. Nes hierdie bed een lyf en nóg 'n lyf en nóg 'n lyf en nóg 'n lyf gehuisves het.

En nes daar baie lae van leuens en frustrasie en semen en kots teen hierdie mure is.

Sy krul haarself op, kyk na die muur, sien die graffiti. *Fuck the world at least you'll enjoy it.*

Maar dit is die bed waarop sy lê wat Carina die meeste aantrek. Jacques se energie is hier.

Sy raak aan die bed, streel oor die kopstuk, staan op, voel oor die vere, kyk na die stuk fiets wat teen die muur lê, loer terug na die bed waar hy aangerand is. Die bed . . . waar . . . hy . . .

Sien die muur waarna hy moes gestaar het toe Gert hom getakel het.

Carina loop tot by die stuk katel oorkant haar en kyk of sy die teddiebeer sien. Oorblyfsels, stukke vel, wol, kraaloë, vuil spuitnaalde, gebruikte kondome. Enigiets.

Maar daar is niks.

Toe trek die graffiti agter die katelstyl Carina se aandag. Sy loop terug, buk, bekyk dit. *Jacques Rynhard 1996, 1997, 1998* staan daar. En langs dit is 'n bruin vlek. Dalk kots? Dalk 'n handmerk?

Dalk bloed?

Sy steek haar hand uit en raak daaraan. Sy maak haar oë toe, hoor stemme in haar kop soos toe sy haar pa se lyk ontdek het en daarna dae lank in die inrigting gelê het. Toe sy teenoor die sielkundige gesit het na wie sy is nadat sy nie meer oor Elmien kon skryf nie.

"Hoe laat dit jou voel?"

"Wat? Die stukke brein wat onder my stewels gekraak het? Die bloed waarin ek amper gegly het?"

"Hoe het dit jou laat voel?"

Stemme. Te veel stemme. En woorde wat sy nou onderskei. Maar sy ken nie die stemme nie. Hoor net die woorde asof deur 'n ver wêreld na haar toe.

"Hoe het dit jou laat voel?"

"Hoe de hel dink jy het dit my laat voel?"

"Hoe het dit jou laat voel?"

Die laaste dag wat Jacques hier was. Wat hy sy goed kom haal het om na 'n veiliger plek oorgeplaas te word. Die laaste keer wat hy en Gert mekaar gesien het.

Sy sak teen die muur neer en raak aan Jacques se naam. Dink aan wat hier moes gebeur het. Dink daaraan soos sy dit gaan skryf:

1998

"Jy sal nooit klaar wees met dié plek nie, gabba." Gert se stem.

Dalk Jacques wat sy goed kom haal het. Sou daar kaste gewees het? Was hier plek vir so iets? Of het hulle niks by hulle gehad nie? Net 'n rugsak met persoonlike goed onder die bed? Jacques sou gebuk het om dit uit te haal.

"Lekker gekry destyds, gabba? Ek weet ek het. Albei keer."

Jacques wat geen reaksie toon nie. Wat sy sak neem. Gert skielik langs hom. Gert wat wydsbeen agter hom staan.

"Jy het baie kans gehad om dit uit jou eie te doen. Maar jy wou nie. Toe moet ek maar vat wat jy nie wou gee nie."

Jacques antwoord nie. Staan nou iewers saam met Carina in die kamer.

"Wil jy nog hê, kaboutermannetjie?"

Jacques wat sy sak oor sy skouer swaai en omdraai. En toe

Gert: "Hierdie plek sal altyd in jou wees, bliksem. Dis in jou bloed, jou derms, jou brein, jou pis. Maak nie saak waar jy heen gaan nie. Ek sal altyd daar wees."

En Jacques wat vorentoe loop, Gert teen die muur vaspen, sy gesig sentimeters van die ander seun s'n. "Elke keer as jy 'n motor steel, of iemand donner, of verkrag, sal jy onthou."

En Gert: "Jy is vir my so dood soos jou oukêrel wat vol wurms is."

Jacques sou Gert opgetel het asof hy 'n vrot vel was en hom teen die muur gegooi het. Miskien sou hy op Jacques se bed beland het, sodat Gert se kop teen die muur sou stamp. Vandaar die bloedkol. Die bruin kol. 'n Oorblyfsel van Gert.

"Ons ontmoet weer eendag, gabba. Ek sal jou kom soek. Ek sal jou kom haal. Ek is die brak wat jou sweet ruik en jou derms wil proe en jou besnuif tot ek weer een word met jou, gabba."

Jacques pluk Gert van die bed af op en doen wat hy van die begin af moes gedoen het. Hom ordentlik slaan om hom dood te slaan. Dit sou 'n vuishou wees waarin al Jacques se woede en aggressie van die afgelope twee jaar opgesluit was. Wat Gert dalk sy bewussyn sou laat verloor.

Dalk lê sulke vuishoue agter die woorde in *Die enkeling* wat haar so gefassineer het.

"As ons weer ontmoet, maak ek jou vrek, Jacques Rynhard," toe hy bykom.

En Jacques: "Jy kon my nie hier vrekmaak nie. Wat laat jou dink jy sal dit later regkry?"

"Daar is verskillende maniere van vrekmaak." Gert wat orent kom, sy kop vryf, kyk na die bloedkol agter teen die muur. En dan na Jacques se arm. "Daai tatoe is my geskenk aan jou, gabba. My love-bite aan jou. My hickey. Ek sal altyd by jou wees, soos 'n lekker soen."

Jacques wat sy sak vat en uitstap.

"Ek hoop jy het dit net soveel geniet soos ek!"

Jacques wat stilstaan, wil omdraai om hom weer te slaan.

460

"Killer!" Gert oor en oor. "Donderse fokken killer!" Hy sou gehyg het. "Jy, Rynhard, julle almal wat altyd sê ek lyk soos nageboorte. Ek sal my gesig laat mooi maak. Alles om gereed te maak vir as ons weer ontmoet. Ek sal meer handsome wees as wat jy ooit kan wees." Gert wat nader kom. "Ek sal in die nag voor jou bed staan as jy doedoes. Ek sal agter jou hurk as jy by die pisbak staan en aan jou enkel kerf met 'n Minora. Ek sal die seep in die stort in jou indruk en na mý sal jy dit kan vat – sal dit pas. Ek sal jou pen vashou as jy skryf en die letters sal rooi word asof jy met doringdraad skryf. Ek sal my vinger in jou druk as jy by jou girlfriend is. Ek sal oor jou voel, voel, soek, tot ek gekry het wat ek soek. Ek sal soos 'n spinnekop in jou spore hardloop en probeer om in jou skaduwee weg te kruip. Ek sal in jou sweet kots. Ek sal in elke storie wees wat jy gaan skryf.

"Ek sal die lyf wees wat van agter teen jou vasdruk in die bus, die man wat in die straat by jou verbyloop en jou met sy skouer slaan, wat voor jou sal spoeg en grinnik, wat by die ro-bot sal bedel met sy palm rou van verlang na jou en wyd oop en vol sere. En elke keer net voor jy kom, sal jy my gesig sien."

Hy sou sy gesig teen Jacques s'n gedruk het, dink Carina. En gesê het: "Kyk nou die laaste keer na my gesig. Want as jy hom weer sien, gaan hy lag as hy jou doodmaak. Killer!"

Die bloedstreep teen Jacques se woonstelmuur! Carina swaai om en kyk weer na hierdie merk teen die muur. Die merk teen Jacques se muur in Newtown! Kan dit dalk . . .?

Sy kry haar selfoon en soek die luitenant se nommer. Hulle moet forensiese toetse doen. Daardie bloedstreep in Newtown behoort dalk aan Gert!

Maar skielik sak daar 'n stilte neer. Kyk sy rond. Weet sy hier is iets. Iemand.

"Jacques?" Sy kyk rond. Loop tot in die gang, merk haar spore in die stof. "Jacques?" Haar stem eggo deur die vertrek. "Jaaaaacques! Die klank trek deur die gange, op met die trappe

461

tot in Beukman se kantoor sodat sy lessenaar daarvan tril. Selfs tot op die paradegrond, die kosmos, die kakiebosse. Orals.

Selfs die enkele stukke portrette wat nog hang, begin skud. Een val dawerend af in die stof.

"Jacques!"

Voetstappe. Iemand kom nader.

"Jacques!" skreeu Carina. "Wanneer is genoeg genoeg?"

Mysi kom om die hoek gehardloop. "Wat gaan aan? Is jy mal?"

Carina staar na Mysi asof sy 'n spook gesien het. Sy kyk terug na die kamer waarin Jacques twee en 'n bietjie jaar deurgebring het. Die pers verf wat van die muur afskilfer. Die bruin kol teen die muur, skaars merkbaar teen die pers. Maar dáár.

Mysi hardloop tot by Carina en gryp haar vas.

Carina bewe, probeer beheer oor haarself terugkry, maar sy bibber soos iemand wat kouekoors het.

"Ek vat jou dokter toe."

"Nee, ek is oukei." Carina se tande klap op mekaar.

"Moet net nie 'n nervous breakdown op my kry nie, seblief, enigiets behalwe dit!"

Hulle sukkel met die gang af tot by die voordeur. En toe Carina die vars lug inasem, is dit asof sy uit 'n tronk bevry is. Sy trek die lug diep in haar longe in. Toe los die bewerasie haar. En die donker energie en die vrees en die neurose begin verdwyn.

Carina probeer sê dat dit verby is. Dat sy beheer begin terugkry. Maar sy kry nie die woorde uit nie.

Toe hulle by haar motor kom, staan 'n ou swart man daar. "Die opsigter wat hier agter bly," beduie Mysi na hom. "Hy pas die geboue op. Leef op sy pensioentjie, is al wat ek kon uitmaak. Het kom kyk wat ons hier maak. Hy het byna in 'n spasma geval toe jy so skreeu!"

"Ek is Oupa Appie," sê hy. "Kan ek julle help?"

Carina skud haar kop.

Mysi raak gespanne. "Nee, dankie, Oupa Appie. Ons is oukei."

462

Carina haal die motor net-net. Mysi hou die deur oop en Carina strompel-val in.

Mysi plaas die sitplekgordel om Carina tot dit klik en draf dan om die kar om terug stad toe te bestuur.

Sy skakel die enjin aan en trek met 'n woeste vaart weg. Mysi ry amper die geboë ou man om, wat hulle nog met verskrikte oë aanstaar. Die wiele gly in die sand tot dit weer op die teerpad beland.

Carina sien hoe die bekommerde opsigter in die truspieëltjie verdwyn.

Toe waag Carina dit eers om te sê: "Slegte energie. Ek weet jy glo ook daaraan. Daardie plek is vrot daarvan." Sy sit haar hand op Mysi se skouer. "Ek is oukei. Jy kan maar ophou jaag."

"Wat de hel het gebeur?"

"Kon jy dit nie ook voel nie?"

"Ek was te besig om foto's te neem. Hemel, Carina, ek het my biscuit plat geskrik!"

"Ek is oukei."

"Ek neem jou steeds dokter toe, al kry jy net 'n flippen Valium. Ek sweer. Jacques Rynhard smokkel met jou siel!"

Carina se selfoon lui. Dit is Gavin.

"Môre, Gavin." Haar stem is kalm.

"My inboks bly leeg. Wat de donner doen julle? En ek hoor nou via die fluistergange van die kindermolesteerder wat daar op Kleinbegin gearresteer is. Glo Rynhard se ou skoolhoof."

"Die nuus sal te laat vir *Montage* wees. *Blitsnuus* het dit klaar gevat."

"Maar dit feature beslis in jou storie! Want dis die soort drek wat ek soek!"

"Natuurlik."

"Daar is nuwe stories wat breek. Jy het nou diep genoeg gesoek. Sodra jy terug is, sit ek jou op ander stories."

"Laat ek net hierdie een klaarskryf."

"Skryf dat Jacques en die skoolhoof 'n affair gehad het."

Carina verstik amper. "Waaaat?"

463

"Dis wat ek soek. Niks meer nie. Lekker opskrif. Skrywer en sy lepellê-skoolhoof! Hel, ons verkoop uit, suster!"

Sy kan net na Mysi staar.

"Waar is julle nou?"

"Navorsing by die Denneberg Verbeteringskool."

Pouse. "Wat de hel maak julle daar?"

"Mysi neem foto's. En ek het rondgekyk. Jacques Rynhard was hier."

'n Lang stilte. Toe onverwags: "Hierdie is nie 'n donnerse *Carte Blanche* special nie. Ek soek net seksskandale. Was daar 'n verhouding tussen Jan-Paul en Jacques? Het hy by sy skoolhoof geslaap vir goeie punte? Het hy meisies op die paal gesit? Niks verder nie. Ek soek niks van 'n donnerse verbeteringskool nie. Jy kom nou terug vir die nuwe storie. Nou, nou, nóú, hoor jy my!"

Die telefoon word in Carina se oor neergesit. Mysi staar geskok na haar.

"Ek kon dit tot hier hoor! Eers wil hy die storie met alle ge-weld hê, dan het hy genoeg gehad!"

"Kan jy dink wat hy gaan doen as hy van Jacques se pa hoor?"

En op die horison verdwyn Denneberg Verbeteringskool tussen die skewe populiere, die voos kakiebosse en die plat-gevrete gras.

Hier en daar oorleef 'n dapper pienk kosmos darem nog.

31

Liefde is as jy sy skottelgoed vir hom was sonder dat hy jou emosioneel afgepers het daaroor. Vanoggend se Agata-strokie toe Carina die koerante fynkam vir nuus oor Jacques. Sy het Mysi by *Montage* afgelaai met die verskoning dat sy aan haar Jacques-storie moet skryf. Maar sy wou ook nie in Gavin vasloop nie wat haar skynbaar dadelik op 'n ander geelpersstorie wil sit omdat hierdie een nou deeglik genoeg nagevors is.

Die verbeteringskoolstorie is tog 'n reuse-scoop! Wat gaan gebeur as Gavin hoor van die verkragting – want as daar seks betrokke is, moet sy dit skryf. Maar 'n sensasiebeluste weergawe net om tydskrifte te verkoop?

Sy sit vir 'n oomblik stil. Sy weet Gavin is dikwels onredelik, maar dié optrede is onsinnig. Wat presies wil hy van haar hê?

Om haar storie te manipuleer om hom te pas – dis wat hy wil hê. En sy gaan dit nie doen nie.

'n Weeklikse skindertydskrif belowe om vrae te beantwoord oor Jacques se gunstelingkos, sy geliefkoosde wegbreekplekke, van watter boeke hy gehou het (*Fifty Shades of Grey*?) en wat sy bewonderaars van hom dink.

Maar dit is die berigte in *Blitsnuus* wat haar aandag trek. Daar het tot dusver daagliks berigte verskyn oor hoe die saak vorder, dat dit nie Jacques is wat opgemerk is in vele kamtige ontmoetings nie, maar manne wat na hom lyk. Maar nóg kaptein Pietie Botha nóg luitenant Soon Alberts het sensasionele onthullings gemaak. Hulle het bloot gesê dat daar landwyd na hom gesoek word en dat hy beslis nie oor 'n grenspos geglip het nie. "Verskeie leidrade word opgevolg."

Nou die storie oor sy perverse skoolhoof. Wanneer vind hulle van sy pa uit? Of weet hulle reeds en bêre dit vir 'n groot Vrydag-voorblad, 'n dag voor *Montage* verskyn?

Daar is ook 'n kompetisie in 'n ander dagblad: "Wie lyk die meeste na Jacques Rynhard?" Dit wemel van foto's van mense wat na Jacques lyk. En terwyl sy die foto's bestudeer, moet sy lag. Op sommige boots die modelle Jacques se rustige glimlag na. Ander glimlag weer te breed, wys te veel tande of flikker hul oë narsissisties.

Daar is miskien een persoon tussen die warboel foto's wat bietjie na Jacques lyk. Sy bestudeer dit noukeurig. Hy kweek dieselfde ontwerperstoppels as Jacques, en sy oë is blou. Maar ten spyte van die poging om Jacques se skewe glimlaggie na te boots, is sy lippe te opsetlik in 'n ligte grynslag vertrek.

Die res van die foto's strek tot onderaan die bladsy. Nie een van hulle het daardie rustige blik van iemand wat die lewe deurleef het en gemaklik is met homself nie.

Orals is aanmerkings van mans wat glo gereeld met selfone gekiek word omdat mense hulle met Jacques Rynhard verwar.

"So, wat sê jy, Afrikaan?" vra Carina. "Dat mense dalk na jou mag lyk, maar dat die lewe nie oud geword het in hulle oë nie?" Sy moet dit na die skepper van Agata toe stuur!

Haar vingers glip rats oor die kontakte op haar selfoon-adreslys en sy skakel een van haar kollegas by *Blitsnuus*.

"Hallo, Bazil."

"Sjoe. Ek het eerder verwag om van Osama bin Laden te hoor."

"Hy is dood."

"Juis."

"So. Wat's die jongste fluisteringe in die gifgange?" vra sy.

"Dat jy 'n killer-storie oor Rynhard skryf."

"H'm." Versigtig trap, Carina. "Jy weet jy skuld my, Bazzie?"

"Ja, ons kan vanaand gaan eet en daarna die skuld vereffen."

Carina lag. "In my nagmerries, ja. Luister, pel. Wie teken Agata?"

'n Laggie, asof Bazil die navraag al tevore gekry het. "My mond is so toegezip soos 'n maagd se ritssluiter. Net Frans en die kunsredakteur, Danie, weet."

"Ek het vir 'n oomblik gedink Jacques Rynhard is dalk Agata. Maar hy kan nie teken nie."

"Wat het jou laat dink dis hy, Riens?"

"Die sterk sin vir galgehumor. En omdat daar van haar strokies op sy kennisgewingbord is. Hy volg haar getrou."

"As dit hy was, sou dit lankal uitgekom het en Frans sou 'n storie daarvan gemaak het – jy ken hom, jy het immers lank hier gewerk."

"Ook weer waar."

Sy moet vra. Nou. Bazil sal haar sê mits sy die saak reg benader.

"Nog interessante inligting oor die Rynhard-man?"

"Lekker drama hier. Wag, ek stap gou uit."

Carina voel die spanning in haar opstyg. Hulle het uitgevind! Oomblikke later: "Hermanus het mos die stories oor hom gedoen. Toe kry hy en die baas stry."

"Waaroor?"

"Frans sê Hermanus se hart is nie in die storie nie. Daar moet iets dieper wees en hy skryf net oppervlakkige stront. Hy wil die storie nou vir iemand anders gee, so dit het bietjie vasgehaak."

"O."

Stilte aan die ander kant. "Luister, Cariens. Ons mis jou moerse hierdie kant. En al wil Frans dit nie erken nie, veral hy. Want ek weet as jy nog hier was, het hy jou op die storie gesit."

Versigtig, Carina. "Ek sien."

"Ons dink Miriam gaan dit kry."

"Sy sal nie 'n goeie storie van 'n *Kokkedoor*-resep kan onderskei nie."

Bazil vroetel aan iets. "Is jy jammer dat jy weg is hier?"

"So bietjie."

"Mens weet nooit wat jy gehad het voor jy . . ."

467

"Spaar my die clichés, Bazil."

"Oukei. Hier's die deal. As jy my ingelig hou oor Rynhard, oor al die sappige detail, vind ek uit wie Agata is."

"Ek dag Miriam doen die storie."

"Ek wil dit eintlik doen, Kariens."

"Nie 'n goeie ruil nie, Baz. Jammer."

Hy sug. "Nou wat soek jy dan?"

"Ek dink die skepper van die Agata-strokiesprent weet waar Jacques Rynhard is."

'n Verbaasde stilte. "Hoe weet jy dit, Riens?"

"Ek weet dit net."

Hy lag. "Goed. Jou instink was nog altyd reg. Ek sal kyk wat ek kan uitvind. En dalk, dalk kompeteer ons vir dieselfde storie!"

"Uh-huh."

"Cheers. En weer, ons mis jou."

Sy skakel haar radio aan op RSG, al is dit net om vir 'n oomblik van haar gedagtes oor Jacques Rynhard weg te kom. Daar word 'n onderhoud met Lucille van Wyk gedoen, die vrou met die helder oë en die groot bos hare wat agter haar gesit het toe Jacques nie vir die prys opgedaag het nie, en wat hom so liefderik en in so 'n sonore stem beswadder het.

Haar stem is egter nou aangedaan.

"Jy het Jacques Rynhard goed geken, neem ek aan, Lucy?" vra die omroeper.

'n Effense snik. "Kan nie vir jou sê hoe mis ons hom almal nie. Hy was, ek bedoel, is soos familie, so deel van ons, so geliefd. En as daar iets met hom moes gebeur het . . ." Weer 'n asempie. "Hy is die land se beste skrywer. Ek het *Die enkeling* pas klaar gelees. En glo my, as ek dit 'n maand gelede gelees het, het ek hom genader om 'n TV-reeks daarvan te maak. Dit is . . . absoluut ongelooflik. O, ek sou so-so-so graag met hom wou werk! Jacques, as jy ons dalk nou hoor, skakel my. Kom terug na ons toe, want –"

Carina skakel die radio af. Sy kan die valsheid nie 'n oomblik langer verduur nie.

"Met sulke vyande, en met geen vriend wat jy kon vertrou nie, Afrikaan, wat het daar vir jou oorgebly?" vra sy vir die rekenaar. "New York? Jou tikmasjien? Jou selfrespek? Om iewers voor 'n trein te gaan lê?"

Sy begin nou aan Jacques Rynhard se storie skryf, maar die Gavin-weergawe. Sy vorder net drie nuttelose paragrawe en besef dan dat die valsheid waarmee sy skryf, en die feit dat sy verby en óm die waarheid skryf, haar storie pootjie.

Sy maak 'n nuwe dokument oop en begin dit skryf soos sy dit vir *Blitsnuus* sou geskryf het.

Waar sy nie 'n invalshoek vir *Montage* kon kry nie, vloei die woorde nou uit haar rekenaar in haar huis. Skryf sy soms so vinnig dat haar vingers oor die sleutels struikel. Ander kere beweeg sy terug met die merker en vee sinne en paragrawe uit en skryf koorsig oor.

Bewussynstroomtegniek. H'm. Sy pas dit ook nou in die artikel toe – die artikel wat sy eenkant gaan hou voordat sy weer Gavin se vals prulstorie gaan aanpak, soos sy 'n vervelige opstel op skool aangepak het oor "Wat beteken my juffrou vir my?".

Alles wat sy tot dusver oor Jacques Rynhard uitgevind het, lê soos 'n berg voor haar in wat sy nou onbevange en sonder self-sensuur skryf. Sy moet net keer of die storie oorrompel haar. Sy weet skielik nie waaroor om te skryf en wat om te vermy nie. Sy meng die verbeteringskool-insidente met Jacques se kinderlewe terwyl die name Lena en Jan-Paul en Alicia en Liebet en Chivas oor die skerm vlieg.

Sy kyk vinnig na die jongste SMS'e en sien kortaf e-posse van Gavin.

Ek soek nie 'n Time Magazine *special nie. Onthou wie jou lesers is!*

Carina onthou hoe dikwels skrywers met Frans by *Blitsnuus* gebots het omdat hy nie van die invalshoeke van hul stories gehou het nie. Maar vir hom was die doel van die storie, die waarheid, altyd belangrik.

Nou mis sy hom éérs.

Sy antwoord, net om Gavin van haar nek af te kry: *Storie kry*

vorm en lyf. Skryf dat dit klap. Moet werk waar ek privaat is – tuis.
Jy kry die storie môre. Vertrou my. C.

Sy begin weer verwoed skryf, maar nie aan Gavin se storie nie. Dit sal sy vanaand vinnig afhandel.

Dit is toe sy die naam Alicia tik, dat Carina besef dat dit die persoon in Jacques se lewe is van wie sy die minste weet. Wat Jacques na al die jare nog liefhet en ten spyte van die breuk tussen hulle voortdurend oor hom twiet en Facebook-inskrywings maak.

Dit noop haar om terug te gaan na die los bladsye wat sy uit Jacques se woonstel geroof het.

Het Jacques dalk gewag vir die regte persoon om dit te ontdek? Dit is immers wat sy halfvoltooide gedig sê. Asof dit vir háár geskryf is.

Sy neem die bladsye en soek daardeur tot sy Alicia se naam sien. Toe blaai sy enkele bladsye terug na die tydperk in Jacques se lewe waaroor sy die minste inligting kon opspoor. Sy aankoms in Johannesburg nadat hy van Chivas en sy ma teruggekeer het, met New York en Cynthia Olive nog vars in sy kop en sy tikmasjien onder sy arm.

Carina wil vir haar tee maak, maar wanneer sy aan Jacques se aantekeninge begin lees, vergeet sy daarvan en soek haar vinger deur die netjies getikte bladsy tot by die datum 2002. Jacques se verlore jaar.

1 FEBRUARIE 2002

Ek wil die land sien – die hele wêreld verken met net my rugsak en my tikmasjien. Slaap waar dit donker word. Het genoeg geld (ek freak bietjie uit oor ons speelgoedgeld-rande) gespaar (heil die wisselkoers!). Wil sien wat ek alles gemis het. Want danksy die wisselkoers kan ek lekker lank oorleef met my dollars wat nou Monopolyvragte rande word.

En die fluweeljare in New York. Hel. Ek mis daai stad met sy mooi zombies wat met regop rûe by glaspaleise inmarsjeer. Of pizzas in

470

stegies staan en eet of brakke aan leibande probeer beheer. Waar meisies in sjoebroekies in Central Park hardloop en rolskaatsers met sonbrille en Walkmans die stadsgrom in U2 of Beethoven verander. Waar nuus in neonligte droom oor die waarheid. Waar taxi's soos surfers oor die mangate blits. Waar jy uitlaatgasse en 'n meisie se parfuum in een asemteug kan kry. Waar almal ongeduldig in wegneemplekke skreeu: "Next!" of sê: "Have a nice day" maar bedoel: Los my uit!

Waar jy vier en twintig uur per dag bagels in 9th Avenue langs granate koop en hoere soggens vyfuur grimmig van slegte nagte terugwals. En waar mooi meisies vir jou knik asof hulle sê hulle weet hulle's mooi en hulle sal as jy wil.

En ek het. Dikwels, ná Cynthia.

Ek bemin New York soos 'n eksotiese vrou. Ten minste aanvaar die stad my soos ek is. Steek sy my nie in die rug nie. Slaap sy nooit. Verwag sy niks van my nie.

Dit moet koel wees om daar dood te gaan. Ek dink my siel sal sommer oorspoel oor die sypaadjies tussen die verkeer in. Ten minste sal hy dan ophou wroeg. Sommer net deur die beton syfer soos 'n lentereën wat oor die stad kieza en in een van die mangate verdwyn en nooit weer gekry word nie.

Dit moet salig wees om nooit weer gekry te word nie. Om een met daardie beton te word waar mense oor jou loop en treine onder jou skud soos 'n orgasme en niemand eintlik van jou weet nie. Daar kan jy intuimel in jouself, verlore raak in wat net jy van jouself weet en waar niemand jou op voorwaardes liefhet nie. Net vir wie jy is.

Dis die plek waar jy net kan wees.

Ek wil daar wees. My stad, my plek, die holte vir my siel. Ek wil Cynthia weer sien. Liefde maak met haar om net daarna deur haar uitgejaag te word omdat sy nie in verhoudings glo nie. "Verhoudings vernietig liefde, Afrikaan. Uiteindelik is jy alleen. Net alleen. Net 'n enkeling."

Maar ek wil ook weer vir Lena sien.

Lena. Storieboekmeisie.

Ek is hier. Mors suurstof. Sien beeldskone verval in die Johannesburgse middestad. Het 'n effense Amerikaanse twang opgetel, veral as ek in Engels vir water ("whadherh") vra.

Ja. Ek's hier. Terug in die land wat soos 'n ou hoer geword het en opvreet wat hy kry en sy goudtonnels meer noukeurig as ooit tevore wegsteek en vrate toelaat om die vet af te skep. Wat nou?

Nou wil ek net wees wie ek is (wie de hel is jy, Afrikaan?) sonder om verantwoording te doen of nice te wees (goed, Dikkes, drie van die bestes oor die woord "nice"; sela) en een word met die land en heerlik saam met hom verval en my oorgee aan die onafwendbare. Of sommer net wees. The unbearable lightness of being Jacques Rynhard. Vrek! Hoekom het Milan Kundera my titel gesteel?

Is ek 'n Afrikaan? Is ek 'n swerwer? Is ek 'n mislukking? Is ek 'n mixed grill wat nie sy kop van sy elmboog kan onderskei nie? Jammer, Dikkes, 'n "allegaartjie". Hel, ek het darem nie daai woord in die vreemde vergeet nie.

Afrikaan. Wat is dit? Iemand wat Afrikaans praat? Iemand wat van Afrika is? Maar wat is ek? 'n Immigrant wat net kortliks in Afrika vertoef omdat my voorsate dom genoeg was om hiernatoe te vlug vir hul geloof? Dit alles voor ek terugvlug New York toe?

Cynthia het intussen getrek. Ek hoor sy's Kanada toe. Het haar weer probeer kontak, maar sy het verdwyn.

Hel. Dit moet lekker wees om te verdwyn. Wonder of daar 'n ander ontluikende skrywer is vir wie sy as plot whisperer sal dien? Iemand wat elke fyndraai met 'n nuwe plot vereenselwig.

Ek moet 'n boek skryf met die titel Fyndraai. Sal 'n bestseller – jammer, Dikkes, 'n topverkoper, 'n blitsverkoper wees. Fyndraai. Nou daar lê goud.

Hei, Afrikaan. Treine! Anders as die slap, blink Amtrak-treine van Amerika. Regte bulle. Treine, man. Lokomotiewe en treine. Daar moet nog lokomotiewe wees. Ek kan die goed mos help restoureer! Ek ken hulle asof ek hulle self gemaak het! Amen! As daar treine is, is ek daar, werk ek op een. Enigiets net om

Dit is waar die bladsy ophou.

472

Carina skakel luitenant Soon Alberts. "Julle is doodseker hy het nie die land verlaat nie?"

"Ons hou elke lughawe, elke hawe, elke grenspos noukeurig dop. Hy is beslis nie deur een van daardie punte nie."

Carina skakel haar foon af en blaai na die volgende bladsy, dié slag nie getik nie, maar weer met 'n groen pen geskryf – 'n jaar later. Jacques het skynbaar niks tussenin geskryf oor sy swerfjare nie.

15 JANUARIE 2003

Afrikaan. Ja. Nou is jy 'n propperse Afrikaan. Ek het die langpaaie tot fyn stof vertrap en die kortpaaie vermy. Die berge beklim en die dale deurkruis. In strooise geslaap (jammer, hutte), by swart gesinne gebly. Weggebly van wat die Oos-Transvaal was, maar laer af op die landkaart geswerf. Kalahari, Karoo, Kaap, Tuinroete, KwaZulu-Natal, Namibië. Orals waar daar treine is. Selfs 'n stoomtrein gery wat toeriste vervoer. Dis al wat die groot meneer nog doen. Kiekende, singende, vrolike toeriste met fraai kepse en moerse kameras. (Hoe lank kan 'n lens dan ook nou wees?)

Hier en daar was 'n meisie. Skaam meisies. Mooi meisies. Ek raak meer gemaklik daarmee om sommer in die bondel te vry. Maar dan onthou ek Lena en dit voel of ek opdroog.

Probeer Cynthia steeds kry. Sy's heeltemal weg. Heeltemal. Verdamp. Vervlieg. Opgelos soos 'n Disprin in water.

Fluister haar mooi stories in iemand anders se oor.

Of het sy net in myne gefluister?

Soms het ek op die grond geslaap, soms onder 'n bos, soms, as ek werk kon kry, op 'n plaas met 'n kwaai boer en 'n vriendelike vrou wat my "boet" genoem het.

Ek kyk na die meisies tussenin en weet: Ek sal nooit weer lief kan raak soos vir Lena nie. Cynthia, ja, lekker tussenin, maar Cynthia het my op 'n afstand gehou.

Maar Lena is vir altyd. Hemelvader, Lena. Waar de hel is jy?

Ek kyk vanoggend na myself in die spieël en ek weet nie wie die

473

ergste wildewragtig is nie, ek of die homeless onder die M1. Of die pavement special wat hier buite rondsnuffel en kartonne soos 'n kaia van papier rondsleep.

Ek het verlede jaar net vir Chivas laat weet waar ek in die land rondswerf. Dan het sy my ma "gerusgestel". Nie dat Ma sou omgee waar haar man se moordenaar 'n jaar lank tussen werke en sonder 'n siel rondskrop soos 'n afkop-hoender nie.

Maar ek is nou terug in Johannesburg en lyk soos 'n gomgat. Moet my baard afskeer. Lyk nes Jopie Adams in daai TV-reeks destyds.

Chivas wil hê ek moet by haar kom bly. Not 'n hel. Ek gaan nie terug na daardie stofbesmette plekkie toe nie. Nooit, ooit weer soontoe nie.

Maar hoe het 'n skrywer eendag gesê? "'n Goeie storie neem jou ook na plekke waar jy nie wil wees nie." Maklik vir daai paloeka om te praat. Hy het nie op Kleinbegin grootgeword nie.

Hy is nie 'n moordenaar nie.

Ek het al in gomgatplekke gebly die jaar wat ek geswerf het. Dus is hierdie kamer in Fordsburg die Taj Mahal. Ek bly in die agterplaas (die jaart!) van 'n dierbare ou antie, skies, tannie wat seker jare laas gesien het hoe die kamer lyk wat sy uitverhuur. Dis oukeierig, ordinêr (as jy 'n prentjie in die woordeboek moes plaas), soort van afskeep-leefbaar, maar dit kort verf. (Net nie pers nie.)

Ek plak hier omdat ek eers weer met die stad wil saamsmelt.

Newtown laat my al meer aan New York dink. Klein New York, net so hard, wanordelik en moedswillig.

Ek is uiteindelik 'n baster-Afrikaan met 'n aks van 'n identiteit.

Noudat ek deur die land geswerf het, boeremense leer ken het wat meer gasvry was as Kleinbegin se mense, tannies wat my onderdak gegee het as ek hulle huise verf, ooms wat my geleer skaapskeer het sodat ek vir 'n maand darem kan geld maak, meisies wat my in hul beddens toegelaat het en waar ek dikwels langer as een nag oorgebly het maar nie kon verlief raak nie. Dit is miskien wat ek toets. Blok Lena vir altyd en altyd my hart?

Of het ek daardie liefde maar net geskep soos 'n storieboek 'n plot nodig het?

Wag die regte meisie dalk iewers en ek weet nie waar sy is nie?

Is hierdie tussenin-meisies met hulle lang bene en hul borste wat regop staan en dieptes waarin ek weer en weer wil verdwyn net half-wegstasies? Is mens ooit veronderstel om jou geesgenoot te kry? Want as ek Lena nie weer opspoor nie, wie is daar dan?

Werksmoontlikhede in Jo'burg is so skaars soos 'n eerlike pro-kureur. Ek dink terug aan die plekke waar ek was en waaroor ek glad nie geskryf het nie, 'n jaar lank, om my kop skoon te maak.

Ek het op plase gewerk waar boere mor oor die herverdeling van grond. Ek het gebou, gate gegrou, skottelgoed in vlooibesmette hotelle gewas, ek was op 'n kol toergids wat heen en weer op 'n stoomtrein op die Tuinroete gery het, en ek was die enigste wit kondukteur op treine. ("Waar daar treine is" se woorde sal eendag op my grafsteen staan, maar daar is te min klip en te veel woorde.) Dit was 'n koel jaar. (Cool?) Ek was tussen iewers en nêrens. Ek was "elders" waar dit mooiweer en warm is. Behalwe in Sutherland en Carnarvon. Dis donners koud daar. Ek wil nooit weer so koud kry en wakker word en dink my tone het afgevries nie.

Maar ek is nou gatvol geswerf. Ek wil iets die moeite werd doen.

1 FEBRUARIE 2003

Vir 'n formele werk kan ek nie aansoek doen nie. Iewers sal Denne-berg Verbeteringskool opduik. Sal hulle my as 'n moordenaar sien. Ek sal op my eie moet voortploeter soos 'n miskruier wat sy bol teen 'n bult uitstoot en dan deur 'n toeristebus moerland toe gery word.

Ja-nee, die Afrikaan skraap bosbollie bymekaar om geld te maak wat sy sondes bedek en hoop om nie in die proses doodgery te word nie.

Dalk is dit alles apartheid se skuld! Skater-giggel-grinnik.

Ek moet my geld nou bietjie vir bietjie op die regte goed uitgee. Soos papier vir my tikmasjien. Dalk selfs 'n rekenaar. Want redak-teurs aanvaar nie manuskripte of artikels wat op 'n tikmasjien ge-tik is nie.

475

Sal ek op iets anders as hierdie tower-tikmasjien van Lena kan skryf? Ek het op die stasies waar my paaie geslinger het soms iets probeer pleeg, maar alles weer opgeskeur. Ek moes my kop net suiwer.

Wat dink jy is 'n Afrikaan, Lena? Iemand wat Afrikaans praat? Wat sy Afrikaansheid met hom saamdra soos 'n oom Paul-baard? Wat verlang na die Melkweg of jou sagte mond of jou mooi groot oë of jou vingers wat altyd oor my kopvel gespeel het? Wat een met my geword het een wonderlike nag in 'n lokomotief?

Wat is 'n Afrikaan regtig, Lena? Iemand wat poseer vir jou skilderye? Wat eintlik maar net wil treine stook en wat net so uitgedien en uit die mode is as stoomlokomotiewe? Wat nooit eers die bosoorlog deurgemaak het en bosbefok geraak het of terroriste gejag het of opgesluit is omdat hy apartheid gehaat het nie?

Wie is ek, Lena? En wat is liefde? Waar is jy?

Ek het navraag by Wits gedoen. (Sou nogal mooi daar ingepas het met my lang hare en baard. Die baard het intussen gewaai.)

Lena het die einde van verlede jaar afgestudeer en toe verdwyn. Bly glo iewers waar sy kan skilder. Het gesê sy gaan die land vol toer en op plekke aangaan waar sy nog nie was nie om haar hart uit te skilder en uitstallings te hou.

Ek kon nie eers haar pa opspoor nie. Hy is lankal weg van Kleinbegin.

Hoekom het jy nie vir my gewag en saam met my geswerf nie, Lena? Dan kon ons liefde onder die maan maak en voor Matjiesfontein se museum op die perron slaap, of kon ek jou warm gehou het in die Ceresberge en kon ons saam 'n storie geleef het.

Waar kan ek jou opspoor?

Intussen sal ek my spaargeld moet afknyp en die goedkoopste rekenaar koop wat ek kan kry. Selfs my dollar-rande raak nou minder na 'n jaar. Ek moet internet aanskaf. Kontak maak met redakteurs. Kortverhale verkoop aan tydskrifte. Die betaling is nie te sleg nie. En daar is baie stories wat ek wil skryf. Stories wat teen 'n damwal opgedam het en nou wil uitkom.

Stories oor alles behalwe wat vóór 1999 met my gebeur het.

Want as ek daaroor skryf, word dit weer lewendig. Ek is dus 'n sissie. Ek is te bang om dit te skryf.

Lafaard.

17 MAART 2003

Ek het uiteindelik 'n rekenaar gekoop. Voel soos 'n baksteen in my hand, maar 'n dun baksteen. Jy kan nie eers iemand daarmee gooi nie. Ek sal moet vrede maak met die ding.

Ek tik nog steeds. My vingers wil nie hulle lê kry nie, raak verdwaal oor die rekenaar se letters (toetsbord!) wat te plat is, wat nie regop staan soos op 'n tikmasjien nie. Dis soos fyn skaapdrolletjies. Sagte, nikswerd goeters wat jy nie met mening kan slaan soos 'n tikmasjien se regopstaan-letters nie. Dit maak amper nie eers 'n geluid as jou vingers daaroor beweeg nie.

Maar iewers moet ek begin as ek vir myself wil sorg.

En tog, wat gaan ek skryf?

28 APRIL 2003

Ek het my eerste bier in drie maande gedrink, want ek het twee kortverhale verkoop. Die briewe van aanvaarding het op dieselfde dag in my e-pos verskyn. (Haat dit om op e-pos in te gaan. Voel of almal dit kan lees.)

Ek wou dit saam met iemand vier, maar daar is niemand nie. Die Goudstad is onvriendelik, laat nie maklik vreemdes in die binnekringe toe nie. Nogal baie soos New York. Toe sluk ek darem 'n biertjie af in Fordsburg. Die bier het amper op my rekenaar gemors. Sou 'n ramp gewees het.

Ek vier my eerste stories en vernietig sommer die instrument wat die stories pleeg terselfdertyd met bier!

Dis maklik om gemors op 'n rekenaar te skryf. Die tikmasjien se letters halt jou as jy snert skryf – verdra nie foute nie. 'n Rekenaar is soos 'n brakkie wat al om jou enkels kef en die regte geluide maak as jy dit voer. Irriterende aanhangsel.

Ek steek die rekenaar weg. Dit mag nie naby die tikmasjien staan nie.

Die tikmasjien. Ek moet miskien dáárop ernstig begin skryf. 'n Storie oor Die Afrikaan. 'n Ballade oor wat dit beteken om Afrikaan te wees. Om Jacques te wees. Altyd met mense om hom. Baie pelle in die strate en in die restaurante waar ek uithang en selfs deesdae op e-pos. Lekker meisies wat wil en kan.

Maar altyd enkel.

Ek slaan die betekenis van "ballade" na: " 'n Verhalende gedig, met of sonder refrein, wat 'n (romantiese) episode behandel, soms met sprorge in die verhaal. 'n Romantiese lied van verhalende en herhalende aard."

Ja. Pas my. Baie my styl. Behalwe die gedig-gedeelte. Ek het een of twee gedigte geskryf, want toe ek maltrap verlief was – toe kon ek dit pleeg. Maar as ek dit vir geld moet doen? Ek wil eintlik ballades skryf. Sjoe. Probleem nommer een.

O ja. Ek gaan darem gim toe – het geld daarvoor afgeknyp. Help my om van oortollige energie ontslae te raak. Daar is mooi meisies in die gim, onder meer die instrukteur. Sy het my al verskeie kere vir wortelsap genooi. Grinnik-grinnik-grinnik! Wortelsap. (Hoe ironies is dit nie, Cynthia?) Niks sterker as gesonde wortelsap vir haar nie. Nie dat daardie girl iets sterkers nodig het met daardie lyf nie.

7 MEI 2003

Oukei, die gimmeisie: Sylvia-met-die-meeste. Gisteraand was lekker. Het my weer ander meisies laat onthou. Great. Kan dink hoe Dikkes my sou geneuk het oor daardie Engelse woord. Of my na Steenkamp gestuur het sodat hy aan my boude kan vat met sy sweterige vingers. Ek en Sylvia gaan mekaar so aan en af sien, en ons gaan op plesiertogte.

Sy werk by 'n reklameagentskap en kry vir my vryskut-reklamekopiewerk. Ek skryf radio- en TV-flitse wat almal suksesvol is. Dit is egter vir my moeilike werk. Ek hou nie daarvan nie omdat jy onder so baie reëls en regulasies moet werk en talentlose kliënte met baie geld, wat nie weet wat hulle wil hê nie, tevrede moet hou. Ek probeer Jan-Paul ook opspoor, maar kry nie sy pa of ma in die hande nie. En Lena bly steeds 'n raaisel. Is sy landuit? Ek wil ook weer die land in vaar met my tikmasjien en rugsak, maar nou moet ek eers 'n bestaan maak.

Halleluja en Psalm 119 sommer in een sin! Nog 'n kortverhaal is aanvaar.

Toe ontmoet ek vir Gerda. Pragtige, sexy Gerda wat sê ek moet my seksuele energie op warm stories gebruik. Want sy het party van my stories gelees wat ek op my tikmasjien geskryf het (die verdomde rekenaar gee my die horries, maar ek moet). Sy ken iemand wat iemand ken wat nog iemand ken wat warm romans publiseer en die skrywers maak glo 'n fortuin.

Dis 'n resep, vertel sy my terwyl sy in my arms lê. Held en virginale heldin haat mekaar. Ontmoet, baklei. Op bladsy 30 besef sy die eerste keer sy hou van sy ondeunde groen kykers (jig), dan soen hulle amper hier teen bladsy 50.

En dan is daar die (aantreklike) antagonis. Vrek. Dis die woorde wat die meeste in daardie uitgestelde begeerte-romans voorkom. Beeldskoon en aantreklik. Almal is altyd mooi. Het gewone mense nie ook begeertes nie? Dan, op bladsy 75, begin hulle warm raak vir mekaar, tart mekaar, doen dit amper, maar nie. Met mooi beskrywings van sy magtige skouers en haar slank middeltjie tussenin. Op bladsy 130 soen hy haar die eerste keer voluit. Robuust!! En op bladsy 131 doen hulle dit met klere aan sonder dat jy dit eksplisiet beskryf.

Tantes wil geprikkel word, nie met 'n kondoom oor die kop geslaan word nie.

17 JUNIE 2003

Gister, 'n vakansiedag, stap ek Newtown toe. Daar word nuwe woonstelle (apartments, noem hulle dit, of pads) opgerig. Lyk nie te sleg nie. Hulle begin dit reeds verkoop.

Ek het een bespreek en sal die deposito betaal sodra ek die eerste tjek vir my eerste warm roman gekry het. Kookwaterromanse, noem my uitgewer dit. Maar dit sit kos op die tafel, 'n mooi meisie in my bed en betaal die water en ligte.

En soms 'n los bier.

31 AUGUSTUS 2003

Ek het nog 'n kookwaterboek verkoop. Het pas my tjek vir die eerste een gekry onder 'n skuilnaam. 'n Vroueskuilnaam!

My Ballade wag nog om geskryf te word.

Ek en Gerda het gister opgebreek. Mens kan net soveel seks hê met iemand wat jy nie liefhet nie, dan loop jy in jouself vas.

Ek kry toe 'n e-pos van ene Alicia Francke. Sommer net haar naam het my warm gemaak. Alicia Francke. Sjoe. Mooi naam. Sy het my kortverhaal, "Die vergoeding", gelees en hou van my styl.

Ek praat baie met Chivas oor die foon, soms met Ma. Maar daar is sulke lang, formele stiltes tussen my en Ma.

13 SEPTEMBER 2003

Uiteindelik die woonstel in Newtown gekoop. Dit sal einde van die jaar klaar wees, dan kan ek intrek. Ek gee nie om om nog vir 'n paar weke in die ou kamertjie by tant Trynie te bly nie. Ek het dit mooi uitgeverf en skoongemaak en selfs die buitekamer betrek. Ek het die geyser self reggemaak, want ek het genoeg koue storte in die verbeteringskool en in New York gehad, nou leef ek soos 'n koning in twee vertrekke. Yowza!

Hoor daar's 'n lekker kabaret in 'n restaurant in Newtown vanaand en na die tyd lees mense van hulle gedigte en is daar kuns-uitstallings en 'n jazz-groep tree op. Ek lief jazz. Jammer, ek is lief vir jazz.

Ek sal gaan, want ek het lus vir iets met meer om die lyf (hie-hie-hie) as dit wat ek daagliks pleeg.

Het tog met die uitgewer probeer kontak maak gister, maar Alicia Francke is tans in die buiteland. Ek sal haar nou eers in November kan ontmoet. Klink interessant. Sal maar sien wat gebeur.

14 SEPTEMBER 2003

Ek dwaal deur Newtown se kleurvolle strate. Lyk soos krabbels vol mensegesigte van alle kleure. Kyk waar ek binnekort gaan bly. Ken reeds die bekendste restaurante. Dwaal deur die Werksmuseum. Kyk hoe die myners destyds in haglike omstandighede gewoon het. My omstandighede in die buiteland en soms toe ek deur Suid-Afrika geswerf het, was ook dikwels so bar.

Ek voel my in 'n mate nader aan die werkers wat op die klipharde sementbeddens geslaap het wat so koud soos grafstene voel. Nes ek dikwels moes slaap, darem met 'n verflenterde kombers of twee wat na sweet en vuil ruik.

Die storte in die museum lyk na iets uit 'n konsentrasiekamp. Ek onthou toe ek in De Aar in iets soos 'n kampong oorgebly het, voos gewerk, gedaan, en moes stort. Ek het met my plakkies aan gestort. Dit was soos die storte in DB.

Nou PataPata Restaurant in Foxstraat. Daar staan baie mense buite. Afrikane, soos ek. Sommige met rasta-hare, oorbelle, tatoeëermerke op elke deel van hul liggame (ek steek myne wat op my skouer is weg), lopende skilderye, hippie-rokke, Liewe Heksie-hoedens, musse met dagga-embleme op, los rokbroeke met twee verskillende kleure pype, kaal voete, ringe deur hul neuse, en ek voel heel tuis, want dit is soos New York se Soho waar ek graag uitgehang het.

Ek is 'n Afrikaan, maar my hart is in twee wêrelde. By Cynthia in New York en by Lena, wat nou al vyf jaar uit my lewe is, iewers in Suid-Afrika. (Of is sy dalk landuit?)

Toe ek oor die restaurant se drumpel loop, sing my kop. Ek kom tot stilstand. Kyk. Kyk weer, draai om, loop uit, draai terug, vra vir die vrou met die rasta-hare langs my of sy sien wat ek sien. "Ja," sê sy. "Is mooi paintings."

My knieë word water, soos daardie dag toe ek en Jan-Paul Lena die eerste keer by die waterpoel gesien het.

Dit voel of iemand 'n kwilt met stoomtreine op oor my vou en my met warmte koester. Want daar, voor my, 'n tiental skilderye waarvan ek die styl dadelik herken.

Dit is Lena s'n.

Ek loop vir 'n tweede keer uit. Fyn reëndruppeltjies begin nou val en ek draai my gesig na bo sodat die water my kan nugter maak. Nie dat ek enigiets gedrink het nie. Maar eensklaps het alles om my begin draai soos 'n verwoede klimtol op 'n skoolgrond vol plaasseuns. So vinnig dat die treine op die skilderye begin beweeg – die pluime rook swaar oor die lokomotief en die spoor wat sigbaar bewe.

My lyf wat vir jare op autopilot was, word skielik lewendig. Ek vóél die reën. Dit raak sterker en deurdrenk my. Ek voel die koue nattigheid tot op my vel, deur my baadjie wat ek by 'n straatsmous gekoop het, en oor my hemp. Dit stroom oor my gesig en teen my nek af en selfs tot op my maag.

Ek hoor die verkeer, ek hoor musiek iewers. Ek hoor mense lag.

Ek is nou dronk in my kop soos 'n mot wat om 'n kersvlam gevlieg het, my harsings dol van soek en nie kry nie. Ek is so deurmekaar soos testosteroon wat 'n rugbyspeler soek, en ek is befoeterd. Ek moet eers teen die muur leun om tot verhaal te kom – my vuis teen die stene slaan.

Ek loop stadig in. En my oë soek na haar. Hemel, hoe lank gaan ek nog in my lewe moet soek?

Die tikmasjien. As ek net die tikmasjien wat sy my gegee het by my gehad het.

Kolligte gaan skielik aan op die klein verhogie en 'n man stap nader wat almal stil maak.

Soos 'n vliegtuig sonder 'n loods wat maar net sweef, stap ek na Lena se skilderye toe, kyk ek na die natuurtonele wat wys waar sy orals was. Vrystaat, Upington, Karoo, Kaapstad, orals waar ek was. Hoekom het ons mekaar nie gewaar nie?

Ek soek na haar, skuur teen vroue se skouers, draai hulle om na my toe, kyk na hul verbaasde gesigte, maar nie een is Lena nie.

My lyf, my hart, my alles soek haar met 'n lus wat my hoenderkop maak.

Ek sien op 'n kol my gesig in 'n venster gereflekteer, hare deurmekaar en nat, blou hemp oopgeknoop (ek het my baadjie oor 'n stoel gehang), stoppelbaard, onrustige oë. Sal sy my herken? "Karaoke evening!" kondig die man op die verhoog aan en almal gee oordrewe applous, fluit selfs, begin Abba-liedjies sing. 'n Student loop vorentoe. "What the world needs now . . ." sing hy, maar so vals dat almal wolwefluite begin gee.

Toe maak die seremoniemeester die mense stil. Hy kondig aan dat daar vanaand 'n spesiale gas is en dat hy haar met trots aan die mense wil voorstel. Hulle was destyds saam by Wits in dieselfde klas en vanaand is haar groot aand.

Applous. Fluite. Reën teen die groot vensters. (Hoekom skryf so min mense oor reën? Hoekom is daar so min liedjies oor reën? Maar so baie oor swaeltjies en meeue?) Waterdruppels gly af oor die restaurant se naam. Motors se ligte spat en versplinter teen die vensters. Straatkinders druk hul gesigte teen die ruite. Die jazz-musikante speel 'n kortstondige mars terwyl die spesiale gas tussen die mense deur stap na die klein verhogie toe.

Lena Aucamp het nie 'n dag ouer geword nie. Sy dra dieselfde fyn rokkie as destyds, haar hare is met knippies vasgesteek, haar oë groot en helder. Maar dit is die manier waarop sy beweeg wat my aandag trek. Destyds was daar 'n skugterheid in haar stap, 'n skooldogter wat nog nie vat aan haar eie liggaam gekry het nie.

Nou stap sy doelgerig, ferm, seker van haarself. Haar heupe swaai net effens en haar bene is bruin en mooi en baie, baie sexy en die materiaal span liggies oor haar boude, wat ritmies in pas met haar stap beweeg.

Wanneer sy op die verhoog verskyn, klap die studente hande – moontlik voormalige klasmaats. Ek wil ook applous gee, maar my hande wil nie doen wat ek wil hê hulle moet doen nie. My vingers wat so maklik duisende woorde per dag tik, het gevries.

Sy staan op die verhoog – my storieboekmeisie. En daar, net daar, besef ek: Al my stories sal van nou af oor haar gaan. Alles wat ek skryf sal eintlik, indirek, aan haar opgedra wees. Ek weet wat om met die opgekropte energie in my lyf te doen. Als in my reik uit na haar toe, raak aan haar, omarm haar, streel haar, fluister vir haar: "Ek het jou lief." Maar skielik kan woorde, veral daardie woorde wat ek so dikwels in stories skryf, nie reg laat geskied aan wat ek voel nie.

Dalk sal ek nou die woorde kan uitdink en skryf wat altyd in my was.

Sy praat in Engels, maar Engels klink vir my swaar en verkeerd in haar mooi mond. Ek kan haar net laat Afrikaans praat wanneer ek hier oor haar tik. "Hallo, almal. Ook aan my Wits-studente wat by my klas draf wat daar agter . . ." Hulle applous en fluite verdoof die res van haar sin. Dus is sy uiteindelik, hopelik permanent, terug. Gee klas by Wits. Sy moes seker onlangs begin het.

"Ek waardeer dat julle na my uitstalling toe gekom het. En dankie aan Nhlanhla wat die kos vanaand geborg het en die ruimte gegee het vir die uitstalling."

Sy skerm haar oë teen die skerp ligte. "Nhlanhla, ek kan jou nie sien nie, maar dankie."

Weer applous. Toe raak dit stil. Sy dink 'n bietjie. Ek wag, my hart in my keel. Ek moet my keer om nie vorentoe te hardloop en soos in een van my goedkoop stories my arms om haar te gooi nie. Bladsy 130 gaan vir die eerste keer verder as 'n sonsondergang.

"Baie van my skilderye gaan oor die plekke waar ek was nadat ek my honneurs gedoen het. Ek begin volgende jaar met my M." Nog meer applous. "Maar terwyl ek geswerf het, was ek 'n halwe mens. Want 'n stuk van my was weg, is nog steeds weg. Hoe funksioneer 'n mens? Hoe skilder jy? Hoe maak jy kuns as die helfte van jou hart uitgeruk is?"

Dit raak nou selfs stiller. Selfs die kelners gaan staan en luister na haar. "Elke skildery wat ek hier gemaak het, veral die vyf met die stoomtreine op, is aan my groot liefde opgedra." Dit klink of haar stem haar in die steek laat. Sy sluk en die man wat sy as Nhlanhla aangespreek het, loop vorentoe.

"Hy is 'n enkeling. Hy het 'n vreemdeling geword. Ek sal hom

484

altyd vereenselwig met treine. Hy is my hartsbegeerte, my groot-
ste, wonderlikste liefde. My liefde vir hom is so groot dat ek eers
daarvan moes afstand kry voor ek dit kon verstaan. En terwyl ek
geskilder het, het ek daardie liefde weer toegelaat om 'n lêplek in
my hart en in my werk te kry.

"Waar ek nou hier voor julle staan, wil ek 'n Afrikaanse liedjie
sing, reg en diep uit Afrika, wat my altyd aan hom sal herinner.
Geskep tussen treinspore, tussen sinjale, tussen roet, tussen per-
ronne. Ek kan nie sing nie, so verskoon my stem. Maar die woorde
kom uit my hart."

Sy knik in die rigting van die orkes.

"Tussen treine" begin speel. Ek glo nie wat ek hoor nie. Dis ons
liedjie. Myne en hare. Sy sing en haar oë is groot en mooi en won-
derlik en vol heimwee, met 'n nostalgie wat ook deur my bruis en
my kop lig maak nes wanneer ek teen die sinjale uitgeklim het om
te kyk of die treine al aankom.

Ek staar betower (hel, is daar nie 'n ander woord nie?!) na haar,
nie in staat om te beweeg nie. Die mense luister, verstaan nie die
lirieke nie, maar beweeg ritmies saam op maat van die musiek.

Ek loop vorentoe. Ek kan myself nie meer keer nie. Ek druk die
mense voor my weg. Hulle gee pad asof hulle weet iets belangriks
gaan gebeur.

Lena sing asof haar lewe daarvan afhang. Sy kyk reg in die ligte
wat op haar skyn. Ek loop tussen skouers en lywe en skoene en
mense en hare en kepse en heupe en wat nog deur wat my pad na
haar toe versper, maar ek druk hulle weg. Ek loop nou op watte. Dit
voel nie na 'n vloer nie, maar na fluweel, soos die gevoel wat New
York my gegee het as ek daar in die strate rondslenter.

Skielik verdamp alles. Denneberg, Ma se potplante, die treinspoor
wat bewe, Cynthia Olive wat stories in my oor fluister, New York se
bagels, Casbah se Dagwoods, die geluid van wilde taxi's, die brakke
wat buite my venster tjank, die bitter smaak van pap sonder suiker,
die boelsaais by die skietgat, die tatoe, die verskriklike, verskrikli-
ke pyn waarvan ek snags nog wakker word, en Gert se wilde stank.
Alles, alles verdamp.

Toe ek weer sien, staan ek langs my storieboekmeisie. Sy herken eers nie wie langs haar staan nie, want die ligte verblind haar. Ek staan net na haar en staar soos 'n kind wat 'n Kersboom in 'n winkel sien maar nie mag ingaan nie omdat hy daardie jaar te veel oortree het. En sonder dat ek beheer het daaroor, sing ek saam met haar.

Ek het nie geweet ek kan sing nie. Maar die note en klanke kom skielik uit my binnegoed. Lena hou op met sing, staar net na my, haar oë vogtig en verstom soos 'n pasgebore baba wat die wêreld vir die eerste keer aanskou. Soos my oë sal lyk as ek op Mars verdwaal. As ek die heelal van nader sien. Ek verdrink in haar oë, smelt in haar glimlag, raak liries oor haar mond, verdwaal in haar hare, sien haar borste onder haar rok druk, wil haar net soen en soen en soen. Lena. Heerlike, wonderlike Lena.

Toe sing sy weer, maar dié slag met 'n intensiteit wat my nog meer lighoofdig maak, asof daar nie meer suurstof in die vertrek is nie omdat ons liefde alles opgebruik het. Ek sing al my hartseer en verlange en begeerte en eensaamheid en enkelingskap en Afrikaan-wees en harde klapperhaarmatrasse en koue storte in vuil kolehok-kamers uit.

Toe ons klaar is, is daar eers stilte, asof mense nie kan glo wat hulle gehoor het nie. Toe bars 'n applous los. Maar ons buig nie, ons wag nie vir kloppe op die skouers nie. Ons loop verby die mense by die deur uit tot in Foxstraat waar die reën teen ons sproei. Die straat is nat en nog stomend onder my kaal voete. En nou sien ek eers: Lena is ook kaalvoet.

Sy staar net na my en ek na haar. Ek wil haar vasdruk. Ek wil haar optel en een word met haar en haar nooit weer los nie. Maar die verwondering is te groot.

'n Straatkind kom staan naby ons, langs 'n man wat vis op 'n rooster braai. En asof die oomblik heilig geword het, sing hy 'n liedjie, iets in Xhosa wat ek nie verstaan nie. Ek wil aan Lena vat, maar ek kan nie. Sy is vir my te mooi, te broos, te heilig. Ek het haar te lief om haar te soen, want dit sal die oomblik verbreek.

Ons staan daar in die reën wat oor die vuil Goudstad sif, met die motors wat om ons ry en plasse water teen ons opspat en die ligte wat strepe trek in die poele, en ek sê haar naam. Sy staan en kyk na my. Dis nie meer haar naam wat ek alleen roep in al die donker nagte sonder haar nie, of haar naam wat ek in my stories in ander vorme skryf of in my mond vertroetel saam met die letters nie.

Dit is sy wat nou werklik hier oorkant my staan soos 'n karakter uit 'n storie wat skielik lewendig word en ek kan nie, kan nie, kan nie aan haar vat nie, want die oomblik is te groot.

En toe praat sy. Die water stroom oor ons en vroetel deur haar hare en loop teen haar nek af, maar sy praat. Sy praat met mý.

"Hallo, Jacques."

"Hallo, Lena."

En dit is al wat ons gesê het. Selfs drie uur later toe ons uitgeput op my smal enkelbed teruglê na die soveelste keer en nie meer asem of energie of emosie oor het nie, was dit al wat ons gesê het.

Toe eers kon ons met mekaar praat.

32

Carina is terug in Jacques Rynhard se woonstel. Sy doen nie eers meer die moeite om haar teenwoordigheid te verberg nie. Sy soek weer in dié woonstel wat nou skynbaar allemansbesit geword het. Weet eintlik nie waarna sy soek nie. Maak kaste oop, kyk deur sy klere, krap in sy lessenaar rond en trek 'n staalkabinet oop. Daarin lê stapels tekste. Sommige netjies gebind, ander maar net so in 'n stapel vasgekram of met skuifspelde vasgesteek.

Nou die lêer met manuskripte in. Toe sy dit oopmaak, herken sy dadelik Jacques se handskrif:

Ek is so bang dat ek nooit weer sal kan voel nie. Dat alles wat ek tot dusver gevoel het ál is wat die lewe gaan bied. Dat al die liefde wat ek gehad en gegee het al is wat vir my bestem is. Waartoe ek in staat is.

Kan dit wees dat 'n mens te vroeg in jou lewe al jou emosies opgebruik het? Dat al wat oorbly tweedehandse ervarings is? Dinge wat al tevore gebeur het? Emosies wat al tevore gevoel is? Geluk wat soos modder raak waarin jy rondrol? Elke dag dieselfde, elke dag eenderse modder?

Of is daar nog dinge oor om te ontdek? Nog liefdes. Onvoorwaardelike liefdes wat nie aan jou voorskryf hoe om lief te hê nie, wat sonder kompromieë is. Waar jou liefde nie misbruik word nie. Ja. Liefde, vriendskappe, emosies wat net ís.

Of is ek nou op die plek waar dit die einde is? 'n Gemaksone. Geen nuwe mense, geen nuwe gevoelens, geen nuwe horisonne om te ontgin nie.

Het ek begin verstik in my eie selftevredenheid? Maar nog erger: Verstik die mense saam met my ook daarin? Versmoor ek hulle son-

488

*der dat ek dit besef? Haat hulle my omdat ek dinge doen waarvan
ek nie weet nie? Is gelukkig wees eintlik maar net 'n illusie wat ek self geskep het
as dwelm teen die werklikheid? En lewe ek in 'n gekkeparadys waar
almal die waarheid sien behalwe ek?* Carina neem dit, vou dit op en sit dit in haar handsak. Dit
gebeur partykeer dat 'n mens iets lees, dink sy, iets wat jy self
wou gesê het, maar nie die woorde voor kon vind nie.
En hier is hare.

Sy blaai deur die ander manuskripte en kom op die oor-
spronklike getikte kopieë van *Baanbreker* en *Met 'n uitsig op die
stad* af. Daar is notas, woorde is doodgetrek, stukke bladsye
is uitgeknip en op ander geplak. Soms is daar pyltjies getrek.
Vervolg agterop

Dan het Jacques tóg oorgeskryf en veranderings aangebring
soos Alicia versoek het.

Carina gaan sit plat op die vloer en bekyk Alicia se notas.

Dat so 'n mooi man so liederlik kan skryf! staan in rooi letters by
'n paragraaf wat omkring is met vraagtekens daarby.

*Ek voel slegs volkome in beheer van my siel met 'n pen in my
hand*, het Jacques daaronder geantwoord.

Jy kort 'n sin vir humor, Jacques! staan op 'n ander bladsy in
Alicia se handskrif geskryf. En op ander plekke: *Nice!* Of: *So 'n
bek moet gesoen word!* Of: *Basta mooiskryf, Jacques!* Of *Purple prose!*

Carina soek verder tussen die tekste rond. Sien kaartjies wat
Lena vir hom geskryf het, aanmoedigings deur Alicia en selfs,
op een plek, skynbaar Alicia se rooi lippe wat op 'n bladsy
afgedruk is.

En toe val die kaartjie uit. Carina tel dit op.

Dit is 'n kaartjie met die strokieskarakter Agata daarop, maar
oorspronklik geteken deur die kunstenaar. Sy blaai dit oop.

Binne-in is 'n karikatuur-tekening van Jacques met Agata wat
oorleun en hom soen. Met daaronder: *Liefde is lang, warm soene
wat nooit ophou nie.*

En daaronder 'n servet met *Stereotipes is die wrede manier van die waarheid praat* daarop geskryf in 'n borrel bokant Agata se kop, met *2005* daarby.

Carina laat die kaartjie val, kyk rond, sien nou weer die Agata-tekeninge op Jacques se kennisgewingbord.

Sy loop nou doelgerig nader en kyk na wat onderaan in fyn skrif geskryf is.

Lief jou, Jacques.

En:

Dankie dat jy my daagliks inspireer om haar te teken. Lief jou.

Carina spring op en loop na die deur toe. Sy pluk dit hard oop en kyk in die gang rond asof sy Jacques daar verwag. Sy staan 'n oomblik. Fineas Guliwe se deur gaan oop. Hy loop tot in die gang met sy tatoeëermasjien.

"Wat gaan aan?" vra hy verbaas.

"Jy weet waar Jacques is, nie waar nie?" Sy is radeloos, gee nie meer om wat sy sê of doen nie. Soek net antwoorde.

Hy kyk lank na haar. En dan, uiteindelik: "Selfs al hét ek geweet, het ek jou nie gesê nie."

"Jy weet wie Agata is, nè?"

Hy knik.

"Jacques het 'n verhouding met die persoon wat die karaktertjie geskep het?"

Fineas knik.

"Wie is dit?"

Hy reageer nie.

"Kruip hy by haar weg? Is hy daar?"

Fineas bly uitdrukkingloos. "Jacques sou Lena nooit verneuk het nie. Dink vir jouself wie dit is."

Hy maak die deur hard toe.

Carina spring in haar motor en jaag Braamfontein toe, sien die taxi's wat sy rakelings mis, vrouens met sambrele teen die son, smouse met lemoene wat almal dieselfde pryse het en almal presies dieselfde lyk.

Sy kry gelukkig parkering voor die Royal Hotel wat 'n blok van Lena se ateljee af is.

'n Klomp studente kom in die straat aangestap. Die meeste is besig om te SMS. Ander luister na musiek op hul iPods. Hulle maak pad vir haar.

Wanneer sy by Lena se ateljee instap, sit sy by 'n tekenbank met haar rug na Carina toe, haar kop vooroor gebuig.

"Jy weet waar Jacques is."

Lena kyk nie eers op nie. Carina se oë flits oor die skildery waaraan Lena tans werk en wat eenkant staan. Toe stap sy doelgerig na haar toe, maar Lena doen nie eers die moeite om haar skets te verberg nie.

Liefde is as hy sy bord kos met joune omruil as jy die verkeerde dis bestel het. Agata se gelaatstrekke begin al vorm aanneem op die skets en Lena is besig om haar woeste boskaas te teken.

"Hoe . . . wat . . .?" Carina kan skielik nie 'n vraag formuleer nie.

Lena praat toonloos, asof sy 'n rympie opsê: "Ek werk op 'n WACOM CINIQ 12WX-tablet met 'n LCD-skerm wat ek aan my rekenaar koppel. Dan teken ek met die Wacom-pen op die skerm, in programme soos Adobe Photoshop. Ek begin met rowwe digitale lynwerk sodat ek die layout kan regkry, en . . ."

Carina vind weer haar stem en skree om die stortvloed niksseggende woorde te stuit: "Hoe lank teken jy Agata al?"

"Sedert Jacques sy bord kos met myne omgeruil het," antwoord Lena kalm.

"En Agata. Dit is die werklike jy?"

Lena glimlag. "Weet ons ooit wie ons werklik is, Carina?"

JANUARIE 2005

"Maar jy het nie geld om my uit te neem nie!" Lena stap na die tafel in Daleahs Restaurant in Braamfontein waar sy en Jacques altyd sit. Hy is besig om op sy tikmasjien te werk en het eintlik al sy eie tafel daar, maar staan dadelik op wanneer hy haar sien.

Hy druk haar teen hom vas en raak weer bewus van haar hangertjie wat na al die jare steeds om sy nek hang.

491

"Jou arms is warm," lag sy.

"Klink soos iets uit een van my seksromans."

"Moenie my sê jy het weer een gepleeg nie, Jacques."

"Ek moet wyn in ons glase hou . . . O ja, en kos op die tafel."

"Jy het goeie nuus. Ek kan dit sien."

Hy beduie na die stoel waarin sy altyd sit en roep na 'n kelner. "Ngicela ukudla angikadli lutho!" Hy beduie na Lena.

"En hoekom verdien ek 'n nuwe dis wat ek nie ken nie?" Sy sit haar sak op 'n oop stoel neer. 'n Klomp vraestelle peul daaruit.

"Want ons eet altyd dieselfde kos en dit raak vervelig."

"En jy, neem ek aan, eet jou gunstelingdis."

"Hoe ken jy my?" lag hy.

Sy soen hom. "So. Hoe lank neem dit jou heldin om die held dié slag te soen?"

Hy trek haar nader en soen haar lank en intiem. "Bladsy twee. Want ek kon dit nie meer hou nie."

Die kelnerin met 'n naambalkie waarop *Agatha* staan, sit twee glase wyn voor hulle neer. Hy glimlag vir haar, knik, neem sy glas en lig dit. "Die derde seksroman is aanvaar. Ek gebruik dié slag 'n nuwe skuilnaam omdat ek verveeld met die oue geraak het."

"En wanneer skryf jy jou groot roman?"

Hy teug aan sy glas.

"Ek het dit as 'n opsomming vir Ariana Grünewald gestuur."

"Die vrou met die digte boskaas wat langs haar ore afhang en wat haarself as 'n genie sien?"

"Einste."

"Jy bedoel . . . jy wou dit inskryf vir een van die wedstryde?"

Hy knik.

"Maar jy weet mos hulle dink jy's te kommersieel daarvoor, Jacques. Hulle sal jou nooit in daardie bruinneus-binnekringetjie toelaat nie. Jy moet herkonsipieer om aan hulle idee van jou te voldoen, en jy is te veel van 'n individualis om dit te doen."

Hy neem weer 'n sluk. "Maar toe sê Plompie met die hare 'n baie waar ding."

"Jy moenie dat sy hoor jy noem haar so nie. Sy sal haar hare skoon regop skrik en sy het so baie!"

"Sy het gesê ek is nog te veel in die lig."

"Ek verstaan nie."

Hy teug weer. "Ek verstaan wel. Dis die eerste waar woord wat iemand spreek sedert Cynthia Olive." Hy hou sy glas na haar toe uit. "Op te veel in die lig wees."

Lena dink 'n oomblik, maar lig dan ook haar glas. "As ons op elke storie van jou moet drink wat aanvaar word, sal ons aan wingerdgriep begin ly."

"Maar ons drink op die feit dat hierdie my laaste seksroman is."

Hulle klink glase. Hy proe aan sy wyn, steek sy vinger in die glas en trek dan 'n nat streep om haar mond. Sy lek dit af. Hy leun weer vorentoe en soen die wyn van haar lippe af.

"Ek het pas begin met 'n nuwe storie . Ek skryf dit vir jou en net vir jou."

"Vol seks en skandale en lang, warm soene en heel Sondag in die bed bymekaar bly en glühwein drink en treine en helde sonder sonde?"

Hy teug weer aan sy wyn. "Hierdie een, ja."

"En wat noem jy dit? En moenie sê *Storieboekmeisie* nie, dan dink almal weer dis 'n seksroman."

"*Baanbreker*. En ek dra dit aan jou op."

Sy trek haar neus op 'n plooi. "En die storie gaan oor . . .?"

"'n Meisie wat skilder en weer 'n ou vriend ontmoet, dan doen sy baanbrekerswerk wat hom help om homself te her-ontdek."

"Seker op 'n trein."

"Maar terselfdertyd . . ." hy trek met sy vinger om sy glas, "begin ek aan 'n ander roman werk. Een wat my jare gaan neem. Wat ek tussenin stukkie vir stukkie gaan skryf."

"Met nie te veel lig in nie, neem ek aan?"

Hy knik. "En ek gaan Ariana se ander stukkie doringdraad-raad volg, as sy sê skryf is te maklik vir my en ek skryf te vinnig. Hierdie een gaan moeilik wees, al moet ek dit vir myself moeilik maak. Met baie minder lig as die ander stories."

Sy neem 'n slukkie van haar wyn. Drie swart akteurs kom ingestap en gesels kortliks met hulle. "Kom kyk ons show by die Mark!" roep hulle toe hulle wegstap.

"Minder lig." Lena dink. "Dalk het my skilderye ook te veel lig?"

Hy skuif sy tikmasjien eenkant toe wanneer sy geliefkoosde dis voor hom neergesit word: spaghetti met gorgonzola-sous oor.

Lena kry 'n dis wat sy nog nooit gesien het nie.

"As jy probleme met te veel lig het, Lena, moet jy dalk iets anders begin skilder."

"Wat beteken niemand gaan dit koop nie, wat beteken ons gaan nie geld maak nie, wat beteken ons kan nie meer teater toe gaan of boeke koop of gaan fliek nie, wat beteken ek sal my liggaam moet verkoop, wat beteken ek is nie meer eksklu-sief joune nie."

"Wow." Hy klink weer haar glas. "Kan ek eerste betaal?"

"Wat's hierdie?" vra Lena terwyl sy in haar bord rondkrap.

"Soos ek vir Agatha gevra het: iets wat jy nog nooit geëet het nie."

Sy snuif en trek haar neus op 'n plooi.

"Ek wil jou soen as jy so maak, Lena."

"Niks keer jou nie."

Hy lig haar ken met sy hand en vee oor haar neus. "Ek's lief vir jou."

"Ek weet nie of ek vir jou lief gaan wees na hierdie brousel nie, Jacques."

"Probeer," moedig hy haar aan.

Sy krap in haar bord rond en steek 'n vurk vol kos versigtig in haar mond. Oomblikke later plaas sy haar hand voor haar mond en gee 'n diep sluk. Sy gryp haar wynglas en sluk die res van die mond vol met wyn af. "Wat de hel . . .?"

"Lekker?" lag hy.

"Dit . . . proe soos grond!" Sy drink haar wynglas leeg om die smaak af te was. "Jacques. Liefde is kamertemperatuur wyn saam met 'n warm ou soos jy. Maar wragtag nie o-boere-plaas-met-kunsmis nie."

Die kos in sy bord lyk so goed soos altyd. Sy ken sy spaghetti-voorkeur. En na 'n hele dag in die klas is sy hongerder as gewoonlik. Dan moet sy nog vanaand vraestelle merk terwyl sy eintlik heeltyd liefde wil maak met Jacques, en nou sit sy met hierdie brousel.

Sy maak 'n fyn geluidjie soos 'n hondjie wat tjank. Sy stoot die bord terug.

Hulle kyk na mekaar. En skielik lag hy. Hy skud sy kop asof hy nie kan glo dat sy nou oorkant hom sit en hom so-so lief het nie.

Weer 'n Lena-geluidjie.

Jacques ruil sy bord met hare om.

"Wow," sê sy.

Dan begin sy dadelik van sy kos eet. Monde vol gorgonzola-spaghetti omdat sy honger is. Hy het nog 'n vurk vol van sy spaghetti in sy hand. Hy steek dit in haar mond.

Sy smul daaraan, kyk na die brousel voor hom en lag. "Ou-kei. As jy lief is vir my, sal jy daai *Macbeth*-heksebrousel eet."

Hy kyk. En kyk weer. Sy lig haar wenkbroue. Dan steek hy 'n vurk vol van Lena se kos in sy mond.

Hy vries, kou, en neem dan nog 'n yslike gedwonge hap.

En op daardie oomblik, skielik, is Lena so lief vir Jacques dat sy haar arms om hom wil gooi en sy klere wil afstroop en net hier in Daleahs met hom liefde maak.

Sy wag dat hy die volgende vurk vol in sy mond steek. Hy doen dit egter nie.

"As jy my liefhet, sal jy dit doen."

Jacques kyk na die vurk.

"Maar ek hét jou lief!"

"Bewys dit."

Hy bekyk die kos weer. "Wat beskou jy as liefde, Lena?"

"Liefde is om jou kos met hare om te ruil wanneer sy nie van hare hou nie," antwoord sy. "En dan om dit te éét."

Hy steek die vurk vol kos in sy mond. Jacques begin kou en maak sy oë toe. Daar sit 'n fyn strepie sous langs sy mond en sy leun vorentoe en vee dit af. Sy wag dat Jacques moet reageer. Hy gee dieselfde dramatiese sluk as vantevore. Toe wink hy die kelnerin nader.

"Agatha. Yikundla okunjani onikeza khona?"

"Mopani worms with locust sauce," sê sy.

Jacques druk sy servet voor sy mond terwyl die kelnerin wegstap.

"As jy my regtig liefhet, sal jy dit eet, onthou? Of het jou liefde voorwaardes?"

"Maar ek sê mos ek hét jou regtig lief."

"Bewys dit. Soos jy nou vir Ariana wil bewys dat daar nie te veel lig in jou stories is nie. Vir haar en haar hele heilige kunspaneel." Sy hou haar hand in die lug. "En sluk daai half-mas-smile."

Jacques eet die hele bord kos met groot happe op, en met elke sluk kyk hy na haar asof hy wag vir toestemming om op te hou eet, maar sy beduie dat hy moet voortgaan.

"Liefde is . . ." Sy dink en skryf dit dan op die papiertafeldoek voor haar: *Liefde is as selfs sy afgesnyde toonnaels sexy is.* Sy lees dit hardop vir Jacques.

"Jy haat my toonnaels."

"Veral die groottoon s'n. Wat is liefde nog?"

"Liefde is . . ." Hy kyk na sy tikmasjien. "Tikmasjiene waarop ernstige kuns gepleeg word. Liefde is . . ." en hy dink, "'n ou wat 'n briefie vir sy meisie skryf sonder 'n enkele pick-up lyn. Liefde is . . ." en hy kou weer aan die mopaniewurms, "as hy sy Wi-Fi hotspot-sitplek aan haar afstaan. Of sy fliekkaartjie vir haar gee wanneer daar net een sitplek in die teater beskikbaar is." Hy dink en lag weer: "Liefde is . . . iets wat nooit afgeskaal hoef te word tot vriendskap nie."

496

Daardie laaste stukkie waarheid tref Lena en sy betrap haarself dat sy dink: Moenie, moenie dat ons liefde ooit afgeskaal word tot blote vriendskap nie. Ek sal dit nie kan verduur nie. Dan liewers niks.

"Jy het al hierdie dinge al gedoen, Jacques."

"I rest my case."

Lena neem nou die papierservet en begin 'n gesiggie daarop teken. Jacques probeer van die kos in sy servet uitkeer, maar sy gryp sy hand. "Mens betaal swaar vir liefde."

Sy teken 'n figuurtjie met 'n borrel bokant haar kop: *Stereotipes is die wrede manier van die waarheid praat, 2005*, en stoot die tekening na hom toe. Jacques sluk die laaste vurk vol mopaniewurms met sprinkaansous af en kyk na die tekening. Dit lyk of hy wil naar word.

"Lekker," sê hy, maar sy stem klink hees.

Sy teken nog 'n figuurtjie op 'n ander servet, maar dié slag het die meisie 'n komieklike lyfie by – baie soos die plomp Ariana. *Liefde is wanneer hy net een uitroepteken agter 'n kwaai SMS sit.*

Jacques bestudeer dit. "Mens kan meer hiermee maak." Hy vee met sy hand oor die servet en vra vir nog wyn.

"Soos wat?"

Hy dink en sit terug. "Ek het kontakte by 'n Sondagkoerant. Dalk sal hulle belangstel."

"Hoe bedoel jy?"

Hy draai die servet in die rondte en beskou die karaktertjie uit alle hoeke. "Wat's haar naam?"

Die kelnerin verwyder die borde en vra of Jacques die kos geniet het. Hy skud sy kop en sy lag. Sy beduie na sy hemp: "Ngithanda ingubo yakho."

"Siyabonga, Agatha," bedank Jacques haar vir haar kompliment oor sy T-hemp, maar sê niks oor die kos nie.

Lena skryf 'n paar name op 'n los servet neer waarna Jacques vinnig kyk. "Lina is te naby Lena. Laetitia is te fênsie. Ariana sal my altyd aan . . . wel, die legende in haar eie etensuur laat dink." Hy kyk na Agatha wat nog 'n glas wyn voor Lena neersit. "Agatha."

"Dis te Engels," kla Lena. "Ek het 'n tante Agata gehad. Miskien ..."

En so is Agata gebore.

En toe Lena se alter ego eers 'n naam gekry het, het die prentjies gevloei.

Aanvanklik het Lena maar min geld vir Agata gekry. Maar namate die karaktertjie bekender en gewilder geraak het, het sy haar fooi verhoog en is dit in meer koerante gepubliseer. Eers weekliks, toe daagliks. En toe sy haar eerste bundel Agata-strokies uitgegee het, het sy besef dat sy hierin, soos Jacques in sy stories, ontsnapping vind.

Hier hoef sy nie aan die wonderlike man op wie sy so mateloos verlief was se fantasie van haar te voldoen nie.

Agata was haar doodsbegeleier uit die werklikheid.

15 APRIL 2008

Dit is nag.

Lena loop by Marung Restaurant naby hul woonstel in Newtown in. Die kelnerin beduie vir haar dat Jacques gesê het sy moet daar wag – hy kom haar nou haal om haar Agata-bundel te vier. Die bundel is nog toegedraai in bruinpapier en lê in haar sak, wat al weer oorloop van studenteprojekte. Sy het letterlik nog nie tyd gehad om haar eie bundel te bekyk nie.

En toe, onverwags, die twee sekuriteitswagte wat by die restaurant instap. "Follow us, please."

Lena kyk verskrik na Agatha, wat net glimlag en knik. Haar duim en middelvinger vorm 'n sirkel waarmee sy vir Lena beduie dat alles veilig is.

Sy volg die sekuriteitswagte verbaas met Gerard Sekotostraat af.

Hulle swenk links en betree 'n donkerder deel van Newtown. Nog twee sekuriteitswagte sluit by hulle aan en sy herken hulle as die manne wat altyd die gebied rondom die Markteater patrolleer.

"Jak is just around the corner. And don't worry. You are safe."

Met haar sak en bundel in haar hand, kyk Lena na die strate waar sommige ligte nie meer werk nie en plakkers onlangs uit verlate geboue gegooi is. Tot hulle om 'n hoek loop in die volgende donker straat in. Lena klou haar sak stywer vas en vir die eerste keer raak sy werklik bang. Die twee sekuriteitswagte gaan staan arms gevou aan die bopunt van die straat.

Skielik gaan daar ligte aan. Lena kyk op.

Die straat is vol slaggate, omgedolwe, deurmekaar, stukkend. En in die slaggate op pad na die liggies toe is blomme geplaas soos iets uit 'n Fellini-rolprent.

Daar anderkant, teen 'n muur, kry ligletters een na die ander identiteit. *L.E.N.A.* Onder die ligte dui 'n pyl aan dat sy by 'n verlate gebou moet instap.

Lena stap tussen die slaggat-blomme en die verligte asblikke en rommel wat in die vorm van haar naam gepak is na die verlate ou winkel. 'n Laaste blik in die straat af verseker haar dat die vier sekuriteitswagte hulle oppas.

Daar staan twee verkeerskeëls voor die winkel. Rooi-oranje met spits punte soos waarmee motors gewaarsku word om 'n slaggat te vermy. Sy stap in die gebou in.

Sy staan nou 'n paar treë van hom af en verewig hom in haar kop vir al die leë, dor aande sonder hom wat dalk nog voorlê.

"Jacques." Haar stem is formeel.

"Lena." Net so formeel.

Iewers syfer stof uit 'n bars in die plafon oor haar af soos 'n fyn kieza-reëntjie.

"Wat soek ons tussen stof en rommel en stene en aandpakke?" vra Lena.

"Jy vergeet die treine en die hondepiepie teen die muur."

"En die stuk kruiwa met die gate-kombers oor en die oopgeskeurde kondoompakkies in die hoek."

Hy wikkel aan sy boordjie. "Ons wonder of die maan nog heel is en luister na die hart van die stad."

"En wat nog?"

Hy trek sy skouers op en kyk in haar oë op soek na die antwoord.

"Jy raak verlief, Jacques."

Hy veins verbasing. "O. Is dit so maklik?"

"Tensy jy ander planne het."

Hy kyk op sy horlosie. "Nee. Geen ander planne vanaand nie."

"Dan moet jy verlief raak, Jacques. Dit is 'n opdrag."

"Op wie?" vra hy.

Sy loop nou tot teen hom en vroetel sy hemp se knope los. Sy speel met sy borshare en sit haar hand op sy hart.

"Op die eerste die beste hart wat jy voel klop."

Hy hou sy kop skeef. "Ek hoop myne werk nog."

Sy druk haar hand teen sy vel vas. "Ek dink so . . ."

"Iets sê vir my hier kom 'n maar."

"Máár dit klop nie so warm soos ek verwag het nie."

Hy haal diep asem, hou dit 'n rukkie in en blaas dit stadig uit. "En nou?"

Sy hart klop vinniger en warm en wonderlik onder haar vingers.

"Is jy in ritme met die stad."

Hy sit sy arms om haar skouers. Haar vingers vroetel bokant sy strikdas, voel die ligte stoppelbaard en die sweterigheid teen sy wang.

"Vertel eers vir my wat sou Agata hiervan dink?" vra hy met sy vingers wat teen haar nek na haar hart af beweeg.

Sonder om 'n oomblik te dink, antwoord Lena: "Sy dink: Liefde is 'n stukkende maan deur los sinkplate in 'n geroeste dak."

Sy hand is nou op haar bors by haar hart. "En nog?"

"'Dat liefde 'n skewe aandpak-strikdas is wat wurg teen 'n adamsappel wat nie sy lê wil kry nie."

500

Hy sluk en maak sy keel skoon. "Down, boy."

"En graffiti wat nie sin maak nie maar dalk iets van liefde sê, want daar's 'n hart by gespuit."

"Dis moontlik."

"En liefde is om jou eie persoonlike lyfwagte te hê."

"Om jou teen wie te beskerm?"

Sy staar na hom en weet dat sy nou, wéér, absoluut verstaan hoekom sy vir hierdie man lief geword het.

"Teen te veel liefde."

Hy gee sy halfmas-glimlag. "Liefde kan nooit te veel wees nie."

Sy hande skulp haar borste toe, maar sy keer hom.

"Maar jou hart?" maak hy beswaar. "Ek wil voel of dit nog ..."

Lena draai weg en neem die bruin pakkie wat vroeër by haar kantoor afgelewer is, plaas dit op die toonbank langs hulle en beduie dat hy dit moet oopskeur.

Sy hande beweeg weer na haar borste, trek haar bloes nou heeltemal af sodat haar borste uitval en sag onder sy hande is. Maar sy lei sy hande na die pakkie toe.

Hy skeur dit oop.

Agata se beste tips! staan voorop die pas gepubliseerde versameling sketse, met daarby: *'n Keur uit haar strokies in Blitsnuus.*

Jacques kyk daarna. Toe hy praat, is sy stem so sag dat sy amper nie kan hoor wat hy sê nie. "Jy dink hierdie girl weet van liefde?"

"In teorie, ja."

Met sy ander hand stroop hy haar kortbroekie af.

"Dalk het sy 'n bietjie praktiese advies nodig."

Jacques soen haar. Van al die soene wat hy haar al gegee het, is dit die een waaraan sy oor baie jare weer sal dink. Wat sy sal onthou wanneer sy oud en afgeleef en vrot van te veel lewe en te min liefde tussen stowwerige skilderye sit en aan haar mond raak soos iemand wat lewe in dooie vel probeer plaas. Wanneer sy deur herinneringe gaan snuffel na hierdie oomblik.

Sy soen Jacques Rynhard om te onthou. Want sy weet dat hierdie liefde te groot is vir haar. Dat dit nie kan hou nie. Miskien net onder 'n verflenterde stuk sinkplaat-maan. Hulle soen en soen, die bundel vir die oomblik vergete.

Wanneer hy haar klaar gesoen het, kyk hy na die sekuriteits-manne wat buite met hul rûe op hom en Lena gekeer staan.

"Waarvan hou jy van my?" vra Lena skielik.

Stukkies maanlig verf haar gesig.

"Jou voete, veral jou kaal voete as jy die een so skaam teen jou enkel skuur. Jou . . . hande as dit rondom my naeltjie krap en dit wil-wil kielie. Jou hare wat altyd soos appels ruik. Jou mond wat feitlik nooit grimering aan het nie omdat jy dit nie nodig het nie, dus wanneer ek jou soen, proe ek geen vals smake nie."

Hy raak saggies aan haar ore. "En jou ore. Wat alles hoor wat ek vir jou sê en weet dat ek alles bedoel." Hy soen haar oorskulpe saggies. "En jou dye wat so warm en sag is en presies weet waar om teen my te druk."

Sy soen hom teen sy voorkop.

"En ek? Waarvan hou jy van my?"

"Jou stem." Sy nestel teen hom aan.

"Is dit al?" lag hy.

"En jou borshare, wat ek al probeer tel het, maar daar is so baie ek kom nooit verder as die kepie voor by jou hemp nie."

"En wat nog?" vra Jacques.

"Jou stoppelbaard wat my kielie as jy my soen. En die manier waarop jy soggens met my lepellê as ek moet opstaan. Jou tong wat so dikwels met myne praat sonder om woorde te gebruik. Jou lang, warm soene wat nooit ophou nie en waarvoor ek nooit moeg raak nie." Sy streel met haar hande onder sy baadjie in. "En die aggressie waarmee jy tik, asof jy die tikmasjien aanval."

Hy haal iets onder die toonbank uit. Sy knip-knip haar oë, want sy glo nie wat sy sien nie.

Jacques plaas die boek op haar borste en vryf daaroor, die agterblad koel en sensueel oor haar vel.

Sy neem dit en plaas haar bene om hom. Hy vroetel aan sy broek en laat dit om sy enkels val. Hy soek haar en kry haar en gaan by haar in.

Baanbreker, met sy naam daarby, sien Lena. Een van haar skilderye is as voorblad gebruik. Haar voete raak agter sy rug aan mekaar, speel liggies oor sy boude.

Toe maak sy die boek oop.

Opgedra aan Lena, staan daarin. En onderaan, in sy eie handskrif: *Met liefde, Jacques.* 15/4/2008

Jacques maak liefde met Lena tussen die uitgebrande kerse en die halfleë glase en die twee boeke wat daar lê en die stukkende rakke wat halfmas hang en die sekuriteitswagte buite wat skaars bewus is van hulle en die liggies met Lena se naam op wat buite brand.

En die middeldeur gekerfde maan.

DONDERDAG 10 APRIL 2014, 15:45

Lena kyk nou vir die eerste keer op, want terwyl sy dié storie hier in haar ateljee vir Carina vertel het, het sy verby haar in die niet gestaar.

"Jy ken die res. *Met 'n uitsig op die stad* vir Alicia in 2009, *Brandwag* vir Fineas in 2011, *Nagreisiger* vir Jan-Paul in 2012, en toe *Die enkeling.*" Lena doen die laaste afwerking aan Agata se hare op haar rekenaarskerm. Sy sit terug. "Dink jy ek kan die tekening maar instuur?"

"Hoekom vra jy my?" vra Carina.

"Omdat jý al die vrae vra en nooit ek nie, Carina."

"Nou vra dan jou vraag."

"Hoekom stel jy so belang in Jacques Rynhard?"

Carina kan nie antwoord nie. Hoe verduidelik sy vir Lena? Dat sy die afgelope paar dae iemand anders leer ken het as wat die land ken? Omdat sy 'n man ontdek het wat skuins klappe deur die lewe gegee is en ten spyte daarvan steeds aangehou het en suksesvol was? Vir die eerste keer iemand aan wie sy gelyk voel? Iemand wat sy nie hoef te plesier of beïndruk soos al die mense in haar lewe nie.

Iemand wat net ís?

"Omdat jy op hom verlief geraak het, Carina?"

Carina antwoord nie, troef Lena met 'n teenvraag: "Hoekom is julle uitmekaar?"

"Omdat ek sy storieboekmeisie was. Iemand wat hy in sy kop geskep het en op wie hy verlief geraak het, maar wat eintlik iemand anders was wat sy nooit vir hom gewys het nie, behalwe in strokies."

"Hoekom het jy haar nie vir hom gewys nie?"

"Want ek was bang hy sou nie van haar hou nie."

Lena beskou weer die illustrasie en tik dan 'n e-pos wat sy aan verskeie publikasies rig met die woorde: *Vind die jongste Agata-strokie aangeheg.*

Sy heg die illustrasie aan en stuur dit.

"Jacques was nog altyd konstant – 'n soort ouderwetse kêrel wat jy na jou ouers kon neem met die wete dat hulle hom sou aanvaar. Dis ék wat verander het."

"Ek verstaan nie." En as Lena nie antwoord nie: "Ek belowe jou ek sal die artikel verantwoordelik skryf en . . ."

"Ek gee nie meer 'n hel om wat jy skryf nie, Carina. Dis verby. Dalk gaan jy meer oor jouself skryf as oor hom. Dalk oor jou idee van hom deur ander mense se oë, dalk soos jou lesers wil hê hy moet wees. Want dit is hoe hy nog altyd gesien is. Deur ander mense se oë. 'n Openbare beeld kan ook 'n vloek wees, want jy kan nooit wees wat jou bewonderaars wil hê nie. Dink jy werklik dat 'n mens so kompleks soos Jacques jou ooit toegang tot sy binnekant sal gee? Dat jy hom in 'n verdomde artikel kan opsom?"

Lena gaan sit, kyk weg, skep asem. En toe: "Oppas net, Carina, dat jy nie verlief raak op die idee van Jacques nie."

"En dit was jou grootste fout?"

Lena antwoord nie, kyk net na haar rekenaarskerm waarop koerante terug laat weet dat hulle die strokie ontvang het.

"Ek hoor sy storie uit meer oogpunte as wat jy jou kan voorstel, Lena. En daaruit stel ek my artikel saam. 'n Artikel wat nou so groot is, dat ek voel dit moet eintlik 'n roman wees. Was ek 'n skrywer, het ek 'n roman oor sy lewe geskryf. Maar ek is bloot 'n joernalis wat verslag doen sonder emosie."

"Jy kan nie oor hierdie storie skryf sonder emosie nie, Carina. Moet dus asseblief net nie 'n sepie daarvan maak in jou artikel om tydskrifredakteurs te bevredig nie."

Die stilte tussen hulle word net onderbreek deur verkeer wat verbyjaag.

"Julle was, ís so reg vir mekaar. Wat het verkeerd geloop?" vra Carina uiteindelik.

"Ék het verkeerd geloop, jare der jare gelede al," antwoord Lena.

"Verduidelik?"

Maar Lena antwoord met: "Ek wens net ek het die moed gehad om ook te verdwyn."

Besoekers kom in wat na haar skilderye kom kyk. Dit is twee vrouens met opgedoende hare wat vrolik babbel en kort-kort straat toe loer of hulle motor nog veilig is.

"Dit is mos jy wat Jacques Rynhard se boeke geteken het?" vra 'n vroutjie aan Lena.

"Sy voorblaaie kom van my skilderye af, ja."

"Oe. Kan ons daardie een kry, Frieda? Wat dink jy? Sal mooi gaan by my en Martin se sitkamer se kleurskema. O! En hierdie een. Ek is mal oor sy boeke. Sal my altyd aan hom laat dink."

Lena verkoop die twee skilderye, elk met 'n trein op. Die vroue betaal met 'n kredietkaart. Die een met die blonde hare popel egter ongehinderd verder: "Sy boeke is skielik uitverkoop. Ons kry dit nêrens meer nie. Ek wil so graag vir my suster se dogter *Baanbreker* gee. Dit is awesome!"

"Probeer Kalahari.com," raai Carina haar aan.

"Selfs daar is dit uitverkoop. Hulle sê gister in die Woensdagskandes dat sy boeke almal nou herdruk word."

Dit neem Lena 'n rukkie om die skildery toe te draai en te

505

verpak, en Carina wonder wat Frans sou sê oor daardie by-naam vir *Blitsnuus*.

"Neem asseblief 'n foto van ons by die skilderye met die kunstenaar?" vra die jonger vrou en oorhandig haar selfoon aan Carina sonder om eers Lena se toestemming te vra. "Sorg dat jy die ander skilderye hier agter inkry!"

Carina neem die foto, wonder wat Jacques daarvan sou sê en kyk na Lena wat sonder enige uitdrukking voor haar uitstaar.

Jacques se verdwyning bring nou vir haar en hom geld in die sak.

Die besoekers verlaat die ateljee en praat opgewonde – klem hul handsakke stywer vas toe hulle oor die straat loop en lyk skielik nie meer so vol selfvertroue nie.

"Soos Jacques stories moes skryf waarvan hy nie gehou het nie, skilder ek elke dag dieselfde skilderye oor en oor waarvan ek nie hou nie, omdat dit die rekeninge betaal. Ons was in die-selfde bootjie. Met *Die enkeling* kon hy vry kom. En ek probeer ook nou." Lena praat asof die mense nie eers daar was nie en die gesprek bloot voortgaan.

"Is hy dood?" vra Carina sag.

Lena plaas die kredietkaartmasjien eenkant en gaan sit op 'n hoë stoeltjie.

"Wat wil jy nog van my hê, Carina? Dat ek moet stories opmaak wat daar nie is nie? Dalk het hy voor 'n trein gaan lê soos hy altyd wou? Dalk bly hy iewers in die Johannesburgse middestad soos hy altyd gedreig het om te doen. Dalk is hy na Cynthia Olive toe in flippen Kanada om weer stories te gaan haal. Dalk trou hy en Alicia Francke môre en lees jy die volle storie in die Sondagkoerant op dieselfde bladsy as my strokie. Dalk het hy sy vyande gaan opsoek om hulle tereg te stel. Ek weet nie, ek weet nie, ek weet nie! Dis jy wat die storie skryf, dis jy wat sy verdwyning ondersoek. Gee jý die antwoord!"

"Die antwoord lê onder meer in wat gebeur het toe julle uitmekaar is. Toe jy hom die laaste keer gesien het."

Dit lyk of iemand Lena 'n elektriese skok gegee het.

Dit raak stil in die ateljee. Lena se rekenaar maak pieng-ge-luide en sy sien nog boodskappe waarin publikasies ontvangs erken van die Agata-strokie.

"Ek het Vrydagaand uit ons woonstel getrek."

VRYDAG 4 APRIL 2014, 19:00

"Ek het kos gemaak," sê Jacques. "En hulle het nie my TV-teks gekoop nie."

Lena sit haar sak neer, haar mond in 'n dun lyn van spanning getrek. "Hoekom nie? As ek kyk na al die ander drek wat hulle uitsaai."

"Ek is glo te besig en het te veel hooi op my vurk en is moeilik om mee te werk en kan nie met ander skrywers saamwerk nie en pas nie in hulle span in nie en skeep my werk af en skryf is te maklik vir my en ek skryf op autopilot en maak nie die regte geluide teenoor die regte mense nie." Hy skep asem. "Dis 'n politieke besluit geneem deur mense wat hulle eie klein empire stig en vir 'n baie klein gesinnetjie werk gee, onder andere mense wat familie van hulle is. En ons dink die regering is korrup."

"Mense kan baie dinge van jou sê, Jacques, maar moeilik is nie een van hulle nie."

Hy trek sy skouers op. "Hulle moes een of nege ander verskonings uitdink."

"So. Jou naam tel teen jou omdat dit 'n vooropgestelde idee vorm? Omdat jy met bagasie kom?"

Hy knik.

"Jy sal selfs dít oorleef, Jacques. Jy oorleef altyd."

Lena loop yskas toe en haal 'n bottel granaatsap uit. Jacques hou altyd granaatsap aan. Dit is sy gunsteling. Sy skink dit in 'n glas, maar net vir haar, en gaan sit dan by die eetkamertafel. Jacques loop na sy fiets toe.

"Lus om saam te gaan gim?" vra hy moeg.

"Nee." Sy proe aan die granaatsap.

"Wat's fout?" Hy stap tot agter haar en sit sy arms om haar, maar sy soen hom nie oudergewoonte terug nie. Verstyf eerder.

"Lena?"

"Weet jy wat is jou fout?" Sy draai om. "Jy is te nice."

Sy sit die glas neer.

"Jy het geen vyande nie, Jacques. En in die proses maak jy net meer en meer vyande. En word jy 'n slagoffer van jou eie beeld en jou eie talent en jou eie bekwaamheid en verdomde politiek wat eintlik niks met jou te doen het nie. Mense hou nie van jou nie, Jacques, want jy is te suksesvol op te veel gebiede!"

Jacques laat die fiets sak wat hy pas opgetel het om mee gim toe te ry. "Waar kom dít vandaan?"

"Ek kan jou nie meer terughou soos hulle jou terughou nie, Jacques."

"Maar jy hou my nie terug nie."

"Jy is op so 'n gerieflike plek met my dat jy nie meer kan skryf of ordentlik kan skep nie. So dalk is daardie tantes op 'n manier reg."

"Maar Die enkeling kry môreaand 'n prys en ek . . ."

"En hulle stel môreoggend my muurskilderye in die nuwe mall bekend – die deel wat klaar is, en jy het nog nie eers laat weet of jy daar sal wees nie!"

Hy verbleek.

"Jy het vergeet, het jy nie?"

Hy sit die fiets neer. "Lena, ek is so . . ."

"Moet net nie sê jammer nie. Moenie waag om daardie woord te gebruik nie!"

"Maar ek . . ."

"Jy moet jammer wees dat jy nog nie jou groot roman ge-skryf het nie. Die een waaraan jy stukkie vir stukkie skryf, maar wat net nie wil werk nie. Wat nou as Die enkeling gepubliseer is, maar wat nog steeds nie reg is nie, want jy is verdomp te gelukkig, Jacques!"

508

Hy staar net na haar. En toe: "Het jy my dan nie meer lief nie?"

Sy glimlag effens. "Die hemel weet, Jacques. Ek het jou liewer as myself. Juis daarom moet ek gaan."

Hy kyk verskrik na haar. "Wat bedoel jy?"

"Jy is gemaak om 'n enkeling te wees. Alleen. Op jou eie, met soms gerieflike mense om jou wanneer jy hulle nodig het. En al die meisies wat met soveel verlange na jou kyk en wat jy so begeer, maar nooit aan sal raak nie, omdat jy by my is. Ander meisies as ek. Jy is 'n alleenmens, Jacques, en dit is tyd dat jy, dat iemand, eerlik, onbevange, daaroor skryf!"

Hy skud sy kop, het hierdie belydenis duidelik hoegenaamd nie verwag nie.

"Ek het 'n nuwe werk gekry, Jacques. Hulle betaal my vier keer wat Wits my betaal. Kunslektor by 'n ander universiteit. Ek het dit pas aanvaar. Ek begin in Junie."

Sy het daardie uitdrukking nog nooit op sy gesig gesien nie. Hy staar net na haar, kan nie praat nie, kan nie reageer nie. Dit lyk of iemand sy binnegoed uitgeruk het. Nie eers hy, wat altyd 'n situasie kon beredder, kan hierdie een reg skryf nie.

"Jy het my nie gesê jy het vir 'n ander werk aansoek gedoen nie."

"Ek het jou wel van die bekendstelling van my muurskilderye gesê en jy het dit nie eers onthou nie."

"Ek is jammer, Lena. Hemel, hoeveel keer moet ek dit nog vir jou sê?"

"Ek het jou nie van die nuwe werk gesê nie, want dit was die enigste manier om heeltemal met jou te breek." Sy probeer haar stem kalm hou, maar die ontsteltenis, die trane, slaan deur.

Hy kyk verbaas na haar. En in daardie ontredderde oomblik wil sy haar arms om hom sit en sê dat sy dit nie bedoel nie. Dat sy die werk sal weier, dan kan hulle bymekaar bly en aangaan soos tevore en partytjies in ou bouvalle hou en ure lank oor 'n teaterstuk argumenteer of die hele naweek op hulle rusbank teen mekaar lê en minireekse kyk.

509

Maar toe: "Ek is jammer, Jacques. Terwyl ons nou oor jammer wees praat. Ek. Is. Jammer."

"Jy hoef nie jammer te wees oor die ander werk . . ."

"Die skietongeluk was my skuld, Jacques."

"Skietongeluk?" Hy kyk onbegrypend na haar.

Sy kyk hom reguit in die oë. "Die Here weet, ek kan dit nie meer vir myself hou nie. Ek moet dit bely. Ek moet daaroor praat. Ek kan nie, kan nie, kan jou nie meer bedrieg nie."

Alle kleur verdwyn uit sy gesig. Hy stap tot by haar.

"Waarvan praat jy, Lena?"

"Jou pa se ongeluk."

Jacques is nou spierwit in sy gesig.

"Jy en Jan-Paul en jou pa was op pad skietgat toe. Ek het op my fiets swempoel toe gery om te gaan skilder."

"Ek weet. Ons . . ." Hy sluk, sy stem nou so ontsteld dat hy skaars kan praat. "Ons het by jou verbygery, toe vra ek my pa om stadiger te ry, want daar was baie stof en . . ."

"Julle sou gaan skiet en ek het gewonder of jy dit ooit sou regkry. Jy was so gekant teen skiet."

"Is steeds daarteen gekant."

"Toe besluit ek om te gaan kyk."

Jacques steek sy hande uit na die granaatsap waaraan sy drink. Hulle bewe. Hy neem 'n sluk asof hy dink dat dit hom krag sal gee vir wat kom.

"Het jy gesien hoe ek my pa doodskiet?" Hy vra dit so sag dat sy net-net die woorde hoor.

"Ja." Sy neem die glas terug en drink dit heeltemal leeg. "Ek het op die bultjie gestaan en gesien hoe julle aanlê. Hoe jou pa in die skietgat verdwyn. Ek het wel gesien hoe jy aanhoudend mis skiet. Toe gebeur daar vir 'n rukkie niks. 'n Klomp voëls het naby my kom sit en begin wei. Ek wou nader loop en jou spot omdat jy so 'n swak skut is. En toe . . ."

Jacques skud sy kop asof hy nie seker is dat hy reg hoor nie.

"Ek het vorentoe geloop net voor julle die laaste keer geskiet het. Die voëls het geskrik en met 'n helse lawaai opgevlieg. Jy het geskrik, jou geweer moes geruk het en jy het jou pa dood-geskiet." Sy kyk direk na hom. "Ek was daarvoor verantwoor-delik dat die voëls geskrik het, Jacques."

Haar stem begin breek.

"Ek was daarvoor verantwoordelik dat die voëls opgevlieg het en jou laat skrik het."

Hy skud sy kop en sy kan sien hy glo nie wat hy hoor nie.

"En toe?" terwyl hy stip na haar kyk. "Wat het jy toe gesien?"

"Ek het jou pa sien val. Ek het besef wat gebeur het. Toe hardloop ek weg. Ek het net gehardloop en gehardloop tot my asem ingegee het en ek oor 'n klip geval het en ver van julle af in die grond lê en huil het."

Hy sit lank so na die tafel en kyk. Toe staan Jacques op en tel sy fiets op. Hy loop deur toe.

"Ek was 'n kind, Jacques. Ek was bang dat indien ek dit in die hof sou sê, ek 'n medepligtige sou wees. Dat hulle my ook verbeteringskool toe sou stuur en . . ."

Jacques maak die deur oop.

"Ek kan dit nie langer vir myself hou nie. Ek is jammer, Jacques. Ek is godskreiend jammer."

Hy plaas die fiets op sy skouer. "Ek weet nie hoe laat ek sal terug wees nie." Die klank van die deur wat toegeklap word, weergalm deur die gebou.

Lena probeer huil, maar die trane wil nie kom nie. Sy stap na die kas toe en begin haar klere inpak. Haar emosies is in 'n diep gat waaruit sy weet sy nooit weer sal kan klim nie. Nuwe werk, nuwe vriende, nuwe toekoms en al. Sy sal altyd uit hierdie diep gat na die lewe om haar kyk. Nooit op die oewer nie.

'n Klop aan die deur.

"Jacques?" Sy kyk op. "Jacques?!"

Fineas Guliwe van langsaan maak die deur oop.

"Is als reg hier?" Hy beduie bekommerd na Lena wat inpak.

"Kyk mooi na Jacques, Fien." Lena haal nog tasse af, prop haar klere en rekenaar en persoonlike besittings daarin. "En jy hoef my nie te help om my tasse af te dra nie. Ek doen dit self."

Fineas skud sy kop. "Wat het gebeur?"

"Lang storie. Vra vir Jacques."

Na 'n ruk help Fineas haar om die tasse en ander los besittings af te dra na haar motor toe.

"Ek sal die res later kom haal."

Sy kyk terug na die woonstel asof sy dit vir die eerste keer sien. Toe stap sy balkon toe, waar 'n malva staan. Sy trek twee stukkies onkruid uit, neem die gietertjie wat langsaan staan en gee dit water.

Sy ruik die geur van die blare wat sy tussen haar vingers vertroetel. Toe stap sy na Jacques se tikmasjien toe.

Lena tel dit op, streel daaroor, soen dit kortstondig en sit dit weer neer. Sy huil nou so dat sy nie mooi weet hoe om te loop nie. Fineas druk haar vas en laat haar huil. Maar sy stoot hom later weg, kyk na die vuil skottelgoed wat daar staan en toe weer na Fineas. "Jy weet hoe intens hy kan wees as hy beheer verloor. Kyk asseblief na hom."

Fineas knik.

Sy haal die woonstel s'n van haar sleutelhouer af, gooi dit op die tafel, skuif 'n skildery reg wat skeef sit nadat Jacques die deur toegeslaan het en loop uit. Swik effens, maar kom weer reg en loop teen die trappe af. Haar skouers ruk.

Haar motor sukkel. Sy probeer een keer, twee keer, maar asof die noodlot haar ingehaal het, wil die enjin nie vat nie. Sy leun met haar kop teen die stuurwiel, wil skree, maar kan niks doen nie. Huil net.

Sy probeer na vyf minute weer. Dié slag vat die enjin. Sy klik die hekke met haar afstandbeheerder oop. Sy plaas dit terug in haar paneelkissie – weet sy sal dit nodig kry wanneer Jacques nie hier is nie en sy die res van haar goed kom haal.

Sy draai regs in Carrstraat en ry tot op die Mandelabrug.

Toe draai sy links.

Lena Aucamp weet nou presies waarheen om te gaan.

33

"As ek geweet het waar hy was, het ek hom persoonlik gaan haal!"

Alicia Francke staan op en loop tot by haar kantoordeur. Maar voordat sy dit toemaak, roep sy na haar sekretaresse: "Geen oproepe nie, en stel my volgende afspraak met 'n half-uur uit."

Die sekretaresse noem 'n naam, maar Alicia snou haar toe: "Ek gee nie om of dit Barack Obama is nie! Dink 'n verskoning uit!" Sy beduie na die sitkamergedeelte in haar kantoor.

Carina gaan sit en onthou dat Alicia nie daarvan hou om opgeneem te word nie. Sy vra dus nie weer toestemming om haar iPad se opnemer aan te skakel nie.

"Hoekom is Jacques weg by jou uitgewery, Alicia?"

"Omdat hy nie kritiek kon vat nie. Omdat hy nie wou luister nie! Hy het sy eie kop gevolg en hy was verskriklik belangrik in sy eie oë. Toe ek dit waag om hom te kritiseer, gooi hy 'n vloermoer en loop na Meyer de Necker se verflenterde uitge-werytjie toe."

Sy blaker alles byna in een asem uit, asof sy dankbaar is om dit uiteindelik van haar hart af te kry.

"Maar sy ander romans wat by julle gepubliseer is? Het hy hom daar ook nie aan kritiek gesteur nie?"

Alicia haal 'n snesie uit haar handsak en poets haar bolip droog. "Ek is nou so lus vir 'n sigaret, ek kan 'n wurm soen." Sy frommel die sneesdoekie op en leun vorentoe. "Hy het geluis-ter. Gesê hy stem saam. En hy het die meeste van die besware goed gehanteer."

"Maar wat het dan met *Die enkeling* skeefgeloop?"

'n Lang sug, asof Alicia eers besluit watter weergawe sy vir Carina gaan vertel. Wanneer sy nie dadelik praat nie, gryp Carina die gaping.

"Alicia. Ek het intussen baie dinge oor Jacques uitgevind. Ek moet 'n gebalanseerde artikel skryf en dit moet môreoggend by Gavin wees. Ek het 'n sekere patroon in Jacques se lewe ontdek. Ek maak seker van al my feite. Dus weet ek reeds dat daar baie dinge tussen jou en hom gebeur het waaroor jy dalk nie graag wil praat nie."

"Nou hoekom vra jy my dan uit?"

"Want iewers is daar 'n leidraad oor waar hy is."

"Wel, ek weet beslis nie waar hy is nie, Carina."

"Maar jy weet dalk sonder dat jy dit besef."

Alicia maak 'n gefrustreerde beweging met haar hand. "Wat ook al!"

"*Nagreisiger* was die laaste roman wat hy by jou uitgegee het, in 2012. Ek het op die internet gaan kyk. Julle het dit groot geloods in Kaapstad. Kan jy iets daaroor onthou? Iets voor julle uitmekaar is?"

"Hy is nie as gevolg van *Nagreisiger* weg by my nie. Dit het eers baie later gebeur."

"Maar *Nagreisiger* se bekendstelling in die Kaap was baie swierig. En julle het ingenome gelyk."

Iets flikker in Alicia se oë. Weer daardie wonderlike beskrywing wat sy altyd in die romans gelees het wat haar ma so verslind het: "blits". Sy het altyd so gelag oor die heldinne se oë wat "geblits" het. Maar Carina kan met die beste wil ter wêreld nie aan 'n ander beskrywing dink vir hoe Alicia se oë nou lyk nie.

AUGUSTUS 2012

Die bekendstelling is verby. Dit is kort duskant twaalfuur toe Alicia en Jacques deur Kaapstad se strate terug hotel toe stap. Hy het spesifiek gevra vir 'n hotel in Langstraat. Alicia hou nie van hierdie area nie, maar omdat dit nie te ver is van die boek-winkel waar *Nagreisiger* bekend gestel is nie, het sy ingestem.

Maar sy het een kamer bespreek. Na al die jare wat sy en Jacques al saamwerk en 'n vertrouensverhouding opgebou het, het dit tyd geword dat hulle openhartig praat.

Met "openhartig" oorweeg sy dit om die grense te verskuif. So hier en daar merk sy ligte krakies in sy verhouding met Lena Aucamp, maar hy bespreek niks met haar nie. Wanneer klein irritasies uitglip, onthou sy dit, maak 'n kantaantekening in haar geheue – weet sy dat sy dit later dalk kan gebruik.

Een ding van Jacques. Hy is hoflik, tegemoetkomend, goed-gemanierd en sag. En vanaand gaan sy daardie karaktereien-skappe met oortuiging misbruik.

Daarom het sy gesorg dat sy Jacques die afgelope jaar on-verwags met afsprake verras. Lena hou dikwels uitstallings, ook in ander provinsies, en Alicia vind gewoonlik eers daarvan uit wanneer dit plaasvind. Wanneer sy kan, sorg sy dat Jacques se bekendstellings daarmee bots.

Toe sy eendag spottend vir Lena vra (sy het die voorblad vir *Nagreisiger* persoonlik kom aflewer) of sy nie bang is Jacques verneuk haar nie, het Lena net gelag. "Hy is nie so nie."

"'n Man is 'n man, Lena."

"Nie Jacques nie."

Dit was 'n uitdaging vir Alicia, daarom het sy vanaand daarin geslaag om hom Kaap toe te laat vlieg en in 'n hotel te laat tuis-gaan naby waar hy gedurende sy swerfdae skottelgoed gewas het om aan die lewe te bly.

Hulle lag vir Jacques se herinneringe wanneer hulle by die hotel in Langstraat instap.

"Ons bagasie?" Alicia kyk nadruklik na die toonbankklerk wat besig is om SMS'e te stuur.

Jacques gee sy gewone skewe glimlag. Die man staan op en hulle gee mekaar 'n vuisstamp. Mens sou sweer almal ken Jacques.

"Jis, your dudeness. Great om jou weer te sien."

515

"Likewise, Arrie."

Die klerk kyk betekenisvol na Jacques: "Júlle kamer is gereed."

"Kamer?" Jacques kyk verbaas na hom. "Seker twee kamers?"

Alicia keer toe die klerk wil praat. "Ons is mos al mooi groot, Jacques. En dit spaar geld. Vliegkaartjies en sulke goed is duur, jy weet?"

Hy kyk onbegrypend na haar. "Dit het nog nie tevore gepla nie."

Sy glimlag en druk sy hand. "Moenie so 'n drama daarvan maak nie, skat." Arrie kyk so half uit die hoek van sy oog na hulle, maar meer na Jacques as na Alicia.

"Die bagasie is reeds in die kamer, mevrou." Hy beklemtoon die "mevrou"-gedeelte asof hy die hele tyd weet wat in haar gedagtes omgaan. Alicia beduie dat Jacques voor haar teen die trappe moet opstap.

Die klerk oorhandig 'n sleutel aan Alicia. En toe skielik: "Jacque-kie. Pel. My bra."

Jacques draai om.

"Daar's 'n cool kiekie van jou in vandag se *Burger*. Jy's mos hier vir jou nuwe novel." Hy klap sy vingers soos hy die naam probeer onthou.

"*Nagreisiger*," sê Alicia.

"Of course. Hoe's ek nou so agter die tyd," lag Arrie.

Jacques trek sy rugsak oop en haal 'n kopie van *Nagreisiger* uit. Hy teken dit en oorhandig dit aan Arrie.

"Op die ou dae."

"Heitou, potato! Oppie ou dae! Ou Arrie het toe al hier gewerk, sommer nog 'n jong lat, jags soos 'n spook. En hy sal wragtag hier werk tot die groot vrekte kom."

"En steeds soos 'n spook wees," lag Jacques.

"Jy weet dan!" Arrie maak die roman oop en kyk na die inskrywing. "Dankie, thanks a mill, my ou. Ek het gedink jy sal jou ou pelle vergeet wat nie so important soos al die glamour-pusses in jou lewe is nie, veral noudat jy die big time gestrike het!"

516

"Lekker lees!" glimlag Jacques wanneer Alicia hom met die trappe op stoot na die eerste verdieping.

Terwyl hulle oploop, waarsku sy: "Jy moenie sommer jou boeke vir enigiemand gee nie. Dit is een betalende klant minder!"

"Wat maak dit tog saak? Ek het 'n ekstra kopie gehad."

Toe hulle die kamerdeur oopmaak, stap Jacques na die venster toe en maak dit oop. "Mens ruik die see." Hy druk 'n knoppie op sy selfoon, leun by die venster uit en kyk na die straat onder hom. "Haai."

Lena, besef Alicia. Altyd die verdomde Lena, soos knapsekêrels aan 'n donnerse wolkombers.

"Ek's in Westheim Mansions hier in Langstraat. Ek het hier naby gebly toe ek destyds in my mal tyd hier gewerk het." Hy lag. "Ja, langs daai antieke winkel waar ons die eetstel gekoop het. Is jy oukei? Het jy geslaap?" Hy luister. "Nou net hier aangekom. *Nagreisiger* is met 'n moerse geraas geloods, danksy Alicia. Ses en dertig boeke is vanaand verkoop. My hand is seer geteken. Alicia weet hoe om te launch." Hy kyk na Alicia. "Lena sê groete."

Alicia knik kortaf. "Dieselfde."

Jacques bepaal sy aandag weer by Lena. "Wou net sê ek mis jou, girl. Ons was laas saam hier, maar in 'n ander kamer." Hy lag. "Ek onthou. Wow. Ja. Ek onthou."

Alicia draai haar rug op Jacques. Wil nie meer hoor nie.

"Bel my as jy môre wakker word. Sterkte met die illustrasies. Lief vir jou." Hy skakel sy selfoon af en kyk rond. "Oukei. Ek slaap op die bank."

"O, nee, nee, nie met hierdie yslike dubbelbed wat hier . . ."

Jacques val haar in die rede. "Ek praat in my slaap en Lena kla dat ek haar wakker skop. Ek het nie 'n issue met die bank nie." Hy loop badkamer toe. "Dankie vir vanaand."

Die deur gaan toe en sy hoor hoe hy die toiletsitplek oplig. Sy trek haar trui uit en gaan sit op die bed.

Hy slaan water af en sy luister onbewustelik daarna.

Sal sy, wat al hoeveel kort verhoudings met so baie mans gehad het, nou gespanne wees? Indien hulle in een van die Waterfront se luukse hotelle gebly het, kon sy vonkelwyn en oesters bestel het. Maar by gebrek daaraan . . .

Die toilet word gespoel. Stilte. Toe word die stort oopgedraai.

Terwyl Jacques stort, wag sy geduldig. Kyk later na die vroue onder in die straat. Sien hoe taxi's mense by nagklubs aflaai en hoe jonges by restaurante saamdrom. Merk ook hoe geld onderlangs oorhandig word en klein pakkies van eienaar ver-wissel.

Toe gaan die badkamerdeur oop. Jacques staan daar met 'n handdoek om.

Alicia besef: vandat sy hom die eerste keer gesien het, wou sy by hom wees. Het sy beplan hoe sy hom gaan verlei, hoe hulle die uitgewersbedryf sou omkeer, hoe hy die een blitsverkoper na die ander sou skryf en dit met haar in die bed sou bespreek en al haar kritiek sou aanvaar en dit dan herskryf. Só sou sy deel van sy roman kon wees, al kon sy nie self een skryf nie.

Sy het ook gedroom oor hoe hulle saam nog meer sukses sou bereik, want hy het haar nodig en sal nooit na iemand anders gaan nie. Daarvoor is Jacques te lojaal. Hou hy te veel van haar.

Is hy te bang om mense seer te maak.

Sy haal haar selfoon uit en neem vinnig 'n foto.

"Hei. Wat nou?" vra Jacques en vir die eerste keer lyk hy omgekrap.

"Dis hoog tyd dat jy bietjie meer lyf in foto's wys. Vir iemand wat so mooi gebou is . . ." probeer sy.

Hy skud sy kop. "Ek is 'n skrywer, nie 'n model nie."

"Oukei. Moenie so aggressief met my wees nie."

Hy loop nader en vryf met sy hand deur haar hare. "Ek is jammer. Ek het nie bedoel om aggressief te wees nie. Maar ek hou nie van sulke foto's nie."

Sy stap nader en raak aan sy arm. "Gim baie, sien ek?"

Hy glimlag en loop na sy tas toe.

"Die tatoeëermerk. Jy praat nooit daaroor nie."

'n Ligte, aggressiewe klankie. "Los dit."

Hy neem 'n T-hemp uit sy tas en trek dit oor sy halfnat lyf aan, bedek die tatoe.

"Wag. Ek help jou." Sy maak die handdoek los. Dit val op die vloer tussen hulle.

Hy buk, draai sy rug op haar en trek sy slaapbroekie aan. Hy het nie die lokaas geneem nie.

Sy staan vir 'n oomblik bedremmeld, is bewus van die geluid van 'n mishoring en stemme onder in die straat.

En die neonlig wat aan- en afskakel neffens hul venster. Hy lyk skielik oneindig eroties in die lig van die neonletters.

"Lekker slaap, Alicia."

Hy haal komberse en kussings uit die kas en maak vir hom 'n bed op die bank op.

'n Selfoongeluid.

Al weer die vervloekte foon! 'n Vinnige blik daarna. Sy is seker hy sal waaragtig 'n goeienag-SMS ook aan Lena stuur. Hy glimlag, tik iets en stuur dit. Toe sit hy dit op stil en kruip onder die komberse in.

"Lekker slaap," sê Alicia stug.

"Lekker slaap. En dankie vir 'n moerse launch."

Sy kan glad nie slaap nie. Iewers slaan 'n klok al drieuur toe sy tussen sluimer en wakkerwees omdraai. Sy lig haar. Jacques is wakker, besig om 'n boodskap op sy selfoon te stuur. Hy sit die foon neer en lê terug, trek die komberse oor hom.

Dit is die kans waarop sy gewag het. Alicia staan op en loop na hom toe. Sonder om twee keer te dink, trek sy die komberse weg en klim langs hom in. Jacques beweeg en sy sien hy skrik, maar omdat hy altyd so hoflik is, weet sy dat hy haar nie sal keer nie.

Alicia lê met haar kop teen sy bors, voel sy hart klop, is bewus van die warmte in hom. En wanneer sy haar kop lig en hom saggies op sy wang soen, krap sy ligte stoppelbaard haar. Net daardie ligte aanraking laat die bloed warm deur haar vloei, ontketen 'n gevoel wat sy nog nie by een van die mans met wie sy kortstondige verhoudings gehad het ervaar het nie.

Sy lê by, téén, die enigste man wat sy ooit sal liefhê. En sy dink: Mens kan iemand op jou verlief máák. Jy kan hom leer om verlief te raak. Sy sal hom na haar toe swaai, weg van Lena af, weg van al die meisies en vroue wat oor hom swymel en na hom smag en lang bewonderaarsbriewe na haar uitgewery stuur met beloftes oor wat hulle alles aan die skrywer wil doen as hulle hom kry en waartoe hulle hom verder kan inspireer.

Maar hy volg nooit een van die briewe op nie. Glimlag net, skryf 'n kort hoflike briefie of e-pos en bedank Alicia dat sy dit vir hom gewys het.

Hy is verdomp net te goed om waar te wees. Maar dit is dalk juis waar sy swakheid lê. In sy goedhartigheid, sy wegskram van konfrontasies, sy hoflikheid.

Sy voel sy bene teen hare, vou haar regterbeen effens oor syne. Voel die bult onder sy slaapbroek. Baie groter as wat sy haar altyd ingedink het.

Alicia sug asof sy daarmee 'n aanknopingspunt soek en hom toestemming gee om aan haar te raak. Sy is nou so warm vir hom dat sy weer haar gesig na hom draai. Sy ruik sy skoon vel hier teen haar.

Hy kreun effens en gooi haar been van hom af.

"Vir wie stuur jy in die middel van die nag SMS'e?" vra sy net om iets te sê.

"Vir Lena."

"Is julle vier en twintig uur per dag in verbinding met mekaar?"

"Die vullis moet môre uitgesit word en sy vergeet dit altyd. Toe herinner ek haar."

Alicia lê doodstil. Nou draai sy weer haar liggaam na hom toe en plaas dié slag haar linkerbeen oor syne. Sy gee 'n genoeglike sug en nestel teen hom aan. Steeds geen beweging nie, maar die opwinding in haar is nou onkeerbaar. Toe beweeg sy haar hand onder sy T-hemp in en vroetel deur sy borshare.

"Alicia." Hy verwyder haar hand en sit regop. "Ons vlug vertrek môre vroeg. Ek dink ons moet slaap."

'n Koudheid neem van haar besit, maar sy weier om die afwysing te aanvaar.

"Het jy nie al partykeer gewonder nie?"

"Waaroor?"

"Hoe dit sou wees nie?"

"Hoe wat sou wees nie?"

Hemel, die man kan tog nie so naïef wees nie! Sy besluit om 'n ander aanslag te probeer. "Vertel my van jou en Cynthia. Hoe noem jy haar? Die plot whisperer."

"Sy was voor Lena."

Al weer Lena. Altyd Lena.

"Wat het sy alles aan jou gedoen?"

Hy wil opstaan, maar sy keer hom. "So. Wat skryf jy volgende vir my?"

'n Taxi toet onder in die straat. 'n Venster word iewers oopgeruk. "Sharrap!" skreeu iemand.

"Ek skryf al jare daaraan."

Hy beweeg nie. As hy wou opgestaan het, sou hy dit lankal gedoen het. Sy been is sterk en wonderlik teen haar. Hierdie slag het hy haar nie weggedruk nie.

Sy en Jacques. Hy pas perfek in haar wêreld in. Altyd aan haar sy, altyd in haar bed wanneer sy daarna voel, altyd haar gesel. Altyd haar skoothondjie. Dis wat haar pa eendag gesê het: "Jy soek 'n skoothondjie, Alicia. En dis nie wie Jacques is nie."

"Jy bedoel jy skryf weer 'n warm roman? Soos dié wat jy eers onder skuilname geskryf het?" vra sy.

"Nee. Daar is genoeg sulke stories."

"So. Mag jou uitgewer weet waaroor die nuwe een gaan, of wil jy my verras?"

Hy beweeg effens, en net die wrywing teen haar bene maak haar so warm dat sy haar met alle geweld moet keer om aan hom te vat.

"Oor 'n ou wat uit Afrika gevlug het en wat nie weet wie hy is nie, dan gaan hy op 'n reis om uit te vind."

"Vertel my meer van jou held?"

Hy lig sy skouers en haar hand beweeg na sy maag. "'n Eensame ou wat omring is deur mense, maar nie eintlik van mense hou nie."

"Jacques." Sy nestel haar weer teen hom aan. "Moenie van die resep afwyk nie. Bly by ons ooreenkoms."

"Mens moet partykeer die huis afbrand om die maan te sien, Alicia."

Sy raak met haar hand aan sy bors. "Wat beteken dit?"

"Dat jy jou veilige nessie moet vernietig om die lewe te sien soos hy is. Eers dán kan jy daaroor skryf."

"Oukei." Sy wil nie nou argumenteer nie. "Belowe my net jy gaan dit op jou rekenaar skryf dié slag."

"Ek gee my getikte romans altyd vir Lena om te scan. Jy weet ek hou nie van rekenaars nie."

Sy sug.

"Ons gaan nie nou shop praat nie, gaan ons?"

Sy asemhaling. Sy been teen hare, die haartjies wat teen haar druk, die warmte van sy lyf. Alles is 'n voorspel.

"Wel. Jy het gevra."

Jacques draai nou weg van haar. "Nag, Alicia."

Hy draai sy rug heeltemal op haar.

Sy maak 'n sagte geluidjie met haar mond. "Hier is ons nou in die Kaap. Ons is ver van die huis af, ver van verantwoordelikhede, van al die mense wat jou altyd dophou."

Stilte. Weer 'n mishoring. Raserige mense wat in die gang af loop en dan verdwyn. Haar hand beweeg oor sy heup onder sy slaapbroek in en sy voel dat hy glad nie opgewerk is nie.

Hy klim vinnig uit die bed en tel haar op. Alicia se arm glip om sy skouer en haar naels grawe in sy vel. Sy druk haar borste teen hom en plaas haar ander arm ook om sy nek. Sy probeer hom nader trek om hom vir die eerste keer in haar lewe behoorlik te soen.

522

Jacques dra haar na die bed toe en sit haar neer. Haar arms vou oop om hom te verwelkom, maar hy draai om, stap weg en klim weer tussen die komberse op die bank.

"Lekker slaap," sê hy.

Dit is of alle bloed haar gesig verlaat het. Sy voel koud.

Sy antwoord hom nie. Lê net 'n ruk die donker en instaar. Draai dan haar rug op waar hy op die bank lê en probeer slaap, maar weet dat sy vannag beslis nie sal kan nie. Raak aan die bewe van vernedering. En kwaad. Bloedkokend, woedend kwaad.

Baie gedagtes gaan deur haar kop. Sy kan deure vir hom toemaak, mense teen hom beïnvloed wat jaloers is op hom (daar is hoeka so baie middelmatiges), sy kan nog meer vyande vir hom maak, stories versprei.

Maar dit sal hom nog steeds nie hare maak nie.

Hy sál ingee. Die een of ander tyd sal Jacques Rynhard ingee.

"Bliksem," sê sy saggies.

Sy asemhaling raak reëlmatig, tot hy ligte snorkies gee. En Alicia dink: as sy net elke aand saam met hom aan die slaap kon raak, in plaas van die vreemdelinge wat kom en gaan en net gekreukelde lakens of sigaretstompies of reuke agterlaat.

Alicia word wakker toe Jacques die toilet die volgende oggend spoel. Daarna hoor sy hom stort en skeer.

Wanneer hy uit die badkamer kom, is sy vel glad asof hy enige herinnering aan haar wou afwas. Alicia maak of sy nog slaap en hoor hoe sy selfoon lui.

"Hei jy. My SMS gekry?" Hy lag. "Sal seker so halftwaalf by die huis wees, dalk bietjie later – hang af van die vliegtuig. Gaan eers gim en fietsry. Moet uitkom." Hy luister. "Ek het jou net so gemis. Pas jouself op." Hy skakel die selfoon af.

Nou eers word Alicia kamtig wakker.

"Ek sien ontbyt is nie ingesluit nie. Ons kan sommer hier oorkant iets eet," sê Jacques, sy stem hoflik en vriendelik soos gewoonlik.

"Daar is nie tyd vir ontbyt nie." Alicia staan op en stap verby hom badkamer toe. Sy kyk nie na hom nie.

Jacques begin aantrek.

Die hele vlug terug Johannesburg toe praat sy feitlik nie met hom nie. Sy bied net een keer aan om hom Newtown toe te vat, maar hy gee bloot sy hoflike glimlag.

"Ek vat sommer die Gautrein. Lena't vir my 'n goue kaart present gegee en ek dink ek het nog so drie honderd rand oor daarop."

Hy sit hier langs haar, rustig, bedaard, lees deur die een of ander teks, glimlag vir die lugwaardinne wat kort-kort iets voor hom neersit of vra of hy nog gelukkig is, duidelik aangetrokke tot hom. Hy is gewoond hieraan, glimlag hoflik, sê die regte ding op die regte tyd in daardie mooi stem wat hom nog sexier maak, gee 'n handtekening en gaan dan aan met lees.

"Ek het so gehou van *Baanbreker*. Wens ek het dit hier gehad dat jy dit kon teken," sê een van die passasiers wat naby hom sit.

"Hei. Dankie, dankie. Bly jy't lekker gelees," sê hy op sy hof-like, bedaarde, onselfbewuste manier asof hy skaam raak as hy 'n kompliment ontvang.

"Jy kan eintlik maar net aanhou praat," lag die vrou, "dat ek net na jou kan luister."

Hy glimlag en gaan aan met lees.

Sy elmboog is teen Alicia, soms sy been, maar hy is skynbaar onbewus daarvan en neem dit nie weg nie.

"Ek sal jou nog tem, jou bliksem. Ek sal volkome in beheer van jou lewe en jou skryfwerk kom. Dan is daar geen wegkom-kans meer nie. Dan is jy myne en sal jy weet: jy kan nie sonder my skryf nie." Die woorde lê vlak op haar tong, maar sy sê dit nie, geniet net sy been teen hare.

Nadat hy sy bagasie op O.R. Tambo gekry het, gee hy haar 'n ligte drukkie. "Dankie vir die loodsing van *Nagreisiger*. Ek hoop dit doen goed. Vir ons albei." Toe verdwyn hy met sy rugsak tussen die mense.

Toe raak sy oproepe minder en praat sy later amper nooit met hom nie. Sy hoop dat lang stiltes van haar hom sal noop om met haar kontak te maak. Maar behalwe vir enkele e-posse waarin hy reageer op *Nagreisiger* wat goed verkoop, is daar geen ander kontak van hom nie.

Dit is toe dat Alicia begin besef dat haat en liefde inderdaad dieselfde ding is, soos in so baie van die romans wat sy afkeur en met bitsige kommentaar terugstuur. Sy het net nooit besef hoe fel daardie gevoel kan wees nie.

Snags betrap sy haar dat sy wraakplanne uitdink. Op partytjies waarsku sy mense dat Jacques moeilik is om mee saam te werk, dat hy vals is, dat hy 'n geweldige ego het, dat hy te veel hooi op sy vurk het. Haar toehoorders is net te gretig om daardie inligting te aanvaar en te versprei.

Sy vra hom een keer om haar na 'n groot première te vergesel, maar hy het 'n verskoning. En wanneer sy dan later saam met 'n belowende jong skrywer aan haar sy daar opdaag, staan Lena en Jacques tussen die mense, maar kamerasku. Hy haas hom altyd in 'n teater in wanneer die deure oopgaan en korswel nooit met die saamgekoekte mense nie.

'n Paar maande later lewer hy 'n getikte roman by haar kantoor af sonder om haar persoonlik te gaan sien. *Die enkeling.*

Het jy 'n afskrif? SMS sy hom.

Ja. Lena het die roman vir my gescan soos gewoonlik, SMS hy terug. Gewoonlik het hy *Jac* aan die einde van 'n SMS geskryf. Of selfs 'n glimlag-gesiggie gemaak. Maar skielik niks.

Toe die aand wat sy hom vra om haar te kom sien oor *Die enkeling*. Hy versoek dat hulle in die middestad ontmoet, by 'n restaurant in Foxstraat naby The Bioscope. Alicia voel ongemaklik in die stad, maar ter wille van die nuwe roman wat weer hul bande kan versterk en die Francke-Uitgewery in die kollig kan plaas, stem sy in.

Sy sorg dat sy vroeg daar aankom. Die manuskrip lê voor haar.

Met die lees kon sy amper nie glo dat Jacques dit geskryf

het nie. Dit is anders as enigiets wat hy al ooit geskryf het en hoewel sy respek het vir die literêre waarde daarvan, wil sy dit nie publiseer nie omdat dit nie sal verkoop nie.

Hy moet getrou bly aan sy bewonderaars se vereistes.

En hy moet dit skryf soos sý dit wil hê. So word sy onlosmaaklik deel van hom.

Sy het 'n kort gesprek met Ariana gehad, wat deel van haar leserspaneel is. (Sy is op feitlik elke leserspaneel waarvan Alicia weet.) Die gesette vrou het met onbeteuelde venyn op Jacques se teks gereageer. En toe Alicia van aangesig tot aangesig met Ariana praat, het sy nogmaals besef hoekom haar bynaam Plompie is. En gewonder of die vrou ooit behoorlik kan sien, want sy sukkel om te fokus, wange blosend, dikwels van frustrasie of aggressie.

En daardie haarstyl!

Alicia het al haar toesprakie reg vir hom, gewapen met notas. Sy kan beslis nie nou bekostig om hierdie roman uit te gee nie. Sy het verskeie veranderings voorgestel, en natuurlik al Ariana se kommentaar bygesit om nog meer kwetsend te wees. Aan die einde het Alicia geskryf dat sy *Die enkeling* net onder daardie voorwaardes sal goedkeur.

Sy het Jacques Rynhard nou presies waar sy hom wil hê. Aan sy mooi knaters beet, glimlag sy saggies vir haarself.

Toe hy aangestap kom, lyk hy ernstiger as gewoonlik. Alicia staan op, veins 'n glimlag en weet dat die gesprek moeiliker as voriges gaan wees. Maar dit is nodig.

"Jacques! Hoe gaan dit?" Haar stem soos dié van aktrises wat sy altyd by premières sien wat mense oordadig omhels. Sy beduie vir die kelner dat hy eers moet wag met die spyskaarte. Sy en Jacques moet gesels.

"Oukeierig." Hy gaan sit en wil haar notas vat, maar sy keer hom.

"Ek wil jou net help om beter te skryf, baby."

Geen reaksie nie.

Sy vee met haar hand oor haar mond. "Jacques."

Hy kyk met daardie skerp oë na haar en sy gee amper in onder die blik.

"Jacques . . ."

"Dit is my naam, ja."

"Ek kan *Die enkeling* nie in sy huidige vorm publiseer nie."

Hy kyk uitdrukkingloos na haar.

"Jy dink dalk dis jou beste werk, maar jy is te betrokke by die roman. Kill your darlings, baby." Sy stoot die roman met die klomp notas bo-op oor na hom toe. "Ek het Ariana ook gevra om te lees, en nog iemand anders. Dis nodig dat jy ook lees wat haar kommentaar is."

Jacques kyk vinnig daardeur. Toe skuif hy dit terug.

"Jy moet beslis die stoomtreine uithaal. Jy sê dis anders as enigiets wat jy tevore geskryf het, maar die treine . . ."

Hy staan op.

"My dierbare Jacques. Kritiek is moeilik, maar dis vir jou eie beswil."

Hy kyk vir 'n oomblik na haar, dan draai hy sy rug op haar.

"Jacques!"

Hy stap vinnig tussen die mense deur tot in die straat. Sy wag dat hy moet afkoel, terugkom, sê hy is jammer, aanbied om die veranderings aan te bring.

Maar Jacques Rynhard kom nie terug nie.

Toe die kelner met die spyskaarte opdaag, waai sy hom met 'n ongeduldige beweging van die hand weg en staan ook op.

Hy sal tog uiteindelik die veranderings moet aanbring en *Die enkeling* weer na haar toe bring. Daarvan is sy seker.

En hy sal haar in die epiloog bedank dat sy so wonderlik wreed was.

DONDERDAG 10 APRIL 2014, 15:45

Carina kyk na die notas wat sy gemaak het.

Alicia skroef 'n bottel mineraalwater oop en neem 'n diep teug. Sy is uitasem gepraat, haar oë wild.

Dit blits! staan in Carina se notaboekie geskryf. Sy kyk vinnig na haar ander notas; haar joernalistieke instink lei haar na die soort paaie wat haar nog altyd by die waarheid uitgebring het. Teen hierdie tyd is sy al gewoond aan haar eie soort snelskrif, met halwe woorde en afkortings wat sy genoop word om te gebruik indien sy nie gesprekke mag opneem nie.

"Ek wil jou gou 'n paar foto's van ons twee wys." Alicia staan op en stap na haar lessenaar toe. Sy sluit 'n laai oop. Terwyl sy na die foto's soek, kyk Carina vinnig na haar notas.

"Wag. Ek het nog persknipsels in die kabinet ook." Alicia neem 'n sleutel en loop na 'n luukse kabinet in die hoek.

Carina SMS vinnig vir Mysi: *Westheim Hotel, Kaapstad. 4 Augustus 2012. Vind uit of Alicia 'n enkelkamer vir haar en Jacques bespreek het. Carina.*

Alicia kom sit weer die oomblik toe Carina die boodskap stuur.

Dit wat tussen hulle neergesit word, is gewone glansfoto's wat by premières geneem is. Daar is ook verskeie knipsels van 'n glimlaggende Alicia met haar arm telkens styf om Jacques. Hy lyk effe ongemaklik op die foto's, maar aan die manier waarop Alicia na hom kyk, lyk dit omtrent of hulle getroud is.

En toe neem Carina se instink oor.

Sy staan op.

"Presies wanneer het jy Jacques die laaste keer gesien, Alicia?" En amper as 'n nagedagtenis: "En as jy so kwaad was vir hom, hoekom Saterdagaand opdaag by die Basson-prys vir Letterkunde? Reklame vir jou uitgewery? Of het jy geweet hy gaan nie opdaag nie?"

Dit lyk of iemand koue water oor haar gegooi het. Carina draai weg en gebruik een van haar gunstelingtegnieke. Staan 'n rukkie met haar rug na Alicia toe, en draai uiteindelik om.

"Hy het Vrydagaand nadat Lena uit die woonstel getrek het, na jou toe gegaan, het hy nie?"

Alicia staar nou voor haar uit soos 'n aktrise wat haar woorde op die verhoog vergeet het. Toe laat sy haar kop sak.

"Die oproep het om kwart voor een Saterdagoggend die vyfde gekom."

"Wat het gebeur, Alicia?

SATERDAG 5 APRIL 2014, 00:45

Toe Alicia se selfoon lui, weet sy dadelik dat daar probleme is. Sy sit orent in die bed, lig haar selfoon en kyk na die nommer. Dit is Ralph, haar jongste protégé.

"Dit beter blerrie goed wees, Ralph."

"Jy moet na Marung Restaurant in Breëstraat kom."

"Hoekom?"

"Hy's geswael. Flenters, stukkend gekuier, besig om amok te maak. Ek het probeer help, maar hy het my amper stukkend gemoer. Ek het Lena ook gebel, maar sy antwoord nie haar selfoon nie. Iemand moet hom help."

Alicia dink 'n oomblik. "Ek is nou daar."

Sy trek haastig aan en jaag Newtown toe.

Sy sukkel om parkering in Breëstraat te kry, en vir 'n verandering storm daar nie ses parkeerwagte op haar af nie. Nie dié tyd van die nag in hierdie area nie.

Toe sy by die restaurant instap, sien sy die geveg wat by die kroeg uitgebreek het. Jacques staan daar, sy hare natgekoek oor sy voorkop, sy hemp geskeur, sy gesig vol bloed. Iemand slaan hom. Maar elke keer staan Jacques op asof hy weer geslaan wil word. Ralph probeer keer, maar die ander mans druk hom weg.

Jacques word weer en weer geslaan, maar elke keer is daardie halfmas-glimlaggie weer om sy mond. Lag hy selfs asof hy homself laat straf.

Alicia storm vorentoe tussen die vegtendes in.

"Wag, wag!" Sy gaan staan voor Jacques. Hy kyk na haar, maar sy oë is dof asof hy nie weet wie sy is nie. "Kom saam met my."

Hy skud sy kop. "Ek is nog nie klaar nie!"

Ralph sit sy arm om Jacques se regterskouer, Alicia om sy linkerskouer. Hulle sleep-dra hom uit. "Gaan soek moeilikheid op 'n ander plek!" skreeu iemand.

En met Ralph skielik so naby aan haar, gril sy vir hom noudat sy hom met Jacques vergelyk. Kan sy nie verstaan hoe sy ooit by die mannetjie in die bed kon klim nie. En hy kan nie eers behoorlik skryf nie.

Buite in die straat word Jacques naar. Alicia beduie dat Ralph haar alleen met hom moet los.

"Is jy seker?" Dan het die man nog so 'n swak mond ook.

"Doodseker."

Hy stap weg, maar gaan staan eenkant in die skaduwees.

Jacques kots. Toe val hy vooroor en bly op die sypaadjie lê. Alicia gaan sit langs hom en sit sy kop op haar skoot.

"Baby?"

Jacques maak sy oë oop, maar fokus nie behoorlik op haar nie.

"Jacques?" Sy vee die vog van sy mond af. "Praat met my, skat."

Hy sluk, sy gesig trek van die slegte smaak, maar dis lekker om sy kop tussen haar hande te kan vashou.

"Ek wen môreaand 'n prys. En weet jy wat?"

Sy skud haar kop en soen hom saggies op sy voorkop.

"Ek verdien dit nie."

"Ek wil jou help, Jacques."

Sy streel deur sy hare, druk hom teen haar vas, wil vir hom sê hoe verskriklik lief sy hom het.

"Ballade," sê Jacques.

"Wat is dit?"

"My nuwe . . . dit moet 'n . . ." Sy kop val vooroor asof hy sy bewussyn verloor. Dan lig hy dit weer op.

"Ek vat jou huis toe," sê Alicia.

Hy knik en beduie na sy woonstel oorkant die straat.

"Nee, Jacques. Jy kom na my toe. Ek gaan vir jou sorg. Lena moet jou nie so sien nie."

Hy kyk weer na haar asof hy nie verstaan wat sy bedoel nie.

"Ek het jou lief, Jacques."

Hy maak sy oë toe en glimlag effens, asof hy gemaklik is daarmee. Sy buk af en wil hom soen, maar hy bring weer op. Sy is verplig om hom van haar skoot af te tel tot hy klaar gekots het.

Hy vee die braaksel van sy gesig af.

"Ek . . . jammer."

"Jy het niks om oor jammer te wees nie, Jacques. Kom ek vat jou na my woonstel toe. Ek sal jou wonde verbind, ek sal jou versorg. Waar is Lena?"

"Lena is weg."

"Waarheen?"

"Ons is uitmekaar."

Alicia sit regop. Sy staar verstom na hom. Hulle is . . . Sy neem 'n ruk om die nuus in te neem.

"Julle . . ." Sy probeer bedruk klink, simpatiek. "Julle het . . .?"

Hy knik.

Sy besluit vinnig. "Ek wil geen teenkanting hoor nie. Jy kom saam met my. Kan jy loop?"

Sy probeer kalm voorkom, maar haar stem verraai haar opwinding.

Hy knik en beduie weer na die gemors in die straat. "Ek is jammer."

"Jy het verkeerde keuses gemaak. Dis verby. Jy het tien jaar van jou lewe by haar gemors."

Hy staar haar onbegrypend aan. "Gemors?"

"Ja, Jacques. Gemors. Of is dit langer? Sy was mos 'n skoolkys. Hoe lank is dit al? Twintig jaar? Hemel, mens kan nie so lank by dieselfde meisie wees nie!"

Sy help hom orent. Hy steier. Ralph staan steeds eenkant en kyk bekommerd na hulle. Alicia skreeu: "Ek sê mos, gaan huis toe. Ek kan hom hanteer!"

Alicia lei Jacques na haar motor toe. Hy loop soos iemand wat nie ten volle by sy positiewe is of weet wat aangaan nie.

Dan gaan staan hy en kyk na die muur oorkant hulle. Alicia sien die skildery van hom wat Lena daarteen gemaak het. Hy staar daarna en knip sy oë.

"Kom nou, ons moet na my plek toe gaan, Jacques."

Sy knieë swik onder hom.

"Jacques. Jy moet sterk wees."

Hy kyk weer na die muurskildery en toe na Alicia.

Sy rem nou aan hom, wat hom amper laat omval. Sy gryp hom, ondersteun hom, voel sy liggaam teen hare, weet dat sy vanaand enigiets met Jacques Rynhard sal kan doen. Alles waaroor sy nog altyd gedroom het.

"Kom." Sy ontsluit haar motor met haar afstandbeheerder en maak die deur oop.

Hy val in die motor in en lê op sy maag.

"Jacques. Sit regop."

Sy beur aan hom en trek hom regop. Sy kop is na aan hare. Sy vee sy gesig af, neem sy kop in haar hande, druk met haar vingers teen sy slape, voel oor sy gesig en beweeg toe nader.

"Jacques." Sy kan haarself nie meer beheer nie. "Jacques."

Sy lippe naby hare. Sy asem teen haar wang. Sy beur sy mond oop. Sy soen hom. Maar Jacques druk haar weg.

Hy kom orent en klim uit die motor. Toe loop hy oor die straat.

"Ek kan vir jou alles gee wat jy ooit wou gehad het!" skreeu sy agterna.

Sy treë is nou fermer. Hy loop tot by sy kompleks se hek en ontsluit dit met sy afstandbeheerder. Die hekwag groet hom.

Toe kyk hy terug na Alicia asof hy nou eers begryp wat sy gesê het.

Alicia slaag eers 'n kwartier later daarin om haar enjin aan te skakel.

DONDERDAG 10 APRIL 2014, 16:00

Die sekretaresse klop aan die glasdeur en maak dit gespanne oop. "Dringende oproep," sê sy.

"Wie is dit?" Dit lyk of Alicia die sekretaresse te lyf wil gaan.

"Ek is jammer, juffrou Francke. Dit is meneer Gavin Greeff van *Montage*. Hy dring daarop aan om nou met jou te praat. Ek het probeer verduidelik, maar hy sê dat indien jy nie antwoord nie, hy persoonlik hierheen gaan ry."

Alicia huiwer 'n oomblik. Carina beduie dat sy nie moet verklap dat sy ook in die kantoor is nie. Toe knik Alicia vir die sekretaresse. "Sit hom deur."

Die sekretaresse knik en verlaat die kantoor. "Dit behoort interessant te wees." Sy staan op en gaan sit agter haar lessenaar.

"Gee jy om om Gavin op speakerphone te sit?" waag Carina dit.

"Hoekom?"

"Want ek dink hy het 'n dubbele agenda. Ek gaan jou storie skryf presies soos jy dit vertel het, Alicia, en dankie vir jou eerlikheid. Maar ek glo Gavin het ander bronne. Dat hy besig is met sy eie storie. Dat hy net uit myne gaan gebruik wat hy soek en die res in 'n groot gat gaan gooi."

Alicia beantwoord haar telefoon en sit dit op speakerphone.

"Middag, Gavin. Gedag ek hoor nooit weer van jou nie," sê Alicia met 'n glimlag, maar haar oë bly yskoud.

"Hoe's dinge, beautiful?"

"Dinge is goed. Hoe's dinge daar?"

"Tydskrifte kry maar swaar, soos jy weet." Stilte.

"Dan moet ons maar praat."

"Ek het jou pa toevallig vanoggend raakgeloop."

"Hy stel belang in *Montage*, soos jy weet, Gavin. Maar daar moet nog baie water in die see loop." Alicia neem 'n pen en maak 'n aantekening. "So. Wat is julle leistorie Saterdag?"

"Jacques donnerse Rynhard, wat anders?"

"Al iets meer oor die waarde heer uitgevind?" vra Alicia en kyk reguit na Carina.

"Een van my joernaliste werk daaraan. Carina Human."

'n Betekenisvolle blik na Carina. "En hoe vorder dit?"

"Jy weet hoe's hoernaliste. Mens moet heeltyd met 'n don-

533

nerse lat agter hulle staan. Ek vertrou haar nie. Sy is nie gemotiveerd genoeg nie. Ek verwag 'n white-washery. Maar ek het self 'n paar bronne."

Carina sit regop. "Watter bronne?" vra Alicia.

" 'n Goeie joernalis verklap nooit sy bronne nie. En ek kan jou verseker, wanneer Carina Human se halleluja-storie oor Rynhard hier aankom, het ek 'n paar addisionele stories en feite om by te voeg."

Nes Carina verwag het. Hy neem haar artikel as basis en verwerk dit dan op so 'n manier dat dit meer na syne lyk as na hare. En hy vat krediet daarvoor.

"Maar terwyl ons nou oor Rynhard praat, Alicia." Sy stem raak skielik sagter. "Daar's rumours oor 'n affair tussen julle. Kan ek en jy bietjie praat?"

"Wat wil jy weet?"

"Hoe hy tussen die lakens is, hoe lank julle gesoen het, wat hy alles . . ."

Alicia skakel die speakerphone af. "Net 'n oomblik." Sy plaas haar hand oor die hoorbuis. "Sal daar nog iets wees?"

Carina skud haar kop. Sy beduie dat sy liewer nie wil praat nie en maak 'n dankie-sê-gebaar. Toe loop sy vinnig uit. Op daardie oomblik gons haar selfoon met 'n SMS. Sy is eintlik te haastig om dit behoorlik te lees en sy weet: sy gaan dwarsdeur die nag aan Jacques se storie skryf, of sy sal 'n ander werk moet soek.

Sy maak die deur oop en sien daar is twee SMS'e. Die eerste is van Mysi: *Alicia het enkelkamer in hotel bespreek. Klerk onthou hulle goed. Volgende oggend was sy moerig. Geen njoekie. Ha-ha-ha. Mysi.*

En die volgende van 'n private nommer: *Ontmoet my dringend by Punda's aangaande Jacques.*

Waar de hel is Punda's? Sy onthou nou die naam op die kaartjie. Dit is iewers in Newtown. Maar waar nou weer?

Sy gryp haar iPad en pons die naam in. Oomblikke later verskyn die adres op die soekenjin. Sy vind dit en SMS terug:

Wie is jy? Maar toe sy binne drie minute geen antwoord kry nie, klim sy in haar motor.

Op die Mandelabrug draai sy regs met Carrstraat na Newtown.

Dit neem haar 'n rukkie om Punda's te kry. Maar uiteindelik sien sy die tweedehandse winkel aan haar linkerkant en besef dat sy al tevore hier geparkeer het.

Mysi bel op daardie oomblik: "Gavin loop soos 'n gewonde beer hier rond. Selfs sy borshare staan orent. Indien hy jou skakel, moenie die foon antwoord nie!"

34

DONDERDAG 10 APRIL 2014, 16:20

Carina spring haastig uit haar motor. Sy klik haar afstandbe-
heerder en maak doodseker dat die voertuig wel gesluit is,
want hier en daar staan verdagte straatlopers wat haar onder-
langs beskou.

Sou Jacques ooit agterdogtig oor hulle gewees het? Sou hy,
soos sy, beklem gevoel het? Hulle wantrouig beskou het? Of
is dit waar wat haar ma altyd gesê het? Dat 'n mens juis dit na
jou toe aantrek waarvoor jy die bangste is?

En daar staan die naam *PUNDA'S* in groot geskilderde en
kleurvolle letters.

Voor die winkel is 'n pragtige muurskildery in dieselfde styl
as dié in die Newtown Mall wat Mysi na haar toe gestuur het.
Hierdie muurskildery is 'n surrealistiese, byderwetse uitbeel-
ding van Newtown-geboue, waarvan sommige windskeef en
ander kiertsregop uittroon.

Carina neem 'n foto daarvan met haar selfoon.

Sy stap tot by die winkel se venster en maak haar hande
bak om haar oë om te sien wie binne vir haar wag. 'n Ouerige
Indiërman sit agter die toonbank en groet haar.

Sy stap in. Hy praat Engels met haar. "Kyk gerus rond."

"Jy is seker besig om te sluit?" vra sy.

"Eers oor 'n uur."

"Ek ontmoet eintlik iemand hier."

Hy knik, gaan voort om op 'n optelmasjien somme te maak.

Sy kyk rond na die snuisterye, outydse koppies, antieke eet-
stelle, meubels in vergete style, lendelam stoele wat voos gesit
is, moontlik deur plomp boerebroodboude, en ovaalvormige
portrette van stoere ou mense teen die muur.

En 'n tikmasjien.

Carina stap nader. Voor haar, alleen op sy eie antieke lessenaar, staan 'n tikmasjien. Met die nader stap sien sy die vier letters in rooi daarop. *LENA.*

Sy weet aanvanklik nie hoe om te reageer nie. Met haar vingers wat saggies en respekvol aan die tikmasjien raak, drukdruk sy op enkele van die sleutels. Die letters is al blinkgevat, en veral die *E, A, S* en *N* het al begin verbleik. Die *X* en *Z* lyk nog splinternuut.

Dit kan net Jacques wees wat haar hierheen ontbied het. Jacques wag hier iewers tussen die meubels! (Soos in 'n goedkoop Penny Dreadful-speurverhaal begin sy by haarself te lag, maar raak dadelik weer ernstig.)

Die winkel is oorvol en donker soos die meeste winkels met oudhede maar is.

Hoe dieper sy tussen die meubels inbeweeg, hoe donkerder raak dit. Daar staan hangkaste, outydse lêbanke, wiegstoele, lessenaars en spieëltafels.

'n Beweging in die spieël.

Daar staan iemand in die donker langs die kas.

Carina probeer aan die donkerte gewoond raak. Daar is skoenlappers in haar maag soos gedurende 'n blindemolafspraak wanneer iemand onverwags sy gesig wys. Sy loop vorentoe, struikel oor 'n outydse strykyster wat op die vloer as deurstopper dien en beland in 'n aangrensende vertrek.

Sy ruik stof, motbolle en meubelpolitoer. Maar ook iets soeterigs, 'n bekende reuk wat sy al voorheen geruik het.

Weer die beweging. Sy vorm sy naam, maar toe sy praat, kom daar geen klank uit nie. Sy probeer weer: "Jacques?"

'n Voetstap. Sy sien haar weerkaatsing in 'n ovaalportret van 'n Indiërman. Iemand loop agter haar verby, sien sy in die weerkaatsing. Sy swaai om, net betyds om die persoon weer in die winkel te sien verdwyn.

Haar selfoon lui. Carina wil dit ignoreer, maar sien dat luitenant Soon Alberts se naam in die venstertjie verskyn.

"Hallo?"

"Carina. Waar is jy?"

"Newtown. Hoekom?"

"My manne het nou deur ure se beeldmateriaal by tolhekke gesoek op die dag wat Jacques Rynhard verdwyn het."

"Ja?"

"Om tienuur Saterdagoggend 5 April het Trudie Linde deur die tolhek gery op pad Johannesburg toe."

Chivas. Carina hou letterlik haar asem op.

"En wanneer is sy terug?"

"Sesuur die aand."

"Dus voor die prysoorhandiging."

"Ja."

"Wat beteken Chivas het Johannesburg toe gekom vir die prysoorhandiging. Maar sy het geweet hy gaan nie die prys aanvaar nie."

"So het ons ook afgelei, ja."

Carina dink 'n oomblik na voor sy vra: "Was Chivas saam met Jacques?"

Soon antwoord dadelik. Dus praat hy die waarheid. "Nee. Sy is alleen in die motor."

"Wat het sy in Gauteng kom maak?"

"Dalk moet jy haar skakel en uitvind. Ek gee jou net die wenk. Ek het haar reeds etlike kere geskakel, maar sy antwoord nie haar selfoon nie. Ek gaan haar nou weer probeer."

"Dankie vir die wenk, luitenant."

Carina skakel haar selfoon af. Sy draai om. In haar haas loop sy in 'n stoel vas. Dit val om, sodat sy in haar vaart gestuit word om dit te moet optel. Toe loop sy verby die ou hangkas en tafel, weer tot by die lessenaar met die tikmasjien op. Iemand sit op die stoel voor die tikmasjien en sy sien vir 'n vlietende oomblik 'n paar hande.

"Jacques?"

Toe die onmiskenbare klank van 'n selfoon. Gé Korsten se "Liefling". Carina stap nader aan die bron van die klank. Die

538

foon word nie beantwoord nie. Dit lui en lui net. En die hande tik-tik asof dit nie gewoond is aan die gevoel van die letters nie.

Die selfoon hou op met lui toe die hande die papier uit die wa trek.

Chivas kom orent.

"Middag, my meisie."

Carina kyk verstom na haar. "Wat soek jy hier, Chivas?"

"Ek het Jacques se tikmasjien kom haal."

"Wat bedoel jy, kom haal?"

"Hy het dit hier kom aflewer Saterdagoggend net voor hy verdwyn het."

"Ek verstaan nie. Ek dag hy het dit saam met hom geneem. Probeer jy ons op 'n dwaalspoor plaas?"

"My meisie . . ."

"Carina," help sy haar reg.

"Carina." Chivas streel oor die tikmasjien asof sy aan Jacques raak. "Ek is die allerlaaste persoon wat jou op 'n dwaalspoor wil bring. Ek wil hom net so graag opspoor soos jy."

"Hoekom laat jy juis vir my hiernatoe kom om met jou te praat? En hoekom antwoord jy nie as luitenant Alberts skakel nie?"

Chivas sit haar foon op stil en plaas dit langs die tikmasjien.

"Omdat ek lank en hard hieroor gedink het. Noem dit ou-tydse instink. Aanvoeling, wat ook al. Maar ek wou eers dood-seker maak dat ek die regte ding doen deur jou te vertrou."

"En jy besef dit nou?"

"Ek het nie geweet wat ek met jou mag deel of nie. Want nou-nou skryf jy 'n vieslike storie vol vreeslike geheime wat onthul word as die skandaal van die week, en dan ly arme Jakkie daaronder."

"Vir die soveelste maal: dit is nie my doel nie!"

"Miskien nie. Maar ek lees gedurig daardie tydskrif van julle. En iemand daar maak alles net vol common sensasie."

Chivas raak weer aan die tikmasjien. Ingedagte, vol deernis.

"Ek het dalk te lank stilgebly omdat ek nie heeltemal verstaan het watse inligting ek het nie."

"Waar is hy?" skreeu Carina amper.

"Ek dink nie dit gaan soseer oor wáár hy is as waarom hy verdwyn het nie."

"Waarom het hy verdwyn, Chivas?"

Chivas tel die tikmasjien op en kyk na die boom asof sy die antwoord daar soek. "Sodat die waarheid oor die rugstekers kan uitkom."

"Die rugstekers?"

Chivas knik. "En hy het jou nodig om sy storie te vertel."

Carina gaan sit op 'n stoel, skielik te moeg om verder te staan. "Sal iemand in hemelsnaam net die waarheid praat?"

Chivas sit die tikmasjien weer neer, toets een of twee van die sleutels en laat haar kop sak. "Die heerlikste kluitjie in die nagereg sou wees as jy die waarheid oor Jacques op hierdie einste tikmasjien kon skryf. Maar ek neem aan die koerante sal nie 'n getikte storie vat nie?"

"Los die gesellige tannie-praatjies. Wat is die waarheid, Chivas?"

Die ouer vrou kyk na die winkeleienaar wat ongestoord voortgaan met sy optellery. Sy skuif nader aan Carina en leun dan vorentoe. Sy neem haar hande in hare. En na aanleiding van Soon Alberts se oproep, sê Carina: "Jy was verlede Saterdag in sy woonstel voor hy verdwyn het, was jy nie?"

Die ouer vrou glimlag effens en knik.

"Het jy hom gehelp verdwyn?"

Skielik staan die winkeleienaar by hulle. Hy praat steeds Engels en beduie na die tikmasjien. "Ek sien julle stel hierin belang."

"Ja," sê Carina.

"Die tikmasjien práát met mense. Hier was al 'n paar kliënte wat dit opgetel en bekyk het, maar almal het dit dadelik weer neergesit."

Sonder dat sy daarvoor vra, haal hy 'n stuk wit papier uit 'n laai en plaas dit in die tikmasjien se wa. Hy beduie na Carina. "Probeer. Kyk of die tikmasjien van jou hou."

Sy en Chivas ruil plekke.

Haar vingers streel oor die letters waar Jacques Rynhard s'n miljuisende kere oor die letters gespring het. Sy verbeel haar sy voel die warmte van sy vingers onder hare.

Carina het laas in die laerskool op 'n tikmasjien gewerk. Maar dit is soos fietsry, 'n mens vergeet dit nooit, dink sy.

Sy lig haar vingers. Dit raak skielik 'n spesiale oomblik gelaai met betekenis wat sy nie eers kan begin om te ontleed nie. En sy begin tik. Vier woorde. Foutloos. Eweredig, elke letter ewe hard geslaan.

Die eienaar en Chivas staan agter haar en kyk na die woorde. Toe tel die eienaar die tikmasjien op en sit dit in 'n sak. Hy oorhandig dit aan Carina.

"Nee, ek kan nie . . ."

"Dis joune," sê hy beslis. Hy kyk na Chivas. "Ek is jammer. Ek het onderbreek. Kan ek vir julle tee bring?"

"Dit sal heerlik wees, dankie," lag Chivas op haar gemoedelike manier en Carina besef sy het haar laat mislei deur die gawe, onderhoudende tannie. As iemand die waarheid weet, is dit Chivas.

"Terloops, wie het die muurskildery hier buite gemaak?" vra sy.

"Juffrou Lena Aucamp."

Chivas en Carina kyk albei verbaas op. "Sy het ook die muurskilderye in die Newtown Mall geskilder in die deel wat klaar is."

"Maar dit beteken . . ." Carina gryp haar notaboek en begin aantekeninge maak. "Lena Aucamp het haar eie lewe, haar eie styl, haar eie kuns begin maak wat buite Jacques se wêreld was, nes hy in *Die enkeling* 'n storie geskryf het wat hy nie voor die tyd met haar wou deel nie. Sy het hom ook doelbewus nooit deel van haar ware styl gemaak nie, want dis al wat hare en net hare was. Dit en Agata."

"Sy was moeg om mevrou Jacques Rynhard te wees. Om in sy skaduwee te leef. En Jakkie het nooit besef dat hy die mens vir wie hy die liefste was van hom vervreem het omdat hy haar nie toegelaat het om haar eie lewe te hê nie." Chivas praat stadig en ernstig, asof selfs sy dit nou eers werklik besef.

En Carina dink: Lena was sy storieboekmeisie. Nie Lena Aucamp die mens nie, maar Jacques Rynhard se muse sonder haar eie unieke persoonlikheid, haar eie lewe, haar eie begeertes, haar eie styl, haar eie kuns.

'n Emosionele gebruiksartikel.

Dalk soos haar eks Kelvin moeg was om in Carina se skaduwee te leef.

Nou begin al haar teorieë in duie stort. Al die gerieflike moontlikhede dat Jacques iewers gaan wegkruip en sy groot Suid-Afrikaanse roman gaan skryf het, verdwyn nou saam met die tikmasjien in 'n sak langs haar voete, verdamp soos mis in die son.

Jacques en Lena het bedoel om heeltemal met mekaar te breek. Om mekaar heel moontlik nooit weer te sien nie.

"Wat het Saterdagmiddag in Jacques se woonstel gebeur, Chivas?" vra Carina wanneer die eienaar agtertoe loop om tee te maak.

"Ek was vroeg daar. So eenuur se kant, want ek wou die aand daar wees wanneer hy sy prys kry. Ek het baie saggies ingekom, want sy buurman is altyd so nuuskierig."

"En?"

Chivas se glimlag verdwyn en Carina kan sien dat sy herleef wat gebeur.

"Hy het my voor sonsopkoms nog laat weet wat tussen hom en Lena in die woonstel gebeur het. Toe het ek al geweet hy sal nie vir die prys opdaag nie."

Carina wag dat Chivas moet voortgaan. Sy peuter aan 'n sakdoek, klad die sweet van haar voorkop af.

"Ek het Jacques nog nooit so gesien nie. Hy was soos 'n skaduwee van die seun wat ek geken het en vir wie ek so lief was."

Chivas gaan sit op 'n ou leunstoel. "Ek sal daardie prentjie nooit vergeet nie." Sy dink 'n oomblik na. "Ek het my oupagrootjie in sy kis gesien lê toe ek 'n dogtertjie was net voor sy begrafnis. En my probleem is: tot vandag toe, elke keer wanneer ek aan Oupa dink, sien ek hom so daar in die kis lê." Sy druk weer die sakdoek teen haar wang. "En nou dieselfde met Jacques. Ek onthou hom op sy laagtepunt. Toe hy flenters van te veel huil by sy lessenaar gesit het."

Carina wag dat Chivas moet aangaan – is te bang om haar nou met vrae te onderbreek.

"Ek het teruggeloop na my motor toe en Lena op my selfoon gebel. Ek het haar gevra om my in 'n restaurant te ontmoet waar ons vantevore geëet het."

Chivas druk haar sakdoek in haar handsak.

"Sy het ook gehuil en verskonings gesoek oor hoekom hulle uitmekaar is. En dit is waar die waarheid uitgekom het. Die waarheid waaroor jy nou moet skryf."

Carina is nou byna te bang om asem te haal.

"Tussen die gehuil en gestamel kon ek darem uitvind hoekom Jacques en Lena regtig uitmekaar is. En dit is inligting wat sy nooit vir 'n joernalis sal gee nie. En waaroor ek amper 'n week lank gedink het voordat ek dit met jou deel."

"Waarheen is Lena nadat sy en Jacques Vrydagaand uitmekaar is, Chivas?"

VRYDAG 4 APRIL 2014, 19:00

Daar is nou soveel gedagtes wat deur Lena se kop skiet, dat sy nie sien toe die verkeerslig op die Mandelabrug na groen oorskakel nie. Daar is nie motors agter haar nie en sy staar na die groen verkeerslig asof dit 'n slang is wat haar gaan pik.

Die lig slaan kort daarna weer oor na rooi en Lena besef dat sy al moes gery het. Sy trek weg en ry byna voor 'n taxi in wat hard toet, met die bestuurder wat obsene tekens vir haar wys. Sy trap rem en die taxi skiet voor haar verby. Motors van die ander kant af toet ook. Sy plaas haar motor in trurat en ry 'n entjie agteruit.

Die voëls by die skietgat. Wat sou gebeur het indien sy dit in die hof uitgelap het? Indien sy selfs vir Jan-Paul daarvan gesê het? Sy was te bang. Met daardie enkele belydenis het sy Jacques se lewe in trurat gegooi. Het sy die man vir wie sy so lief is, doodgemaak. Want haar hele lewe saam met hom was 'n leuen.

Dit was maar een van die leuens wat sy vir hom vertel het.

Die verkeerslig slaan weer oor na groen en sy trek so vinnig weg dat haar motortjie amper teen die relings beland. Die ander bestuurders kyk haar kopskuddend agterna. Iemand beduie dat sy sekerlik dronk is. Nog iemand hou sy hande bymekaar voor die stuurwiel en wys dat sy moet tronk toe gaan.

Sy bestuur nou versigtiger, maar kan nie die trane bedwing nie. Waar sy al die jare so gelukkig by Jacques was en hom met haar hele hart liefgehad het en altyd gelag het of met oorgawe liefde gemaak het of ure na hom kon luister, het alles met haar belydenis oor die voëls verander. Kan sy hom nie verder bedrieg nie.

Lena was al die jare sy storieboekmeisie omdat sy gedink het dit hoort so. Omdat sy hom geskuld het. Omdat sy haar skuld teenoor hom só probeer afbetaal het.

Maar sy kan nie meer nie.

Lena ry tot by Jan-Paul se luukse huis in Saxonwold.

Toe sy by die interkom aankom, pons sy die kode in wat Jacques gewoonlik ingepons het, want hy bestuur altyd. Die hekke swaai oop en sy ry in.

Sy parkeer onder die groot ou akkerboom. Sy haal nie eers haar bagasie uit nie, klim bloot uit. Die buitelig gaan soos so dikwels tevore outomaties aan en sy sien 'n beweging voor die venster.

Lena kyk na die groot ronde venster – die een wat altyd die middelpunt was van die huis wat hy as kind vir haar geteken het. En al die weergawes wat hy daarna geteken het. Altyd die ronde venster.

544

Op met die trappies, maar voordat sy die knoppie kan druk, word die deur oopgemaak.

Jan-Paul praat nie. Kyk net na haar. Weet dat die oomblik waaroor hulle nooit wou praat of dink nie, aangebreek het. Dat niks dit nou kan keer nie.

Sy sien vanaand skielik dinge aan Jan-Paul raak wat sy nog nie tevore opgemerk het nie. Hy wil-wil grys word teen sy slape. Vroeg vir 'n man van drie en dertig. En hy het die mooiste mond. 'n Sensuele mond wat selde glimlag.

En dan sy oë. Die verskriklike hartseer oë wat lyk of hulle nie meer leef nie. Of die lewe in hulle gevries het.

Maar nou, hier voor haar, skielik, emosie in daardie oë.

"Ek en Jacques het opgebreek." Dit voel nog meer finaal noudat sy die woorde sê. En asof sy dit wil beklemtoon: "Ek en Jacques is uitmekaar. Permanent."

Hy reageer nie. Staan net daar. En om die stilte te probeer oorbrug, sê sy: "Met iemand wat so intens is, so . . . snaarstyf is partykeer . . . is ek bang oor wat hy nou kan doen. Jy weet hoe Jacques is en . . ."

Sy raak aan Jan-Paul asof sy vertroosting soek – wag dat hy die sin moet voltooi.

Die verkeer hier het dieselfde diep gromklank as in Newtown. Dit klink orals eenders. Maar die stories van die mense wat daardie geluide veroorsaak, is almal verskillend.

Soos haar en Jacques en Jan-Paul se stories dieselfde is, maar tog ook so verskillend.

"Hoor jy wat ek sê, Jan-Paul?"

Die oë wat nou lewe kry. Wat al met soveel behoefte en liefde en hartseer na haar gekyk het. Vir die eerste, éérste keer sien sy vreugde in Jan-Paul se oë. Vervoering. Verrukking. Word hy voor haar lewendig soos iemand wat uit 'n graf opgestaan het.

"Ek het daaraan gedink om die woonstel aan die brand te steek. Maar wat sou ek daarmee bereik? Ek het daaraan gedink om net te vlug. Maar waar sou ek heen gaan? Ek het daaraan gedink om . . ."

545

Hy raak aan haar hare, trek haar gesig nader.

Vir die eerste keer gaan sy lippe oop en soen Jan-Paul vir Lena. Eers onseker. Maar toe breek dit in haar. Voel sy sy mond op hare, soen iemand anders as Jacques haar.

Dit is 'n vreemde gevoel, maak haar duiselig, maar maak ook 'n passie in haar wakker soos sy nooit by Jacques ervaar het nie. Sy steek 'n grens oor wat sy altyd vir haarself gestel het, maar nou nie meer teen wil stuit nie.

Dis soos haar resiesfiets waarmee sy altyd agter Jacques gery het, waarmee sy hom nooit kon verbysteek nie.

Nou steek sy al haar eie beperkings verby.

Lena vat Jan-Paul vas, soen hom hard, asem hom in, druk haar lyf teen syne. Hy druk haar met geweld teen die muur vas, en nou soen en soen hulle langer as wat Lena haar ooit verbeel het dit kon gebeur en vergeet sy alles wat met haar gebeur het en alles wat hierdie soen voorafgegaan het en is sy terug by die ontmoeting in die poel.

Toe sy eintlik vir Jan-Paul gekies het, maar dit net nie geweet het nie.

Hulle maak mekaar seer en begin terselfdertyd liefde maak asof hulle al die verlore jare op een slag probeer vasvang en al die foute probeer uitwis, sy hande wat haar borste grou, sy wat sy rug met geweld vasgryp.

Soos 'n damwal wat breek, vloei hulle emosies uit as hy haar weer vasdruk.

En toe sien Lena vir Jacques by die voordeur staan.

Jan-Paul het dit nie gesluit nie.

Jacques kyk na hulle.

Jan-Paul sien ook vir Jacques in die deur.

Hy staar lank na hulle. En toe Jacques omdraai, is nie Jan-Paul óf Lena in staat om te beweeg nie. Die groot oomblik waarop hulle hul hele lewe gewag het sedert hulle mekaar ontmoet het, het nou aangebreek.

En nie een van hulle kan verder iets daaraan doen nie.

Hulle hoor sy motor vertrek. Iewers gaan 'n motor se alarm af.

Sy wens skielik dat iemand daardie eentonige klank wil stil maak. Dit sny deur haar siel.

DONDERDAG 10 APRIL 2014, 17:45

Carina kyk verslae na Chivas.

"Maar dis nie al nie, Carina."

"Hoe kan dit nie al wees nie?" Carina se stem is skaars hoorbaar.

"Daar moes nog een mes in Jacques se rug gedruk word. Die mes wat hom beheer laat verloor het. Die rede vir sy verdwyning."

Chivas knik wanneer die eienaar die twee koppies tee voor hulle neersit. "Nadat ek en Lena klaar gepraat het, het ek seker vir goed 'n uur daar gesit. Ek kon niks doen nie. Toe besef ek: ek moet met Jacques gaan praat. Ek moet hom troos, want nou verstaan ek eers wat gebeur het." Sy roer haar tee. "Dit was halfvier die Saterdagmiddag, enkele ure voordat hy sy prys sou ontvang. En toe hoor ek dit."

"Toe hoor jy wat?"

"Ek het met die trappe opgeloop na sy woonstel toe. Daar was stemme. Ek het net betyds gaan staan, anders het ek ingestap op daardie gesprek."

Chivas speel met haar teelepel.

"En ek het elke woord wat Jan-Paul binne vir Jacques gesê het, gehoor."

35

Jan-Paul weet dat indien Jacques nie skiet nie, hulle die res van die dag hier by die skietgat gaan deurbring. Hy het so gewens dat hy met sy sestiende verjaarsdag twee weke gelede 'n geweer sou present kry. Klaus Rynhard het twee, sy eie en die een wat hy vir Jacques gekoop het. Twee eenderse gewere, want Klaus het dit beskou as 'n manier om sy verhouding met sy seun hegter te maak. Kontak te maak.

Met 'n geweer.

Toe Jacques dus in Februarie verjaar het, het Klaus groot gewag van die geweer gemaak. Jacques was hoegenaamd nie beïndruk daarmee nie.

"Jý sal hiervan hou, nè, Jan-Paul."

"Natuurlik, oom. Maar my pa glo nie aan gewere nie, nes Jacques."

"Wel, tye is sleg. Dis tyd dat julle twee mannetjies leer skiet."

Dit was wat Klaus 'n week gelede gesê het nadat Jacques nie weer aan die geweer geraak het nie. Hy wou nie. Tot Liebet gesug het dat hy deesdae al moeiliker word. Die skoolhoof, meneer Steenkamp, kla hoeka dat Jacques deesdae meer rammetjie-uitnek as gewoonlik is en altyd iets terug te sê het. En noudat sy pa vir hom 'n geskenk gekoop het, wil hy dit ook nie hê nie.

"Jy sal nie omgee as ek doodgeskiet word nie," het Liebet die seun al voor Klaus en Jan-Paul verwyt.

"Los dit, Liebet. Ek sal hom leer skiet," het Klaus getroos.

Dit het hulle 'n week geneem om Jacques so ver te kry om vir skietopleiding te gaan. Maar dit was hý, Jan-Paul, wat die deurslaggewende faktor was. "Wat sal gebeur as iemand Lena eendag aanrand? Hoe gaan jy haar verdedig?" En dan stories oor tye wat verander het en misdaad wat toeneem. Want Jan-Paul was lus om te skiet.

"Kyk hoe gaan dit in die lokasies. Mense moor mekaar uit. Anargie neem oor. Ons is op die rand van 'n burgeroorlog. En as jy dink ons gaan 'n paradys binne, Jakkie, het ek nuus vir jou: die hel begin nou eers en jy moet gereed wees daarvoor." Klaus se woorde.

En nou lê hulle hier by die skietgat. Klaus het hulle goed wys gemaak en hy het noukeurig geluister. Jan-Paul het ook dikwels waargeneem as sy pa skiet. Hy kan nou uiteindelik iets beter doen as Jacques. Kolskoot skiet. Dalk beïndruk dit Lena.

Lena het gesê dat hulle, sy en Jan-Paul, na die skietoefening by die swempoel moet ontmoet, maar sonder Jacques. Hy hoop hy kan dan eerlik met haar praat oor hulle twee.

Jacques en Jan-Paul kry nie behoorlik hulle lê voor die skywe nie. Jacques was nog nooit so ongedurig, so moeilik nie. Hy sou veel eerder by Lena by die swempoel wou gewees het, besef Jan-Paul. Toe hulle netnou by haar op die fiets verbygery het, kon hy dit sien.

Lena het altyd vir Jacques gekies. Dit terwyl hy wat Jan-Paul is haar net so liefhet. Maar hy weet wanneer hy verloor het.

En tog, daardie dag by die swempoel, toe sy oor Jacques se skouer na hom gekyk het, het hy iets gesien. Iets wat vir hom wou bevestig dat sy eintlik vir hom, Jan-Paul, kies.

Dit is seker waaroor sy hierna alleen met hom wil praat.

Vlieë. Dit is wat Jan-Paul nou die meeste pla. En die sweet wat in sy oë loop. Hy moet sy hare korter sny. Steenkamp het hoeka al daaroor gepraat. Maar Lena hou van sy hare so, hy kan dit sien. As sy by hom verbystap in die skool, raak sy partykeer aan sy kuif, vroetel haar vingers deur sy hare. Maar dit is kortstondig, amper asof dit 'n ongeluk was.

Hy skud die hare uit sy oë en lê aan. Netjies. Sekuur. En Jan-Paul onthou wat hy geleer het: Kompenseer as jy die sneller trek en lig die geweer effens, want jy antisipeer die geweer wat effens sak na die skoot. Herstel dit deur net effens bo die boelsaai aan te lê.

Jacques is steeds befoeterd. Ongedurig. En al waaraan Jan-Paul kan dink, is om klaar te maak. Om na Lena toe te gaan sodat hulle hierdie storie finaal kan uitpraat: aan wie Lena nou eintlik behoort. Want hy en Jacques kan alles deel. Alles.

Maar nie vir Lena nie.

"Hoe gouer jy skiet, hoe gouer kan ons gaan swem. Ek sal jou help. Kom ons doen dit tog net, anders lê ons heeldag en ballas bak in hierdie skietgat en mors suurstof."

Klaus neem die geweer uit Jacques se hande. "Vat aan haar soos aan 'n meisie se lyf. Weet jy hoe om aan 'n meisiekind se lyf te vat, Jakkie?"

Jacques antwoord nie.

"En druk die sneller sonder spanning: squeeze, soos hulle in Engels sê – moenie dit trek nie. Haal ordentlik asem, squeeze die sneller as jy jou asem uitblaas. En lê gemaklik. So."

Klaus wys vir Jacques wat die gemaklikste posisie is en hoe om te skiet. Wanneer Jacques uiteindelik gaan lê, skop Klaus sy bene oop. "Gemaklik, Jakkie. Ordentlik, seuna!"

Jan-Paul kom nou orent en beduie vir Jacques hoe om te skiet.

Klaus haal nuwe skyfskietplakkate agter uit die bakkie.

"Gaan plak gou die boelsaais op!" beduie Klaus vir Jan-Paul.

Jan-Paul draf skietgat toe en plak dit op terwyl Klaus sê: "Ek sal in die skietgat wees. Ek sal met 'n merker beduie waar jou koeël getref het, dan probeer jy weer, tot hy in die boelsaai is, verstaan?"

"Ja, Pa," brom Jacques.

Jan-Paul kom na 'n ruk teruggehardloop.

Klaus gaan na die skietgat toe. Jan-Paul haal oorpluisies uit sy sak en gee vir Jacques 'n paar aan. Jacques is onwillig en die pluisies pas los in sy ore.

Klaus verdwyn in die skietgat. Hy trek die skywe behoorlik in posisie en hou die stok met die pylpunt aan in die lug.

"Pella, hou op met baklei teen alles. Lê net flippen aan!"

"Wat maak julle twee idiote daar? Skiet, man!" skreeu Klaus uit die skietgat.

"Moenie dink nie, pel. Doen net."

"Kry julle donnerse gatte in rat!" skreeu Klaus weer uit die skietgat.

Jacques trek die sneller en Klaus gee oomblikke later die "mis"-teken.

"Konsentreer, Jacques. Gaan vir die boelsaai!" skreeu Klaus.

"Watch my nou." Jan-Paul korrel en trek die sneller. Klaus beduie vanuit die skietgat dat hy net links onder die kol geskiet het.

"Probeer weer!" roep Klaus uit die skietgat. "En Jacques, skiet op die teiken, nie in die blerrie sandwal hier agter nie! Netnou skiet jy 'n haas of 'n ding dood!"

Jan-Paul kyk na Jacques en hy wonder skielik: wat sal Jacques sê as hy weet wat hy en Lena hierna vir hom by die poel wil sê? "Is jy reg?"

Jacques sukkel met die los oorpluisies, en hy ook. Jacques knik. Jan-Paul lê weer aan. Hy kyk vinnig na Jacques en sien hoe hy die oorpluisie probeer vasdruk. Jan-Paul beduie: Kom ons skiet saam!

"Sal ek julle mannetjies se gatte kom warm skop? Skiet, manne!"

En toe sê Jan-Paul dit, gebruik hy Jacques-sielkunde: "Die ou wat in die kol skiet, kry vir Lena!" En hy onthou skielik weer van die *Playboy*-belofte destyds.

Weer skreeu Klaus uit die skietgat.

Die wind het gaan lê. Daar is 'n ystervark iewers. Dit is nou doodstil.

'n Beweging agter die sandduin waar Klaus die skywe dophou.

Jan-Paul sien hoe Jacques saggies sê: "Moenie dink nie, doen net."

Op daardie oomblik dink Jan-Paul skielik aan Steenkamp

wat netnou so 'n drama van sy en Jacques se ontmoeting ge-maak het. Steenkamp wat so jags agter Jacques aan is. Jacques dra sy kort swart rugbybroekie en hy kon sien dat Steenkamp gedurig na Jacques se fris bene kyk, sy oë gierig oor sy boude.

Jan-Paul sou die bliksem lankal gaan aangee het, maar Jacques is mos te goedhartig, kry hom jammer. Dus los hy dit maar. Maar eendag is eendag, dan moet die vark betaal vir al die seuns se boude waaroor hy so streel voor hy hulle slaan. En wie weet wat hy nog aan party van hulle doen.

"As jy hoofseun wil wees en die hoogste punte score, moet jy net vir Steenkamp vra om jou eendag vir 'n strawberry milk-shake te vat, Jacques," het Jan-Paul eendag gelag. "Hy neem partykeer seuns vir strawberry milkshakes. En kort daarna is hulle prefekte."

"Ag, jou gat, man!" het Jacques gelag. "Hy's skadeloos. Ek kan na myself kyk."

Toe die klein oorlog met Klaus voor Steenkamp oor Jacques se onwilligheid om te leer skiet. Dit het Steenkamp seker ge-noeg rede gegee om Jacques môre weer in te roep vir nog 'n pak slae. Hy weet die skoolhoof kry lekker as hy Jacques so foeter. Almal kon sien wat in die onderwyser se broek aangaan. Of dalk kry Steenkamp eintlik die lekkerste na die tyd as hy so skielik badkamer toe gaan na 'n pak slae.

Stilte. Die skietgat. Albei gewere is nou sekuur op die boels-aais gerig, Jan-Paul op die linkerkantste skyf, Jacques regs.

'n Stofwolkie. 'n Ligte kraakgeluid. Die pluisie wat uit Jan-Paul se regteroor val hier dig teen die geweer. 'n Swerm voëls vlieg digby hulle op met 'n oorverdowende lawaai.

Jan-Paul skrik. Hy skiet 'n breukdeel van 'n sekonde nadat die voëls opgevlieg het, op presies dieselfde oomblik as wat Jacques die sneller trek. Die twee skote klink soos een.

En voor Jan-Paul se oë, soos in 'n rolprent in stadige be-weging: Klaus Rynhard, wat op daardie oomblik teen die wal uitgeklouter het, wat agteroor stort. En in daardie oomblik dink Jan-Paul nog: Die simpel ou man het geswik en nou val hy. Ha blerrie ha. Hy lyk verskriklik snaaks so met sy hande in die lug – nes 'n voël wat probeer opvlieg.

Die swerm voëls vlieg oor Jacques en Jan-Paul.

Jan-Paul staar na Jacques. Alles is nou stil. Hy verbeel hom dat hy nog die skote deur die koppies hoor eggo soos iets wat hom koggel.

Toe spring Jacques op. Hy gooi sy geweer neer en hardloop na sy pa toe wat in die skietgat verdwyn het.

Jan-Paul kom orent, kyk verbysterd na Jacques wat hardloop, kyk dan na die skywe.

"Paaaaa!" Jacques val-rol oomblikke later teen die helling af en verdwyn buite sig. Jan-Paul storm nader.

En dan sien hy dit.

Die boelsaai op Jacques se skyf is presies in die kol getref.

En op Jan-Paul se skyf wys slegs die skewe skoot links onder waar hy tevore geskiet het.

Die tweede gaatjie, wat veronderstel was om uit sy, Jan-Paul, se geweer te gekom het, is nie daar nie.

Jan-Paul staar na die skywe, hoor Jacques skreeu, en weet. Weet met absolute, dodelike sekerheid: Sy geweer het links geruk van die skrik.

Jan-Paul het Klaus Rynhard doodgeskiet.

Hy staan gevries, voel water teen sy been afloop soos hy hom benat. Dit neem net 'n sekonde om 'n besluit te neem.

"Paaaaa!" skreeu Jacques weer vanuit die skietgat.

Jan-Paul swaai om, hardloop terug na die twee gewere wat daar lê. Gryp Jacques s'n en ruil dit met syne om – plaas die geweer waarmee Jacques geskiet het op sy, Jan-Paul, se plek en gooi sy eie geweer neer waar Jacques gelê het. Die boelsaai-skoot op Jacques se skyf sal dus nou gekom het uit die geweer wat op Jan-Paul se plek lê. En die geweer waaruit die koeël gekom het wat Klaus Rynhard gedood het, lê waar Jacques gelê het.

Jan-Paul voel weer die warm natheid teen sy bene. Sy hart wat in sy bors slaan, sy asem hortend. En die eggo-eggo-eggo's van die skote, maar nou net in sy kop.

553

Jan-Paul kry vir die eerste keer krag. Sy bene swik egter onder hom, hy struikel-val, bewe, huil, spring op, onseker soos 'n dronke, hardloop dan na waar Jacques met sy pa teen die skuinste uitstrompel.

Vir 'n oomblik oorweeg hy dit om teen die koppies uit te hardloop en net aan te hou hardloop en hardloop, tot hy verdwyn.

Maar dan lyk hy skuldig. En sal hulle hom kry.

Om te verdwyn sal sy skuld bevestig.

Toe Jan-Paul by Klaus Rynhard se liggaam kom, probeer hy help, maar sy bene gee in sodat hy telkens weer moet poog om teen die sandwal uit te klim. Jacques gil en skreeu en beur met sy pa se lyk in sy arms teen die wal uit.

Jacques sleep-dra sy lewelose pa na die bakkie toe.

Jan-Paul bewe so dat hy beswaarlik sy selfoon kan vashou. "Wie moet ek bel? Wat is die nommer?" prewel hy.

Maar Jacques antwoord nie. Hy staan net daar met sy pa se lyk.

Jan-Paul huil dat die snot uit sy neus hang, bel bewerig 10111, voel weer die natheid teen sy bene en in sy broek. Word naar voordat die oproep beantwoord kan word, dat die braaksel oor die grond spat.

"Kleinbegin Polisiestasie."

Jan-Paul hoes teen die braaksel in sy keel: "Jacques Rynhard het sy pa geskiet. Die skietbaan naby die watergat. Kom gou!" Hy ruk so dat hy die selfoon laat val.

Uiteindelik, met arms wat steeds so bewe dat hy beswaarlik die gewig kan dra, neem Jan-Paul die liggaam van Klaus Rynhard by Jacques en lê dit tussen die gewere neer.

Jacques pas mond-tot-mond-asemhaling toe, doen alles in sy vermoë . . .

Dan sak hy terug, staar na Jan-Paul se geweer wat hy dink syne is, tel dit op asof hy nie kan glo wat gebeur het nie, kyk daarna, draai dit om, staar daarna asof hy die horlosie probeer terugdraai, en gooi dit dan weg.

554

En selfs in sy paniekerige toestand weet Jan-Paul sý vinger-afdrukke is op Jacques se geweer, die geweer wat die boelsaai raakgeskiet het.

En Jacques se vingerafdrukke is nou orals op sy, Jan-Paul, se geweer. Die geweer waaruit die doodskoot gekom het.

En langs hulle: Klaus Rynhard se lyk.

DONDERDAG 10 APRIL 2014, 18:00

"Jan-Paul het dit teenoor Jacques erken net voor vieruur verlede Saterdagmiddag," sê Chivas.

Carina luister, maar weet nie of sy dit hoor nie. Of sy dit wîl hoor nie. Partykeer slaan nuus 'n mens en gaan dit by jou verby. "By die een oor in en by die ander een uit," sou haar ma gesê het. Hierdie nuus wil net nie inslag vind nie.

Chivas sit roerloos.

Carina laat sak haar kop op die tikmasjien. Sit-lê 'n ruk so. Voel 'n ruk deur haar liggaam gaan. Raak bewus van die bloed wat uit haar gesig vloei. Raak duiselig. Hoor taxi's buite drie kort toetgeluide gee om 'n passasier se aandag te trek. 'n Metrotrein ry doer ver verby. En polisiesirenes – Johannesburg se kenwysie.

Sy lig uiteindelik haar kop.

"Jan-Paul het Klaus Rynhard doodgeskiet," sê sy toonloos. "Hy het dit al die jare geweet en hy het nooit . . ."

Chivas knik, trane in haar oë. Sy druk 'n sakdoekie teen haar oë.

"Ek het net daar neergesak, sommer op die vloer in die gang. Dit was 'n ruk lank asof ek niks kon hoor nie, asof ek doof geword het. Toe hoor ek die slag."

"Die slag?" vra Carina.

"Iemand het iemand geslaan. Ek dink dit was Jacques wat Jan-Paul geslaan het. Hy het geval. Jan-Paul het probeer verduidelik hoekom hy nie tevore hieroor gepraat het nie. Hoe hy dit wou erken daardie aand in Jacques se kamer voordat hy gevonnis is, maar steeds te bang was. Maar dat hy nie die geheim langer vir homself kon hou nie."

Chivas blaas haar neus. "Ek het opgestaan, weggeslinger soos 'n dronk mens, in 'n ander gang beland en nie behoorlik geweet waar ek is nie. Toe hoor ek hoe iemand uitstorm. Ek het omgekyk. Dit was Jan-Paul. 'n Paar minute later het die swart man van langsaan ook uitgeloop."

"Wat het Jacques gedoen, Chivas?"

Die eentonige geluid van die eienaar van die Punda-winkel wat weer sy optelmasjientjie gebruik.

"Ek het gaan sit daar om die hoek. Ek was te naar, te ontsteld om te praat of vir Jacques te troos. Ek het lank net daar gesit."

Sy neem haar sakdoek en frommel dit tussen haar vingers.

"Toe, seker 'n kwartier later, het ek na sy woonstel toe geloop en ingestap."

Carina wag op nog 'n belydenis. Nog iets wat skeefgeloop het en waarvan sy nie geweet het nie.

"Jacques was nie daar nie."

"Het Jan-Paul . . . het iemand . . . hom . . .?"

Chivas skud haar kop. "Jacques moes oor die balkon gespring het."

Carina los haar daar, loop met Jacques se tikmasjien na haar motor toe. Sy haal haar skootrekenaar uit haar motor en sluit dit weer toe. Met die tikmasjien en haar rekenaar stap sy na Jacques se woonstel toe. Sy is van niks en niemand om haar bewus nie. Net van die tikmasjien wat haar nou soos 'n warm yster brand. En haar rekenaar waarop sy haar artikel vir Gavin gaan oorskryf.

Sy loop verby Lena se straatskildery.

Carina vra by die hek om ingelaat te word.

Sy vorder tot by die ingang na die gebou en loop met die trappe op.

Nou na Jacques se deur toe.

Sy loop deur Jacques Rynhard se woonstel, gaan staan voor sy lessenaar en sit die tikmasjien daarop neer.

"Moenie dink nie, doen net," sê Carina vir haarself. "Moenie dink nie. Doen net."

Sy kyk terug na die voordeur, stap na die klerekas toe waar Jacques se klere steeds hang en haal 'n ligblou hemp uit. Sy ruik daaraan. Dis 'n skoon, vars reuk.

Die hemp glip gemaklik om haar skouers. Dit is te groot vir haar, maar die materiaal is sag en sy koester dit teen haar. Sy kyk na die leë plekke waar Lena se klere gehang het. Dit lyk skielik ondraaglik eensaam. Kil. 'n Vakante ruimte waarin daar geen liefde meer is nie. En die rooi rok alleen eenkant. Rooi soos bloed.

Sy loop na sy lessenaar toe, vee oor die tikmasjien se regop sleutels. Skuif dit dan weg en maak haar rekenaar oop.

Hier is die stoel waar reeds 'n klein holte gevorm het soos hy hom jare lank daarop tuisgemaak het. Die stoel is gemaklik.

Carina voel hom, weet hy is hier iewers by haar al is dit net in die gees.

Sy lig haar hande om te begin skryf, maar haar vingers is lam.

Toe staan sy op. Sy weet nie hoekom nie, maar die balkon trek haar. Hier waar hy en Lena so dikwels liefde gemaak het of gesels het of waar hy ure, dae, maande gedoen het waarvoor hy so lief was: gesit en skryf het.

Sy klouter oor die balkonreling en laat los.

Carina land op die sypaadjie. Dis makliker as wat sy gedink het en het nie veel inspanning gekos nie.

Sy kyk links en regs. Regs is Carrstraat vanaf die Mandela-brug, 'n besige straat. Links, af met Gerard Sekotostraat, is Breë-straat en die restaurant waar Jacques en Lena so dikwels geëet het.

Instinktief draai sy links uit Gerard Sekotostraat.

By die laning bome in Breëstraat gaan staan sy eers. Toe loop sy verby die muur waarop Lena Jacques se gesig verewig het. Daar lê speelgoed, draadkarre, blomme, briefies en dankbetui-gings deur die straatkinders. Oorkant haar staan drie taxi's in die skemer.

"Taxi?" roep een van die bestuurders. Daar is niemand om haar nie.

Carina loop na die taxi toe – 'n kombi waarin drie mense sit wat blykbaar op nog 'n passasier sit en wag.

"Where are you going to?" vra Carina.

"Where are you going to, lady?" vra die bestuurder op sy beurt.

Carina lig haar skouers. Wat sou Jacques se antwoord gewees het?

"Then I cannot help you," sê die man.

Jacques moes tot by 'n taxi gestap het en sommer net ingeklim het. Hy het nie geweet waarheen hy gaan nie.

Opgedra aan die meisie wat nie weet waar sy heen gaan nie, staan voorin *Die enkeling*. Dit is presies wat Jacques Rynhard gedoen het – en waarheen hy ook al gegaan het, hy is nog steeds daar.

Of hy is dood?

Dalk het hy iewers afgeklim en sommer net begin stap. 'n Rower het hom gewaar. Jacques het hom moontlik teëgesit. Die man het 'n mes uitgepluk en hom doodgesteek, sy lyk in die bosse ingesleep.

Dis net 'n kwessie van tyd voor hulle hom kry.

Sy lyk . . .

Carina draai terug. By Jacques se muurskildery trek sy sy ligblou hemp uit, vou dit op en sit dit tussen die speelgoed. Sy raak aan sy gesig. Vee oor sy wange, raak aan sy mond. Lag vir hom.

"Dit maak eintlik nie meer saak waar jy is nie," sê sy. "Jy het gesê wat jy wou sê."

Die oë kyk na haar en hy gee die bekende halfmas-glimlaggie. Hy praat met haar, maar sy weet nie wat hy sê nie.

Sy draai om en loop tot by die straathoek, weer deur die sekuriteitshekke, terug na Jacques se woonstel toe. Op met die trappe, om die hoek.

Sy sien daar is verskeie oproepe van Gavin, maar sy hou haar selfoon op stil.

Haar vingers bewe nou so dat sy beswaarlik Frans Oberholzer se nommer kan skakel.

"Carina?" vra Frans.

"Ek gaan Jacques Rynhard se ware storie vir *Blitsnuus* skryf. Die volle waarheid. Dit is groter as enigiets waaraan jy kan dink."

Geluide aan die ander kant soos Oberholzer bevele uitblaf. "Ja, Carina. Ek hoor elke woord. Is jy doodseker jy het die regte storie?"

"Ja."

"Gee vir my die dertig-sekonde-hysbakweergawe. En as dit werk, begin jy nou skryf."

Carina praat vinnig.

Stilte.

"Ons drop die huidige voorblad. Hoe gou kan jy die storie by ons hê?"

Sy kyk na haar rekenaar op Jacques se lessenaar. "Ek begin dadelik skryf."

Die foon word doodgedruk.

Iewers 'n skoot. Carina kyk op. Mense skreeu. Stemme. 'n Beroering buite die woonstel. Moontlik weer 'n taxi-oorlog of 'n skietery wat tussen twee misdadigers uitgebreek het.

Toe harde gille.

Sy vlieg op, hardloop uit, hoor 'n vrou weeklaag, mense wat weer skreeu, voertuie wat stilhou.

Die sekuriteitshekke staan oop. Sy hardloop deur tot in Gerard Sekotostraat.

'n Man sit-lê teen die muur, amper soos 'n marionet waarvan die toutjies gebreek het. Mense staan om hom.

Carina hardloop nader, onthou Elmien Malan, voel naar, maar loop nader en nader en nader, vir ewig, uitgestel, in stadige beweging tot by die man. Dit voel asof sy nooit by hom gaan uitkom nie al is hy so naby. Sien, hoor, maar registreer nie.

Loop tot by hom. Kniel. Sien die bloed oral, soos sy dit so

dikwels op misdaadtonele gesien het. Sak op haar knieë neer. Praat, maar hoor en weet self nie wat sy sê nie.

Sy lig Jan-Paul Otto se kop. 'n Rewolwer lê langs hom, soos 'n speelgoedrewolwer waarmee seuns cowboys en kroeks gespeel het.

En 'n strepie bloed loop tussen sy oë af.

Stemme. Meer mense praat. Sirenes. Fluisteringe. Gille. Selfoonkameras wat kliek. Video-opnames met slimfone.

Sy draai Jan-Paul sodat sy kop op haar skoot lê. Die bloed bevlek haar rok. Sy hou hom saggies vas asof sy hom wil troos. Troos waarvoor?

Hou 'n moordenaar vas wie se oë nou niks raaksien nie.

Wie se oë dalk nooit weer iets raakgesien het nadat hy Klaus Rynhard doodgeskiet het nie.

Carina druk sy oë toe. Sy sluit haar eie oë en besef dat sy vir die eerste keer in jare 'n gebed opsê. Sy bid vir Jan-Paul, sy bid vir Jacques. Maar sy bid bowenal vir haarself.

Omstanders het 'n kring om haar gevorm. Sy hoor 'n polisiemotor stilhou. Toe staan sy eers op en kyk om na die paramedici en polisie wat nader kom.

'n Uur later stap sy by haar huis in, Jacques se tikmasjien onder haar arm. Sy sit dit op haar lessenaar neer langs haar rekenaar. Daar is nou rooi bloedvlekke oor Lena se tikmasjien.

Carina gaan sit agter haar rekenaar en haar hande bewe steeds so dat sy beswaarlik die letters sal kan raak slaan. Haar rok is steeds rooi van Jan-Paul se bloed. Sy het nie eers haar hande gewas nie. Sy gaan skryf met vingers wat taai is van die dood.

Soos destyds met Elmien Malan wil die krag nie terugkom om te skryf nie, kan sy nie die woorde uitkry nie, dreig die angs en paniek om haar te versmoor.

Sy sit haar hande op die sleutels. Huil. Prewel woorde. Streel dan weer oor die tikmasjien langsaan. Raak aan die sleutels asof dit haar gaan krag gee.

Sy sak later op die grond neer. Kyk om haar rond. Sien Agata se wyshede deur haar trane. Maar kan met die beste wil ter wêreld nie begin skryf nie.

As Jacques net hier was om haar te help. Die storie te skryf. Want sy kan nie. Sy kan nie. Sy kan nie.

Dalk sal dit help as sy weer bid. Maar nou woordeloos, sonder snikke, sonder stukke woorde wat nie sin maak nie.

Toe 'n beweging by die oop deur.

Sy draai haar kop tydsaam in daardie rigting. Is nie seker wat sy sien of wie dit is nie. Maar toe Mysi langs haar kniel, begin Carina huil.

Dit is eers toe sy haar uitgehuil het, dat Mysi haar ophelp en agter haar rekenaar laat sit.

Mysi hoef nie iets te sê nie. Haar teenwoordigheid is genoeg. Sy vee die trane en slym van Carina se gesig af.

Carina se hande bewe nog, maar sy kry beheer terug. Sy open 'n nuwe dokument. Die wit skerm staar na haar toe terug. Soos die boelsaai op 'n skyf in 'n skietgat.

Toe skryf Carina die vier woorde as opskrif vir die artikel wat sy vroeër in Punda's op die papier in Jacques se tikmasjien getik het.

Ballade vir 'n enkeling.

36

Carina tik die laaste sin. Dit is kwart voor agt. Die allerlaatste wat *Blitsnuus* kan wag. En sonder om haar artikel oor die waarheid agter Jacques Rynhard se verdwyning een keer deur te lees, heg sy dit aan en stuur dit na haar voormalige redakteur se e-posadres.

Oomblikke later die SMS: *Het gekry. Lees. Frans.*

"En nou?" vra Mysi. "Gaan ons hoerdronk word en uitpaas op my bank?"

Wanneer Carina praat, voel dit of sy vir ure, dae, maande lank nie gepraat het nie. "Ek het nog een taak om uit te voer, Mysi. Dankie dat jy hier was."

Carina trek nou eers haar bloedbevlekte rok uit, wat Mysi optel. Sy gaan stort, maar sit nie eers grimering aan toe sy uit die stort kom nie. Droog net haar hare af, neem haar motorsleutels en stap tot by Mysi.

"Ek sal bestuur."

"Nee. Ek moet self na Gavin toe ry," sê Carina.

"Wat gaan jy vir hom sê?"

"Ek weet nie."

"Wil jy nie maar net 'n geheuestokkie saamvat dat jy met iets daar aankom nie? Hy gaan jou aanrand!"

Carina neem die geheuestokkie waarop die gedeeltelike vals storie, soos Gavin dit wou hê, gelaai is. Sy sit dit in haar handsak. Sy kyk na haar hande en dit is asof sy die taaiheid van Jan-Paul se bloed nou nog aan haar vel voel kleef.

Vryf, vryf met haar hande asof sy steeds probeer om die bloed af te was. Maar die taaiheid wil nie verdwyn nie. Klou aan haar vel soos Jacques se storie.

Carina is eintlik steeds te verdwaas om te praat of te reageer. Sy is soos 'n robot wat net bestuur, sonder gevoel, sonder wil. Sy ry na Gavin Greeff se woonstel toe om haar bedanking in te dien. Hierna sal hy nooit weer met haar praat nie. Sy het hom verraai. Maar sy weet ook dat sy nie hierdie storie, met wat sy alles uitgevind het, ooit in sy hande kan laat nie.

Carina was nog nooit in Gavin se woonstel nie. Joernaliste vermy persoonlike besoeke omdat hulle hom nie vertrou nie. Sy dink daaraan dat Gavin se vrou, wat mense bra selde sien, dalk daar sal wees. (Is hulle geskei? Niemand weet nie.) Maar miskien is dit hoog tyd dat sy die geheimsinnige (eks-?)vrou ontmoet wat daarvoor verantwoordelik is dat Gavin is waar hy is. Met haar geld en kontakte in die bedryf het sy hom gehelp om destyds by *Montage* in te kom. En het hy daarna met absolute doelgerigtheid gevorder tot redakteur van die Saterdag-nuustydskrif.

Nadat sy voor die luukse woonstelle stilgehou het, klim Carina uit. Sy neem haar handsak met haar selfoon. Sy wil nie eers dink wat sy reaksie gaan wees wanneer *Blitsnuus* môre uitkom nie. Frans het in 'n SMS belowe dat hulle die storie geheim sal hou tot die opskrifte op lamppale verskyn.

Dankie. Top storie. Reg vir pryse. Ons moet praat. Frans.

Sy druk die knoppie van die gonser. Dit neem 'n rukkie voor Gavin die deur oopmaak. Hy is kaalbors met 'n handdoek oor sy regterskouer gegooi.

"Ekskuus, kom uit die gim, het sommer hier gestort. Kom in." Hy staan weg sodat sy kan verbykom.

Die plek waarin hy bly, is klinies. Sy kry eintlik die indruk dat dit gestroop is, want waar daar moontlik skilderye gehang het, is opvallende leë plekke teen die muur.

"My vrou is twee weke gelede hier uit met die helfte van my goed," beduie hy wanneer hy haar verbasing sien.

"Ek is jammer," sê sy.

"Sulke dinge gebeur. Hoe sê hulle? Shit happens while you are busy with life."

"Ek is eintlik hier om vir jou te sê . . ."

Maar hy hou sy hand in die lug. "Ek praat nou. En jy luister."

Sy word vir die tweede keer binne enkele ure yskoud, want Gavin se oë is kil. Vyandig. Hy gaan sit, vee water van sy nek af met die handdoek en laat dit dan weer terugval oor sy skouer.

"Ek moet oop kaarte met jou speel, Carina. Want as hierdie storie oor Jacques Rynhard werk, kan jy vinnig opbeweeg in *Montage* se hiërargie."

As hy haar net wil toelaat om te praat!

"Ek het met niks begin nie, Carina. Mense het my kanse gegee."

Na alles wat sy vandag moes aanhoor, nou hierdie stukkie selfingenome snert. Maar sy het nie 'n keuse nie. Daar moet seker 'n doel hieragter wees?

"Na ek uit matriek gekom het, het my lewe amper geëindig."

"Wat het gebeur?" vra sy noodgedwonge wanneer hy nie aangaan nie.

"Ek was in 'n ongeluk met my motorfiets. Hele gesig opgesmash."

Sy voel vir die eerste keer ware belangstelling.

"Ek onthou dat ek daar in die veld gelê het en gedink het dat my lewe verby is. Dat ek gedoem is om vir altyd genadebrood te eet. Rond te swerf. Moeilikheid te maak."

Hy beduie nou dat sy moet sit. Sy probeer net dink waarheen hierdie storie lei.

"Die vrou wat my in die veld gekry het, het met my hospitaal toe gejaag. Ek was maande lank daar. Chirurgie, terapie, jy noem dit, ek het dit deurgemaak. Dis sy wat my ingeneem het en gehelp het."

Hy plaas sy hande agter sy kop soos iemand wat 'n onderdaan wil beïndruk met hoe suksesvol hy was.

"Die vrou het my gevra wat ek eendag wil doen." Hy beduie: "Joernalistiek was altyd in my kop. Toe betaal sy vir my studies. En daar, Carina, het ek geleer wat 'n goeie joernalis is. Iemand wat die vrae vra wat ander nie vra nie. Iemand wat dieper delf as die oppervlak. Wat nie artikels gebruik as 'n verlenging van iemand se beeld of gratis reklame verskaf nie, maar die inligting gee wat verberg word. Wat deur leuens en oppervlakkige kletspraatjies kan sien."

Hy laat gerieflikheidshalwe die deel weg waar hy met die miljardêr-vrou getrou het wat hom tot dusver gefinansier het, maar dit skynbaar nie meer met hom kon uithou nie.

Gavin gaan sit, maar leun vorentoe asof hy haar wil bespring.

"Ek het 'n hele paar skandale oopgevlek, soos jy weet."

"En 'n paar mense in die proses vernietig, Gavin."

Hy lig sy skouers. "Dit is deel van die game. En jy het gehelp."

"Jy het sommige van daardie stories opgetert met . . ."

Hy hou sy hand op. "En dit is wat van *Montage* gemaak het wat hy vandag is. Vreeslose, onpartydige beriggewing. Stories wat mense nie verwag nie. En tot nou het jy uitstekend op daardie terrein gevaar."

"Dit was voordat ek gesien het watter invloed my artikels het wat deur jou geredigeer is. Voordat ek besef het hoe dit mense se lewens raak, veral nadat jy sekere inligting bygevoeg het . . ."

"Wat ek self nagevors het. Noem my 'n control freak. Noem my wat jy wil, maar wanneer ek 'n storie publiseer, skud dit die land. En Jacques Rynhard het die pers tot dusver gemanipuleer om net die beste oor hom te skryf. Ek wil hom ontbloot as 'n manipuleerder met 'n donker verlede wat nog elke keer weggekom het met alles."

"Ek stem nie saam nie. Hy staan nie personderhoude toe nie. Sy beeld word opgebou deur wat ander mense oor hom sê, nie hy self nie."

"Maar hy mislei en verlei hulle. Hy is te goed om waar te wees. En sodra iemand so gewild en . . ." hy soek 'n woord, "geliefd is, for lack of a better word, is daar 'n drol in die drinkwater. En jy het dit nog altyd gekry. Jy het my altyd geken in jou vorige stories. Met my gepraat oor jou invalshoek. Ek het jou gelei om die storie te skryf."

"En dit in die proses eintlik jou eie storie gemaak en vir mense vertel dat jy dit geskryf het."

"Maar ek hét, Carina."

"En dit iets anders gemaak as wat ek bedoel het. En jy gaan dieselfde met Jacques Rynhard se storie doen. Maak nie saak wat ek uitgevind het nie, jy gaan selektief met die waarheid omgaan en hom so sleg moontlik laat lyk om hom te vernietig."

"Vernietig is net soos noodlot. 'n Melodramatiese snertwoord wat jy nooit in artikels moet gebruik nie!"

Sy wag vir die regte oomblik om haar storie te vertel.

"Ek het na jou notas en aantekeninge op jou rekenaar by die werk gekyk."

Sy skuif reg op die stoel, gereed vir die groot konfrontasie wat nog altyd moes kom. "Hoe kan jy so iets doen?"

"Ek moes. Want jy het net beloftes gemaak en nie laat weet wat jy gekry het nie, anders as met die vorige stories." Sy gesig verhard. "Wat my laat dink jy het – soos al die ander vrouens wat met hom te doen gekry het, Alicia inkluis – op Jacques Rynhard verlief geraak en jou objektiwiteit verloor. Maar dis waarvoor goeie redakteurs daar is. Om balans terug te bring."

"Jy het op my rekenaar by die werk ingegaan."

"Ek moes."

"Dan het ek nuus vir jou, Gavin."

"Dat jy steeds met die storie in jou kop sit en nie die ware feite neergeskryf het nie. Dat jy daai donnerse Rynhard jammer gekry het en sy verlede met roosblare en parfuum bestrooi het."

"Ek het groot dele van my storie op my tuisrekenaar geskryf."

Hy kyk skerp na haar. "Die storie behoort aan my. Ek wil dit dadelik sien." Hy beduie. "Het jy gehoor Jan-Paul Otto het selfdood gepleeg?"

Sy knik.

"En hoekom weet ek nie daarvan nie? Hoekom moet ek dit tweedehands uitvind?"

Sy telefoon lui skielik en vir 'n oomblik dink Carina dat hy dit gaan ignoreer, maar hy staan op.

"Bly net waar jy is."

"Watter sin het dit nog om te praat, Gavin?"

"Want ek herhaal, die inligting op jou tuisrekenaar behoort aan *Montage*. En ek is van plan om dit te kry."

Gavin verdwyn in sy studeerkamer en beantwoord die foon.

Skielik vrees Carina dat dit 'n joernalis by *Blitsnuus* is wat hom bel oor die storie wat sy onlangs gestuur het. Of dat daar reeds twiets verskyn het wat aandui dat die storie môre in *Blitsnuus* gaan breek.

Sy moet asem kry.

Sy kyk om haar rond. Die vertrek beklem haar. Hoe melodramaties dit ook al klink, hier is 'n verstikkende gevoel waarvan sy moet ontsnap.

Die gesprek in die studeerkamer raak vertroulik en Gavin maak die deur toe. Carina dwaal deur die vertrek en dink aan padgee. Maar dan is sy net so lafhartig soos Lena en Jan-Paul. Sy sal hierdie oorlog moet klaar baklei.

En sy het nog 'n paar dinge wat sy van haar hart wil afkry.

Terwyl sy op Gavin wag, kyk sy rond – enigiets om haar te kalmeer. Dink sy dat sy later by Mysi kan skinder oor wat sy alles hier gesien het, want hulle het altyd gewonder hoe Gavin se woonplek lyk.

Sy kyk na twee rugbyballe wat seker deur bekende spelers geteken is en op 'n vensterbank uitgestal is. Van die min tekens van oorspronklikheid. Sy wil lag. Dít het sy vrou darem hier gelos.

Daar is ook 'n vreemde sanitêre reuk, asof die hele plek herhaaldelik met ontsmettingsmiddels gereinig is. Sy merk nou eers die blink vloer op. Alles is netjies en presies op hulle plek of in rye, die hoekies so skoon asof dit met 'n tandeborsel gekam is.

En deur 'n oop deur sien sy 'n oordadig netjies opgemaakte bed, byna soos in die weermag, die hoeke vierkantig, styf gepers. En 'n oop kasdeur vertoon pakke klere en broeke in 'n ry, feitlik almal grys of swart.

Haar baas, of dan haar eksbaas, het ook ander rare voorwerpe in sy woonstel, soos die soort outydse skaal wat 'n mens in howe in standbeelde se hande sien, blink gepoets. Ook skilpoppies uit Rusland, outydse horlosies, rugbyfoto's, gimapparaat – alles dui op sy kliniese lewensstyl, behalwe miskien die poppies en aksiefiguurtjies wat iemand seker vir hom present gegee het.

Die lig brand in sy slaapkamer en sy loop in, weg uit die sitkamer. Die blindings is presies ontwerp en hang die vensters toe asof dit die werklikheid probeer buite hou. Sy stap soontoe, wil die blindings wegtrek sodat sy 'n venster kan oopmaak om asem te skep. Sy hoor vaagweg hoe Gavin se stem in die sitkamer weer opgewonde raak en selfs deurslaan. Sy is bang dat dit dalk tog oor haar artikel vir *Blitsnuus* gaan, maar sy hoor dat hy Stefan se naam noem en hom uittrap oor kopie wat nie reg is nie.

Sy merk nou dat 'n venster tog halfoop is en die blinding dreig om 'n beker met potlode en penne om te waai. Sy onthou dat Gavin hulle geleer het dat elke vertrek in 'n joernalis se huis skryfgoed moet hê, want indien hy of sy in die middel van die nag wakker word, moet daar 'n pen wees om jou gedagtes neer te skryf. En hier is 'n klinkklare bewys daarvan.

Gavin raak selfs nog meer opgewonde en praat al harder.

Carina lig die blinding om die venster toe te maak, wanneer 'n voorwerp haar aandag trek. Dit staan half agter die blinding, amper asof dit daar vergeet is.

Sy kyk daarna en draai dit om, want sy glo nie wat sy sien nie. Sy knip haar oë, vee daaroor asof sy helderheid probeer kry, dink dat dit toeval is, dat sy nie iets in die voorwerp moet lees nie.

Toe kyk sy weer.

Op die vensterbank staan 'n verflenterde teddiebeer. Die maag is oop en die semels peul uit. Maar dit is duidelik 'n teddiebeer.

En dit het net een oog.

Sy voel haar hart ruk. Sy staan seker 'n minuut lank so ge-

568

vries en hoor dan net stilte. Gavin het iewers gedurende die tyd wat sy versteen hier gestaan het sy gesprek beëindig.

'n Teddiebeer.

Nou kom die krag terug in haar ledemate. Sy skud haar kop. Niks wil sin maak nie. Sy loop uit en is net betyds om te sien hoe hy die deur oopmaak en uit die studeerkamer gestap kom. Hy haal die handdoek van sy regterskouer af en draai om.

"Ek's nou by jou."

Carina voel die sweet op haar voorkop uitslaan. Want toe Gavin sy rug op haar draai, sien sy die tatoe duidelik op sy rug.

DB.

Denneberg Verbeteringskool.

Hy verdwyn in die badkamer, die handdoek opgefrommel langs die studeerkamerdeur.

Denneberg Verbeteringskool.

Gavin. Greeff. Gert. Grové.

Gavin en Gert is dieselfde mens.

Sy loop met die trappe af en waag dit nie om terug te kyk nie. Loop al vinniger. Nog vinniger en vinniger tot sy hardloop.

Carina vorder tot by haar motor, verwag elke oomblik dat hy haar gaan roep, gaan probeer keer.

Sy klim in haar motor en skakel die enjin aan. Nou waag sy dit eers om na sy voordeur te kyk wat halfoop staan. Maar Gavin het nog nie verskyn nie.

Carina ry tot in die straat.

Dit is eers toe sy in die verkeerstroom glip, dat sy haar selfoon neem en Frans Oberholzer spoedskakel.

"Ek wens jy kan Mysi Moolman oorreed om vir ons van haar foto's te . . ."

"Ek gee nie om waar julle in die produksieproses is nie. Maar hier is 'n storie wat selfs Jacques Rynhard s'n gaan troef."

"Dis soos ek my meisie ken." Hy skreeu dat die pers gestop moet word. "Laat ek hoor, Carina?"

37

Die stad raak uiteindelik aan die slaap. Maar nie Mysi en Carina nie. Hulle sit nog steeds soos twee uitgebrande straatlampe met halwe glase wyn. Nie een van die twee sê veel nie. Hulle sit maar net daar in Carina se woonstel. Wag vir iets om te gebeur. Vir die storie om op Twitter of Facebook of per SMS te lek. Maar niks gebeur nie. Daarvoor sorg Frans, wat die koerant met 'n ysterhand regeer.

Hulle teug kort-kort aan hulle wyn tot Mysi weer 'n slag die stilte verbreek.

"Mag ek jou glas vol skink?" vra sy met die halfleë bottel merlot in haar hand, maar Carina wys dit van die hand. "Dit sal jou help om beter te slaap!"

"Verwag jy wragtag van my om hierna te slaap, Mysi?"

"Selfs Margaret Thatcher moes soms slaap!"

Mysi skink tog nog 'n bietjie wyn in die glas en stoot dit terug na haar toe. Carina sluk dit weg.

"Jy besef ek sal nie hier kan bly nie."

'n Vinnige knik van Mysi bevestig dat Carina geen kans het om vir die volgende week of twee haar gesig in die openbaar te wys nie. Want nadat die storie oor Jacques Rynhard die land tref, kan die openbarings na enige kant toe swaai.

"Daardie aanbiedinge van *Vanity Fair*, CNN, *Time* . . . alles wag vir jou hierna, Carina."

"Ha blerrie ha. En sal jy my lewe verseker as Gavin iemand huur om my dood te maak?"

Mysi staar die niet in. "En ek wou so graag by gewees het as jy Jacques Rynhard opspoor, om die foto's te neem. Ek wil nie 'n foto van 'n grafsteen in die plek daarvan neem nie."

"Myne of syne?"

"Albei."

"Dan dink jy ook Jacques is . . ." Sy kan dit nie oor haar hart kry om dit te sê nie.

Mysi lyk nou ernstig. "Ek wens ek kon vir jou sê dat ek seker is hy leef. Maar ek kan nie."

"Feit van die saak is dat indien hy nog leef, Gavin dalk kan toeslaan."

"Nou kyk – daar is een vreksel wat sy gesig ook nie weer in die openbaar sal kan wys nie. Hy weet dit egter nog nie. En *Montage* is verlos van hom." Mysi teug aan haar wyn en spreek die olifant in die kamer aan: "Jy besef dat jy dalk voorlopig in sy plek sal kan oorneem? Jacques het jou wêreld oopgemaak."

"Gavin . . ." Sy korrigeer haarself. "Gert Grové wou net gehad het ek moet die storie oopkrap dat Jacques kamtig sy pa doodgeskiet het. Ook hý ken nie die volle waarheid nie. Hy het gedink ek sal daar ophou, by die moord. Maar toe hy hoor ek het van die verbeteringskool uitgevind, wou hy my keer."

"Ek dink steeds nie hy was vreeslik bang nie, vriendin. Want hy het nooit gedink jy sou uitvind van Gert Grové nie. En selfs al het jy uitgevind, het hy jou onderskat. Nie gedink jy gaan twee en twee bymekaarsit nie."

Carina staan op en gaan lê op haar rusbank met haar oë toe.

"Jou storie is awesome, Carina."

"En ek is in 'n awesome predikament met almal wat ek ontmasker het."

"Daar is sowaar 'n woord soos 'predikament'?"

"Jy weet wat ek bedoel, Mysi."

"Maar hoe voel jý, Carina?" Mysi is nou doodernstig.

"Wat is jy? My sielkundige?"

"Party sielkundiges vra 'Hoe laat dit jou voel?', wat my die absolute moer in maak. En ek vra: 'Hoe voel jy na Jacques se storie?' Moenie woorde in my mond sit nie."

Carina kyk verbaas op. Sy het Mysi nog nooit so streng gehoor nie.

571

"Jy sal 'n goeie juffrou Rottenmeier uitmaak!"

"Voel jy verlig? Sien jy uit na die reaksie?"

Eintlik het Carina nog nie so daaraan gedink nie. Vandat sy ses dae gelede, Saterdagaand 5 April om presies te wees, met hierdie storie begin het, het sy nog nie kans gehad om oor haarself te dink nie. Net oor Jacques.

"Hoe voel jy nadat jy 'n sarsie foto's geneem het?" vra Carina.

"Moerse opgetrek met myself – so half high op tegnologie. Dan sit ek voor my computer, kyk waarderend na die foto's, crop dit, grade dit, peuter ure lank daaraan, maak dit mooi. Wit en swart, gekleur, bruin, you name it."

"En as jy klaar is?"

Dit lyk of Mysi vir die eerste keer daaroor dink.

"As ek klaar is?"

"Maklik om vir mý te vra."

Mysi raak weer ernstig. "Ek dink aan al die oomblikke wat ek nie vasgevang het nie. Daardie oomblik ná die kamera ge-flits het. Wat die sluiter afgegaan het. Ek het daardie oomblik verloor. Ek wens hulle wil 'n kamera ontwikkel wat daardie breukdeel van 'n sekonde na die pose verewig."

"Maar jy kan dit verewig. Jy neem miljuisende foto's in 'n ry."

"Jy verstaan nie. Dit is daardie katspoegie van 'n oomblik wat ek gemis het wat my ry, wanneer die persoon sy guard verswak. En wanneer ek na my gepubliseerde foto's in die tyd-skrifte kyk, sien ek net die imperfeksies raak. Weet ek dat, net na hierdie foto toe ek die kamera laat sak het, die tannie op die trappies met die suur trek om haar mond net vir 'n oomblik laat glip het. En ek het dit nie gekry nie."

"Dan weet jy hoe ek voel."

"Carina." Mysi skink weer haar eie glas vol. "Ek het jou arti-kel gelees. Dis frieken stunning. Jy het dit reggekry om alles in een artikel saam te vat."

"Ek praat van die kleinere detail. Daardie minuskule goedjies wat ek raakgeloop het waarvoor daar nie plek was nie."

Mysi leun vorentoe. "Ek het mos al gesê skryf 'n boek daaroor. Hoeveel keer moet ek dit nog sê?"

"Maar almal ken tog die storie!"

"Dit gaan oor hoe jy die boek skryf, Cariens. Skryf dit uit die mense wat dit vertel se oogpunt en kombineer dit met joune. Laat almal hulle siening en hulle plekkie in die son toe. Klim in hulle koppe. Net dan sal jy by die derms van die storie uitkom."

"Die bewussynstroomtegniek," glimlag Carina weer.

"Die bewussynstroomtegniek uit verskeie perspektiewe."

"En ek skryf 'n biografie verskans as fiksie? En net die mense wat my werklik ken sal weet ek skryf eintlik oor myself?"

"Dis vir jou om te besluit."

"Maar biografieë lieg soms die waarheid. Maak van die skrywer 'n parasiet wat wraak neem op sy of haar vyande. En in sommige gevalle vriende. Vertel net die een kant van die storie. En elke saak het twee kante."

"Dit sal jou werk in die manuskrip wees, Carina. Om so objektief moontlik te wees. So neutraal as wat jy was toe jy by *Blitsnuus* gewerk het." Mysi teug aan haar wyn. "En terwyl ons nou van *Blitsnuus* praat, ek neem aan jou paadjie terug in daardie heilige gange is so oop soos 'n aktrise se bene op die casting couch. Of deesdae ook die akteurs."

"Ons sal sien wat gebeur." Sy leun terug. "Ek is bang, Mysi."

"Vir die volk se reaksie?"

"Vir Jacques se reaksie."

"Carina. Weet jy wat dink ek?"

"Nee, Mysi. Ek weet nie wat jy dink nie."

"Dat jy Jacques nou eers gaan begin soek. Jy het sy storie geskryf. Nou gaan jy die pad vat en hom fisiek soek, want jy ken nou sy storie. En ek dink julle gaan mekaar kry."

"As hy nog leef."

Mysi versomber. "As hy nog leef. En as hy nié . . ." Sy dink na. "What a way to go!"

Carina draai haar rug op Mysi. "Ek wil net bietjie . . ." Sy beduie hulpeloos met haar hand, "net bietjie . . ."

"Ek sal jou wakker maak as iets gebeur. En as jy agterkom jou kopie van *On the Road* van Jack Kerouac is weg, sal jy weet waar om dit te kry."

Mysi gooi iets oor haar en Carina raak feitlik dadelik aan die slaap. Dit is die soort slaap waarin jy bewus is dat jy dit doen, of probeer slaap. Sy is te moeg om daarteen te veg.

Sy gaan waarheen die sluimering haar ook al neem. Tussen iewers en nêrens en treine en pers mure en potplante in blikke en Jacques se eensame kinderkamer met die komberse daaroor en Jan-Paul se dooie oë en die tatoe op Gavin/Gert se rug. En Jacques se treinstelletjie.

VRYDAG 11 APRIL 2014, 04:00

Carina skrik met 'n kreet wakker. Mysi, wat op die ander rusbank lê, skrik ook. "Is hy hier?" vra sy.

Carina sak terug op die rusbank en probeer glimlag. "Ek is jammer. Ek het 'n nagmerrie gehad. Ek het gedroom Liebet Rynhard plant my in een van haar potte."

Mysi staan op. " 'n Earltjie?" vra sy en loop na die teeblik toe. " 'Kay."

Sy luister hoe Mysi tee maak in die kombuis. "Ek weet jy drink nie suiker nie, maar ek het nie 'n saak met jou waistline nie. Dié slag drink jy wat ek vir jou voorsit. Jy het bietjie soetigheid nodig. Net jammer hier's nie 'n jodetert nie."

Die yskas word oop- en toegemaak. "Dink jy Jacques het geweet wie Gavin is?" vra Mysi later.

"Gavin lyk hoegenaamd nie na een van die foto's wat ons in die lêer van die verbeteringskool gesien het nie. Die ongeluk was baie gerieflik. En tog . . ." Carina staan op en stap kombuis toe. "Jacques mag dalk snuf in die neus gekry het. Op instink gereageer het."

"Maar ons voormalige baas wou wraak neem op Jacques. Hoekom het hy dit nie lankal gedoen nie? Hom iewers in die donkerte ingewag en sy mooi gesig papgeslaan nie?"

574

"Want dit het hy al tevore gedoen en dit het nie gehelp nie. Selfs vernielde gesigte word gesond, soos syne getuig. En dan verloor hy sy werk en aansien indien hy iemand aanrand. Hy wou Jacques agteraf aanrand. Deur mý en my storie."

"Cariens, jy het partykeer die manier om dinge so mooi te stel." Mysi gooi kookwater op die teesakkies.

"Gavin wou meer blywende skade aanrig. Emosionele skade. Slaan waar dit Jacques die seerste maak. Skaad sy reputasie, sy beeld. Maar terselfdertyd mag niemand uitvind wie Gavin werklik is nie."

Mysi oorhandig die koppie. "Gert Grové het dus eintlik ook verdwyn, nes Jacques."

"Presies."

"En toe gaan krap jy die sweer oop."

Carina lag skielik.

"Wat kielie jou?"

"Nee, dink maar net aan Frans Oberholzer." Carina lig die teesakkie uit. "Nadat my storie gesub is en pers toe gegaan het gisteraand, stuur hy 'n SMS van gelukwense. Maar nadat ek die Gavin Greeff-storie gebreek het . . ." Sy sit die koppie neer en haal haar selfoon uit. Sy beweeg af tot by die boodskap en lees dit hardop: "Geluk. Jy het nie die woord 'noodlot' een keer gebruik nie."

Mysi lag. "Hy klink na 'n fees."

"Tot jy aan sy verkeerde kant beland, ja." Carina staan op. "Dink jy die koerante is al op straat?"

"Dalk nog 'n snapsie te vroeg. Die stad lepellê nog."

"Ek kan net dink wat sal gebeur as Gavin die nuus sien . . ."

"Dalk moet ons by wees as hy die koerant kry."

"Is jy gek?" roep Carina uit. "Hy sal my skiet."

"Ek bedoel ons hou hom van 'n afstand af dop. Dalk het *Blitsnuus* hom al gebel oor die storie om sy kommentaar te kry?"

"Hy sit altyd sy foon af in die nag. Hy roem hom mos daarop. Dis sy Gavin-tyd. Sit dit mos eers aan wanneer hy in die kantoor instap."

"Tot sy eie nadeel. Maar dalk is dit goed dat hy vannag vir oulaas rustig geslaap het. Want van vandag af griesel daardie uitstaanboudjies soos drillende jellie op 'n kerkbasaar." Mysi glimlag.

Carina stap skielik na Mysi toe en druk haar styf teen haar vas.

Na 'n ruk kom 'n kreun: "Hallo, Planeet Mysi na Planeet Carina. Ek is Mysi Moolman, nie superwarm Jacques Rynhard nie! En dis nie *Fifty Shades of Grey* se outtakes nie!"

"Dankie."

"Waarvoor?"

"Sommer net."

Carina los haar en loop badkamer toe. "Ek gaan stort. As ek uitkom, pak ek 'n oornagtassie. En moenie my vra waarheen ek gaan nie. Ek het nie 'n cooking clue nie!"

"Maar ek volg jou na *Montage* toe. Ons moet Gavin se entrance sien."

"Ek dink die plakkate op die lamppale sal die nuus vooraf verklap," sê Carina.

"Hy bly naby *Montage* se kantore. Dalk sien hy dit nie. Of sal hy dink dis maar net nog 'n flou Jacques Rynhard-storie. Hemel, as ek net 'n foto van sy gesig kan neem."

Mysi kyk na haar selfoon. "Woeps. Te laat, vriendin. Twitter." Sy soek met haar vinger oor haar selfoon se ruit. "Wow en wow en wow maal tien. Twitter het die storie opgetel."

"Ek ry sodra ek uit die stort kom."

VRYDAG 11 APRIL 2014, 04:30

Dit begin stadig lig word. Die grys stad kry goud in sy are. Carina lag. Dit sou 'n mooi opskrif gewees het vir 'n *Montage*-storie.

Maar sy is klaar met *Montage*. Nou is dit: Die stad skrik die goud uit sy are.

So ver as wat sy ry, sien sy die plakkate wat op die pale opgesit word. *Tydskrifbaas se brutale tronkverlede.*

En: *Jacques Rynhard skiet pa – die waarheid.*

En: *Moordenaar-argitek pleeg selfmoord.*

Maar die beste een is: *Redakteur se perverse obsessie met skrywer.*

Mysi draai by *Montage* se hekke in met Carina agterna.

Carina hou by die koerantverkoper voor die gebou stil en koop *Blitsnuus.* Wanneer sy terugklim in die motor, bewe haar hande soos op kere wanneer sy 'n skandaal oopgevlek het en betrokkenes haar met die hof gedreig het maar die prokureurs haar verseker het dis veilig.

Dit staan nou daar. Niks kan die storie meer keer nie.

Jacques Rynhard se foto pryk lewensgroot op die voorblad. Haar foto is langs haar naam op linkerhand. Alleen. Geen *Addisionele beriggewing en paragrawe deur Gavin Greeff* nie. En nie weggesteek aan die onderkant van die bladsy nie. En 'n foto van Denneberg Verbeteringskool met langsaan . . . sy kan haar oë nie glo nie: 'n agttienjarige Gert Grové alias *Montage* se baas Gavin Greeff.

Hierdie is haar storie. Voorblad. Sy het die krediet verdien.

En langsaan: *Skrywer onskuldig in verbeteringskool – deur Carina Human.*

Gavin Greeff sou dit nie kon duld dat haar naam alleen daar verskyn nie. En dit nog so groot.

En links onder 'n foto van Gavin Greeff: *Montage-baas se tronkverlede.*

Gavin het pas onder die *Montage*-afdakkie stilgehou. Carina se selfoon waarsku dat 'n SMS pas gekom het.

On cue, hie haa! het Mysi ge-SMS.

Gavin klim uit sy motor.

"Kyk op. Kyk op!" Carina betrap haarself dat sy die woorde sê. Sy merk dat Mysi agter haar haar telefotolens op Gavin fokus. Gelukkig is die parkeerterrein verlig.

Hy strek asof hy lank en goed geslaap het. En sy besef nou waarom hy altyd met 'n T-hemp gegim het: om die Denneberg Verbeteringskool-tatoe op sy rug weg te steek.

Gavin rek sy nek en druk sy vinger teen sy slape asof hy van 'n lastige hoofpyn ontslae probeer raak. Hy tel sy duur leer-skouersak op. Carina probeer van waar sy sit die Gert Grové in hom sien, maar hy is nie daar nie. Dalk net in die bombastiese boelie-manier van loop. Dít kon geen operasie verander nie.

"Kyk op, kyk op, kyk op!" herhaal Carina.

Gavin stap aanvanklik verby die baniere met die koerantop-skrifte. Hy is dalk te seker van die storie wat hy vandag gaan skryf, losweg gegrond op Carina s'n.

Dan steek hy vas. Dalk soos hy vasgesteek het toe Jacques Rynhard die eerste keer by Denneberg Verbeteringskool aan-gekom het en Gavin bewus geraak het van hom.

Selfs van waar Carina hom dophou, sien sy hoe hy verstyf.

Dit is asof sy na 'n rolprent kyk. Sy merk die skok en onge-loof wat stadig oor sy gesig plooi.

Hy gryp 'n kopie van *Blitsnuus* sonder om eers daarvoor te betaal. Hy buk vooroor, lees, draai 'n slag in die rondte asof hy 'n aanval gaan kry, lees verder en kyk dan op, maar sien haar nie.

Carina se selfoon gons weer. *Gatskop-tyd! Mooi foudies! Mysi.*

Gavin staan daar alleen in die parkeerterrein soos 'n ver-dwaalde koelteboom in die middel van 'n besige stad. Versteen.

Toe kom daar beweging. Hy gryp sy selfoon en skakel dit aan. En selfs van hier waar sy verskuil sit, kan sy die skok op sy gesig sien wanneer die SMS'e begin registreer.

Met die terugloop na sy motor flits Gavin se oë tussen die SMS'e en *Blitsnuus* se voorblad. Haar artikel.

Dan pluk hy sy motordeur oop en begin bel terwyl hy lees.

Oomblikke later lui Carina se selfoon. Sy sien die naam *Gavin Grieselboudjies* in die venstertjie verskyn, maar sy antwoord nie.

Sy motor trek 'n minuut later met so 'n vaart weg dat hy byna die koerantverkoper omry, wat agterna skreeu dat Gavin nie betaal het nie.

Carina klim uit en loop na Mysi toe.

"Ek dink jy moes hom gevolg het, Cariens!"

"Teen daardie spoed sal ek my nek breek!"

"Waarheen dink jy is hy?"

"Waar niemand hom kan kry nie, vriendin."

Mysi klim nou uit, met in haar hand 'n bos blomme.

"Hier anderkant by die kafee gekoop. Vars van die land af. Of sou dit die bedding wees?"

"Mysi, jy moes nie."

"Dis nie vir jou nie, poephol. Dis vir Jacques!"

"O."

"Gaan sit dit op sy bed in Denneberg Verbeteringskool. En sit 'n briefie by wat sê: hierdie blomme het vry gegroei. Nie in oorvol potte op 'n donker stoep nie. O ja, en dat hy wragtag steeds mooier is as enigeen van daai kelke."

Carina druk die blomme teen haar vas. Toe soen sy Mysi op albei wange. "Dankie." Sy kan niks meer sê nie.

Mysi is net Mysi, dink Carina. En anders as Jacques se vriendskappe met die mense wat hom omring het, is Mysi se vriendskap onvoorwaardelik. En kosbaarder as enigiets wat Carina al ooit gehad het.

Sy klim in haar motor en sit die blomme op die sitplek langs haar terwyl sy *Blitsnuus* op die agterste sitplek gooi. Sy plaas haar kopie van *Die enkeling* langs die blomme.

"'n Soort shrine vir jou, Jacques," sê sy. "Want in *Die enkeling* het jy maar net leidrade gegee tot jou ware storie. Hierdie is die ware Jakob."

Haar selfoon biep nou aanhoudend, maar sy antwoord nie en lees ook nie verder SMS'e nie. Sy weet dat Gavin haar weer probeer bel, maar sy sit die selfoon op stil en ry sommer net.

Sy sien die son wat oor die Goudstad opkom en sy dink: As ek nog by *Montage* gewerk het, sou ek geskryf het: *Die son verf die stad goud.*

Maar daardie dae is verby.

Soos gewoonlik in Johannesburg swenk 'n taxi voor haar in, verwissel roekeloos van bane, mis ander motors rakelings, ry byna 'n aasvoël om wat 'n karretjie met 'n reuse- wit sak op trek en skiet daarna in die noodbaan by 'n vragmotor verby. Jaag verby 'n klomp rondlopers wat asblikke deursoek.

'n Groep drawwers maak pad vir die taxi. En fietsryers gee vir die bestuurder 'n middelvinger. Hy lig sy hand wat byna op die teer sleep en wys dieselfde teken terug.

'n Metropolisieman trek 'n BMW af waarin 'n vrou op 'n selfoon praat en wuif vir die taxi.

Wanneer 'n bakkie by Carina verbyry, kyk sy na die uitdrukkinglose gesigte van die werkers wat agterop sit tussen 'n kruiwa en tuingereedskap. 'n Ou man wat lankal nie meer moet werk nie, druk sy hoed vas teen die wind. Kyk na Carina. Lig sy hand in 'n groet.

Carina groet. Sien die verrimpelde ou gesig. Glimlag vir hom. Hy glimlag terug. Lig nou sy hoed. Knik sy kop.

En toe tref dit haar soos 'n weerligstraal.

Die ou man kyk steeds stip na haar asof hy iets vir haar probeer sê.

Die son steek nou kop uit agter Sandton City. Gee dit die kleur van die grond waarop die luukse gebou seker staan – naby die geboue wat Jan-Paul Otto ontwerp het.

Carina trap die petrolpedaal dieper in en skiet vorentoe.

Sy kies 'n afrit: die M1, wat uiteindelik sal lei na die N14, na Emalahleni.

38

Platgetrapte gras. Voosgevrete veld. Kosmos wat die vaal landskap soos pienk spookasem opvrolik. En stomende koffie in sy hand.

Jacques Rynhard kyk opnuut na die plat vlaktes. Dit is die lekkerste koffie wat hy nog ooit gedrink het.

Hy druk die beker teen sy bors, voel die hitte, asem die stoom en die aroma in. Voel die koelheid van die Hoëveldse vlaktes teen hom aanstoot. Raak met sy linkerhand aan sy stoppels wat nou dreig om 'n baard te word. En vee sy hare uit sy oë uit.

Op die Hoëveld waar dit wyd is, waar jy baie ver kan sien... Hoe lief is hy nie vir daardie Toon van den Heever-gedig nie. Die een wat hy gekies het om in die klas op te sê toe hulle elkeen 'n gedig moes leer in die verbeteringskool. Hy onthou dat hy dit met absolute toewyding voorgedra het. Nie stotterend opgesê het soos die ander nie. Voorgedra het.

Die res van die seuns het die vinnigste en maklikste gedigte gekies – sommige blote rymelary. Maar hierdie een het hom aan die landskap herinner waarin hy grootgeword het.

Soms moet 'n mens jou grootword-landskap en rypword-horison van mekaar skei. Hulle dring hulle aan jou op wanneer jy dit die minste verwag, in die gloei van die son wat oor Johannesburg opkom, of in die vuilskemer wat saans oor die stad toesak.

Sjoe. Ook maar goed Cynthia Olive het nie hierdie stukkie gehoor nie. Sy sou dit met rooi strepe vernietig het.

Maar dit is hoe hy voel. Nou. Hier.

Dan onthou hy.

Jy kan nie vir die landskap kwaad wees oor wat daar met jou gebeur het nie. Die landskap staan los van gebeure. Dit was miljoene jare voor die tyd daar en sal miljoene jare na die tyd steeds daar wees.

Jacques draai terug, kyk na die sinkhuisie waarin hy destyds begin gesond word het na die verkragting. Dit het die afgelope week ontvlugting gebied, 'n plek waar niemand na hom sou kom soek nie. En waar hy vir 'n week onbewus was van die storm wat hy in die land ontketen het.

Oupa Appie, die opsigter van Denneberg Verbeteringskool, roep na hom.

"Kom luister bietjie hier na die nuus op die draadloos, meneer Jacques!"

"Ek het jou gesê om my nie te 'meneer' nie, Oupa. En buitendien, ek luister nie nuus nie."

"Maar dis *Monitor* en hulle praat met 'n vroumens – iemand wat 'n storie oor jou geskryf het. Luister!"

Jacques sug en loop terug in die huisie.

Die *Monitor*-aanbieder voer 'n onderhoud met 'n vrou. En sy praat oor hom.

"Nog een wat dink sy het my gesien. Los dit, Oupa. Ek gaan vandag weer begin skryf. My rekenaar is in my sak. Ek het lank genoeg hier op jou nek gelê nadat daai taxi my Saterdagaand hier afgelaai het. Dis tyd om te toer."

"Maar luister net!"

Oupa Appie draai die volume harder. Jacques hoor die vrouestem is donker, gesofistikeerd en baie selfverseker. ". . . het met elke denkbare persoon gepraat. Ek was selfs by die Denneberg Verbeteringskool aan. Dit is nou slegs 'n bouval. Maar dit is waar ek die eerste keer snuf in die neus gekry het dat Jacques Rynhard onskuldig in die verbeteringskool was. Dat sy beste vriend, Jan-Paul Otto, gelieg het. Dat hy, Jan-Paul, eintlik Jacques se pa doodgeskiet het. Maar nog erger. Dat die redakteur vir wie ek gewerk het, Gavin Greeff, dieselfde persoon was as wat Jacques destyds in die skool probeer doodmaak het. Gavin Greeff is eintlik Gert Grové. Hy het na 'n ongeluk 'n operasie gehad wat sy gesig verander het. Maar dit het nie sy verlede verander nie."

Gert. Gert? Gavin? Die redakteur van daardie pretensieuse tydskrif wat hy nooit lees nie.

Jacques se gedagtes loop nou krabbelspore, deurmekaar. Hy kan dit nog nie behoorlik verstaan of onder die knie kry nie.

Gert!? So naby aan hom in Johannesburg en tog so ver?

Die aanbieder antwoord: "Dit staan alles so in vanoggend se *Blitsnuus*, ja, Carina. Het jy enige idee waar meneer Greeff is? Hy beantwoord nie sy selfoon nie."

Gert ontmasker. Gert gaan hom kom soek.

Gert sal weet waar hy is. Want hulle het mekaar belowe. Een laaste keer saam.

En dié is die aangewese plek.

"Nee. Ek weet nie," antwoord die vrouestem oor die radio. Sjoe. Mooi stem. "Hy het vinnig van die *Montage*-gebou af weggery nadat hy my storie in *Blitsnuus* gesien het, en niemand weet waar hy is nie."

Hy wonder hoe die vrou lyk. Sy klink interessant. Intelligent. Lewendig.

"Om op te som," vervolg die aanbieder: "Carina Human het gepraat oor die onthullings dat Jacques Rynhard verdwyn het omdat sy beste vriend erken het hý het eintlik sy pa, Klaus Rynhard, doodgeskiet en dat sy vriendin, Lena Aucamp, 'n verhouding met meneer Otto gehad het. Maar dan het daar nog iets gebeur. Iets wat soos 'n skokgolf deur die land getrek het, iets wat . . ."

Jacques skakel die radio af.

"Meneertjie." Oupa Appie kyk bekommerd na hom.

"Ek wil nie meer hoor nie."

"Maar die vrou het dan gesê daar is nog iets wat . . ."

"Los dit, Oupa Appie. Ek weet nou genoeg. Ek dink eintlik nie ek kan nou nog iets vat nie."

Jacques vee oor sy voorkop. Dink aan Gert. Gavin. Die hele maskerade. Dit vind nog nie behoorlik inslag in sy kop nie.

Gert. Gavin. Hemel. Nie eers hy sou so 'n storie kon uitgedink het nie.

Gert. Die bliksem.

Maar terselfdertyd 'n tikkie vrees vir die onafwendbare. Dit is hoekom hy gisternag so geskok wakker geskrik het in hierdie kamer.

Asof dit 'n voorbode is soos wat sy ma altyd gesien het.

En hy weet. Jacques Rynhard wéét dat Gert . . . Gavin nou, na die ontmaskering, sal kom wraak neem. Al kom hy hierdie plek afbrand. En selfs al vlug Jacques, sal hy hom kry soos hy belowe het.

Jacques het gevlug tot nou toe. Maar nie meer nie.

"Meneer Jacques?"

"Ja, Oupa?"

"Gert sal nou weet jy is hier."

Jacques sit nog 'n oomblik, neem die nuus in, steeds verstom oor Gavin Greeff en Gert Grové. Nou maak alles skielik sin . . . Die nuus was so erg dat hy nie verder kon luister nie, ongeag watter ander onthullings daar gemaak is. Een skok op 'n slag.

"Meneer Jacques?" Die stem klink net so vertroostend soos destyds toe hy tussen die pyn en newels en bloed, voos geskeur, wakker geword het.

"Dan is dit tyd dat ek en Gert praat, Oupa."

"Maar hy sal meneertjie doodmaak, soos hy destyds probeer doen het."

Jacques kyk stip na Oupa Appie. "Dan moet hy maar. Ten minste sal hy dan tronkstraf kry vir moord." Hy sit die beker op die lendelam tafeltjie neer. "Ek moet nou gaan. Vir oulaas daai kamer sien. Ek sal dan sommer jou matras terugbring."

"Ag nee wat, meneertjie. Oupa Appie sal dit gaan haal."

"Jy is nie my bediende nie, Oupa."

"Maar ek is jou vriend, meneer Jacques."

"Weet net, Oupa, ek sal terugkom en ek sal vir jou 'n ordent-

584

like huis laat bou en vir jou sorg om dankie te sê vir die week hier by jou."

Oupa Appie skud sy kop. "Nee, meneertjie. Hier wil ek doodgaan. Ek het my hele lewe lank die skool opgepas. En ek sal saam met die skool die donker vlaktes gaan verken waar al my sondes soos kakiebosse wag. Ek ken al hierdie plek se spoke, al sy geraamtes, al sy bloed. Dit het ook vir my vuil gemaak. Ek sal op geen ander plek skoon kom nie. En buitendien, met wie gaan die spoke praat as ek nie meer hier is nie?"

Jacques stap na Oupa Appie toe en omhels hom. Toe hy hom vasdruk, huil hulle albei. Jacques voel die seningrige, warm ou lyf teen hom. Hou hom vas. Huil teen hom.

Hulle staan 'n ruk so voor Jacques hom los en sy wange skoonvee. Hy tel sy rugsak met sy rekenaar op – die rekenaar wat hy nou vir die eerste keer wil gebruik om te skryf. Hy neem ook sy klere.

Sonder om terug te kyk, stap Jacques weer na die verbeteringskool toe anderkant die omgevalle draad. Hy wil nog een keer deur die gange loop. Vir oulaas na die kamer kyk waar hy die afgelope week geslaap het asof hy homself op dié manier wou reinig van wat daar gebeur het. Die plek beswer waar hy verkrag is. Die herinneringe nou finaal daar begrawe.

Die spoke gaan groet.

Genoeg is genoeg.

Terwyl hy oor die kortgebrande gras loop, kom die herinneringe terug. Sien hy weer die seuns in hulle PT-broeke liggaamsoefeninge doen. Marsjeer. Saamgebondel in klasse, swetsend, swetend, aggressief. Hoor hy hoe hulle snags soos wolwe huil en roep na hulle ma's. Kry hy weer die reuk van dagga en dwelms en deodorant en sweet en semen en testosteroon en stink voete.

Onthou hy Gert Grové se teddiebeer wat hy, Jacques, oopgeskeur het en op die grond gegooi het. Gert het soos 'n kind gehuil oor die beer, dit vasgegryp en probeer toewerk en dit waarskynlik saam met hom geneem toe hy vrygelaat is.

Jacques gebruik dié slag die kombuisingang, waar die amarillis droog en verdor in 'n geroeste blik beur. Hy kan dit eintlik nie glo nie. Tot dusver het hy dit nie raakgesien nie. Het hy niks gesien behalwe homself en sy probleme en sy versugtinge en sy woede nie.

Was net bewus van die matras op sy bed in kamer 14. Wat hy soos Lasarus met sy bed op sy kop Saterdag soontoe gedra het.

Hy, Jacques, het ook uit die dood opgestaan.

Hy tel die blik op en stap daarmee na die kraan toe wat al sedert hy kan onthou eentonig drup-drup – die bek geroes van kalk en verwaarlosing.

Jacques skeur die blik maklik van die amarillis af, die saamgeperste wortels soos vraagtekens waarop daar nooit antwoorde is nie. Langs die kraan is die grond sag van die oorloopwater waar dit dorstig die piepiestroompie opgeslurp het.

Hy grawe met sy kaal hande in die grond. En die herinnering flits terug. Hy en Gert en Robert en Basjan en die res wat hier anderkant 'n voor moes grawe vir 'n nuwe waterpyp wat nooit gelê is nie. Hy grawe en grawe dieper en is verbaas omdat hy so min teenstand van die grond kry. Dit is sag en kleierig onder sy vingers.

Hy grawe tot die gat diep genoeg is en die grond onder los sal wees vir die opgekoekte wortels om bevry te raak en 'n nuwe rigting te soek.

Toe verlos hy die amarillis. Plaas dit in die natterige gat en gooi dit weer toe. Druk die grond vas en maak 'n holtetjie sodat dit genoeg water kan stoor. En gooi die tronk van 'n blik op die ashoop daar naby.

Dit klater-klater-rol teen die ander rommel af in die gat in waar hy amper lewend begrawe is. Ten minste lê die verroeste stuk blik nou daar en nie hý nie.

En binnekort gaan hier nou 'n kol rooi kleur langs die kraan wees. Want uiteindelik het die druppende kraan nou 'n doel. Dit gaan die amarillis voed.

Jacques draai die kraan oop, steek sy kop onder die water en voel die lekker koue water oor hom stroom. Hy was Denneberg se grond van sy hande af.

Hierna loop hy weer deur die vervalle kombuis waar Oupa Appie hom destyds verpleeg het voordat hy hom na sy sinkhuisie toe gedra het. Loop met die gang af. Die lang gang waar die verrinneweerde seuns met rou vingers hul name geskryf het soos op grafstene. Roofdiere wat snuffel en soek en in plaas van gerehabiliteer raak net in volwasse vleiseters ontaard wat weer en weer en weer sal terugkeer tronk toe.

Af met die gang, verby die bloedkolle en grondmerke en groewe van tasse en fietse, weer tot by kamer 14. Vir oulaas tot by kamer 14 waar hy die afgelope week geslaap het, maar bedags in die veld rondgeloop het of in Oupa Appie se huis sit en skryf het. Of net geslaap het.

Hy, wat nooit tyd gehad het om te slaap nie, het hierdie week sy dae omgeslaap. Dit is een ding wat hy homself belowe het. As hy ooit 'n blaaskans tussen sy skryfwerk vat, gaan hy slaap. En slaap. En slaap sonder om te droom.

Net dae lank omslaap. Soos hier.

Maar snags, na nege, het Jacques wakker hier kom lê soos 'n misdadiger wat na die plek van sy oortreding teruggelok is. Douvoordag opgestaan soos in die verbeteringskool. Daagliks 'n koue stort geneem in die vervalle badkamer waar daar steeds water is. Onder die koue straal water gestaan wat hom laat vries het. Wat die onthou in hom doodgevries het. En elke keer wat hy daar gestaan het, het die herinneringe meer en meer vervaag tot dit amper verdwyn het.

Gert en die seuns en die skool en die reuke en die sondes soggens en saans in die koue van hom afgeskrop. Tot alles afgewas is.

Gehoor hier was joernaliste wat kom rondkyk het, maar hy was toe gelukkig in die veld.

Jacques kyk na die graffiti langs die deur. Dink nou aan Lena se nuwe styl van muurskilderye. Dit hou nogal verband met

587

hierdie gang-graffiti. Dieselfde los, ongebonde, onselfbewuste styl.

En hy onthou hoe hy laas nag met 'n ruk wakker geskrik het, asof hy 'n skoot gehoor het. Dalk was dit 'n droom. Hy wil glo hy het 'n skoot hoor weergalm. Maar dit kon ook die een van destyds gewees het toe Jan-Paul sy pa doodgeskiet het.

Jacques sien homself vir oulaas in 'n stuk spieël teen die gangmuur. As hy dalk 'n pet dra en 'n donkerbril opsit, sal niemand hom in die buitewêreld herken nie. Dalk 'n mus wat hy hier anderkant in Delmas kan koop. Dit sal die ware Jacques wegsteek.

Jacques, wat altyd skugter en sku in die openbaar gesluip het en gehoop het niemand ken hom nie, het nou een van die bekendste gesigte in die land.

Die ware Jacques. Maar wie is Jacques? wonder hy. Het hy al die jare buite homself geleef? Gaan hy nou kans kry om in homself te groei? Of is Jacques Rynhard iemand wat nog wag om ontdek te word? Nie die topverkopersnaam op boekomslae nie. Nie die naam onderaan sy getikte stories nie. Nie die naam wat seker dié week en vanoggend in banieropskrifte in die koerante verskyn het nie.

Maar Jacques Rynhard. Die enkeling, nou sonder 'n storie.

Kan iemand anders 'n allenige mens ontdek en daardie alleenheid verstaan en die enkelingskap akkommodeer, of moet hy altyd gekoppel wees aan iemand? Soos 'n treinwa wat gerangeer word.

Moet hy altyd deel van die lang trein wees wat teen die bult op kronkel? En watter wa is hy? Die een wat oorlaai is met steenkool en ander minerale? Die wa vol beeste wat bulkend daarteen beswaar maak om slagpale toe gery te word?

Die wa wat so oorvol op pad is na 'n township dat mense van die kante af hang?

Hy onthou dat 'n trein se kondukteurswa eendag afgehaak het omtrent 'n kwartkilometer voor Kleinbegin se stasie. Niemand het dit agtergekom nie. Maar in die middel van die nag was daar 'n geweldige slag wat soos die oordeelsdag geklink het toe 'n masjinis niksvermoedend om 'n draai daarin vasgery het en 'n deel van die trein ontspoor het.

Jacques het altyd soos die kondukteurswa gevoel. Want dit het gebeur drie dae voordat hy gevonnis is, asof hy gewaarsku is oor wat vir hom wag.

En hier staan hy nou en kyk weer na 'n vreemde gesig in die spieël. 'n Gesig met 'n naam wat niks beteken nie.

"Dis vir my interessant dat mooi mense hulleself dikwels probeer versiér. Dat hulle ongelukkig is met hul goeie gene. Tot hulle geskend en verlep anderkant uitkom. Dan verlang hulle gou weer na hoe hulle gelyk het. Want die wêreld het nie plek vir lelike mense nie." 'n Vriend in Daleahs Restaurant toe hulle eendag na 'n akteur gekyk het wat 'n oormaat gewig verloor het vir 'n rolprentrol en sy baard te welig laat groei het. Niemand het hom meer uit sy sepierol erken nie, en dít kon hy glad nie verdra nie.

Maar Jacques. Nou. Dit is wonderlik om skielik identiteitloos, gesigloos, sondeloos en stemloos te wees. Om net te wees.

Tot hy hier uitstap.

Hy voel leeg. Alles wat in hom was, is uit. Daar is nie meer haat of frustrasie of neurose of vertwyfeling of onvergenoegdheid nie.

Jacques ís net. En dit is wonderlik.

Maar dan is daar Gert, van wie hy nooit ontslae sal wees nie.

Hy gaan lê vir oulaas op die bed en staar na die dak. Wag vir iets. Weet self nie wat nie. Maar met dieselfde voorgevoel as waarmee hy laas nag hier wakker geword het.

Hierdie plafon was die laaste ding waarna hy so dikwels opgekyk het voor hy aan die slaap geraak het. Met Gert Grové oorkant hom. En nou weet die hele land wat hier gebeur het. En voel hy nie eers verlig daaroor nie.

Jacques raak aan die hangertjie om sy nek. Lena se hangertjie wat hy nooit, ooit afgehaal het nie. Hy streel daaroor. Soen dit saggies. Dink vir 'n oomblik daaraan om dit hier te los.

Maar hy kan nie, kan nié vir Lena hiér los nie.

Met sy oë toe probeer hy verwerk wat seker nou gebeur. Sy ma, Chivas, Lena, Jan-Paul. Wat sou hulle reaksies wees op die storie wat pas gebreek het? Hy kan egter niemand bel nie, want hy het sy selfoon in sy woonstel gelos.

Hy herleef Jan-Paul se bekentenis in sy woonstel. Onthou hoe hy vorentoe gespring het en Jan-Paul geslaan het, wat met sy neus teen die muur geval het dat 'n bloedstreep daar lê. Hoe hy minute later sy belangrikste klere en ongebruikte rekenaar ingepak het en oor die balkonmuur gespring het op pad na die taxi's. Tot hy een gekry het wat Delmas toe ry, waar hy afgelaai is en die laaste twee kilometer na Oupa Appie se sinkhuisie toe gestap het in die middel van die nag.

Hy is Jacques, by wie sy familie gaan doodloop. Want hy wil nie 'n kind in hierdie land, in hierdie wêreld inbring nie. Wil nooit verantwoordelik wees vir 'n lewe nie. Kon nooit daaraan dink om 'n kind te hê nie.

Toe Lena eendag vir hom gesê het dat sy nie kinders kan hê nie, het dit nie vir hom saak gemaak nie. Dit was die gerieflikste verskoning wat hy kon kry.

Weer Lena se hangertjie tussen sy vingers. Hy is bly daar was nie 'n kind nie. Sou die kind dalk ook 'n leuen gewees het?

Tot nou toe het hy tweedehands geleef, op 'n tikmasjien.

Maar hierna? Wat dan?

Dit is lekker om skielik nie antwoorde te hê nie. Hy is bevry van stories wat altyd "geknoop" moet word (Alicia se woorde), wat altyd "die leser moet bevredig" (Alicia se woorde), wat altyd die leser in 'n gemaksone moet laat sodat hy weer en weer 'n boek koop.

Hierdie storie van hom het geen slotknoop nie. Geen einde nie. Is dalk eintlik maar net die begin. Want hy het te veel emosie en lewe en vaardigheid en talent en lewe gemors.

Voetstappe. Die sink kraak. 'n Kiewiet skree. En toe, die voetstappe – harder.

Daar is iets bekends aan die voetstappe. Eers wil sy brein dit nie registreer nie. Maar waar hy nou hier lê, weet hy wie aangestap kom. Soos hy so dikwels in die verlede geluister het na treine wat by hul huis verby ry. Soos hy so dikwels geluister het na die seuns se voetstappe in die gang af op pad na hom toe. Soos hy geluister het na Gert se vinnige, koorsige bewegings onder die kombers snags in sy bed terwyl hy na hom kyk. En dan die kreun. Daardie vieslike, afskuwelike geluid asof hy Jacques se naam in afgemete spasmas daarmee sê.

Nou hoor hy weer voetstappe. Maar dié slag behoort dit net aan een persoon.

Hy tel hulle. Een, twee, drie, vier, vyf, ses. Een vir elkeen van die seuns wat destyds in die kamer was.

Die voetstappe kom tot stilstand in die deur van kamer 14.

Weer die kiewiet. Die krake in die sinkdak. Die hitte. Die sweet. Die bekende reuk.

Nie eers 'n operasie kon daardie sweetreuk verwyder nie.

Toe Jacques Rynhard sy oë oopmaak, staan Gavin Greeff voor sy bed, sy oë wild soos daardie nag toe hy Jacques aangerand het.

Gert donnerse Grové.

En sonder dat hy hom kan keer, raak Jacques aan Lena se hangertjie. Vou hy dit in sy hand toe.

Een van die dakplate kan enige oomblik na benede stort. Kan selfs iemand onthoof wat hier onder lê, dink Jacques.

Selfs Gert Grové se stem het nie verander nie. Ook nie die kortaf, bombastiese wyse waarop hy praat nie, wanneer hy sê: "Gabba."

Jacques antwoord nie. Kyk net na hom. Sien die rewolwer in sy hand.

"Operasie. Nuwe gesig. Nuwe identiteit. Maar dis ek. Jy weet dis ek."

Hy herken nou die gesig wat hy al iewers op tydskrifte se sosiale blaaie gesien het, met die blink vel soos iemand wat te veel room aangesmeer het, die wange effens pofferig, moontlik van te veel alkohol om die werklikheid te verdrink. Om die folterende herinneringe te laat vervaag. En Jacques het nooit besef nie . . .

Maar nou, daardie oë met die fyn rooi aartjies en die onderduimse kyk – geen operasie kon dít verander nie. En die skouers wat dit laat lyk of sy bolyf te groot vir sy bene is, bonkig, stokkerig, dié is ook nog daar.

Steeds praat Jacques nie. Klem hy net Lena se hangertjie vas. "Jy besef ek kan jou nie laat gaan nie, Rynhard." Sy regterhand gereed met die rewolwer.

Nou eers lig Jacques hom op. Kyk hy na Gert Grové, sien die skemerte oor sy oë trek soos daardie nag voor hy op hom neergesak het.

"Dit was donners lekker. Onthou jy?"

'n Spiertjie spring in Jacques se gesig. Die tande wat vir hom grynslag is besig om sleg te word van te veel dwelms rook, en Gert gee kort-kort snuifgeluide soos iemand wat verkoue het. Die dier se oë beweeg gespanne heen en weer. Oë wat altyd 'n aanval of hersenskimme of gruwelgeeste van iewers verwag.

"Jy het dit geniet. Erken dit."

Jacques antwoord hom steeds nie.

"Elke keer wanneer jy by daai houvrou van jou is, onthou jy hoe dit eintlik kan wees. Nie waar nie, gabba? Dan weet jy jy mis iets. Jy mis mý."

Jacques staan op en gaan staan vreesloos reg voor Gert.

"Wat noem ek jou?" vra hy. "Die fênsie naam wat jy vir jouself gekies het? Of goeie ou Gert Grové?"

"Jy't 'n groot bek, gabba. Maar jy gaan vir jou misgis."

"En jy, 'gabba'? Wat van jou? Mis jý dit? Kon jy jou seksualiteit so lank verberg deur met 'n lesbiër te trou sodat jou ware voorkeur geheim gehou word, nes jou verlede? En jy aanvaarbaar in die gemeenskap se oë is?"

"Different strokes for different folks, Rynhard."

"En nou? Wat maak ons nou?"

"Nou herhaal ons die oefening, gabba."

Jacques glimlag effens. "Ongelukkig was dit ook jou ewige

straf, Grové. Elke keer as jy by iemand was, 'n rent boy uit die agterbuurte, 'n joernalis wat vooruit wou kom in die lewe, 'n dronk kollega wat nie geweet het wat hy doen nie. 'n Rondloperknaap wat onderdak soek. Waaraan het jy gedink elke keer as jy aan een van hulle gevat het? Haastig in die donker sodat nie een van julle behoorlik kan sien nie. Altyd skelm, altyd vinnig, altyd skuldig."

Gert haal diep asem en 'n rilling gaan deur sy lyf asof suurstof sonder dwelms nie meer genoeg is nie.

"Was dit ook lekker?" vra Jacques.

Gert sluk. Kyk na hom. Sweet begin op sy bolip pêrel. Sy neusgate beweeg vinnig soos 'n perd wat gevaar vermoed. Jacques lig sy vinger en druk dit teen Gert se bors – stamp hom agtertoe. "Of kan jy nie funksioneer as jy jou slagoffers in die oë moet kyk nie?"

Gert se hande bewe. Ook sy onderlip, soos 'n skoolseun wat bang is vir 'n pak slae, maar dit probeer wegsteek.

"Of is blou pilletjies en wit poeier en gras al wat jou nog skop kan gee, hu, gabba?"

Gert stamp Jacques met sy kop in sy maag. Dit tref Jacques onverwags. Hy val terug op die matras op sy bed. Gert span sy linkerarm om Jacques se keel sodat hy begin wurg, pluk sy kop agtertoe, maak homself tuis op Jacques se rug, hak sy keel weer met sy elmboog.

"Jy vergeet, Rynhard, dat al daardie poeiertjies en pilletjies my reaksies dubbel so vinnig maak."

Jacques probeer Gert omkeer, maar die greep om sy nek is te stewig. Gert druk sy mond teen Jacques se nek. Sy asem stink na dwelms en eier en gisteraand se whiskey.

"Hallo, Jacques," hyg hy. "Hallo, gabba. Weet jy hoe lank is ek al hiervoor lus?"

Die pers verf wat van die muur afdop. Dit is Jacques se sterkste gewaarwording. Dan die pyn in sy kop. En die hangertjie wat tussen sy vingers vasgeklem is.

Die kamer tol om hom, raak donker, swem, sidder. Sy ore

tuit. Hy probeer orent beur, maar 'n pyn in sy maag laat hom ineenvou.

"Gemaklik, gabba?" Gert lag. "Ek sien jy is reeds in die regte posisie?"

Jacques roggel. Hyg. Spoeg bloed. Probeer Gert van hom afskud.

En toe, net 'n halwe geluid, 'n woord wat Jacques amper uitkry.

"Sê weer, pretty boy?" Gert verswak sy knelgreep om Jacques se keel effens.

"Oukei," kry Jacques dit uit.

"So. Jy vra daarvoor. Jy wil dit hê. Sê jy wil dit hê." Hy skreeu: "Sê jy wil dit hê!"

Jacques pluk aan die hangertjie om sy nek. Hy voel die kettinkie meegee. Na agttien jaar breek hy dit, voel die skerp punt van die kruis met Lena se naam op. Vat dit vas. Dit val amper uit sy hand van die sweet. Maar hy laat dit tot tussen sy vingers glip.

"Wil jý dit hê, Grové?"

"You bet your bottom dollar ek wil dit hê. Ek dink al hoeveel jaar hieroor. Nooit gedink dit sal so maklik wees nie." Hy haal vinnig asem teen Jacques se nek en probeer sy gesig na syne draai.

Met sy vry hand haal Gert sy rewolwer uit sy gatsak en druk dit teen Jacques se kop.

"En as ek klaar is – die ewige orgasme. Jou breins teen die muur."

Jacques sluk, probeer asem kry.

"Yes, gabba," sê Jacques. "Yes, bro."

Dit ontsenu Gert effens.

"Yes, wat?"

"Doen dit. Of het jy hulp nodig?"

Weer die hangertjie in sy hand. Jacques klem dit nog stywer vas.

"Ek het niemand se fokken hulp nodig nie!"

594

"Ons kan dit nie met klere aan doen nie. Of is dit hoe jy dit altyd doen?" Jacques se stem breek op plekke, want die arm om sy nek knel opnuut.

"Natuurlik nie. Raak ontslae van jou klere."

"Jy hou my te vas, Grové."

Gert haal die rewolwer oor. "Nes jy met jou ouman gemaak het, gaan ek jou kop wegblaas. Jou verdiende loon. So wees versigtig."

"En dan, Grové? Dan sit jy."

"Wat bedoel jy?"

"Dan sit jy vir die moord op jou grootste vyand, maar ook jou grootste vriend. Jou aanmaakvriend, soos mens koeldrank aanmaak wat net daar is wanneer daar vrees is. Maar onthou net," Jacques druk weer Lena se hangertjie vas, "as jy my dood-maak, gaan ek elke nag by jou wees. Dit sweer ek nou hier vir jou. Elke donnerse nag sal jy my voor jou bed sien staan, die vyf en twintig jaar wat jy gaan sit. Dan het ek jou presies waar ek jou wil hê."

Dit laat Gert se greep verslap. En dit is al wat Jacques nodig het. Hy vlieg om, slaan Gert dat die rewolwer eenkant val.

Hulle val albei op die grond, baklei, byt, slaan, soek vir die rewolwer tot Gert dit raakvat. Hy skreeu soos 'n dier.

'n Beweging in die deur. Oupa Appie storm nader met 'n stuk hout in sy hand, maar Gert skiet hom. Die ou man val vooroor, gryp sy bobeen, kreun.

Jacques probeer Gert oorrompel, maar hy is so sterk soos 'n bees. Hy probeer Jacques met die rewolwer deur sy gesig slaan, maar Jacques ontduik die houe. Weer 'n skoot. Dié slag skreeu Gert wanneer hy homself in die voet raakskiet. Hy gil.

Jacques is binne sekondes bo-op hom. Hy gryp die rewol-wer, kyk vinnig na Oupa Appie wat eenkant lê en kreun.

"Ek is oukei, meneer Jacques. Die ou man bloei net bietjie baie, maar hy's nie gedood nie!"

Jacques lig Lena se hangertjie en bring dit dan met al sy mag af tot dit in Gert Grové se skouer steek. Gert skreeu soos 'n dier.

"Dis hoe dit gevoel het, jou fokker," sê Jacques. "Nou verstaan jy!"

Hy ruk die hangertjie se skerp punt uit Gert se skouer en druk dit terug in sy broeksak. Toe neem hy die rewolwer. Gert huil, skreeu, probeer sy skouer gryp om die bloed te keer. Jacques skuif vorentoe, en nes Gert destyds met hom, knel hy sy bene om Gert se nek. Terselfdertyd, terwyl Gert roggel, verwyder Jacques die patrone uit die rewolwer. Met sy vry hand druk hy dit ook in sy sak, kyk weer na Oupa Appie wat orent kom en sy been vashou.

Toe druk hy die rewolwer in Gert se hand.

Hy maak sy bene om Gert se nek los. Staan op, kniel vinnig langs Oupa Appie wat weer beduie dat hy nie te seer gekry het nie.

Toe gaan staan Jacques voor Gert.

"Skiet my, gabba." Hy haal 'n slag diep asem, want sy stem bewe bietjie. "Toe. Nou is jou kans. Want ek sal nooit doen wat jy wil hê nie. Ek sal nooit huil of soebat voor jou nie. Ek sal net op jou spoeg. So, skiet my."

Gert vee die snotbelle van sy neus af, hoes, skreeu, kreun, gryp weer sy skouer vas.

"Jy kan my nie skiet terwyl ek na jou kyk nie, nè, Gert? Goed, dan draai ek my rug op jou."

Jacques draai om, kyk na Oupa Appie wat orent beur en na sy selfoon soek om die paramedici en die polisie te ontbied, nes destyds nadat Jacques aangerand is.

"Skiet my, Gert. Maar weet net. Wat jy ook al doen. Of jy my doodskiet of laat lewe. Ek sal altyd, altyd daar wees. In jou derms, in jou kots, in jou pis, in jou diepste, diepste binnekant – wanneer jy dit die minste verwag."

Jacques loop na die deur toe. Kreune. Hoes. Gille. Woede agter hom. Soos 'n dier voor hy in die slagpale tereggestel word.

Naakte, seer, rou haat.

Jacques draai om. Gert bewe en rig die rewolwer op Jacques. Jacques gooi sy arms oop. "Doen dit. Boelsaai. In my hart.

Of tussen my oë. Dis waar Jan-Paul my pa geskiet het. Tussen die oë. Dit is 'n doodskoot, Gert. Dan is jy ten minste seker."

Die rewolwer wat bewerig op hom gerig is.

"Skiet my, gabba. Want daar is nie plek vir ons al twee op hierdie planeet nie. Jy het dit self gesê."

"Haaaaa!" 'n Klank soos Jacques nog nooit gehoor het nie, nie eers uit sy eie liggaam destyds toe Gert op hom neergesak het nie. "Haaaaa!"

Gert druk die rewolwer teen sy eie voorkop, tussen sy oë.

"Wat sien jy snags voor jy aan die slaap raak, Rynhard?" skreeu hy.

"My pa se gesig die oomblik toe hy gesterf het."

"Van nou af sal dit mý gesig wees. Oor en oor en oor. Leef hiermee saam vir die res van jou lewe, Rynhard."

Gert trek die sneller, maar daar is net 'n klikgeluid. Toe weer, en weer. Elke keer net 'n klikgeluid. Gert staar verstom na die rewolwer. Jacques haal die patrone uit sy sak, wys hulle vir Gert, lag. Toe druk hy dit weer in sy sak.

"Jacques!" skreeu Gert soos 'n wilde dier. "Jacques!"

Jacques stap tot voor Gert. Hy glimlag. "Sien jy hierdie gesig? Dis wat jy van nou af elke keer gaan sien voor jy aan die slaap raak. Maar hy leef, Gert. Hy lééf."

Buite hou 'n motor stil. En nog een. Dalk die paramedici of die polisie. Jacques besluit om pad te gee.

Genoeg is genoeg.

Hy kniel by Oupa Appie.

"Ek is oukei, meneer Jacques. Vlug. Verdwyn. Gee net pad."

"Dankie, oupa."

"Ons het klaar gegroet, meneer. Dit gaan jou goed."

"Ons sien mekaar weer, Oupa Appie."

"Mooi loop, meneer Jacques."

Jacques glimlag, kyk na sy wond, sien dit is blykbaar net 'n vleiswond, en loop uit die vertrek.

Hy glip by die kamer langsaan se venster uit. En terwyl hy om die hoek loop waar bosse en vervalle mure sy teenwoor-

597

digheid verberg, sien hy die blou ligte van die polisiemotors.

Dan verlaat Jacques Rynhard Denneberg Verbeteringskool vir die heel laaste keer.

39

Carina betaal die rekening by die restaurant in Delmas. Sy het seker maklik 'n uur en 'n half daar vertoef en probeer dink wat haar te doen staan. Toe het sy eers besef dat sy die regte ding gedoen het.

Sy kyk op haar horlosie. Sedert die onderhoud met haar op *Monitor* vanoggend het haar selfoon nog nie ophou lui nie.

Sy klim in haar motor. Dit was 'n wyse besluit om ontbyt te eet. Nou kan sy die laaste deel van haar rit afhandel. Sy moet die blomme op Jacques se bed gaan sit.

Haar selfoon lui vir die soveelste keer, en sy ken ook nie dié nommer nie. "Hallo, Carina Human."

Sy herken die stem dadelik. "Goeiemôre, Carina. Dit is Liebet Rynhard hier."

Haar hart gee 'n ruk. "Goeiemôre, mevrou."

"Ek het uiteindelik die koerant gelees nadat die radio en koerante my gedaan gebel het."

"Ek het nie u nommer vir die pers . . ."

"Dis nie hoekom ek bel nie." Sy wag dat die ouer vrou voortgaan. "Daar is so baie dinge wat ek wil sê. Maar ek is nie 'n vrou van baie woorde nie."

"Ek weet, mevrou."

"Die waarheid loop soms lang en moeilike paaie, juffrou Human."

"U moes u seun van die begin af geglo het."

"Ek het nie en daarvoor sal ek seker die res van my lewe betaal. En het ek reeds betaal."

Carina antwoord nie.

"Dankie, juffrou Human."

"Dis u seun wat u moet bedank, mevrou. En om verskoning moet vra."

"Ek weet jy wil dalk nie op die oomblik met my praat nie. Maar as jy hom sien . . ."

"Ek weet nie waar hy is nie, mevrou."

"As jy hom sien, sê vir hom ek het uiteindelik die beddeken klaar gehekel. Die deken wat hy al wou gehad het vandat hy 'n seuntjie is. Dit het my jare geneem."

"Ek sal, mevrou."

"Daar is 'n stoomlokomotief op."

Carina het nie 'n antwoord daarop nie.

"En sê vir hom sy treinstelletjie staan nog al die jare hier. Dis tyd dat dit moet teruggaan na hom toe."

Carina kan hoor dat Liebet nog iets op die hart het.

"Môre begin ek al die potplante in my tuin uitplant. Julle was reg. Dit hoort in die grond."

"Miskien moet jy ook uit die huis kom, mevrou. Ook ver-plant word."

Stilte. Dan: "Mens kan nie so 'n ou akkerboom, wat haar hele lewe in die klipperige aarde vasgegroei het, verplant nie."

Lank nadat Liebet die oproep beëindig het, sit Carina nog daar. Sy kyk na die blomme langs haar. Dan ry sy in die rigting van die verbeteringskool.

'n Ambulans en polisiemotor ry van die teenoorgestelde kant af met loeiende sirenes by haar verby.

Sy draai 'n kilometer verder af en ry al met die slegte pad tot by Denneberg. Daar hang nog stof.

Die plek laat haar al meer aan 'n reuse-grafsteen dink toe sy voor die verlate gebou stilhou en uitklim. Die hoofgebou lyk nog meer onverbiddelik as tevore.

Sy kyk rond of sy vir Oupa Appie sien, maar merk net 'n rokie wat uit die skewe sinkhuisie trek.

Sy stap deur die tuin en sien 'n amarillis wat langs 'n geroeste kraan staan. Sy frons. Dit is die soort dinge wat sy sou onthou. En dit was nie laas hier nie?

Sy loop in die gebou in, af met die gang en kry skielik die reuk van ontsmettingsmiddels. Dit lyk of baie mense hier geloop het.

Die ambulans – Jacques? Maar sy dwing die gedagte uit haar kop. Dalk was daar 'n plaasmisdaad in die omgewing.

Maar hier is duidelike tekens van 'n geveg. Is Oupa Appie dalk aangerand? Is dit wat die polisiemotors en ambulans hier gedoen het? Hemel. Sou hy dood wees? Of ernstig beseer?

Sy loop tot by kamer 14.

Dit lyk meer deurmekaar as tevore. En daar is baie bloed.

Carina kyk bang rond.

Sy sit die blomme neer op die bed wat nou skeef staan. Dit is hoekom sy hierheen gekom het. En sy wil met Oupa Appie praat.

Maar as hy dalk beroof is . . .?

Dan loop sy uit.

Sy loop tot by die sinkgeboutjie. Die deur staan oop. Sy roep na hom, maar niemand antwoord nie. Dit is duidelik dat hier tot onlangs mense was. Sy sal navraag doen – hoor of Oupa Appie in 'n geveg betrokke was.

Carina kyk nog rond, roep, maar kry geen antwoord nie.

Sy klim in haar motor en voel aardig – weet eintlik nie wat haar te doen staan nie.

Sy kom by die T-aansluiting. Draai sy links, gaan sy terug Delmas en na die N14 toe, terug stad toe. Draai sy regs . . . nou ja. Wie weet wat gebeur as sy regs draai?

Sal sy 'n muntstuk opskiet?

Sy soek in haar sak, kry 'n vyfrandstuk. Kop of stert. Sy glimlag.

"Kop, dan draai ek links terug N14 toe. Johannesburg toe."

Sy gooi die muntstuk op. Dit land op haar palm. Dit neem 'n ruk om haar ander hand weg te neem, want wat sy nou besluit, gaan die res van haar lewe beïnvloed. Kop of stert?

Sy kyk. Dis kop.

Sy sit haar flikkerlig aan om links te draai en lag dan. Hier is nie 'n siel agter haar nie. Mag van die gewoonte.

Draai sy links, weet sy presies waar sy heen gaan.

Maar draai sy regs . . .

Sy kyk na die geldstuk, na die blink kop. Sy kyk na *Die enkeling* agter op die sitplek. Sy maak die boek weer oop. Sien aan wie dit opgedra is.

Aan haar.

Toe gooi sy die muntstuk by die venster uit en draai regs.

Vir die meisie wat nie weet waar sy heen gaan nie.

Kosmos. Hier is nogal meer blomme as op die N12. Pienk en pers. Deur die Britte in die perde se voer saamgebring.

Hoekom sal sy nou aan daardie nuttelose stukkie inligting dink? Maar dis mooi.

Sy neurie 'n deuntjie. Voel lus om Mysi te bel. Soek na haar selfoon. Probeer in die ryery bel, neem haar oë van die pad af.

Sy gaan om 'n draai en tref byna 'n ryloper langs die pad. Sy blaas haar toeter vererg, ruk die motor terug op die pad, blaas haar asem gespanne uit. Hemel, as sy die man omgery het. Of nog erger, doodgery het!

Sy ry verder. Die stof sak oor hom toe. Bedek ook die kosmos.

Toe hou sy stil. Sy het geen idee hoekom nie, maar sy kry die man jammer wat daar langs die pad loop. Soos sy vinnig van agter na hom gekyk het, is hy goed aangetrek. Mens laai nie meer rylopers op nie, weet sy. Maar tog het sy stilgehou.

In haar truspieëltjie sien sy die figuur uit die stof na haar toe aangestap kom.

Sy wil ry. Weet dat hy haar kan aanrand. Beroof. Maar sy bly sit.

Sou hy dalk iets met die ambulans en die bloed in die kamer te doen hê? Indien dit so is, is dit nou haar laaste kans om te vlug.

"Moenie dink nie, doen net!" sê sy vir haarself. "Doen net. Ry, idioot!"

Sy raak kortasem. Doen. Doen. Doen!!

Maar sy doen dit nie.

Sy dink.

Die figuur stap uit die stof na haar toe en sy gesig verdwyn uit die syspieëltjie. Hy loop tot langs haar motor.

Carina draai die venster af en sonder om eers na hom te kyk, vra sy onseker: "Hallo. Kan ek help?"

"Waarheen gaan jy?" 'n Donker, pragtige stem, maar sy sien nie sy gesig nie.

"Ek weet nie. Waarheen gaan jy?" waag sy.

"Tot waar die petrol opraak."

Iets wil vaagweg herkenbaar voorkom. Iets. Iets.

Sy dink. Sy kan nou vinnig wegtrek en soos Jacques Rynhard verdwyn. Iewers onder 'n bos gaan plak en haar hart uithuil. Sy kan net glimlag en verskonend sê dat sy nie rylopers oplaai nie.

Miskien kan sy ook vir hom lag en met 'n vaart wegtrek en stof in sy oë skop. Wie de duiwel ryloop nog deesdae, en dit in hierdie afgeleë omgewing?

Stilte. Die enigste geluid is die motorenjin wat grom. Moenie nou vrek nie, dink Carina. Moet in hemelsnaam nie nou vrek nie.

"Weet jy waar jy heen gaan?" Weer die mooi, donker stem.

"Nee."

"Gee jy om?" Hy neem die besluit namens haar en maak die deur oop.

Sy tel *Die enkeling* op en sit dit op die agterste sitplek neer. Hy sien dit.

Hy klim langs haar in en sit sy rugsak op die agterste sitplek, langs die koerant met haar storie. En bo-op *Die enkeling*.

Die man trek die koerant nader, kyk na die voorblad, vou dit oop, laat sy oë oor die berigte glip en sien haar foto.

Nou kyk hulle vir die eerste keer na mekaar.

En sonder dat Carina dit kan keer sê sy: "Niemand het nog ooit 'n boek aan my opgedra nie."

Hy glimlag.

"Iemand het."

'n Trein fluit veraf.

Hy steek sy hand uit. "Jacques Rynhard."

Sy steek haar hand uit. "Carina Human."

Hulle skud hande. Sit net daar. Weet nie wat om te maak nie, hulle hande warm en lekker in mekaar.

Sit steeds. Kan nie praat nie. Kan nie vrae vra nie. Kan nie verduidelik nie. Sy dink net dat Mysi hierdie oomblik moes verewig het.

"Sal ons ry?" vra hy.

Carina kyk na Jacques en knik.

Sy trek weg. Dit voel of sy op watte ry. Haar kop duiselig, haar gedagtes op honderd verskillende plekke. Sy merk die bloed aan sy hemp, maar sy vra nie uit nie.

Carina ry tot by die spooroorgang.

'n Trein ry oor die onbewaakte oorgang en sy is verplig om stil te hou. Hulle kyk saam na die trein.

"Veertien trokke," sê Carina.

"Jy's reg. Veertien."

Hulle tel saam.

Een. Twee.

Die baard laat hom net meer aantreklik lyk.

Drie, vier, vyf.

Sy sterk regterbeen raak aan die rathefboom.

Ses, sewe.

Sy het skielik die onbedaarlike begeerte om aan hom te raak.

Agt, nege, tien.

Sy plaas haar hand op die hefboom en raak aan sy been. Hy druk dit teen haar hand vas.

Elf, twaalf.

Hy plaas sy hand op hare op die rathefboom en sit die motor in eerste rat.

Dertien. Veertien.

"Jy was reg," sê Carina.

"Jý was reg," sê Jacques.

Die trein verdwyn in die verte. En skielik het Carina lus om op die spoorlyn te dans. Sy, wat glad nie kan dans nie. Maar hy kan ook nie.

Maar nee. Dit sal belaglik wees. Corny.

Hy kyk na haar. Sy kyk na hom.

Carina trek weg.

"Dis 'n mooi dag," sê Jacques Rynhard.

Die trein verdwyn om 'n draai.

"Dis 'n pragtige dag," antwoord Carina Human.

www.ingramcontent.com/pod-product-compliance
Lightning Source LLC
Chambersburg PA
CBHW030840030726

47495CB00005B/1300